文学欣赏

李　时　李伟权　编著

清华大学出版社

北　京

内 容 简 介

本书作为普通高校美育通识课程的配套教材,力求做到学术性与实践性、知识引领与思想启迪、艺术价值与社会价值的有机统一。本书有助于学生提升文学修养、审美情趣和创新能力,实现学生全面均衡发展,助力国家培养优秀人才。

本书先做概述,从文学欣赏的价值追求、活动过程、基本方法三方面立论;然后按照文学体裁,从诗歌、散文、小说、戏剧文学、影视文学、网络文学、民间文学分论,梳理各文学形式的发展脉络,解读各文学形式的审美特征、鉴赏方法与社会功能,在鉴赏各文学形式的典范案例中实现文学经典传承。

本书可作为普通高等院校通识课类、公共基础课类教材,也可作为社会各领域从事文学研究与实践人员的参考书籍。

本书提供习题,请扫描书中二维码获取。本书提供课件,请扫描封底二维码获取。

图书在版编目(CIP)数据

文学欣赏 / 李时, 李伟权编著. -- 北京 : 清华大学

出版社, 2025. 6. -- ISBN 978-7-302-69168-6

Ⅰ. I06

中国国家版本馆CIP数据核字第20259NF566号

责任编辑: 施 猛 王 欢
封面设计: 张玉敏
版式设计: 方加青
责任校对: 马遥遥
责任印制: 沈 露

出版发行: 清华大学出版社
      网 址: https://www.tup.com.cn, https://www.wqxuetang.com
      地 址: 北京清华大学学研大厦A座   **邮 编:** 100084
      社 总 机: 010-83470000   **邮 购:** 010-62786544
      投稿与读者服务: 010-62776969, c-service@tup.tsinghua.edu.cn
      质 量 反 馈: 010-62772015, zhiliang@tup.tsinghua.edu.cn
印 装 者: 三河市科茂嘉荣印务有限公司
经 销: 全国新华书店
开 本: 185mm×260mm   **印 张:** 19.25   **字 数:** 399千字
版 次: 2025年6月第1版   **印 次:** 2025年6月第1次印刷
定 价: 59.00元

产品编号:106931-01

序　言

文之为德也大矣，与天地并生！

千百年来，人类的文学艺术体察万物，俯仰皆拾，挫万物于笔端，写尽天地春秋，浮生流年！文学的神韵妙理和风流品貌滋养着世世代代人的心灵，给人以价值引领和思想启迪。现代人愈走近文学艺术，愈感到其仰之弥高、钻之弥坚，亦倍感到文学欣赏的引导意义重大。

党的二十大报告指出："繁荣发展文化事业和文化产业。坚持以人民为中心的创作导向，推出更多增强人民精神力量的优秀作品，培育造就大批德艺双馨的文学艺术家和规模宏大的文化文艺人才队伍。坚持把社会效益放在首位、社会效益和经济效益相统一，深化文化体制改革，完善文化经济政策。"在当下发展新文科的时代大背景下，文学艺术一方面高度分化，一方面又高度综合，文学发展的多样性与综合性趋势日趋明显。本书作为高等院校美育通识课教材，创新了编写理念，更新了内容形态，将文学欣赏与审美教育加以融合，先做统合性概述，从文学欣赏的价值追求、活动过程、基本方法三方面立论；然后按照文学体裁，从诗歌、散文、小说、戏剧文学、影视文学、网络文学、民间文学分论，梳理各文学形式的发展脉络，解读各文学形式的审美特征、欣赏方法与社会功能，在此基础上选取中外优秀文学作品进行剖析，在欣赏各类优秀文学作品的过程中品味文学的魅力。

党的二十大报告指出："全面贯彻党的教育方针，落实立德树人根本任务，培养德智体美劳全面发展的社会主义建设者和接班人。"本书通过挖掘文学的历史内涵和精神力量，帮助高校学生开阔视野，把握文学欣赏的精髓，明晰文学的本质，对人生、历史、生命予以反思。本书力求做到学术性与实践性、知识拓展与思维创新、艺术价值与社会价值的有机统一，有助于学生提升文学修养、审美情趣和创新能力，助力学生全面均衡发展，帮助国家培养优秀人才。

本书撰写分工如下：李时负责全书体例设计、统稿，撰写序言、第一章，以及第二章、第三章、第四章共三章的理论部分；李伟权统稿并撰写第六章、第七章、第八章共三章的理论部分，并整理参考文献；李伟权、陈祉妹共同撰写第二章、第八章两章的作品欣赏部分；李时、李澍昱共同撰写第四章、第六章两章的作品欣赏部分；李时、刘莹共同撰写第三章的作品欣赏部分；李伟权、刘莹共同撰写第七章的作品欣赏部分；黄佳悦撰写第五章。

作者在撰写本书过程中，参阅了大量学术著作与科研成果，在此对相关作者表示诚挚的谢意！由于实际水平和研究深度有限，书中难免存在诸多谬见，希望广大读者批评指正。反馈邮箱：shim@tup.tsinghua.edu.cn。

作者
2025年2月

目 录

第一章　概述

第一节　文学欣赏的价值追求

一、把握文本内容，引发情感共鸣

在人类社会的文明进程中，文学作为一种独特的艺术形式，承载着深厚的历史沉淀和文化内涵。文学是人类精神活动的产物，人类通过文字、语言等符号系统来表达自己对世界的理解、对生活的感悟以及对人性的探索。

文学是作家创造性活动的成果。作家在创作过程中，通常带有明确的创作意图和目的，希望通过作品传达某种思想、情感或价值观念。无论是古代的史诗、传说，还是现代的各类文学作品，其作者的创作灵感往往来源于所处的时代背景和社会环境以及个人经历。这些元素共同构成了文学作品的土壤，文学作品也因此能够真实、生动地反映社会现实，形成独特的艺术魅力和审美价值，成为人类精神文化的重要组成部分。

文学活动以作品为中心，包括作品、作家、世界、读者四个基本要素。这一观点是由美国当代文艺学家艾布拉姆斯率先提出的，现已得到广泛的认同。

每一件艺术品总要涉及四个要素，几乎所有力求周密的理论总会大体上对这四个要素加以区别，使人一目了然。第一要素是作品，即艺术作品本身，由于作品是人为的产品，第二个共同要素便是生产者，即艺术家。一般认为作品总得有一个直接或间接源于现实事物的主题——总会涉及、表现、反映某种客观状况或者与此有关的东西。这第三个要素便可以认为是由人物和行动、思想和情感、物质和事件或者超越感觉的本质所构成的，常常用"自然"这个通用的词来表示，我们却不妨换用一个含义更广的中性词——世界。最后一个要素是欣赏者，即听众、观众、读者。作品为他们而写，或至少会引起他们的关注。

(美国 艾布拉姆斯《镜与灯——浪漫主义文论及批评传统》节选)

文学的文本不是单独存在的。文学作品是文学活动的中心，是作家基于对客观世界的体察与感悟，同时结合生活阅历，投注审美情感，善用写作技巧创作而成的，再经由读者的欣赏而成为审美对象。读者通过文学欣赏感知文学作品中的艺术形象，提升对客观世界的认知，反过来又影响着作家的再创作，成为作家创作的动力，从而构成完整、复杂又循环反复的文学活动系统。

文学活动涵盖"体验—创作—接受"三个过程。文学欣赏发生在文学接受过程中，它是读者从自身审美经验出发而进行的一种精神活动。文学作品的欣赏过程是一个复杂而又充满个性化的过程。在这个过程中，读者会根据自己的思维、观念、审美动机来解读和感受作品，从而形成独特的审美期待。当作品的内容与读者在社会生活中形成的审美趣味、情感倾向、人生理想相契合时，读者就会产生强烈的共鸣，从而被作品中的艺术形象所吸引，沉浸在作品所营造的艺术境界中。这种共鸣不仅是读者对作品表面的认同，更是一种深层次的精神交流和情感碰撞。它能够使读者超越日常生活的琐碎和世俗的束缚，追求真、善、美的价值，实现精神的升华和超越、心灵的净化和提升。

由于每个读者的审美趣味、情感倾向、人生理想各不相同，他们在与文本交流互动的过程中会产生不同的理解和感受。基于这种差异，文学作品呈现一种开放式的结构，每个读者都可以根据自己的欣赏动机和审美鉴赏能力进行积极的再创作。这种再创作不是对原文的颠覆或否定，而是在原文的基础上加入自己的理解和体验，从而使作品内容更加丰富和多元。

文学欣赏是以情感为基础的艺术再创造活动，它不仅展现了读者的个性和创造力，也丰富了文学作品的内涵和价值。通过这种再创造活动，读者不仅可以更深入地理解和感受作品，也可以在作品中找到自己的影子、聆听自己的心声，实现自我认同和自我超越。

二、领悟文心真谛，透彻人情物理

文学欣赏是感性与理性相统一的认识活动。读者通过对作品的直观把握与情感体验来解读作品中的艺术形象，以达到对作品意蕴的深刻理解，这一过程也是读者充分发挥主观能动性的过程。读者需要在学识修养、生活阅历等因素的基础上，调动审美兴趣、审美经验，以及灵感、想象、联想、思维等心理因素，不断地通过由感性到理性再到感性的回环往复，以达到情感体验与理性认知的有机统一，从而挖掘文学作品丰富的内涵，包括作家独特的情感寄托与耐人寻味的哲理性意蕴。

文学作品有强烈的情感倾向和爱憎立场，两者都是放射型、多元化发展的。读者通过阅读文学作品，不仅能够积累人类文化、历史进程、人物传记等知识，还能够透彻理解因果报应、爱国亲民、行善积德、大公无私等内容，得到情感上的愉悦和艺术上的陶冶。通过文学欣赏活动，读者在潜移默化中体验情感、学习知识，以文学中的情理和事理作为参照和标准，形成道德观、人生观及善恶观的定位。因此，文学欣赏具有塑造人格、规范行为、激发生命热情、教化伦理风尚的重要意义。

三、体味文学本质，实现审美超越

文学作为一种语言艺术，通过语言和文字来传达作家的思想情感与审美理想，它是作家对人类社会生活能动的反映。优秀的文学作品能够通过塑造生动鲜活的艺术形象和揭示社会生活的深刻本质来真实地反映一定时期的社会现状。通过文学欣赏，读者的思想感情产生起伏波动，在理解、联想与想象的作用下生成激荡的情感，与文学作品塑造的形象进行情感交流和契合，从而把握作品的丰富内涵及本质，获得心灵上的愉悦。

优秀的文学作品具有认知、教化、美育功能，读者在阅读文学作品的过程中可以受到熏陶和启迪。古罗马文艺学家贺拉斯曾表达过，文学创作者应以符合大众愿望、寓教于乐、劝诫教化为创作目标，要把认知功能、教化功能与审美功能有机地统一起来，三者相辅相成，才会收到较好的社会效果。通过欣赏优秀的文学作品，读者能够了解一定的社会生活，获得多方面的知识，把握与领悟社会生活的某些本质特征，从而形成思想观点、道德观念和生活理想。正如中国古代先贤孔子所说，品读诗文，可以激发心志，可以观察天地万物、人世盛衰与得失，可以培养群体观念，可以学得讽谏方法，近可以明理尽孝，远可以侍奉君主，更可以认知自然。

诗人的愿望应该是给人益处和乐趣，他写的东西应该给人以快感……如果是一出毫无益处的戏剧，长老的"百人连"就会把它驱下舞台；如果这出戏毫无趣味，高傲的青年骑士便会掉头不顾。寓教于乐，既劝谕读者，又使他喜爱，才能符合众望。

(古罗马贺拉斯《诗学》节选)

诗可以兴，可以观，可以群，可以怨，迩之事父，远之事君，多识于鸟兽草木之名。

(《论语·阳货》)

通过文学欣赏，读者能够在艺术共鸣与再创作中引发对客观世界的省察，对人生命运的哲理性反思，从而陶冶情感、愉悦精神，实现精神境界的升华及人格的提升，这也是文学欣赏价值的高层次展现。

第二节　文学欣赏的活动过程

文学欣赏是检验文学创作成果和作品价值的重要环节，通过文学欣赏，作家的创作得到认可，文学作品的价值得到发掘。在文学欣赏过程中，读者将自身的生命体验、生活阅历投注在作品中，对作品塑造的形象进行加工、改造、补充和丰富。文学欣赏是一种再创造活动，从这个意义来说，读者不仅是文学作品的接受者，也是文学作品的创造者。真正有价值的文学欣赏活动与作家创作一样，能让参与者在情感与意识方面有所收获，而读者在阅读文学作品时可得到自我释放和自我认同。随着时代的变迁，读者对文学作品的欣赏形成了一股不容忽视的力量，从而汇聚成为作家创作的动力，这在一定程度上推动着文学的不断发展。

文学欣赏活动作为动态的过程，一般可分为准备、发生、发展、延留四个阶段。

一、厚积博观，深识鉴奥——准备阶段

(一) 文化积累

在文学创作活动中，作家以生活积累为素材，围绕一定的主题倾向，运用艺术语言和各种表现方法，将各种素材物化为完整又鲜活的文学形象，以供读者欣赏。优秀的作家通常具备敏锐的文学感悟力、出众的艺术才能、广博的文化知识、高尚的人格境界及丰富的生活积累，这样才能达到中国晋代文学理论家陆机在《文赋》中倡导的创作状态，将广阔的天地概括进形象之内，把纷纭的万物融会于笔端之下。读者如果想要正确解读作品，并与作家的写作初衷相一致，也需要具备广博的文化知识，拥有把握作品内涵所需的知识储量。此外，读者还要进一步培养敏锐的眼光和深邃的思想，做到陆机所说的，俯仰自然天地，深入观察万物，博览群书，陶冶性灵。刘勰在《文心雕龙》中列举了"声"和"器"的关系，并强调只有弹奏过千百首曲调后才能称得上懂得音乐，只有查看过千百柄剑后才能称得上鉴别武器。为了更好地把握文学作品，读者必须广泛地观察生活，并积累丰富的人生阅历。渊博的知识、深刻的思想及批判能力是文学欣赏的基本前提，这有助于读者在文学欣赏的过程中达到新的认知高度。

观古今于须臾，抚四海于一瞬。然后选义按部，考辞就班。抱景者咸叩，怀响者毕弹。或因枝以振叶，或沿波而讨源。或本隐以之显，或求易而得难。或虎变而兽扰，或龙见而鸟澜。或妥帖而易施，或岨峿而不安。罄澄心以凝思，眇众虑而为言。笼天地于形内，挫万物于笔端。始踯躅于燥吻，终流离于濡翰。理扶质以立干，文垂条而结繁。信情貌之不差，故每变而在颜。思涉乐其必笑，方言哀而已叹。或操觚以率尔，或含毫而邈然。

(陆机《文赋》节选)

凡操千曲而后晓声，观千剑而后识器。故圆照之象，务先博观。

(刘勰《文心雕龙·知音》节选)

(二) 审美能力

读者的文学素养、人格素质和欣赏能力，决定着其欣赏文学作品的结果和层次。读者的文学欣赏能力受到社会实践、文化教养、成长背景、教育环境、才情资质、知识储备、民族文化、民俗心理等多方面条件的影响与制约。

文学素养是指读者对各种文艺体裁、文艺发展史、文艺发展现状、文艺自身的技巧手法、艺术创作规律、艺术特征的熟悉和了解。提高文学欣赏能力和文学素养的重要途径是积极汲取人类的文化成果。首先，读者应学习基本的文学常识，掌握一般的文学规律，丰富知识储备，形成较为开阔的视野；其次，读者应积极体验生活，关注生活万象里易被人们忽略的各种事物，培养敏锐的感悟能力，积累生活经验与审美经验；最后，读者应积极学习，形成进步的世界观和高尚的人格。

世界观是对整个世界，包括自然现象与社会现象等基本观点的总和，具体包括哲学观、社会观、伦理观、美学观、人生观、自然观等方面。世界观的基本核心是哲学观点，在世界观中，人们对人生的基本看法、人生的目的和意义等，即是人生观；人们在审美活动中形成的对美、审美和美的创造及其发展规律的基本观点，即是审美观。

读者的世界观决定了其文学欣赏的目的与动机，以及欣赏过程中表现出来的格调与品位。进步的人生观可以使读者在欣赏优秀文学作品时保持动力和激情，科学的审美观可以使读者正确地把握文学欣赏的标准，追求文学中包含的真、善、美，形成积极正向的批评意见，由此成为作家创作的内在动力，从而促使作家创作出优秀深刻的文学作品，达到文学活动的最高境界。

二、心物交融，迁想妙得——发生、发展阶段

在进入文学欣赏的发生阶段后，读者可以通过作品文本感知和理解文学形象。在进入文学欣赏的发展阶段后，读者也可以通过作品文本体验和品味作品的内在意蕴，从而产生艺术共鸣。通常情况下，这两个阶段混同在一起，互相渗透、相辅相成。

(一) 发生阶段

这一阶段是审美直觉发生的过程，也是文学欣赏活动的真正开始。读者凝神贯注，全身心投入文学作品中，进入物我两忘的文学世界。经过文学欣赏的发生阶段，读者通过对文学形象的把握与感悟，形成了审美直觉。这一阶段不需要过多的理性思考与分析判断，直接而简单，它与功利无关，真实而纯粹，但在很大程度上影响读者后面的审美判断。这一环节是读者深入把握文学意蕴的前提条件。因此，读者是否拥有丰富而敏锐的审美直觉是文学欣赏活动成功与否的关键所在。

读者可以通过后天教育训练和阅读实践来提升审美直觉能力，在持续的学习中积累审美经验、提高文学修养，同时不断丰富生活阅历，如此才能形成丰富而敏锐的审美直觉。

(二) 发展阶段

这一阶段是审美体验过程，是整个文学欣赏活动的核心部分。读者在产生审美直觉的基础上，展开联想与想象，并生发出强烈的情感反应，从而达到文学欣赏的高潮阶段。

文学欣赏中的审美体验，是包含情感、联想、想象、理解、再创造等诸多心理因素的积

极活动。情感、联想、想象是体验活动的根本，读者基于审美经验和心理倾向，感知文学欣赏对象，以充沛的情感与之交流，实现与作者的共鸣，随即展开联想和想象，进一步加工，丰满生动的文学形象呼之欲出。这一过程也是读者自身的生命体验过程，读者在心灵愉悦中肯定自我价值。

审美体验阶段是读者反作用于文学作品的阶段，不同于文学欣赏开始阶段的被动状态，在这个阶段，读者处于一种主动体验的状态，积极参与文学艺术再创造活动，在理解和洞悉文学形象的意蕴后，把自己的理解赋予文学形象，使文学形象更有感染力。

文学欣赏活动的发生、发展阶段是读者通过文学作品反观自身，产生审美认同并进行自我完善的过程，是文学欣赏活动的最高境界。这一阶段突出显现"共鸣""净化""领悟"的审美效应。"共鸣"是指在文学欣赏活动中，读者被作品中的思想情感、理想愿景、人物命运等内容打动，在内心形成的一种强烈的共感状态；"净化"是指读者通过对文学作品的欣赏产生共鸣，情感得到陶冶，从而形成的精神愉悦、人格提升的状态；"领悟"是指读者在文学欣赏过程中引发的对社会事物的省察、对人生命运的反思，以及精神境界得以升华的状态。文学欣赏活动的发生、发展阶段结束后，读者实现了自身的审美超越。

三、得其环中，超然物外——延留阶段

在经过文学欣赏发生、发展的高潮阶段后，读者进入了文学欣赏的延留阶段。在这个阶段，读者会产生一种延留现象。读者实现了对文学作品的共鸣、净化和领悟，一方面表现为持续不断地回味，如同孔子周游列国时，听闻《韶》乐后"三月不知肉味"；另一方面表现为读者的生活习惯、心理、情感、世界观等方面深受作品的影响，阅读结束后其现实生活发生了改变。苏联作家奥斯特洛夫斯基所著长篇小说《钢铁是怎样炼成的》讲述了主人公保尔·柯察金在艰苦卓绝的环境中战胜自己、百炼成钢，在残酷的斗争中战胜敌人、创造奇迹的故事。小说自引进到中国以来，主人公保尔·柯察金崇高的理想、坚韧的意志、刚强的性格影响了无数中国人的生活态度，体现了文学欣赏在社会现实方面的意义。

子在齐闻《韶》，三月不知肉味，曰："不图为乐之至于斯也。"

(《论语·述而》)

人最宝贵的是生命。生命每个人只有一次。人的一生应当这样度过：当回忆往事的时候，他不会因为虚度年华而悔恨，也不会因为碌碌无为而羞愧；在临死的时候，他能够说："我的整个生命和全部精力，都已经献给了世界上最壮丽的事业——为人类的解放而斗争。"

(苏联 尼古拉·奥斯特洛夫斯基《钢铁是怎样炼成的》节选)

如今，随着人们物质生活水平的提高，人们的精神文化需求也在不断增长。文学欣赏对于弘扬优秀的传统文化，塑造适应社会发展的文化价值观和大众审美标准都有着重要的意义。文学欣赏可以提升人们的审美趣味，引导公众"诗意地栖居"。

第三节　文学欣赏的基本方法

文学欣赏是读者通过对文学作品的直观把握与情感体验，感受文学语言的形式美与表现力，体味其内涵的活动，也是读者全面心理机制共同参与的过程。

一、解读文本语言与思想意蕴

在文学创作中，作家以语言和文字为媒介和手段创作出具体直观的文本作品，完成文学形象的塑造与传达，营造审美意蕴。文学欣赏应以特定的文学作品为对象，作品文本是文学欣赏的客观基础。文学作品的语言和文字具有相对独立的审美特性。文学欣赏应从作品文本入手，欣赏作家按照不同文学体裁的创作规律创造出的具有情趣意味的语言形式，一如文艺理论家朱光潜所说的"咬文嚼字"，文学欣赏，重在认真品味。

当读者遇到晦涩难懂、生僻文字、理解障碍等情况时，可以求助于字典、辞书、网络等。在文学欣赏活动中，解读文本语言是最基础的工作，切忌不求甚解、望文生义，否则难以真正领会作者遣词造句的精妙意趣。解读文本语言还要注意一种情况，文学作品是作者基于创造性想象而创作出的艺术真实，而不是生活真实，现实中不一定确有其人其事，所以文学欣赏切忌流于穿凿附会、偏执考据的考证，否则难以体会文学艺术的魅力。

……但是我们原在咬文嚼字，非这样锱铢必较不可。咬文嚼字有时是一个坏习惯，所以这个成语的含义通常不很好。但是在文学，无论阅读或写作，我们必须有一字不肯放松的谨严。文学藉文字表现思想情感，文字上面有含糊，就显得思想还没有透彻，情感还没有凝练。咬文嚼字，在表面上像只是斟酌文字的分量，在实际上就是调整思想和情感。从来没有一句话换一个说法而意味仍完全不变。例如《史记》李广射虎一段：

"李广见草中石以为虎而射之，中石没镞，视之，石也。更复射，终不能入石矣。"这本是一段好文章，王若虚在《史记辨惑》里说它"凡多三石字"，当改为"以为虎而射之，没镞，既知其为石，因更复射，终不能入"，或改为"尝见草中有虎，射之，没镞，视之，石也"。在表面上似乎改得简洁些，却实在远不如原文，见"草中石，以为虎"并非"见草中有虎"。原文"视之，石也"，有发现错误而惊讶的意味，改为"既知其为石"便失去这意味。原文"终不能复入石矣"有失望而放弃得很斩截的意味，改为"终不能入"便觉索然无味。这种分别，稍有文字敏感的人细心玩索一番，自会明白。

(朱光潜《咬文嚼字》节选)

文学欣赏不应停留在文本层面。文学欣赏是一个从作品文本着手，经历由表及里、循序渐进的过程。读者能够突破语言层面进入内容层面，获得形象具体的感受，调动审美经验，逐渐理解作家的创作意图，领悟文本蕴含的震撼人心的情感力量和耐人寻味的思想意蕴，引发共鸣，这才是真正意义上的文学欣赏。只有从这一基本要领入手，读者才能从文学作品中得到丰富、深刻的审美体验，将个人的文学修养与作家的作品相互融合，提升文学欣赏的境界。

二、探寻创作技巧与艺术个性

　　文学创作过程是指作家以所处时代的文化、历史、民俗等元素为背景，基于对生活的长期探索和生活经验的积累，产生独到的认知，再根据自身创作意图与动机进行艺术构思，使用文学技巧、表现手段展现出来。文学创作技巧是作家思想、审美观念的表现，具备审美属性。因此，解读创作技巧也是一种重要的文学欣赏方法。文学创作需要借助多种综合艺术手法，如描写、议论、抒情、借用、联想、比喻、象征、暗示、双关等，此外，词句、段落之间的语法联系或结构关系也需要进行处理，这些都是读者在文学欣赏时应该关注的重点。

　　作家的生活经验和人生经历是不可复制的，所以带有作家个人深刻烙印的文学作品具备独有的个性。作家的每一次创作，都是其内视内省、自我修正、自我提升的成长过程，即使是同一个作家，在不同时期的创作风格、作品个性、技巧样式及所蕴含的审美情趣也不尽相同。读者在文学欣赏过程中，应客观冷静，不流于情绪化，有的放矢地把握作品文本的独特性。

三、观照文化积淀与时代征候

　　文学经过千余年的历史传承，发展至今，已形成规范的艺术自觉性和审美标准，其经典价值不是某一个时代偶然性的生成，而是历史生成的价值，是在曲折的历史进程中长久的积淀，是历史的统合作用和连贯作用的结果。优秀的文学作品作为作家个体的精神创造成果，无一不是文学发展洪流中的重要构成，不同程度地体现着作家所处时代的现实生活、社会情态及其本人的人生理想。在文学欣赏活动中，读者应把具体的文学作品放置于所处的时代和历史的背景中，从而准确地把握作品内涵及价值。文学欣赏应以作品所处时代的文化条件为基础，脱离了特定的时代征候和文化积淀，读者难以把握作品的真义，可能会出现理解偏差，甚至与作家创作的原意大相径庭。

扫一扫，练一练①

---

① 教师和学生拿到书，先扫描封底刮刮卡，再扫描书内习题码，确认是否能正常做题；关注"文泉考试"公众号，这个公众号可作为除图书以外的第二入口；教师在公众号内先进行教师认证，待认证通过后可创建班级，将班级码分享给学生，提示学生加入；学生扫描书内习题码或者点击公众号上的"做题"，做完题后，输入班课码，可提交答案；教师可从后台导出成绩。

第二章　诗歌欣赏

🌸 第一节　诗歌概述

一、诗歌的发展历程

纵观文学发展史，诗歌是较早出现的一种文学形式，源自远古先民的劳作与歌舞。远古先民在集体劳作或歌舞时，为增强效果、适应协同合作，会发出带有节奏性的集体呼声，诗歌就这样诞生了。鲁迅在《且介亭杂文——门外文谈》中形象生动地描绘了当时的场景。

我们的祖先的原始人，原是连话也不会说的，为了共同劳作，必须发表意见，才渐渐地练出复杂的声音来。假如那时大家抬木头，都觉得吃力了，却想不到发表，其中有一个叫道"杭育杭育"，那么，这就是创作；大家也要佩服，应用的，这就等于出版；倘若用什么记号留存了下来，这就是文学；他当然就是作家，也是文学家，是"杭育杭育派"。

(鲁迅《且介亭杂文——门外文谈》节选)

我国最早的诗歌，相传为帝尧时代的《击壤歌》，该诗歌风格淳朴，用以赞颂劳动。

击壤歌
佚名

日出而作，日入而息。

凿井而饮，耕田而食。

帝力于我何有哉！

西周时期，我国第一部诗歌总集——《诗经》诞生，揭开了我国古代诗歌灿烂的篇章。《诗经》是我国古代诗歌的开端，向读者展现了从西周初期至春秋中叶奴隶制社会晚景的沧桑，开创了我国诗歌的现实主义传统。此外，赋、比、兴的运用，也开启了我国古典诗歌创作的基本手法，对后世各类诗歌影响深远。

《诗经》共计311篇诗歌，都可配乐演唱，又称《诗三百》。根据诗歌及音乐形式、内容、语言的不同，可将其分为"风""雅""颂"三个组成部分。宋代史学家郑樵在《通志序》里这样界定："风土之音曰'风'，朝廷之音曰'雅'，宗庙之音曰'颂'。""风"是带有地方色彩的音乐，包括十五"国风"，即十五个地方的民间歌谣，记载了大量劳动人民的口头创作，具有浓郁的民歌特色。"风"的诗歌内容高扬鲜明的现实主义旗帜，反映了当时人民对生活境遇的深刻认识、思想意识及审美观念；语言风格朴素、鲜明，富于形象性，多处用双声、叠韵、叠字等，精确优美；语言形式多以四言成句，隔句用韵，富有强烈的节奏感和音乐感，多处章节复叠，呈现一唱三叹的艺术美感，"风"是《诗经》的精华部分。"雅"分为"大雅"和"小雅"，多描写统治阶级的日常生活，常用于宴会歌舞之中。"颂"分为"周颂""鲁颂"和"商颂"，是宗庙祭祀用的舞曲，内容多为歌颂周王朝祖先的"功德"，常在祭祀宗庙时演出。"雅"诗、"颂"诗都是统治者在特定场合演出的乐歌，区别在于"雅"诗篇幅较长，分章分节，句法整齐，流畅通顺，部分诗歌偏重抒情，辅以比兴手法的巧妙运用，具有较强的形象性和感染力；而"颂"诗具有极为浓厚的宗教文学色彩，形式不够灵活，诗歌语言风格典雅沉重。

乐以诗为本，诗以声为用。风土之音曰"风"，朝廷之音曰"雅"，宗庙之音曰"颂"。仲尼编《诗》，为正乐也。以风雅颂之歌，为燕享祭祀之乐。工歌《鹿鸣》之三，笙吹《南陔》之三，歌间《鱼丽》之三，笙间《崇丘》之三，此大合乐之道也。

(郑樵《通志序》)

"赋""比""兴"是《诗经》开创的诗歌表现手法。明代朱熹在《诗集注》指出："赋者，敷也，敷陈其事而直言之者也；比者，以彼物比此物也；兴者，先言他物而引起所咏之词也。""赋"即直接铺陈叙述，描述一件事情的经过，也是基本的表现手法。"比"即打比方，用一个事物来说明另一个事物，相当于现代修辞中的比喻。"兴"即起兴，由一个事物联想到另一件事物。汉代《毛诗大序》把"风""雅""颂""赋""比""兴"合称为诗之"六义"。

故诗有六义焉：一曰风，二曰赋，三曰比，四曰兴，五曰雅，六曰颂。上以风化下，下以风刺上，主文而谲谏，言之者无罪，闻之者足以戒，故曰风。至于王道衰，礼义废，政教失，国异政，家殊俗，而变风变雅作矣。国史明乎得失之迹，伤人伦之废，哀刑政之苛，吟咏情性，以风其上，达于事变而怀其旧俗者也。故变风发乎情，止乎礼义。发乎情，民之性也；止乎礼义，先王之泽也。是以一国之事，系一人之本，谓之风；言天下之事，形四方之风，谓之雅。雅者，正也，言王政之所由废兴也。政有大小，故有小雅焉，有大雅焉。颂者，美盛德之形容，以其成功告于神明者也。是谓四始，诗之至也。

(毛苌《毛诗大序》)

　　战国后期，楚国产生了具有楚地文化特征的新体诗——楚辞，诞生了我国文学史上第一位伟大的诗人屈原。屈原及其弟子宋玉等人运用楚地(今两湖一带)的文学样式、方言声韵，创造了楚辞这一新诗体。楚辞打破了《诗经》的四言形式，从三、四言发展到五、七言，句式长短参差、大量使用语气词"兮"字、铺排夸饰、想象丰富是楚辞的主要特点。楚辞艺术的巅峰之作为屈原杰出的作品《离骚》，《离骚》堪称我国古代文学史上最为宏伟壮丽的抒情长诗。诗歌全篇想象神奇而瑰丽，诗风浓郁而质朴，具有浓厚的浪漫主义色彩。到了汉代，经学家刘向把屈原的作品及宋玉等人"承袭屈赋"的作品编辑成集为《楚辞》。

　　楚辞，本义指楚地的歌辞，在发展中形成了两种含义：一是诗歌的体裁；二是诗歌总集的名称。楚辞吸收了神话的浪漫主义精神，感情奔放，想象奇特，具有浓郁的楚国地方特色。楚辞的出现，标志着中国诗歌从民间集体创作迈向诗人个体独立创作，开创了中国文学浪漫主义的创作道路。楚辞代表作品有屈原创作的《离骚》《九歌》《九章》等。继我国第一部现实主义诗歌总集《诗经》之后，《楚辞》成为我国第一部浪漫主义诗歌总集。楚辞又称为"骚体"，《楚辞》与《诗经》在文学史上并称"风骚"，垂范后世。《诗经》和《楚辞》是诗歌体裁发展的两大源头，对中国文学产生深远的影响。

　　中国诗歌在汉代又出现了新的形式，乐府诗和五言诗代表了两汉诗歌的主要成就。

　　乐府诗又称汉乐府。汉乐府原指汉初采诗制乐的官署，是专门掌管音乐的机构，后演变成汉时乐府官署所采制的诗歌总称，专指汉代的乐府诗。乐府诗的一部分是供执政者祭祀祖先神明使用的郊庙歌辞，与《诗经》中的"颂"相近；另一部分是从民间采集的广为流传的俗乐，称为乐府民歌。

　　汉乐府是继《诗经》之后，中国古代民歌的又一次大汇集。汉乐府以民歌为精华，在继承《诗经》民歌"饥者歌其食，劳者歌其事"的现实主义传统之上，开创了中国诗歌现实主义新风，通俗易懂，长于叙事，流传至今共有百余首。正如东汉著名史学家班固在《汉书·艺文志》中描述的"感于哀乐，缘事而发"，汉乐府的创作灵感来自人们被生活事件激发的悲哀或快乐情绪，极富生活气息，同时也反映了当时的社会风俗和价值观念。

　　自孝武立乐府而采歌谣，于是有代、赵之讴，秦、楚之风，皆感于哀乐，缘事而发，亦可以观风俗，知薄厚云。

(班固《汉书·艺文志》)

　　在汉乐府民歌中，女性题材作品占重要位置，这些民歌刻画的人物形象生动、性格鲜明，故事情节较完整，且能突出思想内涵，标志着叙事诗发展到成熟阶段。其中《孔雀东南飞》是中国古代文学史上第一首长篇叙事诗，代表了汉代乐府民歌发展的最高峰。

　　汉乐府民歌多采用五言形式，以五字句和七字句为主体，掺杂长短不同的各种句式铺陈，体现了诗歌艺术的发展方向，为之后出现的五言和七言古体诗奠定基础。

　　魏晋南北朝时期，诗歌进入自觉创作阶段并获得独立发展。这一时期，五言诗经历了从民间流传到文人创作的发展过程，取得了显著的成就。《古诗十九首》的诞生，标志着五言诗在艺术上走向成熟。

在阮籍、嵇康等人的努力下，魏晋南北朝诗歌创作进入了文人创作五言诗的兴盛时期，可谓"五言腾涌"的大发展，"三曹"(曹操、曹丕、曹植)及孔融、王粲、刘桢、陈琳等文人共同创造了"建安文学"的辉煌气象。建安文学作品继承了汉乐府民歌的现实主义传统，具有慷慨苍凉、清新刚健的时代风格，作品多反映时代动荡和民间疾苦，抒写个人理想抱负，抒情浓烈，感情真挚，被后人称为"建安风骨"。

自献帝播迁，文学蓬转，建安之末，区宇方辑。魏武以相王之尊，雅爱诗章；文帝以副君之重，妙善辞赋；陈思以公子之豪，下笔琳琅；并体貌英逸，故俊才云蒸。仲宣委质于汉南，孔璋归命于河北，伟长从宦于青土，公幹徇质于海隅；德琏综其斐然之思；元瑜展其翩翩之乐。文蔚、休伯之俦，于叔、德祖之侣，傲雅觞豆之前，雍容衽席之上，洒笔以成酬歌，和墨以藉谈笑。观其时文，雅好慷慨，良由世积乱离，风衰俗怨，并志深而笔长，故梗概而多气也。

(刘勰《文心雕龙·时序》节选)

陶渊明是东晋成就最高的诗人，其超越俗流的田园诗一改玄言诗盛行的局面。陶渊明其人"浑身静穆"，其诗淳厚有味，意境高远拔俗，开创了文人诗歌创作的新领域，对后世影响很大，唐代山水田园诗派受其直接影响颇深。

南北朝时期，中国诗歌形成了南北朝各自独特的艺术风格。南朝诗歌重抒情，重辞藻，清新活泼；北朝诗歌尚写实，崇质朴，刚健激越。南朝文学家庾信的诗赋集南北文学之大成，清新与浑厚统一，精美与刚健兼收，成为唐代诗风的先声。南北朝时期杰出的诗人鲍照，开创隔句押韵的七言句法，为七言诗的出现开辟了道路。民歌方面，南朝的吴歌和西曲明丽柔婉，北朝的少数民族歌曲则多刚健亢爽。南北朝乐府民歌中，反映社会现实的诗作大量涌现，形成新的艺术形式和风格，篇幅短小精悍，以叙事为主。南朝乐府诗歌多为情歌，采用五言四句的格式。北朝乐府诗歌多为"军乐""战歌"，以五言四句为主，此外，还出现了七言四句的七绝体，后发展为七言古诗和杂言体。北朝乐府诗歌代表作有长篇叙事诗《木兰诗》，它与汉乐府代表作《孔雀东南飞》并称为中国诗歌"乐府双璧"。

南朝齐永明年间，诗歌创作注重声律和音调和谐。"永明体"诗歌逐渐形成，成为格律诗产生的开端，对唐代律诗、绝句的形成影响深广。这一时期的代表诗人有谢灵运和谢朓，世称"大小谢"，二人专力于山水诗创作，诗风疏朗清新。

中国古代诗歌早期没有格律限制，唐代以前没有严格的格律限制的诗体称为"古体诗"。"近体诗"发端于南北朝的齐梁时期，到唐初成熟，有严格的格律限制，因此被称为"格律诗"。"格律诗"通常指五言或七言律诗、绝句和排律，遵循严格的句数、字数、音律和对仗等方面的格式要求。楚辞和乐府诗通常不计在内。

唐代诗歌空前繁荣，作家及作品数量之多、成就之高、影响之大，前所未有。唐代诗歌代表中国古典诗歌的巅峰，开创了中国诗歌史上的黄金时代。从唐代流传至今的诗歌近五万首，唐朝初、盛、中、晚各期名家辈出，大家纷呈。初唐时期，世称"初唐四杰"的诗人王勃、杨炯、卢照邻和骆宾王，上承汉魏风骨，力扫齐梁浮艳颓风，使唐诗创作由艳情转向现实。盛唐时期，以王维、孟浩然等人为代表的山水田园诗派，诗境朴素幽美，上承陶渊明、谢灵运而别开生面；以高适、岑参、王昌龄等人为代表的边塞诗派，诗风刚健昂扬。在这一诗星璀璨的时期，李白和杜甫两位诗坛巨人横空出世，他们被誉为中国诗歌史上的"双子星座"。李白史称"诗仙"，其诗歌豪放飘逸；杜甫史称"诗圣"，其诗歌被称为"诗史"，风格沉郁顿挫。中唐时期，诗歌主流转向社会现实，出现了以白居易、元稹为代表的新乐府诗歌，以及韩愈、刘禹锡、柳宗元、贾岛和李贺等杰出的诗人。白居易是唐代创作量最大的诗人；元稹是新乐府运动的中坚力量，与白居易并称"元白"；韩愈位列"唐宋八大家"之首，是唐代最杰出的散文家，也是位大诗人；刘禹锡的咏史怀古诗最为后人所称道；柳宗元是中唐著名的诗人，也是著名的散文家；李贺人称"鬼才"，是一位才华横溢的诗人。到了晚唐，诗风带有浓厚的感伤色彩，杜牧和李商隐是这一时期的代表，世称"小李杜"。杜牧长于七绝，风格俊爽高绝，可与盛唐"七绝圣手"王昌龄齐名；李商隐诗风富丽华艳，以爱情诗独擅胜场。

词又名"长短句"，萌芽于隋唐之际，兴于晚唐五代，荣盛于宋代。词起源于民间，敦煌曲子词是现存最早的民间词。大量词作出现于晚唐时期，温庭筠是第一位大力填词的文人。西蜀词坛和南唐词坛是五代时期的两大著名词坛。西蜀词坛以"花间派"为中心，"花间词派"因中国第一部文人词总集《花间集》而得名。南唐词坛的代表人物是南唐后主李煜，其早期词作多写宫廷闺怨，题材较窄，后期作品辗转慨叹、纾解人生，语言质朴洗练，题材宽泛，扩大了中国词作的表现领域，现代学者王国维予以极高的评价，李煜的艺术地位在中国词史上不可替代。

> 词至李后主而眼界始大，感慨遂深，遂变伶工之词而为士大夫之词。周介存置诸温韦之下，可为颠倒黑白矣。"自是人生长恨水长东""流水落花春去也，天上人间"，《金荃》《浣花》，能有此气象耶？
>
> （王国维《人间词话》节选）

在宋代文学中，成就最为辉煌的当属宋词，唐诗、宋词堪称"中国文学的双峰"。北宋初期，晏殊词风雍容娴雅，风格柔婉；范仲淹词作宏大开阔，沉郁苍凉，开创了宋代的边塞诗派。柳永是北宋第一位专力写词的作家，也是第一个大量创作慢词的词人。苏轼是宋代的散文大家、诗人、词豪，其散文与欧阳修并称"欧苏"，其诗与黄庭坚并称"苏黄"，其词与辛弃疾并称"苏辛"，代表了北宋文学的最高成就。苏词开创了豪放词派，逸怀浩气，给宋词带来了新气象。秦观的词融情入景，词境凄婉柔美，对宋代婉约派词人有直接影响。周邦彦是北宋婉约派词人的集大成者，在词艺趋于精美化方面功不可没。两宋之交出现了我国古代杰出的巾帼词人李清照，其词化俗为雅、柔中有刚、感人心魄。南宋最伟大的爱国主义词人辛弃疾，对东坡词的豪放风格加以继承并发扬，其风格苍凉悲壮。姜夔是南宋格律派词人的代表，其词风清空婉丽，在中国文学史和艺术史上冠绝一时。

宋代诗在唐诗的基础上，在思想内容和艺术表现方面有所发展和创新，对元、明以后的诗歌发展有着深远的影响，在清代诗坛更有尊唐、宗宋之争。

　　宋诗带有散文化倾向。欧阳修是宋代诗文革新运动的领袖,他倡导平易流畅、注重气骨、长于思理的诗风,为宋诗开拓出一条新路。苏轼诗作笔力雄健,气势奔放,发展了"以文为诗"的宋诗特色。黄庭坚是江西诗派的创始人,其推崇杜甫的现实主义风格。陆游是南宋伟大的爱国诗人,也是中国文学史上存诗最多的诗人,其诗风豪放雄浑,将我国的爱国主义诗歌推向了高峰。南宋后期还出现了"永嘉四灵"(徐照、徐玑、赵师秀、翁卷)和江湖诗派,其诗作重于个人抒情和对田园生活的赞咏,但诗格比较浮弱,现实感不足。宋末诗人文天祥、汪元量等人的爱国诗篇慷慨激昂,他们是这一时期中国诗坛最后一道光彩。

　　元代出现了一种新抒情诗体——散曲,雅俗共赏,流行于当时。散曲自然质朴又生动灵活,分为小令和套数两种形式,语言俚俗活泼,具有浓厚的市民通俗文学色彩,给诗坛注入了一股清新之风。散曲前期以关汉卿和马致远为代表,作品风格多样,既有民间艺术的诙谐泼辣,又不乏文采;后期以张可久和乔吉为代表,作品趋于雅正典丽。

　　明代诗歌中,拟古与反拟古倾向交相呈现,在艺术观念和方法上少有创新。明朝初期,诗歌代表人物有高启、刘基、陈子龙等,诗歌内容以表现社会现实为主。明永乐至成化年间,出现以杨士奇、杨荣、杨溥等为代表的"台阁体"诗派,其诗歌内容多为歌颂统治阶级的太平功德,较为空泛。明朝中叶以后,以李梦阳、何景明为代表的"前七子"(李梦阳、何景明、徐祯卿、边贡、康海、王九思、王廷相)和以李攀龙、王世贞为首的"后七子"(李攀龙、王世贞、谢榛、宗臣、梁有誉、徐中行、吴国伦),高举"文必秦汉,诗必盛唐"的旗帜,先后发起因循守旧的复古运动,受到以归有光为代表的"唐宋派"、以袁宏道为代表的"公安派"的批驳,这两派大力主张诗歌创作应"独抒性灵,不拘格套","竟陵派"的钟惺、谭元春等人紧随其后,其诗风幽深孤峭。

　　在清代,诗词领域进入了中国古代诗歌这一体裁全面总结的时期,清代也是唐代以后诗歌创作的复兴时期,名家迭出,流派众多。钱谦益、吴伟业被誉为"清代诗歌的开山宗匠"。王士禛针对清初诗坛流弊,创立了以"神韵说"为核心的古代诗歌理论,成为当时的诗坛领袖,被誉为"清代第一诗人"。此外,黄宗羲、顾炎武等人因诗作具有强烈的民族感情和爱国思想而独具特色。清朝中叶以后,考据风行,影响了诗文创作,远现实、重形式的诗风盛行,而郑燮、袁枚等人的诗作以反映大众民生、直抒胸臆的特点而深受人们喜爱。清朝末期,内外交困,龚自珍提出"更法""改图"的创作主张,倡导革除弊政,抵制侵略,其诗文揭露了清统治者的腐朽,抒发宏图大志,洋溢着爱国热情,成为批判社会现实的利器,被柳亚子誉为"三百年来第一流"。继龚自珍之后,黄遵宪成为从理论和创作实践两个层面为"诗界革命"开辟道路的杰出诗人。后来以康有为、梁启超为主流的革命诗派进一步对诗歌进行革新,并将其作为资产阶级改良运动宣传载体,其作品大多饱含昂奋激烈的爱国感情。清代后期以秋瑾、柳亚子为代表的诗人强烈批判封建文化和礼法,积极宣传民主主义思想。

　　经过元、明的中衰以后,词至清代又呈"中兴"气象。陈维崧、朱彝尊、纳兰性德被尊为"清初三大家",又称"康熙词坛三鼎足"。其中,纳兰性德词作独具特色,以"真"取胜,写景逼真传神,词风清丽婉约,哀感顽艳,格高韵远,著有《通志堂集》《侧帽集》《饮水词》等;朱彝尊词作讲求词律工严,用字致密清新,其佳者意境醇雅净亮,极为精巧，代表作《曝书亭词》由数种词集汇编而成。三人之中，陈维崧的词作数量最多，其著有《湖海楼词》，共收录1600余首诗歌，风格豪迈奔放，词风接近宋代的苏派、辛派。清中叶以后，以张惠言、周济为代表的"常州词派"，倡导词作内容忌无病呻吟，应切合当时内忧外患、社会急剧变化的历史要求，其影响直至清末不减。

五四新文化运动时期，中国文坛"提倡新文学，提倡白话文"。1917年，胡适率先在《新青年》上发表白话诗八首，并提出"诗体大解放"的主张，他强调诗歌创作应不拘格律、不拘平仄、不拘长短，其著有《尝试集》，这是中国现代文学史上第一部白话诗集。在新诗诞生的过程中，经由刘半农、刘大白、康白情、俞平伯等作家的努力，新诗形成了没有一定格律、不拘泥于音韵、不讲雕琢、不尚典雅只求质朴、以白话入行的基本特征。早期出版的新诗集有胡适的《尝试集》、俞平伯的《冬夜》、康白情的《草儿》和郭沫若的《女神》。其中，郭沫若创作的首部诗集《女神》富有浪漫主义色彩，以狂飙突进式的五四时代精神和鲜明个性，成为中国现代白话诗的奠基之作，也是新诗真正取代旧诗的标志。闻一多是继郭沫若之后又一位对新诗发展做出划时代贡献的诗人，他在诗歌理论层面提出了构建诗歌的音乐美、绘画美、建筑美的主张。闻一多创作的两部诗集《红烛》和《死水》富有浪漫主义色彩，爱国主义情感贯穿始终，展现了五四新文化运动时期积极向上、进取追求的精神风貌。

经过开辟阶段，与古体诗相比，新诗形式更加灵活自由、内容更加丰富多彩，真正冲破了旧有诗体的禁锢和束缚，由此，中国诗歌走进了崭新的时代。这一时期，朱自清的诗歌成就较为突出，其代表诗作《光明》表达了踏实求索、积极进取的精神，《匆匆》《自从》《毁灭》等诗作表达了历经坎坷与幻灭，矢志不渝追求理想之心的坚韧。自成一家的冰心，深受泰戈尔《飞鸟集》的影响，创作了《繁星》《春水》两部诗集，其诗歌形式被称为"繁星体"，内容多表现母爱、童真和自然之情，满蕴温柔、忧愁之风。瞿秋白和蒋光慈等共产党员作家的政治抒情诗被称为"怒吼的诗"，具有鲜明的社会主义风采。蒋光慈代表作《太平洋中的恶象》《中国劳动歌》《哭列宁》等诗一扫新诗缠绵悱恻之风，充满慷慨之气。在新诗创作中，湖畔诗社的爱情诗也较引人注目，以汪静之、应修人、潘漠华和冯雪峰为创作主力，描写爱情大胆直白，质朴单纯。冯至善写自由体诗较有成就，其诗既写爱情，也写亲情和友情，出版了《昨日之歌》《北游及其他》等诗集。提倡格律诗的新月派主张"理性节制情感"，反对滥情主义和诗歌散文化倾向。徐志摩是新月派重要代表，其诗表达了对光明的追求、对理想的希冀、对现实的不满，多收录于《志摩的诗》《翡冷翠的一夜》《猛虎集》《云游》等诗集中，诗风轻盈婉约，感情浓烈真挚。同时期出现的象征派诗歌多采用不同于常态的联想、隐喻等手法，诗作呈现朦胧神秘的诗风。李金发是象征派的代表人物，被称为"诗怪"，其诗怪诞，可读性较差，著有《微雨》《为幸福而歌》等诗集，反映了五四运动后知识分子面对茫然的前途产生的悲观情绪。其他成绩较为突出的象征派诗人有王独清、穆木天和冯乃超。

20世纪30年代，左翼诗派引领诗坛，主张诗歌大众化，倡导诗歌创作面向下层人民，歌唱抗日救亡运动，其重要代表团体是中国诗歌会，代表诗人是浦风。继新月派之后，现代诗派兴起，代表诗人是戴望舒，其于1928年创作《雨巷》后，被称为"雨巷诗人"，出版了《我的记忆》《望舒草》等诗集，主要表现知识分子在大革命失败后的幻灭感和孤独感。抗日战争时期，中国诗坛的重要诗派为七月派，代表诗人有胡风、艾青、田间、亦门、鲁藜、邹获帆等，其诗风质朴、粗犷、奔放，政治抒情诗较多，充满爱国主义情怀，激发了时人的抗敌斗志。

20世纪40年代后半期，民歌体新诗在解放区农村率先成熟，大量长篇民歌体叙事诗涌现出来，代表作有李季的《王贵与李香香》和阮章竞的《漳河水》。袁水拍的诗集《马凡陀的山歌》是当时较有影响力的现实讽刺诗集，诗风轻松诙谐又锐利泼辣。

1949年中华人民共和国成立后，诗歌创作进入到崭新的发展阶段，新题材、新主题应运而生，诗人满怀激情讴歌新社会。这一时期的代表作有邵燕祥的《歌唱北京城》《到远方去》、森林诗人傅仇的《伐木者》、严阵的《老张的手》、未央的《祖国，我回来了》、李瑛的《军帽底下的眼睛》、公刘的《边地短歌》《黎明的城》、顾工的《喜马拉雅山下》等。这一时期的诗歌在形式上不仅汲取中国民歌信天游的营养，也接受外来诗歌的影响，阶梯诗、新格律诗等形式相继出现。

20世纪50年代末60年代初，诗坛兴起了新民歌运动，政治抒情诗成为独立的艺术形式，代表诗人有郭小川、贺敬之。郭小川的《深深的山谷》《将军三部曲》、李季的《杨高传》、闻捷的《复仇的火焰》、韩起祥的《翻身记》、王致远的《胡桃坡》、臧克家的《李大钊》、田间的《赶车传》等享誉诗坛，这一时期长篇叙事诗硕果累累。

改革开放后，沉寂十载的中国诗坛百花齐放，在表现手法上广泛借鉴于古今中外的诗作，在形式上趋于松散的自由体，在风格上百舸争流。20世纪70年代末80年代初，一批青年诗人迅速成长，代表人物有舒婷、顾城、江河等，诗歌意境隐约含蓄、富含寓意，主题多解多义，被称为"朦胧诗"。

20世纪90年代，诗歌趋于"边缘化"，读者大众远离诗歌而去，诗人的创作态度发生了畸变，诗歌写作的反诗化与诗歌批评的庸俗化风行，成为当时诗坛的一道灰色景观。诗人以各种表述方式描述边缘化的悲情状态。

进入21世纪，中国诗歌稳健地迈入康庄大道。回顾中国诗歌近三十年的发展历程，诗歌文化主体意识得以重建，在创作思想方面，人的主体性得以张扬，诗人以多元开放的思维，在古今中外优秀文化中汲取创作营养，在审视现实和生活中思考自身和世界。这一时期，涌现出大量感人至深的诗篇，在题材、体裁、风格、流派、创作方法和艺术表现手段方面极为丰富多彩，诗歌内容真实、自由、亲切、自然。

在当下日新月异的融媒体时代，中国诗歌创作备受瞩目，其创作主体中涌现出大量普通大众，可谓人才辈出。诗歌作品不仅出现在民间刊物、草根网站上，也出现在权威主流媒体、自媒体及各类行业报刊上，诗歌真正成为人们纯粹的精神家园。

二、诗歌的审美特征

(一) 强烈的抒情美

诗歌是较早出现的文学体裁，被称为"文学之母"。在人类文明史的开端，诗歌就已存在。作为最早出现的一种文学样式，诗歌在产生的初期与音乐、舞蹈艺术紧密相连。人的情感在现实生活中得以触发，"登山则情满于山，观海则意溢于海"，心中满怀志向、抱负及情思，定要用语言记录、表达成诗；当充沛勃发的情感难以尽情表达时，还要一展歌喉来吟唱；如仍难尽兴，还要辅以手舞足蹈。《毛诗序》记载了这一过程，班固在《汉书·艺文志》中也以"诗言志，歌咏言"诠释了这一景象。情感是诗歌的生命，诗歌的字里行间无处不洋溢着作家的情感。没有情，无以谈诗；不抒真情，就算不得诗人，情感是诗情的主要动力之一。

夫神思方运，万涂竞萌，规矩虚位，刻镂无形。登山则情满于山，观海则意溢于海，我才之多少，将与风云而并驱矣。

(刘勰《文心雕龙·神思》)

诗者，志之所之也，在心为志，发言为诗。情动于中而形于言，言之不足，故嗟叹之；嗟叹之不足，故永歌之；永歌之不足，不知手之舞之，足之蹈之也。

(《诗大序》)

诗言志，歌咏言。故哀乐之心感，而歌咏之声发。诵其言谓之诗，咏其声谓之歌。

(班固《汉书·艺文志》)

文学作品灌注着作家强烈的感情，其中诗歌表现得最为强烈和奔放。强烈的抒情美是诗歌本质的审美特征。

(二) 幽远的意境美

诗歌强调抒情，但其表达情感的方式不是直接宣泄和呐喊，而是通过诗歌文本所打造的意境来显现。王昌龄在《诗格》中强调："诗有三境，一曰物境，二曰情境，三曰意境。"其中，"物境"是客观的景物之境，"情境"是主观的情感之境，"意境"则是作家的主观思想感情与客观描绘的图景高度融合的艺术境界，也是诗歌艺术追求的最高境界。"意"即情，"境"即景，"境"是基础，"意"是主导，创造意境的过程是诗人通过想象和联想，将情志与客观意象交融的艺术过程。

诗有三境，一曰物境，二曰情境，三曰意境。
物境一。欲为山水诗，则张泉石云峰之境，极丽绝秀者，神之于心。处身于境，视境于心，莹然掌中，然后用思，了然境象，故得形似。情境二。娱乐愁怨，皆张于意而处身，然后驰思，深得其情。意境三。亦张之于意，而思之于心，则得其真矣。

(王昌龄《诗格》)

诗歌的意境大美无言，大情无说。一首好诗，总是通过意境把诗人隐含的情感呈现在读者面前。诗歌艺术通过令人陶醉的意境，让读者在阅读和赏析中感受到诗歌作品的虚实相生、物我相通、深邃幽远的意境之美。

(三) 精致的语言美

诗歌语言美的第一个表现是讲究语言的锤炼。诗歌要用有限的文字充分展现诗情画意，所以用语必须鲜明、凝练而生动，具有表现力。较之于小说、戏剧和散文，诗歌更重视语言的锤炼。综观古今中外，凡是成就卓著的诗歌大家，无不严谨地琢磨诗歌创作语言。

诗歌语言美的第二个表现是讲究语言的韵律。正如明代中叶文学家、诗论家胡应麟在其诗论专著《诗薮》中提出的"体格声调"，用辨体批评的方法，对各种诗歌形式在格调上的差异和声律上的要求进行细致区分，把"格"纳入诗歌的形体范畴，再针对"声"与"调"阐述诗歌语言的审美规则，强调语言韵律在诗歌创作中的重要性。

> 作诗大要不过二端，体格声调，兴象风神而已。体格声调，有则可循；兴象风神，无方可执。故作者但求体正格高，声雄调鬯，积习之久，矜持尽化，形迹俱融；兴象风神，自尔超迈。譬则镜花水月，体格声调，水与镜也；兴象风神，月与花也。必水澄镜朗，然后花月宛然；讵容昏鉴浊流，求睹二者？
>
> (胡应麟《诗薮》)

韵律的第一个要素是韵脚，古人把诗歌韵脚看作决定诗文成败、雅俗的关键。从古至今，除了某些自由诗和散文诗之外，诗歌都讲究押韵。韵律的第二个要素是节奏。节奏反映在诗歌上就是句式，节奏使诗歌变得抑扬顿挫，具有悦耳的音乐艺术美感。韵律的第三个要素是平仄格式。平仄格式是对诗句中每个位置上的语词声调的特殊规定，近体诗、词或散曲都应遵守平仄格式的规定。

第二节　诗歌的欣赏方法

一、知人论世，注重诗歌源流

在文学欣赏中，诗歌含义并不是直白显露的，而是"皆兴发于此，而义归于彼"(白居易《与元九书》)，含蓄蕴藉，又由于读者心理、情感状态、欣赏能力等方面的个体差异，不同读者对同一首诗歌会有不同的理解。汉代思想家董仲舒在《春秋繁露》中提出"诗无达诂"，意在说明诗歌欣赏没有通达或者一成不变的解释，应因人、情、时、事而异。"诗无达诂"在后世被引申为文学欣赏的差异性。但是诗歌欣赏也存有共性或客观标准，读者应从诗歌的创作风格和诗人所处的时代背景等方面进行把握，正如《孟子·万章下》中提倡的"知人论世"，这样才能对诗作进行深入解读，做出较为准确的评价。

孟子谓万章曰："一乡之善士，斯友一乡之善士；一国之善士，斯友一国之善士；天下之善士，斯友天下之善士。以友天下之善士为未足，又尚论古之人。颂其诗，读其书，不知其人，可乎？是以论其世也。是尚友也。

（《孟子·万章下》）

读者欣赏诗歌，需要了解诗歌的创作背景，通常分为两种情况：一种情况是宏大的背景分析，包括时代、思潮、地域、民族、阶级等方面，例如，读者在研究唐代诗歌时，可将时代背景分析分为初唐、盛唐、中唐、晚唐四个阶段；另一种情况是细致的背景分析，包括诗人的人生境遇、思想主张、创作诗歌的具体情境等。

读者欣赏诗歌，还需要掌握作者的创作风格，通常从两方面入手：一方面是厘清诗人所属的风格流派以及所受的文学思潮影响等。所谓诗歌流派，是指在一定的历史时期内，由思想倾向、审美趣味、创作方法、诗作风格等方面相近或相似的诗人自觉或不自觉形成的创作集团或派别，同派诗人通常受同一社会文学思潮的影响，有共同的创作观点、组织纲领以及明确的结社名称。所谓文学思潮，是指在一定的历史和社会条件下，受到一定的社会思潮和哲学思潮的影响，在文学领域中出现的新的艺术思想和创作倾向。另一方面是考察诗人的个体风格，一个诗人的风格在整体趋向上基本是固定的，如李白的飘逸、杜甫的深沉、李贺的险怪、苏轼与辛弃疾的豪放、姜夔和柳永的婉约。读者在欣赏诗歌时要结合作家的命运遭际，考虑其风格的多样性，因为诗人在人生不同时期的创作风格也会呈现一定的差异。如苏轼在创作《水龙吟·次韵章质夫杨花词》时，一改豪放派的风格，借咏杨花来抒发幽怨缠绵的离情别绪。

二、以意逆志，明确诗歌主旨

"以意逆志，是为得之"语出《孟子》，可以理解为当读者欣赏诗歌时，不必被文本所限，应根据诗歌的全篇立意，通过欣赏诗作的自身感受来探索诗人的心志，追寻诗人的心灵踪迹，明确诗人的用意所在，而不是拘泥于文面意义。"以意逆志"成为后世中国文学批评中备受关注的方法。

故说诗者，不以文害辞，不以辞害志。以意逆志，是为得之。如以辞而已矣，《云汉》之诗曰："周余黎民，靡有孑遗。"信斯言也，是周无遗民也。

（《孟子·万章上》）

诗歌作品是诗人有感而发的结果，有的是诗人对现实感受的直接抒发，有的是诗人对生活经历的隐含显现，意蕴委婉，别有寄托。读者只有突破诗歌的文字层面，认真品读字词，对诗歌作品反复体味，实现与诗歌呈现的情感的共振，才能品读出诗人的"本心之志"，否则难以领略到诗歌作品的主旨真义。

三、披文入情，分析诗歌意境

汉代大儒董仲舒提出"诗不可注"，他认为穿凿附会的解说、坐实的注释会破坏诗的意蕴，对诗词的解释无法完全符合诗人的本意，只有通过诗歌欣赏，"研寻其意境的特构"，才能真正领悟到诗歌"言不尽意"的内在美。

诗歌意境是诗歌的高级意象，是诗歌通过情景交融、虚实结合营造出的含蓄蕴藉、意味无穷的境界。诗人在创作时，内心情感波澜涌动，创作出生动鲜活的诗作。同样读者在欣赏这些诗作时，也应情感充沛，与之相呼应，如此才能与诗人产生共鸣，中国古代文学理论家刘勰在《文心雕龙》中提出的"披文入情"正是此意。

夫缀文者情动而辞发，观文者披文以入情，沿波讨源，虽幽必显。世远莫见其面，觇文辄见其心。岂成篇之足深，患识照之自浅耳。

(刘勰《文心雕龙·知音》节选)

读者的情感融入诗歌文本后，会打破语言文字的桎梏，形成一种审美趣味，在意趣与情思的相互观照中进入诗歌的意境。这一境界由美入真，由幻入真，映射着诗人生命的高尚格调，给读者带来一种精神上的愉悦，正所谓"超以象外，得其环中"，这就是"鸟鸣珠箔，群花自落"浑然圆成的诗歌境界，妙不可闻，又不可言说。

现代的中国站在历史的转折点。新的局面必将展开。然而我们对旧文化的检讨，以同情的了解给予新的评价，也更重要。就中国艺术方面——这中国文化史上最中心最有世界贡献的一方面——研寻其意境的特构，以窥探中国心灵的幽情壮采，也是民族文化的自省工作。

澄观一心而腾踔万象，是意境创造的始基，鸟鸣珠箔，群花自落，是意境表现的圆成。

所以中国艺术意境的创成，既须得屈原的缠绵悱恻，又须得庄子的超旷空灵。缠绵悱恻，才能一往情深，深入万物的核心，所谓"得其环中"。超旷空灵，才能如镜中花，水中月，羚羊挂角，无迹可寻，所谓"超以象外"。色即是空，空即是色，色不异空，空不异色，这不但是盛唐人的诗境，也是宋元人的画境。

(宗白华《中国艺术意境之诞生》节选)

第三节　诗歌作品欣赏

一、卫风①·木瓜

《诗经》是我国第一部诗歌总集，收录自西周初年至春秋中叶的诗歌311篇，又称"诗三百"，西汉时被尊为儒家经典，始称《诗经》，并沿用至今。《诗经》最初是配乐而歌的歌诗，融诗歌、音乐、舞蹈三位为一体，乐谱和舞蹈已失传，诗歌部分得以留存，其内容分为风、雅、颂三个部分，"风"即十五国风，为民歌；"雅"是宫廷雅乐；"颂"是祭祀乐歌。其中国风部分极富思想性和艺术价值，开启了后世诗歌的"风雅"精神与抒情传统。

投②我以木瓜③，报之以琼琚④。匪⑤报也，永以为好也。
投我以木桃⑥，报之以琼瑶⑦。匪报也，永以为好也。
投我以木李⑧，报之以琼玖⑨。匪报也，永以为好也。

【注释】

① 卫风，先秦时代卫国(今河南省北部及河北省、山东省部分地区)民歌，包括《淇奥》《考槃》《硕人》《氓》等篇目。

② 投：赠送。

③ 木瓜：植物名，落叶灌木或小乔木，果实呈长椭圆形，色黄而香，蒸煮或蜜渍后供食用。今粤桂闽台等地出产的木瓜，全称为番木瓜，供生食，与此处的木瓜非一物。

④ 琼琚(jū)：佩玉，美玉为琼。

⑤ 匪：同"非"，不是。

⑥ 木桃：果名，即楂子，比木瓜小。

⑦ 琼瑶：美玉名。

⑧ 木李：果名，即榠楂，又名木梨。

⑨ 琼玖(jiǔ)：美玉名。

【作品鉴赏】

历代研究者对此诗主旨有着诸多争议，被广泛接受的是朱熹的"男女赠答说"，但《诗经》的产生时间距今太过遥远，流传过程中往往会被后人赋予各种不同的内涵，故而我们不必拘于一家之言。《大雅·抑》有"投我以桃，报之以李"之句，后世"投桃报李"便源于此，而《卫风·木瓜》作为《诗经》中流传最广的篇目之一，其中也蕴含着相似的哲理。

诗中以木瓜、木桃、木李起兴，"我"所受之物与回赠之物极不对等，而"我"却仍感到不足以表达感激之情，表明其馈赠并不是为了得到回报，其胸襟开阔，无衡量厚薄轻重之心横亘在双方情谊之间，物质价值极不对等的礼物蕴含的情感和意义却是平等且同样厚重的。

此外，诗歌韵律优美，句式跌宕有致，充满了音乐性，在歌唱时易于达到声情并茂的效果。同时，诗歌共三章，只在相同位置上更换两个字，复沓回环的结构，一唱三叹，将情感表达得淋漓尽致。该诗歌采用重复的句式与简洁的语言，便于记忆，从而得到广泛传颂。

【汇评】

《木瓜》之篇，辞清意婉，悠扬可歌。其用韵巧妙，音节和谐，使人读之如闻天籁之音。(宋·欧阳修《诗本义》)

《木瓜》之篇，虽辞简意赅，然寓意深远。以木瓜、木桃、木李之微物，寄寓深厚之情感，使人读之有感于交往之道，友谊之真。(明·胡应麟《诗薮》)

《木瓜》之篇，对仗工整，语意相应。(明·徐增《而庵说唐诗》)

《木瓜》一篇，纯以道德情感立言。(清·姚际恒《诗经通论》)

《木瓜》一篇，情感真挚，意蕴深厚。(清·袁枚《随园诗话》)

惠有大于木瓜者，却以木瓜为言，是降一格衬托法；琼瑶足以报矣，却说匪报，是进一层翻剥法。(清·牛运震《诗志》)

千古交情，尽此数语。(清·陈继揆《读风臆补》)

【拓展阅读】

桃夭

桃之夭夭，灼灼其华。之子于归，宜其室家。

桃之夭夭，有蕡其实。之子于归，宜其家室。

桃之夭夭，其叶蓁蓁。之子于归，宜其家人。

聚焦：

这首诗出自《诗经·周南》，与《卫风·木瓜》一样被认为是《诗经》中歌咏爱情的篇目，两篇诗歌的表现手法有何不同？你更欣赏哪种？

【思考与练习】

1. 关于《卫风·木瓜》的主旨有多种不同说法，如毛苌《毛诗序》中的"卫国为报齐国救国之恩"、陈乔枞《鲁诗遗说考》中的"臣子思报忠于君主"、朱熹《诗集传》中的"男女相互赠答说"等，你赞同哪一种观点？为什么？

提示：

关于《卫风·木瓜》的主旨，主要有男女相互赠答说、朋友相互赠答说、臣下报上说、讽卫人以报齐说等。尽管有多种解释，但大多数现代学者倾向于认为，这是一首表达深厚情谊的诗。诗中"投我以木瓜，报之以琼琚"等句子，不仅表达了物质上的互赠，更强调了精神上的契合和对情谊的珍视；这种解释不仅符合诗中的文字表达，也与古代社会的风俗和文化背景相契合。

2.《诗经》的句式，几乎都是节奏鲜明的四言，而《卫风·木瓜》却是极少数的例外之一。反复吟诵本诗，尝试说说两种句式各自的特点。

提示：

四言诗每句四个字，具有结构整齐、对仗工整、韵律和谐、节奏感强的特点，同时具有高度的概括性和表现力，能够以简洁明了的形式表达丰富的情感和意境，增强诗歌的对称美。这种句式在《诗经》中较为常见，如《关雎》《蒹葭》等。

杂言诗的句式长短不一，形式自由灵活。这种句式在《诗经》中相对较少，但具有独特的艺术魅力。例如《柏舟》中的"泛彼柏舟，亦泛其流。耿耿不寐，如有隐忧"。杂言诗的节奏变化丰富，可以根据内容需要灵活调整句式，能够更加细腻地表达复杂的情感和心理活动。杂言诗的内容丰富多样，涵盖更广泛的主题。同时语言更加生动形象，能够通过长短不一的句式增强诗句的表现力。

二、九歌·湘夫人①

屈原(约公元前340—前278)，名平，字原，战国时期楚国诗人、政治家，"楚辞"的创立者和代表作者，博闻强志，善于辞令，曾任楚怀王左徒、三闾大夫等职，后遭放逐，自投汨罗江，以身殉楚国。

根据刘向、刘歆父子的校定和王逸的注本，屈原的作品有25篇，即《离骚》1篇，《天问》1篇，《九歌》11篇，《九章》9篇，《远游》《卜居》《渔父》各1篇。在语言形式上，屈原突破了《诗经》以四字句为主的格局，他的诗每句五、六、七、八、九字不等，也有三字、十字的情况，句法参差错落，灵活多变；句中句尾多用"兮"字，以及"之""于""乎""夫""而"等虚字，用来协调音节，营造起伏回宕、一唱三叹的韵致。与《诗经》相比，以屈原作品为主体的《楚辞》受南方楚文化影响较多，想象绮丽，颇有浪漫之风。

帝子②降兮北渚，目眇眇③兮愁予。袅袅④兮秋风，洞庭波⑤兮木叶下。登白薠⑥兮骋望，与佳期兮夕张⑦。鸟何萃⑧兮蘋中，罾⑨何为兮木上？沅有茝兮澧有兰⑩，思公子⑪兮未敢言。荒忽⑫兮远望，观流水兮潺湲⑬。麋⑭何食兮庭中，蛟何为兮水裔⑮？朝驰余马兮江皋⑯，夕济兮西澨⑰。闻佳人兮召予，将腾驾兮偕逝⑱。筑室兮水中，葺之兮荷盖⑲。荪壁兮紫坛⑳，播芳椒㉑兮成堂。桂栋兮兰橑㉒，辛夷楣兮药房㉓。罔薜荔兮为帷㉔，擗蕙櫋兮既张㉕。白玉兮为镇㉖，疏石兰兮为芳㉗。芷葺兮荷屋，缭之兮杜衡㉘。合百草兮实庭，建芳馨兮庑门㉙。九嶷缤兮并迎㉚，灵之来兮如云㉛。捐余袂㉜兮江中，遗余褋兮澧浦㉝。搴汀洲兮杜若㉞，将以遗兮远者㉟。时不可兮骤得㊱，聊逍遥兮容与㊲！

【注释】

① 九歌：屈原11篇作品的总称。"九"是泛指，非实数。《九歌》本是古乐章名。王

逸《楚辞章句》认为："昔楚国南郢之邑，沅、湘之间，其俗信鬼而好祠。其祠，必作歌乐鼓舞以乐诸神。屈原放逐，窜伏其域，杯忧苦毒，愁思沸郁，出见俗人祭祀之礼，歌舞之乐，其辞鄙陋，因为作《九歌》之曲，上陈事神之敬，下见己之冤结，托之以风谏。"有人认为《九歌·湘夫人》是屈原在民间祭歌的基础上加工而成的。关于湘夫人和湘君为谁，多有争论，但两人为湘水之神，则无疑。

② 帝子：湘夫人。舜妃为帝尧之女，故称帝子。

③ 眇(miǎo)眇：望而不见的样子。愁予：使我忧愁。

④ 袅(niǎo)袅：绵长不绝的样子。

⑤ 波：生波。下：落。

⑥ 蘋(fán)：一种近水生的秋草。骋望：纵目而望。

⑦ 佳：佳人，指湘夫人。期：期约。张：陈设。

⑧ 萃：聚集。蘋(pín)：一种水草。鸟本当聚集在木上，反说在水草中。此句一本无"何"字。

⑨ 罾(zēng)：捕鱼的网。罾原当在水中，反说在木上，比喻所愿不得，失其应处之所。

⑩ 沅：沅水，在今湖南省。芷(zhǐ)：白芷，一种香草。澧(lǐ)：澧水，在今湖南省，流入洞庭湖，一作"醴"。

⑪ 公子：湘夫人。古代贵族称公族，贵族子女不分性别，都可称"公子"。

⑫ 荒忽：不分明的样子。

⑬ 潺湲：水流的样子。

⑭ 麋：兽名，似鹿。

⑮ 水裔：水边。蛟本当在深渊，而在水边，比喻所处失常。

⑯ 皋：水边高地。

⑰ 澨(shì)：水边。

⑱ 腾驾：驾着马车奔腾飞驰。偕逝：同往。

⑲ 葺：编草盖房子。盖：屋顶。

⑳ 荪(sūn)壁：用荪草饰壁。荪，香草名。紫：紫贝。坛：中庭。

㉑ 椒：花椒，多用以除虫去味。

㉒ 栋：屋栋，屋脊柱。橑(lǎo)：屋椽。

㉓ 辛夷：木名，初春开花。楣：门上横梁。药：白芷。

㉔ 罔：通"网"，作结解。薜荔：香草名，缘木而生。帷：帷帐。

㉕ 擗(pǐ)：掰开。蕙：香草名。櫋(mián)：隔扇，一作"櫘"。

㉖ 镇：镇压坐席之物。

㉗ 疏：分疏，分陈。石兰：香草名。

㉘ 缭：缠绕。杜衡：香草名。

㉙ 合：合聚。百草：众芳草。实：充实。

㉚ 馨：能够远闻的香。庑(wǔ)：走廊。

㉛ 九嶷(yí)：山名，传说中舜的葬地，在湘水南，这里指九嶷山神。缤：盛多的样子。

㉜ 灵：神。如云：形容众多。

㉝ 袂(mèi)：衣袖。

㉞ 褋(dié)：没有里子的内衣。《方言》：禅衣，江淮南楚之间谓之"褋"。禅衣即女子内衣，是湘夫人送给湘君的信物。澧：一作"醴"。

㉟ 搴(qiān)：采集。汀：水中或水边的平地。杜若：香草名。

㊱ 远者：湘夫人。

㊲ 骤得：数得，屡得。

㊳ 逍遥：游玩。容与：悠闲的样子。

【作品鉴赏】

此诗描述了湘君与湘夫人相约北渚，却久候对方而不至，于是心生思慕哀怨之情。诗题虽为"湘夫人"，但诗中的主人公却是湘君；全诗始终以候人不来为线索，以湘君之口吻表达其驰神遥望、祈之不来、盼而不见的惆怅心情。但如果将其与《九歌·湘君》联系起来看，则会发现这只是一出由约会时间误差引起的误会，湘君与湘夫人对彼此的感情始终是一致的。

此诗虽为迎神之作，但也秉承了楚辞一贯的艺术风格，即夸张梦幻的想象、楚地独特的语言风格、香草美人的含蓄象征。同时，本诗具有祭祀曲的独特魅力，对唱痕迹十分明显，可视为后世戏曲艺术的萌芽。诗中细腻深入的人物心理描写，对湘君痴情心态的描述可谓入木三分。此外，诗人善于以景物衬托人物心理状态，诗中凄清秋景营造出优美而惆怅的意境，点染了主人公的心境，被后人赞为"千古言秋之祖"。

【汇评】

沅有茝兮醴有兰，思公子兮未敢言。荒忽兮远望，观流水兮潺湲。"唐人绝句千万，不能出此范围，亦不能入此阃域。(明·胡应麟《诗薮》)

开篇"袅袅秋风"二句，是写景之妙；"沅有茝"二句，是写情之妙。其中皆有情景相生、意中会得、口中说不得之妙……"无边落木萧萧下，不尽长江滚滚来"，实以"袅袅秋风"二句作蓝本也。《楚辞》开后人无数奇句，岂可轻易读过！(清·林云铭《楚辞灯》)

与前湘君章词若重复，意实迥别，一篇水月镜花文字，使后世读者从何摸索。(清·陈本礼《屈辞精义》)

【拓展阅读】

九歌·湘君

屈原

君不行兮夷犹，蹇谁留兮中洲？美要眇兮宜修，沛吾乘兮桂舟。令沅湘兮无波，使江水兮安流。望夫君兮未来，吹参差兮谁思？

驾飞龙兮北征，邅吾道兮洞庭。薜荔柏兮蕙绸，荪桡兮兰旌。望涔阳兮极浦，横大江兮扬灵。扬灵兮未极，女婵媛兮为余太息。横流涕兮潺湲，隐思君兮陫侧。

桂櫂兮兰枻，斲冰兮积雪。采薜荔兮水中，搴芙蓉兮木末。心不同兮媒劳，恩不甚兮轻绝。石濑兮浅浅，飞龙兮翩翩。交不忠兮怨长，期不信兮告余以不闲。

鼂骋骛兮江皋，夕弭节兮北渚。鸟次兮屋上，水周兮堂下。捐余玦兮江中，遗余佩兮醴浦。采芳洲兮杜若，将以遗兮下女。时不可兮再得，聊逍遥兮容与。

聚焦：

本篇与《湘夫人》同为屈原《九歌》中的篇目，两者为姊妹篇，都是叙写久候恋人而不至的作品，它们在表现手法上有何异同？

【思考与练习】

1.《诗经》是我国现实主义文学之开端，而《楚辞》则开我国浪漫主义文学之先河，试依据本诗对比《诗经》与《楚辞》在艺术特点方面的差异。

提示：

《诗经》和《楚辞》作为中国古代文学的两大经典，分别代表了现实主义和浪漫主义的源头。

《诗经》主要采用重章叠唱的形式，每章结构相近，通过旋律的起伏变化来表达情感。赋、比、兴的手法是《诗经》艺术特征的重要标志，赋指铺陈直叙，比指比方，兴指触物兴词。句式以四言为主，四句独立成章，其间杂有二言至八言不等。二节拍的四言句带有很强的节奏感，是构成《诗经》整齐韵律的基本单位。

《楚辞》运用了丰富的比兴、象征手法，用香草美人来象征品德的纯洁，增强了作品的意象性和深邃性。作品中出现大量的自然意象，如山川、河流、花草、鸟兽等，将自然景物与人的思想感情相融合，为作品注入了强烈的生动感和情感色彩。句式丰富多样，包括长句、短句、问句等，增强了诗歌的表达力。

2.楚辞中常用"兮"字，试分析《九歌·湘夫人》中的"兮"在情感表达方面的作用。

提示：

在《九歌·湘夫人》中，每句都使用了"兮"字，"兮"在情感表达方面具有以下作用。

(1) "兮"字的使用可以使诗句的节奏更加舒缓，读起来更加悠扬。例如，"帝子降兮北渚，目眇眇兮愁予"。"兮"字在这里不仅调整了音节，还增强了诗句的节奏感，使情感的表达更加细腻。

(2) "兮"字的使用可以加大语意和语气的转折和跳跃，使情感表达更加丰富和深刻。例如，"沅有茝兮澧有兰，思公子兮未敢言。"兮"字在这里不仅起到了调整音节的作用，还加大了语意的转折，使"思公子"的情感更加深沉和含蓄。

(3) "兮"字的使用可以增强语言的表现力，使情感的表达更加生动和形象。例如，"荒忽兮远望，观流水兮潺湲"，"兮"字在这里不仅调整了音节，还增强了语言的表现力，使"荒忽"和"远望"的情感更加生动，读者能够感受到湘君在远方眺望时的迷茫和忧愁。

(4) "兮"字的使用有助于表达情感的细腻和深沉，使诗歌的情感层次更加丰富。例如，"麋何食兮庭中，蛟何为兮水裔"，"兮"字在这里不仅调整了音节，还使情感的表达更加细腻和深沉，读者能够感受到湘君对湘夫人的思念和期盼。

(5)"兮"字的使用有助于构建情景交融的境界，使诗歌的情感和景物相互映衬，增强艺术感染力。例如，"筑室兮水中，葺之兮荷盖"，"兮"字在这里不仅调整了音节，还使情感和景物相互映衬，构建了一种情景交融的境界，读者能够感受到湘君对美好生活的向往和对湘夫人的思念。

三、上邪①

汉乐府民歌是继《诗经》之后，中国古代民歌的又一次大汇集。与《诗经》的抒情特色不同，乐府诗以叙事为特色，故事情节较为完整，女性题材作品占重要位置，大多以通俗的语言构造贴近生活的作品，人物性格鲜明，细节典型，思想内涵突出。乐府诗在形式上打破了四言格式，采用杂言和五言，长短随意，整散不拘，是一种具有口语化特色的新体诗。乐府诗在文学史上有极高的地位。

上邪②！我欲与君相知③，长命无绝衰④。山无陵⑤，江水为竭⑥，冬雷震震⑦，夏雨雪⑧，天地合⑨，乃敢⑩与君绝！

【注释】

① 本诗选自《汉乐府·鼓吹曲辞·铙歌十八曲》，是一首民间情歌。
② 上邪(yé)：上天啊。上，指天。邪，语气助词，表示感叹。
③ 相知：结为知己，即相亲相爱。
④ 命：古与"令"字通，使。衰：衰减、断绝。
⑤ 陵(líng)：山峰，山头。
⑥ 竭：干涸。
⑦ 震震：形容雷声。
⑧ 雨(yù)雪：降雪。雨，名词活用作动词。
⑨ 天地合：天与地合二为一。
⑩ 乃敢：才敢。敢：委婉用语。

【作品鉴赏】

此诗为主人公抒发忠于爱情的自誓之词。作品主题聚焦于爱情与忠诚，自"山无陵"以下接连列举五种自然界不可能出现的异象，以表明自己对爱情的生死不渝，展现了古人对真挚爱情的坚定信念与执着追求。

诗中坦率、真挚的表白，是一个女性在封建势力束缚下惊天地、泣鬼神的爱情呐喊。远在两千年前的汉代，一个女子就能如此直白、热烈地表露自己诚挚的情感，这既是对我国古代妇女渴望理想爱情的反映，也可视为古代妇女不屈从于封建婚姻制度的叛逆壮举。誓言干脆利落，不假雕饰，使人感到畅快淋漓。

诗短情长，撼人心魄。全诗句式短长错杂，随情而布；语言不加点缀铺排，声调铿锵，紧凑有力，情感饱满。本诗写情极富浪漫主义色彩，想象漫无边际，准确表现了女子热恋时的心理状态，新颖泼辣，深情奇想，感人肺腑。全诗虽未直接刻画人物形象，但一个情真意切、忠贞刚烈的女子已然出现在读者面前。

【汇评】

《上邪》言情，短章中神品！(明·胡应麟《诗薮》)

"山无陵"下共五事，重叠言之，而不见其排，何笔力之横也。(清·沈德潜《古诗源》卷三)

"绝"下复赘一"衰"字，是欲其命无绝而恩无衰也。望之切，故不觉其词之复。"乃敢"二字婉曲。(清·陈本礼《汉诗统笺》)

首三，正说，意言已尽，后五，反面竭力申说。如此，然后敢绝，是终不可绝也。迭用五事，两就地维说，两就天时说，直说到天地混合，一气赶落，不见堆垛，局奇笔横。(清·张玉毂《古诗赏析》卷五)

五者皆必无之事，则我之不能绝君明矣。(清·王先谦《汉铙歌释文笺证》)

【拓展阅读】

有所思
佚名

有所思，乃在大海南。何用问遗君，双珠玳瑁簪。用玉绍缭之。闻君有他心，拉杂摧烧之。摧烧之，当风扬其灰！从今以往，勿复相思，相思与君绝！鸡鸣狗吠，兄嫂当知之。妃呼狶！秋风肃肃晨风飔，东方须臾高知之！

聚焦：

《有所思》与《上邪》同为汉乐府《铙歌十八曲》中的作品，关于两者的关联性，以庄述祖为代表的学者认为这种诗是"男女相谓之辞"，而以闻一多为代表的学者则认为这两首诗"各篇独立"。你赞同哪一种观点？说说你的理由。

【思考与练习】

1.通过反复诵读，感受《上邪》如何用极短的篇幅达到强烈的抒情效果。

提示：

本诗的开篇"上邪！我欲与君相知，长命无绝衰"，直接表达了女主人公对爱情的坚定。这种直白的表达方式，不仅迅速抓住了读者的注意力，还传达了女主人公强烈的感情。为了进一步强调爱情的坚贞，女主人公列举了五种不可能发生的自然现象作为"与君绝"的条件，即"山无陵""江水为竭""冬雷震震""夏雨雪""天地合"。这些夸张的想象不仅增强了诗歌的浪漫主义色彩，还反证了爱情的永恒和不可动摇。本诗采用长短不一的句式，从二言到六言，错落相间，这种句式的运用不仅增加了诗歌的节奏感，还使情感的表达更加直接和强烈。全诗语言简洁明了，没有过多的修饰和铺排，这种简洁而有力的语言，不仅使诗歌更加易于理解和记忆，还增强了情感的冲击力。女主人公的情感真挚而坚定，女主人公通过直白的誓言和夸张的想象，表达了对爱情的忠贞不渝，这种真挚的情感不仅能打动读者，还能使诗歌具有强烈的感染力。

2. 如何理解《上邪》表达的爱情观？你是否赞同？

提示：

《上邪》表达了一位女子对爱情的忠贞不渝。这首诗通过一系列夸张的自然现象，来反证爱情的永恒和坚定。女主人公的爱情观不仅是对当前情感的表达，更是对爱情的永恒追求。她所追求的爱情不是被现实所限制的，而是凌驾于现实之上的，超越了时间和空间的束缚。她的爱情是矢志不渝的，是无论何时何地都不会改变的。女主人公追求一种永恒的爱情，不仅体现了对爱情的崇高理想，还鼓励人们在面对困难和挑战时，保持对爱情的信念。本诗传达的爱情观非常理想化，在现实生活中，爱情往往会受到许多因素的制约。我们可以从诗中汲取灵感和勇气，去追求真挚而坚定的爱情，但同时也要考虑现实的复杂性和个人的差异。

四、饮酒(其四)[①]

陶渊明(约365—427)，名潜，字元亮，别号五柳先生，私谥靖节，世称靖节先生，晋宋时期诗人、辞赋家、散文家。青少年时代，陶渊明生活贫困，但受过良好的家庭教育，博览群书；29岁起，出仕，起家为江州祭酒，后赋闲；继而为荆州刺史桓玄属吏，后因母丧辞职归家；后入刘裕幕下任镇军参军；继而转任江州刺史刘敬宣的参军；再任彭泽县令80余日，辞官回家；42岁起，归田躬耕，直至贫病交加而去世。

陶渊明被称为"隐逸诗人之宗"，他的创作开创了田园诗一体，为我国古典诗歌开创了一个新的境界。陶渊明寄意田园的人生哲学与冲淡自然的艺术风格颇受后世推崇。

余闲居寡欢，兼比夜已长，偶有名酒，无夕不饮。顾影独尽，忽焉复醉。既醉之后，辄题数句自娱，纸墨遂多，辞无诠次，聊命故人书之，以为欢笑尔[②]。

> 栖栖[③]失群鸟，日暮犹独飞。
> 徘徊无定止[④]，夜夜声转悲。
> 厉响思清远，去来何依依[⑤]；
> 因值孤生松，敛翮遥来归[⑥]。
> 劲风[⑦]无荣木，此荫独不衰；
> 托身已得所，千载不相违[⑧]。

【注释】

① 《饮酒二十首》是一组组诗，本篇为其四。

② 这一段是《饮酒二十首》开篇的序文。

③ 栖栖：出自《论语·宪问篇》，"丘何为是栖栖者与"，形容心神不安的样子。

④ 定止：固定的栖息处。止：居留。

⑤ 此二句焦本、逯本作"厉响思清晨，远去何所依"，今从李本、曾本、苏写本和陶本改。厉响：鸣声激越。依依：依恋不舍的样子。

⑥ 值：遇。敛翮：收起翅膀，即停飞。

⑦ 劲风：强劲的寒风。

⑧ 已：既。违：违弃，分离。

【作品鉴赏】

陶渊明善于用自己的感受来写人生哲理，而不用思维来构造诗歌。此时的陶渊明已经离开官场，其诗常给人以浑然天成之感。诗歌背景为陶渊明弃官躬耕后，有人来送酒，劝他再次出去做官。陶渊明因此有感而发，写成了饮酒二十首。本诗以鸟失群离所后托身孤松来比喻自己从出仕到归隐的心路历程，宣泄对现实的不满，歌颂远离尘嚣的田园生活。在这首诗的结尾，诗人表达了自己的隐居理想：我将永远固守，不再离去。

【汇评】

其文章不群，辞采精拔，跌宕昭彰，独超众类，抑扬爽朗，莫之与京。(南朝梁·萧统《陶渊明集》序)

尝读高士传，最嘉陶徵君，日耽田园趣，自谓羲皇人。(唐·孟浩然《仲夏归汉南园寄京邑旧游》)

陶令日日醉，不知五柳春。素琴本无弦，漉酒用葛巾。清风北窗下，自谓羲皇人。何时到栗里，一见平生亲。(唐·李白《戏赠郑溧阳》)

宽心应是酒，遣兴莫过诗。此意陶潜解，吾生后汝期。(唐·杜甫《可惜》)

吾于诗人，无所甚好，独好渊明之诗。渊明作诗不多，然其诗质而实绮，癯而实腴。自曹、刘、鲍、谢、李、杜诸人皆莫过也。(宋·苏轼《追和陶渊明诗引》)

【拓展阅读】

饮酒(其五)

陶渊明

结庐在人境，而无车马喧。

问君何能尔？心远地自偏。

采菊东篱下，悠然见南山。

山气日夕佳，飞鸟相与还。

此中有真意，欲辨已忘言。

聚焦：

陶渊明饮酒组诗都是借饮酒主题表达生活志趣的。这首著名的《其五》与《其四》相比，情感状态已经变得更加愉悦自得，体现了诗人对于隐居生活由挣扎、坚持到享受的心理变化。

【思考与练习】

1. "鸟"是陶渊明诗歌中常见的意象之一，请思考《饮酒(其四)》中"失群鸟"意象的内涵。

提示：

诗的前六句描绘了一只失去同伴的鸟，不仅生动地展现了鸟的孤独和迷茫，也隐喻了诗人在仕途中的漂泊和不安。失群鸟的"厉响思清远，去来何依依"表达了它对高远清静之地的向往，这象征着诗人内心对理想境界的追求，即使在困苦中也不放弃对自由和独立精神的追求。诗的后六句写失群鸟终于找到了一棵孤生松，便收起翅膀，决定在此栖息。这棵孤生松在强劲的暴风中依然枝繁叶茂，象征着诗人找到了一个理想的归隐之所。陶渊明通过这一意象表达了自己对田园生活的热爱和对隐逸生活的坚定选择。"劲风无荣木，此荫独不衰"不仅描绘了孤生松的坚韧，也隐喻了乱世中缺乏可安居乐业之地的现实。陶渊明通过这一对比，表达了对现实的不满和对官场的批判。他通过失群鸟的意象，反衬出自己在仕途中的无奈和对田园生活的向往。

2. 陶渊明以"隐逸诗人之宗"而闻名，请结合《饮酒(其四)》的内容，分析他选择隐居生活的原因。

提示：

陶渊明选择隐居生活的原因是多方面的。对官场腐败和黑暗的失望，对自由生活的向往，对理想境界的追求，以及对现实的无奈，共同促使他选择了隐居生活。陶渊明在仕途中多次碰壁，通过"失群鸟"的意象，表达了自己的孤独和迷茫，也隐喻了诗人在仕途中的漂泊和不安；通过写"失群鸟"最终找到孤生松，表达自己对田园生活的热爱和对隐逸生活的坚定选择。尽管鸟在困境中，但它并未放弃希望，依然向往高远清静之地，也反映了诗人对理想生活的不懈追求。诗人虽然有志于"大济于苍生"，但现实的黑暗和官场的腐败使他不得不选择归隐。

五、终南别业①

王维(约701—761)，字摩诘，号摩诘居士，祖籍山西祁县，从父辈开始，迁家蒲州(今山西省永济市)，早年曾居长安、洛阳。进士及第，至安史乱前，任给事中。安禄山攻陷长安时，王维被俘，被迫接受伪职。乱平后，王维因被俘后曾作思念唐王室的诗免罪，降为太子中允，后转尚书右丞。王维晚年笃信佛教，悠游山水田园间。

王维的诗题材广泛，各体皆有涉猎，而以五律、五绝成就最高。早期作品主要表达对权贵的不满和自我进取精神，后期创作大量山水田园诗，极富诗情画意，苏轼赞为"诗中有画"。王维诗风清丽淡雅，意境高远。他是盛唐山水田园诗派中最杰出的代表，在当时被誉为"诗名冠代"，诗一写出即"人皆讽诵"，著有《王右丞集》。

中岁颇好道②，晚家南山陲③。
兴来每独往，胜事④空自知。
行到水穷⑤处，坐看云起时。
偶然值林叟⑥，谈笑无还期⑦。

【注释】

① 别业：别墅。晋石崇《思归引序》："晚节更乐放逸，笃好林薮，遂肥遁于河阳别业。"

② 中岁：中年。好(hào)：喜好。道：这里指佛教。

③ 家：安家。南山：终南山。南山陲(chuí)：辋川别墅所在地，意思是终南山脚下。陲：边缘，旁边，边境。

④ 胜事：快意之事。空：白白地。

⑤ 穷：穷尽，尽头。

⑥ 值：遇到。叟(sǒu)：老翁。

⑦ 无还期：没有回归的准确时间。

【作品鉴赏】

此诗在《河岳英灵集》中题为"入山寄城中故人"，在《国秀集》中题为"初至山中"，大概作于开元二十九年(741年)，当时王维刚开始在终南山隐居，选择了一种纯任自然的生活方式，每有所感，便会于心，就不免有"空自知"之感。一个"空"字，表面上看是叹惋，实则是自豪。随意走，随意住，随意坐，随意看，这一系列活动，衔接紧凑，却又像白云卷舒，从容自在。正因为"无心"，所以人和自然便融为一体，显示出淡泊闲适和安详自足。全诗情、景、事、理融为一体，每句饱含禅意，一切皆为自然流露，而非刻意安排，这也是此诗的高妙意境所在。

【汇评】

维诗词秀调雅，意新理惬，在泉为珠，着壁成绘，一句一字，皆出常境。(唐·殷璠《河岳英灵集》)

趣味澄复，若清沈之贯达。(唐·司空图《与王驾评诗书》)

味摩诘之诗，诗中有画；观摩诘之画，画中有诗。(宋·苏轼《东坡题跋·书摩诘〈蓝田烟雨图〉》)

行到水穷处，去不得处，我亦便止。倘有云起，我便坐而看云起。坐久当还，偶值林叟，便与谈论山间水边之事。相与留连，则不能以定还期矣。于佛法看来，总是个无我，行无所事。"行到"是大死，"坐起"是得活，"偶然"是任运，此真好道人行履，谓之"好道"，不虚也。(清·徐增《唐诗解读》卷五)

行至水穷，若已到尽头，而又看云起，见妙境之无穷。可悟处世事变之无穷，求学之义理亦无穷。此二句有一片化机之妙。(清·俞陛云《诗境浅说》)

【拓展阅读】

山水诀

王维

夫画道之中，水墨最为上。肇自然之性，成造化之功。或咫尺之图，写千里之景。东西南北，宛尔目前；春夏秋冬，生于笔下。

初铺水际，忌为浮泛之山；次布路歧，莫作连绵之道。主峰最宜高耸，客山须是奔趋。回抱处僧舍可安，水陆边人家可置。

村庄著数树以成林，枝须抱体；山崖合一水而瀑泻，泉不乱流。渡口只宜寂寂，人行须是疏疏。泛舟楫之桥梁，且宜高耸；著渔人之钓艇，低乃无妨。

悬崖险峻之间，好安怪木；峭壁巉岩之处，莫可通途。远岫与云容交接，遥天共水色交光。山钩锁处，沿流最出其中；路接危时，栈道可安于此。

平地楼台，偏宜高柳人家；名山寺观，雅称奇杉衬楼阁。远景烟笼，深岩云锁。酒旗则当路高悬，客帆宜遇水低挂。远山须要低排，近树惟宜拔进。

手亲笔砚之馀，有时游戏三昧。岁月遥永，颇探幽微。妙悟者不在多言，善学者还从规矩。

塔顶参天，不须见殿，似有似无，或上或下。芳堆土埠，半露檐廒；草舍芦亭，略呈檐柠。山分八面，石有三方。闲云切忌芝草样，人物不过一寸许，松柏上现二尺长。

聚焦：

"行到水穷处，坐看云起时。"这两句有很强的画面感。王维不仅是一位诗人，也是一位山水画家，此文他提出了"水墨为上""肇自然之性，成造化之功""咫尺之间，写千里之景""游戏三昧""妙悟"等绘画理论主张，为后人的绘画创作以及对唐宋山水画技法的研究提供了参考。

【思考与练习】

1. 读王维的诗，脑中会出现何种景象？试用语言加以描述。

提示：

"中岁颇好道，晚家南山陲"表达了隐居的宁静，"兴来每独往，胜事空自知"表达了独自漫游的逸致，"行到水穷处，坐看云起时"表达了人与自然的和谐，"偶然值林叟，谈笑无还期"表达了人情的温暖。读王维的《终南别业》，脑中会浮现出一幅宁静而深远的山水田园画卷。诗人在终南山的隐居生活中，享受着自然的和谐与自由，体验着内心的宁静与满足。他在山间漫游，与自然和谐共处，偶尔与山中的老叟谈笑，这种简单而悠闲的生活，让诗人的内心充满了平和与超脱。这些景象不仅展现了王维对隐居生活的热爱，也反映了他对自然和人生的深刻感悟。

2. "行到水穷处，坐看云起时"表达了什么样的人生哲理？

提示：

诗人随意而行，走到水的尽头，便坐下看云起云落。这种行为表现出一种随遇而安的态度，即在面对人生的困境或绝境时，不慌不忙，不急不躁，坦然接受，顺其自然。当诗人走到水穷处，看似无路可走时，他没有感到焦虑和绝望，而是坦然地坐下，欣赏云起云落。云给人以悠闲、无心的印象，它的变幻莫测象征着生活的无常。

王维在诗中展现出天性淡逸、超然物外的风采。他不被世俗的功名利禄所束缚，不被人情世故所困扰。在官场中，他虽有官职，但并不热衷于权力争斗。他更向往自然的宁静和美好，追求心灵的自由。

六、南陵①别儿童入京

李白(701—762)，字太白，号青莲居士，祖籍陇西成纪(今甘肃省秦安县)，一说出生于蜀郡绵州昌隆县(今四川省绵阳市江油市青莲镇)，一说出生于唐安西都护府之碎叶城(今中亚地区吉尔吉斯斯坦共和国境内)。

李白是唐代著名诗人，其诗歌作品内容丰富，感情深挚，具有强烈的艺术感染力。李白写景则形象雄伟壮阔，气势磅礴，色彩缤纷；抒情则感情奔放激荡，跳脱起伏，变化多端。李白古风最为出奇，七律最少。唐代韩愈、李贺，宋代欧阳修、苏轼、陆游，明代高启，清代屈大均、黄景仁、龚自珍等著名诗人，都在不同程度上向李白诗歌汲取营养，受其影响。唐文宗御封李白诗歌、裴旻剑舞、张旭草书为"三绝"。

> 白酒②新熟山中归，黄鸡啄黍秋正肥。
> 呼童烹鸡酌白酒，儿女嬉笑牵人衣。
> 高歌取醉欲自慰，起舞落日争光辉③。
> 游说万乘苦不早④，著鞭跨马涉远道。
> 会稽愚妇轻买臣⑤，余亦辞家西入秦⑥。
> 仰天大笑出门去，我辈岂是蓬蒿人⑦。

【注释】

① 南陵：一说在东鲁，曲阜之南有陵城村，人称南陵；一说在今安徽省南陵县。

② 白酒：古代酒分清酒、白酒两种，见《礼记·内则》。《太平御览》卷八四四引三国魏鱼豢《魏略》："太祖时禁酒，而人窃饮之。故难言酒，以白酒为贤人，清酒为圣人。"

③ 起舞落日争光辉：人逢喜事光彩焕发，与日光相辉映。

④ 游说(shuì)：战国时，有才之人以口辩舌战打动诸侯，获取官位，称为游说。万乘(shèng)：君主。周朝制度，天子地方千里，车万乘，后来称皇帝为万乘。苦不早：恨不能早些年见到皇帝。

⑤ 会稽愚妇轻买臣：用朱买臣典故。买臣：朱买臣，字翁子，吴人也。家贫，好读书，不治产业，常艾薪樵，卖以给食，担束薪，行且诵书。其妻亦负戴相随，数止买臣毋歌呕道中。买臣愈益疾歌，妻羞之，求去。买臣笑曰："我年五十当富贵，今已四十余矣。女苦日久，待我富贵报女功。"妻恚怒曰："如公等，终饿死沟中耳，何能富贵！"买臣不能

留，即听去。后买臣为会稽太守，入吴界，见其故妻、妻夫治道。买臣驻车，呼令后车载其夫妻，到太守舍，置园中，给食之。居一月，妻自经死，买臣乞其夫钱，令葬。悉召见故人与饮食诸尝有恩者，皆报复焉。(摘自《汉书·朱买臣传》，有删减)

⑥ 西入秦：从南陵动身西行到长安去。秦：唐时首都长安，春秋战国时为秦地。

⑦ 蓬蒿人：草野之人，也就是没有当官的人。蓬、蒿：草本植物，这里借指草野民间。

【作品鉴赏】

李白的歌行常是随兴而发的纵情长歌，以主观情感为轴心展开篇章，飞腾想象，虚实相间，笔势大开大合，有时顺流直下，有时大跨度跳跃，笔随心至。

本诗一开始，李白就以"白酒新熟""黄鸡啄黍"显示出欢快的气氛；接着通过儿女嬉笑、开怀痛饮、高歌起舞几个"特写镜头"，进一步渲染欢愉之情；在此基础上，李白又进一步描写自己的内心世界，"苦不早"和"著鞭跨马"表现出其急切之情，与欢乐气氛形成鲜明对比，正是诗人复杂内心的真实反映。由"苦不早"又自然联想到晚年得志的朱买臣，他把轻视自己之人比作"会稽愚妇"，而自比朱买臣，以为西去长安就可青云直上了，其得意之情溢于言表。诗情层层推演，至此涌向高潮，"仰天大笑"两句将诗人踌躇满志的形象表现得淋漓尽致，全诗跌宕多姿，感情真挚而鲜明。

李白的歌行体完全打破诗歌创作的固有格式，空无依傍，笔法多变，达到了任随性情所至而变幻莫测、摇曳多姿的神奇境界。李白善于在叙事中抒情，本诗从归家到离家，有头有尾，全篇用的是直陈其事的赋体，而又兼采比兴，既有正面的描写，又间以烘托，由表及里，有曲折，有起伏，一层层把感情推向顶点，使感情蕴蓄得更为强烈，最后喷发而出。李白独特的艺术个性及其非凡的气魄和生命激情，充分体现了盛唐诗歌气来、情来而蓬勃向上的时代精神，展现出豪迈飘逸的诗歌风貌，具有壮大奇伟的阳刚之美。

【汇评】

白也诗无敌，飘然思不群；清新庾开府，俊逸鲍参军。(唐·杜甫《春日忆李白》)

观太白诗者要识真太白处，太白天才豪逸，语多卒然而成者，学者于每篇中要识其安身立命处可也。太白发句谓之开门见山。(南宋·严羽《沧浪诗话·诗评》)

刘云：草草一语，倾倒至尽。起四句，说得还山之乐，磊落不辛苦，而情实畅然，不可胜道。(明·高棅《唐诗品汇》)

五言绝句，右丞之自然，太白之高妙，苏州之古澹，并入化机。而三家中，太白近乐府，右丞、苏州近古诗，又各擅胜场也。(清·沈德潜《说诗晬语》)

结句以直致见风格，所谓词意俱尽，如截奔马。(清·爱新觉罗·弘历敕编《唐宋诗醇》)

淡淡有致。(日本近藤元粹《李太白诗醇》)

【拓展阅读】

独坐敬亭山
李白

众鸟高飞尽，孤云独去闲。

相看两不厌，只有敬亭山。

聚焦：

此诗为李白失意之时所作五言绝句，对比《南陵别儿童入京》，你能否感受到李白处于不同人生阶段时的心境？同时总结李白歌行体与绝句的异同。

【思考与练习】

1. 反复诵读《南陵别儿童入京》，结合李白其他作品，谈谈其诗歌是如何体现盛唐气象的。

提示：

李白通过《南陵别儿童入京》展现了豪迈奔放的情感、丰富的想象力、清新流畅的语言风格、人格与诗的统一，以及对自由和理想的追求。同时，本诗充分体现了盛唐气象，不仅反映了盛唐时期的社会风貌和时代精神，还展现了诗人个人的豪情壮志和积极向上的精神风貌。这首诗在艺术手法和情感表达上都达到了极高的水平，成为盛唐诗歌的代表作之一。

"白酒新熟山中归，黄鸡啄黍秋正肥"，语言简洁明快，极具画面感，展现了诗人对自然的热爱和对生活的热爱。"会稽愚妇轻买臣，余亦辞家西入秦"，表达了诗人对功名的渴望和对理想的追求。"仰天大笑出门去，我辈岂是蓬蒿人"，不仅表达了诗人对未来的自信和期待，还体现了盛唐时期士人的豪情壮志和积极向上的精神风貌。李白的诗歌与他的性格密切相关，常常表现他豪放不羁、热爱自由的个性，体现他的人格魅力，表达他对自由和理想的追求，在李白的其他作品中，这种对自由和理想的追求更是贯穿始终。

2. 李白的诗对后世许多诗人都产生了影响，但为什么说他的诗风是无法学习的呢？

提示：

李白的诗歌风格独特，具有强烈的个性和难以复制的特点，这使得他的诗风成为后世诗人难以学习和模仿的对象。李白的诗歌以豪迈奔放的情感著称，这种情感表达方式具有强烈的个性和感染力，这种豪情壮志和对人生的豁达态度，是李白个人性格和经历的自然流露，难以被他人完全模仿。李白的诗歌充满了丰富的想象力，他常常将想象、夸张、比喻、拟人等手法综合运用，创造出神奇异彩、瑰丽动人的意境。这种超凡脱俗的想象力，是李白独特的艺术天赋和广泛的文化积累的结果，后人难以达到同样的高度。李白的诗歌与他的性格密切相关，表现了他豪放不羁、热爱自由的个性。这种自信和豪情是李白个人性格的直接体现，后人虽然可以学习他的表达方式，但很难完全复制他的人格魅力。

七、登楼

杜甫(712—770)，字子美，原籍襄阳(今属湖北)，出身于一个世代奉儒守官的家庭，立功立言是其家族的传统。杜甫的十三世祖是西晋大将、著名学者杜预，祖父杜审言是初唐著名诗人，官修文馆学士，父亲杜闲做过朝议大夫、奉天令。

杜甫一生坎坷，其诗记录了唐代由盛转衰的历史过程，被称为"诗史"。杜甫以古体、律诗见长，风格多样，风格以沉郁为主，被后世诗家尊为"诗圣"。杜甫善于运用古典诗歌的许多体制并有所创新。他是新乐府诗体的开路人，他的乐府诗促成了中唐时期新乐府运动的发展。杜甫的五七古长篇，亦诗亦史，展开铺叙，而又着力于全篇的回旋往复，标志着我国诗歌艺术的高度成就。杜甫的五七律也表现出显著的创造性，杜甫积累了关于声律、对仗、炼字炼句等完整的艺术经验，使这一体裁达到完全成熟的阶段。杜甫有《杜工部集》传世，今存诗1400余首，文21篇。

花近高楼伤客心①，万方多难此登临②。
锦江春色来天地③，玉垒浮云变古今④。
北极朝廷终不改，西山寇盗莫相侵⑤。
可怜后主还祠庙⑥，日暮聊为《梁甫吟》⑦。

【注释】

① 客心：客居者之心。

② 登临：登高观览。临：从高处往下看。

③ 锦江：濯锦江，流经成都的岷江支流。成都出锦，锦在江中漂洗，色泽更加鲜明，因此命名濯锦江。来天地：与天地俱来。

④ "玉垒"一句是说多变的政局和多难的人生，捉摸不定，如山上浮云，古往今来一向如此。玉垒：山名，在四川都江堰市、成都西北。变古今：与古今俱变。

⑤ "北极"二句是说唐代政权是稳固的，不容篡改，吐蕃还是不要枉费心机，前来侵略。北极：星名，北极星，古人常用以指代朝廷。终不改：终究不能改，终于没有改。西山：在今四川省西部，当时和吐蕃交界地区的雪山。

⑥ 后主：刘备的儿子刘禅，三国时蜀国后主。曹魏灭蜀，他辞庙北上，成亡国之君。还祠庙：诗人感叹连刘禅这样的人竟然还有祠庙，这是借眼前古迹慨叹刘禅宠幸佞臣而亡国，暗讽唐代宗信用宦官招致祸患。成都锦官门外有蜀先主(刘备)庙，西边为武侯(诸葛亮)祠，东边为后主祠。还：仍然。

⑦ 聊为：不甘心这样做而姑且这样做。《梁甫吟》：古乐府中的一首葬歌，这里代指此诗。《三国志》说诸葛亮躬耕陇亩，好为《梁甫吟》。杜甫借以抒发空怀济世之心，聊以吟诗以自遣。这里的"《梁甫吟》"即指这首诗。

【作品鉴赏】

杜甫写作此诗之际，正逢唐王朝风雨飘摇、狼烟四起的多事之秋。当时杜甫客居四川已有五年，他于此时登楼，触目伤情，写下这首感时抚事的七言律诗。

首联"万方多难"，是全诗写景抒情的出发点；"登临"二字紧扣诗题，登斯楼览美景而独伤心，运用反衬手法，以乐景写哀情。颔联直承上文，铺写登楼所见之景，登高临远，视通八方，独向西北前线游目骋怀，透露出杜甫忧国忧民的无限心事。颈联宕开一层，由写景推入叙事抒情，议论时事，词严义正，浩气凛然，于沉郁忧思中透着坚定的信念。尾联咏怀古迹，讽喻当朝昏君，忧国忧时又自伤自励，遣词委婉而用意深切，与篇首遥相呼应，收束全诗。

诗作不仅字词工稳、语言精练，而且形象鲜明、境界壮阔。短短八句中，写景、叙事、抒情、议论浑然一体，特别是借景抒怀、寓情于景，写山河壮丽联系着古往今来的时局变迁，谈社会人事又借助于自然景物的形态；融自然景象、国家灾难、个人情思于一体，语壮境阔，寄慨遥深，充分体现出杜甫沉郁顿挫的艺术风格，堪当"杜诗之最上者。"

【汇评】

七言难于气象雄浑，句中有力，而纡徐不失言外之意。自老杜"锦江春色来天地，玉垒浮云变古今"与"五更鼓角声悲壮，三峡星河影动摇"等句之后，常恨无复继者。(宋·叶梦得《石林诗话》)

老杜七言律诗一百五十九首，当写以常玩，不可暂废。今于"登览"中选此为式。"锦江""玉垒"一联，景中寓情；后联却明说破，道理如此，岂徒模写江山而已哉！(元·方回《瀛奎律髓》)

起二句呼应。后六句皆所以伤心之实。因登楼而望西北，末上句有兴亡之感，落句公以自况。(明·李攀龙、袁宏道《唐诗训解》)

气象雄伟，笼盖宇宙，此杜诗之最上者。(清·沈德潜《唐诗别裁》)

起得沉厚突兀。若倒装一转，"万方多难此登临，花近高楼伤客心"，便是平调。此秘诀也。(清·施补华《岘佣说诗》)

【拓展阅读】

登金陵凤凰台

李白

凤凰台上凤凰游，凤去台空江自流。

吴宫花草埋幽径，晋代衣冠成古丘。

三山半落青天外，二水中分白鹭洲。

总为浮云能蔽日，长安不见使人愁。

聚焦：

《登金陵凤凰台》是李白少有的律诗之一，且与杜甫的《登楼》同为登临之作，结合两人生平，尝试总结两人诗风的异同。

【思考与练习】

1. 有人说"北极"两句是说唐王朝气运不衰，杜甫以此诗赞大好河山，你是否赞同？为什么？

提示：

杜甫的《登楼》是一首感时抚事的诗，诗人通过登楼所见的自然景观，抒发了对国家命运的忧虑和对历史的感慨。诗中的"北极朝廷终不改，西山寇盗莫相侵"常常被解读为对唐王朝气运不衰的赞美，但这种解读是否准确，需要结合全诗的背景和内容进行分析。这两句虽然表达了诗人对唐王朝的坚定信念，但这种信念是在国家多难的背景下产生的。诗人通过这两句诗，不仅表达了对国家的忠诚和对敌人的警告，还反映了他对国家命运的忧虑和对未来的信心。因此，这两句诗不仅仅是对唐王朝气运不衰的赞美，更是诗人对国家命运的深刻思考和对未来的坚定信念。

2.《登楼》是杜甫登临诗中的上乘之作，亦是其七律成熟、发展以至达到高峰的一篇重要诗作，诵读此诗，体会其思想内涵与艺术魅力。

提示：

《登楼》不仅表达了诗人对国家命运的忧虑和对历史的深刻反思，还通过借景抒怀、对仗工稳、结构严谨等艺术手法，展现了诗人沉郁顿挫的写作风格。

这首诗是杜甫七律成熟、发展以至达到高峰的重要诗作，体现了诗人深沉的情感和高超的艺术技巧。诗人登上高楼，看到繁花似锦，却因国家灾难重重而伤感，更加黯然心伤。这种以乐景写哀情的手法，增强了诗歌的感染力。尽管国家面临诸多困难，但诗人相信大唐的气运不会改变，政权依然稳固，这种信念在国家多难的背景下显得尤为珍贵。诗中融自然景象、国家灾难、个人情思为一体，语壮境阔，寄意深远。

诗人通过登楼所见的自然景观，联想到国家的动荡不安，形成了阔大悠远、囊括宇宙的境界。中间两联对仗工稳，颈联为流水对，有一种飞动流走的快感。在语言上，特别工于各句(末句例外)第五字的锤炼，如"伤""此""来""变""终""莫""还"等，增强了诗歌的表现力。全诗结构严谨，层次分明。首句的"近"字和末句的"暮"字在诗的构思方面起着突出的作用，兼顾了空间和时间，增强了意境的立体感。诗人通过深沉的情感和曲折的表达方式，传达了对国家命运的忧思及对战乱带来的破坏的沉痛。

3. 诗歌艺术从盛唐到中唐发生巨大的转变，而杜甫则是衔接这个转变的伟大诗人。结合杜甫其他诗作，总结杜诗对拓展诗歌艺术领域的贡献。

提示：

杜甫是唐代伟大的现实主义诗人，他的诗歌不仅在艺术上达到了高峰，还在多个方面拓展了诗歌艺术的领域，具体体现在沉郁顿挫的总体风貌、大气磅礴的艺术概括、细致入微的写实本领、多样化的诗歌风格、议论与抒情的结合、严谨整丽的诗律之美等。

总之，杜甫的诗歌对后世产生了深远的影响，他的现实主义诗歌传统被后人继承和发展，对中国诗歌史的发展产生了重要的推动作用。同时，他的诗风、诗意、诗境都成为后世诗人学习的典范。

八、晚雨

韩愈(768—824)，字退之，河南河阳(今河南省孟州市)人，自称"郡望昌黎"，世称"韩昌黎""昌黎先生"，是唐代杰出的文学家、思想家、哲学家、政治家、教育家。

韩愈的诗歌在中唐诗坛占有重要地位，其诗风独特，善于描写雄奇境界，具有奇特雄伟、光怪陆离的特点。同时，他还提倡"以文为诗"的风气，将散文的笔法和技巧融入诗歌创作中，对后来的宋诗影响很大。韩愈一生践行对诗歌多样化艺术风格的追求，既有古朴近似汉魏的歌赋，也有孤僻、冷峭、艰涩之作，《全唐诗》编存韩愈诗歌10卷，共300多首。

廉纤①晚雨不能晴，
池岸草间蚯蚓鸣。
投竿②跨马蹋归路，
才到城门打鼓声③。

【注释】

①廉纤：久下的雨，形容雨细而柔和，强调细雨的柔和感，为整首诗的情绪做铺垫。

②投竿：诗人放下手中的钓竿，准备结束一天的游历。

③打鼓声：古代置大鼓于城上，早晚击鼓以启闭城门，此处指日暮时分，城门即将关闭。

【作品鉴赏】

这是一首充满生活情趣和细腻情感的七言绝句，出自《游城南十六首》。这组诗作不仅有对自然美景的赞美，还有对田园生活的向往和对内心宁静的追求，展现了韩愈对自然景色的细腻描写和对生活的深刻感悟。

本诗以晚雨为背景，语言清新，富于神韵，近似盛唐诗歌；以简洁而生动的笔触，描绘了雨中游城南的场景，表现了诗人的内心感受和对自然、生活的热爱。通过描绘自然景色与城中景象的对比，展现了诗人畅游南城的乐趣。此外，诗中不仅有对自然景色的细腻描写，还有对城中生活的生动描绘，整体上给人一种轻松愉快的感觉。诗中的每一个细节都充满了生活情趣，展现了诗人对自然景色的敏锐感知和细腻情感。

【汇评】

人文无穷，夫子挺生。典训为徒，百家抗行。当时勍者，皆出其下。(唐·刘禹锡《祭韩吏部文》)

文起八代之衰，而道济天下之溺，忠犯人主之怒，而勇夺三军之帅。(宋·苏轼《潮州韩文公庙碑》)

韩愈为唐诗之一大变，其力大，其思雄，崛起特为鼻祖。宋之苏、梅、欧、苏、王、黄，皆愈为之发其端，可谓极盛。(清·叶燮《原诗》)

【拓展阅读】

石鼓歌
韩愈

张生手持石鼓文，劝我试作石鼓歌。少陵无人谪仙死，才薄将奈石鼓何。周纲凌迟四海沸，宣王愤起挥天戈。大开明堂受朝贺，诸侯剑佩鸣相磨。蒐于岐阳骋雄俊，万里禽兽皆遮罗。镌功勒成告万世,凿石作鼓隳嵯峨。从臣才艺咸第一,拣选撰刻留山阿。雨淋日灸野火燎,鬼物守护烦㩭呵。公从何处得纸本,毫发尽备无差讹。辞严义密读难晓,字体不类隶与蝌。年深岂免有缺画,快剑斫断生蛟鼍。鸾翔凤翥众仙下,珊瑚碧树交枝柯。金绳铁索锁钮壮,古鼎跃水龙腾梭。陋儒编诗不收入,二雅褊迫无委蛇。孔子西行不到秦,掎摭星宿遗羲娥。嗟余好古生苦晚,对此涕泪双滂沱。忆昔初蒙博士征,其年始改称元和。故人从军在右辅,为我度量掘臼科。濯冠沐浴告祭酒,如此至宝存岂多。毡包席裹可立致,十鼓只载数骆驼。荐诸太庙比郜鼎,光价岂止百倍过。圣恩若许留太学,诸生讲解得切磋。观经鸿都尚填咽,坐见举国来奔波。剜苔剔藓露节角,安置妥帖平不颇。大厦深檐与盖覆,经历久远期无佗。中朝大官老于事,讵肯感激徒媕娿。牧童敲火牛砺角,谁复著手为摩挲。日销月铄就埋没,六年西顾空吟哦。羲之俗书趁姿媚,数纸尚可博白鹅。继周八代争战罢,无人收拾理则那。方今太平日无事,柄任儒术崇丘轲。安能以此尚论列,愿借辩口如悬河。石鼓之歌止于此,呜呼吾意其蹉跎。

聚焦:

韩愈诗多长篇,其中不乏揭露现实矛盾、表现个人失意的佳作,如《归彭城》《龊龊》《县斋有怀》等,大都写得平实顺畅。而《晚雨》《盆池五首》《早春呈水部张十八员外二首》等,则是其写得清新、富于神韵、近似盛唐人的诗作。但韩愈最具独创性和代表性的,是以雄大气势见长和怪奇意象著称的诗作,如《卢郎中云夫寄示送盘谷子诗两章,歌以和之》《石鼓歌》等。

【思考与练习】

1. 韩愈一生践行对诗歌多样化艺术风格的追求,对比韩愈不同风格的诗歌,说说你最喜欢哪一类,为什么?

提示:

古朴雄浑风格:以《石鼓歌》为代表,语言古朴,气势雄浑,善于描写宏大场景和历史文物,富有历史感和文化内涵。

清新自然风格:以《早春呈水部张十八员外》为代表,语言清新自然,描写细腻,富有生活情趣,常常表现自然景色的美丽和诗人内心的宁静。

写实风格:以《归彭城》为代表,表达了他对当时社会动荡、百姓受苦以及自己报国无门的感慨,反映了对社会现实的深刻思考,也展现了他内心的无奈和悲愤,极具感染力和现实主义精神。

2. 结合韩愈诗歌创作实践,尝试理解韩愈"以文为诗"的诗歌创作理论。

提示:

韩愈的"以文为诗"理论丰富了诗歌的表现形式和内容,不仅体现在他的诗歌创作中,也对后世的文学创作尤其是宋代诗歌产生了深远的影响。韩愈的诗歌题材非常广泛,他不局限于传统的咏物、怀古等题材,还将许多过去不常入诗或不曾入诗的题材写入诗中。例如,他写落齿、写辩论、写冷意、写火山、写月蚀以及记梦等。这种题材的开拓创新,使得诗歌的作用得到空前的发挥。

韩愈在诗歌创作中大量运用古文的章法、句法和字法。他的诗歌常常采用单行、散句、错综、参差的古文句法，使诗歌具有散文的流畅性和表现力。例如《山石》一诗，按游记散文的叙述顺序，写傍晚上山入寺到第二天清晨下山的所见所闻，记叙细致。这种以散文句法入诗的写法，便于诗人驰骋笔力，提高诗歌的表现力，但也可能导致诗文界限模糊，损害诗歌特有的审美特征。

韩愈的诗歌中常常包含大量的议论，这是"以文为诗"的重要表现之一。例如《左迁至蓝关示侄孙湘》一诗，不仅表达了被贬谪的感慨，还通过议论抒发了对政治的不满和对个人命运的思考。这种议论不仅丰富了诗歌的内涵，也使诗歌具有更强的逻辑性和说服力。

韩愈常在诗歌中大量使用赋笔，即铺陈排比的手法，极力描写景物的细节和变化。例如《南山》一诗，用汉赋的铺张排比手法，极力描写终南山的四时景色变化和各种形状的山势。这种赋笔的运用，使诗歌具有更强的视觉冲击力和艺术表现力。

九、问刘十九①

白居易(772—846)，字乐天，号香山居士，又号醉吟先生，祖籍太原，生于河南新郑(今河南省新郑市)，唐德宗贞元十六年(800年)进士，由校书郎累迁至左拾遗，后被贬为江州司马，官至刑部尚书。

白居易是我国唐代伟大的现实主义诗人，其诗题材广泛，形式多样，语言平易通俗，有"诗魔"和"诗王"之称。代表作有《新乐府》五十首，《秦中吟》十首，长篇叙事诗《长恨歌》《琵琶行》。白诗对后世文学影响巨大，有《白氏长庆集》传世。

> 绿蚁新醅酒②，红泥小火炉。
> 晚来天欲雪③，能饮一杯无④？

【注释】

① 刘十九：白居易留下的诗作中，提到刘十九的不多，仅两首。刘十九是嵩阳处士，名字未详。

② 绿蚁：浮在新酿的没有过滤的米酒上的绿色泡沫。醅(pēi)：酿造。绿蚁新醅酒：酒是新酿的酒。新酿酒未滤清时，酒面浮起酒渣，色呈微绿，细如蚁，称为"绿蚁"。

③ 雪：下雪，这里作动词用。

④ 无：表示疑问的语气词，相当于"么"或"吗"。

【作品鉴赏】

这首五言招饮小诗虽无深远寄托，却洋溢着绚烂的色调，蕴含着浓浓的生活气息，可谓语浅情深、言短味永。首先是意象的精心选择和情景的巧妙设置。寒冬腊月，暮色苍茫，家酒新熟，炉火已生，只待友人，"绿酒""红炉""晚雪"三个意象连缀，构成一幅有声有色、有情有意的图画，诗人采用递进式的手法，层层渲染，流溢出友情的融融暖意。其次是色彩的合理搭配。在天寒欲雪的背景下，小屋内"绿酒""红炉"相映，配置和谐，色味兼香，产生一种温暖亲切的情味。整首诗色彩温热明丽，色调清新朴实，给读者一种身临其境、悦目怡神之感。最后是结尾问句的运用。以"能饮一杯无"这样的口语入诗收尾，既增加了全诗的韵味，营造余音袅袅之妙，又创设情境，给读者留下无限的想象空间。

请客而用诗，这本身就够浪漫、够有情调了，而白居易又善于在生活中发现诗情、提炼诗意，作品充满了生活的情调，浅近而不加雕琢的语言道出了日常生活中的美，朴素而温情的画面描摹出志同道合的真挚友谊，这正是此诗令读者动情之处。

【汇评】

岂非天下第一快活人。(清·黄周星《唐诗快》)

信手拈来，都成妙谛，诗家三昧，如是如是。(清·孙洙《唐诗三百首》)

寻常之事，人人意中所有，而笔不能达者，得生花江管写之，便成绝唱，此等诗是也。末句之"无"字，妙作问语，千载下如闻声口也。(清·俞陛云《诗境浅说续编》)

气盛言直，所谓白诗"妇孺都解"也。(民国·佚名《精选评注五朝诗学津梁》)

读此二诗(按指本诗与《招东邻》)，知白居易之好客，有酒则呼友同饮。(当代·刘永济《唐人绝句精华》)

用土语不见俗，乃是点铁成金手段。(当代·张忠纲《唐诗评注读本》)

【拓展阅读】

永贞行
韩愈

君不见太皇谅阴未出令，小人乘时偷国柄。

北军百万虎与貔，天子自将非他师。一朝夺印付私党，懔懔朝士何能为。狐鸣枭噪争署置，睗睒跳踉相妩媚。夜作诏书朝拜官，超资越序曾无难。公然白日受贿赂，火齐磊落堆金盘。元臣故老不敢语，昼卧涕泣何汍澜。

董贤三公谁复惜，侯景九锡行可叹。国家功高德且厚，天位未许庸夫干。嗣皇卓荦信英主，文如太宗武高祖。膺图受禅登明堂，共流幽州鲧死羽。四门肃穆贤俊登，数君匪亲岂其朋。郎官清要为世称，荒郡迫野嗟可矜。

湖波连天日相腾，蛮俗生梗瘴疠烝。江氛岭祲昏若凝，一蛇两头见未曾。怪鸟鸣唤令人憎，蛊虫群飞夜扑灯。雄虺毒螫堕股肱，食中置药肝心崩。左右使令诈难凭，慎勿浪信常兢兢。吾尝同僚情可胜，具书目见非妄征，嗟尔既往宜为惩。

聚焦：

清人赵翼说："中唐诗以韩、孟、元、白为最。韩、孟尚奇警，务言人所不敢言；元、白尚坦易，务言人所共欲言。"对比韩愈此诗与白居易诗作，感受韩孟诗派与元白诗派诗歌创作取向的异同。

【思考与练习】

1. 诵读《问刘十九》，结合白居易其他诗作，感受其对杜甫诗歌写实传统与通俗化倾向的继承，理解其"文章合为时而著，歌诗合为事而作"的文学创作主张。

提示：

白居易强调诗歌应反映时代的需求，为现实而作。他的早期作品如《秦中吟》和《新乐府》等，思想倾向鲜明，对当时的社会问题进行了系统的揭发和批判。这些作品继承了杜甫"感于哀乐，缘事而发"的现实主义精神，从中唐的社会现实出发，提出了"文章合为时而著，歌诗合为事而作"的主张。

白居易的诗歌不仅继承了杜甫的写实传统，还发展了通俗化倾向。他的诗歌风格平易浅切，明畅通俗，用寻常的话写寻常的事，便于广大读者接受。白居易强调诗歌的形式应为内容服务，反对离开内容单纯地追求形式的华丽。他在《新乐府序》中提出"其辞质而径，欲见之者易谕也；其言直而切，欲闻之者深诫也"，这表明他追求诗歌的通俗性和实用性，力求诗歌能够更好地发挥社会作用。

白居易认为，诗歌应为政治服务，可以通过诗歌来补察时政，泄导人情。他在《与元九书》中明确指出，诗歌应"裨补时阙"，即通过诗歌来弥补政治的不足，反映社会的现实问题。

2.《问刘十九》意象之明丽、用色之清新、诗境之浑融历来为人称道，请你凭借自己对其中诗情的理解，绘出你脑海中的雪夜煮酒图。

提示：

将一个小巧的红泥火炉置于室内一角，火光映照在红泥上，显得格外温暖。火炉上放着一个小锅，锅中热气腾腾，新酿的米酒在锅中慢慢加热，散发出阵阵香气。酒面上漂浮着绿色的酒渣，细如蚁，格外新鲜和诱人。傍晚时分，天空渐渐阴沉，乌云密布，似乎即将下起一场大雪。雪花在空中飞舞，纷纷扬扬，覆盖大地，整个世界变得宁静而祥和。远处的山峦被雪覆盖，格外宁静，近处的树木如银装素裹。诗人端起一杯新酿的米酒，邀请友人共饮。米酒的香气在空气中弥漫，火炉的温暖驱散了冬日的寒冷，诗人和友人围坐在一起，谈笑风生，享受着这个雪夜的温馨时光。他们的脸上洋溢着幸福的笑容，仿佛忘记了外面的寒冷和阴沉。

这首诗不仅表达了诗人对友人的热情和友好，还通过细腻的描写，展现了冬日的温暖和宁静。诗人通过对温馨氛围的细腻刻画，描绘出一幅生动的雪夜煮酒图，令人回味无穷。

十、无题

李商隐(约813—约858)，字义山，号玉谿生，又号樊南生，怀州河内(今河南沁阳)人，因受牛李党争牵连，政治上备受挫折，终生潦倒。

李商隐是晚唐著名诗人，其诗广纳前人所长，承杜甫七律的沉郁顿挫，融齐梁诗的华丽浓艳，学李贺诗的诡异幻想，从而形成深情、缠绵、绮丽、精巧的风格。李诗善于用典，借助恰当的历史类比，使隐秘难言的意思得以表达；长于律、绝，以《无题》组诗最为著名。李商隐与杜牧并称"小李杜"，与温庭筠并称"温李"，与同时期的段成式、温庭筠风格相近，且三人都在家族里排行十六，故并称"三十六体"。《唐诗三百首》收录了22首李商隐的诗作。著有《李义山诗集》。

> 来是空言①去绝踪，月斜楼上五更钟。
> 梦为远别啼难唤，书被催成墨未浓。
> 蜡照半笼金翡翠②，麝熏微度绣芙蓉③。
> 刘郎④已恨蓬山⑤远，更隔蓬山一万重！

【注释】

① 空言：空话，本诗指女方失约。

② 蜡照：烛光。半笼：半映，指烛光隐约，不能全照床上被褥。金翡翠：饰以金翠的被子。

③ 麝熏：麝香的气味。麝本动物名，即香獐，其体内的分泌物可作香料，这里即指香气。度：透过。绣芙蓉：绣花的帐子。

④ 刘郎：相传东汉时刘晨、阮肇一同入山采药，迷不得出，偶遇两位女子，邀至家留居半年方还，后也以此典喻"艳遇"。

⑤ 蓬山：蓬莱山，泛指仙境。

【作品鉴赏】

此诗抒发一位男子对远在他方的情人的思念之情。"来是空言去绝踪"凌空而起，"月斜楼上五更钟"宕开写景。远别经年，会合无缘，夜来入梦，两人忽得相见，一觉醒来，却踪迹杳然，但见朦胧斜月空照楼阁，远处传来悠长而凄清的晓钟声，梦醒后的空寂更证实了梦境的虚幻。全诗着意摹写缠绵悱恻的相思相忆和不知所以的婉曲心理，而整个相思相忆的心理过程又与斜月、晨钟、烛影、香晕的环境描写层递而下，在梦幻交织中创造出一个凄迷哀丽的境界，既避免了艺术上的平直，又恰到好处地突出了"远别之恨"的主旨。

【汇评】

于李、杜后，能别开生路，自成一家者，唯李义山一人。(清·吴乔《西昆发微》)

《无题》之中，有确有寄托者，"近知名阿侯"之类是也。有实属狎邪者，"昨夜星辰昨夜风"之类是也。有失去本题者，"万里风波一叶舟"之类是也。有与《无题》相连，误合为一者，"幽人不倦赏"之类是也。其摘首二字为题，如《碧城》《锦瑟》诸篇，亦同此例。一概以美人香草解之，殊乖本旨。(清·纪晓岚《四库全书总目提要》)

魏晋以降，多工赋体，义山犹存比兴。(清·贺裳《载酒园诗话》)

宋人七绝，大概学杜甫者什六七，学李商隐者什三四。(清·叶燮《原诗》)

【拓展阅读】

无题

李商隐

飒飒东风细雨来，芙蓉塘外有轻雷。

金蟾啮锁烧香入，玉虎牵丝汲井回。

贾氏窥帘韩掾少，宓妃留枕魏王才。

春心莫共花争发，一寸相思一寸灰。

聚焦：

《无题四首》是李商隐创作的一组无题诗，请仔细体会其中幽婉、朦胧、含蓄的特色。

【思考与练习】

1. 李商隐的《无题四首》具有多义性，你读过这两首诗之后有何理解？

提示：

李商隐的《无题四首》以其丰富的意象、含蓄的情感和多义性著称。这组诗不仅在艺术上达到了高度的成就，还在主题和情感上具有多种解读的可能性，其中有爱情的失落、仕途的困境、人生的无常等。诗中的意象和情感相互交织，形成了一个多层次、多维度的诗歌世界，读者在阅读过程中能够产生不同的联想和感悟。

2. 李商隐诗歌用典颇深，试分析其原因。

提示：

李商隐诗歌用典颇深，既是个人经历和社会背景的反映，也是延续文学创作传统和表达复杂情感的需要。

李商隐生活在晚唐时期，这是一个社会动荡、政治腐败、宦官专权、藩镇割据的时代。诗人个人的命运也充满了坎坷，他多次应试不第，仕途不顺，这些经历使他的诗歌充满了对现实的不满和对理想的追求。用典成为他表达复杂情感和隐晦寄托的一种手段。

唐代诗歌创作中，用典是一种常见的手法。李商隐的诗歌创作深受前人影响，他继承了杜甫等前辈诗人的用典传统，并在此基础上进一步发展，不仅增加了诗歌的文学性和艺术性，还使诗歌的内涵更加丰富和多义。李商隐的诗歌常常表达复杂而微妙的情感，如爱情的失落、仕途的困境、人生的无常等。用典可以让他在有限的篇幅内表达更多的内容，使情感更加含蓄和深沉。

十一、八声甘州

柳永(约984—约1053)，原名三变，字景庄，后改名永，字耆卿，崇安(今属福建省)人。柳永出身官宦世家，宋仁宗景祐元年(1034年)，进士及第，先后做过睦州团练推官、定海晓峰盐监、泗州判官等职，以屯田员外郎致仕，故世称"柳屯田"，又因排行第七，世称"柳七"。柳永为人放荡不羁，终生贫困潦倒。

柳永是北宋第一位专力写词的作家，盛创慢词，开启了"宋词"的新天地。同时，他又开创了以俗为美、雅俗共赏的词学风格，对北宋词的发展起到重要的作用。柳永的词语言俚俗，影响广泛，"凡有井水饮处，即能歌柳词"，有《乐章集》传世。

对潇潇暮雨洒江天，一番洗清秋。渐霜风凄紧，关河①冷落，残照当楼。是处红衰翠减②，苒苒物华休③。惟有长江水，无语东流。

不忍登高临远，望故乡渺邈，归思难收。叹年来踪迹，何事苦淹留？想佳人、妆楼颙望④，误几回、天际识归舟⑤。争知我，倚阑干处，正恁⑥凝愁！

【注释】

① 关河：此处泛指江山。

② 是处：到处、处处。红衰翠减：形容花木凋零。

③ 苒苒：通"冉冉"，光阴逐渐流逝。物华：万物的芳华。

④ 颙望：举头凝望。

⑤ 出自谢朓《之宣城郡出新林浦向板桥》："天际识归舟，云中辨江树。"

⑥ 恁：如此。

【作品鉴赏】

在以羁旅离愁为题材的词当中，这首词是上品。苏轼评价其"不减唐人高处"，王国维更以此词与苏轼的《水调歌头》媲美，认为此二作皆"格高千古，不能以常调论也"，可见此词在词史上的地位之高。这首词上片写景，以一"对"字领起，暮雨下的秋色尽在眼前；又以一"渐"字领起，秋天的寒冷、凄清、肃杀，尽可感受之。随之，悲秋之意袭来，万物凋零，唯有滚滚而去的长江水无语东流。下片抒情，抒思乡之情，抒思妇之情。通过层层铺叙，把游子的羁旅离愁表达得强烈而又跌宕。

【汇评】

东坡云："世言柳耆卿词俗，非也。如《八声甘州》之'渐霜风凄紧，关河冷落，残照当楼'，此语于诗句不减唐人高处。"(宋·赵德麟《侯鲭录》)

词有与古诗同妙者，如……"关河冷落，残照当楼"，即《敕勒》之歌也。(清·刘体仁《七颂堂词绎》)

长调自以周、柳、苏、辛为最工。美成《浪淘沙慢》二词，精壮顿挫，已开北曲之先声。若屯田之《八声甘州》，玉局之《水调歌头》(中秋寄子由)，则伫兴之作，格高千古，不能以常词论也。(清·王国维《人间词话》)

飞卿词："照花前后镜，花面交相映。"此词境颇似之。(梁启超《饮冰室评词》)

此首亦柳词名著。一起写雨后之江天，澄澈如洗。"渐霜风"三句，更写风紧日斜之境，凄寂可伤。以东坡之鄙柳词，亦谓此三句"唐人佳处，不过如此"。"是处"四句，复叹眼前景物凋残，惟有江水东流，自起首至此，皆写景。"不忍"句与"望故乡"两句，自为呼应。"叹年来"两句，自问自叹，为恨极之语。"想"字贯至收处，皆是从对面着想，与少陵之"香雾云鬟湿，清辉玉臂寒"作法相同。小谢诗云"天际识归舟"，屯田用其语，而加"误几回"三字，更觉灵动。收处归到"倚阑"，与篇首应。梁任公谓此首词境颇似"照花前后镜，花面交相映"，说亦至当。(唐圭璋《唐宋词简释》)

【拓展阅读】

鹤冲天

柳永

黄金榜上，偶失龙头望。明代暂遗贤，如何向？未遂风云便，争不恣狂荡。何须论得丧？才子词人，自是白衣卿相。

烟花巷陌，依约丹青屏障。幸有意中人，堪寻访。且恁偎红倚翠，风流事、平生畅。青春都一饷。忍把浮名，换了浅斟低唱！

聚焦：

据记载，柳永正因为这首词，才"蹉跎于仁宗朝"，一生不得志。结合柳永词作及生平，思考其人格特征。

【思考与练习】

1. 柳词的一大特色就是铺叙，请结合《八声甘州》分析此词的层次。

提示：

全词层次分明，结构细密，以铺叙的手法，将写景与抒情紧密融合，层层递进，环环相扣，上片的写景为下片的抒情营造了氛围，下片的抒情又与上片的写景相互呼应，使得整首词的情感表达丰富而深刻，充分体现了柳词铺叙的特色。

上片写景，开篇营造出一幅雨后江天的壮阔画面，秋雨将整个秋景都洗得清朗明净，这一画面为全词奠定了凄清的基调。中间三句不仅写出了时间的推移，更表现出景物的渐变过程，进一步渲染了悲秋的氛围。后两句从大处落笔，写到近处的景物，到处都是花落叶稀，美好的景物都在渐渐消逝，以长江水的永恒与不变，反衬出世间万物的无常与人生的漂泊，也为下片的抒情做了铺垫。

下片抒情，开头三句直接点明了词人的情感，归思如潮水般汹涌而来，难以收拾。中间两句，词人开始反思自己多年来的行踪，表面上是自问，实则蕴含着对自己漂泊生涯的无奈与悲哀。后三句，词人由自己的思乡之情推己及人，想象着远方的佳人也在妆楼上翘首以盼。这种由己及人的写法，使得情感更加细腻而深沉，也将思乡怀人之情推向了高潮。

2. 苏轼评价《八声甘州》"不减唐人高处"，请谈谈你的理解。

提示：

苏轼评价柳永《八声甘州》"不减唐人高处"，主要是因为此词情景交融、意境深远，铺叙展开、层次分明，语言质朴、情感真挚，更具沉雄之魄、清劲之气，达到了唐诗的高境界，体现了柳永词的高超艺术水平。

其中，情景交融的手法，使得情感表达更加细腻而深沉，与唐诗"独在异乡为异客，每逢佳节倍思亲"表达的思乡之情有着相似的感染力。严谨的结构布局，使得全词的层次分明，条理清晰，与唐诗那种严谨的章法结构有着相似之处。真挚的情感表达，与唐诗"情真意切"的特点有着相似之处，使得读者能够产生强烈的共鸣。刚柔相济的风格，与唐诗"刚柔并济"的特点有着相似之处，使得全词既有雄浑的气势，又有细腻的情感。

3. 请谈谈下列词句的精彩之处。

对潇潇暮雨洒江天，一番洗清秋。

惟有长江水，无语东流。

想佳人、妆楼颙望，误几回、天际识归舟。

提示：

"对潇潇暮雨洒江天，一番洗清秋。"以"对"字领起，开篇就营造出一幅雨后江天的壮阔画面，暮雨潇潇，洒遍江天，将整个秋景都洗得清朗明净，为全词奠定了凄清的基调。

"惟有长江水，无语东流。"从大处落笔，写到近处的景物，到处都是花落叶稀，美好的景物都在渐渐消逝，而只有那长江水，默默无言地向东流去，以长江水的永恒与不变，反衬出世间万物的无常与人生的漂泊，也为下片的抒情做了铺垫。

"想佳人、妆楼颙望，误几回、天际识归舟。"词人由自己的思乡之情，推己及人，想象着远方的佳人也在妆楼上翘首以盼，多少次误以为天边驶来的船只就是自己归家的船，却一次次地失望。这种由己及人的写法，使情感体现得更加细腻而深沉，也将思乡怀人之情推向了高潮。

十二、望江南①·超然台作②

苏轼(1037—1101)，字子瞻，又字和仲，号东坡居士，眉州眉山人。苏轼与其父苏洵、其弟苏辙并称为"三苏"。苏轼一生起起伏伏，嘉祐二年(1057年)考中进士，历任地方官，官至中书舍人、翰林学士、礼部尚书，后因乌台诗案被贬黄州，绍圣初年又被贬至惠州、儋州，卒于常州。苏轼是一位全才的艺术家，散文、诗、词都取得了杰出的成就，其散文与欧阳修并称"欧苏"，与韩愈、柳宗元、欧阳修、苏洵、苏辙、王安石、曾巩合称"唐宋八大家"；其诗歌与黄庭坚并称"苏黄"；其词与辛弃疾并称"苏辛"；其书法与黄庭坚、米芾、蔡襄并称"宋四家"。苏轼擅长文人画，是"湖州竹派"的重要人物。

苏轼的词不拘一格，他最重要的贡献是"以诗为词"的创作倾向，开拓了词境，开创了"新天下耳目"的词风。对于苏轼的词，陆游称其"豪放"，张炎称其"清丽"，楼敬思称其"清秀"，周济称其"韶秀"，王鹏运称其"清雄"。苏轼对后世词的创作产生重要影响，有《苏东坡集》《东坡乐府》传世。

春未老，风细柳斜斜。试上超然台上看③，半壕④春水一城花。烟雨暗千家。
寒食⑤后，酒醒却咨嗟⑥。休对故人思故国⑦，且将新火试新茶⑧。诗酒趁年华。

【注释】

① 望江南：又名"梦江南""忆江南"，原唐教坊曲名，后用为词牌名。段安节《乐府杂录》载："《望江南》始自朱崖李太尉(德裕)镇浙日，为亡妓谢秋娘所撰，本名'谢秋娘'，后改此名。"《金奁集》入"南吕宫"。小令，单调二十七字，三平韵。

② 超然台：筑在密州(今山东诸城)北城上，登台可眺望全城。

③ 看：一作"望"。

④ 壕：护城河。

⑤ 寒食：节令。旧时清明前两天(一说一天)为寒食节。相传晋国介子推辅助晋文公夺位后，隐居绵山。晋文公为了让介子推出山，放火焚烧山林。介子推不肯出山，抱树被焚而死。为了悼念介子推，晋文公宣布此后该日禁止百姓举火，遂称为寒食节。

⑥ 咨嗟：叹息、慨叹。

⑦ 故国：这里指故乡、故园。

⑧ 新火：唐宋习俗，清明前两天起，禁火三日。节后另取榆柳之火称"新火"。新茶：清明节前采摘的茶，即明前茶。清明与谷雨之间采摘的茶，称为雨前茶，比明前茶稍晚，算不上新茶。

【作品鉴赏】

熙宁七年(1074年)秋，苏轼由杭州移守密州。次年八月，他命人修葺城北旧台，并由其弟苏辙题名"超然"。是年暮春，苏轼登台眺望烟雨春色，触动乡思，写下此词。

词作豪迈与婉约相兼，通过春日景象和作者的感情变化，表达了词人豁达超脱的襟怀与"用之则行，舍之则藏"的人生态度。上片写登台所见郊外暮春景色，满城风光，尽收眼底；以明暗相衬的手法，通过色彩的强烈对比，把春日里不同时空的色彩变幻生动地描绘出来。下片触景生情，与上片之景关系紧密——寒食过后，正是清明，本应返乡扫墓，却欲归而归不得。词人为摆脱思乡之苦，借煮茶以自遣，既隐含着难以解脱的苦闷，又流露出自我调适的心理，词情荡漾，曲折有致。末句"诗酒趁年华"进一步表明，只有抓紧时机，借诗酒以自娱，方可忘却俗事，超然物外。全词所写，紧紧围绕"超然"二字，这也是苏轼在密州时期心境与词境的具体体现。

全词以乐景衬衰情，情由景发，情景交融，最终又归于词人独有的豁达心境。写异乡之景与抒思乡之情结合得如此天衣无缝，足见其艺术功底。

【汇评】

东坡先生以文章余事作诗，溢而作词曲，高处出神入天，平处尚临镜笑春，不顾侪辈。东坡先生非心醉于音律者，偶尔作歌，指出向上一路，新天下耳目，弄笔者始知自振。(宋·王灼《碧鸡漫志》卷二)

晁无咎云："东坡词，人谓多不谐音律。然居士词横放杰出，自是曲子中缚不住者。"(宋·胡仔《苕溪渔隐丛话》后集：卷三十三引)

词自晚唐、五代以来，以清切婉丽为宗，至柳永而一变，如诗家之有白居易；至轼而又一变，如诗家之有韩愈，遂开南宋辛弃疾等一派。(清·纪昀等《四库全书总目提要》卷一九八)

"春水"二句超然台之景宛然在目。下阕故人故国，触绪生悲，新火新茶，及时行乐，以此易彼，公诚达人也。(清·俞陛云《唐五代两宋词选释》)

词间有淡淡的惆怅，更多的是一股卓立于人间的"超然"。(吴韵汐《苏轼：一蓑烟雨

任平生》)

【拓展阅读】

江城子·密州出猎
苏轼

老夫聊发少年狂，左牵黄，右擎苍，锦帽貂裘，千骑卷平冈。为报倾城随太守，亲射虎，看孙郎。

酒酣胸胆尚开张，鬓微霜，又何妨？持节云中，何日遣冯唐？会挽雕弓如满月，西北望，射天狼。

水龙吟·次韵章质夫杨花词
苏轼

似花还似非花，也无人惜从教坠。抛家傍路，思量却是，无情有思。萦损柔肠，困酣娇眼，欲开还闭。梦随风万里，寻郎去处，又还被、莺呼起。

不恨此花飞尽，恨西园，落红难缀。晓来雨过，遗踪何在？一池萍碎。春色三分，二分尘土，一分流水。细看来，不是杨花，点点是离人泪。

聚焦：

自晚唐五代以来，词一直被视为小道。诗人墨客只是以写诗的余力和游戏的态度来填词。词在宋初文人心目中的地位，不能与"载道""言志"的诗歌等量齐观。而苏轼基于他诗词一体的词学观念和自成一家的创作主张，变革了宋初词体。试以《望江南·超然台作》和《江城子·密州出猎》两首词为例，对比柳永词，谈谈苏轼词是如何开拓词境、扩大词的表现功能的。

【思考与练习】

1.《望江南·超然台作》的词眼是什么？对全词起什么作用？

提示：

本词词眼为"超然"，以此统领全词主旨，体现了苏轼"用之则行，舍之则藏"的人生态度，对全词起到了以下作用。

(1) 概括了词人的心境与词境。全词紧紧围绕着"超然"二字展开，词人通过登超然台所见之景和所抒之情，展现了自己在密州时期的心境与词境。

(2) 贯穿全词结构。上片所写的暮春景色，为下片的抒情做了铺垫，同时也体现了词人超然的心态。下片直接抒发了词人的思乡之情，词人在寒食节后，酒醒之时，思乡之情油然而生，但他却以"休对故人思故国，且将新火试新茶"来排遣这种情绪，体现了他的超然心态。

(3) 深化全词情感。思乡之情与超然心态的交织，使得情感表达更加丰富而深刻，这种情感的升华，使得全词的情感表达更加积极向上，也体现了词人豁达超脱的襟怀。

2. 结合苏轼其他作品，体会其儒、道、禅融合的人生哲学与乐观旷达的人生态度。

提示：

苏轼的儒、道、禅融合的人生哲学与乐观旷达的人生态度在其众多作品中都有深刻体现。

苏轼深受儒家"修身、齐家、治国、平天下"思想的影响，具有积极入世的精神。他在《江城子·密州出猎》中表达了有志为国尽忠、扫荡胡虏的英雄气概与高尚人格。

道家哲学强调人格的独立和精神的自由，主张顺应自然规律，强调人与自然界的和谐共生。苏轼在《赤壁赋》中借自然之美喻示人生短暂与自然永恒之间的对比，体现了道家超然物外、享受当下之美的生活哲学。

禅宗主张以平常心对待一切变故，《望江南·超然台作》体现了他以超然的心态来面对思乡之苦，将精神的超越作为人生的一种境界来追求和实践。苏轼的一生虽然多次受到排斥打击，但他并未因此对苦难麻木不仁，也没有因此否定人生，而是以一种全新的人生态度来对待接踵而至的不幸。《临江仙》体现了他乘势归化、返璞归真的出世态度。

苏轼将儒家的积极入世、道家的超然物外以及禅宗的平常心有机地结合起来，形成了自己独特的人生观和价值观。

3. 苏轼之词，从实践上破除了诗尊词卑的观念。诵读《望江南·超然台作》，对比李煜、温庭筠、柳永等人的词作，请尝试阐释苏轼词作对开拓词境的贡献。

提示：

苏轼突破了传统词作的题材和风格限制，将词的表达范围扩展到更广阔的生活领域，使词成为一种可以独立存在的新体裁，从根本上改变了词史的发展方向。他将诗中常见的题材引入词中，如悼亡送别、田园务农、参禅论道、说理议政等，使词的内容更加丰富多样。

苏轼开创了豪放词，用天才的如椽巨笔，冲击了词坛弥漫已久的浮华之气，帮助词体摆脱了对音乐的依赖性。他的豪放并不粗疏，而是余韵绵长，如《念奴娇·赤壁怀古》中的"大江东去，浪淘尽，千古风流人物"，展现了词的宏大气象。

苏轼的词作不仅表达了个人的情感，还融入了对人生、社会的深刻思考，使词的情感更加丰富和深沉。例如，《望江南·超然台作》中的"休对故人思故国，且将新火试新茶。诗酒趁年华"，不仅表达了思乡之情，还展现了超然物外的豁达情怀。

十三、一剪梅①

李清照(1084—1155)，号易安居士，齐州章丘(今山东省济南市章丘区)人。李清照出身于书香门第，其父李格非，以文章受知于苏轼；其夫赵明诚，密州诸城人，赵挺之子，精于金石收藏与考据。李清照从小就具有多样的创作才能，诗词文章无所不工，兼擅书画，通晓乐理。靖康之变后，举家南渡，避乱江南。赵明诚去世后，二人收集的金石书画也在避难中丧失殆尽。李清照只身漂泊，在凄凉孤苦的生活中度过晚年。

李清照是我国古代非常了不起的一位女性词人。她的词以宋室南渡为界，分为前后两期。前期词主要以吟唱爱情、人生为主，风格委婉轻盈；后期词多抒发国破家亡后的心境，表达家国之悲、乡关之思，风格凄苦。她的词独具一格，世称"易安体"，后人辑有《漱玉词》。

红藕②香残玉簟③秋，轻解罗裳④，独上兰舟⑤。云中谁寄锦书⑥来？雁字⑦回时，月满西楼。花自飘零⑧水自流。一种相思，两处闲愁⑨。此情无计⑩可消除，才下眉头，却上心头。

【注释】

① 一剪梅：词牌名，双调小令，六十字，有前后阕句句用叶韵者，而此词上下阕各三平韵，应为其变体。每句并用平收，声情低抑，此调因此词而又名"玉簟秋"。

② 红藕：荷花。

③ 玉簟(diàn)：光滑如玉的精美竹席。

④ 轻解：轻挽，轻提。罗裳(cháng)：犹罗裙。

⑤ 兰舟：船的美称。《述异记》卷下谓："木兰洲在浔阳江中，多木兰树。昔吴王阖闾植木兰于此，用构宫殿也。七里洲中，有鲁班刻木兰为舟，舟至今在洲中。诗家云'木兰舟'出于此。"一说"兰舟"特指睡眠的床榻。

⑥ 锦书：书信的美称。《晋书·窦滔妻苏氏传》云："窦滔妻苏氏，始平人也，名蕙，字若兰。善属文。滔，苻坚时为秦州刺史，被徙流沙。苏氏思之，织锦为回文旋图诗以赠滔。宛转循环以读之，词甚凄惋，凡八百四十字。文多不录。"这种用锦织成的字称为锦字，又称锦书，后世多指夫妇、情侣间的书信。

⑦ 雁字：雁群常在天空列成"一"字或"人"字形，传说雁能传书。

⑧ 飘零：凋谢，凋零。

⑨ 闲愁：无端无谓的忧愁。

⑩ 无计：没有办法。

【作品鉴赏】

此词为李清照前期代表作，写于婚后不久、其夫赵明诚远游之时，表达了对丈夫的思念之情。上片写秋景，既写出秋的凄清，又渲染出词人的孤寂。一"残"字，一"独"字，境界全出。"云中谁寄锦书来，雁字回时，月满西楼"三句写别后思念，情感掀起波澜。下片抒相思之情，"此情无计可消除，一种相思，两处闲愁"，由自己的相思进而推想丈夫此刻也在思念着自己，真可谓易安之才。"才下眉头，却上心头"，将别后的相思与哀愁抒发得淋漓尽致。

【汇评】

此词低回宛折，兰香玉润，即六朝才子恐不能拟。(明·杨慎《词品(卷二)》引钟人杰评)

俞仲茅小词云："轮到相思没处辞，眉间露一丝。"视易安"才下眉头，却上心头"，可谓此儿善盗。然易安亦从范希文"都来此事，眉间心上，无计相回避"语脱胎，李特工耳。(清·王士禛《花草蒙拾》)

易安《一剪梅》词起句"红藕香残玉簟秋"七字，便有吞梅嚼雪不食人间烟火气象，其实寻常不经意语也。(清·梁绍壬《两般秋雨庵随笔》卷三)

玉梅词隐云，易安精研宫律，所以何至出韵？周美成倚声专家，为南北宋关键，其《一剪梅》第四句均不用韵，讵皆出韵耶？窃谓《一剪梅》调当以第四句不用韵一体为最早。晚近作者，好为靡靡之音，徒事和畅，乃添入此叶耳。(清·况周颐《〈漱玉词〉笺》)

易安伤离之作，大抵皆为明诚而发，所谓"女子善怀"，充分表其浓挚悲酸情感，非如其他词人之代写闺情，终有隔靴搔痒之叹。(龙榆生《漱玉词叙论》)

【拓展阅读】

醉花阴
李清照

薄雾浓云愁永昼，瑞脑销金兽。佳节又重阳，玉枕纱厨，半夜凉初透。
东篱把酒黄昏后，有暗香盈袖。莫道不销魂，帘卷西风，人比黄花瘦。

凤凰台上忆吹箫
李清照

香冷金猊，被翻红浪，起来慵自梳头。任宝奁尘满，日上帘钩。生怕离怀别苦，多少事、欲说还休。新来瘦，非干病酒，不是悲秋。

明朝，这回去也，千万遍阳关，也即难留。念武陵人远，烟锁秦楼。惟有楼前流水，应念我、终日凝眸。凝眸处，从今又添，一段新愁。

聚焦：

"一种相思，两处闲愁"，"薄雾浓云愁永昼"，"从今又添，一段新愁"，同属于李清照前期的"愁"，它们的内涵一样吗？

【思考与练习】

1.《白雨斋词话》中说："易安佳句，如《一剪梅》起七字云：'红藕香残玉簟秋'，精秀特绝，真不食人间烟火者。"你能说出《一剪梅》好在哪里吗？

提示：

《一剪梅·红藕香残玉簟秋》之所以被称赞为"精秀特绝，真不食人间烟火者"，不仅在于其景物描写与情感融合的巧妙，还在于其情感表达的细腻与深刻，以及语言的精炼与优美。"红藕香残玉簟秋"不仅点明了季节，还通过"红藕香残"和"玉簟秋"两个意象，营造出一种清冷、孤寂的氛围。词人轻解罗裳，独自登上兰舟，这一动作不仅描绘了词人的神态和举止，还暗示了她内心的孤独和对丈夫的思念，这是景物描写与情感的融合。词人通过雁字传书的典故，表达了对丈夫的思念之情。通过自然景象的描写，进一步表达了词人的无奈和哀愁，体现了情感表达的细腻与深刻。

本词语言简洁而富有画面感，勾勒出一幅秋日的景象，同时蕴含了丰富的情感。动作描写细腻，语言生动，表现了词人的神态和心情。结构严谨且完整，上阕通过景物描写和动作描写，逐步引出对丈夫的思念之情；下阕从"花自飘零水自流"到"却上心头"，进一步深化了这种思念之情，使得情感表达更加深刻和动人。

2.《一剪梅》是如何表达李清照对丈夫的思念之情的？

提示：

诗歌通过景物描写、书信寄托、自然景象映衬以及深刻的情感表达，细腻而真实地展现了李清照对丈夫的思念之情。

(1) 景物描写烘托情感。通过"红藕香残"和"玉簟秋"两个意象，以荷花的凋谢象征美好时光的流逝，以竹席的凉意暗示词人内心的孤独和凄凉。

(2) 书信寄托思念。通过雁字传书的典故，表达了对丈夫的思念之情，这一画面不仅美丽，还刻画了词人的期待和失望情绪。

(3) 自然景象映衬内心。通过花的飘零和水的流动，展现词人内心的无尽思念和无法排遣的愁绪，花的飘零象征词人青春的流逝，水的自流则暗示了丈夫的远行。

(4) 相思之情的深刻表达。"一种相思，两处闲愁"不仅表达了词人的思念之情，还暗示了丈夫也在远方思念着她，使得情感更加深刻。

十四、[南吕]一枝花·不伏老

关汉卿(约1234—约1300)，号己斋叟，解州(今山西省运城)人，另有籍贯大都(今北京)一说，约生于金末，卒于元成宗大德年间。贾仲明的《录鬼簿》记载关汉卿曾为太医院尹，后混迹于勾栏书会。《圻津志》记载他"生而倜傥，博学多闻，滑稽多智，蕴藉风流，为一时之冠"。关汉卿晚年游历江南，曾到过杭州、扬州等地，和杨显之、梁进之、费君祥以及著名女演员朱帘秀等均有交往。

关汉卿一生致力戏曲创作，剧目有六十余个，剧本大多散佚，大多反映社会现实，表现底层人民的苦难生活及反抗精神；散曲作品现存小令五十余首，套数十余篇，曲风质朴本色。

[一枝花]攀出墙朵朵花，折临路枝枝柳①。花攀红蕊嫩，柳折翠条柔，浪子风流。凭着我折柳攀花手，直煞得花残柳败休。半生来折柳攀花，一世里②眠花卧柳。

[梁州]我是个普天下郎君领袖，盖世界浪子班头。愿朱颜不改常依旧，花中消遣，酒内忘忧。分茶攧竹③，打马藏阄④；通五音六律⑤滑熟，甚闲愁到我心头！伴的是银筝女⑥银台前理银筝笑倚银屏，伴的是玉天仙携玉手并玉肩同登玉楼，伴的是金钗客歌金缕⑦捧金樽满泛金瓯。你道我老也，暂休。占排场风月功名首，更玲珑又剔透。我是个锦阵花营⑧都帅头，曾玩府游州。

[隔尾]子弟每是个茅草冈、沙土窝初生的兔羔儿乍向围场上走，我是个经笼罩、受索网苍翎毛老野鸡蹅踏的阵马儿熟⑨。经了些窝弓冷箭鑞枪头⑩，不曾落人后。恰不道"人到中年万事休"，我怎肯虚度了春秋。

[尾]我是个蒸不烂、煮不熟、捶不匾、炒不爆、响珰珰一粒铜豌豆，恁子弟每谁教你钻入他锄不断、斫不下、解不开、顿不脱、慢腾腾千层锦套头⑪？我玩的是梁园⑫月，饮的是东京酒，赏的是洛阳花，攀的是章台柳。我也会围棋、会蹴鞠、会打围、会插科、会歌

舞、会吹弹、会咽作⑬、会吟诗、会双陆。你便是落了我牙、歪了我嘴、瘸了我腿、折了我手，天赐与我这几般儿歹症候，尚兀自不肯休！则除是阎王亲自唤，神鬼自来勾。三魂归地府，七魄丧冥幽。天哪！那其间才不向烟花路儿上走！

【注释】

① 花、柳：这里都指妓女。

② 一世里：一辈子。

③ 分茶：宋代流行的茶道。擿竹：一种抽签博彩游戏。

④ 打马：古代流行的一种博彩游戏。藏阄：藏钩，一种以猜出别人手中藏物为胜的游戏。

⑤ 五音：中国古代音乐五声音阶中的五个音级，即宫、商、角、徵、羽。六律：中国古代音乐中的六个阳声律位，即黄钟、太簇、姑洗、蕤宾、夷则、无射。

⑥ 银筝女：与后两句中的"玉天仙""金钗客"均指妓女。银筝：银饰之筝，对筝的美称。

⑦ 金缕：《金缕衣》，唐代曲调别称。

⑧ 锦阵花营：妓院。

⑨ 蹅踏：踩踏。阵马：战阵，在此比喻风月场中的种种陷阱。

⑩ 窝弓冷箭鑞枪头：比喻遭受各种打击和中伤。

⑪ 锦套头：比喻妓女笼络嫖客的手段。

⑫ 梁园：汉代梁孝王所建。

⑬ 咽作：歌唱。

【作品鉴赏】

这是一首带有自述性质的著名套曲，作者以"郎君领袖""浪子班头"自居，既反映了关汉卿经常流连于市井和青楼的生活状态，又成为其反抗封建社会的大胆宣言。这首曲子为读者塑造了一个"折柳攀花""眠花卧柳"的风流浪子的形象，体现了他对封建礼法的蔑视和玩世不恭，同时又表现出他对当时社会的强烈关注，及对底层百姓的同情和赞颂。此曲善用衬字，曲风大胆、泼辣、诙谐，节奏铿锵，气势豪迈。

【汇评】

珠玑语唾自然流，金玉词源即便有，玲珑肺腑天生就。(元·贾仲明《[双调]凌波仙吊关汉卿词》)

关汉卿之词，如琼筵醉客。观其词语，乃可上可下之才。盖所以取者初为杂剧之始，故卓以前列。(明·朱权《太和正音谱》)

北曲名家，不可胜举，如白仁甫、贯酸斋、马东篱、王和卿、关汉卿、张小山、乔梦符、郑德辉、宫大用，其尤著也。诸家虽未开南曲之体，然南曲正当得其神味，观彼所制，圆溜潇洒，缠绵蕴籍，于此事固若有别材也。(清·刘熙载《艺概》)

关汉卿一空依傍，自铸伟词，而其言曲尽人情，字字本色，故当为元人第一。(王国维《宋元戏曲史》)

【拓展阅读】

[南吕] 一枝花·杭州景
关汉卿

普天下锦绣乡，寰海内风流地。大元朝新附国，亡宋家旧华夷。水秀山奇，一到处堪游戏，这答儿忒富贵。满城中绣幕风帘，一哄地人烟凑集。

[梁州第七]百十里街衢整齐，万余家楼阁参差，并无半答儿闲田地。松轩竹径，药圃花蹊，茶园稻陌，竹坞梅溪。一陀儿一句诗题，一步儿一扇屏帏。西盐场便似一带琼瑶，吴山色千叠翡翠。兀良，望钱塘江万顷玻璃。更有清溪绿水，画船儿来往闲游戏。浙江亭紧相对，相对着险岭高峰长怪石，堪羡堪题。

[尾]家家掩映渠流水，楼阁峥嵘出翠微，遥望西湖暮山势。看了这壁，觑了那壁，纵有丹青下不得笔。

望海潮
柳永

东南形胜，三吴都会，钱塘自古繁华。烟柳画桥，风帘翠幕，参差十万人家。云树绕堤沙。怒涛卷霜雪，天堑无涯。市列珠玑，户盈罗绮，竞豪奢。

重湖叠巘清嘉。有三秋桂子，十里荷花。羌管弄晴，菱歌泛夜，嬉嬉钓叟莲娃。千骑拥高牙，乘醉听箫鼓，吟赏烟霞。异日图将好景，归去凤池夸。

聚焦：

王国维评价关汉卿曲似柳永词。比较这两首同样描写杭州风景的作品，体会王国维做出的评价。

【思考与练习】

1. 欣赏《[南吕] 一枝花·不伏老》，对关汉卿做出评价。

提示：

在这首套曲中，关汉卿以生动活泼的比喻和辛辣恣肆的风格，描绘了书会才人的品行和才华，表现了他坚韧、顽强的性格。他自比为"蒸不烂、煮不熟、捶不匾、炒不爆、响珰珰一粒铜豌豆"，这种自画像不仅体现了他的不屈精神，也彰显了他终身不渝地从事杂剧创作的决心。该作品气韵深沉，语势狂放，在清澈见底的情感波流中，刻画了诗人独特的个性，因而历来为人所传颂，被视为关汉卿散曲的代表之作。

在当时的社会背景下，元蒙贵族对汉族士人的歧视以及科举的废置，使得许多知识分子怀才不遇，而关汉卿却选择了自己独立的生活方式，突破了传统文人生活模式的藩篱，展现了一种新的人生意识。《[南吕]一枝花·不伏老》不仅在艺术上具有高度成就，更在精神上体现了关汉卿对自由的执着追求和对人生的坚定信念。他通过这首套曲，表达了对黑暗社会现实的强烈不满和对统治阶级的坚决不合作态度，用极端的语言来夸示他那完全市民化的书会才人的全部生活。这种对人生永恒价值的追求，对把死亡看作生命意义终结的否定，正是诗中诙谐乐观的精神力量之所在。

2. 《[南吕] 一枝花·不伏老》用了哪些修辞方法？作用是什么？

提示：

这首套曲主要采用了排比、夸张、设问等修辞方法。

通过排比，增强了语言的气势和节奏感，生动地展现了作者多才多艺、不羁豪放的形象，使读者能够更直观地感受到作者的自信与狂放。作者将自己比作铜豌豆，形象地刻画了坚韧不拔、顽强抗争的性格特点和不屈不挠的精神，使抽象的情感变得具体可感。

通过夸张，强调了作者在风月场中的经历和追求，突出了他对这种生活的热爱和执着，同时也表达了他对封建礼教的蔑视和反抗。"花""柳"等词语反复出现，不仅营造了一种浓烈的氛围，还强化了作者的情感表达，使读者能够更深刻地感受到作者对自由生活的向往和追求。

通过设问，引发读者的思考，同时也表达了作者对那些陷入世俗纷扰中的人的同情和无奈，进一步突出了作者的超脱和洒脱。

这些修辞方法的运用，使《[南吕]一枝花·不伏老》在艺术表现上更加生动、形象、有力，成功地塑造了作者不羁、豪放、坚韧的个性形象，表达了他对自由生活的热爱和对封建礼教的反抗精神。

3. 如何理解《[南吕] 一枝花·不伏老》中的"风流浪子"的形象。

提示：

"风流浪子"的形象不仅是关汉卿个人的生活写照，更是他对传统封建礼教的叛逆、对个人自由的追求以及对社会现实的不满和反抗的集中体现。关汉卿在曲中描绘了自己在风月场中的放荡不羁，不仅在情感上追求自由，还在艺术上展现了广泛的兴趣和才华。他不拘泥于世俗的规范，敢于挑战社会的偏见。当时，元蒙贵族对汉族士人充满歧视，科举废置，士人怀才不遇。在这种背景下，关汉卿选择了自己独立的生活方式，形成了自我人生价值观，突破了传统文人"求仕""归隐"的固有模式。他在风月场中活出自我，坚持创作，不向权贵低头，这种生活方式和对人生价值的追求，体现了他对社会现实的强烈不满和对自由生活的向往。

十五、死水

闻一多(1899—1946)，本名闻家骅，字友三，生于湖北浠水县，中国近代诗人、学者、民主战士。闻一多是前期新月派的代表诗人，新月派诗人大多既接受了西方教育、自觉沟通东西方文化，又感受着两种文化的冲突。这种矛盾在闻一多身上体现得极为明显：他留学美国，热情吸收西方文化，却又强烈地感到民族与文化的压迫。作为一种反抗，他写下了许多爱国主义诗篇，多收录于《红烛》与《死水》两部诗集。闻一多的诗作深邃而炽热，悲怆而激越，写尽了这位根植于深厚传统文化土壤中的现代知识分子内心的矛盾与痛苦。

这是一沟绝望的死水，
清风吹不起半点漪沦。
不如多扔些破铜烂铁，
爽性泼你的剩菜残羹。

也许铜的要绿成翡翠，
铁罐上锈出几瓣桃花；
再让油腻织一层罗绮，
霉菌给他蒸出些云霞。

让死水酵成一沟绿酒，
漂满了珍珠似的白沫；
小珠们笑声变成大珠，
又被偷酒的花蚊咬破。

那么一沟绝望的死水，
也就夸得上几分鲜明。
如果青蛙耐不住寂寞，
又算死水叫出了歌声。

这是一沟绝望的死水，
这里断不是美的所在，
不如让给丑恶来开垦，
看它造出个什么世界。

【作品鉴赏】

　　《死水》多角度、多层面揭露和讽刺了腐败不堪的"半殖民地半封建旧中国"，表达了诗人对当时军阀混战、帝国主义横行的愤懑之情和深沉的爱国主义情感。诗中"一沟绝望的死水"是半封建半殖民地旧中国的象征。诗人抓住死水之"死"，节节逼近，把"绝望"的感情表现得淋漓尽致，而又在绝望中饱含着希望，在冷峻里灌注着一腔爱国主义的热情之火，这也是这首诗的主题思想。

　　本诗每节押韵，节奏分明，音韵铿锵；外形方正整齐，形成均衡美、对称美；注意挖掘语言的色彩感，构成美丑迥异、富有暗示性的画面。诗人纵向继承中国古典诗词传统精髓，学习李商隐等人的同时，在情绪表现上是现代主义的，在方法表现上是象征主义的，在艺术追求上是唯美主义的，在内容表现上是现实主义的。诗人融合中西诗歌艺术，最终表达的是满腔爱国之情，这种至情至性的表现可谓集古今中外诗歌艺术之大成。

【汇评】

他在文字和组织上所达到的纯粹处，那摆脱《草莽集》为词所支配的气息，而另外为中国建立一种新诗完整风格的成就处，实较之国内任何诗人皆多。(沈从文《论闻一多的〈死水〉》)

一多不仅是诗人，他也是最有兴味探讨诗的理论和艺术的一个人。我想这五六年来我们几个写诗的朋友多少都受到《死水》的作者的影响。我的笔本来是最不受羁勒的一匹野马，看到了一多的谨严的作品，我方才憬悟到我自己的野性。(徐志摩《猛虎集·序》)

《死水》五节，二十行，一百八十字，无一节不铿锵有声，无一行不灿烂夺目，无一字不妥帖精当，象征了新诗的成熟，是新文学的一个里程碑。(司马长风《中国新文学史》)

【拓展阅读】

一朵野花

陈梦家

一朵野花在荒原里开了又落了，
不想到这小生命，向着太阳发笑，
上帝给他的聪明他自己知道，
他的欢喜，他的诗，在风前轻摇。

一朵野花在荒原里开了又落了，
他看见春天，看不见自己的渺小，
听惯风的温柔，听惯风的怒号，
就连他自己的梦也容易忘掉。

聚焦：

本诗是后期新月派代表诗人陈梦家的成名作，对比《死水》以及其他前期新月派诗歌，结合时代背景，谈谈前后期新月派诗歌在艺术追求和思想内涵方面的不同。

【思考与练习】

1. 请以新月派提出的"三美"理论及"理性节制情感"的美学原则分析《死水》。

提示：

"三美"包括音乐美、绘画美、建筑美。理性节制情感的美学原则即情感应当受到理性的控制和引导，强调通过理性来约束和引导情感，避免情感的过度泛滥和失控。

(1) 音乐美，即音节和谐。全诗共五节，每节四行，每行九个字，虽然音尺的排列顺序不完全相同，但总数一致，整齐中有变化，变化中保持整齐，参差错落兼以抑扬顿挫。每节第二行和第四行押韵，每节换韵，首尾两节都用"这是一沟绝望的死水"做首句，这种复沓不仅在意义上体现了一种强调和呼应，在韵律上也突出了回环往复之美。

(2) 绘画美，即色彩丰富。诗中运用了许多富有色彩的语词和物象，如"翡翠""桃花""罗绮""云霞""珍珠"等，这些色彩鲜明的词汇反衬了内容之丑，使"死水"的面目越发可憎可厌。

(3) 建筑美，即形式整齐。全诗五节，每节四行，每行九个字，做到了节的匀称、句的均齐。每节诗结构严谨、形式整齐，好像一座有棱有角、刚劲挺拔的大厦，具有建筑美。

在本诗中，诗人并没有直接宣泄情感，而是将情感隐埋于精心选择的形象之中，通过客观化的抒情，将个人的主观情感藏在精炼提纯后的文字里，展现出理性节制情感的美学原则。

2. 诵读《死水》，你从中能感受到闻一多怎样的情感？

提示：

通过阅读《死水》这首诗，能够感受到诗人复杂的情感。

(1) 愤慨与绝望。诗人将旧中国比作"一沟绝望的死水"，以此象征着当时社会的腐败、停滞与毫无生机，体现了他对丑恶现实的愤慨。

(2) 讽刺与诅咒。"不如多扔些破铜烂铁，爽性泼你的剩菜残羹""如果青蛙耐不住寂寞，又算死水叫出了歌声"等句，运用反讽手法，对旧社会进行了辛辣的讽刺和无情的诅咒。诗人以生动形象的描绘，揭露了社会的腐朽与堕落，表达了对旧秩序的强烈不满和愤懑。

(3) 希望与期待。尽管诗中充满了绝望与愤慨，但在最后"不如让给丑恶来开垦，看它造出个什么世界"一句中，又透露出诗人内心深处的希望与期待。诗人认为，只有彻底否定旧世界，才能为新世界的诞生创造条件，表达他对未来美好生活的向往和对变革的渴望。

(4) 爱国主义。闻一多曾说："诗人的主要天赋是'爱'，爱他的祖国，爱他的人民。"《死水》正是他这种爱国情怀的具体体现，他以强烈的使命感和责任感，对祖国的现状进行批判，希望唤醒民众，共同为创造一个美好的新世界而努力。

3. 郭沫若为新诗发展开辟道路以后，中国现代诗坛迫切需要可供学习、足资范例的新诗作品，以确立新的艺术形式与美学原则，使新诗走向"规范化"的道路。对比郭沫若的《女神》，谈谈以闻一多、徐志摩为代表的前期新月派诗人对新诗发展所做的贡献。

提示：

郭沫若的《女神》是中国现代诗歌史上具有重要历史地位的诗篇，它以磅礴的气势、浪漫的色彩和创造的精神，在中国诗坛上"一枝独秀"。《女神》中的诗歌，如《凤凰涅槃》《天狗》等，通过强烈的抒情和丰富的想象力，表达了对旧世界的反抗和对新世界的向往。

郭沫若的诗歌在形式上较为自由，情感表达直接而强烈，为新诗的发展开辟了道路。而闻一多、徐志摩等前期新月派诗人的贡献主要在于提出了"三美"理论。首先，音乐美。新月派强调诗歌的音节和谐与押韵规律，使诗歌具有音乐性。例如，闻一多的《死水》每节四行，每行九个字，音节整齐，押韵规律，读起来朗朗上口。其次，绘画美。新月派注重诗歌的色彩和视觉形象，使诗歌具有绘画般的效果。例如，闻一多在《死水》中使用了"翡翠""桃花""罗绮""云霞""珍珠"等色彩丰富的词汇，反衬出死水的丑恶。最后，建筑美。新月派追求诗歌的形式整齐和结构严谨，使诗歌具有建筑般的美感。例如，闻一多的《死水》每节四行，每行九个字，形式整齐，结构严谨。

此外，新月派还强调"理性节制情感"，反对滥情主义和诗的散文化倾向。他们认为，诗歌应该在情感表达上更加内敛和节制，通过客观化的抒情来表达个人的情感。例如，徐志摩的《再别康桥》情感细腻而内敛，通过具体的景物描写来表达对康桥的眷恋。同时，新月派在拓展诗歌主题、诗歌语言的通俗化等方面也做出了重要贡献。

十六、断章

卞之琳(1910—2000)，江苏人，诗人、文学评论家、翻译家，1933年毕业于北京大学英文系，曾师从徐志摩并深受赏识，是现代诗派的代表诗人。卞之琳与何其芳、李广田合称"汉园三诗人"，其诗曾受新月派影响，更融合中国古诗和法国象征派等西方现代派风格，他善于从日常生活中发现诗的内容并进一步挖掘出常人意料不到的深刻内涵，在诗歌中探索宇宙、人生哲理，其作品充满智慧的光芒与哲理的趣味。

短诗《断章》作于1935年10月，是卞之琳的代表作，也是现代诗歌史上的不朽名篇。

你站在桥上看风景，

看风景的人在楼上看你。

明月装饰了你的窗子，

你装饰了别人的梦。

【注释】

对于文题"断章"卞之琳自己曾说"此四行无意中得之，原拟成一首完整的诗，接着感到说完了，也无须多说，可独立成篇，故名'断章'。"

【作品鉴赏】

卞之琳的诗歌崇尚智慧的妙悟，常以有限、简单的物象，隐喻无限、奇妙的哲理。这首短诗仅四句，三十余字，却呈现了多种意象，构建了相对完整的时空与人生意境。诗歌表达了诗人对于世间人物、事物关系的思考，看似零散、偶然的人和事物之间其实是息息相关、相互依存的，这边"看风景的人"，也可以是另一种视角下"装饰了别人的梦"的景致。当视角转换，风景的含义也就随之扩展，万物、万事皆可成为风景。宇宙、历史、人生便以这样的方式联结成为一个整体。

【汇评】

还有比这再悲哀的，我们诗人对于人生的解释？都是装饰……但是这里的文字那样单纯，情感那样凝练，诗面呈浮的是不在意，暗地却埋着说不尽的悲哀。(李健吾《〈鱼目集〉——卞之琳先生作》)

我贸然看做寓有无限的悲哀，着重在"装饰"两个字，而作者恰恰相反，着重看做冲突，不如说做有相成之美。(李健吾《咀华集·咀华二集》)

《断章》另有一种章法，却是于推衍之外又加上本身的对立，于是就更其复杂化了，因为它把那相对的事物重叠起来作了统一的工作。(李广田《诗的艺术：论卞之琳的〈十年诗草〉》)

人站在镜子前面，与自己的影像面面相对，一举手一投足，影像都与之相应而相反。(张曼仪《镜子：对照的组织》)

《断章》的结构交相反射，具有层层更进的趣味……令人想到"螳螂捕蝉，黄雀在后"的成语。(余光中《诗与哲学》)

读过之后，像是懂了，仔细一想，又像没有全懂，越往深处想，就越觉得含义太多。(蓝棣之《现代派诗选》)

【拓展阅读】

夜雨寄北

李商隐

君问归期未有期，巴山夜雨涨秋池。

何当共剪西窗烛，却话巴山夜雨时。

聚焦：

诗人废名在《谈新诗》中提出现代派诗是温庭筠、李商隐一派的发展。卞之琳作为中国诗歌现代派的重要诗人，其创作风格的确显示出与温、李的联系。例如，这首《断章》与李商隐的《夜雨寄北》都采用了"相对"视角，两者有何不同？

【思考与练习】

1. 这首诗为何取名为"断章"？

提示：

从创作过程来看，据作者自述，这四行诗原本是其一首长诗中的片段，但这首长诗只有这四句让他感到满意，于是便将其抽出来独立成章，诗题"断章"便由此而来。

从诗歌内容与形式来看，全诗仅四句，截取了生活中的几个瞬间，以简洁的笔触描绘出一幅幅生动的画面，这些画面虽是片段，却蕴含着丰富而深刻的哲理，如同从长诗中截取的精华部分，与"断章"之名相契合。

从诗歌内涵来看，"断章"一词本身就蕴含着一种不完整、片段化的意味，而诗歌所表达的正是世间万物相互依存、相互关联的相对性，如"你"既是看风景的主体，又在不经意间成为他人眼中的风景；明月装饰了"你"的窗子，"你"又装饰了别人的梦，这种相互"装饰"的关系体现了事物存在的相对性与平衡，与"断章"所暗示的片段与整体、部分与全体之间的相对关系相呼应。

2. 请细读《断章》，把握诗中的意象，简述这些意象的内涵。

提示：

"桥"象征着连接与过渡，它不仅表示物理上的连接，也象征着人与人之间、现实与理想之间的桥梁。站在桥上的人，既是观察者，也是被观察的对象，体现了人与人之间的相互关系和互动。

"风景"代表了生活中的美好与多彩，是人们欣赏和追求的对象，同时也暗示了人与人之间的相互欣赏和互动，每个人都可以成为别人眼中的风景，体现了人与人之间的相对性和平衡。

"楼"象征着更高的视角和更广阔的视野，它暗示了观察者与被观察者之间的相对位置和关系，楼上的观察者不仅看到了桥上的人，也成为被观察的对象，体现了观察与被观察的相互转换。

"窗子"象征着私密与公开、内心与外界的界限，明月装饰了窗子，不仅美化了空间，也暗示了自然与人的和谐共生，窗子成为自然美景进入人类生活的通道，体现了人与自然的紧密联系。

"明月"象征着永恒和美好，它不仅照亮了诗人的窗子，也照亮了诗人的内心世界，明月的光辉洒在窗前，为窗子增添了诗意和浪漫，暗示了自然对人类生活的美化和点缀，同时也隐喻了生命的短暂与永恒。明月的永恒与生命的短暂形成对比，引发对生命无常的思考。

"梦"象征着人类的内心世界和潜意识，它暗示了人与人之间的相互影响和心灵的相通，"你"在现实中的存在，不经意间进入了别人的梦境，成为他们梦中美好而不可或缺的一部分，体现了人与人之间的深刻联系和相互依存。

3. 好的诗歌作品往往意蕴丰富，能够带给读者一种"言有尽而意无穷"的审美感受。请你谈谈对《断章》的主题多义性的理解。

提示：

《断章》的主题多义性体现在以下几个方面。

(1) 人与人之间的相对性。诗中"你站在桥上看风景，看风景的人在楼上看你"，揭示了人与人之间观察与被观察的相对关系，这种视角的转换，打破了传统的主客体界限，强调了人与人之间相互关联、相互依存的复杂关系，体现了相对性哲学思想。

(2) 人与自然的和谐共生。"明月装饰了你的窗子"，明月作为自然的象征，为人的生活空间增添了美感。这不仅体现了自然对人类生活的积极影响，也暗示了人类对自然之美的欣赏和依赖。"你装饰了别人的梦"，人与自然的融合不仅体现在外在环境的美化上，更深入到人的精神层面。人在自然的怀抱中生活，其存在和行为也成为自然的一部分，能够进入他人的梦境，成为他人潜意识中美好的象征。

(3) 生命的无常与永恒。从"明月装饰了你的窗子"这一意象中，可以感受到生命的短暂和易逝。明月的光辉虽然永恒，但人的生命却如白驹过隙，转瞬即逝。"窗子"作为连接内外的通道，象征着生命的脆弱和有限，明月的光辉透过窗子洒在室内，也暗示了生命的脆弱与自然的永恒之间的对比。即使个体的生命终将消逝，但通过与他人的互动和影响，个体的价值和意义得以延续，体现了人类对永恒的追求和向往。

十七、生命幻想曲(节选)

顾城(1956—1993)，当代朦胧诗派主要代表人物，原籍上海，生于北京，12岁时随父亲(诗人顾工)下放至山东农村，因此辍学并开始创作诗歌；1974年回京，其后开始发表诗作并引起强烈反响；1987年开始应邀出访欧美进行文化交流、讲学活动；1988年后隐居于新西兰激流岛；1993年10月在新西兰家中辞世，留下大量诗、文、书法、绘画等作品。顾城早期诗风纯净，善用孩童的语言呈现梦幻般的印象世界，被称为"童话诗人""当代的浪漫主义诗人"，作品已被译成英、法、德、西班牙、瑞典等十余种文字。

《生命幻想曲》发表于1976年，创作于1971年(诗人15岁，随家人在山东海滨 荒滩上为公社放猪)。

把我的幻影和梦
放在狭长的贝壳里
柳枝编成的船篷
还旋绕着夏蝉的长鸣
拉紧桅绳
风吹起晨雾的帆
我开航了

没有目的
在蓝天中荡漾
让阳光的瀑布
洗黑我的皮肤

太阳是我的纤夫
它拉着我
用强光的绳索
一步步
走完十二小时的路途

我被风推着
向东向西
太阳消失在暮色里

黑夜来了
我驶进银河的港湾
几千个星星对我看着
我抛下了
新月——黄金的锚

天微明
海洋挤满阴云的冰山

碰击着

"轰隆隆"——雷鸣电闪

我到那里去呵

宇宙是这样的无边

用金黄的麦秸

织成摇篮

把我的灵感和心

放在里边

装好纽扣的车轮

让时间拖着

去问候世界

车轮滚过

百里香和野菊的草间

蟋蟀欢迎我

抖动着琴弦

我把希望溶进花香

黑夜像山谷

白昼像峰巅

睡吧!合上双眼

世界就与我无关

【作品鉴赏】

1971年的顾城被时代的激流冲到了生活的边缘地带,生存的苦痛激起了少年内心的生命本能,他在沙滩上写下了这首《生命幻想曲》。这首诗源于无奈、混乱的现实,却指向完美的幻想世界。少年诗人对于美与光明的追求,以及对于永恒的信念,使这首诗深具感染力。全诗意象丰富而新奇,语言稚气、纯净,以奇妙、瑰丽的想象,以生命为主题,创造出梦幻般的美丽世界,显示了顾城"童话诗人"的特征。这首诗被顾城认为是自己"少年时代最好的习作",也被公认为"朦胧诗"代表作之一。

【汇评】

……而顾城小小的诗歌王国却一派繁盛。他深深沉溺于诗,灶火旁,河滩上,睡醒后,课堂里……脑海里总环绕着一团团神奇、迷人的光——终于,1971年,15岁的顾城写出了他的代表作《生命幻想曲》。这首诗是一个里程碑的标志——少年顾城,已经准确站在了中国彼时诗的最高峰!(徐敬亚《顾城诗全集》序言)

艺术并不能解决具体的人生问题,但艺术可以抚慰受创的心灵,填补精神上的空缺。

《生命幻想曲》表现的正是诗人生活的脚步滞重之时，心灵、幻想、灵魂在另一个世界里漫游的情景。它"通过理想化的完美描述，把人的整个灵魂置入一种活动之中"(柯勒律治语)。物质的生活原因渐渐地远了，诗歌开始于一种精神性的"意识背景"之前，开始于那一片作为可亲善的大自然的象征的"河滩"，和河滩上启示、唤醒、震撼、融化了的"阳光"。(毕光明《悄寂的灵魂之旅 永恒的生命之歌——顾城〈生命幻想曲〉》)

【拓展阅读】

一代人

顾城

黑夜给了我黑色的眼睛，
我却用它寻找光明。

聚焦：

"一代人"是指在1966年至1976年间成长起来的人。诵读此诗，感受顾城诗句相悖的逻辑中蕴含的哲理。

【思考与练习】

1. "合上双眼/世界就与我无关"表达了诗人对现实怎样的态度？

提示：

这句诗表达了诗人对现实复杂的态度。

(1) 超然与逃避。诗人对现实世界的不满和失望，使他希望通过闭上双眼来逃避现实的纷扰和痛苦。

(2) 对自然的向往。诗人通过闭上双眼，将自己融入自然，寻求一种精神上的自由和解脱，这种对自然的向往和对现实的逃避，体现了诗人对理想生活的追求。

(3) 对命运的无奈。诗人意识到自己在宇宙中的渺小，面对命运的无常，他选择通过闭上双眼来暂时摆脱这种无奈和对未来的不确定感。

(4) 对内心世界的探索。通过闭上双眼，诗人试图进入自己的内心世界，寻找一种精神上的慰藉和力量。

2. 《生命幻想曲》是如何通过各种意象营造出幻想世界的童话色彩的？

提示：

《生命幻想曲》通过以下方法营造出幻想世界的童话色彩。

(1) 自然意象的拟人化。诗中大量使用自然意象，并通过拟人化的手法，使这些意象充满了生命和情感。例如，将太阳拟人化为纤夫，拉着诗人前行，不仅赋予了太阳以生命，还增强了诗歌的动感和画面感。

(2) 独特的比喻和象征。诗中使用了大量独特的比喻和象征，使诗歌充满了奇幻和诗意。例如，贝壳象征着诗人的心灵和梦想，将幻影和梦放在贝壳里，表达了诗人对梦想的珍视和保护。

(3) 丰富的想象力。诗中展现了丰富的想象力，通过独特的意象将个体生命与自然紧密结合。例如，诗人将晨雾比喻为帆，将自己比作一艘船，借助晨雾的帆在蓝天中荡漾，这种想象力打破了现实的束缚，构建了一个奇幻的世界。

这些意象不仅增强了诗歌的表现力，还使读者在感受美的同时，也能体悟到生命的深邃与复杂。

3. 顾城在他的诗中创造了一个极其美丽的幻想世界，这种高度纯净美好的状态与世界本来的面貌是否一致？人们为什么会被它吸引？其心理根源是什么？

提示：

顾城通过诗歌创造了一个美丽的幻想世界，提供了一种逃避现实、追求理想、回归自然、怀念童真、实现自我和获得精神慰藉的途径。这种幻想世界虽然与现实世界不完全一致，但深深吸引了人们，因为它们满足了人们内心深处的多种需求。幻想世界中的纯净和美好，反映了人们对理想生活的向往，同时提供了一种理想的模型，让人们能够看到希望和可能性。

在顾城的诗歌中，自然意象频繁出现，如太阳、星星、海洋等，对自然的回归，也是对现代文明的反思和对原始状态的向往。童真元素贯穿始终，对童真的怀念，反映了对纯真时代的向往和对成人世界复杂性的逃避。幻想世界提供了一种精神慰藉，使人们能够在面对现实的困境时，找到一种心理上的支持。这种慰藉不仅来自美丽的意象，还来自诗歌中所传达的积极情感。

十八、丁登寺赋(节选)

威廉·华兹华斯(William Wordsworth，1770—1850)，英国浪漫主义文学先驱，曾被授予"桂冠诗人"的称号。他与柯勒律治、骚塞三人因远离城市隐居湖区而同被称为"湖畔派"诗人，他们喜爱大自然，描写宗法制农村生活，厌恶资本主义的城市文明和冷酷的金钱关系。1798年，华兹华斯与柯勒律治合作发表《抒情歌谣集》，宣告了浪漫主义新诗的诞生。两年后，华兹华斯于再版序言中详细阐述了其浪漫主义文学主张，强调以平民的语言抒写平民的事物、思想与感情，动摇了英国古典主义诗学传统，有力推动了英国诗歌的革新与浪漫主义运动的发展，《抒情歌谣集》被誉为浪漫主义诗歌的宣言。

本诗即选自《抒情歌谣集》。

五年过去了，五个夏天，还有
五个漫长的冬天！并且我重又听见
这些水声，从山泉中滚流出来，
在内陆的溪流中柔声低语。
看到这些峻峭巍峨的山崖，
这一幕荒野的风景深深地留给
思想一个幽僻的印象：山水呀，

联结着天空的那一片宁静。

这一天到来，我重又在此休憩

在无花果树的浓荫之下，远眺

村舍密布的田野，簇生的果树园，

在这一个时令，果子呀尚未成熟，

披着一身葱绿，将自己掩没

在灌木丛和乔木林中。我又一次

看到树篱，或许那并非树篱，而是一行行

顽皮的树精在野跑：这些田园风光，

一直绿到家门；袅绕的炊烟

静静地升起在树林顶端！

它飘忽不定，仿佛是一些

漂泊者在无家的林中走动，

或许是有高人逸士的洞穴，孤独地

坐在火焰旁。

这些美好的形体

虽然已经久违，我并不曾遗忘，

不是像盲者面对眼前的美景

然而，当我独居一室，置身于

城镇的喧嚣声，深感疲惫之时，

它们却带来了甜蜜的感觉，

渗入血液，渗入心脏，

甚至进入我最纯净的思想，

使我恢复恬静

……

啊，绿叶葱茏的怀河！你在森林中漫游，

我如此频繁地在精神上转向你。

……

如今，童年时代粗鄙的乐趣，

和动物般的嬉戏已经消逝

在我是一切的一切。——我那时的心境

难以描画。轰鸣着的瀑布

像一种激情萦绕我心；巨石，

高山，幽晦茂密的森林，

它们的颜色和形体，都曾经是

我的欲望，一种情怀，一份爱恋，

不需要用思想来赋予它们

深邃的魅力，也不需要
视觉以外的情趣。——那样的时光消逝，
……
我亲爱的，亲爱的妹妹！我要为此祈祷，
我知道大自然从来没有背弃过
爱她的心灵；这是她特殊的恩典，
贯穿我们一生的岁月，从欢乐
引向欢乐；因为她能够赋予
我们深藏的心智以活力，留给
我们宁静而优美的印象，以崇高的
思想滋养我们，使得流言蜚语，
急躁的武断，自私者的冷讽热嘲，
缺乏同情的敷衍应付，以及
日常生活中全部枯燥的交往，
都不能让我们屈服，不能损害
我们欢快的信念，毫不怀疑
我们所见的一切充满幸福。
……
而我呀，一个
长期崇拜大自然的人，再度重临，
虔敬之心未减；莫如说怀着
一腔更热烈的爱情——啊！更淳厚的热情，
更神圣的爱慕。你更加不会忘记，
经过多年的浪迹天涯，漫长岁月的
分离，这些高耸的树林和陡峻的山崖，
这绿色的田园风光，更让我感到亲近，
这有它们自身的魅力，更有你的缘故。

【作品鉴赏】

《丁登寺赋》是华兹华斯《抒情歌谣集》中最优秀的作品，它既不是一般的所谓山水诗，更不是怀旧诗，其蜿蜒曲折的诗句最终要表达的主旨是：自然界最平凡、最卑微之物都有灵魂，而且是同整个宇宙的大灵魂合为一体的。诗人站在古寺废墟之上，注视的却是怀河河谷幽僻荒凉、与世隔绝的自然景色；大自然使得他从城市的喧嚣中获得解脱，因而他以其笔下的自然景色表达人与自然和谐共生的理念。

全诗一气呵成，流畅而又幽婉，毫无古典主义的斧凿之痕，集中体现了华兹华斯朴实自然、诗句口语化的风格。诗人不尚奇幻，以宁静的沉思和富于想象的风格，于娓娓动听的诗句中自然流露出其敏锐的感觉与真挚的情感；既注重自然的可感性而着意捕捉细节，又从人们的日常生活中开掘感情宝藏，以取得新鲜感和奇特效果。同时，诗作采用五步抑扬格素体无韵诗律，轻灵、活泼而具有流动感，完全突破了当时统治诗坛的整齐、刻板的英雄双韵体。

【汇评】

华兹华斯的《丁登寺赋》不仅是他个人情感的流露，更是他对自然、对人类存在意义的深入探索。在这首诗中，华兹华斯用他独特的诗人之眼，将读者带入了一个超越时间和空间的精神领地，让人重新思考自我与宇宙的关系。他的文字犹如潺潺流水，温和而深邃，让读者在沉浸其中的同时，感受到诗的力量。(托马斯·卡莱尔)

《丁登寺赋》是华兹华斯创作生涯的巅峰之作。它完美地展现了诗人对自然的热爱，对过去的怀念，以及对未来的希望。华兹华斯通过这首诗，为我们描绘了一个既真实又超脱的艺术空间，让我们在其中既能感受到生活的琐碎，又能洞察到生命的宏大。(托马斯·卡莱尔)

《丁登寺赋》是一首充满诗意的杰作，其情感深沉而细腻。华兹华斯在诗中巧妙地运用了象征和隐喻，使得整首诗充满了神秘和美感。它不仅是一部文学作品，更是一部心灵的哲学。(埃德蒙·戈斯)

读《丁登寺赋》，就像是在听一首悠长的交响曲，每一个音符都充满了情感和深度。华兹华斯以他独特的诗人语言，让我们看到了自然的壮丽，感受到了时间的流转，理解到了生命的真谛。(弗吉尼亚·伍尔夫)

【拓展阅读】

归园田居

陶渊明

少无适俗韵，性本爱丘山。
误落尘网中，一去三十年。
羁鸟恋旧林，池鱼思故渊。
开荒南野际，守拙归园田。
方宅十余亩，草屋八九间。
榆柳荫后檐，桃李罗堂前。
暧暧远人村，依依墟里烟。
狗吠深巷中，鸡鸣桑树颠。
户庭无尘杂，虚室有余闲。
久在樊笼里，复得返自然。

聚焦：

《归园田居》与《丁登寺赋》虽然出自不同的国度和时代，但都是涉及人与自然和谐共处的田园诗。对比这两首诗，说说它们其中具体呈现的人与自然关系的不同，并进一步探讨东西方归隐自然的不同方式。

【思考与练习】

1. 请结合华兹华斯在诗歌语言方面的主张，谈谈《丁登寺赋》的语言风格。

提示：

华兹华斯主张使用质朴、自然的语言来写作，反对新古典主义的华丽辞藻。他认为，诗歌语言应当简洁、生动，且富有生活气息，诗人应使用人们真正使用的语言。他强调，诗歌语言和好的散文语言并没有本质区别，最好的诗中最有趣味的部分的语言和写得很好的散文的语言是一样的。华兹华斯在《抒情歌谣集》中使用了古拙、质朴的语言描绘日常生活中的事件和情节，但他也强调语言的提炼，避免了日常用语的缺点以及可能引起读者不快或反感的因素。

《丁登寺赋》的语言风格体现了华兹华斯的诗歌语言主张，即使用质朴、自然的语言来表达真挚的情感。诗中不仅描绘了自然的美景，还通过简洁而生动的语言，表达了诗人对自然的热爱和对生活的感悟。这种语言风格不仅使诗歌更加贴近生活，也增强了诗歌的艺术表现力，使其成为浪漫主义诗歌中的经典之作。

2. 华兹华斯曾把诗定义为"强烈情感的自然流露"，你认为《丁登寺赋》是否符合这个定义？这首诗又是如何使情感"自然"流露的呢？

提示：

(1) 开篇的情感爆发。诗的开头反复强调"五年"这一概念，表达了诗人对时间的感慨和故地重游的欣喜。这种情感的强烈波动，正是华兹华斯所强调的"强烈情感的自然流露"。

(2) 自然意象的运用。诗中使用了大量自然意象，如"田野""果园""瀑布""跳跃的小鹿"等，这些意象向读者展示了一幅优美的自然风光图。通过这些意象，诗人将自己的情感融入自然之中，使情感的表达更加自然和真挚。

(3) 寓情于景。诗人通过对自然景色的描绘，表达了自己对自然的热爱和对生活的感悟。这种情景交融的手法，使情感的流露更加自然和深刻。

(4) 沉思与回忆。诗人通过回忆五年前的景象，将过去的情感与当下的感受相结合，使情感在平静中自然流露。这种沉思不仅帮助诗人调整和激励情感，还使情感与重要的题材联系起来。

(5) 语言自然、质朴。诗人的语言简洁而生动，没有华丽的辞藻，却能深刻表达情感。例如，"五个"和"长长的"等词反复使用，表达了诗人对时间的感慨和故地重游的欣喜。这种质朴的语言风格，使诗歌更加贴近生活，增强了情感的自然流露。

3. 诵读诗歌全文，结合时代背景，请谈谈华兹华斯的诗作对破除18世纪古典主义窠臼所产生的作用。

提示：

(1) 变革诗歌语言。华兹华斯强调诗歌语言应当简洁、生动，且富有生活气息，诗人应使用人们真正使用的语言。他反对新古典主义所采用的华而不实的语言，主张诗歌语言应当明白晓畅。这种语言风格一扫古典主义的冗繁、典雅之风，使清新自然的语言成为"合法"的诗歌语言。

(2) 拓展诗歌题材。华兹华斯的诗歌题材以自然、田园风光和普通人的生活为主。他关注自然和生活，从自然中汲取灵感，并通过诗歌表现自然的美和力量。这种题材的拓展，使诗歌不再局限于古典主义的宫廷和贵族生活，而是转向了普通人的日常生活和自然景观。

(3) 自然流露情感。华兹华斯认为，诗歌是"强烈情感的自然流露"。这种情感的表达方式，一改古典主义的刻板和规范，使诗歌更加贴近真实的人类情感。

(4) 创新诗歌形式。华兹华斯的诗歌形式较为自由，他采用无韵素体诗的形式，每行有轻重相同的十个音节，成为五个音步，行末无脚韵。这种形式不仅增加了诗歌的自然乐音，还使诗歌的韵律更加和谐，打破了古典主义诗歌的固定格式，使诗歌更加自由和灵活。

十九、自由颂(节选)

亚历山大·谢尔盖耶维奇·普希金(1799—1837)，俄国浪漫主义的杰出代表与现实主义的奠基人，被誉为"俄罗斯诗歌的太阳"。屠格涅夫称其不但创造了俄罗斯语言，还创造了俄罗斯文学，而这两项重大的工作在其他民族需要几代人用几百年甚至更多的时间才能够完成。

普希金的童年因爱好文学的父辈而充满着诗歌和文学的氛围，其农奴出身的奶妈又以民间文学和人民语言的养料哺育了他。在皇村中学求学期间，他又受到法国启蒙思想的熏陶，初步形成了反对沙皇专制、追求自由的思想，并结交了诸多爱国秘密团体的成员。这一时期，普希金创作了一系列反对农奴制、讴歌自由的"政治抒情诗"，《自由颂》就是其中一首，是他较早产生广泛社会影响的反专制暴政的檄文，也是他遭到流放的原因，这首诗在普希金生前并未得到发表，却被俄国青年辗转传抄，流传甚广。

> 去吧，从我的眼前滚开，
> 柔弱的西色拉岛的皇后！
> 你在哪里？对帝王的惊雷，
> 啊，你骄傲的自由底歌手？
> 来吧，把我的桂冠扯去，
> 把娇弱无力的竖琴打破……
> 我要给世人歌唱自由，
> 我要打击皇位上的罪恶。
>
> 请给我指出那个辉煌的
> 高卢人的高贵的足迹，
> 你使他唱出勇敢的赞歌，
> 面对光荣的苦难而不惧。
> 战栗吧！世间的专制暴君，
> 无常的命运暂时的宠幸！
> 而你们，匍匐着的奴隶，
> 听啊，振奋起来，觉醒！

唉，无论我向哪里望去——
到处是皮鞭，到处是铁掌，
对于法理的致命的侮辱，
奴隶软弱的泪水汪洋；
到处都是不义的权力在
偏见的浓密的幽暗中
登了位——靠奴役的天才，
和对光荣的害人的热情。

【作品鉴赏】

诗人疾风暴雨般的语言直接指向专制暴君对人民的残暴奴役，表明了自己的政治态度和立场。但是诗人并没有停留在诅咒和抨击上，而是同时赞颂自由精神，号召被压迫的人民奋起反抗专制统治。普希金并非把政治观点简单地融于诗行，而是借古讽今，以拿破仑篡夺法国革命胜利果实之事暗示亚历山大窃取的皇位必然难以持久，从而表达了君主和平民一样需依法行事的观点。

从艺术的角度来说，普希金的诗歌往往是真情的流露，其真诚的品质是以往诗歌流派所没有的。他的诗歌与真诚密切联系，诗风自然、朴素而优雅，诗歌语言简练而具有独特的音韵美，透露出华丽辞藻所不能有的雍容大方。同时，诗歌情调和风格表现出一种明朗的忧郁——世俗的忧郁经真情的熔炉冶炼以后，成为独具美感的社会性忧郁，它远高于具体的、世俗的忧愁和哀伤，唤起的是思索、力量与美感。

【汇评】

普希金的诗所表现的音调的美和俄罗斯语言的力量达到了令人惊异的地步：它像海波的喋喋一样柔和、优美，像松脂一样浓厚，像闪电一样鲜明，像水晶一样透明、洁净，像春天一样芳芬，像勇士手中的剑击一样有力。(俄国哲学家、文学评论家别林斯基)

这里没有华丽的辞藻，这里只有诗；没有任何虚有其表的炫耀。一切都简朴，一切都雍容大方，一切都充满含而不露的、绝不会突然宣泄而出的光彩；一切都符合纯正的诗所永远具有的言简意赅。(俄国现实主义文学奠基人果戈理)

普希金的缪斯是一个热情洋溢的女神，她太富于真实感了，所以无须再寻找虚无缥缈的感情；她的不幸太多了，所以无须再虚构人工的不幸……(俄国哲学家、作家赫尔岑)

【拓展阅读】

自由颂(节选)

雪莱

兴起了雅典——壮丽的城邦，
仿佛要嘲弄最杰出的建筑工匠，
矗立在紫色山崖的基石之上，

白云雉堞，银色塔堡，像梦幻一样，

万顷碧波铺地，屋宇是暮色中的穹苍，

门廊里驻守着一群

腰间束着雷霆的暴风，

头枕云霓的翅膀，额上的花冠燃烧着

太阳的烈火，啊，神圣的工程！

而更为神圣的雅典，柱石巍峨，

矗立于人的意志，有如矗立于钻石山岭，

因为你已诞生。你万能的创造技巧

以不朽的大理石仿造了不朽死者的形象，

不朽的形象布满了那座山岗，

你最早的宝座，最近的宣谕殿堂。

聚焦：

雪莱是与拜伦齐名的英国浪漫主义诗人，而普希金是俄国现实主义文学的奠基人。这两首诗同样题为"自由颂"，对比两者在艺术风格与思想内涵上的异同。

【思考与练习】

1.《自由颂》被后人誉为"革命"诗歌，甚至被推崇为"真正的革命诗歌"，你同意这个观点吗？为什么？

提示：

普希金在《自由颂》中，不仅表达了对自由的追求，还通过对历史事件的引用，如路易十六被处决，来警示当权者，强调法律和自由的重要性。这种对历史的反思和对未来的展望，使诗歌具有深刻的历史意义和革命精神。《自由颂》以其反专制、反暴政的鲜明倾向，以及对自由的热烈歌颂、对奴隶的号召，广泛传播且影响深远，被后人誉为"革命诗歌"，甚至被推崇为"真正的革命诗歌"。

《自由颂》在诗人生前虽然没有得到发表机会，但它被俄国青年辗转传抄，流传甚广，成为激励人们反抗专制、追求自由的重要作品，体现了其作为"革命诗歌"的价值。

2. 普希金自然简朴的诗风为后世诗人与文学评论家所称道，请诵读《自由颂》，感受其简练而不失优雅的语言以及独特的韵律之美。

提示：

(1) 诗歌语言简洁明快，抒发了人们内心深处最真实的情感。普希金巧妙地将传统的俄罗斯民间语言与复杂多样的西方文化元素相结合，形成了独特而富有表现力的写作风格。诗人在《自由颂》中对民众直白的号召和对暴君的猛烈抨击，展现了其对自由的强烈渴望和对专制的坚决反抗，具有鲜明的革命性。

(2) 韵律具有独特的美感。普希金的诗歌节奏明快，具有很强的音乐性和韵律感。《自由颂》采用重复和对称的句式，增强了诗歌的节奏感和韵律美，不仅强调了诗人的情感，还使诗歌的韵律更加和谐。

3. 作为俄国浪漫主义文学的杰出代表与现实主义文学的伟大奠基者，普希金的作品常常兼具两者的气质，请你结合《自由颂》谈谈其创作中浪漫与现实兼具的特点。

提示：

《自由颂》表达了诗人对自由的强烈渴望和追求，这种对自由的歌颂是浪漫主义文学的重要特征。诗中多次提到"自由"，展现了诗人对自由的热爱和对专制的反抗。

《自由颂》展现了个人英雄主义的主题，将个人的力量和自我表达与对自由和人类尊严的渴望紧密联系起来。这种个人英雄主义是浪漫主义时期对个体力量和自我表达的重视的体现。在《自由颂》中，诗人用铿锵有力的语言，抨击世间的一切专制暴君，这种直接的呼吁和对暴君的抨击，展现了诗人对自由的强烈渴望和对专制的坚决反抗，具有鲜明的浪漫主义色彩。

《自由颂》不仅表达了诗人对自由的追求，还通过对历史事件的引用来警示当权者，强调法律和自由的重要性。这种对社会现实的批判和对专制制度的揭露，体现了现实主义文学对社会问题的关注和反思。诗中反映了社会现实中的不平等和压迫，号召奴隶们起来反抗，这种精神具有强烈的现实主义色彩，激励着人们为自由而战。

二十、恶之花(节选)

夏尔·皮埃尔·波德莱尔(1821—1867)，法国19世纪最著名的现代派诗人、象征派诗歌先驱，被称为"现代派的鼻祖"。波德莱尔幼年丧父，母亲改嫁，继父对其采取专制和高压的教养手段，导致其诗篇充斥着矛盾情绪与苦闷气氛，体现其力求挣脱资产阶级思想意识枷锁的思想。波德莱尔的美学原则和创作直接影响了19世纪法国最有声望的象征主义诗人魏尔伦、马拉美、兰波。

波德莱尔的代表作有《恶之花》《巴黎的忧郁》《美学珍玩》《可怜的比利时！》等，其中《恶之花》是19世纪最具影响力的诗集之一，标志着象征主义的兴起、现代派文学的正式出现。《恶之花》根据内容和主题分属"忧郁与理想""巴黎即景""酒""恶之花""叛逆"和"死亡"六个诗组，其中"忧郁与理想"分量最重，本篇就是其中直接抒写忧郁情绪最成功的一首。

低垂沉重的天幕像锅盖，压在
忍受长久烦闷、呻吟的精神上；
它容纳地平线的整个儿圆盖，
向我们倾泻比夜更悲的黑光；

大地变成了一座潮湿的牢房，
希望在那里像一只蝙蝠飞翔；
用胆怯的翅膀对着墙壁拍击，
又把头向腐烂的天花板乱撞；

雨水拖着那长而又长的水珠，
宛如一座大监狱的护条那样；
有一大群无声的卑污的蜘蛛，
在我们的脑壳深处张开蛛网，

这时大钟突然疯狂暴跳起来，
向天空投以一阵可怕的吼叫，
如同无家可归的游荡的鬼怪，
开始顽固而执拗地呻吟哀号。

一长列枢车没有鼓乐作为前导，
从我的心灵缓慢地经过；希望
战败而哭泣，残忍专制的烦恼
把黑旗插在我低垂的脑壳上。

【作品鉴赏】

作为西方现代主义文学的先驱，波德莱尔身上充溢着一种大胆的反叛精神。他摒弃传统，独辟蹊径，在诗歌题材方面大胆创新，选取城市的丑恶与人性的阴暗面作为表现对象，第一次为文学艺术打开了"审丑"之门；但他并非一味表现丑恶，而是把同情的目光投向了生活在城市底层，受欺凌、被遗弃的"贱民"。

《恶之花》无论是在内容层面还是形式层面，都具有划时代的意义。在艺术层面，这首诗继承了古典诗歌明晰稳健的特点，音韵优美，格律严谨，语言精辟。波德莱尔反对写长诗，重新挖掘十四行诗，使之焕发新光彩。同时，波德莱尔开创了象征主义的创作方法，通感和象征手法的运用使难以捉摸的情感获得了具象的形态，以实写虚，以有形写无形，但又不是实实在在的有形，可激发读者发挥想象力，并加以思索，从而理解诗人的良苦用心。

【汇评】

波德莱尔，"生活在恶之中，爱的却是善"，最后，他给法国留下了一些流露出冷酷的绝望气息的阴暗狠毒的诗而死去了。为了这些诗，人们在他生前称他作疯子，在他死后称他为诗人。(苏联无产阶级作家、诗人、评论家高尔基)

波德莱尔"深刻的独创性"在于对现代人的表现，依我之见，未来研究我们这个时代的历史学家，为了不挂一漏万，必须认真而虔诚地阅读这本书(《恶之花》)，因为这是本世纪的精华，本世纪一切的集中反映。(法国文学家魏尔伦)

你的尊贵的来信和美妙的书我全收到了。艺术无派，如同苍空，你对这点作了证明。我为你的宏伟的才华喝彩。(法国作家、诗人雨果)

波德莱尔是最初的洞察者，诗人中的王者，真正的神。(法国象征主义诗人兰波)

【拓展阅读】

《弃妇》(作者：李金发)

聚焦：

《弃妇》是中国现代象征派诗歌开山鼻祖李金发诗集《微雨》中的第一首诗，也是其与中国读者见面的第一篇诗作。对比《弃妇》与《恶之花》，试从主题、结构以及表现形式等方面，谈谈以《恶之花》为代表的法国象征主义诗歌对中国诗歌发展的影响。

【思考与练习】

1. 以本节诗为例，说说波德莱尔是如何运用通感与象征手法激发读者的想象与思考的。

提示：

波德莱尔通过通感与象征手法，成功地激发了读者的想象与思考。

通感手法创造出一种多感官的体验，使诗歌的意象更加生动和鲜明，不仅丰富了诗歌的意象，还激发了读者的想象力，使读者能够通过不同的感官去感受和理解诗歌中的意象。

象征手法通过具体的意象去表现抽象观念，使诗歌的含义更加丰富和深邃，不仅使诗歌的意象更加生动，还激发了读者的思考，使读者能够通过具体的意象去理解诗歌中的抽象概念。

通感与象征手法的结合，使诗歌充满了神秘和不确定性，不仅丰富了诗歌的艺术表现力，还激发了读者的想象力，使读者能够在阅读过程中产生更多的联想和思考，从而更好地理解和感受诗歌中的情感和思想。

2. 请结合本诗及《恶之花》中的其他诗作，谈谈为什么说波德莱尔是在诗歌中"发掘恶中之美"。

提示：

波德莱尔在《恶之花》中，通过选取独特的视角，采用通感与象征手法，展示个人苦闷心理以及恶的意象体系，成功地发掘"恶中之美"。

(1) 选取独特的视角。波德莱尔破除了千百年来的善恶观，认为恶具有双重性，这种独特的视角使他能够在恶的世界中发现美，也能在美的体验中感受到恶的存在。

(2) 采用通感与象征手法。波德莱尔大量运用通感和象征手法，不仅能丰富诗歌的意象，还能激发读者的想象力，使读者通过不同的感官去感受和理解诗歌中的意象。

(3) 展示个人苦闷心理。波德莱尔在《恶之花》中，展示了个人的苦闷心理，写出了小资产阶级青年的悲惨命运。他从更高的意义上来理解忧郁，认为美的典型中存在不幸。

(4) 展示恶的意象体系。在《恶之花》中，波德莱尔构建了一个庞大的恶的意象体系，包括社会之恶、自然之恶、人性之恶和精神之恶，通过这些意象，他不仅描绘了恶的多面性，还展现了恶中的美。例如，在《毁灭》中，诗人通过恶魔的意象，展现了内心的邪恶欲望，同时也表达了对这种欲望的批判和反思。

3.《恶之花》的问世，标志着现代派文学的正式出现，试分析《恶之花》的现代性体现在哪些方面？

提示：

《恶之花》的现代性体现在以下几个方面。

(1) 题材的创新。波德莱尔打破了传统诗歌多取材于自然和田园的框框,将视野转向城市,描绘了大城市的丑恶现象。

(2) 对恶的美学探索。波德莱尔在《恶之花》中,努力从恶中去发现美,这是对旧美学观的有力冲击,从此奠定了现代主义美学观的基石。

(3) 象征主义手法的运用。《恶之花》是第一部象征主义文学作品,波德莱尔将瑞典神秘主义哲学家安曼努尔·斯威登堡的"感应说"应用于诗歌创作,创造了"通感"或称为"感情挪移"的表现手段。

(4) 对内心世界的挖掘。《恶之花》第一次实行笔触的大转移,深入到诗人的内心深处。这种对内心世界的挖掘,是现代派文学的重要特征之一,反映了现代人对自我和精神世界的深刻探索。

(5) 对传统美学的挑战。波德莱尔的美学观点是充满现代性的,他主张自然是丑恶的,自然事物是可厌恶的,罪恶天生是自然的,美德是人为的,善也是人为的。

(6) 诗歌结构的创新。《恶之花》不是若干首诗的集合,而是一部有逻辑、有结构、有头有尾、浑然一体的作品。诗集分为六个部分,每个部分都有明确的主题,这些部分的排列顺序描绘出忧郁和理想冲突交战的轨迹。这种结构的创新,使《恶之花》成为一部具有现代性的文学作品。

4. 试述波德莱尔的"审丑"与雨果提出的"美丑对照"的关系。

提示:

波德莱尔的"审丑"美学在一定程度上继承和发展了雨果的"美丑对照"原则。雨果通过对比来强化美与丑的对立,而波德莱尔则更进一步,试图从丑中发现美,将丑视为美的一个组成部分。两者都对现代派文学的发展产生了深远的影响,推动了文学艺术表现范畴的扩大和深化。

(1) 两者的共同点。第一,对丑的重视。雨果和波德莱尔都重视丑在艺术中的地位,认为丑是艺术表现的重要内容。第二,揭示现实。他们都通过美与丑的对比或融合,揭示了社会的复杂性和人性的多面性。第三,艺术贡献。两者的理论和作品都对后世的文学和艺术产生了深远的影响,推动了现代主义文学的发展。

(2) 两者的区别。第一,表现手法。雨果的"美丑对照"原则通过对比来突出美与丑的矛盾,使美的更美,丑的更丑;而波德莱尔的"审丑"则试图缩短美与丑之间的差距,使丑的不再那么丑,同时蕴含着使美的不再那么美的可能性。第二,美学取向。雨果的美学取向是通过对比来强化美与丑的对立,强调美战胜丑的善良愿望;波德莱尔则更倾向于从丑中发现美,将丑视为美的一个组成部分,强调丑的独立价值。第三,艺术效果。雨果的作品中,美与丑的对比形成了强烈的反差,使美好形象在丑态人物的反衬下更加鲜美艳丽;而在波德莱尔的作品中,丑的意象通过艺术处理,展现出一种独特的美感,引导读者在丑中发现美。

二十一、荒原(节选)

托马斯·斯特尔那斯·艾略特(1888—1965),英国著名现代派诗人和文艺评论家,出生于美国，曾在哈佛大学学习哲学和比较文学，曾对梵文和东方文化产生兴趣，也曾受法国象征主义文学影响。第一次世界大战后，艾略特定居伦敦，加入英国国籍，皈依英国国教。艾略特1948年因对当代诗歌的开创性杰出贡献获诺贝尔文学奖，被誉为"革新现代诗功绩卓著的先驱"。

艾略特的长诗《荒原》被评论界看作20世纪最有影响力的一部诗作、英美现代诗歌的里程碑。《荒原》运用大量典故，甚至包含宗教、语言学、哲学元素，借助隐喻的手法，表达了第一次世界大战后西方一代人精神上的幻灭。全诗共分《死者的葬礼》《对弈》《火诫》《水里的死亡》《雷霆的话》五个章节，本篇为第四章，被认为是其中最短却也最晦涩的一章。

> 那腓尼基人弗莱巴斯，已经两个星期的死亡，
> 忘记了海鸥的鸣叫，深海的波涛，
> 收益和失去。
> 海里的一股水流，
> 在低语中拾起他的骨头。随之起起落落
> 他经过了他老去和年少的时光，
> 坠入漩涡。
> 外邦人或犹太人啊
> 你们转动轮盘又观望风向
> 想想弗莱巴斯，也曾像你们那样高大俊朗。

【注释】

《荒原》这一章写人欲横流带来的死亡。昔日腓尼基水手由于纵欲而葬身大海，今天无数的现代人仍然在人欲的汪洋大海中纵情作乐，他们的死亡已无法避免。

【作品鉴赏】

《荒原》虽不过数百行，但其内容和诗艺都为欧美诗坛带来了全新的气象。枯萎的荒原——庸俗丑恶、虽生犹死的人们——复活的希望，作为一条主线贯穿全诗，阴冷朦胧的画面，深刻表现了人欲横流、精神堕落、道德沦丧、卑劣猥琐、丑恶黑暗的西方社会的本来面貌，传达出第一次世界大战后西方人对现实的厌恶、普遍的失望情绪和幻灭感，从而否定了现代西方文明。

这首抒情长诗风格多样，表现手法不拘一格，极大地丰富了诗歌的表现手段。

诗歌兼用口语、书面语、古语、土语和外国语，既有大白话，又有古奥英语。诗作旁征博引，涉及东西方56部作品、35个作家、6种语言，采用丰富复杂的象征，以"圣杯""渔王"等故事为基本框架，以被战争、死亡残酷扭曲的怪诞意象表现惊世骇俗的主题。其中一些基本的意象(比如"水")在不同的层面上还具有不同的意义，闪烁着辩证法的光辉。同时，蒙太奇的拼贴技法把看似风马牛不相及的意象组合在一起，共同纳入一个以荒原为中心的象征结构，从而获得了内在的联系。总之，艾略特描绘的荒原景象震撼了西方世界，他对

诗歌艺术的探索与革新，使他当之无愧地成为20世纪最重要的诗人。

【汇评】

《荒原》以其深刻的社会洞见和卓越的艺术表现力，成为这个世纪最重要的诗歌文献。(美国诗人、文学评论家、意象派诗歌重要代表人物埃兹拉·庞德)

这首诗歌就像一个脑海中的漩涡，吸附着过去、现在、未来，历史、传记、神话、传说等所有元素。(英国现代主义女作家伍尔夫)

《荒原》以其独特的诗歌语言和深邃的主题，展现了现代社会中的荒芜和绝望，成为现代主义诗歌的代表作。(美国著名评论家、作家埃德蒙·威尔逊)

从当年的徐志摩、孙大雨到今天的文学青年，几代人读艾略特的旷世长诗《荒原》和《普鲁弗洛克的情歌》，构成了中国文学的难忘记忆。(文学评论家、复旦中文系教授张新颖)

【拓展阅读】

《凤凰涅槃》(作者：郭沫若)

聚焦：

郭沫若的《凤凰涅槃》与艾略特的《荒原》可以说是中西现代诗歌创作的两大源头性长诗，试从创作背景、主题意象、神话象征、艺术手法及哲学背景等方面对这两首诗进行比较，探讨中西现代诗学的不同选择与取向。

【思考与练习】

1. 本节诗作被称为《荒原》中最短却也最难懂的部分，请查阅相关资料，试述你的理解。

提示：

《荒原》第四章《水中的死亡》通过象征和隐喻，表达了现代人在物欲和金钱的泥潭中无法自拔，最终导致失去生命的窒息。这一章不仅对现代人的生活进行了深刻的批判，还对生存的意义进行了质疑，体现了现代主义文学对现实的深刻反思和对存在的虚幻感的表达。这一章描绘了"那腓尼基人弗莱巴斯"在海洋上死亡的状态以及对死亡的虚无主义评判。诗句表现出对生存与时间的一种虚幻态度。诗人描绘了一个死者，然后对依然活着的人们说"想一想弗莱巴斯，他当年曾和你一样漂亮高大"，这是对生命过程意义的嘲弄。

2. 《荒原》中"水"与"火"的意象在不同层面有不同的象征意义，请找出诗中相关部分，谈谈你的理解。

提示：

《荒原》中"水"与"火"的意象在不同层面有不同的象征意义。

在《荒原》中，水象征着生命的源泉，是万物生长的必要条件。然而，水也具有双重性，既可以带来生命，也可以带来死亡。水在《荒原》中还象征着情欲，情欲的泛滥导致了人类的堕落和精神的荒芜。此外，水也是拯救和重生的象征。在第五章《雷霆的话》中，雷霆带来的雨水象征着拯救和重生的希望。艾略特通过这一意象表达了对现代人精神复苏的期待。

在《荒原》中，火象征着毁灭和净化。它既是情欲的象征，也是毁灭的根源，同时还象征着重生和希望。在《荒原》中，火的毁灭作用是清除人类的罪恶，为重生创造条件。例如，在第四章《水中的死亡》中，腓尼基人弗莱巴斯在水中死去，暗示了通过火的净化，人类可以获得新生。

艾略特通过水与火的意象，表达了对现代文明的批判和对人类精神状态的反思。这些意象不仅丰富了诗歌的内涵，还深刻地揭示了现代人的精神荒芜和对拯救的渴望，表达了对现代文明的批判和对人类精神状态的反思，体现了现代主义文学的重要特征。

3. 《荒原》发表后，艾略特应读者要求增加五十条注释后，仍被要求进一步对其注解进行注解，你认为这首诗作晦涩难懂的原因是什么？你是否赞同这种创作方法？

提示：

《荒原》晦涩难懂的原因有以下几个方面。

(1) 思想容量大。《荒原》不仅描绘了战后破碎的世界，还深入探讨了人类在现代社会中的困惑与疏离感。诗中交织着"枯萎""死亡""情欲""再生"四个意象系统，这些意象系统将看似凌乱无序的"章句"与作者要表达的基本思想连接起来。

(2) 反传统、反理性的艺术表现手法。艾略特在《荒原》中大量使用了象征、隐喻、暗示等手法，同时引用典故、改头换面的摘录、截头去尾的神话等内容，使得诗中的局部与局部之间、局部与整体之间的意蕴联系晦涩难解，不可捉摸。

(3) 复杂的意象系统。诗中使用了大量的意象，如"水"和"火"，这些意象不仅具有多重象征意义，还在不同层面相互交融，形成了复杂的象征体系。

(4) 语言和结构的创新。艾略特采用非传统语言形式、自由联想、断裂句法和碎片化结构等技巧，这些创新使得诗歌的语言和结构更加复杂，增加了理解的难度。

(5) 文化背景的差异。《荒原》引用了大量历史、宗教和文学典故等内容，对于非西方文化背景的读者来说，增加了理解的难度。

《荒原》的晦涩难懂是其现代主义特征的重要体现，通过复杂的意象和象征手法，艾略特深刻地反映了现代人的精神荒芜和对获得拯救的渴望。这种创作方法虽然增加了理解的难度，但也激发了读者的想象力和思考，从而使《荒原》成为现代主义文学的经典之作。但是，这种高难度的创作方法可能会限制诗歌的传播和接受范围，需要读者具备较高的文化素养和解读能力。

扫一扫，练一练

第三章　散文欣赏

第一节　散文概述

一、散文的发展历程

(一) 散文简介

当代散文已发展成为一种独立的文学体裁，它是与诗歌、小说、戏剧并列的一种文学样式。

按照表达方式的不同，散文可分为叙事性散文、抒情性散文、论说性散文。

按照文体或用途的不同，散文可分为杂文、随笔、小品文、游记、回忆录、演讲、书信等。

按照时代的不同，散文可分为古代散文、现代散文和当代散文。

按照创作群体与风格的不同，散文可分为学者散文、作家散文、女性散文、老人散文、儿童散文等。

按照传播媒介和表现形式的不同，散文可分为报刊散文、广播散文、电视散文、网络散文等。

(二) 中国散文发展

在众多文学类型里，散文是最自由、灵活的一种文学体裁，与人们的现实生活联系最为密切。散文发展历史久远，"散文"一词最早出现在中国西晋辞赋家木华所作的《海赋》文中，用以形容文采，后演变为一种文体。

若乃云锦散文与沙汭之际，绫罗被光于螺蚌之节。繁采扬华，万色隐鲜。

(木华《海赋》节选)

作为文体，古代散文与韵文和骈文相对，泛指不押韵、不重排偶的散体文章，即诗歌以外的所有文体形式，包括经、传、史、书在内，涵盖范围极广。

春秋战国时期，在"百家争鸣"的文化大背景下，散文发展为两种，即以说理为主的论说散文和以记言、记事为主的历史散文。论说散文又称诸子散文，《论语》《孟子》是儒家的经典之作，前者平易质朴而富有哲理性，后者激越犀利而富有鼓动性；《老子》《庄子》是道家的经典之作，前者简短精赅而富有思辨性，后者汪洋谲怪而富有浪漫性；《墨子》是墨家经典之作，朴实谨严而富有逻辑性；《韩非子》为法家经典之作，峻峭透辟而富有政治性。《左传》《国语》《战国策》是这一时期的历史散文。《左传》是我国第一部叙事详细完整的编年体史书；《国语》是我国第一部国别体史书；《战国策》也是一部国别体史书，因其塑造人物形象个性鲜明以及描写技巧成熟练达，在先秦历史散文中文学价值最高。

秦代实施文化专制政策，仅有以李斯奏章《谏逐客书》为代表的散文流传后世，其文字生动，气势奔放，具有很强的说服力和感染力。

汉代文学的标志是辞赋文体的诞生。按内容和表现形式，辞赋分为骚体赋、散体大赋和抒情小赋。骚体赋兴盛于西汉前期，其内容侧重于抒情，其形式尚未脱离楚辞形迹。贾谊的代表作《吊屈原赋》以骚体抒怀，感情激切，是汉初赋的重要作品。散体大赋兴盛于西汉中期，其内容侧重于状物叙事，结构宏大，篇幅较长。枚乘是散体大赋的开创者，代表作《七发》辞藻繁富，多用比喻和叠字，以叙事写物。司马相如将散体大赋创作推向高潮，其作品《子虚赋》《上林赋》成为汉赋的典范，代表了汉赋的最高成就，也是后代赋类作品的楷模。此后西汉末期的扬雄、东汉的班固等都是颇负盛名的辞赋家。抒情小赋始于东汉中期，其内容侧重于咏物抒情，表现田园隐逸；也有针砭时弊之作，篇幅短小精巧，在艺术风格方面，继承了大赋的铺排手法，但文辞别致清新，感情自然激切。张衡的《归田赋》是汉代抒情小赋的开山之作，继张衡之后赵壹的《刺世疾邪赋》、祢衡的《鹦鹉赋》和蔡邕的《述行赋》成为抒情小赋的代表。

两汉文学的另一重要成就是历史散文创作。司马迁的《史记》代表着两汉散文成就最高峰，不仅开创了中国纪传体史书撰述，也是我国传记文学的典范，鲁迅用"史家之绝唱，无韵之离骚"高度评价了司马迁杰出的史学和文学成就。班固的《汉书》是汉代的另一部历史巨著，是我国第一部纪传体断代史，也是一部信实可据的优秀史著，与《史记》《后汉书》《三国志》合称为"四史"。

东汉以后，除子、史、专著以外，还出现了书、记、碑、铭、论、序等个体散文。

魏晋南北朝时期，辞赋题材更为广泛，抒情成分更加鲜明，曹植、王粲、左思、鲍照等是这一时期的代表。其中曹植的《洛神赋》是三国时期的辞赋名篇，全赋辞采华美，描写细腻，想象瑰丽，情思缠绵，在艺术方面卓有成就。散文也有很大发展，诸葛亮的《出师表》、曹丕的《典论》、陶渊明的《桃花源记》、陈寿的《三国志》、李密的《陈情表》、王羲之的《兰亭集序》等都是传世名作。

唐代散文日趋繁华，出现了文学散文，包括山水、游记、寓言、传记、杂文等类型。对于中国散文发展来说，唐代古文运动是一次重要的文学革新运动。中唐时期，韩愈和柳宗元在众多散文作家中脱颖而出，成为继司马迁之后最优秀的散文家。作为古文运动的领袖，他们以"文以载道"为核心，要求文章务去陈言，写作强调创造革新，语言提倡真切自然。晚唐时期，以罗隐、皮日休、陆龟蒙等人为代表创作的小品文，多为刺世之作，篇幅短小精悍，批判现实性强，被鲁迅赞为"一塌胡涂的泥塘里的光彩和锋芒"。

宋代散文在形式、内容、语言等方面继续发展，范仲淹、欧阳修、苏洵、苏轼、苏辙、王安石、曾巩等是这一时期著名的散文家。欧阳修、王安石、曾巩、"三苏"以及唐代的韩愈、柳宗元，被后世尊崇为"唐宋八大家"，其散文作品代表着我国古代散文发展的新高峰，在整个散文史上占据着承前启后、继往开来的崇高地位，长久以来成为后世创作古代散文的典范。

明代散文个性化较为突显，初期散文家有宋濂、高启、方孝孺等，继而出现"台阁体"，代表人物有杨士奇、杨荣、杨溥，史称"三杨"，三人均为高居台阁的重臣，文学思想基础是程朱理学，散文多为应制之作。明代中期先有以李梦阳、何景明等为代表的"前七子"，后有以李攀龙、王世贞为代表的"后七子"，以汉魏、盛唐为楷模，以拟古为主。此后，"唐宋派"强调作品"皆自胸中流出"，代表作品有归有光的《先妣事略》。明代后期，道德、价值观念不再受儒学统治，程朱理学受士人鄙弃，文学思想"独抒性灵，不拘格套"，产生"公安派""竟陵派"，散文创作多选取生活题材，抒写闲情逸致，篇幅短小，文笔轻快诙谐，时人称为"小品"，代表作品有袁宏道的《满井游记》。

清代是中国古体散文发展的最后阶段。清代学术鼎盛而文学衰微，散文创作理性增多而灵性减少。清初散文创作代表人物顾炎武、黄宗羲、王夫之等创作的散文，重道轻文；侯方域、魏禧、汪琬等创作的散文，纵横开阔。清中期的散文成就较高，出现了著名散文流派"桐城派"，代表人物有方苞、刘大櫆和姚鼐，其创作理念讲究作文"义法"，以"清真雅正"风格为宗。姚鼐对我国古代散文文体加以归纳总结，将散文分为序跋、论辩、奏议、书说、赠序、诏令、传状、碑志、杂说、箴铭、颂赞、辞赋、哀祭，总计十三类。

近代散文在新旧文化的斗争中呈现十分复杂的局面，求新求变是近代散文创作的共识，以严复和章炳麟为代表。在五四运动思想的启蒙下，产生了大量的议论散文，并产生了"语丝派"，以鲁迅、林语堂、周作人为代表，其中鲁迅的杂文最富批判的力量。此外，冰心、朱自清、梁实秋等一批优秀的作家也创作了大量精美的散文篇章，流传后世。

1976年至1989年，现实的变化使散文领域开始向多元化方向发展。散文创作进入了崭新的繁荣时期，巴金的《随想录》成就突出，成为这一时期的代表。此外，女性散文不容忽视，成为当代中国文学史上的一个重要现象。

20世纪90年代至今，是中国散文发展的主要历史阶段，散文创作进入了以关切现实人生、高扬个体感性和追求人文精神为主要思想的深入发展时期。

二、散文的审美特征

(一) 题材内容广泛多样

散文在内容方面表现出来的"散",主要是指散文的题材丰富、内容多样,古今中外,社会生活中一切有意义的人、事、物都可以囊括在散文所描写的范畴之中。人情世故之叙写,自然美景之描绘,风土人情之反映,花鸟鱼虫之细摹,国际风云之审视,大千世界万事万物,散文无所不包,无所不容,可谓"行云流水皆成文,嬉笑怒骂也成章"。

散文题材非常广泛,可谓"百花齐放";不同作家有不同的散文风格,可谓"个性鲜明"。例如,朱自清的散文氤氲温润,林贤治的散文持论正大,梁实秋的散文自由洒脱,林语堂的散文睿智通达,巴金的散文天然自成,冰心的散文清丽典雅,郁达夫的散文兼具江南的悲凉和北方的豪爽……这些作家和作品给人们留下了难以磨灭的印象。

(二) 结构形式形散神聚

与其他文学样式相比,散文的篇章结构更灵活、自由,它可以像诗歌一样抒发强烈的感情,营构充满诗意的空间,却不必讲究格式的严整和韵律及节奏的严格;还可以像小说一样描写人物,叙写事件,却不必讲究故事情节的完整和人物刻画的集中。散文是一种自由活泼的文学样式,体裁形式开放灵活,样式不拘一格,表现手法丰富多彩,呈现"形散神聚"的审美特色。散文可以抒情,可以叙事,可以描写,可以议论,还可以兼采并用,穿梭于历史和现实的时空之中,将虚构世界与现实社会相连,时而远涉古代,时而跨及未来,走走停停,意到笔随,这就是散文结构形式上的"散",而实际上是"散"而不散,"散"中有"聚",即"形散而神聚"。散文的"神",即文章的主题思想,可将所有散取片段贯穿起来,将所有散乱感情聚合起来,张弛有度,挥洒自如。

(三) 语言表达真实舒展

作为一种文学形式,散文是作者对内心精神世界最为真实的表达。从这个意义上来说,散文不仅是一种艺术形式,也是生命的一种载体。散文是作者对生活状态的叙写、对生活方式的表达,更是对生命体验的抒发。通过散文,作者可以用最亲切的口吻来抒发心境和性情,用最真实的方式来抒写内心和情感。用散文述说真话,叙写事实,是散文的重要特征,所以生活化语言是散文极其重要的特点,充分诠释了散文的天然和真实。作者使用平易的语言表达真挚的情愫,传达对生活的深刻感悟。

散文语言是舒展的,体现为"疏散"的形式。相较于诗歌语言,散文语言是一种简洁朴实、不讲究押韵的自然语言;相较于小说语言,散文语言是一种收放自如、不讲究叙事策略的舒展语言。散文行文疏散而优美,语言情真意切,丝丝入扣,能够吸引读者沉浸其中。

第二节 散文的欣赏技巧

一、探微情意跌宕、灵活自如的笔法

在书法中，笔法是指毛笔在纸上的运行方式，亦称用笔或运笔。在文学创作中，笔法是指遣词造句的方法和技巧。散文笔法不受特定的格律和韵律限制，根据作者的情感意愿选取现实生活为素材，组织语言，自由挥洒，如同在文脉贯注下巧裁云锦，妙联珠玑。

散文看重情感的笔法表达。作者通过对自然、人生等方面的描写，表达自己对生命、人性、情感等方面的感悟和思考，从而引发读者的情感共鸣。散文还注重思辨性和抒情性的结合，既有思辨性的逻辑深度，也有抒情方面的感性挖掘，读者在情感的震荡中，通透明理，得到思考和启示。

散文易学难工，因其创作笔法技巧多彩纷呈，灵活多样。明末中国文坛著名文艺评论家金圣叹结合自己对古代文艺深刻的研究，总结古代散文笔法有"一字立骨法""加倍渲染法""抑扬互用法""曲折法""作态法""正反法""倒装法""重沓法""快笔法""无风起波法""平实法""对照法""添字法"和"减字法"，影响至今。

现代散文创作技巧包括写作方法、修辞手法、结构手法等方面。

写作方法，也叫表现手法，是指作者在文学创作中塑造形象、反映生活所运用的各种具体方法和技巧。例如托物言志、托物喻人、欲扬先抑、衬托(烘托)、借景抒情、前后照应、对比、外貌描写、语言描写、动作描写、心理描写等。

修辞手法，也叫修辞方法，是指作者在写作过程中，对所使用的语言进行修饰、加工、润色，以提高语言表达效果的方法。例如比喻、排比、拟人、夸张、借代、反问、设问、对偶、反复等。

结构手法，又称结构技巧、结构方法，具体分为铺垫、伏笔、悬念、开门见山、承上启下、画龙点睛、详略、顺叙、倒叙、插叙、补叙、总分、并列、递进等。

二、解构率性自然、不拘形式的章法

"章法"指文章组织材料、布局谋篇的方法。散文在章法方面讲究"形散而神不散"，变化无方。所谓"形散而神不散"，是指散文在思路与结构方面"不拘一格"，看似无所拘束，自然随意，如清泉出山，任意蜿蜒流淌，行于所不能不行，止于所不可不止，实则紧扣立题，围绕中心展开。清代文学家刘熙载在《艺概·经义概》中提出"立意要纯，一而贯摄"，即组织和安排的材料要有充分的向心力，还要呈现波澜起伏、跌宕有致的文势。在欣赏散文时，首先，读者要分析并提炼出文章铺设的文脉。文脉主要指整篇文章纵贯始终的线索，可以是时间的推移、人物的串联、情感的堆叠、情绪的变换、视角的转移与空间的转移等。散文文脉有的清晰鲜明，有的隐约可见，随笔、札记之类的文脉又似有似无。

其次，读者要紧扣主题，梳理文脉，体味文章行文开合、收放的辩证关系，及舒卷从容、宽缓不迫的文章走势。明朝学士李腾芳举例说文章的精妙处，就如同行舟一样，忽近忽远，收发自如。

> 文字之妙，须乍近乍远，一浅一深，说渐近了，只管说得逼窄无处转身，又须开一步说。如行舟者，或逼近两岸，须要拨入中流，方得纵横自在。
>
> (李腾芳《文字法三十五则》)

作者通常会在文脉显示的地方精心安排语句，对其加以突出强调。读者欣赏散文时还要注重分析段落层次间的过渡和照应。作者在创作散文时，除了会铺设纵贯全篇的脉络来增强整体感，还会用过渡和照应勾连呼应，经此变化，笔力千钧，文章可避免平板单调，显得擒纵自如，引人入胜。

第三节　散文作品欣赏

一、逍遥游(节选)

庄子(约公元前369—约前286)，名周，战国中期思想家、哲学家、文学家，道家学派代表人物，与老子并称"老庄"。《庄子》约成书于先秦时期，亦又名《南华经》，是庄子及其后学所著的道家学说的汇总，也是道家学派的重要经典著作之一。《庄子》与《老子》《周易》合称"三玄"，是继《老子》之后体现道家学说的一部重要作品，主要反映了庄子的批判哲学、艺术、美学、审美观等。《汉书·艺文志》著录五十二篇文章，但留下来的只有三十三篇，分为内篇七篇、外篇十五篇、杂篇十一篇。一般认为内篇是庄子本人所作，外篇和杂篇是他的门人和后学所作。庄子的作品多用寓言和对话的形式，涉及哲学、人生、道德、自然、政治、社会及宇宙生成论等诸多方面，形成了汪洋恣肆的文章风格。

北冥①有鱼，其名为鲲。鲲②之大，不知其几千里也；化而为鸟，其名为鹏。鹏之背，不知其几千里也；怒而飞③，其翼若垂天④之云。是鸟也，海运⑤则将徙于南冥。南冥者，天池⑥也。

《齐谐》⑦者，志⑧怪者也。《谐》之言曰："鹏之徙于南冥也，水击三千里，抟⑨扶摇而上者九万里，去以六月息⑩者也。"野马也⑪，尘埃也，生物之以息相吹也。天之苍苍，其正色邪？其远而无所至极邪？其视下也，亦若是则已矣。

且夫水之积也不厚⑫，则其负大舟也无力。覆杯水于坳堂之上⑬，则芥⑭为之舟；置杯焉则胶⑮，水浅而舟大也。风之积也不厚，则其负大翼也无力。故九万里，则风斯在下矣⑯，而后乃今培风⑰；背负青天，而莫之夭阏⑱者，而后乃今将图南⑲。

蜩与学鸠笑之⑳曰："我决起而飞㉑，抢榆枋㉒而止，时则不至，而控㉓于地而已矣，奚以㉔之九万里而南为？"适莽苍㉕者，三餐而反㉖，腹犹果然㉗；适百里者，宿舂粮㉘；适千里者，三月聚粮。之二虫又何知！

小知㉙不及大知，小年㉚不及大年。奚以知其然也？朝菌不知晦朔㉛，蟪蛄不知春秋㉜，此小年也。楚之南有冥灵㉝者，以五百岁为春，五百岁为秋；上古有大椿者，以八千岁为春，八千岁为秋，此大年也。而彭祖㉞乃今以久特闻，众人匹㉟之，不亦悲乎！

汤之问棘㊱也是已。穷发㊲之北，有冥海者，天池也。有鱼焉，其广数千里，未有知其修㊳者，其名为鲲。有鸟焉，其名为鹏，背若泰山，翼若垂天之云；抟扶摇羊角㊴而上者九万里，绝云气，负青天，然后图南，且适南冥也。斥鷃㊵笑之曰："彼且奚适也？我腾跃而上，不过数仞㊶而下，翱翔蓬蒿之间，此亦飞之至也。而彼且奚适也？"此小大之辩㊷也。

故夫知效一官，行比㊸一乡，德合一君，而征㊹一国者，其自视也，亦若此矣。而宋荣子㊺犹然㊻笑之。且举世誉之而不加劝，举世非之而不加沮，定乎内外之分，辩乎荣辱之境，斯已矣。彼其于世，未数数然㊼也。虽然，犹有未树也。夫列子御风而行㊽，泠然㊾善也，旬有五日而后反。彼于致福者，未数数然也。此虽免乎行，犹有所待㊿者也。若夫乘天地之正[51]，而御六气之辩[52]，以游无穷者，彼且恶乎待哉[53]？故曰：至人无己，神人无功，圣人无名[54]。

【注释】

① 北冥：北海。冥：同"溟"。

② 鲲：本是鱼卵，此处借指大鱼。

③ 怒而飞：怒，同"努"，振奋的意思，这里形容鼓动翅膀。

④ 垂天：天边。垂：同"陲"。

⑤ 海运：大海波涛翻腾动荡。

⑥ 天池：天然之池。

⑦《齐谐》：书名。

⑧ 志：记载。

⑨ 抟：拍击。

⑩ 六月息：六月风。息：气息。

⑪ 野马也：野马，指地面水分蒸发，水气上腾如奔马。生物：空中活动之物。此句的意思是，空中的游气、游尘及活动之物，皆由风相吹而动。

⑫ 积：积蓄。厚：深。

⑬ 坳堂之上：堂上凹处。

⑭ 芥：小草。

⑮ 置杯焉则胶：放一个杯子在水上就粘住不动了。焉：兼词，于此。

⑯ 风斯在下矣：风就在大鹏之下了。

⑰ 而后乃今培风："今而后乃"的倒装。相当于"这时……然后才"。培风：凭风，乘风。

⑱ 阏(è)：阻碍。

⑲ 图南：计划向南飞行。

⑳ 蜩(tiáo)：蝉。学鸠：小鸟名。

㉑ 决起而飞：奋起而飞，尽力而飞。

㉒ 抢：撞，碰到。榆枋：两种小树名。

㉓ 控：投。

㉔ 奚以：何以，为什么。

㉕ 莽苍：一片苍色草莽的郊野。

㉖ 飡(cān)：同“餐”。反：同“返”。

㉗ 果然：形容饱足的状态。

㉘ 宿舂(chōng)粮：隔夜捣米准备粮食。

㉙ 知：同“智”。

㉚ 年：寿命。

㉛ 朝菌不知晦朔：朝菌不知道什么是晦朔。朝菌：朝生暮死的一种菌。晦朔：阴历每月最后一天叫晦，最初一天叫朔，这里指上月的最后一天和下月的最初一天。

㉜ 蟪蛄不知春秋：蟪蛄不知道什么是春秋。蟪(huì)蛄(gū)：寒蝉。寒蝉春生则夏死，夏生则秋死，活不到一年。春秋：一年。

㉝ 冥灵：海中灵龟。

㉞ 彭祖：传说中的长寿者。

㉟ 匹：比。

㊱ 棘：商汤时的大夫。

㊲ 穷发：不毛之地。

㊳ 修：长。

㊴ 羊角：风名，其风旋转而上似羊角。

㊵ 斥鴳：池泽中的小麻雀。鴳(yàn)：麻雀。斥：池。

㊶ 仞：周人以七尺为一仞。

㊷ 辩：同“辨”。

㊸ 比：同“庇”，庇护：其人行事，仅能庇护一乡之地。

㊹ 徵：信。

㊺ 宋荣子：战国宋人，其思想近于墨家。

㊻ 犹然：形容笑的样子。

㊼ 数数(shuò)然：急促的样子。

㊽ 列子御风而行：列子乘风而行。故事见于《列子·黄帝篇》。列子：列御寇，郑国人。御风：驾风，乘风。

㊾ 泠(líng)然：轻妙的样子。

㊿ 有所待：有所依待，即有所拘束，致精神不得自主，心灵不得安放。

(51) 乘天地之正：顺应万物之性，即自然之道。

㉒六气之辩：六气的变化。六气：阴、阳、风、雨、晦、明。辩：同"变"，变化。

㉓恶乎待哉：有什么依赖的呢？

㉔至人无己，神人无功，圣人无名：至德之人没有偏执的己见，修养神化的人无意于有功于人类，有道德学识的圣人无意于求名。

【作品鉴赏】

《逍遥游》是战国时期哲学家、文学家庄周的代表作，也是道家经典著作《庄子》的首篇。《逍遥游》记载了庄子与惠施就小与大、有用与无用、"有待"与"无待"等哲学问题展开的辩论，旨在阐明世间万物无论大与小皆处于"无所待"的逍遥境界，即顺应万物的本性，达到物我一体的精神上的绝对自由。文章开篇以鲲鹏逍遥游的壮观景象切入。作者借《齐谐》中的言论来证明世间万物无论大小都有所凭借，有所限制；而后引出蜩和学鸠的对话，以突出"小大之辩"，论证了"小知不及大知，小年不及大年"的观点。庄子通过列举宋荣子和列子的事例，说明真正的逍遥游是要"乘天地之正，御六气之辩，以游无穷"，也就是顺应并把握自然规律的变化，从而达到至人、神人、圣人的无我、无为、无所待的精神境界。本文运用夸张的手法，塑造了一系列奇幻诡异的艺术形象，极富浪漫主义色彩。以寓言作比喻，以小见大，将哲理寓于奇特的想象和形象化的描写之中，不仅赋予万物以思辨能力和个性特征，还启发了人们审视自身存在的意义和处世态度。

【汇评】

夫逍遥者，明至人之心也。庄生建言大道，而寄指鹏鷃。鹏以营生之路旷，故失适于体外；鷃以在近而笑远，有矜伐于心内。至人乘天正而高兴，游无穷于放浪；物物而不物于物，则遥然不我得，玄感不为，不疾而速，则逍然靡不适。此所以为逍遥也。(晋·支遁《逍遥论》)

庄子的"无己"，与慎到的"去己"，是有分别的。总说一句，慎到的"去己"，是一去百去，而庄子的"无己"，让自己的精神，从形骸中突破出来，而上升到自己与万物相通的根源之地。(徐复观《中国人性论史》)

逍遥游，是指明道者——从必然王国进入自由王国以后所具有的最高精神境界。大鹏就是这种人的形象。蜩与学鸠、斥鴳，指世俗的人。在庄子看来，一般世俗的人，由于视野狭窄、知识有限，是不可能了解明道者的精神境界的。(王钟铭《庄子逍遥游新探》)

【拓展阅读】

《逍遥游》全篇(作者：庄子)

聚焦：

本文节选了《逍遥游》全篇的一部分，其文章主旨历来有争议，你认为何为"逍遥游"呢？

【思考与练习】

1. 在文中，作者借用鲲鹏的寓言目的是什么？

提示：

在《逍遥游》中，庄子借用鲲鹏的寓言传达深刻的哲学思想。鲲鹏由北冥飞往南冥的过程，象征着以心灵智慧驾驭欲望意志、追求大道的历程。鲲鹏由鱼化鸟、怒而飞且抟扶摇而上的三次飞跃，代表着摆脱欲望束缚，向物我两忘境界靠拢的过程。同时，通过鲲鹏与蜩、学鸠、斥鴳的对比，庄子阐述了"小大之辨"，揭示了视野、认知与生命境界的差异，告诫人们不要轻易批评或贬低他人，因为可能是自己水平不够。这一寓言深刻体现了庄子追求绝对自由的人生观和哲学思想。

2. 什么是"逍遥游"？

提示：

"逍遥游"指的是悠然自得、无拘无束地游玩。但在哲学层面上，它指的是一种超越世俗束缚，追求心灵自由与无限可能的精神境界。庄子通过描绘大鹏展翅高飞、遨游四海的壮丽景象，以及与其他生物的对比，阐述了"逍遥游"的哲学思想。他认为，真正的逍遥游是摆脱一切外在的束缚和内心的执念，达到与天地同寿、与万物共存的境界。这种境界超越了有限的生命和认知，实现了与宇宙万物的和谐共生。"逍遥游"不仅是对个人精神自由的追求，也是对人生真谛和宇宙真理的深刻领悟。它体现了庄子哲学中的"无为而治""顺应自然"等思想，倡导人们摆脱世俗的纷扰和纷争，追求内心的宁静和自在。

二、西湖七月半①

张岱(1597—1689)，字宗子，又字石公，号陶庵，晚年号六休居士，浙江山阴(今浙江省绍兴市)人，明末清初史学家、文学家，以小品文见长，主要著作有《琅嬛文集》《石匮书》《陶庵梦忆》《西湖梦寻》等。

《陶庵梦忆》共八卷，成书于甲申明亡(1644年)之后，直至乾隆四十年(1775年)才初版行世。该书是张岱经受了明亡后的追忆之作，寄寓了故国之思，也流露出消极避世的思想和封建士大夫的"高雅"情调。《陶庵梦忆》在艺术上融公安、竟陵之长，代表了小品文的极高境界。作者在该书中以随笔的方式再现晚明江南地区繁华的社会风貌以及自己的生活见闻，描写了昔日所见的自然风光、名胜古迹及风俗人情等。《陶庵梦忆》是研究明末清初时期物质文化的重要参考资料。

西湖七月半，一无可看，止可看看七月半之人。看七月半之人，以五类看之。其一，楼船箫鼓②，峨冠③盛筵，灯火优傒④，声光相乱，名为看月而实不见月者，看之。其一，亦船亦楼，名娃闺秀，携及童娈⑤，笑啼杂之，环坐露台，左右盼望，身在月下而实不看月者，看之。其一，亦船亦声歌，名妓闲僧，浅斟低唱，弱管轻丝⑥，竹肉相发⑦，亦在月下，亦看月而欲人看其看月者，看之。其一，不舟不车，不衫不帻⑧，酒醉饭饱，呼群三五，跻⑨入人丛，昭庆⑩、断桥，嚣呼⑪嘈杂，装假醉，唱无腔曲⑫，月亦看，看月者亦看，不看月者亦看，而实无有一看者，看之。其一，小船轻幌[13]，净几暖炉，茶铛[14]旋煮，素瓷静递，好友佳人，邀月同坐，或匿影树下，或逃嚣里湖，看月而人不见其看月之态，亦不作意看月者，看之。杭人游湖，巳出酉归[15]，避月如仇。是夕好名[16]，逐队争出，多犒[17]门军酒钱。轿夫擎燎[18]，列俟[19]岸上。一入舟，速舟子[20]急放断桥，赶入胜会。以故二鼓[21]以前，人声鼓吹，如沸如撼，如魇[22]如呓，如聋如哑。大船小船一齐凑岸，一无所见，止[23]见篙击篙，舟触舟，肩摩肩，面看面而已。少刻兴尽，官府席散，皂隶[24]喝道去。轿夫叫，船上人怖[25]以关门，灯笼火把如列星，——簇拥而去。岸上人亦逐队赶门，渐稀渐薄，顷刻散尽矣。

吾辈始舣舟[26]近岸，断桥石磴始凉，席[27]其上，呼客纵饮。此时月如镜新磨，山复整妆，湖复靧面[28]，向[29]之浅斟低唱者出，匿影树下者亦出。吾辈往通声气[30]，拉与同坐。韵友[31]来，名妓至，杯箸安，竹肉发。月色苍凉，东方将白，客方散去。吾辈纵舟，酣睡于十里荷花之中，香气拍人，清梦甚惬[32]。

【注释】

① 七月半：阴历七月十五，古代为中元节、盂兰盆节。

② 楼船：有楼阁的华贵游船。箫鼓：这里用作动词，吹箫击鼓。

③ 峨冠：高高的帽子，古代士大夫的装束，这里指代士大夫。

④ 优僮：乐伎与奴仆。

⑤ 童娈：漂亮的侍僮。娈：美貌。

⑥ 弱管轻丝：乐声轻柔细弱。弱：轻柔。管：吹奏乐器，如箫笛之类。丝：弹拨乐器，如琴瑟之类。

⑦ 竹肉相发：器乐声伴随着歌声。竹：管乐器，这指泛指器乐演奏。肉：歌喉。相发：相互协调。

⑧ 帻：古代男子包头发的头巾。

⑨ 跻：登，这里指挤进。

⑩ 昭庆：昭庆寺，与断桥同为西湖名胜。

⑪ 嚣：呼叫。

⑫ 无腔曲：不成调的曲子。

⑬ 轻幌：轻细的帐幔。

⑭ 茶铛(chēng)：煮茶用的三足小锅。

⑮ 巳出酉归：巳时出发，酉时归来。巳时：上午九时至十一时。酉时：下午五时至七时。

⑯ 好名：追求名声。

⑰ 犒：用食物或财物慰劳别人。

⑱ 擎燎：举着火把。

⑲ 列俟：列队等候。列：列队。俟：等候。

⑳ 速舟子：催促船夫。速：这里用作动词，催促。舟子：船夫。

㉑ 二鼓：二更天，约晚上九时至十一时。

㉒ 魇：做噩梦时发出的呻吟或惊叫。

㉓ 止：同"只"。

㉔ 皂隶：官府衙门里的差役。

㉕ 怖：恐吓。

㉖ 舣舟：拢船靠岸。

㉗ 席：这里用作动词，摆开宴席。

㉘ 靧(huì)面：洗脸，此处指湖面复归明洁。

㉙ 向：刚才。

㉚ 往通声气：过去打招呼。

㉛ 韵友：风雅的朋友。

㉜ 惬：惬意，心满意足。

【作品鉴赏】

《西湖七月半》选自《陶庵梦忆》，是一篇游记散文，作者通过追忆昔日杭州人七月半游西湖的风俗和情景，体现清高自傲的思想和风雅脱俗的情趣。文章运用了比喻、拟人、排比、对偶等多种修辞方法。开篇首句点明题旨"西湖七月半，一无可看，止可看看七月半之人"。起笔看似显得突兀，构思却新奇巧妙。作者并未直接写看月，而是开门见山地写看人，以高度的艺术概括力依次描写五类游人不同的游湖方式，对此并未加以点评，但褒贬之情已寓于对各类人物情态的描绘之中。作者将五类人横向对比加以介绍，不看月与看月两种情形是在时间推移中纵向展开的，以突显章法结构的严谨与灵活。全篇风格雅俗并重，既有公安派的清新流畅，又有竟陵派的冷峭、王思任的诙谐善谑。作者以饱含感情的笔触将写景、论事和抒情融为一体。整篇语句长短不齐，大量使用四字句。语言灵动起伏，清新简洁，精练诙谐。人物刻画细致入微，形神兼备。

【汇评】

其所记游，有郦道元之博奥，有刘同人之生辣，有袁中郎之倩丽，有王季重之诙谐，无所不有；其一种空灵晶映之气，寻其笔墨，又一无所有。(祁豸佳《西湖梦寻·序》)

虽间涉游戏三昧，而奇情壮采，议论风生，笔墨横姿，几令读者心目俱眩。(伍崇曜《〈陶庵梦忆〉跋》)

张岱在中国文学史上是第一个自觉地致力于用散文来表现普通人的生活，表现其对"人"的尊重和现实生活的真挚喜爱之情的作家。(胡益民《张岱研究》)

【拓展阅读】

湖心亭看雪
张岱

崇祯五年十二月，余住西湖。大雪三日，湖中人鸟声俱绝。

是日更定矣，余拏一小舟，拥毳衣炉火，独往湖心亭看雪。雾凇沆砀，天与云与山与水，上下一白。湖上影子，惟长堤一痕、湖心亭一点，与余舟一芥、舟中人两三粒而已。

到亭上，有两人铺毡对坐，一童子烧酒炉正沸。见余，大喜曰："湖中焉得更有此人！"拉余同饮。余强饮三大白而别。问其姓氏，是金陵人，客此。

及下船，舟子喃喃曰："莫说相公痴，更有痴似相公者。"

聚焦：

《西湖七月半》与《湖心亭看雪》皆为张岱的传世名篇，这两首诗各呈异彩，分别映照出作者彼时别样的心境与情感。

【思考与练习】

1.《西湖七月半》描写了看月的哪五类人？

提示：

《西湖七月半》描写了五类看月之人。一是"名为看月而实不见月"的达官贵人，他们在西湖嬉闹，实际无心赏月，只是为了显摆权势和财富。二是"身在月下而实不看月"的名娃闺秀，她们在月下与同伴嬉戏，注意力也不在月色上。三是"亦在月下，亦看月而欲人看其看月"的名妓闲僧，他们在看月的同时也希望别人关注自己。四是"月亦看，看月者亦看，不看月者亦看，而实无有一看"的市井之徒，他们随波逐流，心无定见。五是"看月而人不见其看月之态，亦不作意看月"的文人雅士，他们静静赏月，超脱闲适，不哗众取宠，这也是作者欣赏的一类人。

2. 你对张岱在《西湖七月半》中描写的五类人有何评价？

提示：

张岱在《西湖七月半》中细腻描绘了五类人，生动地勾勒出晚明社会中各色人等的赏月心态与生活风貌。达官贵人以赏月之名行炫耀之实，反映了当时社会的等级观念和物质主义的盛行；名娃闺秀则更多地沉浸在个人情感世界中，忽略了自然之美；名妓闲僧虽具艺术才情，却也不免于世俗眼光的束缚；市井之徒的喧嚣与粗俗，更是对当时社会浮躁风气的直接映射。相比之下，文人雅士的形象则尤为突出。他们追求精神层面的自由与超脱，能够真正领略月色之美，与西湖的景致相得益彰，体现了对高雅文化的向往与尊重。

张岱通过对比这五类人，不仅展现了社会阶层的差异，更表达了对真正的心灵自由与审美趣味的追求与向往。这种对比手法，既批判了当时社会的种种弊病，也寄寓了自身对于理想人格与生活方式的深切期盼。

3. 在古代文学作品里，还有哪些以西湖为题材的名篇佳作？

提示：

在古代文学作品中，以西湖为题材的名篇佳作不胜枚举。其中，北宋诗人苏轼的《饮湖上初晴后雨》堪称经典，诗中"欲把西湖比西子，淡妆浓抹总相宜"之句，至今仍被世人所传诵。此外，唐代诗人白居易的《春题湖上》描绘了西湖春天的如画美景，表达了对西湖的深深眷恋。宋代诗人杨万里的《晓出净慈寺送林子方》则以"接天莲叶无穷碧，映日荷花别样红"之句，生动展现了西湖六月荷花盛开的壮观景象。另外，辛弃疾的《念奴娇·西湖和人韵》、欧阳修的《采桑子·轻舟短棹西湖好》等作品，也都是以西湖为背景的佳作，它们各自以独特的视角和笔触，展现了西湖的自然之美和人文之韵。

三、刺客列传(节选)

司马迁(公元前145或前135—不可考)，字子长，左冯翊夏阳(今陕西省韩城市)人，西汉时期的史学家、文学家、思想家。司马迁出生在一个世为史官的家庭，其父司马谈任职太史令。司马迁早年受学于孔安国、董仲舒，漫游各地，考察风俗，采集传闻，其父死后，继任太史令。太初元年(前104年)，开始写作《史记》，后因替投降匈奴的李陵辩解，获罪下狱，受到宫刑；出狱后，任中书令，继续《史记》的创作，此后情况不详。

《史记》是我国第一部纪传体通史，共130篇，包括十二《本纪》、三十《世家》、七十《列传》、八《书》、十《表》，记载了从传说中的黄帝到汉武帝三千多年的历史。《史记》为"二十四史"之首，被鲁迅先生誉为"史家之绝唱，无韵之《离骚》"。《史记》与《汉书》《东观汉记》并称"三史"，又与《汉书》《后汉书》《三国志》合称"前四史"。

荆轲者，卫人也。其先乃齐人，徙于卫，卫人谓之庆卿①。而之燕，燕人谓之荆卿。

荆卿好读书击剑，以术说卫元君，卫元君不用。其后秦伐魏，置东郡，徙卫元君之支属于野王②。

荆轲尝游过榆次③，与盖聂论剑，盖聂怒而目之。荆轲出，人或言复召荆卿。盖曰："曩④者吾与论剑有不称者，吾目之；试往，是宜去，不敢留。"使使往之主人⑤，荆卿则已驾而去榆次矣。使者还报，盖聂曰："固去也，吾曩者目摄⑥之！"

荆轲游于邯郸⑦，鲁勾践与荆轲博⑧，争道，鲁勾践怒而叱之，荆轲嘿⑨而逃去，遂不复会。

荆轲既至燕，爱燕之狗屠及善击筑⑩者高渐离。荆轲嗜酒，日与狗屠及高渐离饮于燕市，酒酣以往⑪，高渐离击筑，荆轲和而歌于市中，相乐也，已而相泣，旁若无人者。荆轲虽游于酒人乎，然其为人沉深好书；其所游诸侯，尽与其贤豪长者相结。其之燕，燕之处士⑫田光先生亦善待之，知其非庸人也。

居顷之，会燕太子丹质秦亡归燕⑬。燕太子丹者，故尝质于赵，而秦王政生于赵，其少时与丹驩。及政立为秦王，而丹质于秦。秦王之遇燕太子丹不善，故丹怨而亡归。

归而求为报秦王者，国小，力不能。其后秦出兵山东⑭以伐齐、楚、三晋⑮，稍蚕食诸侯，且至于燕，燕君臣皆恐祸之至。太子丹患之，问其傅鞠武。武对曰："秦地遍天下，威胁韩、魏、赵氏，北有甘泉、谷口之固⑯，南有泾、渭之沃，擅巴、汉之饶⑰，右陇、蜀之山⑱，左关、殽之险⑲，民众而士厉⑳，兵革有余。意有所出，则长城之南，易水以北，未有所定也，奈何以见陵㉑之怨，欲批其逆鳞哉！"丹曰："然则何由？"对曰："请入㉒图之。"

居有间㉓，秦将樊於期得罪于秦王，亡之燕，太子受而舍之。鞠武谏曰："不可。夫以秦王之暴而积怒于燕，足为寒心㉔，又况闻樊将军之所在乎？是谓'委肉当饿虎之蹊'㉕

也，祸必不振矣！虽有管、晏，不能为之谋也。愿太子疾遣樊将军入匈奴以灭口^㉖。请西约三晋，南连齐、楚，北购^㉗于单于，其后乃可图也。"太子曰："太傅之计，旷日弥久，心惽然^㉘，恐不能须臾。且非独于此也，夫樊将军穷困于天下，归身于丹，丹终不以迫于强秦而弃所哀怜之交，置之匈奴，是固丹命卒之时也。愿太傅更虑之。"鞫武曰："夫行危欲求安，造祸而求福，计浅而怨深，连结一人之后交，不顾国家之大害，此所谓'资怨而助祸'矣。夫以鸿毛燎于炉炭之上，必无事矣。且以雕鸷之秦，行怨暴之怒，岂足道哉！燕有田光先生，其为人智深而勇沉，可与谋。"太子曰："愿因太傅而得交于田先生，可乎？"鞫武曰："敬诺。"出见田先生，道"太子愿图国事于先生也"。田光曰："敬奉教。"乃造^㉙焉。

太子逢迎^㉚，却行^㉛为导，跪而蔽席^㉜。田光坐定，左右无人，太子避席^㉝而请曰："燕秦不两立，愿先生留意也。"田光曰："臣闻骐骥盛壮之时，一日而驰千里；至其衰老，驽马先之。今太子闻光盛壮之时，不知臣精已消亡矣。虽然，光不敢以图国事，所善^㉞荆卿可使也。"太子曰："愿因先生得结交于荆卿，可乎？"田光曰："敬诺。"即起，趋出^㉟。太子送至门，戒曰："丹所报，先生所言者，国之大事也，愿先生勿泄也！"田光俯而笑曰："诺。"偻行^㊱见荆卿，曰："光与子相善，燕国莫不知。今太子闻光壮盛之时，不知吾形已不逮^㊲也，幸而教之曰'燕秦不两立，愿先生留意也'。光窃不自外，言足下于太子也，愿足下过^㊳太子于宫。"荆轲曰："谨奉教。"田光曰："吾闻之，长者为行，不使人疑之。今太子告光曰'所言者，国之大事也，愿先生勿泄'，是太子疑光也。夫为行而使人疑之，非节侠也。"欲自杀以激荆卿，曰："愿足下急过太子，言光已死，明不言也。"因遂自刎而死。

荆轲遂见太子，言田光已死，致光之言。太子再拜而跪，膝行流涕，有顷而后言曰："丹所以诫田先生毋言者，欲以成大事之谋也。今田先生以死明不言，岂丹之心哉！"荆轲坐定，太子避席顿首曰："田先生不知丹之不肖，使得至前，敢有所道，此天之所以哀燕而不弃其孤也。今秦有贪利之心，而欲不可足也。非尽天下之地，臣海内之王者，其意不厌^㊴。今秦已虏韩王^㊵，尽纳其地。又举兵南伐楚，北临赵；王翦将数十万之众距漳、邺^㊶，而李信出太原、云中^㊷。赵不能支^㊸秦，必入臣，入臣则祸至燕。燕小弱，数困于兵，今计举国不足以当秦。诸侯服秦，莫敢合从^㊹。丹之私计愚，以为诚得天下之勇士使于秦，窥^㊺以重利；秦王贪，其势必得所愿矣。诚得劫秦王，使悉反诸侯侵地，若曹沫之与齐桓公，则大善矣；则不可，因而刺杀之。彼秦大将擅兵于外而内有乱，则君臣相疑，以其间诸侯得合从，其破秦必矣。此丹之上愿，而不知所委命，唯荆卿留意焉。"

久之，荆轲曰："此国之大事也，臣驽下，恐不足任使。"太子前顿首，固请毋让，然后许诺。于是尊荆卿为上卿，舍^㊻上舍。太子日进门下，供太牢具^㊼，异物间进^㊽，车骑美女恣荆轲所欲，以顺适其意。久之，荆轲未有行意。秦将王翦破赵，虏赵王，尽收入其地，进兵北略地至燕南界。太子丹恐惧，乃请荆轲曰："秦兵旦暮渡易水，则虽欲长侍足下，岂可得哉！"荆轲曰："微^㊾太子言，臣愿谒之。今行而毋信，则秦未可亲也。夫樊将军，秦王购之金千斤，邑万家。诚得樊将军首与燕督亢^㊿之地图，奉献秦王，秦王必说⁽⁵¹⁾见臣，臣乃得有以报。"太子曰："樊将军穷困来归丹，丹不忍以己之私而伤长者之意，愿足下更虑之！"

荆轲知太子不忍，乃遂私见樊於期曰："秦之遇将军可谓深^㉜矣，父母宗族皆为戮没。今闻购将军首金千斤，邑万家，将奈何？"於期仰天太息^㉝流涕曰："於期每念之，常痛于骨髓，顾计不知所出耳！"荆轲曰："今有一言可以解燕国之患，报将军之仇者，何如？"於期乃前曰："为之奈何？"荆轲曰："愿得将军之首以献秦王，秦王必喜而见臣，臣左手把其袖，右手揕其匈^㉞，然则将军之仇报而燕见陵之愧除矣。将军岂有意乎？"樊於期偏袒搤捥^㉟而进曰："此臣之日夜切齿腐心也，乃今得闻教！"遂自刭。太子闻之，驰往，伏尸而哭，极哀。既已不可奈何，乃遂盛樊於期首函^㊱封之。

于是太子豫^㊲求天下之利匕首，得赵人徐夫人匕首，取之百金，使工以药焠^㊳之，以试人，血濡缕，人无不立死者。乃装^㊴为遣荆卿。燕国有勇士秦舞阳，年十三，杀人，人不敢忤视。乃令秦舞阳为副。荆轲有所待，欲与俱；其人居远未来，而为治行^㊵。顷之，未发，太子迟之，疑其改悔，乃复请曰："日已尽矣，荆卿岂有意哉？丹请得先遣秦舞阳。"荆轲怒，叱太子曰："何太子之遣？往而不返者，竖子^㊶也！且提一匕首入不测之强秦，仆所以留者，待吾客与俱。今太子迟之，请辞决矣！"遂发。

太子及宾客知其事者，皆白衣冠以送之。至易水之上，既祖，取道，高渐离击筑，荆轲和而歌，为变徵^㊷之声，士皆垂泪涕泣。又前而为歌曰："风萧萧兮易水寒，壮士一去兮不复还！"复为羽声^㊸忼慨，士皆瞋目，发尽上指冠。于是荆轲就车而去，终已不顾。

【注释】

① 庆卿：荆轲的先祖是齐人，齐有庆氏，荆轲或为庆氏之后，故卫人称之为"庆卿"。卿：对古代人的尊称。

② 野王：今河南沁阳。

③ 榆次：邑名，在今山西省榆次区。

④ 曩(nǎng)：不久前，刚才。

⑤ 主人：房东。

⑥ 慑：同"慑"，使畏惧。

⑦ 邯郸：战国赵都，今河北邯郸。

⑧ 博：一种棋类游戏。

⑨ 嘿：同"默"。

⑩ 筑：一种类似琴的乐器，演奏时以竹尺击弦发音。

⑪ 以往：以后。

⑫ 处士：有才德而隐居不仕的人。

⑬ 会燕太子丹质秦亡归燕：正遇到燕国太子丹在秦国做人质逃回燕国。会：适逢。太子丹：燕王喜之子，名丹，曾为质于秦，秦王政十五年(公元前232年)自秦逃归。质：作人质。

⑭ 山东：崤山以东。

⑮ 三晋：韩、赵、魏三国。

⑯ 甘泉：山名，在今陕西淳化县西北部。谷口：地名，在今陕西省礼泉县东北部，因地当泾水出山谷处而得名。

⑰ 擅巴、汉之饶：占据富饶的巴郡、汉中地区。擅：占有。巴：郡名，郡治江州(今重庆市北嘉陵江北岸)。汉：这里指汉中郡，郡治南郑(今陕西汉中市)。

⑱ 右陇、蜀之山：右边有陇山和蜀山。陇：山名，在甘肃省，为六盘山南段的别称。蜀：今四川省中部，秦为蜀郡(郡治成都，在今四川省成都市)，多山。

⑲ 左关、殽之险：左边有关隘和殽山。关：函谷关。殽：殽山。

⑳ 厉：勇猛。

㉑ 见陵：被侮辱。

㉒ 入：深入，进一步。

㉓ 有间(jiàn)：不长的时间。

㉔ 寒心：因恐惧而心战。

㉕ 委肉当饿虎之蹊：把肉丢在饿虎经过的地方，这句比喻必将受害，难以幸免。委：弃置，抛下。蹊：小路。

㉖ 灭口：消除秦国进攻的借口。

㉗ 购：同"媾"，讲和。

㉘ 惛然：神志不清，迷迷糊糊。

㉙ 造：往，到。

㉚ 逢迎：迎接，迎上前去。

㉛ 却行：倒退着走。

㉜ 蔽：拂拭，擦。

㉝ 避席：古人席地而坐，离座而起，表示恭敬。

㉞ 善：熟识、交情深。

㉟ 趋出：小步疾行而出，表示恭敬。

㊱ 偻行：曲背而行。

㊲ 不逮：不及，跟不上。

㊳ 过：前往拜访。

㊴ 餍：同"餍"，满足。

㊵ 韩王：韩王安，韩桓惠王子，在位九年。秦王政十七年，秦虏韩王安，韩遂亡。

㊶ 王翦将数十万之众距漳、邺：王翦率领几十万大军抵达漳水、邺县一带。王翦：秦国大将。将：率领。距：抵达。漳：水名，源出山西东南部，东南流经河北、河南两省交界处，折向东北，流入河水。邺：邑名，在今河北临漳县西南邺镇东，漳、邺一带为当时赵国的南境。

㊷ 李信出太原、云中：李信出兵太原、云中。李信：秦将。太原：郡名，郡治晋阳(今山西省太原市西南)，辖境约相当于今山西五台山和管涔山以南、霍山以北地区。云中：郡名，郡治云中(今内蒙古自治区托克托东北)，辖境约相当于今内蒙古自治区土默特右旗以东、大青山以南、卓资以西、黄河南岸及长城以北地区。

㊸ 支：支撑，抵挡。

㊹ 合纵：六国在秦国之东，土地南北相连，六国联合抗秦称为"合从"。从：通"纵"。

㊺ 闚(kuī)：炫示。

㊻ 舍：动词，住宿。

㊼ 供太牢具：准备丰盛的宴席。太牢：古代宴会并用牛、羊、猪三牲者称为太牢，这是待客的最高礼节。

㊽ 异物间进：隔不多久送上一些珍异奇巧的物品。异物：珍异奇巧的物品。间进：隔不多久送上一些。

㊾ 微：非，如果不是。

㊿ 督亢：当时燕国著名的富饶地区，在今河北省易县、涿州市、固安县一带。

(51) 说：同“悦”。

(52) 深：极其苛刻残酷。

(53) 太息：长声叹息。

(54) 揕其匈：用刀剑刺其胸。揕(zhèn)：用刀剑刺。匈：同“胸”。

(55) 偏袒搤捥：露出手臂以另一只手抓住。偏袒：解衣袒露一臂。搤捥：用一手紧捏另一只手的腕部，表示激动的心情。搤(è)：掐住，捏住。捥：通“腕”。

(56) 函：动词，用匣子装。

(57) 豫：预先。

(58) 焠：这里指将匕首烧红，浸入毒液，使匕首沾上毒药。

(59) 装：收拾行装。

(60) 治行：收拾行装。

(61) 竖子：犹言“小子”，此指无知之辈。

(62) 变徵(zhǐ)：古代七声音阶(宫、商、角、变徵、徵、羽、变宫)之一，以变徵为音阶起点的是变徵调式，即“变徵之声”。此调苍凉凄清，适于悲歌。

(63) 羽声：以羽为音阶起点的羽调式，此调激昂慷慨。

【作品鉴赏】

本文选自《史记·刺客列传》。《史记·刺客列传》主要按照时间的顺序，叙述了春秋战国时代曹沫、专诸、豫让、聂政和荆轲五位刺客的故事，通过塑造各自独特的形象，生动地展现了当时“刺客”这一特殊职业的特点。本文详细地描述了荆轲刺杀秦王的全过程。首先从荆轲的身世写起，后因田光卷入燕秦纷争，再到樊於期自刎献头，终至刺秦。文章结构严谨完整，层次清晰，条理分明，故事情节扣人心弦、惊险生动、跌宕起伏。司马迁巧妙地运用了各种叙述手法，展现人物之间的尖锐冲突，凸显了人物的独特性格，刻画了鲜活的人物形象。其中，对荆轲的描述最为详尽，这一人物形象不仅具有太史公所推崇的大义精神，同时也将刺客的内在精神体现得淋漓尽致。

【汇评】

然自刘向、扬雄博极群书，皆称迁有良史之才，服其善序事理，辨而不华，质而不俚，其文直，其事核，不虚美，不隐恶，故谓之实录。(汉·班固《汉书·司马迁传》)

刺客是天壤间第一种激烈人，《刺客传》是《史记》中第一种激烈文字，故至今浅读之而须眉四照，深读之则刻骨十分。(清·吴见思《史记论文》)

(司马迁)发愤著书，意旨自激……恨为弄臣，寄心楮墨，感身世之戮辱，传畸人于千秋，虽背《春秋》之义，固不失为史家之绝唱，无韵之《离骚》矣。惟不拘于史法，不囿于字句，发于情，肆于心而为文，故能如茅坤所言："读游侠传即欲轻生，读屈原、贾谊传即欲流涕，读庄周、鲁仲连传即欲遗世，读李广传即欲立斗，读石建传即欲俯躬，读信陵、平原君传即欲养士也"。(鲁迅《汉文学史文学纲要》)

《史记》的故事情节多是矛盾尖锐，冲突强烈，剑拔弩张，惊心动魄。这一点和古希腊的悲剧，和英国、法国悲剧很相似，而和我国宋元以来悲剧故事的那种好写小人物，好写市井生活大不相同。《史记》也常常极力突出悲剧效果的触目惊心……《史记》的悲剧气氛无往而不在。(韩兆琦《史记通论》)

【拓展阅读】

太史公自序(节选)
汉·司马迁

太史公曰："先人有言：'自周公卒五百岁而有孔子。孔子卒后至于今五百岁，有能绍明世，正《易传》，继《春秋》，本《诗》《书》《礼》《乐》之际？'意在斯乎！意在斯乎！小子何敢让焉。"

上大夫壶遂曰："昔孔子何为而作《春秋》哉？"太史公曰："余闻董生曰：'周道衰废，孔子为鲁司寇，诸侯害之，大夫壅之。孔子知言之不用，道之不行也，是非二百四十二年之中，以为天下仪表，贬天子，退诸侯，讨大夫，以达王事而已矣。'子曰：'我欲载之空言，不如见之于行事之深切著明也。'夫《春秋》，上明三王之道，下辨人事之纪，别嫌疑，明是非，定犹豫，善善恶恶，贤贤贱不肖，存亡国，继绝世，补弊起废，王道之大者也。《易》著天地、阴阳、四时、五行，故长于变；《礼》经纪人伦，故长于行；《书》记先王之事，故长于政；《诗》记山川、溪谷、禽兽、草木、牝牡、雌雄，故长于风；《乐》乐所以立，故长于和；《春秋》辨是非，故长于治人。是故《礼》以节人，《乐》以发和，《书》以道事，《诗》以达意，《易》以道化，《春秋》以道义。拨乱世反之正，莫近于《春秋》。《春秋》文成数万，其指数千。万物之散聚皆在《春秋》。《春秋》之中，弑君三十六，亡国五十二，诸侯奔走不得保其社稷者不可胜数。察其所以，皆失其本已。故《易》曰'失之毫厘，差以千里'。故曰'臣弑君，子弑父，非一旦一夕之故也，其渐久矣'。"故有国者不可以不知《春秋》，前有谗而弗见，后有贼而不知。为人臣者不可以不知《春秋》，守经事而不知其宜，遭变事而不知其权。为人君父而不通于《春秋》之义者，必蒙首恶之名。为人臣子而不通于《春秋》之义者，必陷篡弑之诛，死罪之名。其实皆以为善，为之不知其义，被之空言而不敢辞。夫不通礼义之旨，至于君不君，臣不臣，父不父，子不子。夫君不君则犯，臣不臣则诛，父不父则无道，子不子则不孝。此四行者，天下之大过也。以天下之大过予之，则受而弗敢辞。故《春秋》者，礼义之大宗也。夫礼禁未然之前，法施已然之后；法之所为用者易见，而礼之所为禁者难知。"

壶遂曰："孔子之时，上无明君，下不得任用，故作《春秋》，垂空文以断礼义，当一王之法。今夫子上遇明天子，下得守职，万事既具，咸各序其宜，夫子所论，欲以何明？"

太史公曰："唯唯，否否，不然。余闻之先人曰：'伏羲至纯厚，作《易》八卦。尧舜之盛，《尚书》载之，礼乐作焉。汤武之隆，诗人歌之。《春秋》采善贬恶，推三代之德，褒周室，非独刺讥而已也。' 汉兴以来，至明天子，获符瑞，建封禅，改正朔，易服色，受命于穆清，泽流罔极，海外殊俗，重译款塞，请来献见者不可胜道。臣下百官力诵圣德，犹不能宣尽其意。且士贤能而不用，有国者之耻；主上明圣而德不布闻，有司之过也。且余尝掌其官，废明圣盛德不载，灭功臣世家贤大夫之业不述，堕先人所言，罪莫大焉。余所谓述故事，整齐其世传，非所谓作也，而君比之于《春秋》，谬矣。"

于是论次其文。七年而太史公遭李陵之祸，幽于缧绁。乃喟然而叹曰："是余之罪也夫。是余之罪也夫！身毁不用矣！"退而深惟曰："夫《诗》《书》隐约者，欲遂其志之思也。昔西伯拘羑里，演《周易》；孔子厄陈、蔡，作《春秋》；屈原放逐，著《离骚》；左丘失明，厥有《国语》；孙子膑脚，而论兵法；不韦迁蜀，世传《吕览》；韩非囚秦，《说难》《孤愤》；《诗》三百篇，大抵贤圣发愤之所为作也。此人皆意有所郁结，不得通其道也，故述往事，思来者。"于是卒述陶唐以来，至于麟止，自黄帝始。

聚焦：

本篇为《史记》最后一卷《太史公自序》的节选。这是其中的第二部分，通过阅读这部分内容，读者可清楚司马迁创作《史记》的动机及遭遇。

【思考与练习】

1. 司马迁塑造荆轲的形象用了哪些手法？

提示：

司马迁在塑造荆轲的形象时采用了以下手法。

(1) 侧面烘托。通过助手秦舞阳的紧张、胆怯来烘托荆轲的勇敢无畏；同时，以送别时众人听歌的垂泪、悲戚来烘托荆轲的必死之志和悲壮情怀。

(2) 情节描写。通过私见樊於期、易水送别、秦廷行刺等关键情节，展现了荆轲的深沉、刚毅、慷慨以及不畏强权、视死如归的精神。

(3) 对比手法。在描述荆轲的形象时加入了矛盾的心理因素，如忠诚与正义感等正面情绪，以及愤怒和仇恨等负面情绪，使荆轲成为一个更加真实、立体的角色。

(4) 内心独白。通过荆轲的自白、回忆和思考，展示了他的情感变化和内心挣扎，使人物形象更立体、更有深度，更容易引发读者的情感共鸣。

2. 如何理解太史公最后的评论？

提示：

太史公认为，这些刺客"立意较然，不欺其志"，他们都有着明确的志向并且不违背自己的意志。这些刺客不是为了个人私利，他们重承诺、讲义气。例如，豫让为智伯报仇，漆身吞炭，多次行刺赵襄子，其行为体现出对恩主的忠诚。太史公借此评论展现了一种价值观，那就是对正义和信念的坚守。在复杂的世事中，刺客们用自己的行动践行他们所认定的"义"。同时，这也反映出当时社会上的一种风气，人与人之间的恩义被高度重视。刺客的行为虽然极端，但他们身上展现出的忠诚、勇敢和坚定的意志，是太史公欣赏的品质，太史公通过评论表达对这些品质的肯定，也为后世展现了先秦时期的侠义精神。

3. 如何看待荆轲刺秦这一行动？

提示：

荆轲刺秦被视为反抗强权的正义之举，但也具有其历史局限性。

从正义性的角度来看，荆轲刺秦是对秦国暴力征服其他诸侯国的一种反抗。荆轲作为燕国的使者，肩负着保卫国家和人民的使命，他勇敢地选择以刺杀秦王的方式来阻止秦国的侵略。这种行为体现了荆轲的英勇无畏和强烈的爱国情怀。

从历史发展的角度来看，荆轲刺秦的行动具有很大的局限性。秦统一六国是历史发展的必然趋势，荆轲以一己之力难以改变这一历史进程。他的行动虽然英勇，但最终还是以失败告终，不仅没有挽救燕国的命运，反而加速了燕国的灭亡。

荆轲刺秦这一行动虽然具有正义性，但也反映了个人在历史进程中的渺小和无力。荆轲的英勇事迹和悲壮结局，成为后世传颂的佳话，也引发了人们对历史、正义和个人命运的深刻思考。

四、喜雨亭记

苏轼(1037—1101)，字子瞻，又字和仲，号东坡居士，眉州眉山人，与其父苏洵、其弟苏辙并称为"三苏"，与韩愈、柳宗元、欧阳修、苏洵、苏辙、王安石、曾巩合称"唐宋八大家"。苏轼一生经历坎坷。嘉祐二年(1057年)考中进士，历任地方官，官至中书舍人、翰林学士、礼部尚书，后因乌台诗案被贬黄州。绍圣初年，又被贬至惠州、儋州，最终卒于常州。苏轼是一位全才的艺术家，在散文、诗、词等方面都取得了杰出成就：其散文与欧阳修并称"欧苏"，其诗歌与黄庭坚并称"苏黄"，其词与辛弃疾并称"苏辛"。在书法方面，他与黄庭坚、米芾、蔡襄并称"宋四家"。此外，苏轼还擅长文人画，是"湖州竹派"的重要人物。

亭以雨名，志喜也。古者有喜，则以名物，志①不忘也。周公得禾，以名其书②；汉武得鼎，以名其年③；叔孙胜狄，以名其子④。其喜之大小不齐，其示不忘一也。

余至扶风⑤之明年⑥，始治⑦官舍。为亭于堂之北，而凿池其南，引流种木，以为休息之所。是岁之春，雨麦⑧于岐山之阳，其占⑨为有年⑩。既而弥⑪月不雨⑫，民方以为忧。越三月，乙卯⑬乃雨，甲子⑭又雨，民以为未足。丁卯⑮大雨，三日乃止。官吏相与⑯庆于庭，商贾⑰相与歌于市，农夫相与忭⑱于野，忧者以喜，病者以愈，而吾亭适⑲成。

于是举酒于亭上，以属⑳客而告之，曰："五日不雨可乎？"曰："五日不雨则无麦。""十日不雨可乎？"曰："十日不雨则无禾㉑。""无麦无禾，岁且荐饥㉒，狱讼繁兴，而盗贼滋㉓炽㉔。则吾与二三子，虽欲优游㉕以乐于此亭，其可得耶？今天不遗斯㉖民，始旱而赐^㉗之以雨。使吾与二三子得相与优游以乐于此亭者，皆雨之赐也。其又可忘耶？"

既以名亭，又从而歌之，曰："使天而雨珠，寒者不得以为襦^㉘；使天而雨玉，饥者不得以为粟。一雨三日，伊^㉙谁之力？民曰太守。太守不有，归之天子。天子曰不^㉚，归之造物^㉛。造物不自以为功，归之太空。太空冥冥^㉜，不可得而名。吾以名吾亭。"

【注释】

① 志：记。

② 周公得禾，以名其书：周成王得一种"异禾"，转送周公，周公遂作《嘉禾》一篇。

③ 汉武得鼎，以名其年：汉武帝元年，得一宝鼎，于是改年号为元鼎元年。《通鉴考异》认为汉武帝得宝鼎应在元鼎四年，元鼎年号是后来追改的。

④ 叔孙胜敌，以名其子：鲁文公派叔孙得臣抵抗北狄入侵，取胜并俘获北狄国君侨如，叔孙得臣遂更其子名为"侨如"。

⑤ 扶风：凤翔府。

⑥ 明年：第二年。

⑦ 治：修建。

⑧ 雨麦：麦苗返青时正好下雨。

⑨ 占：占卜。

⑩ 有年：年将有粮，引申为大丰收。

⑪ 弥：整、满。

⑫ 雨，下雨。

⑬ 乙卯：阴历四月初二。

⑭ 甲子：阴历四月十一日。

⑮ 丁卯：阴历四月十四日。

⑯ 相与：汇聚。

⑰ 贾：坐商，即在固定地点营业的商人。

⑱ 忭：欢乐、喜悦。

⑲ 适：恰巧。

⑳ 属：同"嘱"，意为劝酒。

㉑ 禾：谷子，即小米。

㉒ 荐饥：古人说"连岁不熟曰荐"，因此"荐饥"应指连续饥荒。

㉓ 滋：增多。

㉔ 炽：旺盛。

㉕ 优游：安闲舒适、无忧无虑的神态。

㉖ 斯：这些。

㉗ 赐：给予。

㉘ 襦：本指短衣，此处代表所有的衣服。

㉙ 伊：语助词，无意。

㉚ 不：通"否"，意为不然。

㉛ 造物：造物主或指上天。

㉜ 冥冥：高远渺茫。

【作品鉴赏】

整篇文章寓议于记，由叙述到描写，由描写到议论，又由议论到抒情。结构布局紧凑，脉络清晰。文章先开篇点题"亭以雨名，志喜也"，阐述亭子的命名缘由，还列举了"古者有喜，则以名物"的具体事例，由此使读者产生疑问；再分写"亭""雨""喜"，层层深入；最后以歌咏作结，不仅避免了行文的枯燥之味，还正式点明了以"喜雨"二字名亭的原因，在文章结构上起到了呼应题目、总束全文的作用。

全文句法灵活多变，笔调轻松活泼，骈散结合。文章在诙谐的对话中巧妙而含蓄地发表见解，给人以游刃有余之感。语言风格颇具特色，句式整齐而富有变化，文章中大量使用了对仗工整的对偶句和排比句，富有节奏感和回环美。通篇都洋溢着为雨而喜的气氛，以"亭""雨""喜"为线索，将建亭与百姓疾苦、人民忧患联系起来，揭示了"忧民之所忧，乐民之所乐"这一主旨，构思巧妙，立意深远。

【汇评】

亭与雨何与，而得以为名？然太守、天子、造物既俱不与，则即以名亭固宜。此是特特算出以雨名亭妙理，非姑涉笔为戏论也。(金圣叹《天下才子必读书》卷十五)

居官兴建，当言与民同乐。但亭在官舍，为休息之所，无关民生。髯苏却借旱后大雨，语语为民，便觉阔大。若言雨是雨，亭是亭，两无交涉，则言虽大而近夸也。此却自喜雨之后，追言无雨必不能乐此亭，是亭以雨故，方感其为亭，何等关系。末忽撰出歌来，而以雨力不可忘处层层推原，皆有至理。不但舍雨之外无可名此亭，亦舍亭之外无可名此雨，把一个太守私亭，毋论官吏、商贾、农夫，即天子、造物、太空，无不一齐挽入。岂非异样大观？(林云铭《古文析义》卷十三)

"吾亭适成"一语，为安顿得体，方雨而亭成，则未雨而始经营此亭，于民为不堪，于时为不宜。于太守为不忍。今却紧接"忧者以喜，病者以愈"，极苦事翻作喜事，最为奇笔。(过珙《古文评注》卷九)

紧接此句，妙。雨更不可不喜，喜更不可不志，志喜更不可不以名亭在此。(清代吴楚材《古文观止》)

【拓展阅读】

《醉翁亭记》(作者：欧阳修)

聚焦：

《醉翁亭记》和《喜雨亭记》同为抒情散文，都表达了作者关心民苦、与民同乐的思想，谈谈两位作者在文中所表现的思想感情有何不同。

【思考与练习】

1. 《喜雨亭记》描写了三场及时甘雨，给望雨心切的当地人民带来了欢乐，作者是怎样记写这些欢乐"特写镜头"的？描绘了怎样的情景？

提示：

作者通过细腻的笔触描绘了三场及时甘雨为当地人民带来欢乐的场景。首先，以简洁的语言记述了久旱之后的三场降雨："越三月，乙卯乃雨，甲子又雨，民以为未足，丁卯大雨，三日乃止。"这场当地人民期盼已久的大雨，终于缓解了旱情，带来了生机。随后，作者用一组排比句生动描绘了不同阶层人民欢庆的场景："官吏相与庆于庭，商贾相与歌于市，农夫相与忭于野。"官吏在庭院里庆贺，商人在集市上欢歌，农夫在田野间欢笑。这些"特写镜头"展现了人民因雨而喜的欢乐情景，充满了浓厚的生活气息和真挚的情感。作者通过简洁的语言和生动的描绘，将人民因雨而喜的欢乐场景刻画得淋漓尽致，表达了作者对民生疾苦的深切关怀和对及时雨的由衷赞美。

2. 请分析《喜雨亭记》第二段结尾"而吾亭适成"在文章中的作用。

提示：

"而吾亭适成"在文章中起到了承上启下的关键作用。

从承接上文的角度看，"而吾亭适成"紧接在描写三场及时甘雨和人民欢庆的场景之后，暗示了这座亭子的建成与这场甘雨有着某种内在联系。甘雨的降临带来了欢乐和生机，而亭子的建成仿佛是这种欢乐和生机的具体象征和物化表现。

从开启下文的角度看，"而吾亭适成"为后文对亭子的命名和抒情议论做了铺垫。苏轼在接下来的内容中，解释了以"喜雨"命名亭子的原因，并表达了自己对雨的喜爱和对民生的关怀。这一命名不仅体现了苏轼对这场甘雨的珍视，也彰显了他以民为本的情怀。

此外，"而吾亭适成"这句话还能起到深化主题、强化情感的作用，使得整篇文章在结构上更加紧凑，在内容上更加丰富和深刻。

五、秋声赋

欧阳修(1007—1072)，字永叔，号醉翁，晚年又号六一居士，谥号文忠，世称欧阳文忠公，庐陵(今属江西省吉安市)人，北宋时期著名文学家、政治家和史学家，是"唐宋八大家"之一。欧阳修幼年丧父，家境贫困，曾任翰林学士、枢密副使、参知政事等要职。政治上，欧阳修积极参与"永新革新"；史学上，其曾与宋祁合修《新唐书》，并独撰《新五代史》；文学上，作为一代文坛领袖，欧阳修领导了北宋诗文革新运动，苏轼兄弟及曾巩、王安石皆出其门下，在散文、诗词、史传等方面都有较高成就，尤以散文对后世影响最大，有《欧阳文忠公集》传世。

欧阳子①方夜读书，闻有声自西南来者，悚然②而听之，曰："异哉！"初淅沥以萧飒③，忽奔腾而砰湃④；如波涛夜惊⑤，风雨骤至。其触于物也，鏦鏦铮铮⑥，金铁皆鸣；又如赴敌之兵，衔枚⑦疾走，不闻号令，但闻人马之行声。余谓童子⑧："此何声也？汝出视之。"童子曰："星月皎洁，明河⑨在天，四无人声，声在树间。"

予曰："噫嘻悲哉！此秋声也。胡为而来哉？盖夫秋之为状⑩也：其色惨淡，烟霏云敛⑪；其容清明，天高日晶⑫；其气栗冽⑬，砭人肌骨；其意萧条，山川寂寥。故其为声也，凄凄切切，呼号愤发。丰草绿缛⑭而争茂，佳木葱茏⑮而可悦；草拂之而色变，木遭之而叶脱。其所以摧败零落者，乃其一气之余烈。夫秋，刑官也⑯，于时为阴⑰；又兵象也⑱，于行用金⑲。是谓天地之义气⑳，常以肃杀而为心㉑。天之于物，春生秋实，故其在乐也，商声主西方之音㉒，夷则为七月之律㉓。商，伤也㉔，物既老而悲伤；夷，戮也㉕，物过盛而当杀。"

"嗟乎！草木无情，有时飘零。人为动物，惟物之灵；百忧感其心，万事劳其形；有动于中，必摇㉖其精。而况思其力之所不及，忧其智之所不能；宜其渥然丹者为槁木㉗，黟然黑者为星星㉘。奈何以非金石之质，欲与草木而争荣？念谁为之戕贼㉙，亦何恨乎秋声！"

童子莫对，垂头而睡。但闻四壁虫声唧唧，如助余之叹息。

【注释】

① 欧阳子：作者自称。

② 悚然：吃惊的样子。

③ 初淅沥以萧飒：起初是淅淅沥沥的细雨带着萧飒的风声。初：最初。淅沥：细雨声，这里形容风声。萧飒：风声。

④ 砰(pēng)湃：波涛冲激之声。

⑤ 夜惊：夜间骤起，令人震惊。

⑥ 鏦(cōng)鏦铮(zhēng)铮：金属相碰发出清脆的声响。

⑦ 衔枚：古代行军士兵嘴上横叼着枚，以防喧哗。枚：小木棍，两端有带，可系于颈后。

⑧ 童子：少年男仆人。

⑨ 明河：明亮的银河。

⑩ 状：情状。

⑪ 烟霏云敛：烟纷飞、云密集，指天气阴暗。霏：纷扬。敛：聚集。

⑫ 日晶：阳光灿烂。

⑬ 栗冽：寒冷。

⑭ 缛：丰茂。

⑮ 葱茏：草木青翠茂盛的样子。

⑯ 夫秋，刑官也：上古设官，以四时为官，掌管刑法的司寇为秋官。

⑰ 于时为阴：古人以春夏为阳，秋冬为阴。

⑱ 又兵象也：古代征伐多在秋天，所以称为"兵象"。

⑲ 于行为金：古人认为四季变化是五行"相生"的结果，并把五行分配于四季，秋属金。行：五行，即金、木、水、火、土。

⑳ 天地之义气：刚正之气。《礼记·乡饮酒义第四十五》说："天地严凝之气，始于西南而盛于西北，此天地之尊严气也，此天地之义气也。"由西南方至西北方，正是秋的方位。

㉑ 心：用心、目的。

㉒ 商声主西方之音：商声代表西方之音。商声是五声之一，五声也分配于四时，商属秋；五声和五声相配，商声属金，主西方之音。

㉓ 夷则为七月之律：古乐分十二律，人们把十二律与十二月相配，夷则配七月。律：正音器具，后配十二月，以占气候。《礼记·月令》："孟秋之月，其音商，律中夷则。"

㉔ 商，伤也：商音是悲伤的声音。

㉕ 夷，戮也：夷，就是杀戮。

㉖ 摇：耗损。

㉗ 渥然丹者为槁木：红润满面的容貌变得像枯木一样。渥然丹者：容貌红润，比喻年轻力壮。渥然：滋润的样子。槁木：枯木，指衰老。

㉘ 黟(yī)然黑者为星星：乌黑的头发变得花白。黟然黑者：乌黑的鬓发，比喻年轻。黟然：乌黑的样子。星星：比喻点点白发。

㉙ 戕贼：摧残。

【作品鉴赏】

欧阳修的《秋声赋》是秋赋系列的经典之作。在文章开头，作者运用一系列比喻，生动而形象地描绘了秋天的声音，使人如闻其声、如见其景，由此抒写了万物凋零、萧条肃杀的悲感。文中，作者听闻秋声的悲凉之感与童子的天真稚幼形成鲜明对比，两者对秋声的不同感受相互映衬。其后以草木为兴发意象，借写草木凋零生叹，虽着墨不多，但尽显伤时感怀的无奈与悲哀。文章结尾处的"童子莫对，垂头而睡"既与前文照应，行文严谨，同时营造出一种宁静的氛围，将读者带回开篇静夜读书的环境和氛围，赋予整篇文章和谐统一的意境。全文将写景、议论、叙事、抒情融为一体，交相辉映。语言清新流畅，节奏张弛有度，抒情意味浓郁。文中运用多种修辞，骈散结合，骈词俪句与长短句式交错有致，保留辞赋铺陈排比之长，尽显欧阳修赋体散文之成就，堪称宋代文赋的代表作。

【汇评】

前辈尝言公作文，揭之壁间，朝夕改定。今观手写《秋声赋》凡数本，《刘原父手帖》亦至再三，而用字往往不同，故别本尤多。(宋·周必大《〈欧阳文忠文集〉后序》)

《秋声赋》，此等赋实自《卜居》《渔父》篇来……欧公专以此为宗，其赋全是文体，以扫积代俳律之弊，然于三百五篇吟咏性情之流风远矣。(元·祝尧《古赋辩体》卷八)

秋声，无形者也，却写得形色宛然。读之使人悄然而悲，肃然而恐，真可谓绘风乎矣。(清·孙琮《山晓阁唐宋八大家选·欧阳庐陵》卷四引钟惺(明)评)

总是悲秋一意。初言声，再言秋，复自秋推出声来，又自声推出所以来之故，见得天地本有自然之运，为生为杀，其势不得不出于此，非有心于戕物也。但念物本无情，其摧败零落，一听诸时之自至，而人日以无穷之忧思，营营名利，竞图一时之荣，而不知中动精摇，自速其老。是物之飘零者在目前，有声之秋；人之戕贼者，在意中无声之秋也，尤堪悲矣！篇中感慨处带出警悟，自是神品。(清·林云铭《古文析义》)

秋声本无可写，却借其色、其容、其气、其意，引出其声。(清·过珙《古文评注》)

【拓展阅读】

九辩(节选)

宋玉

悲哉，秋之为气也！萧瑟兮草木摇落而变衰。憭栗兮若在远行，登山临水兮送将归。沆瀁兮天高而气清；寂寥兮收潦而水清。憯悽增欷兮，薄寒之中人。怆怳懭悢兮，去故而就新。坎廪兮贫士失职而志不平，廓落兮羁旅而无友生，惆怅兮而私自怜！燕翩翩其辞归兮，蝉寂漠而无声。雁廱廱而南游兮，鹍鸡啁哳而悲鸣。独申旦而不寐兮，哀蟋蟀之宵征。时亹亹而过中兮，蹇淹留而无成。悲忧穷戚兮独处廓，有美一人兮心不绎。去乡离家兮来远客，超逍遥兮今焉薄？专思君兮不可化，君不知兮可奈何！蓄怨兮积思，心烦憺兮忘食事。愿一见兮道余意，君之心兮与余异。车既驾兮揭而归，不得见兮心伤悲。倚结軨兮长太息，涕潺湲兮下沾轼。忼慨绝兮不得，中瞀乱兮迷惑。私自怜兮何极，心怦怦兮谅直。皇天平分四时兮，窃独悲此廪秋。白露既下百草兮，奄离披此梧楸。去白日之昭昭兮，袭长夜之悠悠。离芳蔼之方壮兮，余萎约而悲愁。秋既先戒以白露兮，冬又申之以严霜。收恢台之孟夏兮，然欲傺而沈臧。叶菸邑而无色兮，枝烦挐而交横；颜淫溢而将罢兮，柯彷佛而萎黄；萷櫹椮之可哀兮，形销铄而瘀伤。惟其纷糅而将落兮，恨其失时而无当。揽騑辔而下节兮，聊逍遥以相佯。岁忽忽而遒尽兮，恐余寿之弗将。悼余生之不时兮，逢此世之俇攘。澹容与而独倚兮，蟋蟀鸣此西堂。心怵惕而震荡兮，何所忧之多方！仰明月而太息兮，步列星而极明。窃悲夫蕙华之曾敷兮，纷旖旎乎都房；何曾华之无实兮，从风雨而飞扬？以为君独服此蕙兮，羌无以异于众芳。闵奇思之不通兮，将去君而高翔。心闵怜之惨凄兮，愿一见而有明。重无怨而生离兮，中结轸而增伤。岂不郁陶而思君兮？君之门以九重。猛犬狺狺而迎吠兮，关梁闭而不通。皇天淫溢而秋霖兮，后土何时而得干！块独守此无泽兮，仰浮云而永叹。何时俗之工巧兮，背绳墨而改错！

聚焦：
宋玉的《九辩》被称为"悲秋之祖"，比较这篇楚辞与《秋声赋》在主题上的差别。

【思考与练习】

1.赋这种文体的特点是什么？

赋这种文体具有以下几个特点。

(1) 句式灵活。赋的句子字数不固定，长短不一，错落有致。这种句式上的灵活性使得赋能够更自由地表达情感和思想。

(2) 骈散相间。赋在句式上既有骈偶对仗的工整之美，又有散句的灵活多变。这种骈散相间的特点使得赋在形式上更加丰富多彩。

(3) 铺陈描写。赋善于运用铺陈手法，对事物进行细腻入微的描写。通过铺陈，赋能够更生动地展现事物的特征和情感。

(4) 情景交融。赋通常不直接描述感情，而是通过描写景物来抒发感情，达到情景交融的效果。这种抒情方式增强了赋的感染力和表现力。

2. 对于《秋声赋》的主题，有两种不同的看法，一种看法认为这是一篇典型的悲秋之作；另一种看法认为"同以往的许多'悲秋'之作相比，本文既无失意的惆怅，又无对身世的感伤，体现了作者豁达超然的情怀"。你认为这篇文赋的主题是什么？为什么？

提示：

《秋声赋》开篇描绘秋声，以生动的笔触写秋声的萧瑟、凛冽，令人有肃杀之感。然而，作者并没有像以往文人那样只是一味地悲叹时光流逝和个人的不得志，陷入传统悲秋的情绪中不能自拔，在对秋声进行多方描绘后，作者开始思考自然之秋与人生之秋。他从自然变化联想到人事兴衰，虽有对生命易逝的感慨，但并不绝望。他在文中表达了对自然规律的理解和尊重，明白万物兴衰是自然常理。这种认知展现出他的超脱，使他能够摆脱个人的小情绪，以更宏观的视角看待生命的变化，从而体现出豁达超然的情怀。他在感受秋声带来的触动后，依然能以平和的心态面对人生，不被悲戚主导。

六、江南的冬景

郁达夫 (1896—1945)，原名郁文，字达夫，浙江富阳人，中国现代作家，新文学团体"创造社"的发起人之一。1913年，郁达夫赴日本留学，开始走上文学创作的道路；1921年，成立"创造社"，出版了最早的白话短篇小说集《沉沦》，震动文坛；1923年后，在北京大学、武昌师范大学等校任教；1930年，参加中国左翼作家联盟；1933年起，在白色恐怖下移居杭州，遁迹于浙、皖等地的山水之间，写有不少文笔优美的游记；1945年，在新加坡被日本宪兵秘密杀害。郁达夫的文学代表作有《沉沦》《怀鲁迅》《故都的秋》《迟桂花》《春风沉醉的晚上》等，其创作风格独特，成就卓著，小说和散文成就颇高，影响广泛。

凡在北国过过冬天的人，总都道围炉煮茗，或吃煊羊肉、剥花生米、饮白干的滋味。而有地炉、暖炕等设备的人家，不管它门外面是雪深几尺，或风大若雷，而躲在屋里过活的两三个月的生活，却是一年之中最有劲的一段蛰居异境；老年人不必说，就是顶喜欢活动的小孩子们，总也是个个在怀恋的，因为当这中间，有的萝卜，雅儿梨①等水果的闲食，还有大年夜，正月初一元宵等热闹的节期。

但在江南，可又不同；冬至过后，大江以南的树叶，也不至于脱尽。寒风——西北风间或吹来，至多也不过冷了一日两日。到得灰云扫尽，落叶满街，晨霜白得像黑女脸上的脂粉似的。清早，太阳一上屋檐，鸟雀便又在吱叫，泥地里便又放出水蒸气来，老翁小孩就又可以上门前的隙地②里去坐着曝背谈天，营屋外的生涯了；这一种江南的冬景，岂不也可爱得很么？

我生长在江南，儿时所受的江南冬日的印象，铭刻特深；虽则渐入中年，又爱上了晚秋，以为秋天正是读读书，写写字的人的最惠③节季，但对于江南的冬景，总觉得是可以抵得过北方夏夜的一种特殊情调，说得摩登④些，便是一种明朗的情调。

　　我也曾到过闽粤，在那里过冬天，和暖原极和暖，有时候到了阴历的年边，说不定还不得不拿出纱衫来着；走过野人的篱落，更还看得见许多杂七杂八的秋花！一番阵雨雷鸣过后，凉冷一点；至多也只好换上一件夹衣，在闽粤之间，皮袍棉袄是绝对用不着的；这一种极南的气候异状，并不是我所说的江南的冬景，只能叫它作南国的长春，是春或秋的延长。

　　江南的地质丰腴而润泽，所以含得住热气，养得住植物；因而长江一带，芦花可以到冬至而不败，红时也有时候会保持住三个月以上的生命。像钱塘江两岸的乌桕树，则红叶落后，还有雪白的桕子着在枝头，一点一丛，用照相机照将出来，可以乱梅花之真。草色顶多成了赭色，根边总带点绿意，非但野火烧不尽，就是寒风也吹不倒的。若遇到风和日暖的午后，你一个人肯上冬郊去走走，则青天碧落之下，你不但感不到岁时的肃杀，并且还可以饱觉着一种莫名其妙的含蓄在那里的生气；"若是冬天来了，春天也总马上会来"的诗人的名句，只有在江南的山野里，最容易体会得出。

　　说起了寒郊的散步，实在是江南的冬日，所给予江南居住者的一种特异的恩惠；在北方的冰天雪地里生长的人，是终他的一生，也绝不会有享受这一种清福的机会的。我不知道德国的冬天，比起我们江浙来如何，但从许多作家的喜欢以Spaziergang⑤一字来做他们的创造题目的一点看来，大约是德国南部地方，四季的变迁，总也和我们的江南差仿⑥不多。譬如说十九世纪的那位乡土诗人洛在格(Peter Rosegger，1843—1918)罢，他用这一个"散步"做题目的文章尤其写得多，而所写的情形，却又是大半可以拿到中国江浙的山区地方来适用的。

　　江南河港交流，且又地滨大海，湖沼特多，故空气里时含水分；到得冬天，不时也会下着微雨，而这微雨寒村里的冬霖⑦景象，又是一种说不出的悠闲境界。你试想想，秋收过后，河流边三五家人家会聚在一道的一个小村子里，门对长桥，窗临远阜⑧，这中间又多是树枝槎桠的杂木树林；在这一幅冬日农村的图上，再洒上一层细得同粉也似的白雨，加上一层淡得几不成墨的背景，你说还够不够悠闲？若再要点景致进去，则门前可以泊一只乌篷小船，茅屋里可以添几个喧哗的酒客，天垂暮了，还可以加一味红黄，在茅屋窗中画上一圈暗示着灯光的月晕。人到了这一个境界，自然会得胸襟洒脱起来，终至于得失俱亡，死生不问了；我们总该还记得唐朝那位诗人做的"暮雨潇潇江上村"⑨的一首绝句罢？诗人到此，连对绿林豪客⑩都客气起来了，这不是江南冬景的迷人又是什么？

　　一提到雨，也就必然的要想到雪："晚来天欲雪，能饮一杯无？"⑪自然是江南日暮的雪景。"寒沙梅影路，微雪酒香村"⑫，则雪月梅的冬宵三友，会合在一道，在调戏酒姑娘了。"柴门闻犬吠，风雪夜归人"⑬，是江南雪夜，更深人静后的景况。"前村深雪里，昨夜一枝开"又到了第二天的早晨，和狗一样喜欢弄雪的村童来报告村景了。诗人的诗句，也许不尽是在江南所写，而做这几句诗的诗人，也许不尽是江南人，但假了这几句诗来描写江南的雪景，岂不直截了当，比我这一支愚劣的笔所写的散文更美丽得多？

　　有几年，在江南，在江南也许会没有雨没有雪的过一个冬，到了春间阴历的正月底或二月初再冷一冷下一点春雪的；去年(一九三四)的冬天是如此，今年的冬天恐怕也不得不然，以节气推算起来，大约太冷的日子，将在一九三六年的二月尽头，最多也总不过是七八天的样子。像这样的冬天，乡下人叫作旱冬，对于麦的收成或者好些，但是人口却要受到损伤；旱得久了，白喉，流行性感冒等疾病自然容易上身，可是想恣意享受江南的冬景的人，在这一种冬天，倒只会得到快活一点，因为晴和的日子多了，上郊外去闲步逍遥的机会自然也多；日本人叫作Hi-king⑭，德国人叫作Spaziergang狂者，所最欢迎的也就是这样的冬天。

窗外的天气晴朗得像晚秋一样；晴空的高爽，日光的洋溢，引诱得使你在房间里坐不住，空言不如实践，这一种无聊的杂文，我也不再想写下去了，还是拿起手杖，搁下纸笔，上湖上散散步罢！

【注释】

① 雅儿梨：鸭梨，"雅儿梨"的叫法来自天津方言。

② 隙地：空地。

③ 惠：合适。

④ 摩登：英语"modern"的音译，意为时髦、流行。

⑤ Spaziergang：德语词，意为散步、步行。另：郁达夫通晓德语、日语、英语、法语、马来西亚语。

⑥ 差仿：相差。

⑦ 霖：久下不停的雨。

⑧ 阜：土山。

⑨ 暮雨潇潇江上村：诗句，出自唐代诗人李涉的《井栏砂宿遇夜客》。

⑩ 绿林豪客：对强盗的敬称。相传李涉写《井栏砂宿遇夜客》的背景为旅途中遇劫，强盗求诗，于是他在诗中以诙谐的口吻对强盗说"他时不用逃名姓，世上如今半是君"。所以郁达夫说"连对绿林豪客都客气起来了"。

⑪ 晚来天欲雪，能饮一杯无：诗句，出自白居易的《问刘十九》。

⑫ 寒沙梅影路，微雪酒香村：诗句，出自元代诗人何中的《辛亥元夕》。

⑬ 柴门闻犬吠，风雪夜归人：诗句，出自唐代诗人刘长卿的《逢雪宿芙蓉山主人》。

⑭ Hi-king：英语，意为徒步旅行，远足。日语中含有大量外来语，常不加翻译，直接使用。

【作品鉴赏】

本文是一篇游记散文，选自郁达夫著名的游记散文集《屐痕处处》。作者并非一开始就描写冬景，而是描述了江南冬日里人们闲适的生活，介绍了江南的人文风俗。作者自然地将笔触转到江南的景致上，以清新的文字记录了自己在江南度过的时光，既描摹了人们的生活状态，也描绘了江南独特的自然山水之美。

文中，作者描写了远近交错的景物，画面富有远近虚实的层次感；以色彩入文，注重细节描绘，向读者展现了色彩斑斓的江南冬景。作者还十分注重景物的动静结合，为文章增添了许多意趣。文章借助引用古诗的形式来弥补散文里没有说尽的余意，文白之间相互交错，跌宕生姿；句式长短相间，疏密有致，富有和谐流畅而又跌宕起伏的韵律感；语言流畅简洁，同时又展现出深远的意境，读者如身临其境一般，沉浸其中。

【汇评】

郁达夫的散文，如行云流水中映着霞绮。他和古代写景抒情之作不相蹈袭，而又得其神髓。写到山水，尤其他故乡富阳一带风光，不愧是一位大画师。他把诗人的灵感赋予了每一朵浪花、每一片绿叶、每一块巉岩、每一株小草，让大自然的一切具有性格和情味，再把风俗人情穿插其间，浓淡疏密，无笔不美，灵动浑成，功力惊人……青年画家不精读郁达夫的游记，画不了浙皖的山水；不看钱塘、富阳、新安，也读不通达夫的妙文。(刘海粟《漫论郁达夫》)

他的率真、坦诚、热情呼号的自剖式文字，无所隐饰地暴露赤裸裸的自己，称得上是个独树一帜的散文家……率真自然的写法，不但在传统散文中少见，在新文学中也很独特。郁达夫散文很恣肆放达，靠才情动人。(钱理群、温儒敏、吴福辉《中国现代文学三十年》)

三十年代以后，郁达夫将创作的重点由小说转向散文，写下大量小品、杂文和游记等。这些散文有一个鲜明的变化，就是早年那种自我表现的呼喊少了，风格转变为清丽、疏朗和隽永。特别值得称道的是三十年代前期所写的许多游记，既保留了自己那种自然醇畅的特点，又吸取了历代山水游记中布局谋篇等方面的精华，艺术上达到了炉火纯青的地步，许多篇什都称得上现代游记文学中的绝品，直至今日也足称楷模。(温儒敏《略论郁达夫的散文》)

【拓展阅读】

《济南的冬天》(作者：老舍)

聚焦：

本文描绘的是北方的济南冬天的景色，请与《江南的冬景》相比较，思考两篇文章的语言风格有何不同？

【思考与练习】

1. 作者对于江南的冬景的整体印象是怎样的？

提示：

作者对江南冬景的整体印象是明朗而美好。作者通过细腻的笔触，描绘了江南冬天的植被、雨、雪以及无雨无雪时的冬郊等景象。这些景象充满了生机与活力，如老翁和小孩在冬日的清晨曝背谈天，因河港交流、地濒大海而时含水分的空气，以及不时飘洒的微雨等，都展现了江南冬景的温润、晴暖和优美。在作者笔下，江南的冬景不仅有着自然的美丽，更蕴含着一种生活的情趣和诗意的氛围。

2. 郁达夫善用比喻的修辞手法描绘江南的冬景，请举两例。

提示：

(1) 郁达夫形容江南的冬晨时写道："早晨从被窝里出来，偎依在母亲或爱人身边，感受了那一种温暖之后，我们微蜷着两只脚，静听窗外如情人软语般的微风，似乎一整天都充满了诗意。而窗外的枝桠，因为受了阳光的照射，像黑女脸上的脂粉，一层一层地淡了下去。"在这里，作者将早晨窗外受阳光照射而逐渐淡去的枝桠比喻成黑女脸上的脂粉，形象地描绘出枝桠在阳光下的柔和与细腻，同时也赋予了江南冬晨一种柔美与温馨的氛围。

(2) "在这一幅冬日农村的图上，再洒上一层细得同粉也似的白雨，加上一层淡得几不成墨的背景"，作者将冬日农村细密的雨比作粉末，形象地描绘出冬雨的细密与轻柔，同时"淡得几不成墨的背景"也将冬日农村那种朦胧、淡雅的背景展现出来，如同一幅水墨画，给人以悠闲、静谧的感觉。

3. 郁达夫的游记散文富有古典文化气息，请结合具体内容对这一风格加以论述。

提示：

阅读郁达夫的游记散文《江南的冬景》，能感受到古典文化气息流淌于字里行间，展现了他深厚的文化底蕴和对古典美学的独到领悟。文中，他以诗意的笔触描绘江南冬日景致，如"微雨寒村里的冬霖景象"，借用了古典诗词中常见的意象，营造出一种淡远而清幽的氛围，令人联想到古代文人墨客笔下的山水田园诗。郁达夫还巧妙引用古诗词，如提及"晚来天欲雪，能饮一杯无"，不仅增添了文章的文化韵味，也借古人之情抒发了自己对江南冬景的无限喜爱与向往。此外，他对江南冬日特有情致的细腻刻画，如"芦花经霜，白头萧瑟"，融合了古典园林的雅致与文人情怀，展现出一种超脱尘世的宁静美。通过这些描绘与引用，郁达夫不仅勾勒出一幅生动的江南冬景图，更在读者心中唤起了一种跨越时空的文化共鸣，使得《江南的冬景》不仅仅是一篇游记，更是一幅蕴含深厚古典文化底蕴的诗意画卷。

4. 江南的春景历来最受推崇，历代相关诗词无数，试找出五首相关诗词，结合它们的内容思考江南的春景给人怎样的整体印象。

提示：

江南的春景，自古以来便是文人墨客竞相歌颂的对象，无数诗词佳作流传于世，其中以下五首作品颇具代表性。

杜牧《江南春》："千里莺啼绿映红，水村山郭酒旗风。"描绘了江南春日里莺歌燕舞、绿树红花交相辉映的繁盛景象，以及水乡村落与山城小镇的宁静和谐，给人以生机勃勃、春意盎然的印象。

白居易《钱塘湖春行》："几处早莺争暖树，谁家新燕啄春泥。"通过早莺争树、新燕啄泥的细节描写，展现了江南春天万物复苏、生机勃发的景象，给人以清新明快、活泼灵动之感。

贺知章《咏柳》："碧玉妆成一树高，万条垂下绿丝绦。"以柳树为视角，用碧玉比喻其翠绿，用万条绿丝绦形容其柔美，展现了江南春日里柳丝轻拂、绿意盎然的柔美景致，给人以温婉细腻、清新脱俗之感。

张志和《渔歌子》："西塞山前白鹭飞，桃花流水鳜鱼肥。"描绘了西塞山前白鹭飞翔、桃花盛开、流水潺潺、鳜鱼肥美的春日渔村景象，给人以宁静祥和、人与自然和谐共生的田园诗意之感。

杨万里《南溪早春》："还家五度见春容，长被春容恼病翁。"诗人虽以病翁自喻，但诗中"卷帘亭馆酣酣日，放杖溪山款款风"等句，仍表达了自己对早春景象的喜爱，同时传达出融洽的春意，给人以舒适欲醉之感。

江南的春景给人以生机勃勃、清新明快、温婉细腻、宁静祥和以及希望无限的整体印象，是文人心中永恒的诗意栖居之地。

七、泡茶馆

汪曾祺(1920—1997)，江苏高邮人，中国当代小说家、散文家、戏剧家。汪曾祺生于旧式家庭，自幼受传统文化浸染，1930年考入西南联大中国文学系并师从沈从文学习写作，1940年开始发表文学作品，其创作周期跨越现代与当代，在小说、散文、戏剧文学与艺术研究领域都有建树，被誉为"抒情的人道主义者""中国最后一个纯粹的文人""中国最后一个士大夫"。著有小说《受戒》《大淖记事》，散文集《蒲桥集》《故乡的食物》《逝水》。汪曾祺的散文多写日常生活，格调高雅，趣味盎然，结集为《蒲桥集》，本文即选自其中。

【故事梗概】

《泡茶馆》主要讲述了汪曾祺在西南联大读书期间与茶馆有关的经历和见闻。文中提到有位陆同学是个泡茶馆的怪人，他整天泡在一家茶馆里，甚至把洗漱用品都搬到茶馆，在茶馆里洗脸刷牙、吃饭、看书，从早到晚，直到茶馆打烊才回宿舍。昆明的茶馆有大茶馆和小茶馆之分，大茶馆坐客常满、人声嘈杂，柱子上贴着"莫谈国事"的字条，还有看相的术士和围鼓同好；小茶馆各有特色，有的专门招揽大学生，有的卖各种点心。联大的学生们喜欢泡茶馆，因为图书馆座位不多，宿舍也没有学习的条件，所以他们在茶馆里读书、写论文、考卷，甚至进行学术交流。汪曾祺感慨自己这个小说家也是在昆明茶馆里泡出来的，茶馆不仅是联大学生休息、社交的场所，更是他们学习和接触社会的重要地方。

【作品鉴赏】

本文写于1984年，是作者回忆西南联大读书时的生活经历的一系列散文中的一篇佳作，其中包括著名的《跑警报》。抗战时期的联大以"自由"精神著称，培养了大批杰出人才，"泡茶馆"这一看似边缘化的生活方式，深刻体现了这种精神的精髓，并于文末得以印证。全文基调亲切且幽默，笔触细腻传神，将学校附近众多小茶馆的物象、人情，乃至昆明本地的风俗文化——道来，以小见大，生动展示了中国人日常生活的独特情趣。汪曾祺的散文语言能力极强，既蕴含古典散文的雅致精练，又不失现代北京口语的通俗生动，行文富有韵律感，散发出语言本身独有的魅力。

【汇评】

汪曾祺为张扬平民意识找到了一条通幽的捷径，一个广阔的舞台，用人们最熟悉不过的场景和画面，演绎出一幅当代中国百姓的《清明上河图》，唤起人们找回亲切的平民意识，回

归久违的精神家园。风俗是通俗的，但通俗绝不等于流俗。(郭之瑗《汪曾祺散文创作探微》)

许多人都注意到，汪曾祺似乎和士大夫人格、性灵派文学传统一脉相承。也许，正是在相对疏离政治功利适度靠近传统中，汪曾祺显示了他的魅力。……从作家与现实的关系看，汪曾祺所持的是"边缘化"的立场；同时汪曾祺还以他的创造让我们重温了审美化的人生之魅力，他以文人的情致雅趣关怀去掉了日常生活的粗鄙，代之以诗意和书卷气。汪曾祺散文的意义不仅表明了以汉语为母语的写作和传统不可分割的血缘关系，而且展示了以汉语写作的永恒魅力。(王尧《"最后一个中国古典抒情诗人"——再论汪曾祺散文》)

汪曾祺的散文题材非常广泛：个人经历、天文地理、民情风俗、饮食男女、街头巷议、人生世相、文坛曲艺等等无不可以入文……我们探讨汪曾祺的散文，则想采用这样的视角，即从他的散文中体现出来的他的人格魅力的角度探讨，一是因为汪曾祺本人非常赞赏文如其人的说法，另外就是他的散文的确体现了他的真性情，体现了他人格的各个侧面。(付艳霞《好老头儿汪曾祺——小议汪曾祺的散文》)

【拓展阅读】

喝茶

周作人

前回徐志摩先生在北平中学讲"吃茶"，——并不是胡适之先生所说的"吃讲茶"，——我没工夫去听，又可惜没有见到他精心结构的讲稿，但我推想他是在讲日本的"茶道"(英文译作"Teaism")，而且一定说得很好。茶道的意思，用平凡的话来说，可以称作"忙里偷闲，苦中作乐"，在不完全的现世享乐一点美与和谐，在刹那间体会永久，是日本之"象征的文化"里的一种代表艺术。关于这一件事，徐先生一定已有透彻巧妙的解说，不必再来多嘴，我现在所想说的，只是我个人的很平常的喝茶观罢了。

喝茶以绿茶为正宗，红茶已没有什么意味，何况又加糖——与牛奶？葛辛(George Gissing)的《草堂随笔》(*Private Papers of Nenry Ryecroft*)确是很有趣味的书，但冬之卷里说及饮茶，以为英国家庭里下午的红茶与黄油面包是一日中最大的乐事……红茶带"土斯"未始不可吃，但这只是当饭，在肚饥时食之而已；我的所谓喝茶，却是在喝清茶，在赏鉴其色与香与味，意未必在止渴，自然更不在果腹了。

中国古昔曾吃过煎茶及抹茶，现在所用的都是泡茶，冈仓觉三在《茶之书》(*Book of Tea*，1919)里很巧妙地称之曰"自然主义的茶"，所以我们所重的即在这自然之妙味。中国人上茶馆去，左一碗右一碗地喝了半天，好像是从沙漠里回来的样子，颇合于我的喝茶的意思(听说闽粤有所谓吃工夫茶者自然也有道理)，只可惜近来太是洋场化，失了本意，其结果成了饭馆子之流，只在乡村间还保存一点古风，唯是屋宇器具简陋万分，或者但可称为颇有喝茶之意，而未可许为已得喝茶之道也。

喝茶当于瓦屋纸窗之下，清泉绿茶，用素雅的陶瓷茶具，同二三人同饮，得半日之闲，可抵上十年的尘梦。喝茶之后，再去继续修各人的胜业，无论为名为利，都无不可，但偶然的片刻优游乃正亦断不可少，中国喝茶时多吃瓜子，我觉得不很适宜，喝茶时所吃的东西应当是清淡的"茶食"，中国的"茶食"却变了"满汉饽饽"，其性质与"阿阿兜"相差无几，不是喝茶时所吃的东西了。日本的点心虽是豆米的成品，但那优雅的形色，朴素的味道，很合于茶食的资格，如各色"羊羹"(据上田恭辅氏考据，说是出于中国唐时的羊肝饼)，尤有特殊的风味。

江南茶馆中有一种"干丝"，用豆腐干切成细丝，加姜丝酱油，重汤炖热，上浇麻油，出以供客，其利益为"堂倌"所独有。豆腐干中本有一种"茶干"，今变而为丝，亦颇与茶相宜。在南京时常食此品，据云有某寺方丈所制为最，虽也曾尝试，却已忘记，所记得乃只是下关的江天阁而已。学生们的习惯，平常"干丝"既出，大抵不即食，等到麻油再加，开水重换之后，始行举箸，最为合式，因为一到即罄，次碗继至，不遑应酬，否则麻油三浇，旋即撤去，怒形于色，未免使客不欢而散，茶意都消了。

聚焦：

本文主题也与喝茶相关，试比较《泡茶馆》与《喝茶》，风格基调有何差异，你更喜欢哪篇，请谈谈理由。

【思考与练习】

1. "泡茶馆"的"泡"有何含义？妙在哪里？

提示：

"泡茶馆"中的"泡"字，在这里有着丰富的含义和巧妙的用法。

首先，"泡"字形象地描绘了人们长时间地停留在茶馆中的状态。就像泡茶一样，需要时间和耐心，让茶叶在水中慢慢释放出香气和味道。同样，"泡茶馆"也意味着人们在茶馆中消磨时间，享受悠闲的时光。

其次，"泡"字暗示了人们在茶馆中的深入交流和互动。泡茶需要用心，而"泡茶馆"则意味着人们用心去感受茶馆的氛围，与茶馆中的人和环境建立深厚的联系。这种联系不仅仅是表面的，而是深入骨髓的，让人难以忘怀。

"泡"字的巧妙之处在于用简洁的语言，准确地传达了人们在茶馆中的状态和情感。它不仅是一个动词，更是一个充满情感和意境的词，让人们在读到这个词时，能够立刻联想到茶馆的悠闲氛围和深厚的人情味。

2. 在文中提到的联大附近的"小茶馆"中，作者对哪几家茶馆持否定态度？

提示：

(1) 镜框装电影明星照片的茶馆。作者认为这家茶馆"最无趣味"。这家茶馆不仅卖茶，还卖咖啡、可可，墙上挂的是美国电影明星的照片，进出的是穿西服和麂皮夹克的男同学和卷发女同学，有时星期六还开舞会。这种氛围与作者所怀念的茶馆文化大相径庭。

(2) 街西那家又脏又乱的茶馆。尽管这家茶馆生意特别好，从早到晚人坐得满满的，但作者对它的描述却充满了否定。茶馆地面坑洼不平，烟头、火柴棍、瓜子皮满地，茶桌也是七大八小、摇摇晃晃。这些描述都显示出作者对这家茶馆的不满。

虽然文中并未直接表明作者对所有茶馆的态度，但通过以上描述可以看出，作者对这两家茶馆是持否定态度的。

3. 文中提到"花生西施"用了什么样的口吻？

提示：

汪曾祺在散文《泡茶馆》中提到"花生西施"时，用了略带讥讽但又充满生活情趣的口吻。例如，提到她"见人走过，辄作媚笑"，卖花生米时"好看的来买，就给得多。难看的给得少"。这种描述带有一种轻松幽默的讥讽，但同时也展现了市井生活的真实与生动。作者和同学们因为"心虚"，每次都派长得英俊的"小生"去买花生米，这一细节更是增添了文章的趣味性和生活气息。从整体来看，汪曾祺对"花生西施"的描述既体现了对市井人物的敏锐观察，又展现了他对生活细节的独到把握和幽默感。

4. 请结合文中的具体内容，论述"泡茶馆可以接触社会"这一观点。

提示：

在汪曾祺的散文《泡茶馆》中，"泡茶馆可以接触社会"这一观点得到了生动的体现。茶馆不仅是人们消磨时光的场所，更是社会生活的缩影和人际交往的平台。作者提到，泡茶馆时常常能遇到各行各业的人，包括商人、学者、学生、工人等，他们在茶馆中交流信息、讨论时事、分享生活。这种多元的社会构成使得茶馆成为一个信息交汇的中心，人们可以在这里获取各种新鲜的社会动态和观点。同时，茶馆也是人们解决矛盾、调解纷争的地方。作者描述了一些人在茶馆中因琐事发生争执，但往往会在茶馆老板或其他客人的劝解下和好如初。这种社会功能的体现，使得茶馆成为维护社会稳定与和谐的重要力量。

因此，可以说泡茶馆不仅仅是一种休闲方式，更是一种深入社会、了解社会的途径。通过泡茶馆，人们可以更加直观地感受到社会的多样性和复杂性，从而加深对社会的认知和理解。

5. 这篇《泡茶馆》具有浓郁的生活气息，作者态度也是极其认真的，请你思考，作者是如何把它写得如此有趣的？

提示：

(1) 作者通过细腻的笔触，生动地描绘了茶馆的环境、氛围和人物，将茶馆的陈设、茶客的神态、茶馆内外发生的趣事呈现在读者面前，让读者仿佛身临其境。

(2) 作者善于捕捉生活中的细节，如"花生西施"的媚笑、卖花生米的多少与买者长相的关系、茶馆老板劝架等。这些细节不仅增加了文章的趣味性，还使得人物形象更加鲜明，社会背景更加立体。

(3) 作者在叙述时，运用幽默诙谐的语言，使得原本可能枯燥的生活场景变得生动有趣。例如，对"花生西施"的调侃、对泡茶馆冠军陆同学的戏谑等，都让读者在会心一笑中感受到生活的乐趣。

(4) 作者在回忆泡茶馆的经历时，流露出对那段时光的深深怀念和对茶馆文化的热爱。这种真挚的情感表达，使得文章不仅具有趣味性，还具有感人至深的力量。

综上所述，汪曾祺通过生动的场景描绘、丰富的细节刻画、幽默诙谐的语言以及真挚的情感表达，将《泡茶馆》写得既具有浓郁的生活气息又趣味十足。

八、笑

冰心(1900—1999)，原名谢婉莹，福建省福州市长乐区人，中国民主促进会成员，中国近现代诗人、作家、翻译家、社会活动家。冰心著有诗集《繁星》《春水》等，小说集《去国》《超人》《晚晴集》等，散文集《寄小读者》《还乡杂记》《南归》等，译著有《吉檀迦利》《先知》《泰戈尔剧作集》等。冰心于1921年加入文学研究会；1923年毕业于燕京大学中文系，又赴美留学，后毕业于美国威尔斯利女子大学研究院；1926年回国后曾任教于燕京大学、清华大学、北平女子大学；1940年出任国民参政会参政员；1946年赴日本东方学会、东京大学文学都讲学，任该校第一位外籍女教授；1951年加入中国作家协会。冰心于1999年逝世，被称为"世纪老人"。

【故事梗概】

文章开篇，"我"在雨后的黄昏独坐窗前，看到画中安琪儿温柔的笑，心仿佛被触动。接着，"我"回忆起五年前的一个夜晚，在古道上，一个孩子抱着花，赤着脚儿，向我微微地笑，她的笑让"我"感到温暖与安慰，仿佛周遭的一切都变得宁静又美好。"我"又记起十年前，在海边的浓阴里，一个老妇人倚着门，抱着花儿，也在向我微微地笑，如同雨后初晴的阳光，照亮了"我"的内心。这三种笑跨越时空，都如"光明神"般纯净，让"我"感受到世间的美好与温情，让心灵在喧嚣中寻得一片宁静，也让"我"领悟到爱与美的力量，这种力量能驱散一切阴霾，给人带来慰藉与希望。

【作品鉴赏】

《笑》是作家冰心于1920年创作的一篇杰作，被称为"中国现代散文史上第一篇用白话写作的抒情散文"。整篇散文紧密围绕"笑"的主题展开，文题犹如点睛之笔，巧妙地点明了文章的主旨。文章结构严谨，线索清晰，层次鲜明。开篇即以细腻的笔触勾勒出一幅清美的图画。《笑》一文按照时间顺序回溯，描绘了三个笑的场景。三个画面中，雨、月和笑容相互映照和交织，强化了画面之间的和谐相容，展现了作者情感递进升华的三个阶段，从而增加了思想情感的纵深。这样的处理方式不仅深化了文章的主题，还充分诠释了散文"形散而神不散"的特点，凸显了散文的艺术美感。

文章中长短句交错，散中带骈，构成吟咏韵律。文字清丽典雅，语言凝练隽永，文中的遣词造句既彰显了白话文自然流畅的特性，又不乏文言文的古朴韵味。文章中巧妙地运用了大量的动词，语言栩栩如生而又灵动活泼，将静态景物动态化，营造出清新优美的意境，增加了读者的兴味。此外，作者将叠字自然而然地融入各句之中，文章节奏柔和且悠长，同时也暗示了作者内心深处细腻情感的起伏。文章还大量运用助词、衬字和儿化音，情调更加柔和动人。

【汇评】

文章篇幅很短，在结构上，采用古典诗词中常用的排比、反复和重叠的方法，但文中三幅画面却异中有同，通过"笑"集中表现"爱"，从而深情地赞颂了母爱。作者语言清新隽丽，充满诗情画意，用笔时注意表现同中有异的特点。写雨、写月、写田野树木的笔墨更是富于变化，既强调了"微微的笑"，又毫无雷同之感，显示了高超的艺术技巧。(郁炳隆《中国现代文学作品选读》)

早年的冰心是歌颂母爱、儿童爱，探索着人生的真理，她的许多作品里都表现着这种思想，《笑》也蕴含着"泛爱"的哲理。情和景的交融，文字的清新隽丽，笔调的轻灵俊巧，使全文充满了冰心独有的温泉水似的柔情。(梁骏《现代散文名篇赏析》)

《笑》构思精巧，全文结构缜密、整饬、层次清楚，过渡自然。文中描写的三个笑容相对独立，但作者把它们巧妙地连接在一起，形成统一的整体。第一个笑容是眼前见到的，第二、三个笑容是回忆五年、十年前的印象，中间用"默默地想""我仍是想——默默地想"等过渡语加以串连，整篇文章描绘的情景，由远及近，由分散到集中，脉络十分清晰。几个各自独立的段落，环环相扣，似断实连，最后又用两句话收束，把它"合了拢来，绾在一起"，形成一种连环套扣式的文章结构，给人以匀称、和谐、熨帖、完整的美感。(袁勇麟《中国现当代散文导读》)

【拓展阅读】
《荷塘月色》(作者：朱自清)

聚焦：
《笑》与《荷塘月色》两篇散文中均用到了"月"与"水"这两个意象，两位作者虽选用了相同的物象，却注入了各自独特的主观情感和思考，形成了不同的艺术境界，试比较两者的不同。

【思考与练习】
1. 散文《笑》抒发了作者怎样的思想感情？
提示：
《笑》抒发了作者对爱的理想和对爱的追求。在文章中，作者通过对三个微笑形象的描绘和追忆——安琪儿的笑、孩子的笑和老妇人的笑，展现了三种不同的笑容——纯洁而神秘、清丽而明媚、慈祥而温和。这些笑容不仅给读者带来了美的享受，也传达了作者对爱的向往和追求。安琪儿的笑象征着人类对美好事物的向往，孩子的笑代表着青春的活力和纯真，而老妇人的笑则体现了母爱的伟大和无私。整篇文章洋溢着温馨、宁静的氛围，通过细腻的笔触和生动的描绘，将"笑"作为爱的象征，展现了作者对爱的深刻理解和感悟。同时，也引发了读者对生活、爱情、亲情的深刻思考，传递了一种积极向上、乐观向善的生活理念。

2. 在你的人生经历中，或许是奶奶慈祥的笑容，或许是妈妈宽容的微笑，或许是老师鼓励的笑容留在你记忆的深处，请你描述令你难忘的笑容。
提示：
在我记忆深处，妈妈那宽容的微笑最为难忘。每当我犯错或感到失落时，她总是温柔地望着我，嘴角轻轻上扬，眼中闪烁着理解与鼓励。那微笑，如同春日暖阳，瞬间融化我心中的冰霜，让我感受到无尽的温暖与力量。即使岁月流转，那份宽容与爱意，依旧照亮我前行的路。

九、幸福之路(节选)

伯特兰·阿瑟·威廉·罗素(1872—1970)，英国著名哲学家、数学家、逻辑学家、文学家、和平主义社会活动家，被人们誉为"世纪的智者"，著有《西方哲学史》《物的分析》《哲学问题》《哲学大纲》等作品。罗素出身于曼摩兹郡一个贵族家庭，1890年考入剑桥大学三一学院，后曾两度在该校任教；1895年访问德国，研习于柏林大学；1900年出席在巴黎召开的国际哲学会议；1908年当选为皇家学会会员；1911年担任亚里士多德学会主席；1920年访问俄国和中国，并于北京讲学一年；1950年被授予诺贝尔文学奖，并被授予英国嘉行勋章；1967年组织了斯德哥尔摩战争罪犯审判法庭，谴责美国在越南的政策；1970年逝世。

显然，能不能幸福一部分取决于外部环境，一部分取决于自身因素。在这本书里，我们一直在关注自身因素这部分，结果发现，就自身因素而言，幸福的诀窍非常简单。很多人都认为，没有一种多少带有宗教色彩的信念是不可能幸福的，很多本身就不幸福的人认为，他们的忧伤有着复杂而高度理智化的原因。我不相信这是幸福或不幸福的真正原因，我认为这只不过是一些表面现象。一般来说，不快乐的人会有一种不快乐的信仰，而快乐的人则会有一种快乐的信仰。他们可能会将快乐或不快乐归因到各自的信仰上，而真正的原因却在别的地方。对于大多数的人的快乐来说，有些事是必不可少的。但这些事都很简单：衣食住行、健康、爱情、成功的工作以及自己圈子里的人的尊敬。对某些人来说，为人父母也是最基本的事。如果缺少这些，只有不同寻常的人才能快乐；而如果在已经有了这些东西或能靠正确的努力得到这些东西的情况下，一个人还觉得不快乐，那他就是心理失调了。如果非常严重，那可能就要去看心理医生了。但在一般情况下，病人自己就能治好自己，只要他能正确地做事。在外部环境绝不是很糟的情况下，只要一个人的热情和兴趣是向外的，而不是向内的，就应该能快乐。所以，我们应该尽力地在接受教育的过程中，在让自己适应社会的努力中，避免以自我为中心，争取获得能不让我们总是沉溺于自我的那种情感和兴趣。觉得在监狱里很快乐绝不是大多数人的天性，而热衷于自我封闭却能构建起一座最糟糕的监狱。在这种激情中，最常见的是恐惧、嫉妒、犯罪感、自怜自叹和孤芳自赏。在这些情感中，我们的愿望都是以自我为中心的，对外界没有真正的兴趣，只是担心它会以某种方式伤害我们或不能满足我们自己的愿望。人们之所以极不愿意承认事实，迫切希望将自己裹进由虚构的事所做成的暖和外套里，主要是因为恐惧。但荆棘是会刺破温暖的外套的，寒风会从裂缝中钻进来，习惯了温暖的人会比一开始就磨炼自己以便不畏严寒的人受多得多的苦。况且，自欺的人通常心里都知道他们在自己骗自己，他们总是提心吊胆，生怕一些不利的事迫使他们艰难地面对现实。

以自我为中心的激情，其一个很大的缺陷是它只能让人过单调的生活。一个只爱自己的人当然不是情感混乱的人了，但他最后会因为自己挚爱的目标永远没有变化而感到无聊之极。有犯罪感的人也会为某种特殊的自爱而痛苦。在他看来，这个浩瀚宇宙中最重要的事就是他自己要品德高尚。传统宗教所犯的一个严重错误是它鼓励这种特殊的自我沉溺。

快乐的人会实实在在地生活，他们有着自由的情爱和广泛的兴趣，他们靠这些情感和兴趣锁定自己的幸福，而他们幸福的事实又让他们成为其他很多人的兴趣和情爱目标。能得到爱是幸福的一大原因，但索要爱的人却并不是会被赐予爱的人。说得广泛些，得到爱的人就是给予爱的人。不过，像借人钱是为了要利息那样精打细算地给予爱是没有用的，因为被算计过的爱不是真爱，得到爱的人也会觉得这不是真爱。

那么，一个因自我囚禁而不快乐的人又该怎么办呢？只要他还是想着自己不快乐的原因，还是以自我为中心，就走不出恶性循环的圈子。如果想走出来，就一定要借助真正的兴趣，而不是只被当作药物的冒充的兴趣。尽管的确很难做到，但如果他能正确地分析自己的问题，还是能做很多事的。比如，如果他的问题源于犯罪感，不管是有意识的还是无意识的，那么他首先可以让自己的意识相信他没理由有犯罪感，然后可以借助我们在前面谈到的某种技巧把合理的信念植入自己的无意识中，同时让自己关注一些有点中性的活动。如果他成功地消除了自己的犯罪感，那么真正客观的兴趣就可能自然而然地出现。如果他的问题是自怜自叹，那他首先可以让自己相信他并没有遇到极为不幸的事，然后再用同样的方式处理问题。如果他的问题是他很恐惧，那就让他锻炼着让自己勇敢。从无法记起的时间起，战场上的勇敢就已经成了重要的美德了。绝大部分针对男孩子和男青年的训练，都是为了让他们有一种不怕打仗的品格。而在道德勇气和智慧勇气方面的研究却少得多。尽管如此，还是有办法学到的。每天至少承认一个痛苦的事实，你会发现这和童子军的日课一样有益。学着去这样感受：即使你所有的朋友在德行和智慧方面都比你强很多——当然你肯定不是这样了——生活还是值得一过的。如果连续几年做这种练习，最终你一定能坦然面对事实，这样你就能从绝大部分恐惧中解放出来了。

一定要让克服了自我沉溺的毛病后该有的客观兴趣随着你的天性和外部环境自然而然地产生出来。不要先对自己说"如果我迷上集邮我就能快乐了"，然后就开始集邮，因为你可能发现集邮一点儿意思也没有。只有真能让你感兴趣的东西才对你有益。但你要相信，一旦你知道了不应该自我沉溺，真正的客观的兴趣就会出现。

快乐的生活在极大程度上和美好的生活是一样的。职业道德家太看重自我克制了，所以说他们把重点搞错了。有意识的自我克制会让人自我沉溺，并清楚地知道自己所做的牺牲，结果常常是达不到眼前的目标，并且几乎总是达不到终极目标。我们需要的不是自我克制，而是对外界的某种兴趣。这种兴趣能让人自然而然地做出某种举动，而专注于追求自己美德的人则只有借助有意识的自我克制才能有同样的举动。我是作为一个快乐主义者来写这本书的，就是说，作为一个认为快乐就是美好的人来写这本书的。快乐主义者所倡导的行为大体上与理智的道德家所倡导的行为是一样的。然而，道德家过于重视行为，忽视了心理状态，当然也并不是全都这样了。一个人当时的心理状态可以让一种行为的效果有很大的不同。如果你看见一个孩子掉进水里，而你凭着直接的冲动去救他，那么你在道德上没有什么不好的东西；而如果你告诉自己，"救助无助的人是一种美德，我想做一个有美德的人，所以我必须救这个孩子"，那么事后的你会比事前的你还要糟。适用于这种极端情况的道理也同样适用于很多其他不太显眼的事。

我所倡导的生活态度和传统的道德家所倡导的生活态度之间还有一点更微妙的区别。比如，传统的道德家会说爱情不应该是自私的，从某种意义上说这是对的，就是说，爱情的自私不应该超过一定限度。可毫无疑问的是，爱情应该有这种自私的性质，这样一个人才能因为爱情的成功而快乐。如果一个男人向一个女人求婚是因为他很想让她幸福，同时还因为这是个放弃自我的理想机会，那我很怀疑这个女人是否能完全满意。毫无疑问，我们应该希望自己爱的人幸福，但却不能用别人的幸福代替我们自己的幸福。实际上，一旦我们对我们自身以外的人或事产生了真正的兴趣，隐含在自我克制中的自己与世界的对立就会消失。这种兴趣能让人觉得自己是生命之流的一部分，而不是一个像台球一样，除了撞球之外，和其他物质再也没有其他关系的坚硬而独立的物体。所有的不快乐都是由某种分裂或不一致造成的。意识和无意识之间缺乏协调就会造成自我分裂，不能靠客观兴趣和爱的力量将自己和社会连在一起，就会造成两者之间的不一致。快乐的人是没有这些分裂或不一致所带来的痛苦的，他的人格既不会为了对抗自己而分裂，也不会为了对抗世界而分裂。这样的人觉得自己是宇宙的公民，自由地享受着宇宙给予的景象和欢乐。他不会一想到死就忧心忡忡，因为他觉得自己并不会真的和后来人分开。在这种与生命之流自然的深层次的结合中，一定能找到最大的快乐。

【作品鉴赏】

《幸福之路》作为罗素的一本散文著作，从哲学和心理学的多维视角深刻阐释了人类生活不幸福的根源，并通过对人类心理、情感和社会现象的分析，为追求幸福的人们提供了可借鉴的经验。

《幸福之路》的结构编排合理，章节划分清晰，主题明确。罗素在撰写本文过程中广泛引用了哲学、心理学、社会学等多个领域的观点和研究成果，跨学科的整合丰富了作品的内涵、拓展了作品的外延。该书文字简洁明了，表达清晰，复杂深奥的哲理能够触及读者的心灵。罗素采用逻辑严密的论证方法，通过引用实例、因果分析以及对比观点等，增强了论述的说服力。罗素在书中传达的不是任何抽象的道理，而是基于生活经历和细致观察所获得的人生智慧，从而增加了作品的亲和力和可信度。此外，书中巧妙运用了幽默与讽刺的手法，提升了话题的趣味性，不仅增强了论述的吸引力，也让读者在阅读过程中感受到了愉悦。

【汇评】

我最赞成罗素先生的一句话："须知参差多态，乃是幸福的本源。"而且大多数的参差多态都是敏于思索的人创造出来的。(中国当代作家王小波)

作为一位通俗作品的作家和知名人士，罗素在弄清我们时代的思想和焦虑方面起着一种独特的作用。在其作品的后面，站着一位我们这个时代具有丰富多彩的个性的人。(美国 M. K.

穆尼茨)

一位英国哲学家兼有如此多的理智力量，如此多的文化教养和如此多的对自由的热爱，从穆勒以来只有他一个人。没有任何哲学家对20世纪的理智生活给予了比罗素所给予的更加有益的影响。(美国 M. 怀特)

【拓展阅读】

人生的智慧(节选)

阿图尔·叔本华

关于人生智慧的另一个重要指导就是保持我们对于现在以及未来期望的平衡，以免偏重一方而毁了另一方。很多人沉溺于现在——我的意思是，那些无聊的人；其他人，沉溺于未来，焦虑而又关切。很少有人能够在这两个极端中保持适当的平衡。那些只生活在未来、充满对未来的希望并且为了未来而斗争的人，总是凝视远方，然后迫不及待地参与到来的各种事情，仿佛只要做到这些事就能使他们快乐，尽管他们看起来都很聪明，但实际上他们就像意大利街头随处可见的蠢驴，只要在他们的脑袋前系上一捆胡萝卜就能使它们的步伐始终匆忙；这些东西看起来就在眼前，因此它们一直努力跟在后面追。这些人整个的存在都处于一个持续的错觉中；他们总是临时性地活着，直到他们死的那一天。

因此，当我们总是想着我们的规划并且焦急地凝视未来时，当我们总是放弃自己并且遗憾地回顾过去时，我们不应该忘记，只有现在才是真实存在的，才是必然的；未来总是被证实与我们的期望相反；过去也是一样，过去总是和我们希望的过去相反。但是不管过去还是现在，比起我们自身的想法来，它们都没有那么重要。距离，使肉眼所见的东西变小，但是能够使思维之眼所见的东西变大。只有现在是真实的、确定的；它是唯一拥有完全真实性的时间，而我们的存在也仅仅属于现在。因此我们应该为它而高兴，给予它所应得的欢迎，并且享受每一个远离痛苦和烦扰的时刻，充分地察觉到它的价值。我们很难做到这样，如果我们对自己过去的失败以及对将来的焦虑做鬼脸。拒绝眼下的快乐时光简直是愚蠢透顶，用对过去的苦恼和对将来的紧张毁掉它，同样是愚蠢透顶。当然，有规划的时间，甚至有悔改的时间；但是当一切都结束的时候，让我们再去回想过去，就仿佛我们要去面对已经说过再见的东西，抑制着我们的心——让我们考虑将来，也仿佛是考虑超过我们能力范围的东西，只能听从命运安排。

但是论及现在，让我们记住塞内加[Lucius Annaeus Seneca (约公元前4—65)，古罗马时代著名斯多亚学派哲学家]的忠告，像度过我们的一生一样去用心度过每一天，"把每一天都视为特别的生活"：让我们使它变得越来越令人愉快，因为它是我们所拥有的唯一的真实时间。

只有那些确定在某一天会到来的灾祸才真正有权利干扰我们；而满足这个条件的灾祸又是多么的少。因为灾祸有两种，要么是可能发生的，要么是无法避免的。即便是在注定要发生的灾祸里，灾祸发生的时间也是不确定的。不管是哪一种，一个人若总是为它做准备，那么这个人的内心将不会有片刻安宁。所以，我们在对灾祸的恐惧中不应丧失对于生活的舒适感，这些灾祸一部分本身就不确定，只有一部分是确定的，对于前一部分，我们应该认为它们发生的可能性很小，对于后一部分，我们应该认为它们不会那么快就发生。

现在，我们的心灵越少地被恐惧所干扰，我们就越能被我们的希望和期待所鼓舞。这就是深受大家喜爱的一首歌德所作的歌：我从不寄托希望在任何事情。只有当一个人已经摆脱了自己的要求，并且求助于不经修饰的真实存在，那么这个人才能获得自己内心的安宁，而这正是人类快乐的基本。内心的安宁！那是享受此时此刻的必要条件；而只有单个的时刻是欣喜的，整个的人生才能是欣喜的。我们应该记得今天只有一次，不会再来。我们可以假设明天会再来；但是明天却是另外一天了，而这另外一天，也只会有一次。

我们倾向于忽视每一天都是完整的，因此组成生命不可或缺的一部分，而去认为生命不过是一个观念或者名称的集合，哪怕单个毁掉了，整个人生也不会遭受损失。

聚焦：
虽然叔本华和罗素的哲学观点和方法存在差异，但上述两本书都探讨了幸福的本质及对如何获得幸福的见解。

【思考与练习】
1. 罗素认为幸福的关键是什么？请阐述他的主要观点。

提示：

罗素认为，幸福源自以下方面。

(1) 对外界保持兴趣。不要过度自我关注，要让自己的兴趣尽可能广泛，如欣赏自然之美、探索新的文化、尝试新的爱好等，要对世界充满好奇和热情，从丰富多彩的生活中获得乐趣，减少因单一或局限的关注而产生的失望和不快乐。

(2) 对人和物友善。以友好、善意的态度对待他人和周围的事物，不抱敌意和偏见，愿意去帮助他人、理解他人，这样不仅能建立良好的人际关系，还能收获他人的友爱和善意，从而让自己内心感到满足和快乐，进而获得幸福感。

(3) 平衡生活各方面。认识到工作、休闲和家庭等方面都很重要，找到和谐的平衡，避免因过度专注某一方面而忽视其他，这样才能使生活变得充实，提升满足感。

(4) 拥有爱和知识。正确的婚恋观念与和谐的家庭生活是通往幸福的重要途径之一，通过增进彼此间的爱意，人们能够自然而然地给予爱并接受爱，共享这份幸福。此外，掌握丰富的知识、拥有适合并热爱的工作也是重要的幸福之路。

2. 根据《幸福之路》的观点，探讨我们如何在面对挫折时保持幸福感？

提示：

面对挫折时，我们可以通过以下途径保持幸福感。

(1) 培养兴趣与热情。罗素认为，培养对生活的广泛兴趣和热情，能够让人在遭遇挫折时找到乐趣和转移注意力的出口，获得心灵的慰藉和快乐源泉。

(2) 保持工作与休闲的平衡。有意义的工作能带来成就感，而适当的休闲则能帮助我们恢复精力，减轻压力。在面对挫折时，合理安排工作与休息时间，避免过度劳累，有助于维持心理健康和幸福感。

　　(3) 建立积极的人际关系。良好的人际关系，尤其是深厚的友谊和亲密的家庭关系，能提供情感上的支持和理解。在挫折面前，与亲朋好友分享、寻求建议或仅仅是倾诉，都能有效减轻心理负担，增加面对困难的勇气。

　　(4) 调整心态，接受现实。罗素鼓励人们学会接受不可改变的事实，而不是无谓地与之抗争。面对挫折，调整心态，接受现状，并从中寻找成长的机会，可以减少不必要的痛苦，促进内心的平和，获得幸福感。

　　(5) 自我反思与成长。将挫折视为成长的机会，通过反思学习来提升自我。这种积极的态度不仅能帮助我们克服当前的困难，还能增强未来的抗压能力，从而提升整体的幸福感。

十、瓦尔登湖(节选)

　　亨利·戴维·梭罗(1817—1862)，美国作家、哲学家，超验主义代表人物，也是一位废奴主义者及自然主义者。梭罗于1817年出生于马萨诸塞州康科德；1837年毕业于哈佛大学；1841年起从教书转为写作；1845年隐居瓦尔登湖畔，度过两年自耕自食的简朴生活，亲近自然的生活成为其创作的灵感源泉，以此为题材写成长篇散文《瓦尔登湖》(又译为《湖滨散记》)，成为超验主义经典代表作品，并于1854年出版；1848年开始专业讲座生涯。梭罗才华横溢，一生共创作了二十多部杰出的散文集，因此被世人称为"自然随笔的创始者"。梭罗著有《瓦尔登湖》《远足》《科德角》《缅因森林》等作品，其文章简练有力，朴实自然，思想深刻，在美国19世纪散文中独树一帜。

　　我的房子是在一个小山的山腰，恰恰在一个较大的森林的边缘，在一个苍松和山核桃的小林子的中央，离开湖边六杆之远，有一条狭窄的小路从山腰通到湖边去。在我前面的院子里，生长着草莓、黑莓，还有长生草，狗尾草，黄花紫菀，矮橡树和野樱桃树，越橘和落花生。五月尾，野樱桃在小路两侧装点了精细的花朵，短短的花梗周围是形成伞状的花丛，到秋天里就挂起了大大的漂亮的野樱桃，一球球地垂下，像朝四面射去的光芒。它们并不好吃，但为了感谢大自然的缘故，我尝了尝它们。黄栌树在屋子四周异常茂盛地生长，把我建筑的一道矮墙掀了起来，第一季就看它长了五六英尺。它的阔大的、羽状的、热带的叶子，看起来很奇怪，却很愉快。在晚春中，巨大的蓓蕾突然从仿佛已经死去的枯枝上跳了出来，魔术似的变得花枝招展了，成了温柔的青色而柔软的枝条，直径也有一英寸；有时，正当我坐在窗口，它们如此任性地生长，压弯了它们自己的脆弱的关节，我听到一枝新鲜的柔枝忽然折断了，虽然没有一丝儿风，它却给自己的重量压倒，而像一把羽扇似的落下来。在八月中，大量的浆果，曾经在开花的时候诱惑过许多野蜜蜂，也渐渐地穿上了它们的光耀的天鹅绒的彩色，也是给自己的重量压倒，终于折断了它们的柔弱的肢体。

　　在这一个夏天的下午，当我坐在窗口，鹰在我的林中空地盘旋，野鸽子在疾飞，三三两两地飞入我的眼帘，或者不安地栖息在我屋后的白皮松枝头，向着天空发出一个呼声；一只鱼鹰在水面上啄出一个酒涡，便叼走了一尾鱼；一只水貂偷偷地爬出了我门前的沼泽，在岸边捉到了一只青蛙；芦苇鸟在这里那里掠过，隰地莎草在它们的重压下弯倒；一连半小时，我听到铁路车辆的轧轧之声，一忽儿轻下去了，一忽儿又响起来了，像鹧鸪在扑翅膀，把旅客从波士顿装运到这乡间来。我也并没有生活在世界之外，不像那个孩子，我听说他被送到了本市东部的一个农民那里去，但待了不多久，他就逃走了，回到家里，鞋跟都磨破了，他实在想家。他从来没有见过那么沉闷和偏僻的地方；那里的人全走光了；你甚至于听不见他们的口笛声！我很怀疑，现在在马萨诸塞州不知还有没有这样的所在。

真的啊，我们的村庄变成了一个靶子，给一支飞箭似的铁路射中，在和平的原野上，它是康科德协和之音。

【作品鉴赏】

作者在《瓦尔登湖》中对自然环境的描写细腻而生动，通过对瓦尔登湖及周边景色的描绘，展现了大自然的美丽与宁静，读者能够身临其境地感受到大自然的魅力。作者在描述自然之美的同时，亦深入思考了人与自然、社会与个人、物质与精神等诸多关系，赋予了作品深刻的思想内涵。文章语言简练流畅，文字简洁优美而富有诗意，作者善用比喻、象征等修辞手法，文章充满了美感和感染力。同时，全书采用第一人称的叙述方式，读者能够更深入地了解作者的内心体验，增强了作品的亲和力和真实性。

在本文中，瓦尔登湖成为一种象征，它代表着自然、纯洁和精神的追求，它不仅是书中的地理背景，更是作者内心世界的投影。作者在《瓦尔登湖》中不仅展现了自己对自然、生活和人性的深刻洞察，还鼓励人们摆脱物质世界的束缚，去亲近自然、探寻内心，追求更加真实、有意义的生活。

【汇评】

《瓦尔登湖》句句惊人，字字闪光，沁人心肺，动我衷肠。(著名作家徐迟)

梭罗是一种力量，即便去世后，他的威望也没有受到丝毫的影响，他的名声正年复一年地传播开来。(美国著名诗人惠特曼)

《瓦尔登湖》在展示自然美景的同时，也展示了一种物质上简朴至极、精神上丰盈充实的生活状态，希望新生们能够在阅读中体会到作者深入思考和重塑自我的心路，感受到宁静的力量，并寻找到自己心中的瓦尔登湖。(清华大学校长邱勇)

【拓展阅读】

寂静的春天
蕾切尔·卡逊

从前，在美国中部有一个城镇，那里的一切生物都显得与其周围的环境很和谐。这个城镇坐落在像棋盘般排列整齐的繁荣的农场中央，其周围是庄稼地，小山下果木成林。春天，繁花像白色的云朵点缀在绿色的原野上；秋天，透过松林的屏风，橡树、枫树和白桦闪射出火焰般的彩色光辉，狐狸在小山上叫着，小鹿静悄悄地穿过了笼罩着秋天晨雾的原野。

沿着小路生长的月桂树、荚蒾和赤杨树，以及巨大的羊齿植物和野花，在一年的大部分时间里，使旅行者感到目悦神怡。即使在冬天，道路两旁也是美丽的地方。那儿有无数小鸟飞来，在露出雪层之上的浆果和干草的穗头上啄食。郊外事实上正以其鸟类的丰富而驰名，当迁徙的候鸟在整个春天和秋天蜂拥而至的时候，人们都长途跋涉地来这里观看它们。另有些人来小溪边捕鱼，这些洁净又清凉的小溪从山中流出，形成了绿荫掩映的生活着鳟鱼的池塘。野外一直是这个样子，直到许多年前的一天，第一批居民来到这儿建房舍，挖井筑仓，情况才发生了变化。

从那时起，一个奇怪的阴影遮盖了这个地区，一切都开始变化。一些不祥的预兆降临到村落里：神秘莫测的疾病袭击了成群的小鸡，牛羊病倒和死亡，到处是死神的幽灵。农夫们述说着他们家庭的多病。城里的医生也越来越为他们病人中出现的新病感到困惑。不仅在成人中，而且在孩子中也出现了一些突然的、不可解释的死亡现象——这些孩子在玩耍时突然倒下了，并在几个小时内死去。

一种奇怪的寂静笼罩了这个地方。比如说，鸟儿都到哪儿去了呢？许多人谈论着它们，感到迷惑和不安。园后鸟儿寻食的地方冷落了。在一些地方仅能见到的几只鸟儿也气息奄奄，战栗得很厉害，飞不起来。这是一个没有声息的春天。这儿的清晨曾经回荡着乌鸦、鸽子、鹪鹩的合唱以及其他鸟鸣的音浪；而现在一切声音都没有了，只有一片寂静覆盖着田野、树林和沼地。

农场里的母鸡在孵蛋，但没有小鸡破壳而出。农夫们抱怨着他们无法再养猪了——新生的猪仔很小，小猪病后也只能活几天。苹果树开花了，但没有蜜蜂嗡嗡飞来，所以苹果花没有得到授粉，也不会结出果实。

曾经一度是多么吸引人的小路两旁，现在排列着仿佛火灾劫后的焦黄的、枯萎的植物。被生命抛弃了的这些地方也是寂静一片，甚至小溪也失去了生命——钓鱼的人不再来访问它，因为所有的鱼都已死亡。

在屋檐下的雨水管中，在房顶的瓦片之间，一种白色的粉粒还在露出些许斑痕。在几星期之前，这些白色粉粒像雪花一样降落到屋顶、草坪、田地和小河上。不是魔法，也不是敌人的活动，使这个受损害的世界的生命无法复生，而是人们自己使自己受害。

上述的这个城镇是虚设的，但在美国和世界其他地方都可以轻易地找到上千个这种城镇的翻版。我知道并没有一个村庄经受过如我所描述的全部灾祸，但其中每一种灾难实际上已在某些地方发生，并且确实有许多村庄已经遭遇了大量的不幸。在人们的忽视中，一个狰狞的幽灵已向我们袭来，这个想象中的悲剧可能会很容易地变成我们大家都将知道的活生生的现实。

是什么东西使得美国难以计数的城镇的春天之音沉寂下来了呢？

聚集：
这两部作品都强调了自然环境的重要性，促使读者思考人类与自然的关系，请谈谈你对两部作品的看法。

【思考与练习】
1. 分析《瓦尔登湖》所用的修辞手法。

提示：

《瓦尔登湖》主要采用了以下修辞手法。

(1) 拟人。作者为自然景物赋予人的特性，例如"巨大的蓓蕾突然从仿佛已经死去的枯枝上跳了出来"，这里的"跳"字将蓓蕾拟人化，形象地描绘了其生机勃勃的景象。又如"芦苇鸟在这里那里掠过，隰地莎草在它们的重压下弯倒"，莎草被赋予被重物压弯的生动形态。

(2) 比喻。作者运用比喻的手法，将抽象或不易理解的事物具体化、形象化。例如，"(野樱桃)一球球地垂下，像朝四面射去的光芒"，将野樱桃的形态比作光芒，形象地描绘了其美丽的形态。又如"我听到一枝新鲜的柔枝忽然折断了，虽然没有一丝儿风，它却给自己的重量压倒，而像一把羽扇似的落下来"，将折断的树枝比作羽扇，生动地描绘了其轻盈和优雅的形态。

(3) 排比。作者通过列举多个自然景象，形成排比句式，增强了文本的节奏感和韵律感。例如"鹰在我的林中空地盘旋，野鸽子在疾飞，三三两两地飞入我的眼帘"，通过列举鹰、野鸽子等动物的活动，展现了瓦尔登湖周边生态的丰富与和谐。

(4) 对比。作者通过对比手法，突出了不同事物之间的差异和联系。例如将瓦尔登湖的自然宁静与铁路的喧嚣进行对比，强调了前者对心灵的抚慰和后者对宁静的破坏。又如将孩子的逃家经历与作者在瓦尔登湖的宁静生活进行对比，突出了作者对自然和简单生活的向往。

2. 比较梭罗的自然观与中国传统文化中对自然的理解，如道家思想，探讨两者的相似之处和差异。

提示：

梭罗的自然观与道家思想存在以下异同。

(1) 两者的相似之处。梭罗和道家都强调人与自然的和谐统一。梭罗反对低俗的欲望，倡导物质生活简单化，呼吁回归自然，这与道家所主张的"知足常乐、清心寡欲"的生活方式相呼应。道家认为，自然万物有自己的道德性，人类应该追求道的境界，以获得对自然的深刻理解，梭罗也强调自然的独立价值，反对把自然的价值归结为经济和实用的价值。

(2) 两者的相异之处。两者在形成的时代背景和社会基础上存在差异。道家思想产生于古代农业文明社会，强调顺应自然规律，合理利用自然资源；而梭罗的自然观产生于现代工业文明社会，是对工业文明时代环境恶化反思的结果，他更强调对自然的保护和恢复，反对人类对自然的过度开发和破坏。道家思想具有深厚的哲学基础，追求道的境界和身心的和谐；而梭罗的自然观则更多关注人类社会的现实问题，追求人类与自然的和谐共生。

扫一扫，练一练

第四章　小说欣赏

第一节　小说概述

一、小说的发展历程

(一) 小说简介

小说与诗歌、散文、戏剧并称"四大文学体裁"，指以刻画人物形象为中心，通过完整的故事情节和环境描写来反映社会生活的一种文学体裁。

小说的三要素指生动的人物形象、完整的故事情节和所描写的环境。小说刻画人物的方法有心理描写、动作描写、语言描写、外貌描写、神态描写。情节一般包括开端、发展、高潮、结局四部分，有的包括序幕、尾声。环境包括自然环境和社会环境。

按照篇幅长短的不同，小说可分为微型小说、短篇小说、中篇小说和长篇小说。

按照情节类型的不同，小说可分为武侠小说、言情小说、爱情传奇小说、推理小说、悬疑小说、历史小说、军事小说、科幻小说、网游小说、玄幻小说、现代修真小说、架空历史小说、穿越小说、魔幻小说、耽美小说、黑道小说、同人小说、轻小说、校园小说等。

按照艺术表现的不同，小说可分为文艺小说和类型小说(如武侠小说、推理小说、悬疑小说、爱情传奇小说等)。

按照作品内容的不同，小说可分为现实小说和超现实小说(如魔幻小说、灵异小说)。

按照写作风格的不同，小说可分为传统小说(包括笔记小说、传奇小说、平话小说、章回小说)和网络小说(包括网游小说、黑道小说、架空小说等)。

按照文字语言的不同，小说可分为古白话小说、当代古白话小说、文言小说、白话小说和地方语言小说。

按照作品载体的不同，小说可分为平面小说和电子小说。

按照写作人称的不同，小说可分为第一人称小说、第三人称小说、书信体小说、对话体小说、日记体小说、意识流小说、类自传体小说等。

按照主义流派的不同，小说可分为爱情传奇小说、古典主义小说、讽刺主义小说、现实主义小说、现代主义小说、批判现实主义小说、浪漫主义小说、自然主义小说、形式主义小说、表现主义小说、存在主义小说、意识流小说、魔幻现实主义小说等。

按照年代的不同，小说可分为古典小说、现代小说和当代小说。

(二) 中国小说发展历程

中国小说发展推演源头，较早出现的《盘古开天》《女娲补天》《后羿射日》《夸父逐日》等神话故事已具备小说的元素；《庄子》《韩非子》《战国策》等书中的寓言故事刻画人物性格鲜明，带有小说的意味；《左传》《战国策》《史记》《三国志》等史传对故事情节的叙述，为后世小说发展积累了丰富的叙事经验。

魏晋南北朝时期出现了志怪小说和轶事小说，小说作为一种文学形式初具雏形。志怪小说里记述神仙方术、鬼魅妖怪、佛法灵异的内容，带有一定的宗教迷信思想。除此之外，还出现了大量的积极的民间故事和传说，如三王墓、韩凭妻、董永等，其中以干宝的《搜神记》最具代表性；轶事小说以刘义庆的《世说新语》为代表。

唐代文学空前繁荣，当时流行的文言小说被称为"唐传奇"。唐传奇的结构更为完整、情节更为复杂、人物形象更为鲜明，内容上从鬼神灵异、奇闻逸事走向现实生活，标志着唐代中国小说进入了新的发展阶段，中国古典小说日益成熟。这一时期，著名的唐传奇有蒋防的《霍小玉传》、元稹的《莺莺传》、李朝威的《柳毅传》、白行简的《李娃传》、张鷟的《游仙窟》、沈既济的《枕中记》、李公佐的《南柯太守传》。

在唐代讲唱文学的基础上，宋代产生了反映市民思想和市井生活的白话小说——话本，以特有的活泼、自如的风格和朝气蓬勃的生命力跻身文坛，先与文言小说并行，后逐渐成为中国古代小说的主要形式，中国小说以文言短篇小说为主流逐渐转变为以白话小说为主流，开元、明、清三代戏剧和小说繁荣之先河。鲁迅评价说，宋元话本的出现"实在是小说史上的大变迁"。代表作品有说书艺人的底本《三国志平话》《错斩崔宁》《碾玉观音》和通俗故事读本《大宋宣和遗事》。

明代的白话短篇小说是宋元话本的延续和发展，其主要形式是拟话本。冯梦龙整理并出版的《喻世明言》《警世通言》《醒世恒言》，标志着古代白话短篇小说整理和创作高潮的到来，这三部作品与凌濛初创作的《初刻拍案惊奇》《二刻拍案惊奇》合称"三言""两拍"。"三言""两拍"讲述的故事惊险诡异，"极摹人情世态之歧，备写悲欢离合之致"，代表了中国古代白话短篇小说的最高成就。

明代诞生的长篇章回小说，是由宋元讲史话本演变而来的一种小说形式，分回标目，选取一个或两个中心事件为一回，每回篇幅大体相等，情节前后衔接，开头、结尾常用"话说""且听下回分解"等连接语，中间穿插诗词韵文，结尾故设悬念吸引读者。罗贯中的历史演义小说《三国演义》、施耐庵的英雄传奇小说《水浒传》、吴承恩的神魔小说《西游记》、兰陵笑笑生的世情小说《金瓶梅》等风格迥异的长篇巨著相继问世，掀起了中国长篇小说的创作热潮，标志着中国小说进入了一个崭新的发展阶段。

清代的小说创作成就颇高，在思想性和艺术性方面都达到了发展新的高度。就长篇小说而言，曹雪芹的《红楼梦》成为我国古典小说的艺术高峰，吴敬梓的《儒林外史》代表着中国古代讽刺小说的高峰；短篇小说持续发展，优秀作品代表为蒲松龄的《聊斋志异》。

明代称《三国演义》《水浒传》《西游记》《金瓶梅》为"四大奇书"。所谓"奇"，不仅指内容或艺术上的新奇，还包含对其所取得的创造性成就的肯定。现代人们将《三国演义》《水浒传》《西游记》《红楼梦》称为"四大名著"，代表中国古典章回小说的巅峰。

近代小说中，狭邪小说和侠义公案小说在初期占主导地位，格调平庸；后期谴责小说盛行起来，代表作有李宝嘉的《官场现形记》、吴趼人的《二十年目睹之怪现状》、金松岑与曾朴的《孽海花》、刘鄂的《老残游记》，被称为"晚清四大谴责小说"。

五四运动以后，我国小说创作获得大丰收。鲁迅创作的《狂人日记》具有划时代意义，是中国现代白话小说的发端之作。在鲁迅的带动下，这一时期出现了"为人生派""为艺术派"、左翼作家联盟等多个小说流派。文学研究会是五四新文学运动中最早成立的文学社团，"以研究介绍世界文学、整理中国旧文学、创造新文学为宗旨"，倾向于现实主义，主张为人生的文学，有成就的小说家有冰心、叶圣陶、王统照等。这一时期的小说分为启蒙小说、问题小说、乡土小说三种形式。创造社也是五四新文化运动早期的文学团体，其创作基本倾向于浪漫主义，其中郁达夫的成就最高，代表作有《沉沦》等。优秀中长篇小说在左翼作家联盟成立后相继问世，茅盾的《子夜》是这一时期最出色的作品，标志着中国现代小说反映现实的深刻和艺术的成熟。丁玲、张天翼、柔石、沙汀、艾芜、萧军等作家也在这一时期初露锋芒。左翼作家联盟以外的进步作家，如巴金、老舍、叶圣陶、沈从文等相继成为中国小说史上举足轻重的人物，代表作品有巴金的《家》《春》《秋》、老舍的《骆驼祥子》、叶圣陶的《倪焕之》、沈从文的《边城》。

抗日战争时期，小说创作大放异彩，张天翼的《华威先生》、沙汀的《淘金记》、艾芜的《山野》、茅盾的《腐蚀》、老舍的《四世同堂》、巴金的《寒夜》等从多个侧面揭露了反动统治的黑暗腐朽。在抗战根据地和解放区，作家们深入生活，创作出的中长篇小说，反映了在中国共产党领导下农村翻天覆地的变革，着力刻画工农兵新人形象，著名小说有丁玲的《太阳照在桑乾河上》、周立波的《暴风骤雨》、赵树理的《小二黑结婚》《李有才板话》、孙犁的小说集《白洋淀纪事》等。

中华人民共和国成立初期，一切以政治为中心，小说创作的数量和质量难尽人意，代表作品有马烽的《结婚》。1956年，文坛提出了"干预生活"的口号，扩大了作品的题材和主题的范围，小说创作获得了大丰收，王蒙的《组织部来了个年轻人》、李易的《办公厅主任》、宗璞的《红豆》、陆文夫的《小巷深处》、邓友梅的《在悬崖上》、高晓声的《不幸》、刘绍棠的《西苑草》等小说较为突出。反映中国共产党领导下各个时期艰苦卓绝斗争的小说大量涌现，真实地展现了半个世纪以来中国人民走过的艰难历程，代表作有吴强的《红日》、曲波的《林海雪原》、梁斌的《红旗谱》、杨沫的《青春之歌》、欧阳山的

《三家巷》、冯德英的《苦菜花》、李英儒的《野火春风斗古城》。

1976年至1989年，小说创作领域出现了历史、伤痕、反思、知青、改革、寻根、前先锋等类型，各类小说家分别从不同的视角表达了对民族及国家命运的深切思考。

新时期作家群体庞大，形成老中青的结构，创作出大量脍炙人口的小说。老年作家以冰心、孙犁、姚雪垠、周而复为代表，中年作家以张洁、冯骥才、程乃珊、刘心武、蒋子龙为代表，青年作家以李杭育、梁晓声、张承志、刘震云、池莉、余华、苏童、格非为代表。

从20世纪90年代开始，回顾中国文学发展三十年的主要历史时期，文学进入了一个以关切现实人生、高扬个体感性和追求人文精神为主要思想的深入发展阶段。小说创作百花齐放，大量作品井喷式涌现，新写实小说、先锋小说、女性小说、历史小说、反腐题材小说等具有多种内涵的作品，都表现了作家对社会生活的深刻反省，成为时代的见证。

(三) 外国小说发展历程

发端于古希腊与古罗马时期的西方文学，记录着西方人争取生存自由的历程。在原始社会和奴隶制社会初期，人类与自然的矛盾、人类为生存而斗争、部落之间的冲突，都通过文学的方式反映在古希腊与古罗马神话、荷马史诗、古希腊悲喜剧中，这一时期文学作品大部分以神话为题材，包含一个自然神的庞大系统，可以称为"神话文学"，同时也成为西方小说发展的滥觞。

西方小说中研究神祇的形象，实际上是人类的自我反观。中世纪时期，在宗教神学统治下，人们争取心灵自由，出现了英雄史诗、骑士文学、市民文学等文学样式，这是小说的雏形，这种带有反宗教神学倾向的文学成果，闪耀着人类文明的光辉，代表作品有但丁的《神曲》。《神曲》由《地狱》《炼狱》《天堂》组成，作者以争取人类的幸福而不是教会利益为创作目的，体现以人为本的反叛精神，成为光彩的篇章。在欧洲中世纪后期的英雄史诗中，具有代表性的作品有法国的《罗兰之歌》、西班牙的《熙德之歌》、德国的《尼伯龙根之歌》和俄罗斯的《伊戈尔远征记》，其中《罗兰之歌》是欧洲中世纪后期的英雄史诗中最有代表性的作品。

中世纪时期，宗教神学是古希腊原始古朴的思想向消极方向的嬗变，而文艺复兴运动的蓬勃兴起是古希腊原始古朴的思想向积极方向的发展。经过中世纪时期漫长的黑暗统治，文学在新时代冲破了封建统治和宗教神学束缚，人类生命得以复苏，个性自由、精神解放、天赋人权等崭新意识成为文艺复兴时期小说的主要内容。意大利作家薄伽丘的短篇小说集《十日谈》被誉为是西方最早高呼反封建偏见、反教会的文学旗帜，拉开了文艺复兴运动的序幕。法国作家拉伯雷的《巨人传》把人文主义精神人格化，从形式和思想上形成了要求解放的小说新特征。西班牙作家塞万提斯的《唐·吉诃德》讥讽了已经过气的骑士制度和骑士精神，成为这一时期欧洲文学发展史上最重要的硕果之一。英国作家乔叟的《坎特伯雷故事集》、莫尔的对话体幻想小说《乌托邦》标志着近代空想社会主义小说的开端，奠定了其在欧洲文学史上的特殊地位。

继文艺复兴之后，19世纪，西方小说创作迎来了传播人类新理性意识的启蒙运动与浪漫主义新阶段。启蒙运动是新兴资产阶级通过小说艺术进行的第二次反对宗教神学和封建独裁的激烈斗争，也是文艺复兴运动的继续，为欧洲资产阶级革命作了思想准备。代表作家有法国的孟德斯鸠、伏尔泰、狄德罗、卢梭、博马舍，英国的笛福、斯威夫特、菲尔丁，德国的莱辛、席勒和歌德等。他们的小说既宣扬了人类思想体系理论，又再现了当时生活的各个侧面。代表作品有英国笛福的英国现实主义小说《鲁滨逊漂流记》、斯威夫特的讽刺小说《格列佛游记》、法国卢梭的小说《新爱洛伊丝》《忏悔录》、德国歌德的《少年维特的烦恼》、席勒的《强盗》。

19世纪浪漫主义小说是指欧洲资产阶级革命时代的西方小说。从文学思潮看，浪漫主义小说掀起了群众性艺术思想运动。这一时期出现了华兹华斯、柯勒律治、夏多布里昂、茹科夫斯基、雨果、拜伦、雪莱、普希金等作家，其作品给小说理论和实践带来了不同凡响的创新意义。雨果的著名论点"浪漫主义的真正定义不过是文学上的自由主义而已"代表了时代的心声。反对伪古典主义更成为这一阶段小说领域的一场重大革新，后世作家受益匪浅。代表作品有法国雨果的《悲惨世界》《巴黎圣母院》、法国大仲马的《三个火枪手》《基督山伯爵》)、法国乔治·桑的《安吉堡磨工》、英国艾米莉·勃朗特的《呼啸山庄》、俄国屠格涅夫的《罗亭》《贵族之家》《前夜》《父与子》。

19世纪批判现实主义小说是指作家以创作为武器，经过对现实冷静、理智的观察与思考，深刻地揭示社会矛盾与金钱罪恶，表现出愤世嫉俗的批判倾向的小说。在批判现实主义文学思潮下，代表作品有法国司汤达的《红与黑》、巴尔扎克的《人间喜剧》，两位作家在19世纪西欧现实主义文学领域成就最高、影响最大，福楼拜的《包法利夫人》也是法国重要的现实主义代表作。此外，现实主义代表作还有法国莫泊桑的《羊脂球》、英国狄更斯的《艰难时世》《匹克威克先生外传》《大卫·科波菲尔》、萨克雷的《名利场》、夏洛蒂·勃朗特的《简·爱》、托马斯·哈代的《德伯家的苔丝》、美国斯托夫人的《汤姆叔叔的小屋》、美国马克·吐温《哈克贝利·费恩历险记》、美国欧·亨利的《警察与赞美诗》等。

19世纪30年代至20世纪90年代，盛行现实主义小说，该时期盛行界限分明的两大文学思潮，即从1830年前后英法资产阶级获得统治权至十月革命前夕的批判现实主义文学思潮，以及从十月革命前夕到1991年苏联解体的社会主义现实主义文学思潮。

俄国的批判现实主义文学不同于西欧，作品多反映农奴制的没落和城市沙皇官僚群体的腐败，表现革命分子的觉醒、小人物的命运，其思想主旨是关注社会前途和人的价值，探索俄国的出路，代表作品有普希金的《叶甫盖尼·奥涅金》、屠格涅夫的《罗亭》、冈察洛夫的《奥勃洛摩夫》、果戈里的《死魂灵》、契诃夫的《装在套子里的人》、列夫·托尔斯泰的《战争与和平》《安娜·卡列尼娜》和《复活》等。

随着苏联十月革命的胜利而出现的社会主义及现实主义文学思潮，是世界文学史发展到新阶段的必然产物。该思潮从19世纪末期发轫，其理论纲领在20世纪30年代形成，被苏联全国第一次作家代表大会确定为文学创作和文学批评的指导方针，要求作家学习马克思主义，树立共产主义世界观；作品要再现生活真实，与人民同呼吸共命运，具有强烈的社会责任感和使命感，弘扬人道主义思想、社会主义现实主义，刻画从事社会主义革命和建设的新人。

这一时期杰出的代表作有高尔基的小说《母亲》、尼古拉·奥斯特洛夫斯基的小说《钢铁是怎样炼成的》、阿·托尔斯泰的小说《苦难历程》、法捷耶夫的小说《青年近卫军》、肖洛霍夫的小说《静静的顿河》等。

20世纪，外国小说呈现多元化发展态势。20世纪初，批判现实主义小说还在盛行，社会主义现实主义、现代主义小说同时兴起，形成了三大思潮，互相排斥又彼此渗透。现代主义小说由多种具体流派松散地组合而成，各流派思想倾向和美学主张的共同点是向传统理性观念和群体人学发起挑战，旨在表现意识之下的深层情感，探索心理的深层真实，在艺术手段和技巧上追求新奇鲜见。第二次世界大战后的后现代主义小说是继现代主义小说的衰落而崛起的新派，它既是现代主义文学思潮的延续，又超越了现代主义文学思潮，多年来尚无定论。这一时期的作家深受奥地利心理学家弗洛伊德和瑞士"人格分析心理学创始人"荣格的影响，作品致力于表现生命个体深邃的精神世界，尤其注重表达人类意识和潜意识领域的个体真实。杰出作品有象征主义代表作家波德莱尔的小说《恶之花》、艾略特的小说《荒原》等；表现主义代表作家卡夫卡的小说《变形记》《城堡》；魔幻现实主义代表作家马尔克斯的小说《百年孤独》、奥尼尔的小说《毛猿》等；意识流小说代表作家普鲁斯特的小说《追忆似水年华》、乔伊斯的《尤利西斯》、福克纳的《喧哗与骚动》、伍尔夫的小说《达洛维夫人》《墙上的斑点》《到灯塔去》《海浪》等；超现实主义先驱布勒东的小说《娜嘉》；存在主义代表作家萨特的《厌恶》、加缪的《局外人》等；新小说派代表作家罗伯·格里耶的小说《橡皮》、萨洛特的小说《马尔特罗》等；黑色幽默代表作家海勒的小说《第二十二条军规》；后现代主义代表作家博尔赫斯的小说《交叉小径花园》等。

跨世纪的外国文学艺术仍在追求人类精神解放和心灵自由的道路上前进，现实主义、浪漫主义和后现代主义的汇流共处，呈现冲撞又融合、排斥又渗透的多元状态。

二、小说的审美特征

(一) 细致而多角度地刻画人物

人类是社会生活的主体和主宰，小说要反映以人为中心的纷繁复杂的社会生活，再现社会生活的原貌，揭示社会生活的本质，因此，小说以现实中形形色色的人物作为描写对象。在社会生活中，人是丰富的统一体，不仅有行为、神态等动态的外在活动，还有思维、意识等微妙的内心活动；在现实生活中，人是一切社会关系的总和，人必定要与不同思想、地位、性格、命运的人形成各种复杂的社会关系。因此，细致地刻画人物形象是小说突出的审美特征。

与诗歌、散文相比，小说不仅能够细致入微地展现人物的外在表现，而且能够把笔触延伸到人物的内心世界。通过深层次心理描写，小说可以多角度地塑造有血有肉的人物形象，这是小说独具的艺术特征，其他文体难以企及。从特定环境中的人物活动到不同环境中的人物行为，从物质生活到精神领域，从个人性情到社会关系，小说都可以不受时间和空间的限制，从各个角度进行细腻描写，交叉使用各种文学手段进行刻画。

(二) 完整而多变地铺叙情节

小说要细致而多角度地刻画人物性格，就必须借助于完整而多变的故事情节，因为人物个性通常在具体的矛盾冲突中才能表现出来。矛盾冲突越激烈，人物的个性表现就越充分，而矛盾冲突往往是通过小说完整而多变的故事情节来展开的。小说情节一般呈现"开端、发展、高潮、结局"完整连贯的模式，人物的个性变化可以通过小说情节得到饱满充分的立体展示。

与叙事诗和叙事散文相比，小说的情节表现更完整、更复杂也更连贯。叙事诗一般受韵律的限制，故事情节虽然完整，但很难像小说一样布局错综复杂；叙事散文一般受真人真事的限制，篇幅虽然有所加长，但布局的复杂性和情节的连贯性也无法和小说相比。唯有小说，能够比上述文学样式更为全面、更为细致地刻画人物的思想性格，展现人物的关系和命运变化，尤其是长篇小说，往往头绪纷繁，描述事件的主线、副线交叉出现，跌宕回旋，能够更为完整地表现错综复杂的生活事件和矛盾冲突，从而更加广泛地反映社会生活。

(三) 具体而生动地描写环境

小说要刻画人物性格、叙述故事情节，就必须描写具体的环境，因为人是在一定的环境中生存和生活的，事件也是在一定的环境中得以发生和发展的。在小说里，只有生动地描写环境，才能真实地表现人物和事件的特征，才能深刻地揭示人物的活动和矛盾冲突发生、发展的原因和背景。小说一般通过典型环境的具体描写来展开情节，刻画典型人物。人的生长环境不同，其个性必然产生差异，小说塑造的典型环境是人物活动的舞台，也是人物性格形成的基础和情节发展的依托。环境是小说不可或缺的因素，具体而生动地描写环境是小说的又一重要审美特征。

一般来说，典型环境包括人物所处的时代氛围、人与人之间复杂关系形成的社会环境和活动场所、自然景物等生活环境，这些因素交融汇集在一起，使得小说较其他文体更能具体而生动地描写环境，真实而细腻地打造生活氛围。

第二节　小说的欣赏角度

一、环境模塑

恩格斯首次提出的"真实地再现典型环境中的典型人物"命题，成为后世文学创作普遍应用的重要原则。文学创作应真实反映社会本质，刻画体现时代精神的典型人物。在小说创作中，塑造人物形象所需的典型环境包括与人物相适应的社会环境和自然环境两方面。其中，社会环境指作家所描写的某一特定时期、特定地区的社会制度、生产关系、人际关系、文化教育和风俗习惯等的总和；自然环境指根据小说的需要而描写的人物所处的场所和故事发生的场所，包括自然景物、四季轮回、星辰灯光、城镇田舍等。

据我看来，现实主义的意思是，除细节的真实外，还要真实地再现典型环境中的典型人物。

(德国 恩格斯《致玛·哈克奈斯》)

读者在欣赏小说时，要研究环境是如何为刻画典型人物、表现主题思想而服务的。为了让人物活灵活现，作家通常模塑现实里的环境，把生活真实经过艺术加工、提炼再写入作品，提高作品的真实可信度，即实现艺术的真实。艺术的真实是真实地再现典型环境，也是典型人物活动、情节发展的基础。

优秀的小说不仅会塑造出千变万化、引人入胜的典型环境，还会打造出一个能充分交代人物身份、刻画人物性格、丰富人物形象、提供人物活动的空间，从而恰到好处地烘托出人物特定的心情，推进人物行动发展，暗示人物的命运。作品模塑的环境所呈现的不同情境、声响、氛围等，可以更好地引导读者分析人物的内心和作品的主题。

二、主题思想

小说的主题是小说模塑的社会生活情境中显现的中心思想或主导情感，即小说蕴含的主要思想意义。小说主题贯穿整部作品，读者想要真正理解和把握作品，就必须先从主题入手，深入挖掘小说形象的内在意蕴以及作者的思想感情。

作者在创作意图的引导下，需要选择、整合题材，再通过环境打造、情节设计来刻画人物形象，表达思想感情，在这一过程中起主导作用的就是小说主题。小说主题蕴含在小说创作的每一个环节里，而非通过文本特意指出，所以小说主题含蓄蕴藉，表现出丰富、多义、深刻的审美属性。优秀的小说通常不只有单一的主题，而是有多个或更复杂的主题。在这种情况下，通常有一个贯穿全书、处于中心地位的正主题，还有一个或多个围绕正主题表现出来的副主题。读者在欣赏小说时，只有沉浸在作者创造的规定情景里，充分发挥联想和想象，才能体会小说丰富又凝练的主题。

作者在创作时，需要根据创作意图对题材进行艺术调度，突出所要表达的思想情感。作者所处的时代、阶层大不相同，作者的立场和创作角度也不同，因此小说的主题会带有鲜明的时代印记、强烈的作者情感倾向与个体认知。此外，主题的形成还取决于作者的生活实践和世界观。作者在世界观的指引下，需要体察、研究生活实践中的事件，形成思想倾向和审美情感，借助小说文本加以表达。古人常说文以载道，读者在欣赏小说时，更要关注小说主旨的社会意义，关注道德、义理等有益于人格修养的指引。

三、人物刻画

小说是一种富有娱乐化和大众化审美特征的文学样式，为读者塑造了形形色色、个性鲜明的典型形象。典型人物的塑造决定了小说的高度，优秀作品的典型人物都是多义与多变的，作者通过典型人物揭示的社会生活也具有生动性、概括性和深刻性。典型人物的性格形成与发展的过程中通常有一个比较稳定的性格轴心，同时呈现不同的性格侧面和性格层次，这个典型人物来自生活，具有社会中某类人的共性，又具有独特的个性，这些性格要素相互交织融合，才能构成一个让人过目不忘、鲜活饱满的人物形象，吸引读者在阅读中充满惊奇与期待。

读者在欣赏小说时，准确把握人物形象是准确把握小说主题的重要途径，既要分析典型人物的共性，更要着眼于典型人物的个性。"听其言""察其行""观其色"是品鉴小说典型人物的有效方法，着力分析作者对人物外貌、语言、动作、心理等方面的描写，才能真正理解和把握人物。此外，读者还要把典型人物放在小说中与他人对比、放在模塑环境的关系里进行考察，如此才能在心中建立起一个性格完整、栩栩如生的人物形象。

四、情节结构

小说情节指作品描写的事件发展、演变的全过程，用以展示人物性格，表现作品主题。读者在欣赏小说时，深入研究小说情节结构是理解小说丰富意蕴的关键。

小说以塑造具有独特个性的人物形象为核心，而人物性格的展现需要借助情节来完成，情节是小说中最复杂的要素之一。传统的小说情节结构，按其发展过程分为"开端—发展—高潮—结局"四个阶段，情节在各个阶段起到不同的作用，以增加小说叙事在不同阶段的传奇性和生动性。美国新批评派学者布鲁克斯和沃伦在《小说鉴赏》一书中，对这四个阶段分别做了阐释。

情节的开始阶段叫做破题，即对小说将要由此得到发展的那些假设加以"阐明"。中间阶段叫做开展，亦即趋于复杂的过程，因为它在通向稳定的过程中遇到了日益增多的困难……正当某些事情不得不发生，某些事情不得不垮掉的时候，情节却愈益复杂地朝着某一时刻、某一事件移动。只要小说一转向它的解决方向发展，这一时刻就达到了最高度的紧张状态。这就叫作——高潮。结尾阶段——结局给予我们的，就是矛盾发展的结果，问题的圆满解决，以及建立了一种新的稳定的基础。

(美国 布鲁克斯、沃伦《小说鉴赏》)

小说的情节结构模式还有一种，即"序幕—开端—发展—高潮—结局—尾声"。采用这种模式，小说叙事更加饱满完整。但小说的情节有无穷无尽的变化，优秀的小说情节更是一波三折、跌宕起伏，如"欧·亨利"式的情节展开，出乎意料又在情理之中，读者先被引入作者预先设定的情境，判定事件走向，随后小说情节发生突转，出其不意地揭示真相，读者产生一种恍然大悟的审美体验。还有的小说作者刻意在情节上留有空白，故事却仍然在继续，所谓"意到笔不到"，给读者欲罢不能、留有思索的再创作空间。所以读者在欣赏小说时，不可生搬硬套情节结构，应针对具体作品情节具体分析。

现实生活中，事件发生有着固定的时空秩序，通常是按照时间的推移而发展的。虽然小说要模塑客观生活里的真实，但作者可以根据创作意图和主题表现的需要尽情铺排情节，巧妙地剪裁，也可采取倒叙、插叙或补叙等方法，使故事情节结构发生时空上的倒错，从而吸引读者参与情节结构的再创作，并通过联想或想象还原有机完整的情节结构。

读者在欣赏小说时，还要注重研究情节节奏，张弛有度、快慢有致的节奏可以增添情节的戏剧性效果，更加引人入胜。情节的节奏由小说表现的各种矛盾所决定，在背景介绍、事件转换、向纵深推进故事以及交代人物结局时，作者一般采用快节奏情节，以达到凝练的效果；在叙述中心事件或故事高潮、展示矛盾冲突时，作者通常采用慢节奏情节，叙事速度趋缓，对情节精雕细刻，以便给读者留下深刻的印象。优秀的小说作品情节的节奏始终在快与慢之间不断跳脱变化，读者在欣赏小说时，会产生一种跌宕起伏、紧张新奇的阅读体验。

第三节 小说作品欣赏

一、世说新语三则

刘义庆(403—444)，字季伯，彭城(今江苏省徐州市)人，南朝宋武帝刘裕之侄，长沙景王刘道怜之子，出嗣给临川烈王刘道规，袭封临川王。史称刘义庆自幼聪明过人，受到伯父刘裕的赏识。《宋书》记载他"性简素，寡嗜欲，爱好文艺，才词虽不多，然足为宗室之表"。刘义庆著有《幽明录》《世说新语》《江左名士传》《后汉书》《徐州先贤传》等。

《世说新语》是六朝时期最具代表性并且保存最完整的志人小说集。它记载了汉末、三国、两晋时期士族阶层的逸闻轶事，共三卷，按内容分为德行、言语、政事、文学等36门，从方方面面展示了当时士族的生活状态及精神风貌。

嵇中散①临刑东市②，神气不变，索琴弹之，奏广陵散。曲终曰："袁孝尼③尝请学此散，吾靳固不与，广陵散于今绝矣！"太学生三千人上书，请以为师，不许。文王④亦寻悔焉。(《雅量》)

孙子荆⑤以有才，少所推服⑥，唯雅敬王武子⑦。武子丧时名士无不至者。子荆后来，临尸恸哭，宾客莫不垂涕。哭毕，向床曰："卿常好我作驴鸣，今我为卿作。"体似真声，宾客皆笑。孙举头曰："使君辈存，令此人死！"(《伤逝》)

王子猷⑧居山阴⑨，夜大雪，眠觉⑩，开室，命酌酒，四望皎然。因起仿徨，咏左思《招隐》诗，忽忆戴安道⑪。时戴在剡⑫，即便夜乘小船就之。经宿方至⑬，造门不前而返。人问其故，王曰："吾本乘兴而行，兴尽而返，何必见戴？"(《王子猷居山阴》)

【注释】

① 嵇中散：嵇康(224—263，一说223—262)，字叔夜，谯国铚县(今安徽濉县，又有安徽宿州市西一说)人，魏晋玄学的代表人物，"竹林七贤"之一，著名的文学家、思想家、音乐家。

② 东市：汉代在长安东市处决犯人，后以东市指刑场。

③ 袁孝尼：名准，字孝尼，三国魏人，曾经想向嵇康学习《广陵散》。

④ 文王：司马昭。

⑤ 孙子荆：名楚，太原中都(今山西省平遥县西北)人，史称其"才藻卓绝，爽迈不群"。

⑥ 推服：推崇佩服。

⑦ 王武子：名济，太原晋阳(今山西省太原市)人，名士，西晋大将军王浑的次子。

⑧ 王子猷：王徽之，字子猷，王羲之子。

⑨ 山阴：在今浙江绍兴市。

⑩ 眠觉：睡醒。

⑪ 戴安道：戴逵，字安道，谯郡铚(今安徽省宿州市)人，博学多艺，隐居不仕。

⑫ 剡：今浙江嵊州。

⑬ 经宿不至：经过一夜才到。

【作品鉴赏】

《世说新语》以其丰富生动的内容、传神入微的艺术手法，为我们细腻地勾勒出魏晋时期独特的社会风貌。在这样一个美的自觉的时代，孕育出众多个性鲜明而又魅力四溢的人物形象，他们自由洒脱、独立不羁、超尘脱俗。

我们在那么多脍炙人口的人物描摹中，选取了三则：嵇康超然物外，视死如归，临终一曲，给他的人生画上了一个圆满的句号；孙楚于葬礼之上作驴鸣而"宾客皆笑"，不拘礼法而凭吊友人；王徽之雪夜访戴却不至，率性如此！

【汇评】

读《史记》之后，或难为《汉书》，读《汉书》之后，且不可看他史。今古风流，惟有晋代，至读其正史，板质冗木，如工作《瀛洲学士图》，面面肥皙，虽略具老少，而神情意态，十八人不甚分别。

前宋刘义庆撰《世说新语》，专罗晋事，而映带汉魏间十数人，门户自开，科条另定。其中顿置不安，征传未的，吾不能为之讳；然而小摘短拈，冷提忙点，每奏一语，几欲起王、谢、桓、刘诸人之骨，——呵活眼前而毫无追憾者。又说中本一俗语，经之即文；本一浅语，经之即蓄；本一嫩语，经之即辣；盖其牙室利灵，笔颠老秀，得晋人之意于言前，而因得晋人之言于舌外，此小史中之徐夫人也。(明·王思任《世说新语序》)

《世说新语》第今本凡三十八篇，自《德行》至《仇隙》，以类相从，事起后汉，止于东晋，记言则玄远冷俊，记行则高简瑰奇，下至缪惑，亦资一笑。孝标作注，又征引浩博。或驳或申，映带本文，增其隽永，所用书四百余种，记言则玄远，记行则种，今又多不存，故世人尤珍重之。(鲁迅《中国小说史略》)

【拓展阅读】

魏晋风度及文章与药及酒之关系(节选)

鲁迅

汉末魏初这个时代是很重要的时代，在文学方面起一个重大的变化，因当时正在黄巾和董卓大乱之后，而且又是党锢的纠纷之后，这时曹操出来了。不过我们讲到曹操，很容易就联想起《三国志演义》，更而想起戏台上那一位花面的奸臣，但这不是观察曹操的真正方法。现在我们再看历史，在历史上的记载和论断有时也是极靠不住的，不能相信的地方很多，因为通常我们晓得，某朝的年代长一点，其中必定好人多；某朝的年代短一点，其中差不多没有好人。为什么呢？因为年代长了，做史的是本朝人，当然恭维本朝的人物了，年代短了，做史的是别朝的人，便很自由地贬斥其异朝的人物，所以在秦朝，差不多在史的记载上半个好人也没有。曹操在史上的年代也是颇短的，自然也逃不了被后一朝人说坏话的公例。其实，曹操是一个很有本事的人，至少是一个英雄，我虽不是曹操一党，但无论如何，总是非常佩服他。

董卓之后，曹操专权。在他的统治之下，第一个特色便是尚刑名。他的立法是很严的，因为当大乱之后，大家都想做皇帝，大家都想叛乱，故曹操不能不如此。曹操曾经自己说过"倘无我，不知有多少人称王称帝！"这句话他倒并没有说谎。因此之故，影响到文章方面，成了清峻的风格。就是文章要简约严明的意思。

此外还有一个特点，就是尚通脱。他为什么要尚通脱呢？自然也与当时的风气有莫大的关系。因为在党锢之祸以前，凡党中人都自命清流，不过讲"清"讲得太过，便成固执，所以在汉末，清流的举动有时便非常可笑了。

比方有一个有名的人，普通的人去拜访他，必要说几句话，倘这几句话说得不对，往往会遭倨傲的待遇，叫他坐到屋外去，甚而至于拒绝不见。

又如有一个人，他和他的姊夫是不对的，有一回他到姊姊那里去吃饭之后，便要将饭钱算回给姊姊。她不肯要，他就于出门之后，把那些钱扔在街上，算是付过了。

个人这样闹闹脾气还不要紧，若治国平天下也这样闹起执拗的脾气来，那还成甚么话？所以深知此弊的曹操要起来反对这种习气，力倡通脱。通脱即随便之意。此种提倡影响到文坛，便产生大量想说甚么便说甚么的文章。

更因思想通脱之后，废除固执，遂能充分容纳异端和外来思想，故孔教以外的思想源源引入。

总括起来，我们可以说汉末魏初的文章是清峻，通脱。在曹操本身，也是一个改造文章的祖师，可惜他的文章传的很少。他胆子很大，文章从通脱得力不少，做文章时又没有顾忌，想写的便写出来。

所以曹操征求人才时也是这样说，不忠不孝不要紧，只要有才便可以。这又是别人所不敢说的。曹操作诗，竟说是"郑康成行酒伏地气绝"，他引出离当时不久的事实，这也是别人所不敢用的。还有一样，比方人死时，常常写点遗令，这是名人的一件极时髦的事。当时的遗令本有一定的格式，且多言身后当葬于何处，或葬于某某名人的墓旁；操独不然，他的遗令不但没有依着格式，内容竟讲到遗下的衣服和伎女怎样处置等问题。

陆机虽然评曰"贻尘谤于后王"，然而我想他无论如何是一个精明人，他自己能做文章，又有手段，把天下的方士文士统统搜罗起来，省得他们跑在外面给他捣乱。所以他帷幄里面，方士文士就特别地多。

魏文帝曹丕，以长子而承父业，篡汉而即帝位。他也是喜欢文章的。其弟曹植，还有明帝曹叡，都是喜欢文章的。不过到那个时候，于通脱之外，更加上华丽。丕著《典论》，现已失散无全本，那里面说，"诗赋欲丽""文以气为主"。《典论》的零零碎碎，在唐宋类书中；一篇整的《论文》，在《文选》中可以看见。

后来有一般人很不以他的见解为然。他说诗赋不必寓教训，反对当时那些寓训勉于诗赋的见解，用近代的文学眼光来看，曹丕的一个时代可说是"文学的自觉时代"，或如近代所说是为艺术而艺术(art for art's sake)的一派。所以曹丕做的诗赋很好，更因他以"气"为主，故于华丽以外，加上壮大。归纳起来，汉末，魏初的文章，可说是："清峻，通脱，华丽，壮大。"在文学的意见上，曹丕和曹植表面上似乎是不同的。曹丕说文章事可以留名声于千载；但子建却说文章小道，不足论的。据我的意见，子建大概是违心之论。这里有两个原因，第一，子建的文章做得好，一个人大概总是不满意自己所做而羡慕他人所为的，他的文章已经做得好，于是他便敢说文章是小道；第二，子建活动的目标在于政治方面，政治方面不甚得志，遂说文章是无用了。

曹操曹丕以外，还有下面的七个人：孔融，陈琳，王粲，徐干，阮瑀，应玚，刘桢，都很能做文章，后来称为"建安七子"。七人的文章很少流传，现在我们很难判断；但，大概都不外是"慷慨""华丽"罢。华丽即曹丕所主张，慷慨就因当天下大乱之际，亲戚朋友死于乱者特多，于是为文就不免带着悲凉，激昂和"慷慨"了。

七子之中，特别的是孔融，他专喜和曹操捣乱。曹丕《典论》里有论孔融的，因此他也被拉进"建安七子"一块儿去。其实不对，很两样的。不过在当时，他的名声可非常之大。孔融作文，喜用讥嘲的笔调，曹丕很不满意他。孔融的文章现在传的也很少，就他所有的看起来，我们可以瞧出他并不大对别人讥讽，只对曹操。比方操破袁氏兄弟，曹丕把袁熙的妻甄氏拿来，归了自己，孔融就写信给曹操，说当初武王伐纣，将妲己给了周公了。操问他的出典，他说，以今例古，大概那时也是这样的。又比方曹操要禁酒，说酒可以亡国，非禁不可，孔融又反对他，说也有以女人亡国的，何以不禁婚姻？

聚焦：

《世说新语》与《魏晋风度及文章与药及酒之关系》都从不同角度反映和探讨了魏晋时

期的社会文化、人物风采以及思想特点，以帮助读者更好地了解那个时代的风貌。

【思考与练习】

1. 分析这三则故事的人物描写。

提示：

在第一则故事中，潘岳(潘安)被描绘为妙有姿容、神情俊逸的人物。他少时挟弹出游，引得妇人连手共萦，展现了其出众的外貌和魅力。相比之下，左思(左太冲)则因相貌丑陋而遭到群妪唾弃，这一对比描写突出了潘岳的美貌，与左思才华虽高但外貌不佳形成鲜明对比。

在第二则故事中，王粲(王仲宣)被刻画成一个喜爱驴鸣的文人，因此，曹丕和曹植在他死后让参加丧事的人各学一声驴鸣来为他送行。这一细节描写不仅展现了王粲的个性和爱好，也体现了当时文人间深厚的情谊和对逝者的尊重。

在第三则故事中，曹操被刻画成一个机智多变、擅长权谋的人物。他因自感形陋而让崔季珪代见匈奴使，自己则捉刀立于床头。匈奴使一眼便识破真相，称赞捉刀人为真英雄。这一描写不仅展现了曹操的机智和权谋，也暗示了他对人才的赏识和嫉恨聪明人的复杂心理。

2. 以这三则故事为例，分析《世说新语》的语言特色。

提示：

《世说新语》的语言特色在上述三则故事中体现得淋漓尽致，其语言简洁明快、生动传神，以寥寥数语便能勾勒出人物的神韵和性格。例如，通过描写嵇中散临刑前"神气不变，索琴弹之"，展现其超凡脱俗的雅量和从容不迫的风度；通过描写孙子荆模仿驴鸣的举动和"使君辈存，令此人死"的豪言壮语，将其率真与不羁表现得淋漓尽致；通过描写王子猷雪夜访戴、兴尽而返，使其任性率真的形象跃然纸上。《世说新语》的语言富有表现力，善于运用对话和动作描写来刻画人物，使人物形象栩栩如生。例如，嵇中散的"袁孝尼尝请学此散，吾靳固不与"，《广陵散》于今绝矣的慨叹，孙子荆的驴鸣之声，王子猷的"吾本乘兴而行，兴尽而返"，都言简意赅，富有韵味。

3. 查阅相关资料，谈谈什么是"魏晋风度"？

提示：

"魏晋风度"是指魏晋时期名士们所展现的一种独特的生活态度和精神风貌。魏晋风度体现在多个方面，如名士们的言谈举止、生活情趣、文学创作等。他们善于清谈，追求言简意赅、言近旨远的表达方式；他们热爱自然，寄情山水，以自然之美来抒发内心的情感；他们崇尚简约，追求生活的艺术化和精致化。此外，魏晋风度还体现在名士们对待生死、名利等问题的态度上。他们看淡生死，认为生死有命，富贵在天，不刻意追求功名利禄，而是更加注重内心的平和与自由。魏晋风度是一种追求个性自由、精神独立、简约自然的生活态度和精神风貌。它体现了魏晋时期名士们对生命、自然、社会的独特理解和感悟，是中国传统文化中一道独特的风景线。这种风度不仅影响了当时的社会风气和文化氛围，也对后世产生了深远的影响。

二、莺莺传

元稹(779—831)，字微之、威明，河南洛阳(今河南省洛阳市)人，鲜卑族，北魏昭成帝拓跋什翼犍十九世孙，唐朝时期大臣、诗人、文学家、小说家。元稹出身于中小官僚家庭，聪明过人，年少即有才名，曾一度官至宰相，但也多次被贬谪。

元稹与白居易共同倡导新乐府运动，世称"元白"，其诗作号为"元和体"。元稹在诗歌、小说、散文、文学批评等方面都卓有成就，其中诗歌成就最为突出。元稹的诗歌内容广泛，包括讽喻诗、悼亡诗、艳诗等，尤其是他的悼亡诗，言辞浅近，却情真意切，对后世影响较大。元稹的作品多采用平易浅显的语言、生动自然的描写以及纯熟的叙事技巧，具有独特的艺术风格。著有《莺莺传》《离思五首》《遣悲怀三首》等。

贞元中，有张生者，性温茂，美风容，内秉坚孤，非礼不可入①。或朋从游宴，扰杂其间，他人皆汹汹拳拳，若将不及②，张生容顺而已，终不能乱。以是年二十三，未尝近女色。知者诘之，谢而言曰："登徒子非好色者③，是有凶行；余真好色者，而适不我值。何以言之？大凡物之尤者，未尝不留连于心，是知其非忘情者也。"诘者识之。

无几何，张生游于蒲④。蒲之东十余里，有僧舍曰普救寺，张生寓焉。适有崔氏孀妇，将归长安，路出于蒲，亦止兹寺。崔氏妇，郑女也。张出于郑，绪其亲，乃异派之从母。是岁，浑瑊⑤薨于蒲。有中人丁文雅，不善于军，军人因丧而扰，大掠蒲人。崔氏之家，财产甚厚，多奴仆。旅寓惶骇，不知所托。先是，张与蒲将之党有善，请吏护之，遂不及于难。

十余日，廉使杜确将天子命以总戎节⑥，令于军，军由是戢⑦。郑厚张之德甚，因饰馔以命张，中堂宴之。复谓张曰："姨之孤嫠未亡⑧，提携幼稚。不幸属师徒大溃，实不保其身。弱子幼女，犹君之生。岂可比常恩哉！今俾以仁兄礼奉见，冀所以报恩也。"命其子，曰欢郎，可十余岁，容甚温美。次命女："出拜尔兄，尔兄活尔。"久之，辞疾。郑怒曰："张兄保尔之命。不然，尔且掳矣，能复远嫌乎？"久之，乃至。常服睟容⑨，不加新饰，垂鬟接黛，双脸稍红而已。颜色艳异，光辉动人。张惊，为之礼。因坐郑旁。以郑之抑而见也，凝睇怨绝，若不胜其体者。问其年纪，郑曰："今天子甲子岁之七月，终于贞元庚辰⑩，生年十七矣。"张生稍以词导之，不对。终席而罢。

张自是惑之，愿致其情，无由得也。崔之婢曰红娘，生私为之礼者数四，乘间遂道其衷。婢果惊沮，腆然而奔。张生悔之。翼日，婢复至。张生乃羞而谢之，不复云所求矣。婢因谓张曰："郎之言，所不敢言，亦不敢泄。然而崔之姻族，君所详也。何不因其德而求娶焉？"张曰："余始自孩提，性不苟合。或时纨绮闲居，曾莫流盼。不为当年，终有所蔽。昨日一席间，几不自持。数日来行忘止，食忘饱，恐不能逾旦暮，若因媒氏而娶，纳采问名，则三数月间，索我于枯鱼之肆矣⑪。尔其谓何？"婢曰："崔之贞慎自保，虽所尊不可以非语犯之。下人之谋，固难入矣。然而善属文，往往沉吟章句，怨慕者久之。君试为喻情诗以乱之。不然，则无由也。"张大喜，立缀《春词》二首以授之。是夕，红娘复至，持彩笺以授张，曰："崔所命也。"题其篇曰《明月三五夜》。其词曰：待月西厢下，迎风户半开。拂墙花影动，疑是玉人来。张亦微喻其旨。是夕，岁二月旬有四日矣。

崔之东有杏花一株，攀援可逾。既望之夕，张因梯其树而逾焉。达于西厢，则户半开矣。红娘寝于床。生因惊之，红娘骇曰："郎何以至？"张因绐之曰："崔氏之笺召我也。尔为我告之。"无几，红娘复来，连曰："至矣，至矣！"张生且喜且骇，必谓获济。及崔至，则端服严容，大数张曰："兄之恩，活我之家，厚矣。是以慈母以弱子幼女见托。奈何因不令之婢，致淫逸之词？始以护人之乱为义，而终掠乱以求之。是以乱易乱，其去几何？诚欲寝其词，则保人之奸，不义。明之于母，则背人之惠，不祥。将寄于婢仆，又惧不得发其真诚。是用托短章，愿自陈启。犹惧兄之见难，是用鄙靡之词，以求其必至。非礼之动，能不愧心？特愿以礼自持，毋及于乱！"言毕，翻然而逝。张自失者久之。复逾而出，于是绝望。

数夕，张生临轩独寝，忽有人觉之，惊骇而起，则红娘敛衾携枕而至。抚张曰："至矣，至矣！睡何为哉！"并枕重衾而去。张生拭目危坐久之，犹疑梦寐，然而修谨以俟。俄而红娘捧崔氏而至，至则娇羞融冶，力不能运支体，曩时端庄⑫，不复同矣。是夕，旬有八日也。斜月晶莹，幽辉半床。张生飘飘然，且疑神仙之徒，不谓从人间至矣。有顷，寺钟鸣，天将晓。红娘促去。崔氏娇啼宛转，红娘又捧之而去，终夕无一言。张生辨色而兴，自疑曰："岂其梦邪？"及明，睹妆在臂，香在衣，泪光荧荧然，犹莹于茵席而已。是后又十余日，杳不复知。张生赋《会真诗》三十韵⑬，未半，而红娘适至，因授之，以贻崔氏。自是复容之，朝隐而出，暮隐而入，同安于曩所谓西厢者，几一月矣。张生常诘郑氏之情，则曰："我不可奈何矣。"因欲就成之。无何，张生将之长安，先以情喻之。崔氏宛无难词，然而愁怨之容动人矣。将行之再夕，不可复见，而张生遂西下。

数月，复游于蒲，会于崔氏者又累月。崔氏甚工刀札，善属文。求索再三，终不可见。往往张生自以文挑，亦不甚睹览。大略崔之出人者，艺必穷极，而貌若不知；言则敏辩，而寡于酬对。待张之意甚厚，然未尝以词继之。时愁艳幽邃，恒若不识，喜愠之容，亦罕形见。异时独夜操琴，愁弄凄恻。张窃听之。求之，则终不复鼓矣。以是愈惑之。张生俄以文调及期，又当西去。当去之夕，不复自言其情，愁叹于崔氏之侧。崔已阴知将诀矣，恭貌怡声，徐谓张曰："始乱之，终弃之，固其宜矣。愚不敢恨。必也君乱之，君终之，君之惠也。则没身之誓，其有终矣。又何必深感于此行？然而君既不怿，无以奉宁。君常谓我善鼓琴，向时羞颜，所不能及。今且往矣，既君此诚。"因命拂琴，鼓《霓裳羽衣》序⑭，不数声，哀音怨乱，不复知其是曲也。左右皆歔欷。崔亦遽止之，投琴，泣下流连，趋归郑所，遂不复至。明旦而张行。

明年，文战不胜，张遂止于京。因贻书于崔，以广其意。崔氏缄报之词，粗载于此，曰：捧览来问，抚爱过深。儿女之情，悲喜交集。兼惠花胜一合⑮，口脂五寸，致耀首膏唇之饰。虽荷殊恩，谁复为容⑯？睹物增怀，但积悲叹耳。伏承使于京中就业，进修之道，固在便安。但恨僻陋之人，永以遐弃。命也如此，知复何言！自去秋以来，常忽忽如有所失。于喧哗之下，或勉为笑语，闲宵自处，无不泪零。乃至梦寐之间，亦多感咽离忧之思。绸缪缱绻，暂若寻常，幽会未终，惊魂已断。虽半衾如暖，而思之甚遥。一昨拜辞，倏逾旧岁。长安行乐之地，触绪牵情。何幸不忘幽微，眷念无斁⑰。鄙薄之志，无以奉酬。至于始终之盟，则固不忒。鄙昔中表相因，或同宴处。婢仆见诱，遂致私诚。儿女之心，不能自固。君子有援琴之挑[18]，鄙人无投梭之拒[19]。及荐寝席，义盛意深。愚陋之情，永谓终托。岂期既见君子，而不能定情，致有自献之羞，不复明侍巾帻。没身永恨，含叹何言！倘仁人用心，俯遂幽眇[20]，虽死之日，犹生之年。如或达士略情[21]，舍小从大，以先配为丑行，以要盟为可欺[22]，则当骨化形销，丹诚不泯[23]，因风委露，犹托清尘[24]。存没之诚，言尽于此。临纸呜咽，情不能申。千万珍重，珍重千万！玉环一枚，是儿婴年所弄，寄充君子下体所佩。玉取其坚润不渝，环取其终始不绝。兼乱丝一絇[25]，文竹茶碾子一枚[26]。此数物不足见珍，意者欲君子如玉之真，弊志如环不解。泪痕在竹，愁绪萦丝，因物达情，永以为好耳。心迩身遐，拜会无期。幽愤所钟，千里神合。千万珍重！春风多厉，强饭为嘉[27]。慎言自保，无以鄙为深念。张生发其书于所知，由是时人多闻之。所善杨巨源好属词[28]，因为赋《崔娘诗》一绝云：

清润潘郎玉不如[29]，中庭蕙草雪消初。

风流才子多春思，肠断萧娘一纸书[30]。

河南元稹亦续生《会真诗》三十韵，诗曰：

微月透帘栊，萤光度碧空。

遥天初缥缈，低树渐葱茏。

龙吹过庭竹，鸾歌拂井桐[31]。

罗绡垂薄雾，环佩响轻风[32]。

绛节随金母，云心捧玉童[33]。

更深人悄悄，晨会雨濛濛。

珠莹光文履，花明隐绣栊[34]。

宝钗行彩凤，罗帔掩丹虹。

言自瑶华浦，将朝碧帝宫[35]。

因游李城北，偶向宋家东[36]。

戏调初微拒，柔情已暗通。

低鬟蝉影动，廻步玉尘蒙[37]。

转面流花雪，登床抱绮丛。

鸳鸯交颈舞，翡翠合欢笼。

眉黛羞偏聚，唇朱暖更融。

气清兰蕊馥，肤润玉肌丰。

无力慵移腕，多娇爱敛躬[38]。

汗光珠点点，发乱绿葱葱。

方喜千年会，俄闻五夜穷[39]。

留连时有恨，缱绻意难终。

满脸含愁态，芳词誓素衷。

赠环明运合，留结表心同。

啼粉流宵镜，残灯远暗虫。

华光犹苒苒，旭日渐曈曈。

乘鹜还归洛，吹箫亦上嵩④。

衣香犹染麝，枕腻尚残红。

幂幂临塘草，飘飘思渚蓬④。

素琴鸣怨鹤，清汉望归鸿④。

海阔诚难度，天高不易冲。

行云无处所，萧史在楼中④。

张之友闻之者，莫不耸异之，然而张志亦绝矣。稹特与张厚，因征其词。张曰："大凡天之所命尤物也，不妖其身，必妖于人。使崔氏子遇合富贵，乘宠娇，不为云、为雨，则为蛟、为螭，吾不知其变化矣。昔殷之辛④，周之幽④，据百万之国，其势甚厚。然而一女子败之④，溃其众，屠其身，至今为天下僇笑④。予之德不足以胜妖孽，是用忍情。"于时坐者皆为深叹。

后岁余，崔已委身于人④，张亦有所娶。适经所居，乃因其夫言于崔，求以外兄见。夫语之，而崔终不为出。张怨念之诚，动于颜色。崔知之，潜赋一章，词曰：

自从消瘦减容光，万转千回懒下床。

不为旁人羞不起，为郎憔悴却羞郎。

竟不之见。后数日，张生将行，又赋一章以谢绝云：

弃置今何道，当时且自亲④。

还将旧来意，怜取眼前人。

自是，绝不复知矣。时人多许张为善补过者。予常于朋会之中，往往及此意者，夫使知者不为，为之者不惑。

贞元岁九月，执事李公垂宿于予靖安里第⑤，语及于是。公垂卓然称异，遂为《莺莺歌》以传之。崔氏小名莺莺，公垂以命篇。

【注释】

① 非礼不可入：凡不合于礼法的事情都不予采纳，不能打动他。

② 若将不及：像来不及表现自己，显现出争先恐后的样子。

③ 登徒子：战国时楚人宋玉《登徒子好色赋》说登徒子的妻子貌丑，登徒子却很喜爱她，和她生了五个孩子，后来人就将"登徒子"作为好色者的代称。

④ 蒲：蒲州，也称河中府，辖今山西省西南部龙门山以南稷山、盐池及永乐以西地区，州治在今永济市。

⑤ 浑瑊：唐将，西域铁勒九姓的浑部人。肃宗时屡立战功，官至兵马副元帅，后来死在绛州节度使任上。绛州节度治所在蒲州。

⑥ 杜确：继浑瑊之后任河中尹兼绛州观察使的官员。

⑦ 戢(jí)：收敛，收藏。

⑧ 孤嫠(lí)未亡：寡妇。孤：孤独。嫠：守寡。未亡：寡妇的自称，即夫已死，自己不应再活下去，不过暂时还未死而已。

⑨ 常服睟(suì)容：平常的服饰，丰润的面貌。

⑩ 甲子岁：唐德宗兴元元年(784年)。庚辰：唐德宗贞元十六年(800年)。

⑪ 索我于枯鱼之肆：喻远水不解近渴。这是《庄子》中的寓言。庄子在路上看见车道沟里有条鱼，鱼叫庄子弄点水救它的命。庄子答应到吴越引西江水来救它。鱼回答："等你引来水，只好到卖干鱼的店铺里去找我了。"

⑫ 曩(nǎng)时：以前，往昔，过去的。

⑬ 三十韵：作旧体律诗，两句一押韵，三十韵就是六十句诗。

⑭ 鼓：弹奏。《霓裳羽衣》序：《霓裳羽衣曲》开始部分。相传《霓裳羽衣曲》为唐玄宗所作。序：乐曲开始的部分。

⑮ 花胜：古时妇女戴在头上的饰花，类似今天的绒花。

⑯ 谁复为容：打扮了又给谁看。

⑰ 眷念无斁(yì)：时刻怀念不忘。无斁：不厌。

⑱ 援琴之挑：《史记·司马相如列传》记载，汉代司马相如曾用弹琴的方法挑逗吸引富人卓王孙的女儿文君，后来文君就随他走了。

⑲ 投梭之拒：晋代谢鲲调戏邻家的女儿，这女子就用织布梭投掷他，打掉他两颗牙齿。故事见《晋书·谢鲲传》。

⑳ 俯遂幽眇：俯遂，迁就成全，使之如愿。幽眇：隐微的心事。全句意思是，体贴自己内心的苦衷，因而委屈地成全婚事。

㉑ 达士略情：达观的人对什么事都看得很随便。

㉒ 要(yāo)盟：用胁迫手段订的盟约。

㉓ 丹诚不泯：赤心不灭。丹诚：忠诚的红心，赤心。不泯：不灭。

㉔ 犹托清尘：犹言你脚下清净高洁的尘土。全句意思是，我死了，还要托身于您脚下的尘土，灵魂跟在你身旁。清尘：对人的敬称。

㉕ 一絇(qú)：一缕。

㉖ 文竹茶碾子：竹制的茶磨。文竹：一种有花纹的竹子，古时用此竹制成一种内圆外方、有槽有轮的碾茶叶用的器具，也称茶磨，茶磨也可用银、铁或木制造。

㉗ 强(qiǎng)饭为嘉：努力加餐饭为好，对身体有益。

㉘ 杨巨源：字景山，蒲州人，官至国子监司业，元稹、白居易的好友，也能写诗。

㉙ 潘郎：晋代文人，名潘岳，字安仁，长得很好看，后人就以潘郎作为"美男子"的代称，这里指张生。

㉚ 萧娘：萧氏是东晋之后，江南名门，唐代常用"萧娘"来泛称女子，这里指崔莺莺。

㉛ 龙吹过庭竹，鸾歌拂井桐：风吹庭前的竹子，发出龙吟的声音；鸾鸟在天井的桐树上歌唱，发出悦耳的声响。

㉜ 罗绡垂薄雾，环佩响轻风：形容莺莺罗衣垂曳，其状如薄雾；佩戴的玉饰被微风吹动作响。

㉝ 绛节随金母，云心捧玉童：仙人仪仗跟随着王母，云霭弥漫簇拥着仙童。绛节：赤节，这里指仙人的仪仗。金母：王母，古人以西方属金，西王母即金母，在此借指莺莺。玉童：借指张生。

㉞ 珠莹光文履，花明隐绣袴：绣鞋上嵌有珠玉一样的饰物，光彩耀目；裤脚的花纹暗藏龙形。文履：绣鞋。

㉟ 言自瑶华浦，将朝碧帝宫：自称来自瑶华浦，将要去朝拜碧玉宫。瑶华浦、碧玉宫：皆仙人居处，在此借指莺莺与张生住处。

㊱ 因游李城北，偶向宋家东：张生游蒲，无意中与莺莺相遇。洛城北：洛水。宋家东：借宋玉《登徒子好色赋》的典故，指张生与莺莺两情相许。

㊲ 低鬟蝉影动，迴步玉尘蒙：低头时如蝉翼般的发鬟在颤动着，行走转动轻如飘起的玉尘。古代少女往往把发鬟梳得像蝉翼一样细致精巧。

㊳ 无力慵移腕，多娇爱敛躬：似若无力而懒懒地将臂腕抬起，美人多喜爱弯曲柔躯。

㊴ 五夜穷：五更已尽。五夜：五更。

㊵ 乘鹜还归洛，吹箫亦上嵩：乘鹜还归洛是以洛神的离去形容崔莺莺回房。鹜：通"凫"。《洛神赋》以"体迅飞凫，飘忽若神"形容洛神体态轻巧。吹箫亦上嵩，借用王子乔的故事来比喻张生的离去。王子乔：名晋，周灵王太子，据《列仙传》载，他好吹笙，曾入嵩山修炼，后在缑氏山乘白鹤仙去。

㊶ 幂幂：草虽盛，终被风吹散，形容野草茂盛。渚蓬：小洲上的蓬草。

㊷ 怨鹤：在此指离别后弹出哀怨曲子。鹤：《别鹤操》，琴曲名。古时商陵牧子娶妻五年无子，父兄将为他别娶，他妻子知道后，夜间来倚户悲泣，牧子伤感而作此曲。清汉：银河。清汉望归鸿，暗借苏武故事，有盼望心上人归来之意。

㊸ 行云：借巫山神女的故事，暗指莺莺已永远离去。萧史：相传萧史为春秋时人，善吹箫，秦穆公把女儿弄玉嫁给他。他每天教弄玉吹箫学凤鸣，后来果然有凤凰飞来，秦穆公就为他们盖了一座凤台，最后弄玉乘凤、萧史乘龙而仙去。在此暗指两人相别、欢会无期，张生只有一人孤处而已。

㊹ 殷之辛：殷纣王，名辛。

㊺ 周之幽：周幽王，名宫涅。

㊻ 一女子败之：纣王宠爱妲己，造鹿台，以酒为池，以肉为林；幽王宠爱褒姒，烽火戏诸侯。这些帝王荒淫无道，以致亡国，所以此处这样说。

㊼ 僇笑：侮辱。

㊽ 委身：出嫁。

㊾ 当时且自亲：当初是你自己要来亲近我、追求我的。

㊿ 执事：本是供使令的人，此处指友人。李公垂：唐代诗人李绅，字公垂，曾任尚书右仆射、门下侍郎等官职。他是元稹、白居易的好友，时相唱和。

【作品鉴赏】

《莺莺传》是唐代文学家元稹创作的一篇传奇之作，在一定程度上反映了唐代社会的生活风貌和价值观念，具有一定的社会写实意义。小说反映了封建社会中男女爱情受到礼教束缚的现实，同时也表达了对自由爱情的向往和追求。作品通过描写张生与崔莺莺的爱情悲剧，揭示了社会的残酷和人性的弱点。

《莺莺传》故事情节曲折，充满了悬念和戏剧性。从张生与莺莺相遇、相恋到最终的分离，一系列事件紧密相连，引人入胜。同时，小说中还穿插了一些次要情节，如张生科举及第等，丰富了故事的内容。文章语言优美，运用了大量的诗词和比喻，增强了小说的艺术感染力，通过细腻的描写塑造了张生、崔莺莺等人物形象，展现了人物的性格特点和情感变化。特别是对崔莺莺的刻画，既表现了她的美丽、聪明和深情，又揭示了她在封建社会中的无奈和悲哀。

【汇评】

明代思想家、文学家李贽："尝言吴道子、顾虎头，只画得有形象的。至如相思情状，无形无象，微之画来的的欲真，跃跃欲有。吴道子、顾虎头，又退数十舍矣。"(《虞初志》卷五)

元稹以张生自寓，述其亲历之境，虽文章尚非上乘，而时有情致，固亦可观，惟篇末文过饰非，遂堕恶趣。而李绅杨巨源辈既各赋诗以张之，稹又早有诗名，后秉节钺，故世人仍多乐道，宋赵德麟已取其事作《商调蝶恋花》十阕(见《侯鲭录》)，金则有董解元《弦索西厢》，元则有王实甫《西厢记》，关汉卿《续西厢记》，明则有李日华《南西厢记》，陆采《南西厢记》等，其他曰《竟》曰《翻》曰《后》曰《续》者尤繁，至今尚或称道其事。(鲁迅《中国小说史略》唐之传奇文)

【拓展阅读】

《李娃传》(作者：白行简)

聚焦：

在中国古代文学长河中，"爱情"这一主题屡见不鲜，且以各种形式呈现。《李娃传》《莺莺传》堪称爱情文学的经典之作。然而，这两部作品在情节和结局上却截然不同。请你阅读这两部作品，并进行比较。

【思考与练习】

1. 简要概括《莺莺传》的故事情节。

提示：

《莺莺传》是唐代文学家元稹创作的一篇传奇小说，讲述了贫寒书生张生与没落贵族女子崔莺莺之间的爱情悲剧。故事起始于张生旅居蒲州普救寺时，当地发生兵乱，张生出力救护了同寓寺中的远房姨母郑氏一家。在郑氏的答谢宴上，张生对表妹莺莺一见倾心，通过婢女红娘传书，几经反复，两人终于走到一起。然而，后来张生赴京应试未中，滞留京师，与莺莺只能以情书来往，互赠信物以表深情。但张生最终变心，认为莺莺是天下之"尤物"，以"德不足以胜妖孽"为由，狠心将她抛弃。一年多后，莺莺另嫁，张生也另娶。一次，张生路过莺莺家门，要求以"外兄"相见，却遭到莺莺的拒绝。数日后，张生离去，莺莺回诗决绝，二人彻底断绝关系。

《莺莺传》以细腻的笔触描绘了张生与崔莺莺之间的爱情纠葛，展现了崔莺莺从柔弱到刚强的性格转变，同时也批判了张生始乱终弃的丑恶行径，反映了封建礼教对女性的束缚和压迫。

2. 分析张生和崔莺莺这两个主要人物的性格特点及人物形象。

提示：

张生表面上温文尔雅，坚守礼教，但内心却充满对美好情感的渴望。他初见崔莺莺便心生爱慕，然而在面对爱情与封建礼教的冲突时，他表现出软弱和动摇。张生追求崔莺莺时热烈而执着，但一旦面临现实困境，如科举考试的压力，他便选择逃避和放弃，最终背弃了崔莺莺，显示出其自私和懦弱的一面。

崔莺莺则是一个敢于冲破封建礼教束缚的女性形象。她身为相国之女，却不顾"父母之命，媒妁之言"，毅然与张生相爱。崔莺莺性格深沉、幽静，同时又不失勇敢和坚定。她在爱情面前毫不退缩，即使面临母亲的强烈反对，也矢志不渝。崔莺莺的形象展现了女性对爱情和自由的渴望，以及她们在面对封建礼教时的反抗精神。

3. 面对现实与爱情的对立，你会如何选择？

提示：

在元稹的《莺莺传》中，张生与崔莺莺的爱情故事展现了现实与爱情之间的深刻冲突。若置身于这样的情境中，我的选择可能会倾向于寻求两者之间的平衡，而非简单地偏向一方。

爱情是美好而纯粹的，它给予我们力量和勇气去面对生活的挑战。然而，现实同样不可忽视，它包含责任、义务和生活的琐碎。在爱情与现实之间，我会努力寻找一个既能维护爱情纯真，又能兼顾现实责任的平衡点。这并不意味着要牺牲爱情或脱离现实，而是要在两者之间做出明智的取舍和妥协。我会尽力保持对爱情的忠诚和热情，同时也不忘履行自己的责任，确保生活的稳定与和谐。当然，每个人的情况都不同，面对现实与爱情的对立时，最重要的是根据自己的价值观和实际情况做出最适合自己的选择。无论做出何种选择，都应保持对爱情和生活的尊重和热爱，努力让两者和谐共存。

三、红楼梦(节选)①

曹雪芹(1715—1763，一说1715—1764)，名霑，字梦阮，号雪芹，又号芹圃、芹溪。曹雪芹自幼便成长于显赫的家庭，祖籍辽阳，其先祖原属汉人，后被编入满洲正白旗。自曾祖起，三代先后担任江宁织造要职。雍正初年，曹雪芹父亲被革职，举家迁居北京，家道自此败落。晚年，曹雪芹移居至北京西郊，过着贫困如洗的生活，最后贫病而卒，享年不足五十岁。

《红楼梦》是曹雪芹"批阅十载，增删五次"，"字字看来皆是血，十年辛苦不寻常"的作品。该作品规模宏大，情节复杂，堪称中国古代长篇小说的巅峰之作。"红学"也因这部名著而历久弥新，持续繁荣。

如今且说林黛玉因夜间失寐，次日起来迟了，闻得众姊妹都在园中作饯花会，恐人笑他痴懒，连忙梳洗了出来。刚到了院中，只见宝玉进门来了，笑道："好妹妹，你昨儿可告了我不曾？教我悬了一夜心。"林黛玉便回头叫紫鹃道："把屋子收拾了，撂下一扇纱屉；看那大燕子回来，把帘子放下来，拿狮子倚住；烧了香就把炉罩上。"一面说一面又往外走。宝玉见他这样，还认作是昨日中晌的事，那知晚间的这段公案，还打恭作揖的。林黛玉正眼也不看，各自出了院门，一直找别的姊妹去了。宝玉心中纳闷，自己猜疑：看起这个光景来，不像是为昨日的事；但只昨日我回来得晚了，又没见他，再没有冲撞了他的去处了。一面想，一面由不得从后面追了来。

只见宝钗探春正在那边看仙鹤，见黛玉来了，三个一同站着说话儿。又见宝玉来了，探春便笑道："宝哥哥，身上好？我整整的三天没见了。"宝玉笑道："妹妹身上好？我前儿还在大嫂子跟前问你呢。"探春道："宝哥哥你往这里来，我和你说话。"宝玉听说，便跟了他，离了钗、玉两个，到了一棵石榴树下。探春因说道："这几天老爷可曾叫你？"宝玉笑道："没有叫。"探春说："昨儿我恍惚听见说老爷叫你出去的。"宝玉笑道："那想是别人听错了，并没叫。"探春又笑道："这几个月，我又攒下有十来吊钱了。你还拿了去，明儿出门逛去的时候，或是好字画，好轻巧顽意儿，替我带些来。"宝玉道："我这么城里城外、大廊小庙的逛，也没见个新奇精致东西，左不过是那些金玉铜磁，没处撂的古董，再就是绸缎吃食衣服了。"探春道："谁要这些。怎么像你上回买的那柳枝儿编的小篮子，整竹子根抠的香盒儿，胶泥垛的风炉儿，这就好了。我喜欢的什么似的，谁知他们都爱上了，都当宝贝似的抢了去了。"宝玉笑道："原来要这个。这不值什么，拿五百钱出去给小子们，管拉一车来。"探春道："小厮们知道什么。你拣那朴而不俗、直而不拙者，这些东西，你多多地替我带了来。我还像上回的鞋作一双你穿，比那一双还加工夫，如何呢？"

宝玉笑道："你提起鞋来，我想起个故事，那一回我穿着，可巧遇见了老爷，老爷就不受用，问是谁作的。我那里敢提'三妹妹'三个字，我就回说是前儿我生日，是舅母给的。老爷听了是舅母给的，才不好说什么，半日还说：'何苦来！虚耗人力，作践绫罗，作这样的东西。'我回来告诉了袭人，袭人说这还罢了，赵姨娘气得抱怨得了不得：'正经兄弟，鞋搭拉袜搭拉的没人看得见，且作这些东西！'"探春听说，登时沉下脸来，道："这话糊涂到什么田地！怎么我是该作鞋的人么？环儿难道没有分例[②]之人？一般的衣裳是衣裳，鞋袜是鞋袜，丫头、老婆一屋子，怎么抱怨这些话！给谁听呢！我不过是闲着没事儿，作一双半双，爱给那个哥哥兄弟，随我的心。谁敢管我不成！这也是白气。"宝玉听了，点头笑道："你不知道，他心里自然又有个想头了。"探春听说，益发动了气，将头一扭，说道："连你也糊涂了！他那想头自然是有的，不过是那阴微鄙贱的见识。他只管这么想，我只管认得老爷、太太两个人，别人我一概不管。就是姊妹弟兄跟前，谁和我好，我就和谁好，什么偏的庶的，我也不知道。论理我不该说他，但忒昏愦得不像了！还有笑话儿呢：就是上回我给你那钱，替我带那顽的东西。过了两天，他见了我，也是说没钱使，怎么难，我也不理论。谁知后来丫头们出去了，他就抱怨起来，说我攒的钱为什么给你使，倒不给环儿使呢。我听见这话，又好笑又好气，我就出来往太太跟前去了。"正说着，只见宝钗那边笑道：

"说完了，来罢。显见的是哥哥妹妹了，丢下别人，且说梯己^③去。我们听一句儿就使不得了！"说着，探春宝玉二人方笑着来了。

宝玉因不见了林黛玉，便知他躲了别处去了，想了一想，索性迟两日，等他的气消一消再去也罢了。因低头看见许多凤仙石榴等各色落花，锦重重地落了一地，因叹道："这是他心里生了气，也不收拾这花儿来了。待我送了去，明儿再问着他。"说着，只见宝钗约着他们往外头去。宝玉道："我就来。"说毕，等他二人去远了，便把那花兜了起来，登山渡水，过树穿花，一直奔了那日同林黛玉葬桃花的去处来。将已到了花冢，犹未转过山坡，只听山坡那边有呜咽之声，一行数落着，哭得好不伤感。宝玉心下想道："这不知是那房里的丫头，受了委屈，跑到这个地方来哭。"一面想，一面煞住脚步，听他哭道是：

花谢花飞花满天，红消香断有谁怜？
游丝软系飘春榭，落絮轻沾扑绣帘。
闺中女儿惜春暮，愁绪满怀无释处，
手把花锄出绣帘，忍踏落花来复去。
柳丝榆荚自芳菲，不管桃飘与李飞；
桃李明年能再发，明年闺中知有谁？
三月香巢已垒成，梁间燕子太无情！
明年花发虽可啄，却不道人去梁空巢也倾。
一年三百六十日，风刀霜剑严相逼；
明媚鲜妍能几时，一朝漂泊难寻觅。
花开易见落难寻，阶前愁杀葬花人，
独倚花锄泪暗洒，洒上空枝见血痕。
杜鹃无语正黄昏，荷锄归去掩重门；
青灯照壁人初睡，冷雨敲窗被未温。
怪奴底事倍伤神？半为怜春半恼春。
怜春忽至恼忽去，至又无言去未闻。
昨宵庭外悲歌发，知是花魂与鸟魂？
花魂鸟魂总难留，鸟自无言花自羞；
愿侬此日生双翼，随花飞到天尽头。
天尽头，何处有香丘？
未若锦囊收艳骨，一抔净土掩风流。
质本洁来还洁去，强于污淖陷渠沟。
尔今死去侬收葬，未卜侬身何日丧？
侬今葬花人笑痴，他年葬侬知是谁？
试看春残花渐落，便是红颜老死时；
一朝春尽红颜老，花落人亡两不知！

(注：本书采用程高本通行版)

【注释】

① 本文节选自《红楼梦》第二十七回、第二十八回。

② 分例：按定例发放的钱物。

③ 梯己：贴心的、亲近的，这里指贴心话。

【作品鉴赏】

"满纸荒唐言，一把辛酸泪；都云作者痴，谁解其中味？"曹雪芹把一生的辛酸之泪都给了《红楼梦》这本书，林黛玉也把一生的辛酸之泪都给了贾宝玉。宝、黛的爱情从二人初会到青梅竹马，到共读西厢，再到黛玉葬花，《葬花吟》吟出，本书发展到高潮。本文正是描写宝黛爱情的重要关目。从误会起，到重归于好止。宝玉的痴情、黛玉的担忧始终伴随其间，而《葬花吟》淋漓尽致地展现了黛玉的性格特征，成为她情感世界的真实写照。

《红楼梦》情节结构复杂，线索众多，相互交织。曹雪芹运用对比、象征和隐喻等写作手法，使故事充满了曲折变化。文中穿插大量的诗词，增添了作品的文学性，反映了人物的情感与心境。

【汇评】

《石头记》者，清康熙朝政治小说也。作者持民族主义甚挚。书中本事，在吊明之亡，揭清之失，而尤于汉族名士仕清者，寓痛惜之意。当时既虑触文网，又欲别开生面，特于本事以上，加以数层障幂，使读者有横看成岭侧成峰之状况。(蔡元培《石头记索引》)

《红楼梦》是中国许多人所知道，至少，是知道这名目的书。谁是作者和续者姑且勿论，单是命意，就因读者的眼光而有种种：经学家看见《易》，道学家看见淫，才子看见缠绵，革命家看见排满，流言家看见宫闱秘事……在我的眼下的宝玉，却看见他看见许多死亡；证成多所爱者当大苦恼，因为世上，不幸人多。惟憎人者，幸灾乐祸，于一生中，得小欢喜少有望碍。然而憎人却不过是爱人者的败亡的逃路，与宝玉之终于出家，同一小器。(鲁迅《中国小说史略》)

若作者是曹雪芹，那么，曹雪芹即是《红楼梦》开端时那个深自忏悔的"我"！即是书里的甄贾(真假)两个宝玉的底本！懂得这个道理，便知书中的贾府与甄府都只是曹雪芹家的影子。(胡适《〈红楼梦〉考证》)

【拓展阅读】

《红楼梦》的独创性

俞平伯

《红楼梦》的独创性很不好讲。到底什么才算它的独创呢？如"色""空"观念，上文说过《金瓶梅》也有的。如写人物的深刻活现，《金瓶梅》何尝不如此，《水浒》又何尝不如此。不错，作者立意要写一部第一奇书。果然，《红楼梦》地地道道是一部第一奇书。但奇又在哪里呢？要直接简单回答这问题原很难的。

全书八十回洋洋大文浩如烟海，我想从立意和笔法两方面来说，即从思想和技术两方面来看，后来觉得技术必须配合思想，笔法正所以发挥作意的，分别地讲，不见得妥当。要知笔法，先明作意；要明白它的立意，必先探明它的对象、主题是什么？本书虽亦牵涉种族、政治、社会一些问题，但主要的对象还是家庭，行将崩溃的封建地主家庭。主要人物宝玉以外，便是一些"异样女子"所谓"十二钗"。本书屡屡自己说明，即第二回脂砚斋评也有一句扼要的话："盖作者实因之悲，棠棣之威，故撰此闺阁庭帏之传。"简单说来，《红楼梦》的作意不过如此。

接着第二个问题来了，他对这个家庭，或这样这类的家庭抱什么态度呢？拥护赞美，还是暴露批判，细看全书似不能用简单的是否来回答，拥护赞美的意思原很少，暴露批评又很不够。先世这样的煊赫，他对过去自不能无所留恋；末世这样的荒淫腐败，自不能无所愤慨，所以对这答案的正反两面可以说都有一点。再细比较去，否定的成分多于肯定的，在"贾天祥正照风月鉴"一回书中说得最明白。这风月宝鉴在那第十二回上是一件神物，在第一回上则作为《红楼梦》之别名。作者说风月宝鉴，"千万不可照正面，只照背面，要紧要紧"。可惜二百年来正照风月鉴的多。所谓正照者，仿佛现在说从表面看问题，不仅看正面的美人不看反面的骷髅叫正照，即如说上慈下孝即认为上慈下孝，说祖功宗德即认为祖功宗德也就是正照。既然这样，文字的表面和它的内涵、联想、暗示等等便有若干的距离，这就造成了《红楼梦》的所谓"笔法"。为什么其他说部没有种种的麻烦问题而《红楼》独有，又为什么其他说部不发生"笔法"的问题，而《红楼》独有，在这里得到一部分的解答。

用作者自己的话，即"真事隐去""假语村言"。他用甄士隐、贾雨村这两个谐声的姓名来代表这观念。自来看《红楼梦》的不大看重这两回书，或者不喜欢看，或者看不大懂，直到第三回才慢慢地读得津津有味起来。有一个脂砚斋评本，曾对这开端文字不大赞成，在第二回之末批道：

语言太烦令人不耐。古人云惜墨如金，看此视墨如土矣，虽演至千万回亦可也。

这虽然不对，却也是老实话。实在看不出什么好处来。殊不知这两回书正是全书的关键、提纲，一把总钥匙。看不懂这个，再看下去便有进入五花八门迷魂阵的感觉。这大片的锦绣文章，非但不容易看懂，且更容易把它弄拧了。我以为第一回书说甄士隐跟道士而去；甄士隐去即真事隐去。第二回记冷子兴与贾雨村的长篇对白；贾雨村言即假语村言。两回书已说明了本书的立意和写法，到第三回便另换一副笔墨，借贾雨村送林黛玉入荣国府，立即展开红楼如梦的境界了。

作者表示三点：(一)真事，(二)真的隐去，即真去假来，(三)假语和村言。第二即一三的联合，简化一点即《红楼梦》用假话和村粗的言语(包括色情描写在内)来表现真人真事的。这很简单的，作者又说得明明白白，无奈人多不理会它。他们过于求深，误认"真事隐"为灯虎之类，于是大家瞎猜一阵，谁都不知道猜着没有，谁都以为我猜着了，结果引起争论以至于吵闹。《红楼梦》在文学上虽是一部绝代奇书，若当作谜语看，的确很笨。这些红学家意欲抬高《红楼梦》，实际上反而大大地糟蹋了它。

把这总钥匙找着了再去看全书，便好得多了，没有太多的问题。表面上看，《红楼梦》既意在写实，偏又多理想；对这封建家庭既不满意，又多留恋，好像不可解。若用上述作者所说的看法，便可加以分析，大约有三种成分：(一)现实的，(二)理想的，(三)批判的。这些成分每互相纠缠着，却在基本的观念下统一起来的。虽虚，并非空中楼阁；虽实，亦不可认为本传年表；虽褒，他几时当真歌颂；虽贬，他又何尝无情暴露。对恋爱性欲，十分地肯定，如第五回警幻之训宝玉；同时又极端地否定，如第十二回贾瑞之照风月鉴。对于书中的女性，大半用他的意中人作模型，自然褒胜于贬，却也非有褒无贬，是按照各人的性格来处理的。对贾家最高统治者的男性，则深恶痛绝之，不留余地。凡此种种，可见作者的态度，相当地客观，也很公平的。他自然不曾背叛他所属的阶级，却已相当脱离了阶级的偏向，批判虽然不够，却已有了初步的尝试。我们不脱离历史的观点来看，对《红楼梦》的价值容易得到公平的估计，也就得到更高的估计。《红楼梦》像彗星一般的出现，不但震惊了当时的文学界，而且会惹恼了这些反动统治者。这就能够懂得为什么既说真事，又要隐去；既然"追踪隐迹"，又要用"荒唐言""实非"之言、"胡诌"之言来混人耳目，他是不得已。虽亦有个人的性格、技术上的需要种种因素，而主要的，怕是它在当时的违碍性。说句诡辩的话，《红楼梦》正因为它太现实了，才写得这样太不现实的呵。

读者原可以自由自在地来读《红楼梦》，我不保证我的看法一定对。不过本书确也有它比较固定的面貌，不能够十分歪曲的。譬如以往种种"索隐"许多"续书"，至今未被大众所公认，可见平情之论，始能服人，公众的意见毕竟是正确的。(节选自俞平伯《红楼心解》)

聚焦：
关于《红楼梦》主题的探讨向来层出不穷、各具特色，犹如千人千面，每位读者眼中都映照着独特的《红楼梦》世界。你对《红楼梦》的主题有什么看法？

【思考与练习】
1. 分析本文中林黛玉的心理。

提示：
在《红楼梦》第二十七回和第二十八回中，林黛玉的心理复杂且充满矛盾。在第二十七回中，黛玉葬花的情节展现了她内心的痛苦挣扎与对宝玉的深深思念。她通过葬花来寄托自己的哀愁，表现出对美好事物消逝的感伤，同时也映射出她对自己命运的无奈与自怜。到了第二十八回，黛玉的内心矛盾与情感迷茫进一步加剧。她对宝玉痴情又依赖，但对他的言辞与行动持有不同看法。宝玉的关心与呵护让她感到温暖与满足，但他的玩笑和戏谑又让她心生不满，认为他不够关心自己的真实感受。这种矛盾的情感让黛玉在言语和行动上产生了迷茫，她不知道该如何表达自己的情感，也不知道宝玉是否真正理解她。多种复杂的情感交织在一起，使得黛玉的情感世界丰富多彩，也让读者更加深入地理解了她的内心世界。

2. 鲁迅先生曾精辟地说："经学家看见《易》，道学家看见淫，才子看见缠绵，革命家看见排满，流言家看见宫闱秘事。"那么，结合《红楼梦》这部小说及有关资料，你认为《红楼梦》是一部什么样的书？

提示：
《红楼梦》是一部具有深刻思想和广泛内容的巨著。从家族兴衰的角度来看，这是一部家族史。书中细致描绘了贾府从繁华走向衰落的过程，展现了封建贵族复杂的人际关系、奢侈的生活方式，揭示了封建家族的腐朽和必然衰败的结局。从爱情悲剧的角度而言，这是一部爱情史诗。贾宝玉和林黛玉的爱情纯真却以悲剧告终，他们在封建礼教的束缚下，相爱却不能相守，展现了封建制度对人性和情感的压抑。从社会批判的层面来说，这是一部社会画卷。书中揭示了封建礼教、科举制度、等级观念等诸多弊病，反映了当时社会的不公和扭曲，有着深刻的社会批判意义。

四、儒林外史(节选)

　　吴敬梓(1701—1754)，字敏轩，号粒民，安徽省全椒县人，祖籍浙江省温州市，赣榆县学教谕吴霖起之子，中国清代小说家。吴敬梓出身于缙绅世家，早年生活豪纵，后家道中落。他饱尝世态炎凉，体察到士大夫阶层的种种堕落与无耻，看清了清王朝统治下政治的腐败与社会的污浊。基于这样的切身感受，他对当时儒生的生活和精神状态进行深入反思，并对科举制度产生深刻认识。吴敬梓一生创作了大量的诗歌、散文，做了大量史学研究，著有《文木山房诗文集》十二卷(今存四卷)、《文木山房诗说》七卷(今存四十三则)、小说《儒林外史》等，其中最著名的作品是长篇讽刺小说《儒林外史》。

　　话说严贡生因立嗣兴讼，府、县都告输了，司里又不理，只得飞奔到京，想冒认周学台的亲戚，到部里告状。一直来到京师，周学道已升做国子监司业了。大着胆，竟写一个"眷姻晚生"的帖，门上去投。长班传进帖，周司业心里疑惑，并没有这个亲戚，正在沉吟，长班又送进一个手本，光头名字，没有称呼，上面写着"范进"。周司业知道是广东拔取的，如今中了，来京会试，便叫快请进来。范进进来，口称恩师，叩谢不已。周司业双手扶起，让他坐下，开口就问："贤契同乡，有个甚么姓严的贡生么？他方才拿姻家帖子来拜学生，长班问他，说是广东人，学生却不曾有这门亲戚。"范进道："方才门人见过，他是高要县人，同敝处周老先生是亲戚，只不知老师可是一家？"周司业道："虽是同姓，却不曾序过，这等看起来，不相干了。"即传长班进来吩咐道："你去向那严贡生说，衙门有公事，不便请见，尊帖也带了回去罢。"长班应诺回去了。

　　周司业然后与范举人话旧道："学生前科看广东榜，知道贤契高发，满望来京相晤，不想何以迟至今科？"范进把丁母忧的事说了一遍，周司业不胜叹息，说道："贤契绩学有素，虽然耽迟几年，这次南宫一定入选。况学生已把你的大名常在当道大老面前荐扬，人人都欲致之门下。你只在寓静坐，揣摩精熟。若有些须缺少费用，学生这里还可相帮。"范进道："门生终身皆顶戴老师高厚栽培。"又说了许多话，留着吃了饭，相别去了。

　　会试已毕，范进果然中了进士。授职部属，考选御史。数年之后，钦点山东学道。命下之日，范学道即来叩见周司业，周司业道："山东虽是我故乡，我却也没有甚事相烦；只心里记得训蒙的时候，乡下有个学生，叫做荀玫，那时才得七岁，这又过了十多年，想也长成人了。他是个务农的人家，不知可读得成书，若是还在应考，贤契留意看看，果有一线之明，推情拔了他，也了我一番心愿。"范进听了，专记在心，去往山东到任。考事行了大半年，才按临兖州府，生童共是三棚，就把这件事忘断了。直到第二日要发童生案，头一晚才想起来，说道："你看我办的是甚么事！老师托我汶上县荀玫，我怎么并不照应？大意极了！"慌忙先在生员等第卷子内一查，全然没有。随即在各幕客房里把童生落卷取来，对着名字、坐号，一个一个地细查。查遍了六百多卷子，并不见有个荀玫的卷子。学道心里烦闷道："难道他不曾考？"又虑着："若是有在里面，我查不到，将来怎样见老师？还要细查。就是明日不出案也罢。"一会同幕客们吃酒，心里只将这件事委决不下。众幕宾也替疑猜不定。

内中一个少年幕客蘧景玉说道："老先生，这件事倒合了一件故事。数年前，有一位老先生点了四川学差，在何景明先生寓处吃酒，景明先生醉后大声道：'四川如苏轼的文章，是该考六等的了。'这位老先生记在心里，到后典了三年学差回来，再会见何老先生，说："学生在四川三年，到处细查，并不见苏轼来考，想是临场规避了。"说罢，将袖子掩了口笑。又道："不知这荀玫是贵老师怎么样向老先生说的？"范学道是个老实人，也不晓得他说的是笑话，只愁着眉道："苏轼既文章不好，查不着也罢了。这荀玫是老师要提拔的人，查不着，不好意思的。"一个年老的幕客牛布衣道："是汶上县？何不在已取中入学的十几卷内查一查？或者文字好，前日已取了也不可知。"学道道："有理，有理。"忙把已取的十几卷取了，对一对号簿，头一卷就是荀玫。学道看罢，不觉喜逐颜开，一天愁都没有了。

次早发出案来，传齐生童发落。先是生员。一等、二等、三等都发落过了，传进四等来。汶上县学四等第一名上来是梅玖，跪着阅过卷，学道作色道："做秀才的人，文章是本业，怎么荒谬到这样地步！平日不守本分，多事可知！本该考居极等，姑且从宽，取过戒饬来，照例责罚！"梅玖告道："生员那一日有病，故此文字糊涂，求大老爷格外开恩！"学道道："朝廷功令，本道也做不得主。左右！将他扯上凳去，照例责罚！"说着，学里面一个门斗已将他拖在凳上。梅玖急了，哀告道："大老爷！看生员的先生面上开恩罢！"学道道："你先生是那一个？"梅玖道："现任国子监司业周蒉轩先生，讳进的，便是生员的业师。"范学道道："你原来是我周老师的门生。也罢，权且免打。"门斗把他放起来，上来跪下，学道吩咐道："你既出周老师门下，更该用心读书。像你做出这样文章，岂不有玷门墙桃李！此后须要洗心改过。本道来科考时，访知你若再如此，断不能恕了！"喝声："赶将出去！"

传进新进儒童来。到汶上县，头一名点着荀玫，人丛里一个清秀少年上来接卷，学道问道："你和方才这梅玖是同门么？"荀玫不懂这句话，答应不出来。学道又道："你可是周蒉轩老师的门生？"荀玫道："这是童生开蒙的师父。"学道道："是了，本道也在周老师门下。因出京之时，老师吩咐来查你卷子，不想暗中摸索，你已经取在第一。似这少年才俊，不枉了老师一番栽培，此后用心读书，颇可上进。"荀玫跪下谢了。候众人阅过卷，鼓吹送了出去，学道退堂掩门。

荀玫才走出来，恰好遇着梅玖还站在辕门外。荀玫忍不住问道："梅先生，你几时从过我们周先生读书？"梅玖道："你后生家那里知道？想着我从先生时，你还不曾出世！先生那日在城里教书，教的都是县门口房科家的馆，后来下乡来，你们上学，我已是进过了，所以你不晓得。先生最喜我的，说是我的文章有才气，就是有些不合规矩，方才学台批我的卷子上也是这话,可见会看文章的都是这个讲究,一丝也不得差。你可知道,学台何难把俺考在三等中间,只是不得发落,不能见面了,特地把我考在这名次,以便当堂发落,说出周先生的话,明卖个情。所以把你进个案首,也是为此。俺们做文章的人,凡事要看出人的细心,不可忽略过了。"两人说着闲话,到了下处。次日送过宗师,雇牲口,一同回汶上县薛家集。

此时荀老爹已经没了,只有母亲在堂。荀玫拜见母亲,母亲欢喜道:"自你爹去世,年岁不好,家里田地渐渐也花黄了,而今得你进个学,将来可以教书过日子。"申祥甫也老了,挂着拐杖来贺喜,就同梅三相商议,集上约会分子,替荀玫贺学,凑了二三十吊钱。荀家管待众人,就借这观音庵里摆酒。

那日早晨,梅玖、荀玫先到,和尚接着。两人先拜了佛,同和尚施礼。和尚道:"恭喜荀小相公,而今挣了这一顶头巾,不枉了荀老爹一生忠厚,做多少佛面上的事,广积阴功。那咱你在这里上学时还小哩,头上扎着抓角儿。"又指与二位道:"这里不是周大老爷的长生牌?"二人看时,一张供桌,香炉、烛台,供着个金字牌位,上写道:"赐进士出身,广东提学御史,今升国子监司业周大老爷长生禄位。"左边一行小字,写着:"公讳进,字蒉轩,邑人。"右边一行小字:"薛家集里人、观音庵僧人同供奉。"两人见是老师的位,恭恭敬敬同拜了几拜。又同和尚走到后边屋里,周先生当年设帐的所在,见两扇门开着,临了水次,那对过河滩塌了几尺,这边长出些来。看那三间屋,用芦席隔着,而今不做学堂了。左边一间,住着一个江西先生,门上贴着"江右陈和甫仙乩神数"。那江西先生不在家,房门关着,只有堂屋中间墙上还是周先生写的联对,红纸都久已贴白了,上面十个字是:"正身以俟时,守己而律物。"梅玖指着向和尚道:"还是周大老爷的亲笔,你不该贴在这里,拿些水喷了,揭下来裱一裱收着才是。"和尚应诺,连忙用水揭下,弄了一会。申祥甫领着众人到齐了,吃了一日酒才散。

荀家把这几十吊钱赎了几票当,买了几石米,剩下的,留与荀玫做乡试盘费。次年录科,又取了第一。果然英雄出于少年,到省试,高高中了。忙到布政司衙门里领了杯、盘、衣帽、旗匾、盘程,匆匆进京会试,又中了第三名进士。明朝的体统:举人报中了进士,即刻在下处摆起公座来升座,长班参堂磕头。这日正磕着头,外边传呼接帖,说:"同年同乡王老爷来拜。"荀进士叫长班抬开公座,自己迎了出去。只见王惠须发皓白,走进门,一把拉着手,说道:"年长兄,我同你是'天作之合',不比寻常同年弟兄。"两人平磕了头,坐着,就说起昔年这一梦:"可见你我都是天榜有名。将来'同寅协恭',多少事业都要同做。"荀玫自小也依稀记得听见过这句话,只是记不清了,今日听他说来,方才明白,因说道:"小弟年幼,叨幸年老先生榜末,又是同乡,诸事全望指教。"王进士道:"这下处是年长兄自己赁的?"荀进士道:"正是。"王进士道:"这甚窄,况且离朝纲又远,这里住着不便。不瞒年长兄说,弟还有一碗饭吃,京里房子也是我自己买的。年长兄竟搬到我那里去住,将来殿试,一切事都便宜些。"说罢,又坐了一会,去了。次日,竟叫人来把荀进士的行李搬在江米巷自己下处同住。传胪那日,荀玫殿在二甲,王惠殿在三甲,都授了工部主事。俸满,一齐转了员外。

【作品鉴赏】

《儒林外史》是中国古代小说中的经典之作。全书没有贯穿始终的主要情节，而是以一个个相对独立的故事串联而成的，以展现儒林人物的众生相。这部小说以生动的笔墨，细致地刻画各种人物形象和社会现象，真实地反映了封建社会末期的种种弊端和丑陋现象，深刻批判了封建礼教和科举制度，折射出那个时代的悲哀与无奈。

小说语言简洁明快，生动形象，富有幽默感，同时也具有深刻的寓意，能够透过喜剧性的形象直接逼视悲剧性的社会本质。作者运用夸张、对比、反讽等手法，对社会中的虚伪、贪婪以及欺诈等丑恶行为进行了尖锐的讽刺，不动声色地将人物前后截然相反的言行展现在读者面前，增强了文章的批判性。

【汇评】

迨吴敬梓《儒林外史》出，乃秉持公心，指摘时弊，机锋所向，尤在士林；其文又戚而能谐，婉而多讽；于是说部中乃始有足称讽刺之书。(鲁迅《中国小说史略》)

该书一个艺术特色是速写式和剪影式的人物形象。《儒林外史》是一部主角不断变换的长篇小说，或者说是一部由无数短篇交替而成的长篇小说，基本上不可能通过详细描写其一生经历，以及在曲折的故事情节中表现人物的性格特点和精神世界。所以，吴敬梓把重点集中在人的性格中最刺目的特征上，从而深入细致地表现一个相对静止的人生相。这就如同从人物漫长的性格发展史中截取一个片段，再让它在人们面前转上一圈，把此时此地的"这一个"，放大给人看。这是勾画讽刺人物的一个很出色的手法，它使人物形象色彩明净，情节流动迅速，好像人物脸谱勾勒一成，这段故事便告结束，而给读者留下深刻印象的也正是这些精工提炼的精彩情节。(胡适《吴敬梓传》)

《儒林外史》对人的精神现象作了深刻解剖，竭力批判了一些使人变成非人的否定性精神现象，同时又努力探索了如何把人"解放成为人"。(中国《儒林外史》学会会长李汉秋)

【拓展阅读】

聊斋志异(节选)

蒲松龄

淮阳叶生者，失其名字。文章词赋，冠绝当时；而所如不偶，困于名场。会关东丁乘鹤，来令是邑。见其文，奇之。召与语，大悦。使即官署受灯火；时赐钱穀恤其家。值科试，公游扬于学使，遂领冠军。公期望甚切。闱后，索文读之，击节称叹。不意时数限人，文章憎命，榜既放，依然铩羽。生嗒丧而归，愧负知己，形销骨立，痴若木偶。公闻，召之来而慰之。生零涕不已。公怜之，相期考满入都，携与俱北。生甚感佩。辞而归，杜门不出。

无何，寝疾。公遗问不绝；而服药百裹，殊罔所效。公适以忤上官免，将解任去。函致生，其略云："仆东归有日；所以迟迟者，待足下耳。足下朝至，则仆夕发矣。"传之卧榻。生持书啜泣。寄语来使："疾革难遽瘥，请先发。"使人返白，公不忍去，徐待之。逾数日，门者忽通叶生至。公喜，逆而问之。生曰："以犬马病，劳夫子久待，万虑不宁。今幸可从杖履。"公乃束装戒旦。抵里，命子师事生，夙夜与俱。公子名再昌，时年十六，尚不能文。然绝惠，凡文艺三两过，辄无遗忘。居之期岁，便能落笔成文。益之公力，遂入邑庠。生以生平所拟举子业，悉录授读。闱中七题，并无脱漏，中亚魁。公一日谓生曰："君出余绪，遂使孺子成名。然黄钟长弃奈何！"生曰："是殆有命。借福泽为文章吐气，使天下人知半生沦落，非战之罪也，愿亦足矣。且士得一人知己，可无憾，何必抛却白纻，乃谓之利市哉。"公以其久客，恐悮岁试，劝令归省。惨然不乐。公不忍强，嘱公子至都为之纳粟。公子又捷南宫，授部中主政。携生赴监，与共晨夕。逾岁，生入北闱，竟领乡荐。会公子差南河典务，因谓生曰："此去离贵乡不远。先生奋迹云霄，锦还为快。"生亦喜，择吉就道。抵淮阳界，命仆马送生归。

见门户萧条，意甚悲恻。逡巡至庭中，妻携簸具以出，见生，掷具骇走。生凄然曰："我今贵矣。三四年不觌，何遂顿不相识？"妻遥谓曰："君死已久，何复言贵？所以淹君柩者，以家贫子幼耳。今阿大亦已成立，行将卜窀穸。勿作怪异吓生人。"生闻之，怅然惆怅。逡巡入室，见灵柩俨然，扑地而灭。妻惊视之，衣冠履舄如脱委焉。大恸，抱衣悲哭。子自塾中归，见结驷于门，审所自来，骇奔舍母。母挥涕告诉。又细询从者，始得颠末。从者返，公子闻之，涕堕垂膺。即命驾哭诸其室；出囊营丧，葬以孝廉礼。又厚遗其子，为延师教读。言于学使，逾年游泮。

异史氏曰："魂从知己，竟忘死耶？闻者疑之，余深信焉。同心倩女，至离枕上之魂；千里良朋，犹识梦中之路。而况茧丝蝇迹，呕学士之心肝；流水高山，通我曹之性命者哉！嗟乎！遇合难期，遭逢不偶。行踪落落，对影长愁；傲骨嶙嶙，搔头自爱。叹面目之酸涩，来鬼物之揶揄。频居康了之中，则须发之条条可丑；一落孙山之外，则文章之处处皆疵。古今痛哭之人，卞和惟尔；颠倒逸群之物，伯乐伊谁？抱刺于怀，三年灭字；侧身以望，四海无家。人生世上，只须合眼放步，以听造物之低昂而已。天下之昂藏沦落如叶生其人者，亦复不少，顾安得令威复来，而生死从之也哉？噫！"

聚焦：
《儒林外史》与《聊斋志异》同为中国讽刺小说的著名代表作，请你简评这两部作品。

【思考与练习】

1. 《儒林外史》刻画了众多栩栩如生的人物，请你按照人物身份分类，如腐儒、贪官污吏、八股迷、真儒、假名士、普通百姓等，并列举出相对应的人物；你也可以自定标准分类，并列举出相应的人物或事件。

提示：

(1) 腐儒：周进、范进。他们年纪较大，但没有考中科举，是可怜又可悲的腐儒典型。

(2) 贪官污吏：汤奉、王惠。他们凭借科举入仕，在任期间作威作福、贪狠蛮横，暴露了科举制度的罪恶，反映了封建官吏政治的腐败。

(3) 八股迷：马静、鲁编修。他们迷信八股，热衷举业，为科举耗尽终生。

(4) 真儒：王冕、杜少卿。他们鄙弃功名富贵，不热衷科举考试，承袭了传统的思想道德，坚持真正的正统儒家思想。

(5) 假名士：娄三公子、娄四公子、杜慎卿。他们科场败北或无法登入仕途，于是效法古人，充当名士，表面上风流不羁，实际上借此邀声盗名。

(6) 普通百姓：卜老爹、鲍文卿。他们是社会下层正直仁善的人物，作者对他们寄以深挚的同情与关怀。

2. 读完《儒林外史》后，你得到了哪些有关写作的启示？请简要说明。

提示：

读完《儒林外史》，我得到了以下有关写作的启示。

(1) 人物塑造。写作时，注重以生动的细节展现人物性格，精准的细节描写能让人物跃然纸上。例如，严监生临终前伸着两根指头不肯咽气，直到赵氏挑掉一茎灯草才闭眼。这一经典细节将其吝啬本性刻画得入木三分。

(2) 情节编排。情节无连贯主线，靠一个个相对独立的故事串联起来，通过不同人物的经历展现社会百态。采用这种松散而又统一的结构，不必拘泥于紧凑连贯的情节，可以围绕主题编排多组故事。

(3) 讽刺手法。运用讽刺手法批判社会丑恶现象，能够增强作品的批判性，凸显思想深度。例如，通过范进中举后发疯，以及众人前后态度的巨大转变，辛辣地讽刺了科举制度对人性的扭曲。但需注意，运用这种手法应把握分寸，避免过度夸张导致失真。

(4) 语言运用。采用白话创作更贴近生活，通俗易懂又不失典雅，语言简洁明快，寥寥数语就能勾勒场景、塑造人物，更具表现力。

五、伤逝①——涓生的手记(节选)

鲁迅(1881—1936)，原名周树人，字豫山，后改字豫才，浙江绍兴人，著名文学家、思想家、革命家、教育家、美术家、书法家、民主战士，新文化运动的重要参与者，中国现代文学的奠基人之一。鲁迅生于破落的封建家庭，1902年去日本留学，原在仙台医学院学医，后弃医从文，希望借此改变国民精神。1909年鲁迅回国，先后在杭州、绍兴任教。辛亥革命后，鲁迅曾任南京临时政府和北京政府教育部部员、佥事等职，兼在北京大学、女子师范大学等校授课。五四运动前后，鲁迅参加《新青年》改组，任编委，成为五四新文化运动的主将。1936年，鲁迅因肺结核病逝于上海。

鲁迅的作品以小说、杂文为主。1918年5月，他首次以"鲁迅"为笔名，发表中国现代文学史上第一篇白话短篇小说《狂人日记》，奠定了新文学运动的基石。鲁迅代表作有小说集《呐喊》《彷徨》等，散文集《朝花夕拾》，散文诗集《野草》，论文集《门外文谈》，杂文集《坟》《华盖集》《热风》等，文学论著《中国小说史略》等。

我们总算度过了极难忍受的冬天，这北京的冬天；就如蜻蜓落在恶作剧的坏孩子的手里一般，被系着细线，尽情玩弄，虐待，虽然幸而没有送掉性命，结果也还是躺在地上，只争着一个迟早之间。

写给《自由之友》的总编辑已经有三封信，这才得到回信，信封里只有两张书券②：两角的和三角的。我却单是催，就用了九分的邮票，一天的饥饿，又都白挨给于己一无所得的空虚了。

然而觉得要来的事，却终于来到了。

这是冬春之交的事，风已没有这么冷，我也更久地在外面徘徊；待到回家，大概已经昏黑。就在这样一个昏黑的晚上，我照常没精打采地回来，一看见寓所的门，也照常更加丧气，使脚步放得更缓。但终于走进自己的屋子里了，没有灯火；摸火柴点起来时，是异样的寂寞和空虚！

正在错愕中，官太太便到窗外来叫我出去。

"今天子君的父亲来到这里，将她接回去了。"她很简单地说。

这似乎又不是意料中的事，我便如脑后受了一击，无言地站着。

"她去了么？"过了些时，我只问出这样一句话。

"她去了。"

"她，——她可说什么？"

"没说什么。单是托我见你回来时告诉你，说她去了。"

我不信；但是屋子里是异样的寂寞和空虚。我遍看各处，寻觅子君；只见几件破旧而黯淡的家具，都显得极其清疏，在证明着它们毫无隐匿一人一物的能力。我转念寻信或她留下的字迹，也没有；只是盐和干辣椒，面粉，半株白菜，却聚集在一处了，旁边还有几十枚铜元。这是我们两人生活材料的全副，现在她就郑重地将这留给我一个人，在不言中，教我借此去维持较久的生活。

我似乎被周围所排挤，奔到院子中间，有昏黑在我的周围；正屋的纸窗上映出明亮的灯光，他们正在逗着孩子推笑。我的心也沉静下来，觉得在沉重的迫压中，渐渐隐约地现出脱走的路径：深山大泽，洋场，电灯下的盛筵；壕沟，最黑最黑的深夜，利刃的一击，毫无声响的脚步……

心地有些轻松，舒展了，想到旅费，并且嘘一口气。

躺着，在合着的眼前经过的豫想的前途，不到半夜已经现尽；暗中忽然仿佛看见一堆食物，这之后，便浮出一个子君的灰黄的脸来，睁了孩子气的眼睛，恳托似的看着我。我一定神，什么也没有了。

但我的心却又觉得沉重。我为什么偏不忍耐几天，要这样急急地告诉她真话的呢？现在她知道，她以后所有的只是她父亲——儿女的债主——的烈日一般的严威和旁人的赛过冰霜的冷眼。此外便是虚空。负着虚空的重担，在严威和冷眼中走着所谓人生的路，这是怎么可怕的事呵！而况这路的尽头，又不过是——连墓碑也没有的坟墓。

我不应该将真实说给子君，我们相爱过，我应该永久奉献她我的说谎。如果真实可以宝贵，这在子君就不该是一个沉重的空虚。谎语当然也是一个空虚，然而临末，至多也不过这样沉重。

我以为将真实说给子君，她便可以毫无顾虑，坚决地毅然前行，一如我们将要同居时那样。但这恐怕是我错误了。她当时的勇敢和无畏是因为爱。

我没有负着虚伪的重担的勇气，却将真实的重担卸给她了。她爱我之后，就要负了这重担，在严威和冷眼中走着所谓人生的路。

我想到她的死……我看见我是一个卑怯者，应该被摈于强有力的人们，无论是真实者，虚伪者。然而她却自始至终，还希望我维持较久的生活……

我要离开吉兆胡同，在这里是异样的空虚和寂寞。我想，只要离开这里，子君便如还在我的身边；至少，也如还在城中，有一天，将要出乎意表地访我，像住在会馆时候似的。

然而一切请托和书信，都是一无反响；我不得已，只好访问一个久不问候的世交去了。他是我伯父的幼年的同窗，以正经出名的拔贡③，寓京很久，交游也广阔的。

大概因为衣服的破旧罢，一登门便很遭门房的白眼。好容易才相见，也还相识，但是很冷落。我们的往事，他全都知道了。

"自然，你也不能在这里了，"他听了我托他在别处觅事之后，冷冷地说，"但那里去呢？很难。——你那，什么呢，你的朋友罢，子君，你可知道，她死了。"

我惊得没有话。

"真的？"我终于不自觉地问。

"哈哈。自然真的。我家的王升的家，就和她家同村。"

"但是，——不知道是怎么死的？"

"谁知道呢。总之是死了就是了。"

我已经忘却了怎样辞别他，回到自己的寓所。我知道他是不说谎话的；子君总不会再来的了，像去年那样。她虽是想在严威和冷眼中负着虚空的重担来走所谓人生的路，也已经不能。她的命运，已经决定她在我所给与的真实——无爱的人间死灭了！

自然，我不能在这里了；但是，"那里去呢？"

四围是广大的空虚，还有死的寂静。死于无爱的人们的眼前的黑暗，我仿佛——看见，还听得一切苦闷和绝望的挣扎的声音。

我还期待着新的东西到来，无名的，意外的。但一天一天，无非是死的寂静。

我比先前已经不大出门，只坐卧在广大的空虚里，一任这死的寂静侵蚀着我的灵魂。死的寂静有时也自己战栗，自己退藏，于是在这绝续之交，便闪出无名的，意外的，新的期待。

一天是阴沉的上午，太阳还不能从云里面挣扎出来；连空气都疲乏着。耳中听到细碎的步声和咻咻的鼻息，使我睁开眼。大致一看，屋子里还是空虚；但偶然看到地面，却盘旋着一匹小小的动物，瘦弱的，半死的，满身灰土的……

我一细看，我的心就一停，接着便直跳起来。

那是阿随。它回来了。

我离开吉兆胡同，也不单是为了房主人们和他家女工的冷眼，大半就为着这阿随。但是，"那里去呢？"新的生路自然还很多，我约略知道，也间或依稀看见，觉得就在我面前，然而我还没有知道跨进那里去的第一步的方法。

经过许多回的思量和比较，也还只有会馆是还能相容的地方。依然是这样的破屋，这样的板床，这样的半枯的槐树和紫藤，但那时使我希望，欢欣，爱，生活的，却全都逝去了，只有一个虚空，我用真实去换来的虚空存在。

新的生路还很多，我必须跨进去，因为我还活着。但我还不知道怎样跨出那第一步。有时，仿佛看见那生路就像一条灰白的长蛇，自己蜿蜒地向我奔来，我等着，等着，看看临近，但忽然便消失在黑暗里了。

初春的夜，还是那么长。长久的枯坐中记起上午在街头所见的葬式，前面是纸人纸马，后面是唱歌一般的哭声。我现在已经知道他们的聪明了，这是多么轻松简洁的事。

然而子君的葬式却又在我的眼前，是独自负着虚空的重担，在灰白的长路上前行，而又即刻消失在周围的严威和冷眼里了。

我愿意真有所谓鬼魂，真有所谓地狱，那么，即使在孽风怒吼之中，我也将寻觅子君，当面说出我的悔恨和悲哀，祈求她的饶恕；否则，地狱的毒焰将围绕我，猛烈地烧尽我的悔恨和悲哀。

我将在孽风和毒焰中拥抱子君，乞她宽容，或者使她快意……

但是，这却更虚空于新的生路；现在所有的只是初春的夜，竟还是那么长。我活着，我总得向着新的生路跨出去，那第一步，——却不过是写下我的悔恨和悲哀，为子君，为自己。

我仍然只有唱歌一般的哭声，给子君送葬，葬在遗忘中。

我要遗忘；我为自己，并且要不再想到这用了遗忘给子君送葬。

我要向着新的生路跨进第一步去，我要将真实深深地藏在心的创伤中，默默地前行，用遗忘和说谎做我的前导……

一九二五年十月二十一日毕

【注释】
① 本篇写于1925年，收入《彷徨》集。
② 书券：购书用的代价券。旧时有的报刊用它代替现金支付稿酬。
③ 拔贡：清代科举考试制度是在规定的年限选拔"文行计优"的秀才，保送到京师，贡入国子监，称为"拔贡"。拔贡是贡生的一种。

【作品鉴赏】
这篇小说是鲁迅先生唯一一篇以爱情为题材的创作。两位主人公敢于冲破封建束缚，追求恋爱自由，然而最终却以悲剧收场，令人扼腕叹息。

该小说在构思上匠心独运，以一种"独白"或者"手记"的方式，深入地展示了涓生的复杂情感和心理变化，读者能够深入了解角色的内心世界。作者通过对涓生和子君的刻画，展现了真实而生动的人物形象，二人的性格、行为和命运都具有现实意义，反映了当时的社会中，部分知识分子的困境和迷茫。鲁迅先生以激昂且抒情的笔触，运用蒙太奇的手法，巧妙地组接起涓生和子君爱情生活中的点点滴滴，展现了二人之间的情感纠葛与挣扎，同时借此表达了他的爱情观，即"人必生活着，爱才有所附丽"；"爱情必须时时更新，生长，创造，安宁和幸福是要凝固的"。

【汇评】

他与本世纪所有的世界杰出的思想家与文学家一样，在关注本民族的发展的同时，也在关注与思考人类共同面临的问题，并做出了自己的独特贡献。

……对于他的时代与民族，鲁迅又是超前的。他因此无论身前与身后，都不能避免寂寞的命运。我们民族有幸拥有了鲁迅，但要真正理解与消化他留给我们的丰富的思想文化(文学)遗产，还需要时间。(钱理群《中国现代文学三十年》)

拿一个与鲁迅的《伤逝》相似的胡适的作品来讲，在五四个性解放的浪潮中，胡适曾写过一个剧本，很有名，叫《终身大事》……他想到的东西别人都想得到，有什么深刻之处？……你看看鲁迅的《伤逝》，恰恰是自由恋爱的两个人同居了之后，悲剧才发生了……这就是鲁迅的深刻，也是很多攻击他的人所说的刻毒，当然这也是胡适所不能及的地方。(孔庆东《正说鲁迅》)

【拓展阅读】

鲁迅自传

鲁迅

我于一八八一年生于浙江省绍兴府城里的一家姓周的家里。父亲是读书的；母亲姓鲁，乡下人，她以自修得到能够看书的学力。听人说，在我幼小时候，家里还有四五十亩水田，并不很愁生计。但到我十三岁时，我家忽而遭了一场很大的变故，几乎什么也没有了；我寄住在一个亲戚家里，有时还被称为乞食者。我于是决心回家，而我的父亲又生了重病，约有三年多，死去了。我渐至于连极少的学费也无法可想；我的母亲便给我筹办了一点旅费，教我去寻无需学费的学校去，因为我总不肯学做幕友或商人，——这是我乡衰落了的读书人家子弟所常走的两条路。

其时我是十八岁，便旅行到南京，考入水师学堂了，分在机关科。大约过了半年，我又走出，改进矿路学堂去学开矿，毕业之后，即被派往日本去留学。但待到在东京的豫备学校毕业，我已经决意要学医了。原因之一是因为我确知道了新的医学对于日本维新有很大的助力。我于是进了仙台(Sen-dai)医学专门学校，学了两年。这时正值俄日战争，我偶然在电影上看见一个中国人因做侦探而将被斩，因此又觉得在中国医好几个人也无用，还应该有较为广大的运动……先提倡新文艺。我便弃了学籍，再到东京，和几个朋友立了些小计划，但都陆续失败了。我又想往德国去，也失败了。终于，因为我的母亲和几个别的人很希望我有经济上的帮助，我便回到中国来；这时我是二十九岁。

我一回国，就在浙江杭州的两级师范学堂做化学和生理学教员，第二年就走出，到绍兴中学堂去做教务长，第三年又走出，没有地方可去，想在一个书店去做编译员，到底被拒绝了。但革命也就发生，绍兴光复后，我做了师范学校的校长。革命政府在南京成立，教育部长招我去做部员，移入北京；后来又兼做北京大学，师范大学，女子师范大学的国文系讲师。到一九二六年，有几个学者到段祺瑞政府去告密，说我不好，要捕拿我，我便因了朋友林语堂的帮助逃到厦门，去做厦门大学教授，十二月走出，到广东做了中山大学教授，四月辞职，九月出广东，一直住在上海。

我在留学时候，只在杂志上登过几篇不好的文章。初做小说是一九一八年，因为一个朋友钱玄同的劝告，做来登在《新青年》上的。这时才用"鲁迅"的笔名(Pen-name)；也常用别的名字做一点短论。现在汇印成书的有两本短篇小说集：《呐喊》《彷徨》。一本论文，一本回忆记，一本散文诗，四本短评。别的，除翻译不计外，印成的又有一本《中国小说史略》，和一本编定的《唐宋传奇集》。

一九三〇年五月十六日

聚焦：

《伤逝——涓生的手记》与《鲁迅自传》虽在类型上各异，但两者皆一展鲁迅卓绝的文学天赋与深沉的思想底蕴。对于我们深入洞察鲁迅的创作风格和思想观念，此两者意义非凡。所谓"知人论世"，唯有清晰了解作者自身及其所处的时代环境，我们方可更深刻地体悟其作品的内在韵味。

【思考与练习】

1. 分析子君和涓生爱情悲剧的原因。

提示：

子君和涓生的爱情悲剧是多种因素共同作用的结果，包括家庭琐事的消耗、时代背景下的社会对女性的压迫以及双方在经济上的不平等。这些因素共同导致了双方感情的破裂和最终的悲剧结局。

(1) 家庭琐事的消耗。婚后，子君忙于家务，曾经的浪漫爱情在琐碎生活中逐渐消磨。涓生无法接受子君的转变，选择抛弃她，这反映了双方在婚姻中的沟通与理解不足。

(2) 时代背景下的社会对女性的压迫。在那个时代，女性往往面临更多束缚，缺乏独立自主的地位。子君虽然勇敢追求爱情，但最终还是未能摆脱社会的枷锁。

(3) 双方在经济上的不平等。涓生虽然标榜男女平权，但在现实生活中却未能与子君共同分担家庭责任，这导致子君在婚姻中一味付出，却未能得到对方的理解与感恩。

2. 在子君和涓生的爱情故事中，最让你感动的情节有哪些？

提示：

在子君和涓生的爱情故事中，让人感动的情节有以下几个。

(1) 子君勇敢地向涓生表达爱意，并毅然决然地与家庭决裂，选择与他共同生活。这种为了爱情不顾一切的勇气，展现了子君对爱情的执着与坚定，令人动容。

(2) 子君和涓生在一起生活的初期，虽然物质条件匮乏，但彼此之间的爱情充满了甜蜜与温馨。涓生为子君翻译裴多菲的诗，他们一同谈天说地，这些简单的日常成为他们爱情中最美好的回忆。

(3) 当涓生失业，生活陷入困境时，子君并没有选择离开，而是默默地承担起家庭的重担，尽管这最终导致了她的疲惫与变化。但子君在困境中对涓生的不离不弃，依然让人感受到爱情的力量与伟大。

以上这些情节不仅展现了涓生和子君之间深厚的爱情，也反映了他们在面对生活困境时的相互扶持与坚守。

3. 你认为正确的爱情观是什么？

提示：

正确的爱情观应满足以下几点要求。

(1) 爱情中的双方应是平等的，不存在高低贵贱之分。彼此应尊重对方的意愿和选择，不强加自己的意志。

(2) 爱情需要双方的理解与包容。在面对分歧和矛盾时，应尝试站在对方的角度思考问题，共同寻找解决方案。

(3) 真正的爱情应是双方共同成长的过程。通过相互激励和支持，不断提升自我，实现个人价值和共同目标。

(4) 爱情不仅仅是浪漫的激情和甜蜜的相处，更包含对彼此的责任和担当。在困难面前，双方应携手共进，共同面对。

(5) 保持个人的独立性和自主性，不依赖对方来满足自己的所有需求。在爱情中保持自我，才能更长久地维持关系的健康与稳定。

六、边城

沈从文(1902—1988)，原名沈岳焕，湖南省凤凰县人，现代著名作家、历史文物研究专家，京派小说代表人物。14岁时进入地方行伍；1924年开始进行文学创作，之后分别在西南联大、山东大学任教，1946年回到北京大学任教；新中国成立后在中国历史博物馆和中国社会科学院历史研究所工作，主要从事中国古代历史与文物的研究；1988年，病逝于北京。沈从文的作品多以湘西生活为创作背景，代表作品有小说集《阿黑小史》《旅店及其他》《龙朱》《石子船》等，中长篇小说《边城》《长河》《阿丽思中国游记》等，散文《从文自传》《记丁玲》《湘西》《湘行散记》等。

【故事梗概】

《边城》以20世纪30年代川湘交界的边城小镇茶峒为背景。在溪边白塔下，翠翠与爷爷相依为命。翠翠在端午节赛龙舟时邂逅了船总顺顺的二儿子傩送，心生好感。而傩送的哥哥天保也喜欢上了翠翠，还托人提亲。兄弟俩没有决斗，而是以唱山歌的方式让翠翠选择。天保自知唱不过傩送，便驾船远行，却意外落水身亡。傩送因哥哥的死深感愧疚，无心留恋爱情，驾舟出走。爷爷为翠翠的婚事奔波，却遭顺顺冷漠拒绝。在一个暴风雨的夜晚，白塔倒塌，爷爷也去世了。只剩下翠翠守着渡船，等待傩送归来。

【作品鉴赏】

《边城》是作家沈从文创作的中篇小说。作者细腻而真实地描绘了湘西地区的自然风光、民俗文化以及人物形象，使读者仿佛置身于湘西的山水之间。沈从文在《边城》中运用了地道的湘西方言，以增添故事的乡土气息，使人物特征跃然纸上，进一步拉近了作品与读者之间的心灵距离。同时，文章中还融入了和谐统一的诗化语言艺术，以提升作品的文学艺术性。文白杂糅是此部小说的语言特色之一，这种语言艺术形式提升了文章整体的古典美感，并将这部充满乡土气息的作品与纯粹的民间文学有所区分。

文章语言简洁优美且富有诗意，作者运用了比喻、拟人、排比等修辞手法，大大提升了作品的整体艺术性。《边城》中的情感表达含蓄而深沉，作者通过描写人物之间细微的情感交流和心理活动，展现了人物的性格特点和内心世界，人物形象栩栩如生，增加了小说的艺术感染力。整部作品弥漫着朦胧与凄美的氛围，美和悲相互交织，将人性善的一面和悲剧结局做了鲜明的对比，读者在品味这篇小说的过程中，会对湘西的风土人情有更加深刻、细腻的理解。

【汇评】

《边城》的语言是沈从文盛年的语言，最好的语言。既不似初期那样放笔横扫，不加节制；也不似后期那样过事雕琢，流于晦涩。这时期的语言，每一句都"鼓立"饱满，充满水分，酸甜合度，像一篮新摘的烟台玛瑙樱桃。(中国当代文学家汪曾祺)

《边城》的牧歌属性与中国形象互为表里，为后发国家回应被动现代化，提供了经典的样式和意绪。进一步的分析还表明，《边城》作为近现代以降文化守成主义思潮在文学上的提炼，为其文本存在深刻的破绽，并有移用异族文化资源等问题，这揭示了主体民族对自我的诗意想象的虚拟性和策略性，以及与西方文学中的异族想象之间的密切联系。(北京师范大学文学院教授刘洪涛)

《边城》的诗意首先来自浓郁的湘西乡土气息。作家通过翠翠和傩送、天保之间的爱情故事，将茶峒的自然景物和生活风习错综有致地展现在读者面前。那清澈见底的河流，那凭水依山的小城，那河街上的吊脚楼，那攀引缆索的渡船，那关系茶峒"风水"的白塔，那深翠逼人的竹篁中鸟雀的交递鸣叫，……这些富有地方色彩的景物，都自然而又清丽，优美而不加浓涂艳抹。(复旦大学中文系教授潘旭澜)

【拓展阅读】

《故乡》(作者：鲁迅)

聚焦：

对比研究《故乡》和《边城》在写作风格上的不同，深刻体会鲁迅和沈从文的创作风格的不同，为乡土文学的研究寻找新的视角和思路。

【思考与练习】

1.试分析《边城》中翠翠这一人物形象。

提示：

翠翠是一个集"爱"与"美"于一身的理想艺术形象。翠翠身世凄美，是老船夫独生女的遗孤，自小便与祖父相依为命。在湘西边城的青山绿水间，她成长为一个天真活泼、善良纯真的少女。她的眼睛清明如水，举止如同一只小动物，表现出未经世事污染的率真与可爱。她的爱情故事同样凄美。她对傩送的爱情经历了萌生、觉悟和追求三个阶段，却始终保持着对爱情的忠贞与执着。即使面对爱人的出走和亲人的离世，她也没有被不幸的命运击垮，而是勇敢地面对生活的种种磨难，坚守着自己的爱情。翠翠的形象还体现了她对亲情的依恋。虽然失去了双亲，但祖父的爱一直是她顺利成长的护身符。在祖父的陪伴下，她健康快乐地成长，不曾受到一丝一毫的委屈。翠翠这一人物形象代表了未经世事污染的自然美和人性美，她对爱情的忠贞和对亲情的依恋展现了人性中最真挚的情感。翠翠的形象不仅是对传统美德的坚守，更是对自然和谐的向往，提醒人们要珍惜和保护那些纯真美好的情感。

2.《边城》叙述了一个什么样的故事？表现了作者怎样的人生追求？

提示：

《边城》叙述了一个发生在川湘边界茶峒小城的凄美爱情故事。小说以翠翠和祖父以及一只大黄狗相依为命的生活为背景，描绘了翠翠被城中船总顺顺的两个儿子天保和傩送同时爱上，却因种种误会和不幸导致爱情悲剧的故事。

这部作品表现了沈从文对理想人生的执着追求。他通过刻画翠翠等人物的善良、淳朴和含蓄，展现了边城健康、优美、纯朴的民风和人情，讴歌了一种淳厚的象征着"爱"与"美"的人性和人生。同时，沈从文也表达了对平淡安逸、与世无争生活的向往，以及对人性中美好品质的珍视和呼唤。

七、金锁记①

张爱玲(1920—1995)，原名张煐，祖籍河北省唐山市，中国现代文学史上的著名作家，被列入"中国近现代史上的20位杰出女性"。张爱玲生于上海一个没落的贵族家庭，祖父张佩伦是清朝著名大臣李鸿章的女婿，张爱玲父亲为贵族纨绔子弟，其母亲为贵族小姐，两人于张爱玲三岁时离异。1939年，张爱玲考入香港大学；1942年，返回上海，开始写作生涯；1944年，与胡兰成同居；1947年，与胡兰成离婚；1952年，从内地移居香港；1955年，离港赴美定居；1995年，于美国洛杉矶的公寓离世。代表作为小说集《传奇》，具体包括《沉香屑》《倾城之恋》《金锁记》《茉莉花片》《琉璃瓦》《封锁》《心经》《红玫瑰与白玫瑰》《华丽缘》《连环套》《十八春》(后改名《半生缘》)等。另一代表作为散文集《流言》等。

【故事梗概】

《金锁记》讲述了曹七巧悲惨而扭曲的一生。曹七巧是麻油店老板的女儿，被贪财的哥哥卖给了姜家患有软骨病的二少爷。在姜家，她因出身低微备受歧视与冷落，丈夫无法满足她的情感和生理需求，她将情感寄托于小叔子季泽，却未得到回应。十年后，丈夫和姜家老爷去世，姜家分家，曹七巧为自己争取到了丰厚的家产。季泽为谋财前来求和，被曹七巧识破赶走。此后，曹七巧的心理愈发扭曲，她疯狂报复命运的不公。她强迫女儿长安裹脚、辍学，还破坏长安与童世舫的爱情。为把儿子长白留在身边，她让长白娶了芝寿，又不断羞辱芝寿，窥探他们的隐私，致使芝寿含恨而死，后来长白的姨太太娟姑娘也被她逼死。最终，曹七巧在孤独和悔恨中离世，她用自己的一生为"黄金枷锁"陪葬，也将悲剧延续到了下一代。

【作品鉴赏】

《金锁记》是张爱玲最出色的中篇小说，傅雷曾称它为"张女士截至目前为止的最完满之作，颇有《猎人日记》中某些故事的风味，至少也该列为我们文坛最美的收获之一"。小说描写了麻油店老板的女儿曹七巧人性扭曲的过程，她戴着黄金的枷锁，不但破坏儿子的婚姻，致使儿媳被折磨而死，还拆散女儿的爱情。

整篇小说弥漫着一种苍凉的悲剧氛围。文章结构紧凑，情节跌宕起伏。以曹七巧的命运为主线，交织了其他人物的故事。同时，还采用了第三人称的全知视角和曹七巧的内心独白相结合的叙事方式，全面地展现了故事情节的发展。文中象征手法的运用增强了小说的艺术感染力。本篇选取的是七巧破坏女儿长安爱情的一段。张爱玲以细腻而精准、美丽而苍凉的文字，诉说了封建大家庭中女子的悲剧。

【汇评】

极端病态与极端觉悟的人究竟不多。时代是这么沉重，不容那么容易就大彻大悟。这些年来，人类到底也这么生活了下来，可见疯狂是疯狂，还是有分寸的。所以我的小说里，除了《金锁记》里的曹七巧，全是些不彻底的人物。他们不是英雄，他们可是这时代的广大的负荷者。因为他们虽然不彻底，但究竟是认真的。他们没有悲壮，只有苍凉。悲壮是一种完成，而苍凉则是一种启示。(张爱玲《自己的文章》)

最初她用黄金锁住了爱情，结果却锁住了自己。爱情磨折了她一世和一家。她战败了，她是弱者。但因为是弱者，她就没有被同情的资格了么？弱者做了情欲的俘虏，代情欲做了刽子手，我们便有理由恨她么？作者不这么想。(傅雷《论张爱玲的小说》)

【拓展阅读】

《天才梦》(作者：张爱玲)

聚焦：

查找全文并阅读，这是张爱玲18岁时所写的一篇散文，你能否从中看出她今后生活与创作道路的端倪呢？

【思考与练习】

1. 分析《金锁记》中的七巧和长安这两个人物的性格特征。

提示：

七巧和长安的性格特征鲜明且复杂。七巧是一个被扭曲的精神虐待者，她出身贫苦，被嫁入贵族家庭后，受到无尽的剥削和压迫，逐渐变得冷酷无情，对金钱和权力有着病态的追求。她不仅伤害了自己深爱的男人和家人，还试图通过控制子女来满足自己的权力欲，表现出极强的控制欲和破坏欲。长安作为七巧的女儿，性格更为复杂。她有着强烈的自尊心和自我意识，但在家庭的压力和社会的束缚下，她被迫放弃了自己的爱情，选择了与一个自己不爱的男人结婚。这种无奈的选择，不仅让她的内心备受煎熬，也使她的人生变得异常悲哀。长安的遭遇反映了封建社会对女性的压迫和束缚，也展现了人性在特定历史阶段的复杂和矛盾。七巧和长安的性格中都充满了人性的矛盾和冲突，她们的命运也是中国社会特定历史阶段的产物。

2. 结合《金锁记》谈谈曹七巧性格扭曲的原因。

提示：

曹七巧性格扭曲的原因包括以下几个方面。

(1) 婚姻的压迫。曹七巧出身低微，被卖给富贵人家做姨太太。在封建婚姻制度下，她的爱情和自由被剥夺。丈夫是患有软骨病的残疾人，她的婚姻生活只有压抑和痛苦。这种长期不幸福的婚姻，使她的内心逐渐失去平衡。

(2) 金钱的腐蚀。在压抑的环境中，金钱成为曹七巧唯一的寄托和安全感来源。她戴着黄金的枷锁，被金钱所禁锢。为了守住财产，她变得猜忌、刻薄。比如，她破坏儿子和儿媳的关系，嫉妒女儿的恋情，对身边人充满恶意。她在金钱的漩涡中越陷越深，人性也在金钱的腐蚀下极度扭曲，从一个有血有肉的人变成了一个令人憎恶的"疯子"，曹七巧的悲剧是封建婚姻和金钱至上观念共同作用的结果。

(3) 封建思想的束缚。在旧式大家庭中，曹七巧饱受封建礼教的束缚和压迫，这种环境逐渐侵蚀了她的心灵，使她变得扭曲和病态。

八、额尔古纳河右岸

迟子建，中国作家协会会员、一级作家，黑龙江省作家协会主席，第十四届全国政协委员、常委。1983年开始文学创作，作品甚多，至今已发表以小说为主的文学作品五百余万字，出版四十余部单行本；1990年加入中国作家协会。代表作品有小说《伪满洲国》《额尔古纳河右岸》《雾月牛栏》《清水洗尘》，散文随笔集《伤怀之美》《我的世界下雪了》等。作品语言简洁凝练，颇有韵味。其中，短篇小说《雾月牛栏》获得第六届庄重文文学奖、首届鲁迅文学奖；短篇小说《清水洗尘》获得第二届鲁迅文学奖；中篇小说《世界上所有的夜晚》获得鲁迅文学奖；长篇小说《额尔古纳河右岸》获得第七届茅盾文学奖；散文《光明在低头的一瞬》获得第三届冰心文学奖。

【故事梗概】

《额尔古纳河右岸》以鄂温克族最后一位酋长女人"我"的自述口吻展开。在中俄边界的额尔古纳河右岸，鄂温克族人在此与驯鹿相依为命，信奉萨满。"我"的童年和青年时期，经历了姐姐列娜冻死、父亲被雷电劈死等诸多变故。后来，日本侵略者入侵，娜杰什卡因害怕被发现俄罗斯血统而逃走，"我"迷路后被拉吉达所救并与他结婚，育有子女。后来，拉吉达不幸冻死，"我"又与瓦罗加结合。随着时代的变迁，现代化进程不断推进，鄂温克族面临着巨大的冲击。族人在山下和山上之间徘徊，既留恋山上的生活，又放不下山下的便利。妮浩萨满为救人牺牲了自己多个孩子的生命，"我"的亲人也相继离世。最后，达吉亚娜的女儿依莲娜因无法适应现代与原始文明的冲突而投河自尽，达吉亚娜等族人选择下山定居，只剩下"我"和安草儿留在山上。

这部作品展现了鄂温克族的兴衰变迁，体现了鄂温克族人民在困境中的顽强抗争与无奈。

【作品鉴赏】

《额尔古纳河右岸》以鄂温克族最后一位酋长妻子的自述口吻，讲述了鄂温克族这一古老民族在近百年历史中的兴衰变迁，并借此深刻反思了现代文明与原始部族文化在碰撞融合中所面临的种种问题和困境。同时，以大幅的风景书写为创作缘起，填补了当下小说创作中风景描写的缺失，进一步凸显了风景书写在探寻生命真谛方面的重要价值。

小说文风沉稳大气，叙事手法独特新颖。作者灵活转变老人、孩童和傻子三个不同的视角，使叙事回归到生命最初天真与纯净的状态，将鄂温克族近百年的生活变迁以交响曲的形式呈现在读者面前。作者巧妙运用了比喻、拟人和通感等修辞手法，使读者能够深刻体会到作品诗情画意的意境，从而拉近了读者与作品之间的距离。小说语言精妙之处还在于，即使是面对死亡的沉重话题，作者也能以细腻的笔触与温情的态度进行描绘，并告诉人们鄂温克族人将死亡视为另一种形式的延续，在面对死亡时能保持一颗悲悯之心，坦然接受并从容地面对。

【汇评】

迟子建怀着素有的真挚澄澈的心，进入鄂温克族人的生活世界，以温情的抒情方式诗意地讲述了一个少数民族的顽强坚守和文化变迁。这部"家族式"的作品可以看作作者与鄂温克族人的坦诚对话，在对话中她表达了对尊重生命、敬畏自然、坚持信仰、爱憎分明等被现代性所遮蔽的人类理想精神的彰扬。迟子建的文风沉静婉约，语言精妙。小说具有史诗般的品格和文化人类学的思想厚度，是一部风格鲜明、意境深远、思想性和艺术性俱佳的上乘之作。(第七届茅盾文学奖授奖词)

在盈满泪水但又不失其冷静的叙述中，在处处悬疑却又诗意盎然的文字间，在命运相济而又态度迥异的女性人物里，作者向我们推演的不仅仅是一个个悲剧，而是在寻觅悲剧背后的原因。天灾、人祸以及它的难以逆料和无法克服。比起简单地描写底层生活的小说，迟子建显然超越了表象的痛苦，直抵命运的本质。(《北京文学·中篇小说月报》奖颁奖词)

令人振奋的是迟子建的《额尔古纳河右岸》让我们看到了那些人，她将一代被逐渐吞噬的文明定格在了人类的记忆中。《额尔古纳河右岸》对鄂温克狩猎文明的描绘无疑是美的、神秘的、圣洁的，我们之所以对这样一种原始的生活方式报以如此温情而向往的目光，也是因为不论人类社会发展至什么状态，人性深处潜藏的对美、对真、对爱、对善的渴求是亘古不变的。(《中国青年报》)

【拓展阅读】

《群山之巅》(作者：迟子建)

聚焦：

迟子建在《额尔古纳河右岸》中展现了受萨满教熏陶而产生的民间信仰，而在其多年后的另一部力作《群山之巅》中，则进一步挖掘了因果报应的宿命观念。

【思考与练习】

1.《额尔古纳河右岸》描写了鄂温克族的许多传统文化和生活方式，请你选择其中一种传统文化或者生活方式进行详细描述。

提示：

在《额尔古纳河右岸》中，鄂温克族的"撮罗子"文化别具特色。搭建撮罗子是鄂温克族人的生活技能。撮罗子是鄂温克族游猎生活的独特居所，它取材天然，由松木杆搭建而成，呈圆锥状，顶部留有通风口，既能排出炊烟，又能透进阳光，同时方便迁徙时拆卸和搬运。撮罗子四周用桦树皮或兽皮围裹，在不同季节使用不同材质，夏天桦树皮透气凉爽，冬天兽皮则保暖防风。撮罗子不仅是鄂温克族人的居住场所，更是鄂温克族文化的象征。在撮罗子里，一家人围坐在火塘边，火塘不仅能用于取暖、烹煮食物，更是凝聚家庭情感的中心。人们在火塘边分享故事、传承习俗，火塘的火苗就像鄂温克族生生不息的文化火种。夜幕降临，透过撮罗子顶部通风口，能看到满天繁星，这是鄂温克族与自然紧密相连的生活写照，体现着鄂温克族对自然的敬畏与依赖。在撮罗子里，鄂温克族人度过了无数温暖而宁静的时光。

2.鄂温克族的历史变迁是《额尔古纳河右岸》的重要线索，谈谈你对这段历史的理解和感受。

提示：

鄂温克族的历史变迁是《额尔古纳河右岸》的重要线索，展现了这一民族从原始狩猎生活到现代文明的转型过程。鄂温克族最初居住于山林之中，以狩猎和游牧为生，与驯鹿相伴，形成了独特的民族文化和生活方式。然而，随着历史的变迁，他们被迫离开故土，迁徙至大兴安岭地区。在这一过程中，他们经历了无数的艰辛和磨难，但始终坚守着自己的信仰和文化。在现代文明的冲击下，鄂温克族的传统生活方式逐渐发生了改变。森林被开发，驯鹿的生存环境受到威胁，鄂温克族人不得不下山定居，放弃游牧生活。这一变迁虽然带来了物质上的改善，但也让他们失去了与自然的紧密联系和传统文化的根基。这段历史让我深刻感受到了鄂温克族人民的坚韧和顽强，以及他们在面对历史变迁时的无奈和挣扎。同时，也引发了我对传统文化与现代文明之间关系的思考。如何在现代化进程中保护和传承民族文化，是一个值得我们深思的问题。

3.请探讨《额尔古纳河右岸》中所体现的人与自然的关系，以及这种关系给现代社会带来的启示。

提示：

在《额尔古纳河右岸》中，鄂温克族人与自然的关系紧密而和谐。他们敬畏自然，从自然中获取生活资源，与驯鹿等动物和谐共生，体现了对大自然的热爱与敬畏。然而，随着现代文明的发展，这种和谐关系被打破。原始森林被砍伐，动物生存环境恶化，鄂温克族的传统生活方式受到冲击。

　　小说中对于人与自然关系的反思，引发了人们对现代文明发展方式的思考。这种关系给现代社会带来的启示是：我们应该尊重自然、保护环境，实现人与自然的和谐共生。现代文明的发展不能以牺牲自然环境为代价，而应该寻求可持续的发展方式。鄂温克族人的生活方式提醒我们，与自然和谐相处是人类文明发展的重要基础。同时，小说也呼吁人们重新审视现代文明与自然的关系，唤起人们的生态保护意识。我们应该像鄂温克族人一样，以敬畏之心对待自然，珍惜自然资源，推动绿色发展、循环发展和低碳发展，共同守护我们赖以生存的地球家园。

九、白象似的群山

　　欧内斯特·米勒·海明威(1899—1961)，出生于美国伊利诺伊州芝加哥市郊区奥克帕克，美国作家、记者，被认为是20世纪最著名的小说家之一，是美国"迷惘的一代"作家中的代表人物。海明威的个人生活充满了传奇色彩，他经历了多次战争、爱情和旅行。然而，他的晚年生活却充满了痛苦和挫折，最终在1961年自杀身亡。

　　海明威的代表作品有长篇小说《太阳照常升起》《丧钟为谁而鸣》《永别了，武器》《过河入林》等，中篇小说《老人与海》，短篇小说集《雨中的猫》《在我们的时代里》《没有女人的男人》等。海明威的创作涵盖小说、短篇故事和非虚构作品等多个领域，他的作品常常描绘战争、爱情、人性和自然等主题，展现了人类在困境中的坚韧与勇气。

　　埃布罗河①河谷的那一边，白色的山冈起伏连绵。这一边，白地一片，没有树木，车站在阳光下两条铁路线中间。紧靠着车站的一边，是一幢笼罩在闷热的阴影中的房屋，一串串竹珠子编成的门帘挂在酒吧间敞开着的门口挡苍蝇。那个美国人和那个跟他一道的姑娘坐在那幢房屋外面阴凉处的一张桌子旁边。天气非常热，巴塞罗那来的快车还有四十分钟才能到站。列车在这个中转站停靠两分钟，然后继续行驶，开往马德里。

　　"咱们喝点什么呢？"姑娘问。她已经脱掉帽子，把它放在桌子上。

　　"天热得很。"男人说。

　　"咱们喝啤酒吧。"

　　"Doscervezas②。"男人对着门帘里面说。

　　"大杯的？"一个女人在门口问。

　　"对。两大杯。"那女人端来两大杯啤酒和两只毡杯垫。她把杯垫和啤酒杯一一放在桌子上。看看那男的，又看看那姑娘。姑娘正在眺望远处群山的轮廓。山在阳光下是白色的，而乡野则是灰褐色的干巴巴的一片。

　　"它们看上去像一群白象。"她说。

　　"我从来没有见过象。"男人把啤酒一饮而尽。

　　"你是不会见过。"

　　"我也许见到过的，"男人说，"光凭你说我不会见过，并不说明什么问题。"姑娘看看珠帘子。"他们在上面画了东西的，"她说，"那上面写的什么？"

"Anisdel Toro③，是一种饮料。"

"咱们能尝尝吗？"

男人朝着珠帘子喊了一声"喂"。那女人从酒吧间走了出来。

"一共是四雷阿尔④。"

"给我们再来两杯 Anisdel Toro。"

"掺水吗？"

"你要掺水吗？"

"我不知道，"姑娘说，"掺了水好喝吗？"

"好喝。"

"你们要掺水吗？"女人问。

"好，掺水。"

"这酒甜丝丝的就像甘草。"姑娘说，一边放下酒杯。

"样样东西都是如此。"

"是的，"姑娘说，"样样东西都甜丝丝的像甘草，特别是一个人盼望了好久的那些东西，简直就像艾酒一样。"

"噢，别说了。"

"是你先说起来的，"姑娘说，"我刚才倒觉得挺有趣。我刚才挺开心。"

"好吧，咱们就想法开心开心吧。"

"行啊。我刚才就在想法。我说这些山看上去像一群白象，这比喻难道不妙？"

"妙。"

"我还提出尝尝这种没喝过的饮料。咱们不就做了这么点儿事吗——看看风景，尝尝没喝过的饮料？"

"我想是的。"

姑娘又眺望远处的群山。

"这些山美极了，"她说，"看上去并不真像一群白象。我刚才只是说，透过树木看去，山表面的颜色是白的。"

"咱们要不要再喝一杯？"

"行。"

热风把珠帘吹得拂到了桌子。

"这啤酒凉丝丝的，味儿挺不错。"男人说。

"味道好极了。"姑娘说。

"那实在是一种非常简便的手术，吉格。"男人说。

"甚至算不上一个手术。"姑娘注视着桌腿下的地面。

"我知道你不会在乎的，吉格。真的没有什么大不了。只要用空气一吸就行了。"

姑娘没有作声。

"我陪你去，而且一直待在你身边。他们只要注入空气，然后就一切都正常了。"

"那以后咱们怎么办？"

"以后咱们就好了，就像从前那样。"

"你怎么会这么想呢？"

"因为使我们烦心的就只有眼下这一件事儿，使我们一直不开心的就只有这一件事儿。"

姑娘看着珠帘子，伸手抓起两串珠子。

"那你以为咱们今后就可以开开心心地再没有什么烦恼事了。"

"我知道咱们会幸福的。你不必害怕。我认识许多人，都做过这种手术。"

"我也认识许多人做过这种手术，"姑娘说，"手术以后他们都照样过得很开心。"

"好吧，"男人说，"如果你不想做，你不必勉强。如果你不想做的话，我不会勉强你。不过我知道这种手术是十分简单的。"

"你真的希望我做吗？"

"我以为这是最妥善的办法。但如果你本人不是真心想做，我也绝不勉强。"

"如果我去做了，你会高兴，事情又会像从前那样，你会爱我——是吗？"

"我现在就爱着你。你也知道我爱你。"

"我知道。但是如果我去做了，那么倘使我说某某东西像一群白象，就又会和和顺顺的，你又会喜欢了？"

"我会非常喜欢的。其实我现在就喜欢听你这么说，只是心思集中不到那上面去。心烦的时候，我会变成什么样子，你是知道的。"

"如果我去做手术，你就再不会心烦了？"

"我不会为这事儿烦心的，因为手术非常简单。"

"那我就决定去做。因为我对自己毫不在乎。"

"你这话什么意思？"

"我对自己毫不在乎。"

"不过，我可在乎。"

"啊，是的。但我对自己却毫不在乎。我要去做手术，完了以后就会万事如意了。"

"如果你是这么想的，我可不愿让你去做手术。"姑娘站起身来，走到车站的尽头。铁路对面，在那一边，埃布罗河两岸是农田和树木。远处，在河的那一边，便是起伏的山峦。一片云影掠过粮田；透过树木，她看到了大河。

"我们本来可以尽情欣赏这一切，"她说，"我们本来可以舒舒服服享受生活中的一切，但一天又一天过去，我们越来越不可能过上舒心的日子了。"

"你说什么？"

"我说我们本来可以舒舒服服享受生活中的一切。"

"我们能够做到这一点的。"

"不，我们不能。"

"我们可以拥有整个世界。"

"不，我们不能。"

"我们可以到处去逛逛。"

"不，我们不能。这世界已经不再是我们的了。"

"是我们的。"

"不，不是。一旦他们把它拿走，你便永远失去它了。"

"但他们还没有把它拿走啊。"

"咱们等着瞧吧。"

"回到阴凉处来吧，"他说，"你不应该有那种想法。"

"我什么想法也没有，"姑娘说，"我只知道事实。"

"我不希望你去做任何你不想做的事——"

"或者对我不利的事，"她说，"我知道。咱们再来杯啤酒好吗？"

"好的。但你必须明白——"

"我明白，"姑娘说，"咱们别再谈了好不好？"

他们在桌边坐下。姑娘望着对面干涸的河谷和群山，男人则看着姑娘和桌子。

"你必须明白，"他说，"如果你不想做手术，我并不硬要你去做。我甘心情愿承受到底，如果这对你很重要的话。"

"难道这对你不重要吗？咱们总可以对付着过下去吧。"

"对我当然也重要。但我什么人都不要，只要你一个。随便什么别的人我都不要。再说，我知道手术是非常简单的。"

"你当然知道它是非常简单的。"

"随你怎么说好了，但我的的确确知道就是这么回事。"

"你现在能为我做点事儿吗？"

"我可以为你做任何事情。"

"那就请你，请你，求你，求你，求求你，求求你，千万求求你，不要再讲了，好吗？"

他没吭声，只是望着车站那边靠墙堆着的旅行包。包上贴着他们曾过夜的所有旅馆的标签。

"但我并不希望你去做手术，"他说，"做不做对我完全一样。"

"你再说我可要尖声叫了。"

那女人端着两杯啤酒撩开珠帘走了出来，把酒放在湿漉漉的杯垫上。"火车五分钟之内到站。"她说。

"她说什么？"姑娘问。

"她说火车五分钟之内到站。"

姑娘对那女人愉快地一笑，表示感谢。

"我还是去把旅行包放到车站那边去吧。"男人说。姑娘对他笑笑。

"行。放好了马上回来，咱们一起把啤酒喝光。"

他拎起两只沉重的旅行包，绕过车站把它们送到另一条路轨处。他顺着铁轨朝火车开来的方向望去，但是看不见火车。他走回来的时候，穿过酒吧间，看见候车的人们都在喝酒。他在柜台上喝了一杯茴香酒，同时打量着周围的人。他们都在宁安毋躁地等候着列车到来。他撩开珠帘子走了出来。她正坐在桌子旁边，对他投来一个微笑。

"你觉得好些了吗？"他问。

"我觉得好极了，"她说，"我又没有什么毛病啰。我觉得好极了。"

【注释】

① 埃布罗河：流经西班牙东北部，注入地中海，全长约910千米。

② Doscervezas：西班牙语，意为"来两杯啤酒"。

③ Anisdel Toro：西班牙语，茴香酒。

④ 雷阿尔：旧时西班牙和拉丁美洲国家通用的一种银币。

【作品鉴赏】

《白象似的群山》是美国著名小说家海明威短篇小说的代表作之一。文章开篇即渲染出一种荒芜阴暗的气氛，描写了一个美国男人与随行的女孩进入酒吧，而后坐在桌旁眺望远处群山的情景。小说情节简单、语言平实，但叙述艺术、写作手法颇为新颖，特别是海明威式的对白以及内外聚焦的叙述角度，鲜明地展现了作品的主题。小说主要以简单直白的对话形式塑造了人物形象，揭示了人物内心的情感波动。这些看似简单的对话中实则蕴含了丰富的矛盾与冲突，形成了一种强烈的戏剧性张力，从而深刻体现了海明威文学创作中的"冰山理论"。文章中的白象隐喻被反复提及，作者选用陌生化处理的文学语言技巧，赋予每次隐喻以不同的意蕴，引导读者进行多层次解读，进而加深读者对小说主题与意义的领悟。

【汇评】

海明威是"最有影响力的现代美国风格作家"，他以文学风格的简洁而出名，世称"冰山原则"，即用简洁的文字塑造出鲜明的形象，把自身的感受和思想情绪最大限度地埋藏在形象之中，使之情感充沛却含而不露、思想深沉而隐而不晦。简洁的文字、鲜明的形象、丰富的情感和深刻的思想是构成"冰山原则"的四个要素。(张晓花《海明威"冰山原则"下的小说创作风格》)

至于人物性格，选择起来也并非不那么令人为难。姑娘可能极度敏感、细腻、深受道德的束缚；她也可能任性、矫揉造作、喜欢歇斯底里地发作。(米兰·昆德拉《被背叛的遗嘱》)

在这篇小说中，海明威几乎是把"空白"利用到了极致，他在小说中杂糅着留白和省略，每一句话中都有——因此，这篇小说精致而有效地展示了"冰山理论"和它的可能，带有巨大的回声。(河北师范大学文学院教授李浩《延展于言说之外：海明威〈白象似的群山〉解读》)

【拓展阅读】

《雨中的猫》(作者：海明威)

聚焦：

海明威通过对动作、对话、情景的描写，《雨中的猫》和《白象似的群山》都体现了简洁重复、含蓄象征的写作手法。

【思考与练习】

1. 小说中多次提到"白象似的群山"，这个比喻有什么象征意义？

提示：

"白象似的群山"具有以下象征意义。

(1) 白象在印度被视为圣物，珍贵但难以豢养，象征昂贵而无用的礼物。在小说中，白象被用来形容女主人公吉格腹中的胎儿，暗示了这个未出生的孩子的珍贵与吉格面临的困境。胎儿如同白象一样，是吉格内心的宝物，但她的现实处境却让她难以承担这个生命的到来。

(2) 群山象征吉格内心的波澜和迷茫。随着她与男友对话的深入，她对是否要留下这个孩子的内心挣扎愈发强烈。白象似的群山不仅是她眼前所见，更是她内心情感的写照。

综上所述，"白象似的群山"这一比喻在小说中既象征了吉格腹中的胎儿，也反映了她内心的挣扎和迷茫。这一象征手法加深了小说的主题内涵，可使读者更加深入地理解吉格的内心世界。

2. 分析男女主人公的对话，他们的态度和情感是怎样变化的？

提示：

男女主人公的对话揭示了他们的态度和情感的微妙变化。起初，女孩试图维持平静，对即将进行的堕胎手术心怀犹豫和不安；而男孩则较为冷淡，试图说服女孩进行手术，表现出对责任的逃避。随着对话的深入，女孩的情感逐渐变得坚定，她开始表达对未来和生命的渴望，以及对男孩的失望；而男孩则坚持自己的观点，试图用各种理由说服女孩，态度也愈发强硬和不耐烦。最终，女孩感到崩溃和无助，以一种自暴自弃的态度结束了对话，决定去做手术；而男孩在达到目的后，也并未表现出任何愧疚或关心，反而穷追猛打，试图在口头上占上风。在整个对话过程中，女孩经历了从犹豫到坚定再到崩溃的情感变化，而男孩则始终保持一种冷漠和逃避责任的态度。这种态度和情感的对比，不仅揭示了两人之间的情感隔阂，也深刻反映了他们在面对重大决策时的不同立场和价值观。

3. 海明威的写作风格以简洁著称，在小说《白象似的群山》中找出一些体现此风格的例子，并分析其效果。

提示：

(1) 对话简洁直白。小说中男女主人公的对话简短且直接，没有冗余的修饰，直接展现了两人内心的想法和情感变化。例如，"它们看上去像一群白象"，她说。这种简洁的对话方式，使读者能够迅速进入情境，感受人物的内心世界。

(2) 描写精炼。海明威对自然环境和人物外貌的描写都非常精炼，仅用寥寥数语便能勾勒出清晰的画面。例如，"埃布罗河河谷的那一边，白色的山冈起伏连绵"。这种简洁的描写不仅节约了篇幅，还赋予了作品更大的想象空间。

(3) 省略与留白。海明威善于在作品中省略部分情节和细节，让读者通过想象来填补空白。这种写作方式不仅能使作品更加简洁，还能激发读者的阅读兴趣。

十、雪国(节选)

　　川端康成(1899—1972)，日本现当代小说家，被公认为20世纪日本文学的重要代表人物之一。1899年，川端康成出生于大阪，幼年父母双亡，其后姐姐和祖父母又陆续病故。川端康成以《伊豆的舞女》一作崭露头角，一生创作了100余篇小说，其中，中短篇作品多于长篇，尤为出色。他善于运用意识流的写法，展示人物的内心世界，其作品富有抒情性，追求人生升华之美，并深受佛教思想和虚无主义的影响，展现出独特的哲学思考和深刻的人文关怀。1968年，川端康成凭借《雪国》《千只鹤》《古都》三部代表作荣获诺贝尔文学奖。

　　穿过县界长长的隧道，便是雪国。夜空下一片白茫茫。火车在信号所前停了下来。
　　一位姑娘从对面座位上站起身子，把岛村座位前的玻璃窗打开。一股冷空气卷袭进来。姑娘将身子探出窗外，仿佛向远方呼唤似的喊道：
　　"站长先生，站长先生！"
　　一个把围巾缠到鼻子上、帽耳聋拉在耳朵边的男子，手拎提灯，踏着雪缓步走了过来。
　　岛村心想：已经这么冷了吗？他向窗外望去，只见铁路人员当作临时宿舍的木板房，星星点点地散落在山脚下，给人一种冷寂的感觉。那边的白雪，早已被黑暗吞噬了。
　　"站长先生，是我。您好啊！"
　　"哟，这不是叶子姑娘吗！回家呀？又是大冷天了。"
　　"听说我弟弟到这里来工作，我要谢谢您的照顾。"
　　"在这种地方，早晚会寂寞得难受的。年纪轻轻，怪可怜的！"
　　"他还是个孩子，请站长先生常指点他，拜托您了。"
　　"行啊。他干得很带劲，往后会忙起来的。去年也下了大雪，常常闹雪崩，火车一抛锚，村里人就忙着给旅客送水送饭。"
　　"站长先生好像穿得很多，我弟弟来信说，他还没穿西服背心呢。"
　　"我都穿四件啦！小伙子们遇上大冷天就一个劲儿地喝酒，现在一个个都得了感冒，东歪西倒地躺在那儿啦。"站长向宿舍那边晃了晃手上的提灯。
　　"我弟弟也喝酒了吗？"
　　"这倒没有。"
　　"站长先生这就回家了？"
　　"我受了伤，每天都去看医生。"
　　"啊，这可太糟糕了。"
　　和服上罩着外套的站长，在大冷天里，仿佛想赶快结束闲谈似的转过身来说：
　　"好吧，路上请多保重。"
　　"站长先生，我弟弟还没出来吗？"叶子用目光在雪地上搜索，"请您多多照顾我弟弟，拜托啦。"
　　她的话声优美而又近乎悲戚。那嘹亮的声音久久地在雪夜里回荡。

火车开动了，她还没把上身从窗口缩回来。一直等火车追上走在铁路边上的站长，她又喊道：

"站长先生，请您告诉我弟弟，叫他下次休假时回家一趟！"

"行啊！"站长大声答应。

叶子关上车窗，用双手捂住冻红了的脸颊。

这是县界的山，山下备有三辆扫雪车，供下雪天使用。隧道南北，架设了电力控制的雪崩报警线。部署了五千名扫雪工和二千名消防队的青年队员。

这个叶子姑娘的弟弟，从今冬起就在这个将要被大雪覆盖的铁路信号所工作。岛村知道这一情况以后，对她越发感兴趣了。

但是，这里说的"姑娘"，只是岛村这么认为罢了。她身边那个男人究竟是她的什么人，岛村自然不晓得。两人的举动很像夫妻，男的显然有病。陪伴病人，无形中就容易忽略男女间的界限，侍候得越殷勤，看起来就越像夫妻。一个女人像慈母般地照拂比自己岁数大的男子，老远看去，免不了会被人看作夫妻。

岛村是把她作为单独的一个人来看的，凭她那种举止就推断她可能是个姑娘。也许是他用过分好奇的目光盯住这个姑娘，自己增添了不少的感伤。

已经是三个钟头以前的事了。岛村感到百无聊赖，发呆地凝望着不停活动的左手食指。因为只有这个手指，才能使他清楚地感到就要去会见的那个女人。奇怪的是，越是急于把她清楚地回忆起来，印象就越模糊。在这扑朔迷离的记忆中，也只有这手指所留下的几许感触，把他带到远方的女人身边。他想着想着，不由得把手指送到鼻子边闻了闻。当他无意识地用这个手指在窗玻璃上画道道时，不知怎的，上面竟清晰地映出一只女人的眼睛。他大吃一惊，几乎喊出声来。大概是他的心飞向了远方的缘故。他定神看时，什么也没有。映在玻璃窗上的，是对座那个女人的形象。外面昏暗下来，车厢里的灯亮了。这样，窗玻璃就成了一面镜子。然而，由于放了暖气，玻璃上蒙了一层水蒸气，在他用手指揩亮玻璃之前，那面镜子其实并不存在。

玻璃上只映出姑娘一只眼睛，她反而显得更加美了。

【作品鉴赏】

《雪国》是川端康成中篇小说创作的开篇之作，他以独特的氛围、细腻的情感描写和隐喻性的意象，为读者呈现了一部内涵深沉且极具艺术魅力的文学作品。《雪国》开篇伊始就将读者引入一个被白雪覆盖的纯净世界，一个虚实交织的世界。川端康成的笔触细腻入微，关注草木的细微变化与自然万物的生命律动，蕴含人与自然相互依存、平等相处、和谐共生的思想。

在小说《雪国》中，新感觉派的风格尤为显著，作品注重情绪性和感受性，而非情节性和叙事性。小说以第一人称的叙述方式展开，通过主人公岛村的视角和内心独白来推动故事发展。川端康成运用独特的叙事手法和精准的语言表达，对雪、山、火等自然意象以及岛村、小春等人物形象进行生动描绘，引领读者进入一个静谧而充满内心矛盾的世界，探讨了人类内心的孤独、渴望、困惑与挣扎，触动了人们对情感关系与生命意义的深刻思考。

【汇评】

就《雪国》里的驹子等等而言，很多地方我是有意识地写出小说人物和原型的区别。甚至面相等等都差距甚大。对想去看看人物原型的人来说，感到意外是理所当然的。(川端康成《独影自命》)

川端康成不是一般意义上的寓情于景或触景生情，而是含有更高层次的意味。即他将人的思想感情、人的精神注入自然风物之中，达到变我为物、变物为我、物我一体的境界。(中国著名日本文学研究专家叶渭渠先生《川端康成评传》)

对《雪国》的作者我来说，岛村是一个让我挂念的人物。我觉得岛村几乎没有写出来，但这也值得怀疑。驹子的爱是写出来了，但岛村的爱写出来了吗？岛村的内心沉浸着爱而不得的悲哀与悔恨。(川端康成《川端康成全集》)

【拓展阅读】

古都

川端康成

千重子发现老枫树干上的紫花地丁开了花。

"啊，今年又开花了。"千重子感受到春光的明媚。

在城里狭窄的院落里，这棵枫树可算是大树了。树干比千重子的腰围还粗。当然，它那粗老的树皮、长满青苔的树干，怎能比得上千重子娇嫩的身躯……枫树的树干在千重子腰间一般高的地方，稍向右倾；在比千重子的头部还高的地方，向右倾斜得更厉害了。枝丫从倾斜的地方伸展开去，占据了整个庭院。它那长长的枝梢，也许是负荷太重，有点下垂了。在树干弯曲的下方，有两个小洞，紫花地丁就分别寄生在那儿，并且每到春天就开花。打千重子懂事的时候起，那树上就有两株紫花地丁了。上边那株和下边这株相距约莫一尺。妙龄的千重子不免想："上边和下边的紫花地丁彼此会不会相见，会不会相识呢？"她所想的紫花地丁"相见"和"相识"是什么意思呢？紫花地丁每到春天就开花，一般开三朵，最多五朵。尽管如此，每年春天它都要在树上这个小洞里抽芽开花。千重子时而在廊道上眺望，时而在树根旁仰视，不时被树上那株紫花地丁的生命打动，或者勾起孤单的伤感情绪。"在这种地方寄生，并且活下去……"

来店铺的客人们虽很欣赏枫树的奇姿雄态，却很少有人注意树上还开着紫花地丁。那长着老树瘤子的粗干，直到高处都长满了青苔，更增添了它的威武和雅致。而寄生在上面的小小的紫花地丁，自然就不显眼了。但是，蝴蝶认识它。当千重子发现紫花地丁开花时，在院子里低低飞舞的成群小白蝴蝶，从枫树干飞到了紫花地丁附近。枫树正抽出微红的小嫩芽，蝶群在那上面翩翩飘舞，白色点点，衬得实在美极了。两株紫花地丁的叶子和花朵，都在枫树树干新长的青苔上，投下了隐隐的影子。这是浮云朵朵、风和日丽的一天。

千重子坐在走廊上，望着枫树干上的紫花地丁，直到白蝶群飘去。她真想对花儿悄悄说上一句："今年也在这种地方开出了花，多美丽啊。"在紫花地丁的下面、枫树的根旁，竖着一个古色古香的灯笼。记得有一回，千重子的父亲告诉她，灯笼脚上雕刻的立像是基督。"那不是玛利亚吗？"当时千重子问道，"有一个很像北野天神的大像呀。""这是基督。"父亲干脆地说，"没抱婴儿嘛。""哦，真的呢……"千重子点了点头，接着又问，"我们的祖先里有基督教徒吗？""没有。这灯笼大概是花匠或石匠拿来安放在这里的，不是什么稀罕的东西。"

这个雕有基督像的灯笼，可能是当年禁止基督教的时候制造的。由于石头的质量粗糙、不坚实，浮雕像又经过几百年风吹雨打，只有头部、身体和脚的形状依稀可辨。可能原来就是一尊简单的雕像吧。雕像的袖子很长，几乎拖到衣服的下摆，好像是合着掌，只有胳膊周围显得比较粗。形象模糊不清。然而，看上去与佛像或地藏菩萨像完全不同。

这尊基督雕像的灯笼，不知道是从前的信仰象征呢，还是旧时异国的装饰，如今只因古老，才被安置在千重子家庭院里那棵老枫树根旁。每逢客人看到它，父亲就说："这是基督像。"不过，来谈生意的客人中，很少有人注意到大枫树下还有这么个古老的灯笼。人们纵然注意到了，也会觉得在院子里摆设一两个石灯笼是很自然的，不去理睬它。

千重子把凝望着树上紫花地丁的目光移到下方，直勾勾地盯着基督像。她虽然没有念过教会学校，但喜欢英语，常常进出教堂，也读读《圣经》新约和旧约。可是要给这个古老的灯笼献把花束，或点根蜡烛，她就觉得不合适。因为灯笼上哪儿也没有雕上十字架。

基督像上的紫花地丁，倒是令人感到很像玛利亚的心。千重子又把视线从灯笼移到紫花地丁上。忽然，她想起了饲养在古丹波壶里的金钟儿。

聚焦：

相比《雪国》对作者个人虚无主义思想的表达，《古都》更增添了对日本传统文化的记述和日本人对于自然与生命本质的思考。

【思考与练习】

1. 川端康成的写作风格有何特点？在小说《雪国》中是如何体现的？

提示：

川端康成的写作风格是情感细腻、物哀色彩浓郁。在《雪国》中，他将细腻的情感体现得淋漓尽致。他对人物的情感变化刻画入微，比如对于岛村对驹子的情感，从最初的好奇、欣赏到淡淡的愧疚，他都通过细致的心理描写展现出来。文中有大量描写岛村内心思绪的片段，可使读者深切地感受到人物复杂的情感。小说以雪国为背景，雪景贯穿始终。雪的洁白和冰冷象征着纯洁和虚幻。川端康成细致地描绘雪，用雪来烘托人物的命运和情感，例如，"穿过县界长长的隧道，便是雪国。夜空下一片白茫茫"。驹子的爱情如同雪一样美丽却又虚幻易逝，她的努力和坚持在岛村的虚无主义面前，最终只能如雪花般消融。这种对美好事物消逝的哀愁，体现了物哀之美，也展现了川端康成独特的写作风格。

2. 《雪国》与川端康成的其他小说相比有何异同？

提示：

《雪国》与川端康成的其他小说相比，既有相似之处，也有独特之处。

相似之处在于，川端康成的作品往往充满了抒情性，着重以细腻、唯美的笔触描绘人物内心的情感世界，刻画人物的精神面貌和情感纠葛。此外，他的作品也常常探讨爱情、死亡、虚无等主题，这些主题在《雪国》《古都》《千只鹤》等作品中都有所体现。

　　独特之处在于，《雪国》以寒冷的世界为背景，展现了主人公岛村的孤独与冷漠，情感氛围压抑而独特；而其他作品如《古都》等则更多展现了温暖和希望，情感氛围相对轻松。此外，《雪国》在叙事结构上较为松散，情节发展如山间小溪般时断时续，更像一篇抒情散文；而川端康成的其他小说比较注重情节的紧凑和故事的完整性。

扫一扫，练一练

第五章　戏剧文学欣赏

🌼 第一节　戏剧文学概述

一、戏剧艺术与戏剧文学

(一) 戏剧艺术

1. 中国传统戏剧(即中国戏曲)

1) 中国传统戏剧简介

中国传统戏剧博大精深，富含民族特色，它是以动听的唱腔、优美的做工、绚丽的人物造型为主要表现手段与形式的一门表演艺术。

中国传统戏剧艺术发展至今，产生了数以百计的戏剧剧种，主要区别在于地域、方言、声腔的差异，在剧本体制、舞台表演、乐器配置、服饰化妆等方面基本一致，共同构成了彰显东方艺术神韵的中国传统戏剧表演体系，形成了神形兼备、虚拟写意的特征和重礼乐、仪式的功能。

中国传统戏剧的艺术剧种分类复杂且繁多。中华人民共和国成立以后，文化部(现为文化和旅游部)分别于20世纪50、60、80年代进行了全国性剧种调查，将剧种及名称规范化。据1959年统计，戏剧剧种有三百六十余个；据1980至1981年统计，戏剧剧种有三百一十余个。戏剧剧种命名或以方言命名，或以声腔命名，或以行政区域命名，汉族以外的少数民族中国传统戏剧艺术则以民族命名。

常见的戏剧有京剧、评剧、川剧、越剧、晋剧、豫剧、黄梅戏等。话剧、歌剧、舞剧属于西方戏剧体系，不属于传统戏剧。

根据地方方言、腔调和表演形式的不同，戏剧分别被称为"腔""调""曲""戏"。例如，"昆曲""秦腔""梆子(腔)""皮黄(调)""秧歌戏""高甲戏""花灯戏""花鼓戏"等。

2) 中国传统戏剧发展历程

在戏剧艺术历史上，由于国别、区域、民族、文化的不同，产生了种类繁多、各具特色的戏剧艺术，其中中国戏剧艺术和古印度戏剧、古希腊戏剧并称为"世界三大古老戏剧"。古印度戏剧的繁盛早已沉淀在历史记忆之中，今天几近销声匿迹；古希腊戏剧在发展中曾经以诞生辉煌的悲喜剧而闻名，于中世纪近乎夭折，文艺复兴时代复活，几经周折，后兴盛于欧洲，遍布世界各地，引入中国后被称为"话剧"。

戏剧艺术作为古老的华夏民族的传统艺术样式，经历了漫长的发展历史，汲取众多姊妹艺术的精华，取得了灿烂辉煌的艺术成就，成为中华民族艺术的根须，发展至今依然焕发勃勃生机，形成了华夏民族戏剧独特的理论体系和风格流派。长期以来，备受世界各国人民喜爱和崇尚，在国际上享有极高的艺术文化地位。

戏剧艺术推演滥觞，诞生于华夏民族远古初民的祭祀、求雨、巫术活动之中，后在公元12世纪宋元时期商业性的勾栏瓦肆中走向成熟。秦汉时期，诗歌与民间传说中带有戏剧性的故事情节奠定了戏剧文学的发展基础。到汉魏时期，民间广为流传的平调、清调、杂曲推动了戏剧艺术的发展。南北朝时期，战事不断。五胡十六国后赵石勒时，一个参军官员贪污，就令优人穿上官服，扮作参军，让别的优伶从旁戏弄，参军戏由此得名并盛行，不仅在民间深受喜爱，还促进了后世戏剧艺术以创作净、丑角色为主，以插科打诨为表现风格的讽刺短剧样式的流行。北齐时期，取材于民间的经典戏剧曲目《踏摇娘》诞生，故事中，一市井酒徒每逢喝酒，必醉打辛苦持家的妻子，于是其妻向邻里诉苦，后演化成为戏剧艺术中刻画的重要行当——生、旦，以载歌载舞的形式演绎戏剧情节的雏形。

唐代时期，民族大融合，都市经济空前繁荣，为中国戏剧艺术的发展奠定了坚实的物质基础与欣赏条件。人民安居乐业，生活积极向上，因此有经济条件和闲暇时间来欣赏戏剧。歌曲杂戏在大都市经常巡回演出，不断在民间汲取艺术创作养料，演出场所逐渐固定。文人也开始介入戏剧艺术创作，极大地提高了戏剧艺术从形式到内容上的创作水平。戏剧艺术在这一时期得到飞速发展，显示出商业化和专业化的审美特征。

宋元时期，首先出现了作为中国戏剧艺术成熟标志的"宋元南戏"，其后又出现了标志戏剧艺术进入黄金时期的北曲杂剧。北曲杂剧是在宋金杂剧、院本的基础上，糅合北方音乐艺术、舞蹈、说唱艺术内容而形成的，史称"元杂剧"。在元杂剧的鼎盛时期，从业者渐渐走向职业化和专业化，出现了二百余位专业杂剧作家、七百余种杂剧。

明清时期，元杂剧黯然失色，取而代之的是另一种熠熠生辉的戏剧艺术样式——"明清传奇"。自此，"明清传奇"在戏剧艺术中兴盛四百余年之久，这标志着中国戏剧艺术的第二个黄金时期。明清传奇以弋阳腔与昆腔闻名，前者粗犷豪放，后者清丽婉约；前者于民间广为流传，代表民间各声腔剧种，被称为"花部"；后者深受文人士子喜爱，素称"官腔"，成为贵族豪门"堂戏"，被称为"雅部"。两者携手上演了戏剧艺术史上最为耀眼的一幕——"花雅之争"。后弋阳腔雅化、京化、规范化，被称为"京腔"，京剧就此诞生，广受欢迎，作家和剧目的数量、规模盛况空前，成为名满华夏神州的"国剧"。

近代历史中，中国传统戏剧艺术创作深受外来文化影响，最初出现的有别于传统戏曲的新戏剧形式——话剧(这是后来固定的称呼),在当时被称为"文明新戏",简称为"文明戏",这是中国现代话剧的萌芽,标志着中国现代话剧的诞生。中国现代话剧始于1907年留日学生组织春柳社演出的剧目《茶花女》,当时代表剧目有《黑奴吁天录》《猛回头》《社会钟》《热血》等。剧本内容紧密结合时代背景,以反抗民族压迫、揭露社会黑暗为主。1910年底,任天知等人发起并成立"进化团",这是中国话剧领域第一个职业团体,主要配合辛亥革命宣传并演出"天知派新剧"。随后,"五四话剧"运动掀起了一场新旧剧之间的论争。新剧派以《新青年》"易卜生专号"为发端,对传统旧戏展开猛烈攻击,主张在中国戏剧领域构建"西洋式的新剧",由此逐渐掀起了译介外国戏剧理论与作品的热潮;另一派以《晨报》副刊为中心,倡导"国剧运动",主张中国戏剧应通过整理传统旧剧建立新剧。

1921年,戏剧家陈大悲在《晨报》上连载文章《爱美的戏剧》,率先提出开展"爱美剧运动"的主张,引起了强烈反响。"爱美"是英文amateur的音译,意为"业余的、非职业的","爱美剧"即非职业戏剧。短时间内,一批热衷于排演"爱美剧"的业余戏剧团体纷纷涌现。其中最具代表性的上海民众戏剧社成立于1923年,重要成员有沈雁冰、郑振铎、欧阳予倩等,他们创办了《戏剧》月刊,着重强调了戏剧必须担当揭露现实和社会教育的重任。同年,上海戏剧协社成立,重要成员有应云卫、谷剑尘、洪深、欧阳予倩等。戏剧协社首开中国话剧男女合演新风,建立了严格的导演制和排演制,高度重视戏剧舞台实践和戏剧艺术的感染力量。此外,中国话剧活动在艺术实践上采取"小剧场"形式,逐渐走向正规化与专业化。"小剧场"运动,是以易卜生为代表的现实主义与自然主义戏剧的艺术实验,后风行于英、俄、美、日等国家,取代了在西方剧坛占主导地位的古典主义与浪漫主义戏剧的戏剧革新运动,在戏剧观念以及戏剧剧本、导演、表演舞美等方面革新。中国小剧场运动倡导以"导演制"取代"明星制",标志着不同于文明新戏的新话剧体制的形成。新话剧建立了一整套新的戏剧美学原则与表演体系、表演模式,中国话剧从此走上正规化、专门化与科学化的道路。新话剧采取"小剧场"形式,在较小的观演空间进行演出,吸引了当时大批青年学生,形成了学生业余出演话剧的高潮。

这一时期,"社会问题剧"的代表作品有胡适的《终身大事》、田汉的《名优之死》《湖上的悲剧》《黎明之前》、丁西林的《一只马蜂》《压迫》、曹禺的《雷雨》、老舍的《茶馆》等,这些剧作名篇影响甚广。

1965年至1975年,革命艺术样板戏盛行,中国戏剧艺术的现代化进程被阻断。

自1980年以来,中国戏剧艺术从美学精神的高度重估与认同了古典戏曲的审美价值,中国传统戏剧由此得到了充分肯定,并作为艺术养料,与现代元素相结合,被广泛吸纳进改革开放后的戏剧艺术创作之中。在表现空间、戏剧体例、美学形式的探索中,社会问题剧、传统现实主义戏剧、新写实主义戏剧、表现型戏剧得以形成,代表作品有《狗儿爷涅槃》《思凡》《暗恋桃花源》《商鞅》等。

进入21世纪后,中国戏剧艺术在艺术消费多样化和表达方式丰富化的语境下,难以根据戏剧的自律性进行生产,呈现出和以前戏剧传统不同的品貌。戏剧艺术的价值正在重构,首先,在中国传统文化中汲取戏剧现代性探索可利用的文化资源;其次,借鉴西方戏剧领域中跨文化戏剧、后戏剧剧场等新兴的先锋实践与理论思潮;最后,积极融入市场,走向产业化道路，引领中国戏剧艺术走出低谷，进行兼容并蓄、择善而从的现代性探索，开创多元化发展的新格局。

2. 外国戏剧

1) 外国戏剧简介

外国戏剧历史悠久，源远流长。广义的戏剧包括话剧、歌剧、舞剧、音乐艺术剧、哑剧、木偶戏、皮影戏、电视剧、小品等。狭义的戏剧主要是指话剧，其艺术形式大多来源于欧美戏剧艺术，属于综合性很强的舞台艺术，融文学、舞蹈、美术、武术、杂技、绘画等多种艺术门类于一体。它是由演员在舞台上以对话和动作为主要表现手段，为观众当场表演的一门综合艺术。

按照作品容量，戏剧可以分为多幕剧和独幕剧两种类型。

按照作品题材，戏剧可以分为历史剧、现代剧、儿童剧等类型。

按照作品的样式，戏剧又可以分为悲剧、喜剧、正剧三种类型。在世界戏剧史上，这三种类型具有很大影响。悲剧和喜剧均在古希腊时期取得了极大的成就。相对而言，正剧是出现较晚的戏剧类型，在文艺复兴后期逐渐发展起来，到18世纪，法国思想家狄德罗和剧作家博马舍称之为"严肃剧"，经大力倡导之后，这种取材于日常生活并具有社会现实意义的剧种才迅速发展起来。

2) 外国戏剧发展历程

古希腊是西方戏剧的发源地。西方戏剧艺术的发展始于古希腊第一位戏剧家忒斯庇斯，至今已有两千五百余年的历史。西方戏剧起源于古希腊宗教崇拜的庆典仪式，这种人类活动也是一种娱乐活动，兴盛于西方整个古典文化时期。古希腊年复一年地围绕丰产女神狄奥尼索斯举行三次戏剧庆典，庆典中戏剧演员的表演成为核心内容。公元前6世纪后，戏剧在表演技巧、复杂程度、内容深度三方面得到了飞速发展，由初期仅有的酒神赞美向题材深厚、丰富的方向发展。

在古代西方，关于戏剧艺术的研究多与诗歌联系在一起。亚里士多德在《诗学》中提出，人文戏剧是诗歌重要的构成部分，包括喜剧与悲剧。其中悲剧是戏剧的主要类型，通过正义的毁灭、英雄的牺牲或主人公苦难的命运，显示人的巨大精神力量和伟大人格，又通过毁灭的形式给观众带来巨大的心灵震撼，观众可以从悲痛中得到美的熏陶和净化。古代西方悲剧的重要人物大多是神、国王、权臣等，到公元10世纪，悲剧主角才以平民为主。据史料记载，当时诞生了大量悲剧诗人，如忒斯庇斯、科里罗斯、普拉提那斯、佛律尼科斯等，以及三位著名的悲剧诗人埃斯库罗斯、索福克勒斯和欧里庇得斯，后世称之为"古希腊三大悲剧家"。

喜剧源于古希腊祭祀后的狂欢歌舞或滑稽表演。从希腊文的词源上推演其意义，即"狂欢游行之歌"。希腊喜剧的发展分为旧喜剧、中期喜剧和新喜剧三个时期。旧喜剧时期(公元前487—前404)产生了以阿里斯托芬为代表的喜剧诗人，他们代表自由民和农民的利益，反对内战，主张和平，抨击官吏贪污腐败和大搞政治权术，谴责贫富悬殊的现象和城市生活腐化虚伪的社会风气。中期喜剧(公元前404—前338)是旧喜剧向新喜剧的过渡，剧作以戏弄神学和哲学为主，以家庭、爱情等生活题材为内容的剧作也开始出现。新喜剧时期(公元前338—前120)的剧作以爱情、家庭等生活题材为主要内容，不仅在形式上发生了变化，合唱队的作用也逐渐削弱。新喜剧的故事情节继承了欧里庇得斯悲剧的成分，剧情生动、周密，对后世的喜剧家莫里哀、博马舍、哥尔多尼等产生了很大的影响。新喜剧代表人物为米南德，代表作品有《恨世者》《萨摩斯女子》。

罗马戏剧艺术是在继承希腊戏剧艺术的基础上发展而来的，其悲剧产生得比较晚，没有重要的代表作家和作品，演出实践匮乏，影响相对较小。罗马喜剧深受元老院贵族权力的压制，由于禁止讥讽国政，剧目多取材于历史或现实中的家庭纠葛和爱情问题，代表作有普劳图斯的《一罐黄金》《孪生兄弟》等。这些作品通过笑声反映罗马贵族家庭的腐朽、高利贷主的剥削本性、婚姻的不自由以及奴隶所受的迫害，给欧洲后世的喜剧艺术带来深远影响。

欧洲中古时期，封建教会统治森严，对古希腊戏剧和古罗马戏剧进行打压，致使戏剧艺术遭到严重摧残，但戏剧艺术深受平民的喜爱，因而在人民中间仍有一定的发展。中世纪诞生的宗教戏剧、奇迹剧、神秘剧、道德剧和笑剧，大多是在改编圣经故事的基础上形成的，但在发展中也渗透了人民反对教会和僧侣的思想意识，为后世的文艺复兴奠定了一定的基础。

14到16世纪的文艺复兴，促使西欧各国逐步进行文化思想变革，人民开始反对封建专制和教会统治，提倡个性解放，争取个人幸福的权利，反对宗教宣传的蒙昧主义。这一时期的西方戏剧艺术以英国和西班牙戏剧为代表。英国威廉·莎士比亚的代表作品《哈姆雷特》《奥赛罗》等因传达出善良、真诚、平等、博爱的人文思想与高超的写作技巧，被马克思称为"天才戏剧家"；西班牙的洛卜·德·维加，创立了民族戏剧，其作品反映了农民对封建贵族的压迫与欺凌的反抗，并突出了西班牙人民渴望建立一个强大而统一的民族国家的理想，因而被称为"西班牙戏剧之父"。

17世纪的古典主义戏剧艺术是在特定社会历史条件下产生的，兴起于法国，而后影响了西欧各国。古典主义戏剧艺术在政治上拥护王权，作品具有鲜明的政治倾向，宣扬个人利益服从国家整体利益，尤重悲剧题材，多为古希腊、古罗马的英雄故事，在哲学思想上强调理性，应用理智克制感情，在艺术形式上重视规范化，戏剧创作应严格遵守"三一律"，即遵守时间、地点、情节的"三整一律"，戏剧情节应强调完整、简单、合乎常情，语言应追求典雅和简练。代表作家有高乃依、拉辛和莫里哀等，理论家有布瓦洛。代表作有《熙德》《贺拉斯》《西娜》《波利厄克特》《昂朵马格》《费德尔》《可笑的女才子》《伪君子》《铿吝人》《唐·璜》《史嘉本的诡计》等。古典主义戏剧理论家布瓦洛总结古典主义戏剧成就，著有《诗的艺术》，他倡导"希望一切文章只凭理性获得光芒"。这几位戏剧大师见证了古典主义戏剧艺术的兴起和繁盛，他们凭借独具的风采，冲破了古典主义规律的约束，真实地反映了17世纪法国的民族意识和时代思想。

18世纪，在古典主义戏剧艺术统治欧洲各国戏剧舞台的同时，启蒙主义戏剧伴随资产阶级新兴力量的发展兴盛起来。代表作家有法国的勒萨日、伏尔泰、狄德罗、博马舍，意大利的哥尔多尼，德国的莱辛、歌德和席勒等。他们以剧作和编剧理论为武器，有力地宣传了启蒙主义，倡导天赋人权神圣不可侵犯，在法律面前人人平等，否定君权神授和一切贵族特权，以之启发和教育人民。代表作品有《杜卡莱先生》《布鲁图斯》《私生子》《家长》《塞维勒的理发师》《费加罗的婚姻》《一仆二主》《撒谎者》《喜剧剧院》《萨拉·萨姆逊小姐》《爱密丽亚·迦绿蒂》《明娜·冯·巴恩赫姆》等。这一时期，更为重要的是戏剧理论上的建树，代表作品有狄德罗的《论戏剧艺术》、博马舍的《论严肃戏剧》、莱辛的《汉堡剧评》。这一时期的戏剧主要宣扬资产阶级的博爱、平等、自由思想，旨在教育和启发人民，对后世的批判现实主义戏剧艺术创作起到了奠基作用。

19世纪，浪漫主义戏剧艺术发轫于法国。1823年，司汤达创作了《拉辛与莎士比亚》，在作品中，他提倡浪漫主义戏剧，对古典主义发起了攻击。1827年，维克多·雨果创作了浪漫主义剧作《克伦威尔》以及号称浪漫主义宣言书的《克伦威尔·序言》，在作品中，他高举浪漫主义旗帜，向古典主义戏剧发起攻击，随后，他又创作了《欧那尼》，并在法兰西剧院进行公演，这标志着古典主义戏剧被击败。积极浪漫主义戏剧重视理想，强调抒发个人情感，擅长采用奇特的手法和浓重的民间生活色彩表现现实生活，反映新奇的风习和浓烈的情绪，在创作形式上采取自然、活泼、开阔、对照等新颖的手法。但由于浪漫主义具有唯心史观，以及突出个人英雄主义和神秘色彩等时代和阶级的局限，构成这一流派的戏剧艺术作品数量相对较少，后被批判现实主义戏剧艺术所替代。代表作品有法国维克多·雨果的《克伦威尔》《欧那尼》《玛丽蓉·德洛尔姆》《玛丽·都铎》，英国拜伦的《该隐》和历史剧《威尼斯总督马里诺·法利诺洛》，雪莱的《解放了的普罗米修斯》和历史剧《钱起》，意大利亚历山德罗·曼佐尼的历史剧《卡马尼奥拉伯爵》和悲剧《阿德尔齐》。

批判现实主义戏剧艺术形成于19世纪30年代，继承了文艺复兴和启蒙运动以来的进步艺术运动创作经验，提倡正视现实，真实、具体地描绘现实生活斗争和社会风貌，着力显示社会制度、传统思想和生活际遇对人物性格形成及发展的内在影响。发展到后期，批判现实主义戏剧尖锐地指出了资本主义制度下出现的各种社会问题。代表作家有法国的巴尔扎克、小仲马、奥吉耶、萨都、梅里美、罗曼·罗兰，英国的萧伯纳、高尔斯华绥，德国的赫伯尔、霍普特曼，挪威的易卜生、班生，塞尔维亚的努西奇等。代表作品有被罗曼·罗兰称为"法国最伟大的剧作家"巴尔扎克的《巴梅拉·纪罗》《伏德昂》等，罗曼·罗兰的《信仰的悲剧》《大革命剧》，梅里美的《克拉拉·加苏尔戏剧集》《雅克团》。小仲马、奥吉耶、萨都是同时期的剧作家，代表作分别为《茶花女》《奥林匹的结婚》《一张信纸》，被称为"风俗剧"或"社会问题剧"。此外，该时期代表作还有赫伯尔的"社会问题剧"《玛利亚·马格达莲》，易卜生的《不愉快的戏剧》《愉快的戏剧》《为清教徒写的戏剧》《巴巴拉少校》《玩偶之家》《苹果车》等。

在戏剧艺术发展的长河中，我们可以清晰地看到两个不同的戏剧发展倾向：一是适应新时代和新兴阶级的需要，继承前代的优秀艺术和良好传统，勇于创造适合时代特点的生机勃勃的戏剧艺术；二是由于社会经济的制约、统治阶级的扼制或受某种反动意识的影响，不敢正视现实，只能遵从统治者的意图，在创作中或模仿前代作品，或自我陶醉，或颓废没落的戏剧艺术。

戏剧艺术发展至今，其形式与种类繁多，数量难以估量。随着社会的发展、交通的便利、经济文化的交流，剧本体制、舞台表演、乐器配置、服饰化妆、民俗文化的趋同，以及国别、地域、语言、声腔的差异，将促使新的戏剧艺术样式不断生成，形成世界艺术独特的表演体系。在当代商业快速发展的背景下，戏剧艺术的观赏性与商业性并举，同频共振。戏剧艺术将成为特殊的文化产品和文化商品，以其独特的文化价值和商业价值来满足新时代人们的娱乐需求和精神需求。

(二) 戏剧文学

戏剧文学是指专供戏剧艺术表演使用的剧本。剧本也称为台本、脚本，以代言体为主要创作方式来表现故事情节。戏剧与小说、诗歌、散文并列为四大文学体裁。

剧本是戏剧艺术创作的文本基础，由台词和舞台指示组成。台词是戏剧表演中角色所说的话语，包括人物对话、独白、旁白等。舞台指示是剧本里的叙述性文字说明，包括对人物的形象特征、心理活动、情感变化的规定，对打造场景、渲染气氛的要求，对时间、地点的说明，对灯光、布景、音响效果等方面的处理等，相当于中国传统戏曲剧本中"科"和"介"。

按照不同的标准，剧本可以分为不同的种类。按照艺术形式和表现手法分类，戏剧可以分为话剧剧本、歌剧剧本和舞剧剧本；按照剧情繁简和结构分类，戏剧可以分为独幕剧剧本、多幕剧剧本；按照题材反映的时代分类，戏剧可以分为历史剧剧本、现代剧剧本；按照矛盾冲突的性质分类，戏剧可以分为悲剧剧本、喜剧剧本、正剧剧本。

二、戏剧文学的审美特征

(一) 多元融合、视听一体的综合性

首先，戏剧文学的综合性体现为文学、音乐、舞蹈、绘画、服饰、建筑、武术等不同门类艺术元素的有机融合。戏剧文学呈现多种艺术交融、视听兼备的特征，既具有音乐和诗歌的时间性、听觉性，又具有绘画和雕塑的空间性、视觉性，还具有舞蹈和武术以人体动作表演为载体的审美特征。戏剧文学是戏剧艺术的灵魂，为戏剧艺术提供舞台化故事结构。戏剧文学中的音乐设计能够烘托气氛，渲染情绪，引领戏剧节奏。戏剧文学中的武术和舞蹈设计源自从生活中提炼出来的艺术化动作，具有相对固定的一整套模式，表演生动，表意鲜明，丰富传神。戏剧文学创作在综合运用其他艺术门类元素时，应以适应和完善戏剧艺术的表现方式和特点为原则，按照戏剧规律创造特定的情境，给观众留下想象的空间。戏剧文学创作依据地域、语言、文化和表演特色的不同，可划分为不同的风格和流派。不同的流派可以丰富戏剧艺术之美，观众能够在凝神忘我的欣赏中产生心灵的共鸣。

其次，戏剧文学的综合性还体现在写作过程中，作家应预设戏剧表演效果，将不同的艺术元素融于剧本之中。剧本是诗化的戏剧语言，演员根据剧本的创作意图，及舞台提示的音色音量、动作技巧、风格感情等，利用旋律修饰手法、声乐方法等完成表演，观众可以听到

演员和谐悦耳、风格迥异的声音表现，也可以看到演员活灵活现、寓意分明的动作表现。戏剧文学的综合性使其充满集视听于一体的美学张力。

(二) 简洁自由、规范鲜明的程式性

戏剧文学按照戏剧规律进行创作，体现出一种程式美。程式是指直接或间接源于生活，经过音乐艺术化、舞蹈化、装饰化的提炼与概括后，使之成为被规范化、定格化的戏剧艺术所特有的艺术语言。程式既具有美感的视觉形象，又具有相对独立的形式美，还带有明显的假定性和规范性。戏剧艺术的角色、行当、化妆服饰都有较为固定的程式，程式能够使戏剧文学准确、简洁地表现生活，也能使人物形象生动鲜明，有助于提升舞台审美效果。程式虽有规范性，但演员仍可以根据剧情和人物塑造的需要灵活运用，还可以按照戏剧艺术美自由创造程式，程式既简洁自由，又规范鲜明。程式是随着戏剧文学的发展而不断发展的，程式使戏剧文学创作既反映生活，又与生活保持一定距离，使典型形象比生活形象更精练集中、更夸张、更具美感。在戏剧文学创作中，简洁自由、规范鲜明的程式也是观众欣赏戏剧艺术时发挥想象力的依据。

由于中西方戏剧文学的程式不同，中国传统戏剧剧本严格规定曲牌或版式的规范，各个行当都有一套表演程式。西方戏剧肯定人的价值、本能和欲望，无论在内容还是形式上都紧密联系社会，反映人性的矛盾冲突。这种与现实生活的贴切性，使戏剧文学创作注重现实的艺术再现和提升。在刻画人物形象时，中国传统戏剧可以不借助道具，西方戏剧的道具是必不可少的；中国传统戏剧有识别人物性格特征的脸谱，西方戏剧依赖角色揣摩和艺术表演的真实再现。程式是戏剧文学在创造具体角色的过程中产生的，角色行当各不相同，因此针对同一个动作，必然在程式上有所区别；即使是同一行当，由于人物性格有别，表演程式也应有所区分。但是戏剧程式并非公式化、凝固化的模式，从戏剧发展史来看，大多数有成就的演员，都在塑造人物的过程中对原有剧本设定的程式有所突破和创新。

(三) 时空境象、离合交感的虚拟性

虚拟性是戏剧文学的重要特征。虚拟是指采取模拟、夸张、变形、想象等戏剧创作技巧来展现真实生活，以虚代实、虚实相生，达成时空境象、离合交感的戏剧虚拟境界。戏剧文学的虚拟表现手法，对于戏剧表演有着极其重要的意义和作用。

戏剧文学可以通过设计舞台布景，为演员的表演打好基础，还可以通过预设时间、地点、环境，指导演员在戏剧舞台上转换时空，推动情节发展。戏剧文学既可以把剧中人物当下所处的环境表现出来，又可以展现从黄昏到深夜再到黎明的时间变换，还可以表现四时交替、弹指一挥，甚至古今穿梭。每一出戏都是通过剧本设计出的场景转换，再依靠演员的表演得以展现。演员在舞台上淋漓尽致地展现环境与景象，随着景象和环境的不断推移，将相对固定不变的舞台空间变成了流动多变的时空，观众置身于这虚拟的时空境象中，与红尘万事似浮光掠影般离合交感，令人慨叹万千。

(四) 离形遁式、神超气越的写意性

重在写意是戏剧文学追求的理念，戏剧文学的写意必·须做到美其形而传其神。戏剧文学来源于生活，又高于生活。戏剧文学塑造的人物都是舞蹈化的艺术形象。戏剧剧本中规定的演员动作，是对生活真实的模拟，进而实现对生活的美化，因此它既要具有浓郁的生活气息，又要进一步对生活真实予以提炼，并与演员的舞台表现有机配合，以体现出节奏和韵律，提升艺术效果。戏剧文学创作重在写意，追求以形传神、形神俱妙。戏剧文学决定着舞台表演的魅力，任何艺术手段都无法替代。

从整体追求上来看，戏剧文学创作应注重展现人物的灵魂，注重表演效果的传神写意，能够指导演员挖掘人物内心世界，引导演员进行角色探索以及挖掘表演潜力。戏剧文学讲究传达意蕴，为后续戏剧创作和演员表演留出再创造的空间，同时也给观众留下想象的空间，由演员和观众共同完成戏剧文学的写意创造。

第二节　戏剧文学的欣赏向度

一、戏剧语言

戏剧是一门综合性艺术。作为戏剧文学的有机组成部分，戏剧语言汲取了众多艺术元素，按照戏剧文学的创作规律，形成了独特的语言系统。时代在发展，解读与时俱进的戏剧语言，是正确把握戏剧文学的前提与根本。

(一) 人物语言

戏剧人物语言，指剧中人物说的话，包括对白、独白、旁白等。其中，对白是指戏剧表演中两个人或者多个人交谈的话；独白是指戏剧表演中人物独自抒发个人情感和愿望时说的话；旁白则是指戏剧表演中角色背对着其他角色从旁侧对观众说的话。

剧作家在创作剧本时，应按照剧中人物的性格特征和情节需要来设计人物语言，正如中国剧作家老舍所说的"话到人到""开口就响"。观众在欣赏戏剧文学时，应围绕剧中人物语言呈现的个性化、口语化特点及富含动作性、文学性的审美特征进行分析。

在写话剧对话的时候，我总期望能够实现"话到人到"。这就是说，我要求自己始终把眼睛盯在人物的性格和生活上，以期"开口就响"，闻其声知其人，三言五语就勾出一个人物的形象的轮廓来。(老舍《对话浅论》节选)

个性化，指剧中人物因年龄、身份、经历、教养、环境等影响而形成的个性特点。通过个性化语言，读者能够鲜明地辨识出人物的年龄、喜好，以及特定环境下的心理状态等。

口语化，指剧中人物的对话方式与现实生活中同类人的语言接近，易说、易懂，富于生活色彩，如通过口头禅、用词选择等来增加角色的真实感。

动作性，指剧中人物的台词能够暗示或引起角色的动作反应，推动戏剧情节的发展，表现为人物行为上的冲突。

文学性，指剧中人物的语言虽然强调个性、口语化，并与人物演出时的行动相配合，但不可芜杂鄙陋，而是要经得起欣赏品鉴。文学性也应是一种艺术性的呈现。

此外，观众在欣赏戏剧文学时，还应揣摩潜台词。潜台词包含丰富的内容，不仅能够表达剧本文本之外的深层意义或言外之意，还能够显示剧本语言的无穷魅力。

(二) 舞台提示

舞台提示又称舞台说明，它是指写在剧本中每一幕的开端、结尾和人物对话中间的说明性文字。舞台提示是一个包含多种因素的综合体，随着电子科学技术的飞速发展，舞台提示语言日新月异。

在欣赏剧本时，观众可以从时间、地点、服装、道具、布景及人物的表情、动作、上下场方式等舞台提示入手，体会舞台在提示增强舞台气氛、烘托人物心情、展示人物性格、推动情节展开等方面的多种功能。

为了达到更好的舞台提示效果，通常需要搭建舞台布景和部分静态装置，又称舞台美术。当今戏剧舞台美术不断推陈出新，经过综合而多元的探索，高科技智能灯光、LED屏幕、道具等物质媒介和演员的表演相互作用，共同营造出美轮美奂的戏剧空间。舞台美术由舞台布景和舞台灯光构成。

1. 舞台布景

舞台布景制作是一项综合性的复杂工作，包括建筑、材料、照明、科技及美学等诸多方面，从根本上影响和决定了戏剧的风格和样式。舞台布景设计是戏剧进入具体创作后极为重要的一环，舞台布景的创作与设计是否得当，关系到剧作演出的成败。舞台布景应与故事主题相呼应，能够营造独特的戏剧空间层次。舞台布景设计既能弥补戏剧内容的不足，为演员提供表演空间，进行合理调度，又能对观众产生视觉效果冲击，增强观众的代入感，成为揭示剧作内涵与意蕴强有力的手段。

随着科学技术的不断发展，数字媒体在舞台上的运用越来越广泛，灯光、投影、全息等技术，将舞台美术的表现形式由单层次转为多层次，将抽象的概念变成具象的事物，增强了舞台的纵深立体感与表现效果。

2. 舞台灯光

舞台灯光又称舞台照明，是舞台美术造型的重要手段之一。舞台灯光设备能够制作特殊光效，通过照明、幻灯、投影、闪烁、变色等技术手段，在演出过程中随剧情的进展和表现人物的需要打造视觉效果，配合烟雾、水幕、投影、冰屏、激光、雪景等特效，可以形成特殊的戏剧舞台效果，如风、雨、云、水、闪电等。舞台灯光不仅可以渲染戏剧气氛，增强舞台视觉冲击力，创造舞台空间感、时间感和剧本打造的情境，增强剧情的张力和观众的体验感，还可以将舞台布景与演员表演有机统一起来，展现人类生活画面，让观众身临其境，感受戏剧演出震撼人心的艺术力量。

二、戏剧冲突

戏剧冲突，指剧本中所展示的人物自身、人物与人物、人物与环境的尖锐矛盾。戏剧舞台时间和空间的有限性，决定了戏剧冲突中的叙事要素应高度集中、矛盾刻画应紧张激烈。戏剧冲突不仅是戏剧角色塑造和演员表演的重要依据，更是推动故事情节高潮迭起的关键因素。戏剧冲突使得剧情更加复杂，能够增强戏剧性和紧张感，提高观众的参与度，激发观众的情感共鸣。欣赏剧本要善于抓住戏剧冲突，揣摩剧情，厘清戏剧冲突是把握剧本的重中之重。

(一) 戏剧人物与环境之间的冲突

戏剧文学是借助美术、音乐、文学、舞蹈、表演等多种艺术手段，来揭示社会矛盾和反映社会现状的一种文学样式。戏剧具有综合性、冲突性等特点，其中人物与外界环境之间的冲突属于外部环境冲突。戏剧人物与外界环境的冲突表现为人物的诉求、理想、人格等方面与其所处的自然环境或社会环境不能和谐相处。戏剧人物与环境之间的冲突，在很大程度上有利于人物角色性格的建立，更有利于丰富戏剧文学的内涵。

(二) 戏剧人物之间的冲突

戏剧文学通常会塑造众多人物形象，各个人物的性格、价值取向等往往各不相同，因此人物之间也存在冲突。引起戏剧人物冲突的主要原因是人物之间的心理、意志与性格等心理因素的冲突。人物内心世界的活动可以让人物更加形象生动，戏剧文学可以通过展现人物心理来表现人物特色。意志反映的是戏剧人物根据自身的思想和目的来调整自己的行为，并在此过程中克服种种困难，实现目标的心理过程。性格表现是人物在面对冲突时的态度与处理冲突的方式。在戏剧文学中，人物之间的冲突主要是通过心理、意志和性格方面的刻画来完成的。

(三) 人物内心活动的冲突

戏剧冲突除了有人物与环境的冲突、人物之间的冲突，还有人物内心世界的冲突。这三种冲突共同构成了一部戏剧的情节高潮，将整部戏剧推向圆满。在戏剧文学中，人物内心的冲突更能表现出人物的性格特征，展示戏剧的内涵，突出情节的激烈，提升观赏性。

戏剧文学创作以反映现实生活为宗旨，集中表现社会矛盾。不管是多幕剧，还是独幕剧，戏剧冲突必须展开为一个完整过程，即有开端、发展、高潮和结局。观众欣赏时，可以先从情节入手，分析戏剧冲突的设置，再把一场戏分解为若干个小单位，进行微观把握，仔细研究主要事件、主要场次的描写，最后把各个场面合并起来综合分析，继而在完整的矛盾冲突中体会人物的各种关系。美国戏剧理论家布罗凯特尔强调，应把塑造的人物放在角色、心理及环境因素引发的冲突中进行研究，考查剧中人物的思想性格、行为在戏剧冲突中如何得到充分表现，戏剧冲突在推动戏剧情节的发展中如何发挥重要作用、如何使戏剧的发展富有波澜、如何增加戏剧的观赏性。

一个剧本要激起并保持观众的兴趣，造成悬疑的氛围，就要依赖"冲突"。事实上，一般对戏剧的认识便是：它总包含着冲突在内——角色与角色间的冲突，同一角色内心诸般欲望的冲突，角色与其环境的冲突，不同意念间的冲突。

(布罗凯特尔《世界戏剧艺术欣赏——世界戏剧史》节选)

三、人物性格

欣赏戏剧文学时，观众在品味戏剧语言、掌握戏剧冲突的基础上，还需要准确把握人物性格。戏剧作为一种综合性艺术，一切因素都集中在剧中人物身上，人物能否在戏剧舞台上栩栩如生，关键在于人物性格是否刻画成功。好剧本的角色性格塑造极具张力，不仅可以表现人类情感的多样性，还可以深刻揭示人物情绪态度和行为方式等人格特征的复杂性。

欣赏一部剧本，对戏剧人物的形象欣赏是其中的重要部分。观众可以通过对人物形象的分析与把握，概述人物所处的环境，同时也可以通过环境特点来分析人物形象特征形成的原因。欣赏戏剧中的人物形象，就是对人物的性格特征进行分析，性格是一个人处理事情、看待问题的方式。每个人物都有不同的性格特征，在鉴赏时要抓住人物的主要特征，这样才能把握人物角色的形象意义和戏剧的内涵。

掌握欣赏戏剧人物性格的方法，首先，从戏剧语言入手，斟酌人物对白中的细节，关注人物个性化的语言，人物语言所表现出的个性化就是人物角色的鲜明特征之一，人物的形象特征往往是通过语言展现出来的；其次，品读舞台提示中的人物面部表情、体态、声音要求及衣着、仪态举止等方面的细节，分析人物的情感状态、内心矛盾、内心动机、行为习惯等是否符合剧本设定的性格特征和情感反应；最后，要研究舞台场景的布置细节，通过分析舞台布景、道具及服装、妆容等要素，理解人物的情感，感受人物的个性和特点，并与之产生共鸣。

四、戏剧结构

戏剧结构，是戏剧冲突、情节、人物诸要素的组合方式。通过戏剧结构，剧作者将戏剧诸要素有机地结合在一起，使之形成统一的整体。

优秀的戏剧结构可以将事件、情节入情入理地组合在一起，起承转合，产生一种整体性的美感，从而令剧本的故事情节以及人物塑造发挥更大的力量。剧作家通过精心安排关键时刻和高潮部分，以引发观众强烈的情绪反应；通过巧妙设置情节反转和悬念，来增强观众的好奇心和紧张感；再通过安排突发事件或出乎意料的剧情，来增强故事的戏剧性和吸引力。

戏剧结构主要有三种类型。

开放式结构，也称点线式结构，指按照故事的发生、发展、结局的时间顺序来展开戏剧情节的结构形式。开放式结构把戏剧的故事情节按先后顺序从头至尾表现出来，完整地表现事件始末过程。采用这种结构，需要用情节线索将各个段落连贯起来。这种结构脉络清晰，易于把握，展现了一个完整的戏剧故事，同时也集中展示了人物性格的发展历程。

封闭式结构，也称横截式结构，指采用回顾的方式，将开场前发生的事件与当前的戏剧故事融合在一起，以此来推动剧情的发展。封闭式结构虽然能够展示戏剧的完整过程，但它会打破时间顺序，仅截取生活片段，与其相关情节则用回顾叙述的方式在剧情发展中逐步展开。

人像展览式结构，也称展示型结构，指剧作中有效地刻画人物，并能够借人物表现社会风貌。展示型结构巧妙地将类似人物速写的戏剧片段组合起来，勾勒出一幅完整的剪影式社会风俗画卷，并以此来推进戏剧故事的发展。这种戏剧结构介于开放式和封闭式之间，以展示人物形象和社会风貌为主要目的，适用于人物较多、情节简单的故事情节。

戏剧结构需要精心安排戏剧冲突、组织戏剧情节，要求整个结构必须严密紧凑。剧本结构随着人物的塑造、情节的展开和戏剧主题的深化而展开，完整把握戏剧结构是深入了解剧本的捷径。

剖析戏剧结构，首先，要从纵横两方面入手。纵，即理清剧中情节线索。有的剧目有一条线索，有的剧目则有一条主线、一条副线或若干条副线，这种情况需重点把握主线。横，即分析剧中各阶段的特点。戏剧结构一般设置为五个阶段，即剧情介绍、矛盾开始、高潮出现、矛盾解开、全剧结束，应重点把握高潮部分。但有的剧目会打破顺序，应根据不同的剧本具体分析。其次，要把握戏剧情节的发展脉络。情节是塑造人物、表达思想的重要手段。有的剧目情节较复杂，应去掉枝蔓，删繁就简，专注主干。最后，要善于把握戏剧节奏。戏剧节奏是有规律可循的，故事情节往往随着节奏产生波澜起伏的发展情势，扣人心弦。

第三节　戏剧文学作品欣赏

一、窦娥冤(第三折节选)①

关汉卿(约1234—约1300)，号已斋，解州(今山西运城)人，生于金末，卒于元代。关汉卿是元代最杰出的杂剧作家，与马致远、郑光祖、白朴并称为"元曲四大家"。有关关汉卿的生平资料较少，仅钟嗣成在《录鬼簿》中记载其为"太医院户"。关汉卿是元代剧坛前期的领袖，贾仲明称他为"驱梨园领袖，总编修师首，捻杂剧班头"。关汉卿杂剧现存十八种，个别作品是否出自关汉卿之手，学界尚有分歧。代表作品有《窦娥冤》《救风尘》《望江亭》《拜月亭》《鲁斋郎》《单刀会》《调风月》等。关汉卿杂剧曲词本色自然，情节生动，关目紧凑，人物形象鲜明。

【鲍老儿】念窦娥服侍婆婆这几年，遇时节将碗凉浆奠；你去那受刑法尸骸上烈些纸钱②，只当把你亡化的孩儿荐③。(卜儿哭科，云)孩儿放心，这个老身都记得。天哪，兀的不痛杀我也！(正旦唱)婆婆也，再也不要啼啼哭哭，烦烦恼恼，怨气冲天。这都是我做窦娥的没时没运，不明不暗，负屈衔冤。

(刽子做喝科，云)兀那婆子靠后，时辰到了也。(正旦跪科)(刽子开枷科)(正旦云)窦娥告监斩大人，有一事肯依窦娥，便死而无怨。(监斩官云)你有甚么事？你说。(正旦云)要一领净席，等我窦娥站立；又要丈二白练④，挂在旗枪上⑤：若是我窦娥委实冤枉，刀过处头落，一腔热血休半点儿沾在地下，都飞在白练上者。(监斩官云)这个就依你，打甚么不紧⑥。(刽子做取席站科，又取白练挂旗上科)(正旦唱)

【耍孩儿】不是我窦娥罚下这等无头愿，委实的冤情不浅；若没些儿灵圣与世人传，也不见得湛湛青天。我不要半星热血红尘洒，都只在八尺旗枪素练悬。等他四下里皆瞧见，这就是咱苌弘化碧⑦，望帝啼鹃⑧。

(刽子云)你还有甚的说话？此时不对监斩大人说，几时说那？(正旦再跪科，云)大人，如今是三伏天道，若窦娥委实冤枉，身死之后，天降三尺瑞雪，遮掩了窦娥尸首。(监斩官云)这等三伏天道，你便有冲天的怨气，也召不得一片雪来，可不胡说！(正旦唱)

【二煞】你道是暑气暄，不是那下雪天；岂不闻飞霜六月因邹衍⑨？若果有一腔怨气喷如火，定要感得六出冰花滚似锦⑩，免着我尸骸现；要什么素车白马⑪，断送出古陌荒阡⑫！

(正旦再跪科，云)大人，我窦娥死的委实冤枉，从今以后，着这楚州亢旱三年⑬！(监斩官云)打嘴！那有这等说话！(正旦唱)

【一煞】你道是天公不可期⑭，人心不可怜，不知皇天也肯从人愿。做甚么三年不见甘霖降？也只为东海曾经孝妇冤⑮，如今轮到你山阳县。这都是官吏每无心正法⑯，使百姓有口难言！

(刽子做磨旗科，云)怎么这一会儿天色阴了也？(内做风科，刽子云)好冷风也！(正旦唱)

【煞尾】浮云为我阴，悲风为我旋，三桩儿誓愿明题遍。(做哭科，云)婆婆也，直等待雪飞六月，亢旱三年呵，(唱)那其间才把你个屈死的冤魂这窦娥显！

(刽子做开刀，正旦倒科)(监斩官惊云)呀，真个下雪了，有这等异事！(刽子云)我也道平日杀人，满地都是鲜血，这个窦娥的血都飞在那丈二白练上，并无半点落地，委实奇怪。(监斩官云)这死罪必有冤枉，早两桩儿应验了，不知亢旱三年的说话，准也不准？且看后来如何。左右，也不必等待雪晴，便与我抬他尸首，还了那蔡婆婆去罢。(众应科，抬尸下)

【注释】

① 关汉卿杂剧《感天动地窦娥冤》全本为四折一楔子。楔子介绍窦娥因其父窦天章无力偿还所欠蔡婆银两而将她抵给蔡婆做童养媳的不幸；第一折写张驴儿父子无意间撞破赛卢医谋杀蔡婆的勾当，乘机强住在蔡婆家，妄图霸占窦娥而遭到拒绝；第二折写张驴儿想毒死蔡婆以威逼窦娥与己成亲，不料反毒死自己的父亲，便诬陷窦娥谋害，要挟她顺从自己，窦娥坚决拒绝，张驴儿买通官府，窦娥惨遭严刑拷打，后为救护蔡婆而屈招；这里节选第三折，写窦娥被押赴刑场问斩时的情况；第四折写窦娥鬼魂托梦给做了肃政廉访使的父亲，从而昭雪了冤狱。

② 烈：烧。

③ 荐：祭献。

④ 白练：洁白的熟绢。

⑤ 旗枪：旗杆顶端枪头般的金属饰物。

⑥ 打甚么不紧：有啥要紧的，即"不要紧"。

⑦ 苌弘化碧：周朝忠臣苌弘，无辜被害，"流血成石，或言成碧，不见其尸矣"(《拾遗记》)。

⑧ 望帝啼鹃：古代民间传说，蜀王杜宇，号望帝，为其相鳖灵所逼，逊位后隐居山中，其魂化为杜鹃鸟，啼声凄厉，事见《寰宇记》。

⑨ 飞霜六月因邹衍：战国末哲学家、齐国人邹衍，相传遭谗而"见拘于燕，当夏五月，仰天而叹，天为陨霜"(王充《论衡·感虚》)。

⑩ 六出冰花：雪，因其为六瓣形晶体，故名。

⑪ 素车白马：白车白马，吊丧送葬所用。

⑫ 断送出古陌荒阡：断送，发送，出殡；阡陌：田间小道，东西为陌，南北为阡。

⑬ 楚州：隋开皇元年(581年)置，治所在寿张(后改淮阴)，后移至山阳(今江苏省淮安市)。

⑭ 期：希望。

⑮ 东海曾经孝妇冤：相传西汉东海寡妇周青，为侍奉婆婆不肯改嫁，婆婆不愿拖累她而自缢。其小姑告官，诬其杀人，周青遂被处死。周青死后，东海地方大旱三年，后有官员于定国代为申雪冤情，并祭其墓，天乃降雨(《汉书·于定国传》)。

⑯ 每：们。正法：公正执法。

【作品鉴赏】

这里所选的第三折是《窦娥冤》全剧矛盾冲突的高潮，窦娥对"天""地"的指斥，实际上是对最高统治者以及地方贪官污吏的控诉与揭露。剧作家通过描写窦娥的蒙冤惨死，寄寓了自身对封建社会总体性的愤怒和批判。三桩誓愿的实现，也使剧作充满了理想色彩和浪漫主义精神，表现了剧作家对被压迫人民的深切同情。该剧语言朴实生动，当行本色。

【汇评】

《窦娥冤》剧词调快爽，神情悲悼，尤关之铮铮者也。(明·孟称舜《古今名剧合选·酹江集》眉批)

关汉卿一空依傍，自铸伟词，而其言曲尽人情，字字本色，故当为元人第一……最有悲剧之性质者，则如关汉卿之《窦娥冤》，纪君祥之《赵氏孤儿》，剧中虽有恶人交构其间，而其蹈汤赴火者，仍出于主人翁之意志，即列之于世界大悲剧中，亦无愧色也。(王国维《宋元戏曲考·元剧之文章》)

【拓展阅读】

《赵氏孤儿》(第三折)(作者：纪君祥)

聚焦：

黑格尔曾多次表示中国没有悲剧。查阅中外资料与作品，你是否赞同这种观点？请以你的理解谈谈对《赵氏孤儿》悲剧色彩的看法。

【思考与练习】

1. 《窦娥冤》(第三折)是如何成功写出窦娥性格转变的？"三桩誓愿"表达了什么精神？

提示：

在《窦娥冤》第三折中，窦娥的情感经历了显著的转变，从最初的忍耐和顺从，转变为最终的反抗和控诉。窦娥在刑场上的第一段唱词中，对天地鬼神发出了愤怒的控诉，表明了她对现实的绝望、对天地不公的强烈不满，显示了她的觉醒，反映了她对封建社会的反抗精神。在与婆婆诀别时，窦娥担心婆婆看到自己受刑会伤心，因此选择走后街，避免让婆婆看到自己被押赴刑场的惨状。这一细节展现了窦娥善良、孝顺的一面，同时也突出了她的悲剧性。

窦娥在临刑前发下三桩誓愿，通过这些誓愿，窦娥表达了她对自己清白无辜的坚定信念，展现了不屈不挠的斗志。这三桩誓愿将剧中表现的反抗精神推向了高潮，使窦娥的形象更加鲜明和动人，同时也增强了作品的悲剧色彩。三桩誓愿还隐含了作者对封建社会的深刻批判，通过窦娥的冤屈，作者揭示了封建社会的黑暗和腐败，控诉了贪污受贿和草菅人命盛行的官场，表达了对当时社会现实的不满，也唤起了观众对社会不公的关注。

2. 作者采用了什么样的创作手法？是否有助于悲剧情境的营造？

提示：

关汉卿在《窦娥冤》中运用了现实主义与浪漫主义相结合的创作手法，通过丰富的想象和大胆的夸张，紧凑而富有张力的情节安排，设计了三桩誓愿的超现实情节，成功地营造了浓郁的悲剧情境。这样不仅能增强剧作的感染力，还能激发观众的共情力，使观众更加同情窦娥的悲惨遭遇，痛恨奸民恶吏的罪行和封建社会的腐朽。《窦娥冤》语言风格通俗平易、明快洗练，既符合元杂剧的语言特点，也便于观众理解和接受。这使得该剧深受人民群众的喜爱，在民间广为流传，从而成为一部具有深远影响的文学杰作。

3. 《窦娥冤》(第三折)在语言方面有哪些特点？

提示：

《窦娥冤》(第三折)的语言具有以下几个特点。

(1) 通俗、生动的戏剧语言。关汉卿是元杂剧"本色派"代表人物，其语言自然、准确、精炼，通俗易懂。本剧中，大量使用古代白话，如"只合"(只应该)、"怎生"(怎么)等，十分生动，贴近生活，易于观众理解。

(2) 曲白相辅相成。《窦娥冤》中的曲词和说白相辅相成，共同构成了剧本的宏观整体。曲词部分精炼而富有节奏感，说白部分恰到好处地配合曲词，生动地表现了人物的复杂心情，推动了情节的发展。例如，在第三折中，窦娥的唱词和说白交替出现，充分展现了她的内心世界。

(3) 直截了当的情感表达。关汉卿采用直截了当、慷慨激昂而非间接含蓄的方式来抒发情感，淋漓尽致地表现了人物的思想感情，增强了剧本的感染力。

(4) 个性化语言。关汉卿善于根据人物的性格特点来变化语言风格，使每个角色的语言都具有个性化特征。例如，在第三折中，窦娥的语言不仅表达了她的怨恨和反抗，还体现了她的善良和孝顺。

二、《西厢记》(第四本第三折)①

王实甫(1260—1336)，大都(今北京)人，元代著名杂剧作家。一般认为，王实甫与关汉卿都是元代前期最伟大的戏曲作家，分别代表文采与本色两个重要流派。《录鬼簿》著录王实甫杂剧共十四种，现存除《西厢记》外，还有《破窑记》《丽春堂》两种，以及《贩茶船》《芙蓉亭》的片段。王实甫的爱情题材剧作大胆揭露了封建势力对青年男女自主婚姻要求的压迫，热情歌颂了具有叛逆精神的青年男女为争取真挚爱情所作的不懈努力，在文学史上具有深远影响。王实甫曲词风格华美而自然，"如花间美人"；善于化用古典诗词入曲，渲染环境氛围，描摹人物情态，创造出诗一般的意境；尤其是对青年男女心理活动的刻画，细致生动，十分传神。

(夫人、长老上云)今日送张生赴京，十里长亭，安排下筵席。我和长老先行，不见张生小姐来到。

(旦、末、红同上，旦云)今日送张生上朝取应，早是离人伤感，况值那暮秋天气，好烦恼人也呵！悲欢聚散一杯酒，南北东西万里程。(唱)

【正宫端正好】碧云天，黄花地，西风紧。北雁南飞。晓来谁染霜林醉？总是离人泪。

【滚绣球】恨相见得迟，怨归去得疾。柳丝长玉骢难系②，恨不得倩疏林挂住斜晖。马儿迍迍的行③，车儿快快地随，却告了相思回避，破题儿又早别离④。听得一声"去也"，松了金钏；遥望见十里长亭⑤，减了玉肌：此恨谁知？

(红云)姐姐今日怎么不打扮？

(旦云)你那知我的心里呵！(旦唱)

【叨叨令】见安排着车儿、马儿，不由人熬熬煎煎的气；有甚么心情花儿、靥儿⑥，打扮得娇娇滴滴的媚；准备着被儿、枕儿，则索昏昏沉沉地睡；从今后衫儿、袖儿，都揾做重重叠叠的泪。兀的不闷杀人也么哥！兀的不闷杀人也么哥！久已后书儿、信儿，索与我凄凄惶惶的寄⑦。

(做到，见夫人科)(夫人云)张生和长老坐，小姐这壁坐，红娘将酒来。张生，你向前来，是自家亲眷，不要回避。俺今日将莺莺与你，到京师休辱没了俺孩儿，挣揣一个状元回来者⑧。

(末云)小生托夫人余荫，凭着胸中之才，视官如拾芥耳⑨。(洁云)夫人主见不差，张生不是落后的人⑩。(把酒了，坐)(旦长吁科)(唱)

【脱布衫】下西风黄叶纷飞，染寒烟衰草萋迷⑪。酒席上斜签着坐的，蹙愁眉死临侵地⑫。

【小梁州】我见他阁泪汪汪不敢垂，恐怕人知，猛然见了把头低，长吁气，推整素罗衣。

【幺篇】虽然久后成佳配，奈时间怎不悲啼⑬。意似痴，心如醉，昨宵今日，清减了小腰围。

(夫人云)小姐把盏者！(红递酒，旦把盏长吁科云)请吃酒！(唱)

【上小楼】合欢未已，离愁相继。想着俺前暮私情，昨夜成亲，今日别离。我谂知这几日相思滋味⑭，却原来此别离情更增十倍。

【幺篇】年少呵轻远别，情薄呵易弃掷。全不想腿儿相挨，脸儿相偎，手儿相携。你与俺崔相国做女婿，妻荣夫贵，但得一个并头莲，煞强如状元及第。

(夫人云)红娘把盏者！(红把酒科)(旦唱)

【满庭芳】供食太急，须臾对面，顷刻别离。若不是酒席间子母每当回避，有心待与他举案齐眉⑮。虽然是厮守得一时半刻，也合着俺夫妻每共桌而食。眼底空留意，寻思起就里⑯，险化做望夫石⑰。

(红云)姐姐不曾吃早饭，饮一口儿汤水。

(旦云)红娘，甚么汤水咽得下！(唱)

【快活三】将来的酒共食，尝着似土和泥。假若便是土和泥，也有些土气息，泥滋味。

【朝天子】暖溶溶玉醅⑱，白泠泠似水，多半是相思泪。眼面前茶饭怕不待要吃，恨塞满愁肠胃。"蜗角虚名，蝇头微利"⑲，拆鸳鸯在两下里。一个这壁，一个那壁，一递一声长吁气。

(夫人云)辆起车儿⑳，俺先回去，小姐随后和红娘来。

(下)(末辞洁科)(洁云)此一行别无话儿，贫僧准备买登科录看㉑，做亲的茶饭少不得贫僧的。先生在意，鞍马上保重者！从今经忏无心礼，专听春雷第一声㉒。(下)(旦唱)

【四边静】霎时间杯盘狼藉，车儿投东，马儿向西，两意徘徊，落日山横翠。知他今宵宿在那里？有梦也难寻觅。

(旦云)张生，此一行得官不得官，疾早便回来。

(末云)小生这一去，白夺一个状元，正是"青霄有路终须到，金榜无名誓不归"。

(旦云)君行别无所赠，口占一绝，为君送行："弃掷今何在，当时且自亲。还将旧来意，怜取眼前人㉓。"

(末云)小姐之意差矣，张珙更敢怜谁？谨赓一绝㉔，以剖寸心："人生长远别，孰与最关亲？不遇知音者，谁怜长叹人？"(旦唱)

【耍孩儿】淋漓襟袖啼红泪，比司马青衫更湿㉕。伯劳东去燕西飞㉖，未登程先问归期。虽然眼底人千里，且尽生前酒一杯。未饮心先醉，眼中流血，心内成灰。

【五煞】到京师服水土，趁程途节饮食，顺时自保揣身体㉗。荒村雨露宜眠早，野店风霜要起迟！鞍马秋风里，最难调护，最要扶持。

【四煞】这忧愁诉与谁？相思只自知，老天不管人憔悴。泪添九曲黄河溢，恨压三峰华岳低㉘。到晚来闷把西楼倚，见了些夕阳古道，衰柳长堤。

【三煞】笑吟吟一处来，哭啼啼独自归。归家若到罗帏里，昨宵个绣衾香暖留春住，今夜个翠被生寒有梦知。留恋你别无意，见据鞍上马，阁不住泪眼愁眉。

(末云)有甚言语嘱咐小生咱？(旦唱)

【二煞】你休忧"文齐福不齐"㉙，我则怕你"停妻再娶妻"。休要"一春鱼雁无消息"！我这里青鸾有信频须寄㉚，你却休"金榜无名誓不归"。此一节君须记，若见了那异乡花草，再休似此处栖迟。

(末云)再谁似小姐？小生又生此念？(旦唱)

【一煞】青山隔送行，疏林不做美，淡烟暮霭相遮蔽。夕阳古道无人语，禾黍秋风听马嘶。我为甚么懒上车儿内，来时甚急，去后何迟？

(红云)夫人去好一会，姐姐，咱家去！(旦唱)

【收尾】四围山色中，一鞭残照里。遍人间烦恼填胸臆，量这些大小车儿如何载得起㉛？

(旦、红下)(末云)仆童赶早行一程儿，早寻个宿处。泪随流水急，愁逐野云飞。(下)

【注释】

① 王实甫《西厢记》为连台本戏，全剧五本，每本四折一楔子，经过一番波折，老夫人终于应允了莺莺与张生的婚事，但又以"俺三辈儿不招白衣女婿"为由，逼张生上朝取应。本折即写莺莺在长亭送别赴京应试的张生时的情景。

② 玉骢：青白色相间的马。

③ 迍迍：音zhūn，行动迟缓的样子。

④ 破题儿：科举考试文章起始要释题，称"破题"，这里指开始之意。

⑤ 迤：音yǐ，延伸，往。

⑥ 靥儿：音yè，原指脸上的酒窝，这里指妇女装扮面部的饰物。

⑦ 恹恹遑遑：恹，音xī，因伤感而心神不宁的样子。

⑧ 挣揣：用力争取。

⑨ 拾芥：比喻获取功名容易。芥：小草。

⑩ 洁：元代民间往往称和尚为"洁郎"，元剧角色中便将扮演和尚省作"洁"，这里指普救寺住持法本长老。

⑪ 萋迷：草长得茂盛，这里指满目枯草，遍野荒凉。

⑫ "酒席上"二句：前一句形容张生无精打采，像一根木桩插在那里一样；后一句形容张生憔悴呆滞的神情。签：插。坐地：坐着。死：程度副词，极端。临侵：疲惫、憔悴的样子。地：语助词。

⑬ 奈时间：无奈时间太长。

⑭ 谂：音shěn，深知。

⑮ 举案齐眉：东汉时梁鸿、孟光夫妻相敬如宾，吃饭时孟光将食案高举到眉头，敬于梁鸿。后世常用来比喻夫妻和美，妻子敬重丈夫。

⑯ 寻思起就里：细想内里情事(婚姻波折)如何生变。

⑰ 望夫石：各地多有的古代民间传说，谓一女子企盼远游的丈夫归来，整日站在山头等待，久而久之化作人形石头。

⑱ 玉醅：醅，音pēi，酒的美称。

⑲ "蜗角虚名"二句：极微小的空名，极细微的利益。《庄子·则阳》："有国于蜗之左角者，曰触氏；有国于蜗之右角者，曰蛮氏，时相与争地而战，伏尸数万。"班固《难庄论》写世人争利如蝇吮肉汁，所得甚少。此蜗角与蝇头互文对举，作细微、琐屑解。莺莺轻视功名，看重爱情，故有此语。

⑳ 辆起车儿：套上车子。

㉑ 登科录：科举时代的录取名册。

㉒ "从今经忏"二句：这是法本的下场诗。经忏：佛教经文。春雷第一声：考中状元。

㉓ "弃掷今何在"四句：这是元稹《莺莺传》传奇中莺莺后来谢绝张生的一首诗，意为当时两人那样亲热，现在为什么抛弃我呢？你还是用原来对我的那一片情，去爱你眼前的新欢吧。这里则是表达莺莺的担忧，她怕张生薄情变心。

㉔ 赓：接续。此为合作一首绝句的意思。

㉕ "淋漓襟袖"二句：王嘉《拾遗记·魏》中说，薛灵芸被选入宫时，告别父母，泪流不止，以玉壶盛泪，壶即成红色。到了京城，壶中泪水更凝成血状。后来多将美人的泪水称为红泪。比司马青衫更湿：化用白居易《琵琶行》中的诗句"座中泣下谁最多？江州司马青衫湿"。

㉖ 伯劳东去燕西飞：莺莺与张生分别后各奔东西。伯劳：禽鸟命，略大于雀，胸腹部呈茶色，翼、尾呈黑褐色。

㉗ 保揣：保重。

㉘ "泪添九曲"二句：形容离别在即，莺莺悲痛伤怀，情不能已。三峰华岳：华山的莲花峰、毛女峰、松桧峰。

㉙ "文齐福不齐"：文才达到了，但运气不好，未能中榜。

㉚青鸾：传说中凤凰一类的神鸟，为西王母送信的使者。

㉛量：推测，估摸。

【作品鉴赏】

这折戏俗称"长亭送别"。在红娘的帮助下，崔莺莺与张生终于冲破重重阻碍，私下里结合了。老夫人得知后，恼羞成怒，严厉拷问红娘，并指责红娘未能"行监坐守"，以致木已成舟，红娘"以子之矛，攻子之盾"，伶牙俐齿，据理雄辩，终于说得老夫人哑口无言。这就是俗称的"拷红"。"拷红"之后，老夫人又借口说崔家乃相国之家，三辈不招白衣女婿，逼迫张生上朝取应。莺莺送别张生，百感交集，难舍难分。在长亭上，她表白心迹，流露出对爱情的珍惜，对功名的轻蔑。这是她叛逆精神的集中体现。这折戏紧接"拷红"，规定情境是暮秋的长亭之上。剧作家运用景物衬托人物心情，不仅营造出浓重的环境氛围，而且在细致的人物心理描写中巧妙地熔铸古典诗词，从而加强了曲词的艺术感染力，堪称古代戏曲中的典范之作。

【汇评】

作词章风韵美，士林中等辈伏低。新杂剧、旧传奇，《西厢记》天下夺魁。(明·贾仲明《凌波仙》)

王实甫之词，如花间美人。铺叙委婉，深得骚人之趣，极有佳句，若玉环之出浴华清，绿珠之采莲洛浦。(明·朱权《太和正音谱·古今群英乐府格势》)

"长亭送别"的曲文在《西厢记》中颇具代表性，既有丽藻，又有白描，既有对前代诗词的借鉴、化用，又有对民间口语的吸收、提炼，在总的风格上，不仅构成了协调的色彩，而且形成了通晓流畅与秀丽华美相统一的特色。论者有《西厢记》是诗剧之说。"长亭送别"是全剧诗意最浓的部分，它在情节上没有多少进展，也没有戏剧矛盾的激烈转化，只是以抒情诗的语言，叙写女主人公的离愁别恨，使全折弥漫着一种淡淡的而又是悠长的哀愁。(邓绍基主编《元代文学史》)

【拓展阅读】

唐传奇《莺莺传》(作者：元稹)

聚焦：

《西厢记》所述崔莺莺与张生的恋爱故事，一般认为源于唐代元稹的《莺莺传》。元稹以自身经历为基础，创造了崔、张两个文学形象，但结局却是张生"始乱终弃"。王实甫在前人基础上，对流传数百年的崔、张恋爱故事加以再创造，并大胆提出"愿普天下有情的都成了眷属"的美好理想，成就了脍炙人口的北曲杂剧《西厢记》。

【思考与练习】

1. 为什么说"长亭送别"是《西厢记》中最具诗意的部分？

提示：

作者通过细腻的人物刻画、环境的烘托、诗词的融入、情景交融的氛围营造以及爱情的极致表达，增强了作品的感染力，使人更容易产生共鸣，从而使"长亭送别"成为《西厢记》中最具诗意的部分。

(1) 细腻的人物刻画。面对心爱之人的离去，莺莺的情感复杂而深刻，既有对恋人的依恋，又有对未来的不确定。

(2) 环境的烘托。通过描写秋风萧瑟、长亭古道等场景，深入地体现人物的情感。

(3) 诗词的融入。作品中融入大量的诗词，与人物的情感紧密结合，深刻、生动地展现人物的情感。

(4) 情景交融的氛围营造。"青山隔送行，疏林不做美，淡烟暮霭相遮蔽。夕阳古道无人语，禾黍秋风听马嘶。"王实甫成功地将景物与人物的情感融为一体，使情景交融，细腻地刻画了莺莺几起几伏的思念之情。

(5) 爱情的极致表达。"长亭送别"把男女之情写到了极致，崔张二人在长亭这样的意境时空下"话别"，演绎了一曲"两情若是久长时，又岂在朝朝暮暮"的情爱恋歌。

2. 《西厢记》中莺莺的爱情观、婚姻观是怎样的？

提示：

崔莺莺的爱情观可以概括为对真挚爱情的追求和对封建婚姻制度的反抗。她与张生的结合不仅仅是因为外貌的吸引，更是因为心灵上的契合。她和张生的感情经历了多次考验，但始终坚定不移。她敢于挑战封建礼教的束缚，追求自由的爱情。她不顾老夫人的反对，与张生私定终身，甚至在老夫人面前勇敢地表达了自己对张生的爱意。崔莺莺追求爱情的专一性，她对张生的爱是坚定不移的。在长亭送别时，她反复叮嘱张生"若见了那异乡花草，再休似此处栖迟"，表现了她对爱情的忠诚和专一。

崔莺莺的婚姻观可以概括为反对封建婚姻制度中的包办婚姻和门第观念。崔莺莺与张生的结合是基于真挚的感情，而不是门第、财产和权势等条件。她认为婚姻应该基于真挚的爱情，而不是功名利禄，即使张生未中状元，她也愿意与他长相厮守。她反对"门当户对"和"夫贵妻荣"等封建传统观念，追求平等、有尊严的婚姻。

3. 这折戏是如何刻画崔莺莺心理的？

崔莺莺在赴长亭的途中，触景生情，内心充满了离别的悲伤。送别张生时，她反复叮嘱张生"此一行得官不得官，疾早便回来"，表现了她对张生的深情和对未来的担忧。在送别宴上，莺莺虽然内心痛苦，但表面上却故作镇定，其唱词表达了自己内心的痛苦和对母亲"拆鸳鸯在两下里"的抱怨。宴后，崔莺莺与张生依依惜别。

尽管崔莺莺内心矛盾重重，但她对张生的情感是真挚而坚定的。分手后，崔莺莺无限怅惘，她对张生的离去感到深深的不舍和无奈，表现了她对张生的深情和对未来的希望。

三、琵琶记(糟糠自厌)①

高明(1305—?)，字则诚，号菜根道人，人称"东嘉先生"，浙江省瑞安市人，元末明初著名戏曲作家。高明曾求学于理学家黄滑门下，深受儒家思想影响。高明为人耿直，为官清正而有才干。方国珍降元后，有意邀他做幕僚，高明力辞不从。不久后他辞官旅居浙江宁波栎社，闭门谢客，专心撰写《琵琶记》，并以词曲自娱。朱元璋攻破南京后，曾征召高明前往南京为官，他以老病不从。代表著作除《琵琶记》外，还有南戏《闵子骞单衣记》等，另有诗文《柔克斋集》二十卷，原本已散佚，现传清人辑本，仅存诗文50余篇。

(旦上唱)【山坡羊】乱荒荒不丰稔的年岁②，远迢迢不回来的夫婿。急煎煎不耐烦的二亲，软怯怯不济事的孤身己。衣尽典，寸丝不挂体。几番要卖了奴身己，争奈没主公婆教谁看取？(合)思之，虚飘飘命怎期？难捱，实丕丕灾共危③。

【前腔】滴溜溜难穷尽的珠泪，乱纷纷难宽解的愁绪。骨崖崖难扶持的病体，战兢兢难捱过的时和岁。这糠呵，我待不吃你，教奴怎忍饥？我待吃呵，怎吃得？(介)苦！思量起来，不如奴先死，图得不知他亲死时。(合前)

(白)奴家早上安排些饭与公婆吃，非不欲买些鲑菜④，争奈无钱可买。不想婆婆抵死埋冤，只道奴家背地吃了甚么。不知奴家吃的却是细米皮糠，吃时不敢教他知道，只得回避。便埋冤杀了，也不敢分说。苦！真实这糠怎的吃得。(吃介)(唱)

【孝顺歌】呕得我肝肠痛，珠泪垂，喉咙尚兀自牢嘎住⑤。糠，遭砻被舂杵，筛你簸扬你，吃尽控持⑥。好似奴家身狼狈，千辛万苦皆经历。苦人吃着苦味，两苦相逢，可知道欲吞不去。(吃吐介)(唱)

【前腔】糠和米，本是相倚依，谁人簸扬你作两处飞？一贱与一贵，好似奴家共夫婿，终无见期。丈夫，你便是米么，米在他方没寻处。奴便是糠么，怎的把糠救得人饥馁？好似儿夫出去，怎的教奴，供给得公婆甘旨？(不吃放碗介)(唱)

【前腔】思量我生无益，死又值甚的！不如忍饥为怨鬼。公婆年纪老，靠奴家相依倚，只得苟活片时。片时苟活虽容易，到底日久也难相聚。谩把糠来相比，这糠尚兀自有人吃，奴家骨头，知他埋在何处？

(外、净上探，白)媳妇，你在这里吃甚么？(旦遮糠介)(净搜出，打旦介)(白)公公，你看么？真个背后自逼逻⑦东西吃，这贱人好打！(外白)你把他吃了，看是什么物事？(净荒吃介)(吐介)(外白)媳妇，你逼逻的是甚么东西？(旦介)(唱)

【前腔】这是谷中膜，米上皮，将来逼逻堪疗饥。(外、净白)这是糠，你却怎的吃得？(旦唱)尝闻古贤书，狗彘食人食⑧，公公，婆婆，须强如草根树皮。

(外净白)这的不嘎杀了你？(旦唱)嚼雪餐毡，苏卿犹健⑨，餐松食柏⑩到做得神仙侣，纵然吃些何虑？(白)公公，婆婆，别人吃不得，奴家须是吃得。(外、净白)胡说！偏你如何吃得？(旦唱)爹妈休疑，奴须是你孩儿的糟糠妻室！

(外、净哭介，白)原来错埋冤了人，兀的不痛杀了我。(倒介)(旦叫介)(唱)

【雁过沙】他沉沉向迷途，空教我耳边呼。公公，婆婆，我不能尽心相奉事，番教你为

我归黄土。公公，婆婆，人道你死缘何故？公公，婆婆，你怎生割舍抛弃了奴？(白)公公，婆婆。(外醒介)(唱)

【前腔】媳妇，你耽饥事公姑。媳妇，你耽饥怎生度？错埋冤你也不肯辞，我如今始信有糟糠妇。媳妇，我料应不久归阴府。媳妇，你休便为我死的把生的受苦。(旦叫婆婆介)(唱)

【前腔】婆婆，你还死教奴家怎支吾①？你若死教我怎生度？我千辛万苦回护②丈夫，如今到此难回护。我只愁母死难留父，况衣衫尽解，囊箧又无。(外叫净介)(唱)

【前腔】婆婆，我当初不寻思，教孩儿往皇都。把媳妇闪得苦又孤，把婆婆遂入黄泉路，只怨是我相耽误。我骨头未知埋在何处所？

【注释】

①《琵琶记》共四十二出，借用东汉历史学家蔡伯喈的名字，讲述了蔡伯喈和赵五娘的故事。全剧最后虽为大团圆结局，但本质上是一出深刻的社会悲剧。

②稔：音rěn，指庄稼成熟。不丰稔，即荒年歉收。

③实丕丕：实实在在。

④鲑菜：鲑，音xié，泛指鱼菜。鲑：鱼类菜肴。

⑤牢嘠住：嘠，音shà，紧紧卡住。

⑥控持：折磨。

⑦逼逻：亦作餶饠，指安排、张罗之意。

⑧狗彘食人食：语出《孟子·梁惠王》，原意为狗和猪竟然吃人的食物，这里意思反用，指狗和猪才吃的糟糠，人却在吃。

⑨嚼雪飡毡二句：苏卿即西汉的苏武，字子卿。苏武出使匈奴，匈奴逼迫苏武降，苏武不从，被困于大窖中。绝不饮食，"天雨雪，武卧啮雪，与旃毛并咽之"，得不死。

⑩飡松食柏：据传神仙不食人间烟火，《抱朴子内篇·仙药篇》载，秦王子婴的宫人避乱山中，有老人教她吃松叶和松子，遂不渴不饥。冬不寒，夏不热，至汉成帝时仍在。《列仙传》说："赤松子，好食柏实，齿落更生。"这里比喻无粮食可吃。

⑪支吾：这里是对付、支持之意。

⑫回护：这里是辩护、袒护之意。

【作品鉴赏】

《琵琶记》被推崇为"南戏中兴之祖"，其艺术成就历来为人称道。故事情节基本继承了宋代戏文《赵贞女》故事的框架，但改变了其中蔡伯喈背亲弃妇的形象。剧中蔡伯喈为做到"孝"而违背自身意愿上京应试，高中后又为做到"忠"而背弃爱妻与丞相之女成婚。剧中另一条线索是写蔡伯喈入京后家乡遭逢灾荒，赵五娘自食粗糠侍奉公婆，群布包土埋葬死去的公婆后，一路弹唱琵琶词行乞，到京师寻找丈夫。幸而牛小姐贤惠大度，赵五娘与蔡伯喈终得团圆，得到朝廷旌表。蔡伯喈和赵五娘形象的出现，说明元代后期戏剧舞台逐步摆脱了类型化的写法，揭开了形象创作史新的一页。情节上，《琵琶记》将蔡伯喈的荣华富贵与赵五娘的饥寒交迫进行对比衔接，双线结构自此成为后世传奇创作的固定范式。语言运用上，《琵琶记》配合人物处境以及戏剧线索的开展，运用不同风格的语言；同时不少唱词对白与角色动作结合，富于动作性。

【汇评】

则成(诚)所以冠绝诸剧者，不唯其琢句之工、使事之美而已。其体贴人情，委曲必尽；描写物态，仿佛如生；问答之际，了不见扭造；所以佳耳。至于腔调微有未谐，譬如见钟、王之迹，不得其合处，当精思以求诣，不当执末以议本也。(明·王世贞《曲藻》)

《西厢》组艳，《琵琶》修质，其体固然。何元朗并訾之，以为"《西厢》全带脂粉，《琵琶》专弄学问，殊寡本色"。夫本色尚有胜二氏者哉？过矣！(明·王骥德《曲律》)

《琵琶记》乃高则诚所作，虽出于《拜月亭》之后，然自为曲祖，词意高古，音韵精绝，诸词之纲领，不宜取便苟且，须从头至尾，字字句句，须要透彻唱理，方为国工。(明·魏良辅《曲律》)

【拓展阅读】

《后汉书·蔡邕传》(作者：范晔)

聚焦：

陆游有诗云："斜阳古柳赵家庄，负鼓盲翁正作场。死后是非谁管得，满村听说蔡中郎。"可见《琵琶记》的故事在搬上戏剧舞台之前，就已在民间流传。但戏中情节并不符合历史人物蔡伯喈的真实情况，参见《后汉书·蔡邕传》。

【思考与练习】

1. 在《琵琶记》中，赵五娘身上体现了中国古代劳动妇女的哪些优秀品质？

提示：

赵五娘善良朴素、任劳任怨，是典型的贤孝妇形象，具体体现在以下情节中：丈夫进京赶考后，她独自一人奉养公婆；遭遇饥荒时，她典尽衣衫，将救济粮留给公婆，自己偷偷吃糠；公婆去世后，她剪下自己的长发，沿街叫卖以换取棺材，并用麻裙包土为公婆筑坟。赵五娘忍受了常人无法承受的磨难，尽管生活对她不公，但她始终坚持自己的信仰和责任，为家庭奉献出自己的一切。《琵琶记》通过赵五娘这一形象，展现了古代中国妇女的淳朴、善良、勤劳、坚忍等优秀品质，同时也揭示了封建纲常礼教对妇女的压迫。

2. 你如何评价戏中被塑造成"全忠全孝"的蔡伯喈这一人物形象？

提示：

《琵琶记》中的蔡伯喈被塑造成"全忠全孝"的形象，但这一形象在剧中充满了矛盾和争议。蔡伯喈在剧中始终处于巨大的矛盾漩涡中，他的行为和选择一直受到外界因素的制约，导致他在忠与孝、个人与家庭之间难以抉择。辞试不从、辞婚不从、辞官不从这三"不从"表现了忠孝两难全的悲剧。蔡伯喈的悲剧是封建制度下的牺牲品。他虽有反抗的意识，但在强大的封建制度面前，只能选择妥协和顺从。他的命运被父亲、皇帝和牛丞相所左右，无法自主。这种无奈和悲哀,揭示了封建社会中的知识分子的生存状态。蔡伯喈的形象比较复杂,更加丰富和立体,既不同于《张协状元》中的张协发迹抛妻的负心汉形象,也不同于《荆钗记》中的王十朋不肯再娶的痴情形象,具有典型的意义。

3.《琵琶记》的语言历来为人所称道,这出戏中的语言具有哪些特点?

提示:

《琵琶记》的语言风格多样,主要体现在以下几个方面。

(1) 本色与文采兼具。赵五娘等下层人物的语言朴实自然,通俗易懂,生活气息浓厚;蔡伯喈、牛小姐、牛丞相等上层人物的语言则词句华美,讲究字句的雕琢和典故的运用,是一种高度诗化的语言。

(2) 自然澄澈的特色。作品中的语言通俗易懂,以口头语写心间事,刻写入髓,委婉尽致。这种语言风格不仅使作品更加贴近生活,还增强了情感的表达。

(3) 人物语言的个性化。人物语言与人物的身份、环境和性情相适应,注重在性情刻画上下功夫,使语言真正成为刻画人物思想性格及情感的工具。例如,蔡伯喈与牛小姐一起欣赏月亮,一起听箫笛之声,两人虽身处同一情境,却表达出不同的感情,显示出不同的人物个性。牛小姐的语言浸透了团聚的喜悦之情,而蔡伯喈的语言则反映了离别的忧愁之情。

四、牡丹亭(惊梦)①

汤显祖(1550—1616),江西临川人,字义仍,号海若、若士、清远道人,明代戏曲家、文学家,被誉为"中国戏圣"和"东方莎士比亚"。汤显祖一生蔑视封建权贵,早年参加进士考试,因拒绝宰相张居正的拉拢而落选;中进士后,洁身自好,晚年因不满朝政腐败,弃官返乡闲居,于寓所"玉茗堂"专事戏剧和文学创作活动。汤显祖受王学左派和李卓吾影响,反对程朱理学,支持讲究历行气节、抨击腐败政治的东林党。他主张戏剧创作要以"意趣神色为主",不应过分受韵律、宫调束缚,被称为"临川派"或"玉茗堂派"。代表著作有《玉茗堂集》等数种,所作《牡丹亭》《紫钗记》《邯郸记》和《南柯记》合称"临川四梦",在明代传奇中占有重要位置。

【皂罗袍】原来姹紫嫣红开遍,似这般都付与断井颓垣②。良辰美景奈何天,赏心乐事谁家院!恁般景致,我老爷和奶奶再不提起。(合)朝飞暮卷③,云霞翠轩;雨丝风片,烟波画船——锦屏人忒看的这韶光贱④!(贴)是花都放了,那牡丹还早。

【好姐姐】(旦)遍青山啼红了杜鹃,荼蘼外烟丝醉软⑤。春香啊,牡丹虽好,他春归怎占的先!(贴)成对儿莺燕啊。

(合)闲凝眄,生生燕语明如翦,呖呖莺歌溜的圆⑥。

(旦)去罢。(贴)这园子委是观之不足也。(旦)提他怎的!(行介,唱)

【隔尾】观之不足由他缱⑦,便赏遍了十二亭台是枉然。到不如兴尽回家闲过遣。

(作到介〕(贴)开我西阁门,展我东阁床。瓶插映山紫,炉添沉水香。小姐,你歇息片时,俺瞧老夫人去也。

(下)(旦叹介)默地游春转,小试宜春面。春呵,得和你两留连,春去如何遣?咳,恁般天气,好困人也。春香那里?(作左右瞧介)(又低首沉吟介)天呵,春色恼人,信有之乎!常观诗词乐府,古之女子,因春感情,遇秋成恨,诚不谬矣。吾今年已二八,未逢折桂之夫⑧;忽慕春情,怎得蟾宫之客?昔日韩夫人得遇于郎,张生偶逢崔氏,曾有《题红记》《崔徽传》二书⑨。此佳人才子,前以密约偷期,后皆得成秦晋。(长叹介)吾生于宦族,长在名门。年已及笄⑩,不得早成佳配,诚为虚度青春,光阴如过隙耳。(泪介)可惜妾身颜色如花,岂料命如一叶乎!(唱)

【山坡羊】没乱里春情难遣,蓦地里怀人幽怨。则为俺生小婵娟,拣名门一例一例里神仙眷。甚良缘,把青春抛的远!俺的睡情谁见?则索因循腼腆。想幽梦谁边,和春光暗流传?迁延,这衷怀那处言!淹煎,泼残生,除问天⑪!身子困乏了,且自隐几而眠。

(睡介)(梦生介)(生持柳枝上)莺逢日暖歌声滑,人遇风情笑口开。一径落花随水入,今朝阮肇到天台⑫。小生顺路儿跟着杜小姐回来,怎生不见?(回看介)呀,小姐,小姐!(旦作惊起介)(相见介)(生)小生那一处不寻访小姐来,却在这里!

(旦作斜视不语介)(生)恰好花园内,折取垂柳半枝。姐姐,你既淹通书史,可作诗以赏此柳枝乎?

(旦作惊喜,欲言又止介)(背想)这生素昧平生,何因到此?(生笑介)小姐,咱爱杀你哩!(唱)

【山桃红】则为你如花美眷,似水流年,是答儿闲寻遍⑬。在幽闺自怜。小姐,和你那答儿讲话去。

(旦作含笑不行)(生作牵衣介)(旦低问)那边去?(生)转过这芍药栏前,紧靠着湖山石边。(旦低问)秀才,去怎的?(生低答)和你把领扣松,衣带宽,袖梢儿搵着牙儿苫也⑭,则待你忍耐温存一晌眠。

(旦作羞)(生前抱)(旦推介)(合)是那处曾相见,相看俨然,早难道这好处相逢无一言?

(生强抱旦下)(末扮花神束发冠,红衣插花上)催花御史惜花天⑮,检点春工又一年。蘸客伤心红雨下⑯,勾人悬梦采云边。吾乃掌管南安府后花园花神是也。因杜知府小姐丽娘,与柳梦梅秀才,后日有姻缘之分。杜小姐游春感伤,致使柳秀才入梦。咱花神专掌惜玉怜香,竟来保护他,要他云雨十分欢幸也。(唱)

【鲍老催】(末)单则是混阳蒸变⑰,看他似虫儿般蠢动把风情扇。一般儿娇凝翠绽魂儿颤。这是景上缘⑱,想内成,因中见。呀,淫邪展污了花台殿。咱待拈片落花儿惊醒他。

(向鬼门丢花介)他梦酣春透了怎留连?拈花闪碎的红如片。

秀才才到的半梦儿;梦毕之时,好送杜小姐仍归香阁。吾神去也。(下)

【山桃红】(生、旦携手上)(生唱)这一霎天留人便,草借花眠。(白)小姐可好?

(旦低头介)(生)则把云鬟点,红松翠偏。小姐休忘了呵,见了你紧相偎,慢厮连,恨不得肉儿般团成片也,逗的个日下胭脂雨上鲜。

(旦)秀才,你可去呵?(合)是那处曾相见,相看俨然,早难道这好处相逢无一言?

【注释】

①《牡丹亭》为汤显祖代表作,全剧共五十五出,《惊梦》为第十出。杜丽娘在春香的

怂恿下，违背父母、塾师的训诫，走出深闺，偷游花园。莺歌燕舞，美妙春光，引起多情少女的自我觉醒。在梦里，也即在意念里，她领略了理想爱情的甜蜜。《惊梦》是全剧中最亮的一颗明珠，各个情节都围绕着它而存在。

② 颓：坍塌。垣：墙。

③ 朝飞暮卷：形容轩阁的高旷。唐王勃《滕王阁诗》："画栋朝飞南浦云，珠帘暮卷西山雨。"

④ 锦屏人：幽居深闺、不能领略自然美景的人。忒：太，过于。

⑤ 荼蘼：落叶小灌木，晚春开花，黄白色，有香味，这里指荼蘼架。烟丝：游丝。

⑥ 眄：音miǎn，斜着眼看。

⑦ 缱：音qiǎn，缱绻留恋之意。

⑧ 折桂之夫：比喻科举及第的夫婿，下句"蟾宫之客"意思相同。

⑨ 韩夫人得遇于郎：唐僖宗时，宫女韩夫人在红叶上题诗，从御沟中流出，为书生于祐拾得。于祐也在红叶上题诗，从御沟上游流入宫中，恰又被韩夫人拾取。后唐僖宗放宫女出宫，韩、于二人结为夫妻。见张子京《流红记》。张生偶逢崔氏：指唐元稹《莺莺传》传奇所描写的张生与崔莺莺的爱情故事。元代的王实甫据此写成著名的《西厢记》。下文提到的《崔徽传》乃写崔徽与裴敬中的爱情故事(见《丽情集》)，与崔、张情事无关，《崔徽传》恐是《莺莺传》之误。

⑩ 及笄：古时女子十五岁开始束发，以簪总之，簪又称笄，这里是说到了婚配的年纪。

⑪ 泼残生除问天：苦命只有天知道。"泼"本是骂人话，这里是厌恶的意思，犹言这该死的命运。

⑫ 阮肇到天台：见到意中人。刘晨与阮肇进天台采药迷路，于桃源洞遇到二仙女，被邀至家中。见刘义庆《幽明录》。

⑬ 是答儿闲寻遍：到处寻找。是，凡是。答儿，地方。下文"那答儿"，即那边儿，那个地方。

⑭ "袖梢儿"句：牙儿咬着衣袖角，形容害羞、忍痛的样子。

⑮ 催花御史惜花天：相传唐宫有惜花御史，料理盛开的鲜花，这里借用以表花神身份。

⑯ 蘸客句：落花如雨，使客中人伤心。红雨：落花。蘸：沾着。

⑰ 单则是混阳蒸变：以下三句是从花神的角度来形容杜、柳梦中幽会。

⑱ 景上缘三句：按佛家的观点，柳、杜二人的爱情不过是幻影上的姻缘，它在意念里形成，在特定的机遇中呈现，是虚幻的、短暂的、易逝的。景：影。见：现。

【作品鉴赏】

《惊梦》由[绕池游]和[山坡羊]两套曲组成。[绕池游]一套为"游园"，写杜丽娘游览后花园春光；[山坡羊]一套为"惊梦"，写杜丽娘在春光的感召下青春觉醒，恍然入梦，在梦中与柳梦梅缱绻幽会。[绕池游]前三支曲，描写杜丽娘游园前的心情，细致刻画出其向往自然、热爱青春但又因初出闺阁而感到娇羞犹疑的微妙心理；后三支曲是杜丽娘游园时的唱段，动人的春景与人物既惊又喜且恼的复杂情绪交融。该唱段曲词优美，在表现杜丽娘青春觉醒的同时，也为后文的惊梦、寻梦等剧情作了铺垫。全剧构思奇特，富于浪漫主义色彩；

语言绚丽多彩，主要人物个性鲜明，是明代传奇中最优秀的剧作。

【汇评】

独汤临川最称当行本色。以《花间》《兰畹》之馀彩，创为《牡丹亭》，则翻空转换极矣！(明·陈继儒《王季重批点〈牡丹亭〉题词》)

杜丽娘之妖也，柳梦梅之痴也，老夫人之软也，杜安抚之古执也，陈最良之雾也，春香之贼牢也，无不从筋节窍髓，以探其七情生动之微也。(明·王思任《批点玉茗堂〈牡丹亭〉词叙》)

杜丽娘事甚奇。而著意发挥，怀春慕色之情，惊心动魄。且巧妙迭出，无境不新，真堪千古矣。(明·吕天成《曲品·上上品》)

汤义仍《牡丹亭梦》一出，家传户诵，几令《西厢》减价；奈不谙曲谱，用韵多任意处，乃才情自足不朽也。(明·沈德符《顾曲杂言》)

【拓展阅读】

《倩女离魂》(第二折)(作者：郑光祖)

聚焦：

孟称舜在《古今名剧合选》中评价《倩女离魂》时写道："酸楚哀怨，令人断肠。昔时《西厢记》，近日《牡丹亭》，皆为传情绝调，兼之者其此剧乎？《牡丹亭》格调原祖此，读者当自见也。"

【思考与练习】

1. 杜丽娘在大好春光的感召下认识到了什么？作者想借此表达什么思想？

提示：

杜丽娘在大好春光的感召下，认识到了青春的虚度和生命的短暂，内心产生了深深的无奈和哀怨。杜丽娘的感怀不仅是抒发个人的哀怨，更是对人性觉醒的呼唤，她想要开始追求自由和幸福。这种觉醒不仅是个人的觉醒，更是对整个封建社会的挑战。

汤显祖通过描写杜丽娘的感怀，表现了杜丽娘对自由爱情的向往，对青春虚度的哀怨，以及对人性觉醒的呼唤，批判了封建礼教对女性的束缚。这样的人物刻画不仅反映了杜丽娘个人的内心世界，也揭示了封建社会中女性的普遍困境，具有深刻的社会意义。

2. 《牡丹亭》中的浪漫主义色彩是如何体现的？

提示：

《牡丹亭》中的浪漫主义色彩主要体现在以下几个方面。

(1) 浪漫的精神追求。作者通过杜丽娘这一形象，表达了对理想境界的追求和向往。杜丽娘被塑造为"情之至"的人物，这种对人物真性情的刻画与憧憬是《牡丹亭》的重大突破。

(2) 富于幻想的艺术构思。《牡丹亭》的情节结构充满了离奇跌宕的幻想色彩，富于幻想的艺术构思为主旨的表达起到了十分重要的作用。

(3) 虚实结合的写法。作者采用虚实结合的写法,将人物故事的"虚"落脚到真切的"实"处。例如,杜丽娘还阳后必须遵循人间礼法,承受种种令人无奈的束缚。这种虚实结合的写法,将理想与现实融会贯通起来。

(4) 浓郁的抒情色彩。剧中的许多曲词将抒情、写景和人物塑造融为一体。例如,《惊梦》中的《皂罗袍》一曲,明写自然,暗写人生,清秀婉丽的语言中蕴涵着深切动人的意境。

(5) 理想与现实的对比。作者通过杜丽娘的经历,展现了现实、梦幻与幽冥三种境界,借用这三种境界的艺术对比来表达理想和思想,用梦幻和幽冥反衬出现实的残酷。

3. 为什么说《牡丹亭》具有抒情诗的特点?

提示:

《牡丹亭》具有抒情诗的特点,主要体现在以下几个方面。

(1) 情感真挚而细腻。作者通过描写杜丽娘的内心世界,展现了杜丽娘真挚而细腻的情感,反映了她对美好爱情的渴望和对封建礼教的反抗。在《惊梦》中,杜丽娘有这样一段唱词:"原来姹紫嫣红开遍,似这般都付与断井颓垣。良辰美景奈何天,赏心乐事谁家院!"这段唱词不仅表达了她对美好春光的欣赏,还反映了她对自身命运的哀怨和无奈。

(2) 语言浓丽华艳,意境深远。全剧采用抒情诗的笔法,倾泻人物的情感。例如,《皂罗袍》一曲,明写自然,暗写人生,在清秀婉丽的语言中蕴涵着深切动人的意境。这种语言风格不仅增强了作品的艺术感染力,还使作品具有了更高的文学价值。

(3) 丰富的内心世界。《牡丹亭》注重展示人物的内心世界,发掘人物内心幽微细赋的情感,使之形神毕露。例如,在《惊梦》中,杜丽娘有这样一段唱词:"剪不断,理还乱,闷无端。已分付催花莺燕借春看。"这些唱词细腻地描绘了杜丽娘的内心世界,使她的形象更加鲜明和生动。

(4) 虚实结合的写法。《牡丹亭》在情节结构上采用虚实结合的写法,将理想与现实融会贯通,不仅描绘了现实中的压抑和束缚,还表现了梦幻中的自由和幸福。这种写法使作品具有更强的抒情性和艺术感染力。

五、雷雨

曹禺(1910—1996),原名万家宝,字小石,祖籍湖北潜江,生于天津,中国现代戏剧家。曹禺曾任中央戏剧学院副院长、北京人民艺术剧院院长、中国戏剧家协会主席。1992年,全国优秀剧本创作奖更名为"曹禺戏剧文学奖"。

1933年,23岁的曹禺发表了《雷雨》,此剧成为中国话剧成熟的标志性作品。此后,《日出》《原野》接连问世,奠定了他在中国戏剧界的大师地位。此间曹禺的其他作品有《全民总动员》《蜕变》《北京人》和《家》。后来由于多种因素的局限,曹禺未能再续前期的辉煌,仅有《明朗的天》《胆剑篇》和《王昭君》等几部作品发表。

故事背景

故事发生在20世纪20年代的中国，主要场景是周家公馆。

周家是一个典型的封建资本家家庭，周朴园是这个家庭的家长，他专制、冷酷，对家庭成员实行严格控制。

第一幕

周家公馆：周家公馆里，繁漪和周冲在等待周朴园的归来。繁漪是周朴园的继妻，她对周朴园的专制统治感到不满，内心充满了对自由和幸福的渴望。周冲是周朴园和繁漪的儿子，他年轻、单纯，对生活充满希望。

鲁家母女来访：鲁侍萍带着女儿四凤来到周家，希望找一份工作。鲁侍萍曾是周朴园的恋人，但被周家赶走，她带着两个孩子艰难度日。四凤在周家找到了工作，成为周家的女仆。

第二幕

繁漪的计划：繁漪对周萍(周朴园和鲁侍萍的儿子)产生了感情，她试图通过引诱周萍来反抗周朴园的专制统治。周萍对繁漪的感情复杂，他既感到愧疚，又无法抗拒。

周萍与四凤：周萍与四凤之间也产生了感情，但四凤对周萍的感情是纯洁的，她不知道周萍与繁漪之间的复杂关系。繁漪发现周萍和四凤的关系后，感到愤怒和嫉妒，决定采取行动。

第三幕

鲁侍萍与周朴园相认：鲁侍萍在周家意外遇到了周朴园，两人相认。鲁侍萍揭露了周朴园过去的罪行，包括他为了娶有钱人家的小姐而抛弃她和两个孩子。周朴园感到震惊和愧疚，试图用金钱来弥补。

繁漪的复仇：繁漪决定利用鲁侍萍的到来，揭露周朴园的过去，以此来报复周朴园。她让四凤知道了真相，四凤感到震惊和绝望。

第四幕

鲁大海的反抗：鲁大海作为工人代表，与周朴园进行谈判，揭露了周朴园对工人的剥削和压迫。周朴园试图用威胁和利诱来平息工人的怒火，但鲁大海不为所动。

悲剧的爆发：繁漪在雷雨交加的夜晚，当众揭露了周萍和四凤的关系，以及周朴园的过去。四凤无法承受这样的打击，触电身亡。周冲试图救四凤，也不幸触电身亡。周萍在绝望中开枪自杀。繁漪和周朴园在悲痛中面对这一切，家庭彻底崩溃。

【作品鉴赏】

曹禺通过周、鲁两家八个人物的历史与现实纠葛，反映了从光绪二十年(1894年)到1920年前后约三十年的复杂社会生活和冲突，在常见的"始乱终弃"和"乱伦"的社会现象中，开掘出具有时代特点的社会悲剧。他在剧中描写了尖锐的思想冲突和阶级压迫与斗争，描写了新旧交替时期三个不同阶层、不同性格的女性，以不同的方式与命运抗争却都最终走向毁灭的悲剧结局。作品批判了带有封建性的中国资产阶级道德的虚伪性，是一部道德悲剧；展现了命运对人的控制，是一部命运悲剧；同时，它还揭示了人性的弱点，又是一部性格悲剧。总的来说，《雷雨》结构精巧，戏剧性强，语言准确深邃，兼具个性和抒情性，它是被翻译成各国语言文字最多的中国话剧。

【汇评】

《雷雨》的确是一篇难得的优秀力作。作者于全剧的构造、剧情的进行、宾白的运用、电影手法之向舞台艺术之输入，的确是费了莫大的苦心，而都很自然紧凑，没有现出十分苦心的痕迹。作者于精神病理学、精神分析术等，似乎也有相当的造诣。以我们学医学的人看来，即使用心地要去吹毛求疵，也找不出什么破绽。在这些地方，作者在中国作家中应该是杰出的一个。(郭沫若《关于曹禺的〈雷雨〉》)

(周朴园)他虽受着资产阶级的教养，却同封建地主阶级的思想感情有着深厚的血缘关系。他不但冷酷、自私，具有专横的统治心理，而且还十分虚伪，深谙假道德。(钱谷融《〈雷雨〉人物谈》)

作者要肯定的，不是乱伦，而是蘩漪反叛封建道德的勇气。蘩漪这一悲剧形象，是曹禺对现代戏剧的一大贡献，深刻地传达出反封建与个性解放的五四主题。(朱栋霖等《中国现代文学史》上册)

【拓展阅读】

《原野》剧本(编剧：曹禺)

《有一种毒药》剧本(编剧：万方)

聚焦：

曹禺的迅速崛起主要得益于他站在人类的高度去看待和表现人的生存困境。他用一种人类共同拥有的心灵语言去讲述人的不幸遭遇，用一种深广的悲悯情怀来看待人的痛苦。

【思考与练习】

1. 如何理解《雷雨》的创作主题？

提示：

《雷雨》的创作主题主要包括以下几个方面。

(1) 社会政治主题。《雷雨》通过周、鲁两家的恩怨纠葛，揭示了封建资产阶级的腐朽和堕落，表达了对封建礼教和资本主义制度的批判。

(2) 思想文化主题。《雷雨》不仅揭示了社会矛盾，还深入探讨了人性的复杂性和矛盾性。剧中的人物性格各具特色，塑造了一系列生动且复杂的角色。

(3) 宗教文化主题。《雷雨》蕴含宗教文化元素，尤其是对命运和宿命的探讨。剧中多次提到"命运的力量"和"悲悯的精神"。作者通过这些宗教文化元素，表达了对人性的同情和理解。

(4) 家庭伦理主题。《雷雨》以家庭为单位展开剧情，通过家庭内部矛盾和冲突来揭示社会矛盾和危机。作者通过这些家庭矛盾，展现了封建礼教对人性的压抑和摧残。

(5) 女性困境主题。《雷雨》中的女性形象是作品亮点之一，剧中蘩漪和四凤的遭遇分别代表了不同类型女性的困境。作者通过这些女性形象，揭示了封建社会对女性的压迫和束缚。

2. 说明《雷雨》的矛盾冲突及其性质。

提示：

《雷雨》通过周、鲁两家的复杂纠葛，展现了封建时代下家族道德沦丧、人性扭曲的悲剧。剧中的矛盾和冲突非常复杂，但都以周朴园为中心，主要有周朴园与繁漪的冲突，其性质是封建家长制与女性追求自由和幸福之间的矛盾；周朴园与鲁侍萍的冲突，其性质是资本家和孤苦无告的下层劳动妇女之间的阶级压迫和对立；周朴园与鲁大海的冲突，其性质是资本家与工人阶级、剥削与被剥削之间的冲突与斗争；周萍与繁漪、四凤的冲突，其性质是家庭内部的道德沦丧和人性扭曲。这些矛盾和冲突不仅揭示了封建社会的种种黑暗现象，如封建家长制、阶级压迫和剥削等，也预示了旧制度的崩溃与灭亡。通过这些矛盾和冲突，作者成功地展现了封建社会的虚伪和道德沦丧，表达了对封建礼教和资本主义制度的批判。

3. 《雷雨》的剧名有何象征意义？

提示：

"雷雨"属于一种极端天气现象，以此作为剧名，能够突出剧烈的冲突与矛盾。"雷雨"是家庭内部与社会阶级两种矛盾的象征，也是人物内心活动和命运悲剧的象征。作者通过这一剧名，暗示了家庭内部冲突、社会阶级矛盾、人物内心挣扎和命运无常的悲剧，表达了对旧社会的批判和对新社会的呼唤。用"雷雨"作为剧名，不仅增强了剧作的氛围，也表现了剧作的深刻社会意义，提升了艺术价值。

六、茶馆(节选)

老舍(1899—1966)，原名舒庆春，字舍予，另有笔名絜青、鸿来、非我等；北京满族正红旗舒穆禄氏，祖籍辽宁辽阳。老舍是中国现代小说家、作家、语言大师、人民艺术家、北京人艺编剧，新中国第一位获得"人民艺术家"称号的作家。代表作品有小说《骆驼祥子》《四世同堂》，话剧《茶馆》《龙须沟》。老舍一生笔耕不辍，是文艺界当之无愧的"劳动模范"。

人物　　王利发、刘麻子、庞太监、唐铁嘴、康六、小牛儿、松二爷、黄胖子、宋恩子、常四爷、秦仲义、吴祥子、李三、老人、康顺子、二德子、乡妇、茶客甲、茶客乙、茶客丙、茶客丁、马五爷、小妞。

时间　　一八九八年(戊戌)初秋，康梁等的维新运动失败了。早半天。

地点　　北京，裕泰大茶馆。

幕起：这种大茶馆现在已经不见了。在几十年前，每城都起码有一处。

这里卖茶，也卖简单的点心与饭菜。玩鸟的人们，每天在遛够了画眉、黄鸟等之后，要到这里歇歇腿，喝喝茶，并使鸟儿表演歌唱。商议事情的，说媒拉纤的，也到这里来。那年月，时常有打群架的，但是总会有朋友出头给双方调解；三五十口子打手，经调人东说西说，便都喝碗茶，吃碗烂肉面(大茶馆特殊的食品，价钱便宜，作起来快当)，就可以化干戈为玉帛了。总之，这是当日非常重要的地方，有事无事都可以来坐半天。

在这里，可以听到最荒唐的新闻，如某处的大蜘蛛怎么成了精，受到雷击。奇怪的意见也在这里可以听到，像把海边上都修上大墙，就足以挡住洋兵上岸。这里还可以听到某京戏演员新近创造了什么腔儿，和煎熬鸦片烟的最好的方法。这里也可以看到某人新得到的奇珍——一个出土的玉扇坠儿，或三彩的鼻烟壶。这真是个重要的地方，简直可以算作文化交流的所在。

我们现在就要看见这样的一座茶馆。

一进门是柜台与炉灶——为省点事，我们的舞台上可以不要炉灶；后面有些锅勺的响声也就够了。屋子非常高大，摆着长桌与方桌，长凳与小凳，都是茶座儿。隔窗可见后院，高搭着凉棚，棚下也有茶座儿。屋里和凉棚下都有挂鸟笼的地方。各处都贴着"莫谈国事"的纸条。

【有两位茶客，不知姓名，正眯着眼，摇着头，拍板低唱。有两三位茶客，也不知姓名，正入神地欣赏瓦罐里的蟋蟀。两位穿灰色大衫的——宋恩子与吴祥子，正低声地谈话，看样子他们是北衙门的办案的(侦缉)。】

【今天又有一起打群架的，据说是为了争一只家鸽，惹起非用武力解决不可的纠纷。假若真打起来，非出人命不可，因为被约的打手中包括着善扑营的哥儿们和库兵，身手都十分厉害。好在，不能真打起来，因为在双方还没把打手约齐，已有人出面调停了——现在双方在这里会面。三三两两的打手，都横眉立目，短打扮，随时进来，往后院去。】

【马五爷在不惹人注意的角落，独自坐着喝茶。】

【王利发高高地坐在柜台里。】

【唐铁嘴跋拉着鞋，身穿一件极长极脏的大布衫，耳上夹着几张小纸片，进来。】

王利发　　唐先生，你外边遛遛吧！

唐铁嘴　　(惨笑)王掌柜，捧捧唐铁嘴吧！送给我碗茶喝，我就先给您相相面吧！手相奉送，不取分文！(不容分说，拉过王利发的手来)今年是光绪二十四年，戊戌。您贵庚是……

王利发　　(夺回手去)算了吧，我送你一碗茶喝，你就甭卖那套生意口啦！用不着相面，咱们既在江湖内，都是苦命人！(由柜台内走出，让唐铁嘴坐下)坐下！我告诉你，你要是不戒了大烟，就永远交不了好运！这是我的相法，比你的更灵验！

【松二爷和常四爷都提着鸟笼进来，王利发向他们打招呼。他们先把鸟笼子挂好，找地方坐下。松二爷文绉绉的，提着小黄鸟笼；常四爷雄赳赳的，提着大而高的画眉笼。茶房李三赶紧过来，沏上盖碗茶。他们自带茶叶。茶沏好，松二爷、常四爷向临近的茶座让了让。】

常四爷　　您喝这个！(然后，往后院看了看)

松二爷　　好像又有事儿？

常四爷　　反正打不起来！要真打的话，早到城外头去啦，到茶馆来干吗？

【二德子，一位打手，恰好进来，听见了常四爷的话。】

二德子　　(凑过去)你这是对谁甩闲话呢？

常四爷　(不肯示弱)你问我哪？花钱喝茶，难道还教谁管着吗？

松二爷　(打量了二德子一番)我说这位爷，您是营里当差的吧？来，坐下喝一碗，我们也都是外场人。

二德子　你管我当差不当差呢！

常四爷　要抖威风，跟洋人干去，洋人厉害！英法联军烧了圆明园，尊家吃着官饷，可没见您去冲锋打仗！

二德子　甭说打洋人不打，我先管教管教你！(要动手)

【别的茶客依旧进行他们自己的事。王利发急忙跑过来。】

王利发　哥儿们，都是街面上的朋友，有话好说。德爷，您后边坐！

【二德子不听王利发的话，一下子把一个盖碗搂下桌去，摔碎。翻手要抓常四爷的脖领。】

常四爷　(闪过)你要怎么着？

二德子　怎么着？我碰不了洋人，还碰不了你吗？

马五爷　(并未立起)二德子，你威风啊！

二德子　(四下扫视，看到马五爷)喝，马五爷，你在这儿哪？我可眼拙，没看见您！(过去请安)

马五爷　有什么事好好地说，干吗动不动地就讲打？

二德子　[嗻]！您说得对！我到后头坐坐去。李三，这儿的茶钱我候啦！(往后面走去)

常四爷　(凑过来，要对马五爷发牢骚)这位爷，您圣明，您给评评理！

马五爷　(立起来)我还有事，再见！(走出去)

常四爷　(对王利发)邪！这倒是个怪人！

王利发　您不知道这是马五爷呀！怪不得你也得罪了他！

常四爷　我也得罪了他？我今天出门没挑好日子！

王利发　(低声地)刚才您说洋人怎样，他就是吃洋饭的。信洋教，说洋话，有事情可以一直地找宛平县的县太爷去，要不怎么连官面上都不惹他呢！

常四爷　(往原处走)哼，我就不佩服吃洋饭的！

王利发　(向宋恩子、吴祥子那边稍一歪头，低声地)说话请留点神！(大声地)李三，再给这儿沏一碗来！(拾起地上的碎瓷片)

松二爷　盖碗多少钱？我赔！外场人不作老娘们事！

王利发　不忙，待会儿再算吧！(走开)

【作品鉴赏】

《茶馆》是老舍戏剧创作的最高峰，也是中国当代文学的经典作品。全剧共分三幕，以北平裕泰茶馆为背景，描写了戊戌变法失败后的晚清末年、军阀混战的民国初年、抗日战争胜利后三个历史时期旧北平的社会风貌，如同一幅市井风俗画卷，反映了老北京人的生活细节、言谈举止、心态习惯、苦涩幽默。全剧没有一个贯穿始终的故事情节，在五十年的框架结构中，流动性地展示了人物的命运和心态，以"多人多事"的方式，折射出时代的特征和当时的乱象，揭示中国人必然的历史命运选择。

《茶馆》采取三个横断面连缀式结构，每一幕内部也以许多小小的戏剧冲突连缀，剧本中"人物带动故事""主要人物由壮到老，贯穿全剧""次要人物父子相承""无关紧要的人物召之即来、挥之即去"。同时，人物的故事、命运又紧密联系当时的时代发展，剧本紧针密线、形散而神凝，构成了一幅"清明上河图"式的从清末到民国末年的民间众生相。精妙的构思、新颖的结构、独特的场景、鲜活的人物、开口就响的语言，再加上北京人艺演出的再创作，使《茶馆》获得了"中国话剧瑰宝"的称誉。

【汇评】

茶馆是三教九流会面之处，可以容纳各色人物。一个大茶馆就是一个小社会。这出戏虽只有三幕，可是写了五十来年的变迁。在这些变迁里，没法子躲开政治问题。可是，我不熟悉政治舞台上的高官大人，没法子正面描写他们的促进与促退。我也不十分懂政治。我只认识一些小人物。这些人物是经常下茶馆的。那么，我要是把他们集合到一个茶馆里，用他们生活上的变迁反映社会的变迁，不就侧面地透露出一些政治消息吗？这样，我就决定了去写《茶馆》。(老舍《答复有关〈茶馆〉的几个问题》)

这东一句西一句的，是北京语言的精华。这左一下右一下是近百年京都生活的沉淀。所有这些，又都储存在作家心里，如醇如饧了许多年头。这才出现高峰，这高峰那高峰其实高就高在第一幕，后边两幕是由第一幕而来，托着衬着第一幕构成一个戏。(林斤澜《〈茶馆〉前后》)

这个戏有这个戏的特点，用中国话来说，就是"图卷画"，是三组风俗画。每幕都是珍珠，不是波浪，本身都很好，但是不能向前推动。这个戏的人物虽活，但仍会感到个性不深。恐怕这样要求，又不合乎这个戏的体例。(李健吾《读〈茶馆〉》)

【拓展阅读】

《小井胡同》剧本(编剧：李龙云)

聚焦：

本剧描写北京城南一条小胡同从20世纪50年代至70年代的历史变迁和居民的命运，编剧李龙云继承了老舍先生对北京文化的透彻领悟和对北京民俗的深入了解，剧中人物的幽默性格、风趣的带有北京泥土味的语言以及独特的行为方式等，无不透视出千年古都所具有的独特韵味。

【思考与练习】

1.举例说明《茶馆》塑造人物形象的手法。

提示：

《茶馆》在塑造人物形象时，采用了以下手法。

(1) 典型化人物塑造。老舍通过人物的语言和行为特点以及情感逻辑，塑造人物的主要性格和次要性格，以此来呈现人物的复杂性。例如，茶馆的主人王利发是一个精明而无奈的小商人，他的主要性格标签是委曲求全。

(2) 类型化人物塑造。老舍在安排次要人物时，采用的是同一演员、不同衣服、父死子继的模式。在塑造这些人物时，不追求表现人物性格的复杂化，而是抽象概括出其单一的性格特点，不断地作为推动故事发展的线索，甚至可以说，这些人物凝固成主要人物的背景板。

(3) 台词与动作结合。老舍通过极具个性化的台词设计和人物形象塑造，为每个角色赋予了鲜明的个性特征和社会象征意义。例如，王利发在面对生意难以维系的境况时，叹道："你要戒不了大烟，永远交不了好运。"这句台词在演员的处理下，语气中带有一丝沉重和无奈，能够让观众感受到他对生活的不安和无助。

2. 分析《茶馆》的结构模式特点。

提示：

《茶馆》的结构模式具有以下特点。

(1) 人像展览式戏剧结构。《茶馆》采用人像展览式戏剧结构，这种结构的特点在于不以故事情节为结构线索，而以人物活动为结构要素。全剧以茶馆为舞台，在三个历史断面上对世态进行展览性描绘。这种结构模式使得剧中的人物形象更加鲜明，每个人物的故事独立而又相互交织，共同构成了茶馆这个大时代的缩影。

(2) 三幕布局。《茶馆》分为三幕，分别截取了三个不同历史时期的生活断面，通过这些生活断面，作者描绘了多幅精彩的人物速写和生活即景，并将其合成为一幅蕴藉深远的社会风俗画。

(3) 球网状结构。这种结构凸显了戏剧构图的多层次、多色调、立体化特色。全剧以人民群众与时代的矛盾作为戏剧冲突，以王利发的命运故事为中心，联合其他主要人物的命运故事，通过几条经线和由大大小小的戏剧冲突形成的几条纬线，织成了"球网状"结构。这种结构能够在同一场景里"集合"多个生活片段，形成此起彼伏的戏剧冲突，使场面异彩纷呈。

七、暗恋桃花源

赖声川(1954—)，1954年出生于美国华盛顿，祖籍江西赣州，中国台湾地区享有国际盛誉的剧作家、导演和剧场艺术家。赖声川毕业于美国加州伯克利分校，获得戏剧艺术硕士学位，曾任台北艺术大学戏剧学院院长、美国斯坦佛大学客座教授及驻校艺术家。赖声川的艺术风格独树一帜，作品既有深刻的社会内涵，又富有诗意的美感。他擅长运用中国传统文化元素，同时融合现代戏剧技巧，创作出一批既具有民族特色又具有国际水准的优秀作品。代表作有《如梦之梦》《暗恋桃花源》《宝岛一村》《水中之书》和《如影随行》等，其中《暗恋桃花源》蜚声中外，此处所选为其最后一幕。

《暗恋》

剧情：

相遇：青年男女江滨柳和云之凡在上海因战乱相遇，相知，相爱。

离散：两人因战乱被迫分离，江滨柳逃到中国台湾，云之凡则被家人带出，最终也来到中国台湾，但彼此并不知情。

重逢：40年后，江滨柳病重，登报寻人，终于等来了云之凡。但此时，两人都已各自成家，重逢只能带来无尽的遗憾。

《桃花源》

剧情：

出轨：武陵人老陶的妻子春花与房东袁老板私通，老陶愤然离家出走。

桃花源：老陶在上游捕鱼时误入人间仙境"桃花源"，在那里遇到了和春花、袁老板长得一模一样的夫妻，但他们生活得快乐和谐。

回归：老陶最终回到武陵，发现春花已与袁老板成家生子。他惊讶地发现，春花和袁老板生活多年，但他们并不幸福。

剧场冲突

两个剧组：《暗恋》和《桃花源》两个剧组都与剧场签订了当晚彩排的合约，双方因为场地问题争执不下，谁也不肯相让。由于演出在即，他们不得不同时在剧场中彩排，遂成就了一出古今悲喜交错的舞台奇观。

意外插曲：剧场突然停电，一个寻找男友的疯女人呼喊着男友的名字在剧场中跑过，增加了剧情的戏剧性和趣味性。

【作品鉴赏】

"暗恋"和"桃花源"两个不相干的剧组，同时与剧场签订了彩排合约，由于演出在即，他们不得不同时在剧场中彩排，遂成就了一出古今悲喜交错的舞台奇观。"暗恋"是一出现代悲剧，讲述了江滨柳和云之凡两个年轻恋人因战乱离散，男婚女嫁几十年后，垂垂老矣，才重又见面的故事；"桃花源"则是一出古装喜剧，讲述武陵渔夫老陶因妻子春花与房东袁老板私通而出走桃花源的故事。

《暗恋桃花源》以奇特的戏剧结构和悲喜交错的观看效果闻名于世，创新的故事架构、戏内戏外的种种矛盾，让悲剧与喜剧、古代与现代、现实与理想、忠诚与背叛这些对比鲜明的存在最终互相纠缠融合在一起，互相干扰的两部平凡"小戏"最终碰撞出一部"大戏"。错综复杂的戏剧冲突、新颖的戏剧结构、富有表现力的戏剧语言、开放性的主题是这部话剧成功的重要因素，而渗透在这些因素背后的融合传统和现代的创意戏剧观念，才是这部话剧魅力的关键所在。

【汇评】

《暗恋桃花源》是一部非常宏大的作品，观众在看戏的过程和看完之后想到的会比看到的多，过一段时间再看，会发现自己没有想到的比已经想到的还要多，而这正是一部经典作品的特质所在，它给观众很大的空间去想象与体会。(音乐剧专家费元鸿)

《暗恋桃花源》不仅是一部成功的戏剧作品，更是一部具有深刻哲学思考的艺术佳作。它巧妙地将古典与现代、理想与现实、爱情与命运融为一体，让观众在欣赏的同时，也能感

受到人性的温暖与美好。(剧作家、评论家李天纲)

《暗恋桃花源》的叙事手法非常独特，故事情节跌宕起伏，引人入胜。赖声川导演的才华在这部作品中得到了充分体现，他将两个看似不搭界的故事巧妙地融合在一起，展现出了极高的艺术水准。(导演张艺谋)

【拓展阅读】

《等待戈多》剧本(编剧：塞缪尔·贝克特)

聚焦：

《暗恋桃花源》中的"疯女人"对"刘子骥"的寻找贯穿全剧，而在西方荒诞派戏剧经典作品《等待戈多》中，众人也苦苦等待着始终未出现的"戈多"。这两个形象各取材于中西文化语境中的文化原型，氤氲着浓郁的宗教色彩，体现着剧作家对"人类存在意义"的探索与反思。

【思考与练习】

1. 分析《暗恋桃花源》中主人公的典型意义。

提示：

《暗恋桃花源》剧中的主要人物有江滨柳、云之凡、老陶、春花和袁老板等。江滨柳温文尔雅，情感细腻，象征那些在时代变迁中失去纯真爱情的人们，作者通过他的遭遇表达了人们对逝去时光的追忆和对美好情感的向往。云之凡温柔、独立且富有同情心，她的经历反映了女性在动荡年代中的坚韧与不易，寄托了人们对和平与稳定的渴望。老陶憨厚老实，略带幽默感，象征那些试图逃离现实困境、寻求心灵慰藉的人们，他的故事揭示了理想与现实之间的巨大鸿沟，以及人们面对现实时的无奈与挣扎。春花的故事反映了现实生活中人们对幸福和自由的渴望，以及在困境中的挣扎和反抗。袁老板的故事体现了人们对生活态度和爱情追求的深刻反思。《暗恋桃花源》通过这些角色，展现了爱情、理想与现实之间的复杂关系，反映了人们在历史和现实面前的无奈、情感的迷失和理想的破灭。

2. 《暗恋桃花源》的艺术表现手法有何特点？

提示：

《暗恋桃花源》是一部独特的舞台剧作品，通过将两个看似无关的故事在同一个舞台上交错展现，创造了一出古今悲喜交错的舞台奇观，其艺术表现手法主要具有如下几个特点。

(1) 双线叙事结构。剧中包含两条看似平行却又相互交织的故事线，一条是现代悲剧《暗恋》，另一条是古装喜剧《桃花源》。这种双线叙事结构不仅体现了导演的高超艺术构思，也让观众在笑声与泪水中来回穿梭，体验到既悲又喜的剧场奇观。

(2) 幽默与悲情的交织。《暗恋桃花源》在表现手法上融合了幽默与悲情。《暗恋》部分展现了青年男女之间深沉而真挚的暗恋之情，而《桃花源》部分则在幽默诙谐的氛围中探讨现代人的困境和追求。这种幽默与悲情交织的表现手法使得剧情更加引人入胜，观众在欣赏剧情的过程中能够感受到戏剧艺术的魅力。

(3) 非线性叙事手法。剧作采用非线性叙事手法，通过角色的回忆与梦境进行交错，使得故事的时间线并不止于线性的推移。这种独特的叙述方式为作品增添了神秘感与吸引力，引导观众在观看过程中不断思索，究竟怎样的过去才是值得铭记的、怎样的现实才是需要面对的。

(4) 角色塑造与表演。剧中角色深具个性，每一个人物都是现代社会的缩影。演员们通过生动的对话和内心独白，展现了复杂的情感，同时将情感波动与幽默感完美结合，使每一次情感的细腻变化都极为真实动人。

(5) 舞台设计与技术手段。舞台设计细致入微，音乐的转换与细腻的灯光效果齐头并进，形成一种沉浸式的观看体验。演员与舞美的深度互动使得整场演出流畅而富有感染力，让观众感觉仿佛身处一幅精美的画卷之中。

(6) 对布莱希特"间离效果"的借鉴。剧中通过对布莱希特"间离效果"的借鉴与二次创新，突破了西方传统戏剧模式，丰富了戏剧的内容，并融合于东方文化。这种手法提高了观众的参与感，使得观众在观看过程中不仅能够体验情感的波动，还能加深对剧作的理解。

3. 查阅德国戏剧家布莱希特创造的舞台表现方法"间离效果"相关资料，思考其对本剧的影响。

提示：

间离效果也称"陌生化效果"或"疏远效果"，是指让观众看戏，但并不融入剧情。这是布莱希特专门创造的一个术语，用于描述叙述体戏剧中的一种舞台艺术表现方法。间离效果的目的是通过艺术手段揭示事物的本质和矛盾，促使观众冷静、理性思考，从而打破舞台上的生活幻觉。

间离效果对《暗恋桃花源》有着深远的影响。《暗恋桃花源》采用"戏中戏"的结构，将两个不相干的故事《暗恋》和《桃花源》交织在一起。这是典型的"间离效果"的应用。它打破了传统戏剧的完整性和幻象，使观众在观看过程中不断被拉出剧情，意识到自己是在观看一个戏剧作品。同时，剧中通过设置一系列干扰性因素，成功地将观众的情感和剧情分离。例如，排练《暗恋》的"导演"突然走出来，大声呵斥演员表演不到位，观众也随之被拉出刚才感人的场景。这种设计让观众意识到舞台上是一个剧组在排练话剧，而演员们具有"双重"身份，他们既是现实生活中的演员，又是剧中的角色。此外，该剧还通过一个寻找"刘子骥"的陌生女子的角色设置，实现了"双重间离效果"。这个女子分别与两个剧组成员对话，打破了原有剧组的叙事空间和模式，将观众从《暗恋》和《桃花源》两个剧组中抽离出来，使之陌生化。

这些手法的运用不仅能增加剧情的复杂性和戏剧性，还能使观众在观看过程中保持一定的理性，从而能够更加深入地思考和分析剧情，实现戏剧的教育和批判功能。

八、威尼斯商人(节选)

威廉·莎士比亚(1564—1616)，英国文艺复兴时期剧作家、诗人，被誉为"人类文学奥林匹斯山上的宙斯"。他出生于英国沃里克郡斯特拉福镇一个富裕的市民家庭，早年接受过基础教育，然而由于父亲破产，他未能完成高等教育。之后，他开始在剧院工作，担任过马夫、杂役、演员、导演、编剧等职位，最终成为剧院的股东。

莎士比亚的创作涵盖多个领域，代表作品有《罗密欧与朱丽叶》《威尼斯商人》《哈姆雷特》《奥赛罗》《李尔王》和《麦克白》等，其作品反映了他对社会现实的深刻洞察和对人性的深刻理解，具有深刻的思想内涵和独特的艺术特色，在英国文学史和世界文学史上都占有重要地位，成为人类文化遗产中的重要组成部分。

【鲍西娅扮律师上】

公　爵　　把您的手给我。足下是从培拉里奥老前辈那儿来的吗？

鲍西娅　　正是，殿下。

公　爵　　欢迎欢迎；请上座。您有没有明了今天我们在这儿审理的这件案子的两方面的争点？

鲍西娅　　我对于这件案子的详细情形已经完全知道了。这儿哪一个是那商人，哪一个是犹太人？

公　爵　　安东尼奥，夏洛克，你们两人都上来。

鲍西娅　　你的名字就叫夏洛克吗？

夏洛克　　夏洛克是我的名字。

鲍西娅　　你这场官司打得倒也奇怪，可是按照威尼斯的法律，你的控诉是可以成立的。(向安东尼奥)你的生死现在操在他的手里，是不是？

安东尼奥　他是这样说的。

鲍西娅　　你承认这借约吗？

安东尼奥　我承认。

鲍西娅　　那么犹太人应该慈悲一点。

夏洛克　　为什么我应该慈悲一点？把您的理由告诉我。

鲍西娅　　慈悲不是出于勉强，它是像甘霖一样从天上降下尘世；它不但给幸福于受施的人，也同样给幸福于施予的人；它有超乎一切的无上威力，比皇冠更足以显出一个帝王的高贵：御杖不过象征着俗世的威权，使人民对于君上的尊严凛然生畏；慈悲的力量却高出于权力之上，它深藏在帝王的内心，是一种属于上帝的德性，执法的人倘能把慈悲调剂着公道，人间的权力就和上帝的神力没有差别。所以，犹太人，虽然你所要求的是公道，可是请你想一想，要是真的按照公道执行起赏罚来，谁也没有死后得救的希望；我们既然祈祷着上帝的慈悲，就应该按照祈祷的指点，自己做一些慈悲的事。我说了这一番话，为的是希望你能够从你的法律的立场上作几分让步；可是如果你坚持着原来的要求，那么威尼斯的法庭是执法无私的，只好把那商人宣判定罪了。

夏洛克　　我自己做的事，我自己当！我只要求法律允许我照约执行处罚。

鲍西娅　　他是不是无力偿还这笔借款？

巴萨尼奥　不，我愿意替他当庭还清；照原数加倍也可以；要是这样他还不满足，那么我愿意签署契约，还他十倍的数目，拿我的手、我的头、我的心做抵押；要是这样还不能使他满足，那就是存心害人，不顾天理了。请堂上运用权力，把法律稍为变通一下，犯一次小小的错误，干一件大大的功德，别让这个残忍的恶魔逞他杀人的兽欲。

鲍西娅　　　那可不行，在威尼斯谁也没有权力变更既成的法律；要是开了这一个恶例，以后谁都可以借口有例可援，什么坏事情都可以干了。这是不行的。

夏洛克　　　一个但尼尔来做法官了！真的是但尼尔再世！聪明的青年法官啊，我真佩服你！

鲍西娅　　　请你让我瞧一瞧那借约。

夏洛克　　　在这儿，可尊敬的博士，请看吧。

鲍西娅　　　夏洛克，他们愿意出三倍的钱还你呢。

夏洛克　　　不行，不行，我已经对天发过誓啦，难道我可以让我的灵魂背上毁誓的罪名吗？不，把整个儿的威尼斯给我，我都不能答应。

鲍西娅　　　好，那么就应该照约处罚。根据法律，这犹太人有权要求从这商人的胸口割下一磅肉来。还是慈悲一点，把三倍原数的钱拿去，让我撕了这张约吧。

夏洛克　　　等他按照约中所载条款受罚以后，再撕不迟。您瞧上去像是一个很好的法官，您懂得法律，您讲的话也很有道理，不愧是法律界的中流砥柱，所以现在我就用法律的名义，请您立刻进行宣判，凭着我的灵魂起誓，谁也不能用他的口舌改变我的决心。我现在等着执行原约。

安东尼奥　　我也诚心请求堂上从速宣判。

鲍西娅　　　好，那么就是这样，你必须准备让他的刀子刺进你的胸膛。

夏洛克　　　啊，尊严的法官！好一位优秀的青年！

鲍西娅　　　因为这约上所订定的惩罚，对于法律条文的含义并无抵触。

夏洛克　　　很对很对！啊，聪明正直的法官！想不到你瞧上去这样年轻，见识却这么老练！

鲍西娅　　　所以你应该把你的胸膛袒露出来。

夏洛克　　　对了，"他的胸部"，约上是这么说的；——不是吗，尊严的法官？——"附近心口的所在"，约上写得明明白白的。

鲍西娅　　　不错，称肉的天平有没有预备好？

夏洛克　　　我已经带来了。

鲍西娅　　　夏洛克，去请一位外科医生来替他堵住伤口，费用归你负担，免得他流血而死。

夏洛克　　　约上有这样的规定吗？

鲍西娅　　　约上并没有这样的规定，可是那又有什么相干呢？肯做一件好事总是好的。

夏洛克　　　我找不到，约上没有这一条。

鲍西娅　　　商人，你还有什么话说吗？

安东尼奥　　我没有多少话要说，我已经准备好了。把你的手给我，巴萨尼奥，再会吧！不要因为我为了你的缘故遭到这种结局而悲伤，因为命运对我已经特别照顾了。她往往让一个不幸的人在家产荡尽以后继续活下去，用他凹陷的眼睛和满是皱纹的额角去挨受贫困的暮年。这一种拖延时日的刑罚，她已经把我豁免了。替我向尊夫人致意，告诉她安东尼奥的结局。对她说我怎样爱你，又怎样从容就死。等到你把这一段故事讲完以后，再请她判断一句，巴萨尼奥是不是曾经有过一个真心爱他的朋友。不要因为你将要失去一个朋友而懊恨，替你还债的人是死而无怨的；只要那犹太人的刀刺得深一点，我就可以在一刹那的时间把那笔债完全还清。

巴萨尼奥　　安东尼奥，我爱我的妻子，就像爱我自己的生命一样。可是我的生命、我的妻子以及整个的世界，在我的眼中都不比你的生命更为贵重。我愿意丧失一切，把它们献给这恶魔做牺牲，来救出你的生命。

鲍西娅　　尊夫人要是就在这儿听见您说这样的话，恐怕不见得会感谢您吧。

葛莱西安诺　　我有一个妻子，我可以发誓我是爱她的。可是我希望她马上归天，好去求告上帝改变这恶狗一样的犹太人的心。

尼莉莎　　幸亏尊驾在她的背后说这样的话，否则府上一定要吵得鸡犬不宁了。

夏洛克　　这些便是相信基督教的丈夫！我有一个女儿，我宁愿她嫁给强盗的子孙，不愿她嫁给一个基督徒，别再浪费光阴了，请快些宣判吧。

鲍西娅　　那商人身上的一磅肉是你的，法庭判给你，法律许可你。

夏洛克　　公平正直的法官！

鲍西娅　　你必须从他的胸前割下这磅肉来，法律许可你，法庭判给你。

夏洛克　　博学多才的法官！判得好！来，预备！

鲍西娅　　且慢，还有别的话哩。这约上并没有允许你取他的一滴血，只是写明着一磅肉，所以你可以照约拿一磅肉去，可是在割肉的时候，要是流下一滴基督徒的血，你的土地财产，按照威尼斯的法律，就要全部充公。

葛莱西安诺　　啊，公平正直的法官！听着，犹太人，啊，博学多才的法官！

夏洛克　　法律上是这样说吗？

鲍西娅　　你自己可以去查查明白。既然你要求公道，我就给你公道，而且比你所要求的更公道。

葛莱西安诺　　啊，博学多才的法官！听着，犹太人，好一个博学多才的法官！

夏洛克　　那么我愿意接受还款，照约上的数目三倍还我，放了那基督徒。

巴萨尼奥　　钱在这儿。

鲍西娅　　别忙！这犹太人必须得到绝对的公道。别忙！他除了照约处罚以外，不能接受其他的赔偿。

葛莱西安诺　　啊，犹太人！一个公平正直的法官，一个博学多才的法官！

鲍西娅　　所以你准备着动手割肉吧。不准流一滴血，也不准割得超过或是不足一磅的重量。要是你割下来的肉，比一磅略微轻一点或是重一点，即使相差只有一丝一毫，或者仅仅一根汗毛之微，就要把你抵命，你的财产全部充公。

葛莱西安诺　　一个再世的但尼尔，一个但尼尔，犹太人！现在你可掉在我的手里了，你这异教徒！

鲍西娅　　那犹太人为什么还不动手？

夏洛克　　把我的本钱还我，放我去吧。

巴萨尼奥　　钱我已经预备好在这儿，你拿去吧。

鲍西娅　　他已经当庭拒绝过了。我们现在只能给他公道，让他履行原约。

葛莱西安诺　　好一个但尼尔，一个再世的但尼尔！谢谢你，犹太人，你教会我说这句话。

夏洛克　　难道我单单拿回我的本钱都不成吗？

鲍西娅　　犹太人，除了冒着你自己生命的危险割下那一磅肉以外，你不能拿一个钱。

夏洛克　　好，那么魔鬼保佑他去享用吧！我不打这场官司了。

鲍西娅　　等一等，犹太人，法律上还有一点牵涉你。威尼斯的法律规定：凡是一个异邦人企图用直接或间接手段，谋害任何公民，查明确有实据者，他的财产的半数应当归受害的一方所有，其余的半数没入公库，犯罪者的生命悉听公爵处置，他人不得过问。你现在刚巧陷入这一条法网，因为根据事实的发展，已经足以证明你确有运用直接间接手段，危害被告生命的企图，所以你已经遭逢着我刚才所说起的那种危险了。快快跪下来，请公爵开恩吧。

葛莱西安诺　　求公爵开恩，让你自己去寻死吧。可是你的财产现在充了公，一根绳子也买不起啦，所以还是要让公家破费把你吊死。

公　爵　　让你瞧瞧我们基督徒的精神，你虽然没有向我开口，我自动饶恕了你的死罪。你的财产一半划归安东尼奥，还有一半没入公库。要是你能够诚心悔过，也许还可以减处你一笔较轻的罚款。

鲍西娅　　这是说没入公库的一部分，不是说划归安东尼奥的一部分。

夏洛克　　不，把我的生命连着财产一起拿了去吧，我不要你们的宽恕。你们拿掉了支撑房子的柱子，就是拆了我的房子；你们夺去了我养家活命的根本，就是活活要了我的命。

【作品鉴赏】

剧作通过三条线索展开：一条是鲍西娅选亲，一条是杰西卡与罗兰佐恋爱和私奔，还有一条是"割一磅肉"的契约纠纷。三条故事情节线索都围绕着威尼斯和贝尔蒙特两个不同的背景展开，在剧中时而平行、时而交错地向前发展，将三个独立的故事紧密交织在一起，构成了作品生动、丰富的艺术情节。《威尼斯商人》是莎士比亚早期从喜剧创作向悲剧创作过渡的重要作品，它既有喜剧的欢乐色彩和气氛，又有悲剧的深刻思想和内容，是悲喜剧的统一体。

剧中安东尼奥与夏洛克的对抗战是商业资本与高利贷资本的对抗，也是新兴资产阶级人文主义道德原则和高利贷者极端利己主义信条的对抗，莎士比亚在安东尼奥与夏洛克的对抗中成功地高扬人文主义旗帜。

【汇评】

《威尼斯商人》充满了令人惊叹的智慧和洞察力，展现了莎士比亚在人性描写方面的高超技巧。该剧的主要人物如夏洛克、安东尼奥以及鲍西娅都是具有独特性格的复杂角色，他们的生动形象与深刻的对话使得这部戏剧成为莎士比亚作品中的一颗明珠。(英国著名文学评论家哈罗德·布鲁姆)

《威尼斯商人》是一部具有极大讽刺性的喜剧。(俄国作家普希金)

纵使研究者抽丝剥茧地加以精研，最后也可能只是接近了作品的核心，而不是彻底掌握

了作品的奥妙。(吴兴华《〈威尼斯商人〉——冲突和解决》)

【拓展阅读】

阅读莎士比亚的剧作《仲夏夜之梦》《终成眷属》《哈姆雷特》《奥赛罗》《李尔王》《麦克白》

聚焦：

莎士比亚喜剧中的女性大部分处于主角地位，她们充满智慧和美德，勇于反抗传统道德的束缚，是人文主义理想的新女性典范；而其悲剧中的女性则退为次要人物，她们要么是纯洁的天使，要么是狠毒邪恶的恶魔。喜剧和悲剧中女性形象的变化，反映了作者认识生活和创作思想的变化。

【思考与练习】

1. 对比安东尼奥与夏洛克的形象，你认为两者是否存在"镜像关系"？

提示：

安东尼奥和夏洛克这两个角色之间存在复杂的"镜像关系"，具体体现在以下几个方面。

从性格和行为来看，两者对立又互补。安东尼奥是一个充满理想主义色彩的人文主义者，他深信人类的善良和理性，对待朋友慷慨大方、重情重义，对人性中美好一面有坚定的信念；而夏洛克唯利是图、冷酷无情，他在借款契约中设定了极端苛刻的条件，体现了他的极端自私和冷血。

从精神层面来看，两者相互映照。安东尼奥对夏洛克的恨不仅仅是因为反犹主义，更深层次上是对自己异教信仰的映射。安东尼奥通过夏洛克看到了自己，两者的冲突不仅仅是个人之间的恩怨，更是种族歧视和宗教偏见的体现，而夏洛克的复仇则是在这种社会背景下的一种反抗。

从历史背景来看，安东尼奥和夏洛克的矛盾不仅反映了资本主义早期商业资产阶级与高利贷者之间的经济利益冲突，还涉及基督教徒与犹太教徒的矛盾以及对犹太人的民族、宗教偏见两者的镜像关系不仅揭示了人性的复杂多面性，也反映了当时社会的矛盾和冲突。

2. 以本剧为例，评析莎士比亚戏剧语言浅白的特点。

提示：

莎士比亚很少使用复杂的句式和生僻的词汇，这样可使观众轻松理解剧情。例如，《威尼斯商人》的语言生动、精炼，不仅易于理解，还具有丰富的表现力和深刻的情感内涵。

莎士比亚善于使用生动的比喻，使语言更加形象和生动。例如，安东尼奥在法庭上的台词："你现在和这个犹太人讲道理，就犹如站在沙滩上，让大海的浪涛降低他咆哮的威力，责问豺狼虎豹为什么害得母羊因为失去它的孩子而哀啼，又好像是叫那山上的松柏树，在受到风儿吹拂的时候，不要摇头晃脑，发出飒飒的声音。"这段话通过多个生动的比喻，形象地表达了安东尼奥对夏洛克的无奈和愤怒，增强了语言的感染力。

莎士比亚的戏剧语言不仅简洁明了，还符合每个角色的性格和身份，这样可使人物更加立体和真实。例如，在《威尼斯商人》中，夏洛克的语言充满了贪婪和复仇的欲望，他的台词往往冷酷无情，表现出他的自私和恶毒。

3. 《威尼斯商人》虽为喜剧，但其中也暗含着悲剧因素，试分析莎士比亚笔下的夏洛克形象的悲剧意蕴。

提示：

夏洛克作为犹太人，在当时的社会背景下遭受了严重的歧视和迫害。这种歧视不仅体现在经济方面，还体现在宗教和法律方面。这种长期的歧视和迫害，使得夏洛克的性格变得冷酷。夏洛克的命运悲剧不仅源于社会歧视，还与他的个人经历密切相关。他的女儿杰西卡与基督教徒私奔，带走了他的财产和情感寄托。这一事件对夏洛克打击极大，使他的复仇心理更加坚定。此外，夏洛克对已故妻子的深情，体现了他并非只有贪婪和冷酷的一面。夏洛克的悲剧命运，折射出他所代表的犹太民族的苦难。这种悲剧意蕴使《威尼斯商人》不仅是一部喜剧，更是一部具有深刻社会意义的作品。

九、禁闭

让-保罗·萨特(1905—1980)，法国优秀的文学家、戏剧家、评论家和社会活动家，20世纪最重要的哲学家之一，法国无神论存在主义的主要代表人物，西方最积极的社会主义倡导者之一。萨特一生中拒绝接受任何奖项，包括1964年的诺贝尔文学奖。在战后的历次斗争中他都站在正义的一边，对各种被剥夺权利者表示同情，反对冷战。文学代表作品有长篇小说《恶心》、短篇小说集《墙》、多卷长篇小说《自由之路》。剧作有《苍蝇》《禁闭》《死无葬身之地》等。主要文论著作有《什么是文学？》《答加缪书》《境遇集》《〈局外人〉诠释》《家庭的白痴》《提倡一种境遇剧》等。主要哲学著作有《想象力》《存在与虚无》《存在主义是一种人道主义》《马克思主义与存在主义》《辩证理性批判》等。他还著有自传性回忆录《七十岁自画像》。

【故事梗概】

背景设定

剧作背景设定在地狱中，三个鬼魂被关在一个封闭的房间里，他们无法离开，只能相互面对。

主要人物

加尔散：卑劣低下，虐待妻子，在关键时刻临阵逃跑，背叛祖国，是一个被枪毙的胆小鬼。

伊内丝：疯狂追求爱情，凶狠成性，被称为"该下地狱的女人"。

艾丝黛尔：自私、放荡，溺死亲生女儿的色情狂。

剧情发展

初始阶段：三个鬼魂被关在一起，他们互相不认识，但很快开始相互试探和探听对方的底细。他们谁也不愿意先透露自己的真实死因，但又都试图从对方那里获取信息。

相互折磨：伊内丝极力引诱艾丝黛尔，但艾丝黛尔想要追求加尔散，而加尔散对艾丝黛尔并不感兴趣，他想物色一个把他当成英雄的女人。

他们之间的关系逐渐变得复杂和紧张，任何两个人都可以结成暂时的"同盟"，逼迫第三者供出自己的实情。他们之间勾心斗角，永无休止。

冲突升级：艾丝黛尔持刀想要杀死伊内丝，但伊内丝回之以冷笑，并提醒艾丝黛尔，说她早已是个死人。于是他们省悟到"他们当中的每一个人，都是另外两个人的刽子手"，同时又是他们的受害者。

他们意识到"一切都是事先安排好了的""到处都有陷阱""他人就是地狱"。

结局

三个鬼魂最终陷入无尽的折磨和痛苦中，无法逃脱。他们意识到，地狱不是外在的惩罚，而是彼此之间的相互折磨和无法逃脱的困境。

【作品鉴赏】

《禁闭》不讲究情节的曲折，而着力以理性去分析主人公的精神和心理，对抽象的哲学观点进行具体形象化的处理，因此具有纯粹的哲学著作所不具备的感染力和艺术效果。同时，该剧具有鲜明的象征寓意色彩：剧名象征剧中人与人难以交流和沟通的关系，地狱场景象征人生舞台，而第二帝国时期风格的陈设又象征人生存的环境是毫无自由的。相比传统戏剧，剧作家拥有更多的主动权，将自己的思考转化为人物的选择，从而迫使观众进行判断选择，通过舞台上的极限境遇来观照自己的人生。这无疑发掘了一种新型的戏剧、作家、观众的关系，也是萨特在戏剧史上的又一贡献。

萨特通过"他人即地狱"这一主题，明写"他人地狱"，实指"自我地狱"，以此方式呼吁人们不应作恶，不要依赖他人的判断而作茧自缚，严肃认识自己；鼓励人们以拥有的自由权力为武器打碎精神地狱，自我拯救以冲破人为的灵魂牢笼。可以说，"自我奋斗、追求自由"作为存在主义的重要思想，在萨特的《禁闭》中得到了完美体现。

【汇评】

这部悲剧，新颖深刻，其艺术特征主要有三：第一，题材的荒诞性；第二，境遇的极限性；第三，哲理的深刻性。(郑克鲁《外国文学史》)

《禁闭》是萨特的哲理剧代表作，他在这一剧作中探讨了曾在《存在与虚无》中重点探讨过的人与他人的关系问题。(夏世华《从〈禁闭〉看萨特的"他人就是地狱"》)

《禁闭》是萨特戏剧中唯一故事的独创性、舞台的新颖性、语言与作品的思想完全吻合的例子。(法国戏剧评论家米荣)

【拓展阅读】

《山上的小屋》(作者：残雪)

聚焦：

残雪是中国当代最重要的先锋作家之一，她深受西方现代主义、后现代主义思潮的影响。在《山上的小屋》中，她建构了一个梦魇般的世界，在这个世界里，人是孤独的、痛苦的，人与人之间互相戒备、仇视。试分析存在主义与《禁闭》对残雪创作《山上的小屋》的影响。

【思考与练习】

1. 分析《禁闭》中蕴含的哲理，并谈谈给你带来的启发。

提示：

《禁闭》蕴含了以下哲理。

(1) 他人即地狱。他人的眼光和评价是无法逃避的，他人的存在本身就是一种对自我的折磨。在剧中，三个鬼魂被关在一起，他们互相折磨，无法逃脱。加尔散、伊内丝和艾丝黛尔都在他人的目光中定义自己，他人的存在成为一种无法摆脱的束缚。

(2) 自我认知与自我反思。剧中的三个鬼魂在相互折磨的过程中，逐渐认识到自己的真实面目和内心的虚伪。他们通过他人的反应和评价，被迫面对自己的过去和行为，从而引发对自我认知的深刻反思。

(3) 自由与责任。萨特强调，人是自由的，但自由伴随着责任。每个人的选择和行为都会对他人产生影响，因此必须对自己的行为负责。剧中鬼魂们在地狱中的困境，正是由他们生前的行为和选择所致。

2. 结合萨特的《苍蝇》等其他剧作，谈谈"境遇的极限性"对表现剧作主题所起到的作用。

提示：

萨特的"境遇戏剧"理论强调将人物置于特定的、极端的情境中，通过人物在这些极限境遇中的选择和行动，来展现其哲学思想和剧作主题。这种手法在萨特的多部剧作中得到了充分体现。在《苍蝇》中，俄瑞斯忒斯一出场便面临极限处境——是违抗神意，杀掉犯罪的母亲及其奸夫，还是服从神意，让象征全城人耻辱与悔恨的苍蝇继续在阿尔戈斯城上空盘旋？他必须在复仇与妥协之间做出选择。最终，俄瑞斯忒斯选择复仇，这一选择体现了萨特的自由观，即人是自由的，往往通过选择来定义自己的本质。俄瑞斯忒斯不仅选择了复仇，还勇敢地承担起全部责任，吸引苍蝇勇敢地出走，拯救了阿尔戈斯城。这又体现了萨特的另一个观点，即自由伴随着责任。

通过萨特的"境遇戏剧"，我们可以看到，极限境遇不仅能为人物提供展示自由选择的舞台，还能深刻地揭示人与他人的复杂关系和存在的困境。

扫一扫，练一练

第六章　影视文学欣赏

第一节　影视文学概述

一、影视艺术与影视文学

(一) 影视艺术

迄今为止，在人类艺术门类中，影视艺术是唯一可以确定具体诞生时间的艺术门类。

1895年12月28日，人类电影史上第一部短片在法国巴黎卡普辛路14号大咖啡馆放映，这一天被公认为影视艺术诞生日。从此，影视艺术以叙事的千回百转、画面的色彩斑斓、时空的辗转腾挪等审美特征解决了空间与时间、视觉与听觉、表现与再现的美学矛盾，改写了人类的生活方式，成为人类忠实的精神伴侣。

影视艺术最小的语言单位是镜头，一个或无数个镜头构成一个场面，无数个场面经由蒙太奇的连接构成整部影视作品。

1. 电影艺术

1) 电影艺术简介

电能技术、摄影技术等是电影艺术赖以形成的条件，这些技术都是由外国电影人发明的，所以，对于中国人来说，电影艺术是一种舶来艺术，但是正如电影史学家乔治·萨杜尔在其著作《世界电影通史》中所说的，电影的前驱是皮影戏与幻灯，可见，电影艺术与中国古老的宫廷游戏渊源甚深，中国古代文明启发了现代电影艺术的产生。

在人类文明史上，电影艺术是继文学、戏剧、绘画、音乐、舞蹈、雕塑艺术之后产生的艺术，被称为"第七类艺术"。电影艺术诞生较晚，兼收并蓄其他姊妹艺术的特长，同时融合利用了先进的电子技术手段与自身高超的艺术表现手段，呈现综合性的新质。

2) 电影发展历程

(1) 中国电影发展历程。1895年12月28日，法国的路易·卢米埃尔和奥古斯特·卢米埃尔兄弟在巴黎卡普辛路14号大咖啡馆的地下咖啡厅里组织放映了他们摄制的短片，标志着人类伟大的视听艺术——电影艺术的诞生。

距世界电影艺术诞生不久，1905年的秋天，北京丰泰照相馆(今南新华街小学原址)园子里放映一部时长约半个小时的短片《定军山》，标志着中国电影艺术正式诞生。该照相馆的摄影师刘忠伦使用定点拍摄方法，把当时著名京剧演员谭鑫培的京剧唱段《定军山》搬上银幕。《定军山》是中国人自编、自导的第一部戏剧片，表现出极其强烈的戏剧艺术特点，还没有完全脱离戏剧艺术。

1913年，中国电影伟大的先驱者——戏剧评论家出身的郑正秋与经营广告业务的张石川联合执导的电影《难夫难妻》(又名《洞房花烛夜》)上映，虽然该电影是由美国人经营的中国第一家电影公司亚细亚影视公司出品的，但是它标志着中国第一部故事片的诞生。

《难夫难妻》的成功，吸引了艺术观念和创作目的不同的外国资本家、民族资本家进入电影行业。为了获得高额票房利润，他们纷纷投资兴办电影公司，中国无声电影进入了一个繁荣但混乱的发展时期。这一时期的影片内容五花八门，既有忠孝节义，也有匪首红颜；既仰仗戏剧舞台，也照搬文明戏。此外，还出现了《孤儿救祖记》《玉梨魂》《最后之良心》《上海一妇人》等一批在商业与艺术上获得双重成功的电影作品，主题多为揭露与鞭挞封建婚姻、娼妓制度。在这一阶段，产生了女演员这一职业，这标志着我国民族电影艺术初盛时期的到来，代表人物有中国第一位女演员——王汉伦，她被誉为"悲剧明星"。

此后四年多时间里，中国电影业掀起了"古装片""武侠片""神怪片"的创作热潮。古装片多取材于文学艺术中"才子佳人"与"英雄美女"的传统叙事母题，过于注重商业利益，迎合市民低俗趣味，充满媚俗的情调。值得一提的作品是民新影片公司的作品《西厢记》和大中华百合影片公司的作品《美人计》。与此同时，在市场的诱惑下，另一类低成本、短制作周期的影片"武侠片""神怪片"迅速席卷当时的电影业，风靡一时，出现了《火烧红莲寺》《火烧九龙山》《火烧七星楼》《荒江女侠》《儿女英雄》《女镖师》《乱世英雄》等大批影片，不胜枚举，同时也诞生了洪深、孙瑜、史东山和欧阳玉倩等一批电影人，对后来的中国电影业产生了深远的影响。

1930年，中国左翼作家联盟在上海正式成立，这一事件对电影艺术的发展影响深远。1932年，在"左联"领导下，进步电影小组宣告成立，由夏衍担任负责人。该小组不仅确立了电影的正确方向，还在艺术领域取得了一定的成就。同时，他们还创办了理论性电影刊物《电影艺术》，自此，中国电影的美学品格初步形成。这一时期的电影作品直接反映了尖锐的社会矛盾，表现出现实主义特征，因此涌现出大量电影精品，其中包括郑正秋编导的《姊妹花》、蔡楚生编导的《渔光曲》《新女性》、孙瑜执导的《大路》、吴永刚执导的《神女》、袁牧之与应云为联合执导的《桃李劫》等。电影演员表演水平也由此走向成熟，涌现出大批优秀演员，女演员有阮玲玉、胡蝶、白杨、王人美、周璇、上官云珠等，男演员有金焰、赵丹、蓝马、陶金、袁牧之、金山、魏鹤龄等，至今使人难忘。

1937年至1941年，电影人在时局和商业的双重压力下，以极大的勇气制作了大量借古喻今的古装影片，被称为"孤岛电影"。其中魏如晦编剧、张善琨导演的《明末遗恨》反响较大。

从抗日战争到中华人民共和国成立之前，中国电影业艰难曲折地发展着，出现了一批具有审美厚度的优秀电影作品，如《八千里路云和月》《一江春水向东流》《万家灯火》《小城之春》《祥林嫂》《假凤虚凰》《生死恨》《神女》《松花江上》等，这些作品饱含悲壮气度，中国电影艺术的悲剧美学品格开始形成。

中华人民共和国成立后，社会主义事业百废待兴，电影结束了悲剧时代，电影人以真诚的态度、真挚的情感制作出大批脍炙人口的优秀电影作品，主题大多是对旧时代、旧社会的彻底批判，对新时代、新政权的热情讴歌。在今天看来，这些作品对现实生活的处理过于简单化，对人性的表现过于拘束，甚至有些变形。其中较成功的电影作品有《白毛女》《小兵张嘎》《我这一辈子》《红旗谱》《今天我休息》《李双双》《我们村里的年轻人》《红色娘子军》《祝福》《老兵新传》《钢铁战士》《柳堡的故事》等。

改革开放后，在理想的催发下，中国电影业以突飞猛进的态势蓬勃发展，以入世的责任、救世的情怀真实地表现生活，全面展现人生百态。代表作品有大家耳熟能详的《苦恼人的笑》《小花》《人到中年》《巴山夜雨》《喜盈门》《邻居》《小街》《被爱情遗忘的角落》《乡情》《人生》《老井》《青春祭》《湘女萧萧》等。

20世纪90年代，伴随着改革步伐加快，中国电影业走进了一个多元化、市场化、国际化的发展时期，电影类型的分化促使精品迭出。电影导演顽强探索，新人不时涌出，中国电影进入了一个审美狂欢、明媚多姿的时代，并走上国际舞台。

近年来，得益于国民经济的持续快速增长以及国家对文化产业的扶持，中国电影所处的文化环境与产业环境均得到了显著改善与提升，在此背景下，中国电影无论是在创作数量上还是质量上，都迎来了历史性的飞跃。一方面，中式大片在产量和社会效果两方面一路向好，赢得了国内观众的信任；另一方面，中国电影对海外市场的拓展也呈现持续上升的趋势，这对于推广中国文化价值体系及展现中国软实力起到了积极作用。作为我国文化娱乐产业重要组成部分，中国电影连续多年实现票房增长，吸引了各类社会资本积极投入电影业，进一步推动了中国电影业的良性快速发展。未来，中国电影将在科技进步和创新探索中获得更多发展机会，前景无限。

(2) 外国电影发展历程。人类电影艺术在诞生之初，被视为一种新奇的事物，用来展示魔术与幻景。最初的影片是变换镜头的单镜头影片，胶片长不过几十米，放映时间为几分钟。但在这些幼稚的影片中，已出现了变化的景别和摄影特技等电影语言。

法国卢米埃尔兄弟是纪录片的创始者，他们拍摄的影片真实地记录了生活中的实景。1896年，他们摄制的《火车到站》采用不同的景深，同一个镜头呈现出远景、中景、近景和半身特写等电影语言的变化。

美国电影人梅里爱被誉为"现代电影之父"，他最初拍摄的影片是一些魔术片或演出时事片。梅里爱在《贵妇人的失踪》中采用停机再拍的方法，使镜头里坐在椅子上的女人忽然消失。他不仅在使用模型和特技摄影方面成就非凡，还发明、丰富了特技摄影等电影语言，包括叠印、叠化、合成摄影、多次曝光、渐隐渐显。他信守"银幕即舞台'的概念，遵循经典的戏剧文学创作"三一律"，在地点、时间、动作统一的基础上，还讲究"视点的统一"。

20世纪初，一些电影因涉及被认为是不道德或令人不安的题材，而引发了广泛的恐慌和批评，这导致电影艺术面临发展危机。为了应对这种危机，电影制作人开始探索更"高尚"的题材，以吸引上流社会观众并重塑电影的公众形象。1908年，法国成立了"艺术影片公司"，提出"用著名的演员演出著名的作品"，并以此口号作为创作方针，创作了第一部艺术影片《吉斯公爵的被刺》，在国内外均获得广泛的商业成功，随后，意大利、丹麦、美国的电影公司相继效仿，开始从著名的戏剧作品和文学作品中寻找素材，摄制艺术影片逐渐成为一种风尚。

蒙太奇作为电影艺术的独特语言，早在1908年之前，就已在英国詹姆斯·威廉逊等人拍摄的短片中有所体现，但真正把蒙太奇发展成为电影语言与剪辑手法的是美国电影大师格里菲斯，他吸收了梅里爱的特技技巧和英国电影的制作经验，创造了平行蒙太奇和交替蒙太奇的影视语言，其代表作《一个国家的诞生》因此获得巨大成功，开辟了电影艺术的新纪元，对苏联电影研究产生了深远影响。此后，苏联电影人维尔托夫、库里肖夫、爱森斯坦和普多夫金对蒙太奇进行了有效的探索，将不同的镜头语言组接在一起，产生各个镜头单独存在时所不具有的奇妙含义，蒙太奇理论达到了细致完美的高度，形成了完整的蒙太奇理论体系。

1921年，苏联的吉加·维尔托夫组织"电影眼睛派"，发表了"抓住生活即景"的宣言，他认为电影艺术的实质在于使用拍摄角度和蒙太奇，他致力于电影拍摄手段的研究，推动了电影的发展，然而他过分痴迷蒙太奇理论，认为其能创造一切，这导致他的电影艺术流于形式主义和唯心主义。

人类最早的电影为无声电影，华纳兄弟公司在1926年制作了第一部有声片《爵士歌王》并获得巨额收入。1928年，有声电影开始广泛出现，好莱坞的其他制片公司竞相拍摄音乐艺术歌舞片，这类影片在当时风靡一时。影片故事情节用言语来叙述，人物思想感情通过言语来表达，声响与对白成为电影艺术语言的新元素，电影趋向"戏剧化"。20世纪三四十年代的美国影片，大部分是按照戏剧文学冲突律构成的，呈现序幕、纠葛、突变、高潮、结局等戏剧结构。在第二次世界大战爆发之前，好莱坞的影片模式通过在欧洲摄制的外语版影片和后来的配音译制片扩展到各国，"戏剧化"成了各国电影创作的共同趋向。在表现方法上，有声电影注重包括声音和演员动作在内的画面结构。

20世纪50年代是电影艺术革新的年代。立体电影、全景电影、宽银幕电影相继出现，轻便摄影机、高速感光胶片、磁带录音与立体声的出现促使电影飞速发展，电影创作更加多样化。这一时期，以战争为题材的电影故事片在各国风行，影片内容转而反映社会现实。意大利的新现实主义电影和法国的"新浪潮"电影在这一时期竞相产生。反传统的意大利新现实主义电影逐渐崛起，在内容上，表现意大利人民反法西斯斗争与战后的社会问题；在制片方式上，提倡"把摄影机扛到街上去"，使用非职业演员，拒绝舞台手法和动作设计，采用即兴演出；在表现方法上，大量采用中、远景，摇镜头和长焦距镜头，显示背景和人物全貌，拒绝蒙太奇效果。新现实主义电影对各国电影有着长远的影响。

法国"新浪潮"是指1958年至1962年间在法国出现的一批新兴且年轻的电影导演，他们的文化修养和个性风格各不相同，但共同之处是反对传统电影的创作方法，并强调电影是一种个人的艺术创作。在制片方式上，他们承袭了意大利的新现实主义电影，这是由拍摄初期经费不足决定的，在影片成熟后，这种制片方式逐渐被放弃。"新浪潮"电影在内容上不表现重大的政治和社会问题，多表现个人题材；在技巧上使用长时摇拍、长镜头、定格、镜头摇晃颤动等电影语言；在剪辑手法上，节奏快，切割频繁，用以增加影片的镜头数目；在拍摄手法上，广泛使用景深镜头，即长焦距镜头，代替传统蒙太奇。"新浪潮"电影广泛使用景深镜头和推、拉、摇、仰俯拍等电影语言，改变了电影原有面貌。

20世纪60年代，"作家电影"和"真实电影"相继兴起，但两者的趋向却截然相反。"作家电影"流派由志趣相通的短片导演和艺术作家组成，因他们住在巴黎塞纳河左岸，又名"左岸派"，代表人物有阿仑·雷乃、阿涅斯·瓦尔达等，代表作品有《广岛之恋》《长别离》等。"真实电影"流派起源于法国，其主要成员为纪录片导演，他们主张展现社会中普通人的生活，强调记录真实的社会现象。

自20世纪60年代以来，由于电影艺术各个流派和各国导演的不断创新，电影艺术发生了显著的变革。纵观电影艺术取得的成就，这既是电影人在艰辛曲折的道路上长久努力的结果，更是无数电影前辈倾洒血汗换来的成果。电影艺术发展至今，已形成一系列较为完备的艺术标准和独具特色的艺术品格，在人类艺术领域中已形成明显的话语优势。未来，电影艺术将不断地创新文化产业发展样式，逐渐成为极具竞争力的新型业态，励精图治，前途无限。

2. 电视艺术

1) 电视艺术简介

人们所说的电视艺术通常专指电视剧艺术。电视剧是电子技术高度发展时代的特殊剧种，它是融合了声、光、影、色等一切电视技术元素与其他姊妹艺术的营养与精华，运用电子传播技术手段和电视艺术规律，以家庭传播方式为主要特征的一种综合艺术样式。

电视剧艺术已成为大众日常生活中不可或缺的艺术欣赏类型，当前仍处于发展阶段，具有很强的可塑性，极大地丰富了人们的日常生活。

2) 电视发展历程

1883年，德国电器工程师尼普科夫制造出电视扫描盘，这是电视与荧光屏的雏形。

1928年，美国纽约州广播电台进行世界第一次无声电视转播。

1930年，电视实现有声转播。

1954年，第一台彩色电视机在美国问世。

1956年，美国发明电视录像技术。

上述发展为电视剧艺术的诞生和发展提供了必要的物质技术条件。

1936年，世界第一座电视台——伦敦亚历山大电视台建成，并在不久后播放了世界第一部电视剧《口含鲜花的男子》(又称《花言巧语的人》)，这标志着人类文明史上又一新型艺术——电视剧的诞生。

1958年，中国北京电视台(中央电视台前身)成立，同年6月播出了中国第一部根据同名短篇小说改编而成的电视剧《一口菜饼子》，编剧陈庚，导演胡旭、梅阡，摄影文英光，主演孙佩云、余琳、王昌明、李晓兰。全剧演绎了主人公全家围绕一口菜饼子展开的讨论，表现了忆苦思甜的教育主题。这部电视剧实现了演员艺术创作与观众艺术鉴赏的同步进行以及声画的完美同步，揭开了中国电视剧艺术的新篇章。

1958年至1966年，《邱财康》《焦裕禄》《王杰》《刘文学》等电视报道剧，以及《李双双》《球迷》《相亲记》《红缨枪》等七十余部电视剧相继播出。受当时条件所限，这些剧目大多采用直播形式，演员表演饱满连贯，亲切真实，结构与模式大同小异，即一条主线、两三个场景、四五个人物、七八场戏、五六十分钟、两百个镜头。这一时期，尚处于起步阶段的中国电视艺术虽然没能形成自身完备的艺术品格，但累积了有益的艺术经验。

1978年，中央电视台率先制作并播出了《三亲家》《窗口》《教授和他的女儿们》《痛苦与欢乐》等七部电视剧；1979年，各地方电视台紧随其后，涌现出十余部电视剧作品，其中《神圣的使命》(广东台)、《永不凋谢的红花》(上海台)、《人民选"官"记》(天津台)、《从深林里来的孩子》(黑龙江台)较为突出。

自此，电视剧创作如春风化雨，甘霖遍洒神州大地。1980年，仅中央电视台制作并播出的电视剧就多达一百零三部，地方电视台制作并播出的电视剧共一百一十七部，成就斐然、题材丰富、形式多样，极大程度地丰富了人们的日常生活。其中《乔厂长上任记》(中央电视台)、《生命赞歌》(上海电视台)、《最后一班车》(辽宁电视台)、《洞房》(浙江电视台)、《女友》(河北电视台)、《唢呐情话》(河北电视台)、《瓜儿甜蜜蜜》(湖南电视台)至今为人津津乐道。

同年，法国电视剧《红与黑》、英国电视剧《鲁滨逊漂流记》《大卫·科波菲尔》《居里夫人》、美国电视系列剧《大西洋底来的人》、日本电视剧《白衣少女》等一批优秀的海外译制电视剧被引进国内，并出现在电视荧屏上，不仅拓展了中国观众的艺术视野，而且在一定程度上推动了中国电视剧的制作与质量水平的提升。

1981年，"飞天奖"设立；1983年，中国大众电视"金鹰奖"设立，极大程度地促进了电视剧艺术水平和质量的提升。中国电视剧进入了发展的全新时期，1982年至1989年，播出了《蹉跎岁月》《武松》《鲁迅》《今夜有暴风雪》《四世同堂》《新星》《高山下的花环》《女记者的画外音》等优秀作品，这些剧目备受瞩目，分别从不同侧面真实、深刻地表现了改革开放后中国社会昂扬向上的大好形势。这一时期的中国电视艺术不仅展示了电视人创作的澎湃激情与执着严谨的艺术追求，也表现了中国电视艺术深厚的创作功力与精湛的创作质量。

值得一提的是，自1982年以来，《霍元甲》《上海滩》《射雕英雄传》等多部香港电视连续剧陆续在内地播放，在当时掀起了巨大的港剧娱乐效应，极大地启发了内地电视艺术的创作与鉴赏。

20世纪90年代，《渴望》与《围城》的播出，标志着中国电视艺术进入成熟期。在这一时期，精品迭出，数不胜数。《辘轳、女人和井》《编辑部的故事》《北京人在纽约》《宰相刘罗锅》《东方商人》《苍天在上》《三国演义》等电视剧广受欢迎，有些精品电视剧还走出国门，走向世界，进入海外市场，大量销售播出版权，展示了中国电视剧在发展历程中取得的丰硕成果。

早期的中西电视剧艺术因价值观念以及文化背景的差异，在表达方式、制作方式及传播和接受方式等方面存在较大差异。中国电视剧艺术经由改革开放发展至今已得到长足的发展，在艺术与技术上已接近国际水平。

进入20世纪90年代后，在多元意识形态冲击下，当代电视艺术也呈现出多元化的发展态势。在商品经济大潮和电子科学技术的冲击下，电视艺术在审美深度的变化、审美趣味的转向和审美泛化三方面呈现与传统电视作品不同的艺术特征，科技美、时尚美成为当代电视艺术新的美学元素。电视艺术在思想内容上虽有一定的浅平化、世俗化发展趋向，但是在各地政府部门的正确导向下，电视艺术正向着和谐健康的方向发展，更加与时俱进，为打造大众文化环境、提升国家文化软实力贡献着自己的力量。

(二) 影视文学

影视文学是电影文学和电视文学的合称，指专供影视艺术创作使用的剧本，它是一种以影视艺术的视听思维方式构思和写作的文学形式。影视剧本通过文字来表述和描写，为影视制作提供作为工作蓝图的文字材料，影视制作人员将根据影视剧本，运用画面、镜头、声音等影视语言摄录和剪辑完整的影视作品。影视剧本是影视创作的基础。

传统的四大文学体裁有诗歌、散文、小说、戏剧文学。影视文学伴随着影视艺术的诞生而形成。影视艺术已成为百姓喜闻乐见的大众艺术类型，在社会生活中产生了巨大影响。尽管影视文学的历史相对短暂，但获得了飞速发展，在当代文学中的地位已无可替代。

影视剧本包括三种不同的形式，即影视文学剧本、影视分镜头剧本和影视完成台本。通常情况下，影视作品都包含这三种剧本且内容大体一致，只是语言表达与描述方式不尽相同，由担任不同职务的创作人员完成。这三种剧本在影视创作的不同阶段出现，发挥着不同的作用。

从影视艺术创作整体的角度来看，影视文学剧本和戏剧文学剧本一样，不是独立存在的，它们都是整部影视作品创作的组成部分。影视文学剧本是影视艺术创作的要项，是影视艺术创作的"基础"和"第一道工序"，指导着影视创作的后续工作。

二、影视文学的审美特征

1. 电影文学的审美特征

1) 艺术兼容的综合性

在人类艺术史上，文学、戏剧、绘画、音乐、舞蹈、雕塑、建筑在蒙昧时代或文明时代初期就已相继出现，而电影艺术则产生于19世纪末期。虽然电影艺术的诞生晚于其他姊妹艺术，但是它融合与吸纳了各门类艺术的优势与学养，借鉴了戏剧在表演、编剧、导演等方面的艺术规律，汲取了文学的叙事方式和典型形象塑造等方法，吸收了造型艺术的空间处理等方法，融汇了音乐和舞蹈艺术抒发情感、渲染情绪等艺术手段，在此基础上对其进行化合改进，从而成为一种综合性艺术。

电影艺术在发展过程中，经历了从无声到有声、立体声、模拟声及数字声，从无色到彩色，从常规银幕到宽银幕、遮幅式宽银幕、水幕、环幕、3D银幕、巨幕，从传统拍摄到计算机合成技术的技术革新，解决了视听结合的美学矛盾，成为视觉与听觉结合的综合艺术。电影文学创作是电影制作的基础与前提，为了更好地发挥其指导和服务的功能，在剧本创作过程中，剧作家应研究并结合其他姊妹艺术表现手段，在形式上遵循各门类艺术共有的规律，在本质上中吸收各门类艺术文化层面的内涵，实现视听、时空、动静、表现与再现的有机统一。

2) 情节叙述的运动性

电影是以活动影像的形式问世的。电影拍摄人员通常采用运动摄影、分切拍摄的方式，使用不同景别的分镜头拍摄和组接叙述，运用蒙太奇方法处理影片。这样连接起来的镜头，不仅可以客观地再现运动景物，而且还会产生新的含义。在创作电影文学过程中，为了丰富电影制作的表现手段，增强画面的运动性，可以结合现当代电影镜头语言、声画对位、主观镜头、内心独白、跟踪拍摄、同期声以及幻觉画面等影视语言技巧，将电影剧本创作内容呈现在动态的电影之中。

电影银幕的画幅不仅决定了受众视觉的空间感，还形成了电影画面的构图美，因此电影文学需要结合电影画幅的固定性与运动表现进行创作。运动表现也称运动摄像，它是指摄像机在运动中表现对象的静止或运动状态。运动摄影突破了固定画框的局限，延伸了画面空间，它可以在一个画面中表现不同景别、视角的变化，以及光线、色彩的变化。这些变化需要体现在电影文学表述中，从而提升电影再现现实的逼真效果。

3) 视觉形象的逼真性与艺术形象的假定性

在某种情况下，电影画面可以激起观众强烈的现实感，使观众确信银幕上出现的一切是客观存在的。所以，电影文学所塑造的视觉形象要具有直观性，能够让读者在欣赏电影剧本时建构出空间与时间的概念，建构逼真的视觉形象，最终通过电影作品的呈现，实现一种直观的真实，以达到其他任何门类艺术无法超越的审美效果。随着科学技术的飞速发展，电影文学在剧作家主观意识的引导下，其特征表现得愈发鲜明和强烈。

但是，电影文学并不是简单记录生活，也不是记录与复现客观世界，而是要使用联想、想象等形成电影银幕二维空间的平面图像。电影文学追求的真实是一种艺术真实，这种艺术真实也就是艺术形象的假定性。对于电影文学而言，在艺术处理方面必须达到情节真实、语言真实、细节真实，符合客观事物发生发展的艺术规律，这是电影文学创作的重点，失掉艺术的真实性就会削减电影的魅力。

从这个意义上来说，视觉形象的逼真性中透露的是一种假定的真实，即艺术形象的假定性。电影文学中塑造的视觉形象逼真性与艺术形象假定性要做到有机统一，相辅相成。

4) 公众欣赏的时限性与电影时空的无限性

依据电影的创作规律，电影时长要受到严格的时间制约，常规电影时长约九十分钟，电影大片时长约两个小时，而每个画面又是瞬时即逝，又决定了电影艺术欣赏的时限性。这一特性要求剧作者在创作剧本时要时刻有构图和造型意识，内容要简练，画面的造型处理应单纯，人物设置合乎情理，群众场面应一目了然，观众看后应能心领神会。

经过电影文学创作的取舍、剪裁、加工与改造，大至宏观世界，小至微观领域，甚至具象化的心理时空，都能被电影所展现。观众在欣赏电影时，红尘万千景象尽收眼底，不仅可以感受到电影艺术穿越时空的无限性，还可以得到非凡的审美享受。电影文学表现出的时限性与打造时空的无限性，促使电影艺术成为老少皆宜、雅俗共赏的艺术门类。电影剧本通过特定的语言技巧处理与表现手段，可以将联想、回忆、幻觉、梦境同现实融为一体，将现实的时间延长，或者将时间定格，再通过打乱现实时间的自然顺序，将过去、现在和未来的时空进行交叉衔接。在电影独有的时空里，时限性与无限性这对美学矛盾得以解决，美被定格或延长，营造出电影奇妙的艺术效果。

(二) 电视文学的审美特征

电视文学除了具有与电影文学相同的审美特征之外，又因其创作过程中要结合电波或电信号传输动态视听符号的现代化电子信息传播手段，而体现出以下几个独特的审美特征。

1) 表象手段的生活平易性

电视文学作为一种通俗艺术，体现了对现实的仿射性，它也是对现实世界的再现。作为一种最大众化的文学样式，电视文学综合了传统表达技巧和现代表达技巧，具有丰富的表现力。电视艺术创作综合了现代科学技术手段与各门学科的最新成果，把声学、光学、电子学、物理学等自然科学和应用科学的成果包括在内，融合为自己的表现手段，不但能即时体现科学及电视技术的进步，更能代表最先进的大众文化样式。电视文学创作通过结合光、影、声、画面、构图、色彩等现实生活元素来表达和传递生活现实，按照生活规律将这些元素有机融合，追求一种平实的艺术美感，并给予受众审美影响。

随着高科技的发展，传统的纪实表现手法已经不能满足电视观众日益增长的审美要求，特别是随着电子信息与人工智能的变革，电视剧本的表现手段更加多样，表达生活内容更加平易便捷，这在很大程度上消除了观众与现实生活之间的距离。电视剧本能够有意识地营造出一种身临其境的幻觉，让观众仿佛置身于电视剧本所构建的模拟生活剧情之中，消弭了电视观众和电视作品之间的距离感。电视文学能够反映现实生活，表达思想感情的特殊性，引发并调动审美主体的内在情感和深层思考，从而产生影响观众的巨大力量。

2) 思想内容的直观表现性

电视艺术是与人类生活最为切近、覆盖面最广、影响力最大的一个艺术门类，高度体现了对现实生活的再现。电视文学承载着巨大的社会教育功能与信息传播功能，具有其他艺术门类无法比拟的受众群体规模。电视受众来源于社会各个领域，在欣赏电视艺术活动中，因其经验习惯、趣味素养、成长环境、教育背景不同，接受结果也各不相同，所以电视文学的主题思想表达应直观，通俗易懂，而不应像电影文学那样追求银幕世界的纵深感与艺术感。电视文学的最终目的是把客观生活映射在电视荧屏二维平面的虚拟坐标体系下加以表现，并在合乎社会各层面受众的情理期待范围之内，表现较为直观的思想内容。电视文学以丰富的表现手段创造直觉美，引导观众理解其内在思想；同时对现实生活逼真再现，让观众仿佛置身于现实生活之中，容易产生心灵的共鸣，契合电视文学所传达的主题，被其塑造的形象所触动，进而产生情感认同或期待等心理反应，随着电视文学情节的发展而产生心理波动，在这一过程中达到一种暂时的忘我境界，并在电视文学符合道德和审美叙事中得到价值的认同、情感的宣泄、身心的调节和平衡。

3) 审美形式的可参与性

电视文学是当今影响最大、最广泛的大众传播方式，其审美价值表现为对人类社会的确证，并从多个层面对接受者施加影响。电视文学一方面通过直观的艺术形象对接受者产生视觉冲击，使其得到感官的愉悦；另一方面引导接受者的思维，使其获得情感认同，在精神上得到一种不同于物质享受的纯粹的释放和解脱。观众在欣赏电视节目时，仿佛是与艺术进行面对面的交流，这种审美形式呈现出即时性和现场性的特点，极大地增强了观众参与感，电视艺术也正是以这种随意化和休闲化的方式渗透进人们日常生活。从这个意义上说，电视文学的审美价值在于接受者获得了日常生活中的精神自由，在闲暇中得到精神上的陶冶和熏染。

任何形式的文学都包含一定的时代信息，作为大众文化主流样式的电视文学反映了特定时期的社会制度、科技水平、时代风尚，并对现实进行合理创造与想象，从而超越生活，传达与电视创作主体不同的审美理想，引导电视观众认同这种审美价值。电视文学依托这种审美表现方式引领着时尚，通过丰富多彩的电视文学作品，吸引更多的观众参与其中。

第二节　影视文学的欣赏维度

一、影视语言

影视作品依据其独特的艺术形式和语言方式形成一定的物质材料，并构成特殊的艺术语汇，然后按照影视特有的创作规律，将影视语汇组织成为有机整体。影视语言与其他艺术语言截然不同，正确地解读影视语言是把握影视文学剧本和影视作品个案的前提和基础。

(一) 画面

画面是指通过摄影机录制，在银幕上还原出来的视觉形象。从内容角度来看，影视画面主要由人物形象、自然和社会环境的物质状态等构成；从形成角度来看，影视画面则是由镜头运用、空间造型创造的。影视画面是构成影视文学的基本语言单位，能够表达一定的内涵，它与上下镜头画面进行组接后，可以表述完整故事情节。

(二) 镜头

"镜头"有两个不同的含义。从技术的角度来看，镜头是指摄影机上的光学部件，由透镜系统组合而成，在物理上称为透镜，俗称镜头；从摄影创作的角度来看，镜头是指摄影机每拍摄一次所取得的一段连续画面。镜头也是构成电影的基本单位。

(三) 景别

景别是指被摄主体在画面中呈现的范围，它是由摄影机从不同距离(包括镜头焦距的长短) 对被摄主体进行拍摄所形成的。按照电影文学的特殊表现方式，根据表现对象的大小远近、内容的主次轻重，景别有具体的分类。综合运用各种景别，可以准确地叙述情节，并艺术性地描绘出画面。

1. 远景

远景镜头距离拍摄对象较远，画面开阔，景深悠远。远景一般适用于描绘环境、自然景色或宏大场面，人物在镜头中十分微小。远景的运用有助于形成舒缓的情节节奏，便于抒情，主要用于写意，其中全景画面往往会形成登高远眺、气势宏伟的审美效果。

2. 全景

全景镜头摄取人物的全身或场景的全貌，它是塑造影视艺术形象的主要手段，影视片中人和物的形象都可以通过环境的衬托来展现。与远景相比，全景有明显的内容中心和结构主体，全景画面重视特定范围内某一具体对象的视觉轮廓形状和视觉中心地位。

3. 中景

中景镜头摄取人物膝盖以上部分或场景的局部，它可以加深画面的纵深感，观众既能注意到人物的形体动作，又能注意到人物的表情。中景镜头可以在同一画面中拍摄多个人物，适用于交代影视片中的人物关系。在影视语言中，中景使用占比较大，常用来叙述剧情。

4. 近景

近景镜头摄取人物上半身或物体的局部。采用近景镜头拍摄时，人物动作很难看全，可以引导观众注意观察人物的表情。在近景画面中，视觉范围较小，观察距离相对更近，细节刻画比较清晰，适合表现人物面部的表情神态或者其他部位的细微动作以及景物的局部状态。

5. 特写

拍摄人物头像或物品细节的镜头，通称为特写。特写是视距最近的镜头，它的主要功能是选择和放大，它既能选择细节，又能放大对象，便于观众看清细节。影视特写具有极强的表现力，可以直接反映人物内心的变化，赋予事物生命活力。

(四) 运动镜头

运动镜头是指摄影机在运动中拍摄的镜头，也叫移动镜头。运动镜头既能使画面真实可感，又能使观众在视线与摄影机同时移动的时候，产生一种身临其境的感觉。常见的运动镜头有推、拉、摇、移、跟、升、降。

1. 推镜头

推镜头是指拍摄对象基本不动，摄影机沿光轴方向由远及近向主体推进拍摄的连续画面。它的作用是描写细节、突出主体，将需要强调的人或物从整个环境中突出表现出来，让观众看得更清楚。推镜头不仅能将观众带入故事情节之中，还能让观众渐渐进入"忘我境界"。

2. 拉镜头

拉镜头的方向正好和推镜头相反，它是指摄影机沿光轴方向向后移动，在一个镜头中，被摄主体由大变小，景别发生连续变化。拉镜头常被用于拍摄结束性和结论性画面，展现人物形象在环境中的位置，可以使画面的表现空间更加完整和连贯，有利于调动观众的想象和猜测，引导观众产生微妙的感情余韵。

3. 摇镜头

摇镜头是指摄影机放在固定位置，运用三脚架活动底盘使机身摇转拍摄而成的镜头。摇镜头包括起幅、摇动、落幅，三部分相互贯连。现代摄影机可以实现360°连续快速转动，镜头视野更加宽广，内容表现更加丰富，能够吸引观众纵览场景全貌，不断调整视觉注意力。

4. 移镜头

移镜头是指将摄影机放在移动车或升降机上，对被摄主体做跟随、横移或升降运动的摄影方法。摄影机沿水平方向移动拍摄的镜头称为横移镜头，摄影机沿垂直方向移动拍摄的镜头称为升降镜头。移镜头能够打破画框四条边的局限，扩大表现空间，扩展受众视野，增强画面的空间感和动态感以及影视作品表现生活的能力。

5. 跟镜头

跟镜头是指摄影机跟踪运动中的被摄主体进行拍摄的摄影方法。跟镜头可以连续而详尽地表现角色在行动中的动作和表情，既能突出运动中的主体，又能交代动体的运动方向、速度、体态及其与环境的关系，这样有利于展示被摄主体在动态中的精神面貌。

(五) 主观镜头

凡是代表剧中角色的眼睛，直接观察现实生活中的人和事、景和物，或者表现人物的幻觉、梦幻、情绪等的镜头，都称为主观镜头。主观镜头是电影文学特有的语汇，也是基于影视作品中某个人物的视线和心理感受拍摄的电影画面。

(六) 客观镜头

凡是代表导演的眼睛，从导演的角度(以中立的态度)来叙述和表现的镜头，都称为客观镜头，又叫中立镜头。客观镜头是影视创作中最为常见的一种拍摄方法。客观镜头与主观镜头相反，不以剧中角色的视角拍摄，而是直接模拟摄影师或观众的视角，从旁观者的角度客观地描述人物活动和情节发展。

(七) 空镜头

空镜头是指影视作品中描写自然景物或场面而不出现人物的镜头，又称"景物镜头"。空镜头可以用于介绍环境背景、交代时间空间、抒发人物情绪、推进故事情节，常被用于烘托气氛、抒发情感等，还可以用于时空转换和调节影片节奏。

(八) 特技镜头

特技镜头是电影文学独有的表现语言，它是利用摄影机技术性能(包括洗印技术)来创造各种现实与非现实的银幕画面的表现手段。特技镜头可以营造某种情绪色彩、情调和气氛，创造特定的表现效果。常见的特技镜头有慢镜头和快镜头。

1. 慢镜头

慢镜头是用高速摄影机拍摄而成的。正常的摄影速度为每秒24格，高速摄影能达到每秒48格或96格，而标准的放映束宽仍然是每秒24格，于是就产生了慢动作、慢运动，在摄影领域称为升格。现代科技的发展使数码摄影机拍出的画面画质更接近胶片，其拍摄功能也更加完善，升格拍摄能达到每秒2000幅。慢镜头可以人为"延缓"动作节奏，"延长"动作时间，通过有意识地引导观众注意力，让观众能够看清在正常情况下难以看清的动作过程。

2. 快镜头

与慢镜头相反，当摄影机以低于每秒24格的频率拍摄、以正常频率每秒24格放映时，就会产生画面动作比实际过程快速的视觉效果，即快动作镜头，又称为降格。在拍摄电影或电视时，快镜头一般用于摄取车辆行驶、人马奔跑等素材，营造急剧、紧张的视觉效果。快镜头运用得当，还会产生一种夸张、变形的喜剧效果。

(九) 蒙太奇

蒙太奇是影视文学的剪辑语言，原为法文montage的音译，也是建筑学术语，意为构成、装配。蒙太奇被引入影视艺术领域，它是指影视作品创作过程中的剪辑手段，现已成为现代电影文学特殊的思维方式——蒙太奇思维。

蒙太奇具有叙事和表意两大功能，可以划分为三种基本类型，即叙事蒙太奇、表现蒙太奇、理性蒙太奇。叙事蒙太奇是一种叙事手段，由平行蒙太奇、交叉蒙太奇、重复蒙太奇、连续蒙太奇等构成；表现蒙太奇和理性蒙太奇主要用于表意，由抒情蒙太奇、心理蒙太奇、隐喻蒙太奇、对比蒙太奇、杂耍蒙太奇、反射蒙太奇、思想蒙太奇等构成。

蒙太奇有助于影视作品自如地使用和转换叙述角度来表情达意，形成跌宕起伏的情节节奏，确保影视文学叙事的连续性。

二、悬念设置

悬念，《现代汉语词典》和《辞海》释义为"欣赏戏剧、电影或者其他文艺作品时的一种心理活动，即关切故事发展和人物命运的紧张心情"。剧作家和导演为体现作品中的矛盾冲突，在处理情节结构时通常使用各种手法引起观众或读者的悬念，以加强作品在思想和艺术上的感染力。

作为一种叙事手段和技巧，悬念是有效吸引受众注意力的方法。悬念最早出现在小说和戏剧文体中，推动受众想象、思考和辨析，进而增添叙事文本的张力，达到较好的审美效果。

"悬念就是兴趣不断地向前延伸和欲知后事如何的迫切要求，无论观众是否对下文毫无所知，但急于探其究竟；或对下文作了一些揣测，但渴望使其明确；甚至是已经感到咄咄逼人，对即将出现的紧张场面怀着恐惧——在这些不同情况下，观众都可能处在悬念之中，因为不管他愿不愿意，他的兴趣都非向前直冲不可。"

（美 乔治·贝克《戏剧技巧》节选）

影视剧本继承和发扬了小说和戏剧"讲故事"设置悬念的技巧。优秀的影片在开始铺设悬念时，能够有效地激起观众的正面(期待、渴望等)或负面(焦虑、恐惧等)情感，诱导观众积极参与剧情，引导观众大胆猜测、推理。观众沉浸在紧张、焦虑的审美体验中，能够产生一定的心理预期，从而形成对影视作品持续的关注。当悬念揭开时，观众明了真相，紧张情绪瞬间得到释放，从而获得极大的情感满足。影视作品叙事越复杂、悬念越丰富，观众就越欲罢不能。

"一部影片的所有场面都不能停滞不前，而应该不断地向前发展，就像火车的轮子一个接一个地向前转动……悬念乃是吸引观众注意力的最强有力的手段……在悬念的一般形态下，必须要让观众清楚地知道银幕上所表现的东西，舍此则无悬念。"

（美 希区柯克《论电影》节选）

影视文学的悬念设置通常有三种类型。

(1) 观众知道剧情真相而剧中人物不知。这种悬念设置使用"上帝视角"，即"全能视角"，在观众知晓真相的"窥视"中，不明就里的剧中人物为寻找真相不断试错以至于陷入危情之中。20世纪，著名的美国导演希区柯克开创了悬疑电影的拍摄手法，这种方法也是常见的"希区柯克式悬念"营造方法，观众满怀期待，带着上帝视角对剧中人物进行批判性审视，揭示真相的过程给观众带来的冲击力极其强烈。

(2) 剧中人物知道剧情真相而观众不知。相较于第一种悬念类型，这类悬念对观众的认知视角有所限定。正因为观众不知情，才会关注剧中人物的动向，主动捕捉各种细节，进行推理判断，但由于影视剧本的刻意安排和引导，观众得出的结论往往与真相有一定的偏差，甚至相悖，当真相揭晓时，观众会在反差中形成强烈的审美体验。

(3) 剧中人物和观众都不知道剧情的具体发展。悬念通过铺设一个刺激性事件来展开，剧情隐藏角色之间的关系和故事结果，通过刻画细节激发观众的好奇心理，引导观众和剧中人物一同抽丝剥茧，使情节逐渐明朗。这类悬念能够达到让观众积极参与、主动探索真相的艺术效果。

三、人物塑造

影视文学使用叙事手段来揭示社会生活中复杂的现实矛盾及其发展变化，通过塑造人物形象，多方面展示人物的命运和人物的性格。影视文学在塑造人物形象时，需要诉诸观众的视觉和听觉，不仅仅依赖于纯粹的文本描写，而是服从于影视结构而非纯文学结构的创作规律，叙事描写应建立在动作的视觉造型和影视表现手法基础上。所以，影视文学塑造的人物形象应具有银幕或荧屏意义，而不仅是文学意义上的典型形象。

影视文学的人物塑造至关重要，铺设错综复杂的人物关系是叙述故事、推动情节发展的重要手段。剧作家在创作影视剧本时，在人物塑造方面应使用影视语言与影视手法进行构思，还应做好人物活动的具体场景、季节气候、日景或夜景等安排，为下一流程的影视创作提供指导，同时为影视创作团队中各种职务人员开展工作提供依据。影视分镜头剧本和影视完成台本还要交代塑造人物的必要手段，如构图、色彩、光线、音响、节奏等元素，通过综合利用对白、动作、声音、转场、蒙太奇、镜头组接、场面调度等，创造出富有典型意义的影视形象。

影视剧本的创作过程是人物的塑造过程，而人物塑造是整部艺术作品的核心。首先，影视剧本应塑造人物独特的性格，通过描摹人物情感、心理特征、思想意识三个方面来描述人物的精神世界。描摹人物情感、心理特征可以凸显人物的内心复杂多变、情感丰富多重，而描摹人物的思想意识则是从理性层面对人物进行塑造，作用于支配人物在剧中的各种活动。其次，影视剧本通过充分挖掘人物的社会属性来塑造人物。在现实生活中，人处于复杂的社会关系中，人的社会属性通过人际交往活动体现出来。鉴于每个人的社会阶层、受教育程度、社会经验和生活阅历有所差异，结合他们所处的社会环境、职业等因素得出的社会属性评价也各不相同。在欣赏影视文学时，观众要考查形成人物社会属性的各种影响因素，从社会关系的反应评价中对人物产生深层次的理解和认识。

影视剧本提供的人物形象并不是影视剧中将要体现的银幕形象或荧屏形象，而是一种符合银幕或荧屏要求的"影视剧作形象"，通过对人物进行符号化的外貌、衣着、行为举止等方面的刻画，来加强视觉冲击。在欣赏影视文学时，我们应用影视思维进行思考，考查其是否遵循影视艺术的创作规律，是否通过人物形象来提炼纷繁复杂的生活现象，是否适合制片工作的进一步落实，是否能够帮助拍摄者更好地塑造出立体丰满的人物形象。

四、影视结构

影视结构是剧作家选取现实生活事件为素材，挖掘人物行动的心理动机，研究事件之间的因果关系，构架与展示故事情节的剧本基本框架。影视结构应遵循影视艺术的创作规律，为表现影视主题和塑造人物服务，还应使用影视文学独特的语言方式和技巧有机地编织社会生活典型事件和复杂的人物关系并推动情节发展，从而有效指导影视制作中的镜头与画面剪辑。影视故事情节是影视艺术结构的基础，而影视结构是影视故事情节的基本构架。

一般情况下，一部电影包括以下三个段落。

第一段落：占影片1/5~1/4时长。

(1) 开场(序幕)。确定影片基调、情绪、类型、题材，与终场相对。

(2) 主题呈现。非主角人物出场，针对主角提出问题或陈述问题。

(3) 铺垫。铺垫应设置在影片1/10时长处，决定着影片吸引人的关键因素，为主角出场做准备，然后主角出场。

(4) 催化。催化通常以破坏和坏消息的方式呈现，这是影片必有的步骤，常见的形式有火灾、噩梦、摔伤、打劫、偷盗等。催化可以一改故事的原有状态，推进情节发展。

(5) 决策。主角处于内心挣扎、自主决策的两难阶段，面对困难和险情，需要做出进或者退的选择。

第二段落：衔接点在影片1/5~1/4时长处，主角必须自己做出决策，影片由正题进入反题。

(1) 主场故事。影片进入全新阶段，开始表现主题、深化主题，另一半人物出现，与第一段落出现的人物形成对照。

(2) 戏剧元素。一般在影片时长的1/3处开始出现，它是影片最好看、最精彩的部分，也是制作电影预告片和电影海报的素材来源。

(3) 中点。中点是影片上下部分的界限，一般处于影片时长的1/2处。从中点开始，故事朝着好的方向发展，主角处于"伪胜利"或"伪失败"的境地。

(4) 危机来临。危机通常设置于影片时长的3/4处，它是影片故事创作最艰难的部分，也是最具挑战性的部分。主角发现自身所处的危机，承受内外多重压力，遭受挫折与重创。

(5) "暗夜"。"暗夜"通常设置在影片时长的7/10处。从表面上看，主角身陷困境，毫无希望，其实暗藏转机。一些影片通常会在此处增加"死亡气息"，烘托气氛，以引起观众共鸣。

(6) 绝望时刻。绝望时刻通常设置在影片时长的7/10~8/10处，主角感到绝望和无助，观众无限期待危机得到化解。

第三段落：主角经历"暗夜时刻"，感到绝望，找到解决方案，契合主题。

(1) 结尾。影片结束，人物形象定型，主角胜出。

(2) 终场。与开场相对照，影片圆满收束，也可以设置悬念，采用开放式结局。

第三节　影视文学作品欣赏

一、大宅门

郭宝昌(1940—2023)，原名李保常，中国著名导演、编剧，1965年毕业于北京电影学院导演系。代表作品有刑侦电影《神女峰的迷雾》、动作电影《联手警探》、戏曲电视剧《大老板程长庚》等。

郭宝昌出生于北京一个贫困的工人之家，两岁时被卖进同仁堂，因养母姓郭，遂改名为郭宝昌。他自幼聪颖，5岁能唱戏，8岁写文章，12岁进北京五中。16岁时，他根据自己的亲身经历，开始动手写《大宅门》，历时四十年，创作途中三次原稿被毁，最后终于在2001年4月15日以中国"第四代导演"的身份将《大宅门》搬上电视荧幕。2001年3月1日，作家出版社首先推出《大宅门》前40集分镜头剧本。随着剧版《大宅门》的热映，2003年8月1日，人民文学出版社推出了由作者授权出版的52集《大宅门》文学剧本全本。

【故事梗概】

《大宅门》是一部以清末民初至抗日战争爆发期间的中国社会为背景的长篇小说及电视剧。故事发生在清光绪六年(1880年)的北京，白家二少奶奶生下男婴白景琦，此子生来与众不同，不会哭，反而越挨打越笑。白家因给詹王府未出嫁的大格格看病号出喜脉，引发一系列祸事，导致白家马车被砸、马匹被杀，并与詹王府结怨。此后，白家大爷白颖园因给宫中嫔主子看病导致嫔主子身亡(嫔主子是詹王爷二女儿)，被判斩监候。百草厅因此被查封，白家陷入绝境。老太爷白萌堂悲愤交加，临终前将白家托付给二奶奶白文氏。

白文氏在内外交困中力挽狂澜，设计盘回百草厅。其子白景琦成年后，与仇家詹王府的私生女黄春私定终身，被赶出家门。两人在济南创业，研究出熬制泷胶的秘方。后来，白景琦又娶了青楼女子杨九红，但因其出身问题，始终不被白文氏所接受。

随着军阀混战和日本入侵，白家逐渐没落。白景琦担起民族大义，支持抗日组织，白家因此卷入抗日洪流中。

《大宅门》通过讲述白家三代人的恩怨情仇和家族兴衰史，展现了独特的老北京风俗和文化，同时塑造了一批性格鲜明、形象立体的人物。这部剧不仅是一部家族命运的缩影，更是一部反映时代变迁、社会风貌的鸿篇巨制。

【作品鉴赏】

《大宅门》是郭宝昌担任导演、编剧的电视剧作品。该作品是根据中国历史上著名的医药家族"百草厅"的百年家族故事改编而成的。它以白家三代人为主线，通过对这个大家族命运起伏、兴衰治乱的描述，展示了中国封建社会晚期一个家族的兴衰史。该剧本结构严谨，故事曲折生动。随着故事情节的发展，人物形象越来越清晰，一个大家族由兴旺到衰亡的过程被写得淋漓尽致。作品在人物塑造方面表现突出，各个人物形象鲜明、生动、真实，各具独特的个性特征。书中人物白景琦作为商人和家长，都有着明显的缺陷，既有英雄虎胆的豪气，也有刻薄寡恩的戾气，不如其母亲浑厚大气、明智有节。但他却是一个刚毅的人，他的刚毅体现为绝不向日本侵略者低头，与汉奸势不两立。剧中对白景琦立遗嘱的描写堪称经典："景琦慢慢将遗书展开，一张黄桂纸上整整齐齐地写着楷书，响起了景琦低沉的声音：'我，白景琦，生于光绪六年，自幼顽劣，不服管教，闹私塾，打兄弟，毁老师，无恶不作。长大成人更肆无忌惮，与私家女私订终身，杀德国兵，交日本朋友，终被慈母大人赶出家门；从此闯荡江湖，独创家业……为九红，我坐过督军的大牢，为槐花，坐过民国的监狱，为香秀，得罪过全家老少，越不叫我干什么，我偏要干什么！除了我妈，我没向谁低过头，没向谁弯过腰！如今，日本鬼子打到了咱们家门口，逼死了三老太爷，我立誓，宁死不当亡国奴！我死以后，本族老少如有与日本鬼子通同一气者，人人可骂之！我死以后，如有与日本鬼子通同一气者，人人可诛之！我死以后……如有与日本鬼子通同一气者……'"他站住了民族大义，这部作品以他铮铮铁骨和傲然不屈的光辉形象作为结尾。

本文中白景琦立遗嘱的情节不仅体现了剧情的高潮，更展现了丰富的艺术特征。白景琦作为家族中的核心人物，在生死之际，他内心的挣扎、不甘、遗憾和期望都得到了深刻的展现。通过对人物神态、行动和语言的描写，深刻展示出白景琦内心的复杂情感，从而让观众与角色产生共鸣。情节设置巧妙而富有张力，家族中的各方势力都试图在这一关键时刻获取最大的利益，这使得情节充满了冲突与对抗，而白景琦如何在这样的环境中坚持自己的意愿，更是为情节增添了悬念与紧张感。情节深刻地反映了当时的家族文化。在大家族中，家族荣誉、家族利益往往高于一切，而白景琦作为家族的代表，他的决策不仅关乎个人命运，更代表着整个家族的立场与价值观。这一情节通过对家族文化的深入挖掘，为观众呈现了一个真实而充满魅力的历史场景。

【汇评】

原著太精彩，里面有众多精彩的情节，真的是难以取舍，原著中那些个性十足的人物，个个单拎出来都够写一部戏的。(刘深《走近，走进〈大宅门〉》)

《大宅门》写的是大家族里面的恩怨情仇、悲欢离合，是一个大家族的兴衰史，透过真实的生活环境和气氛，透露出浓烈的文化意蕴。(李跃森《从〈闯关东〉看近年家族剧的走向》)

文本在表现白景琦抵抗日本侵略者方面，并没有做简单化的处理，并没有让白景琦像青年时那样，一经忤怒就拔刀而起，而是让他表现出极大的耐心和弹力，让他打一种堑壕战：隐藏万筱菊，关门罢市，与汉奸软磨硬抗，贿赂汉奸王喜光，到香秀家躲避，教导孙子如何巧妙地袭击日本侵略者等，不到万不得已不直接与日本侵略者对峙。这就使这一形象更加真实可信而且饱满圆浑。(王黑特《电视剧〈大宅门〉白景琦形象文化解读》)

【拓展阅读】

《闯关东》剧本(编剧：高满堂、杨北星)

《乔家大院》剧本(编剧：朱秀海)

聚焦：

《大宅门》《乔家大院》和《闯关东》这三部作品以独特的历史背景、丰满的人物形象、浓厚的家族情感、跌宕起伏的情节和深刻的社会反思，共同展现了中国历史题材电视剧的独特魅力。

【思考与练习】

1. 通过对白景琦语言、动作等的描写，可以看出他是一个什么样的人？

提示：

在《大宅门》中，白景琦立遗嘱的情节是展现其性格特点和人生智慧的重要片段。白景琦在立遗嘱时，言辞坚定，不容置疑，表明他对家族的未来和自己的身后事有着明确的规划和坚定的决心；在书写遗嘱时，手笔稳健，动作从容不迫，显示出他内心的强大和面对生死时的从容；在遗嘱中，他强调家族的荣誉、传统和道德准则，表现出他对正直家风的坚守和传承；他能巧妙地处理家族内部的矛盾和纷争，又体现了他高超的人际交往能力和处世智慧。

总体来看，白景琦是一个个性张扬、聪明睿智、具有强烈反叛精神的人，同时也是一个快意恩仇、潇洒自在、敢爱敢恨、敢作敢当、顶天立地的人。

2. 在《大宅门》中，白景琦有很多经典台词，你认为哪句最精彩？

提示：

在《大宅门》中，白景琦有很多经典台词，在不同的场景和语境下，展现出不同的角色魅力。在白景琦的诸多经典台词中，我认为最精彩、最能展现白景琦的角色魅力的是以下这句："这世上的事，你不做，有的是人做；你做了，别人就没得做。你要是怕别人做，那你就别做；你要是做了，就别怕别人做。"这句台词不仅体现了白景琦在商业竞争中的霸气和果决，也透露出他对人生哲理的深刻理解。他明白，在竞争激烈的社会中，要么主动出击，要么被动接受，而他选择做前者，并且勇于承担由此带来的一切后果。他的这种态度，不仅体现在商业竞争中，也体现在生活的各个方面，包括家庭、情感和社会责任。此外，这句话还隐含一种智慧，即在做决策时要有远见和勇气，同时也要做好接受挑战和失败的准备。

二、上甘岭

沙蒙(1907—1964)，原名刘尚文，河北省玉田县人，中国导演、编剧、演员。1922年，沙蒙考入法文高等学校，受五四运动的影响，积极投身学生运动；1933年3月，进入上海美术专科学校学习，并在《十字街头》《夜半歌声》《都市风光》等影片中扮演角色；1948年8月，为了创建新中国的电影事业，在东北电影制片厂任导演；1956年，与林杉联合执导战争电影《上甘岭》。沙蒙享年57岁，他一生中导演过五部影片，其中三部都是表现革命历史与革命战争的题材。

　　林杉(1914—1992)，原名李文德，出生于浙江省慈溪市，中国电影剧作家。1930年，参加中国共产主义青年团；1931年，转为中国共产党党员，曾在上海组织过一个戏剧团体——青虹剧社；1939年后，主要从事戏剧活动，先后任晋西文联剧协主任、剧社社长、西北艺术学院戏剧系主任等职，创作了一批宣传抗日、反映晋西北人民生活的小戏；1949年，调中央电影局剧本创作所，从事电影文学创作。

　　1953年10月，林杉跟随以贺龙同志为首的第三届赴朝鲜慰问团到了朝鲜，了解到1952年初冬在上甘岭发生的这段世界战争史上不可思议的奇迹，产生了极大的创作冲动。1954年初，林杉回到北京，恰好东北电影制片厂(长春电影制片厂的前身)的导演沙蒙来到北京，两人因为电影《丰收》的合作成为非常要好的朋友。沙蒙听完林杉关于朝鲜之行的讲述之后，异常激动，然后非常果断地说："走，我们到朝鲜去，必须要拍摄《上甘岭》！"这部反映重大战役的史诗风格大片便由此产生。

【故事梗概】

　　《上甘岭》是一部以抗美援朝战争中的上甘岭战役为背景的电视剧，该片改编自电影文学剧本《二十四天》。影片讲述了1952年秋，美军在朝鲜中部三八线附近发动大规模攻势，企图夺取上甘岭主峰阵地五圣山，由此引发了上甘岭战役。中国人民志愿军某部八连在连长张忠发的率领下，接受了坚守主峰阵地的艰巨任务。面对敌人猛烈的炮火和进攻，八连战士们毫不畏惧，顽强抵抗。在坚守阵地的24小时里，他们多次击退敌人的冲锋，但伤亡十分惨重。

　　为了保存力量，张忠发命令部队暂时撤进坑道。在坑道中，战士们面临断水断粮的困境，但他们依然坚守阵地，互相鼓励、互相关心。在朝鲜人民的支援和朝鲜人民军的配合下，他们顽强战斗了24天，为中朝联军大反攻奠定了坚实的基础。最终，志愿军大部队发起反攻，八连战士们冲出坑道，配合大部队一举歼灭了敌人，取得了战役的胜利。

　　影片通过紧张激烈的战斗场景和舒缓深沉的抒情段落，再现了这场惊心动魄的战斗，展现了志愿军战士们的英勇善战和不怕牺牲的精神，同时也反映了他们对和平与自由的渴望。

【作品鉴赏】

　　《第二十四天》是影片《上甘岭》的文学剧本，讲述了中国人民志愿军在朝鲜战争期间上甘岭阻击战中坚守阵地与敌人浴血奋战的故事，影片成为中国电影战争史实类经典之作。剧本主要描写一支志愿军小连队坚守地下坑道的战斗生活，集中笔墨编织故事和塑造人物，既表现了上甘岭战役表面阵地的激烈大战，场面火爆壮观，又兼具史诗气派。该剧本以戏剧性的结构为核心，注重故事的吸引力和悬念的设置，同时巧妙地构建了一系列尖锐而复杂的戏剧矛盾和冲突。故事重视节奏感，而不是只有硝烟战争，在剧情设置和角色塑造方面采用喜剧、青春、抒情的风格，将战争和人性的冲突表现得淋漓尽致，使这部电影更有吸引力。

　　影片中，师长强调占领主峰制高点的重要性，要求必须在早上八点前拿下。"随着一声剧烈的爆炸，敌人的地堡被炸飞了，杨德才也光荣牺牲了。一排长陈德厚高举着红旗率领突击队与兄弟部队一起向上甘岭主峰阵地冲了过去。身负重伤的毛四海看到这一切，头一歪，光荣地牺牲了。陈德厚高举着红旗率先冲上了上甘岭主峰阵地，他一脚踹掉了敌人的旗帜，将红旗插在了主峰阵地上。兄弟连前来接手上甘岭主峰阵地，张忠发向该连连长交接阵地。张忠发说罢，便与兄弟连连长相互敬礼。这时，张忠发看到师长、政委和参谋长朝主峰阵地走来，便开始集合自己的部队。"该片段展现了志愿军战士英勇无畏的精神。剧本《第二十四天》展现了中国人民志愿军的团结协作和无私奉献的精神，中国人民志愿军全体官兵在战斗中互相支持、勠力同心、所向披靡，强调了集体主义精神与英雄主义精神的重要性。这种精神激励中国人民勇往直前，鼓励中国人民在面对困难时团结一致、共同奋斗。

【汇评】

在众多作品中，电影《上甘岭》以鲜明的艺术特色和深刻的思想内涵脱颖而出。这部电影着重表现"一役"(即上甘岭战役)、"一人"(即综合多位现实生活中的人物杂糅而成的主人公张忠发)、"一事"(即因交通封锁在坑道中面临缺水危机的志愿军战士如何坚守24天的故事)，呈现中国人民志愿军战士英勇顽强的战斗作风、不怕牺牲的献身精神以及团结友爱的优秀品质，用影像为全民族留下了一份宝贵的精神财富。(饶曙光《〈上甘岭〉：用影像为全民族留下宝贵精神财富》)

影片坚持以人物带动情节发展，对戏剧矛盾的处理也随着战争的推进不断变化。以炮火攻击作为敌我双方斗争的外部主要矛盾表现，中国人民志愿军撤进坑道后，矛盾描写则集中于人物情感变化，通过接收阵地、撤入坑道、留守作战、战略转攻、主动出击、艰苦鏖战、反击得胜七个叙事环节，将中国人民志愿军战士在作战过程中的喜怒哀乐如实呈现，张弛有度。(陈岑《心中的大河，英雄的赞歌——〈上甘岭〉影评》)

【拓展阅读】

《奇袭》剧本(编剧：黎阳、郑洪)

《英雄儿女》剧本(编剧：毛烽、武兆堤)

聚焦：

《上甘岭》《奇袭》和《英雄儿女》这三部作品基于真实的历史背景，共同展现了战争主题，表现了这类影片英雄主义的形象塑造、深入的人性探索和强烈的情感表达等艺术特征。影片通过生动真实的战场描绘，让观众更加深刻地认识到战争的残酷和无情；同时通过深入探索人性，让观众感受到人性的光辉和战士们英勇无畏的精神。

【思考与练习】

1. 剧本《第二十四天》中师长强调占领主峰片段的语言有何特色？

提示：

整个片段的语言风格非常简洁，没有过多的修饰和冗余的词汇，每个句子都直接表达核心思想，使得剧情紧凑而有力。例如，"炮火覆盖了整个上甘岭主峰阵地，敌人的表面工事尽被摧毁，大部分敌人被歼灭"，这句话简洁地描述了炮火准备的成果。整个片段的节奏感非常强，从炮火准备的紧张氛围，到战士们准备冲锋的期待，再到爆破行动的激烈和牺牲的悲壮，每个部分紧密相连，使得整个剧情充满了张力。片段中使用了大量的军事术语，如"炮火准备""突击队""爆破筒"等，这些术语的使用使得整个片段更加真实可信，也更能体现战士们的专业素养。

2. 根据《第二十四天》中师长强调占领主峰的内容，简要分析中国人民志愿军采取的是什么对敌策略？

提示：

中国人民志愿军在抗美援朝战争中采取了多种对敌策略，这些策略体现了高度的智慧和灵活性。志愿军首先通过炮火准备，对整个上甘岭主峰阵地进行了猛烈的炮击，以摧毁敌人的表面工事并歼灭大部分敌人。这种策略有效地削弱了敌人的防御能力，为后续的进攻创造了有利条件。在整个战役中，志愿军战士表现出英勇牺牲的精神和坚定的决心。他们不畏强敌，勇往直前，即使面临生死考验也毫不退缩。这种精神力量是志愿军能够取得胜利的重要原因之一。

三、情书

岩井俊二(1963—)，日本宫城县仙台市人，毕业于横滨国立大学，日本导演、作家。他从小爱好广泛，喜欢电影、美术和音乐等多种艺术形式。大学期间，他便开始尝试8毫米电影的拍摄。1992年，岩井俊二因拍摄恐怖片《鬼汤》而进入演艺圈；1993年，由于岩井俊二出众的编导才华，日本电影导演协会破例评选他为当年的最佳新人电影导演，这是日本首次非电影导演获此殊荣；1995年，岩井俊二推出剧场电影处女作《情书》，该影片改编自岩井俊二同名小说，以清新动人的故事和明快唯美的视觉效果在日本引发了前所未有的关注，其影响力迅速扩展到东南亚乃至欧美，成为日本电影在国际影坛第二次高潮的先导。这部感人至深的《情书》不仅成为众多亚洲影迷心中的最爱，更被众多影评人视为日本新电影运动中最重要的作品之一。岩井俊二代表作品有小说《情书》《燕尾蝶》《关于莉莉周的一切》《花与爱丽丝》等；影视作品《情书》《爱的捆绑》《梦旅人》《花与爱丽丝杀人事件》等。

【故事梗概】

电影《情书》主要围绕一封意外的情书展开剧情。女主角渡边博子在未婚夫藤井树去世后，对他深深怀念。在一次偶然的机会中，博子发现了藤井树中学时代的旧住址，她出于一种难以名状的情感，寄出了一封写有"你好吗？我很好"的信件到该地址。出乎意料的是，她竟然收到了回信，回信者是一位与藤井树同名同姓的女孩。

原来，这位女孩是藤井树中学时代的同班同学，两人之间曾有过一段青涩而隐秘的情感纠葛。通过书信往来，博子逐渐了解到藤井树在中学时期的生活点滴，以及他与女孩之间那段未曾说出口的感情。与此同时，博子也在这个过程中逐渐释怀，开始接受藤井树已经离世的事实，并努力寻找新的生活方向。

影片以细腻的情感描绘和唯美的画面，展现了爱情的美好与遗憾，以及人们在面对失去和思念时内心的挣扎与成长。最终，博子在雪山前对着藤井树向自己告白的地方大声呼喊，释放了自己内心的情感，也象征着对过去的告别和对未来的期待。

【作品鉴赏】

《情书》以极致的视觉美学与叙事留白，构建了一场哀而不伤的"记忆祭奠"。影片通过"书信"这一载体，串联起渡边博子与女藤井树两条时空线。导演采用交叉剪辑与闪回镜头，将博子对未婚夫藤井树的追忆与女藤井树对同名少年的青春回忆并置，形成"过去与当下""真实与想象"的互文。博子寄往天国的信件，通过"地址错误"的巧合，意外触发了女藤井树的记忆复苏，这种错位的时空衔接充满诗意与宿命感。岩井俊二通过镜头语言将个体情感升华为普世的生命体验，那些未说出口的爱、未能圆满的遗憾、未被察觉的自我，最终在时间的风雪中凝结成晶莹的琥珀。影片的经典性不仅在于其技术层面的精妙，更在于它触动了人类共通的情感密码——对逝去之物的追怀，以及对存在痕迹的温柔凝视。

【汇评】

导演岩井俊二透过精细的镜头将一个发生在严寒冬季的爱情故事展现得纯美极致，平淡的叙事，唯美的镜头，在一连串回忆的网状结构里再现了创作者对爱和生命的深刻表达。(汪洪梅《冬日里洒落的温情——电影〈情书〉的主题再浅析》)

在他的影片中，往往可以看到传统的日本式温情和内敛的抒情审美文化以及樱花、大海等传统意象。尤其是在《情书》中，更能看出日本传统的物哀美学思想对于他在电影美学风格和镜像语言上的影响。(牛碧玲《电影〈情书〉中的物哀美》)

《情书》将三人的关系建立在时空分离给人的影响之上，运用了交叉蒙太奇的技术，这种现在时与过去时交错进行的方式，因渡边博子和女藤井树都由中山美穗饰演而显得痕迹模糊，从而使整部影片呈现一种神秘而含蓄的风格。(陈潇《从岩井俊二的〈情书〉看文学改编电影的真实性》)

【拓展阅读】

《花与爱丽丝》剧本(编剧：岩井俊二)

《山楂树之恋》剧本(编剧：尹丽川、顾小白、阿美)

《假如爱有天意》剧本(编剧：郭在容)

聚焦：

最美好的爱在于不说，陪伴就是最长情的告白。《情书》就是这样一部纯美又细腻、内敛又含蓄的影片。情书，是一张张承载着纯美细腻的爱意纸页，也是人们不敢面对却又选择含蓄蕴藉的诗性表达。

【思考与练习】

1.《情书》中运用了交叉剪辑的手法，这样做的好处是什么？

提示：

交叉剪辑属于蒙太奇的一种剪辑方法，是指把同一时间，在不同空间发生的多种动作交叉剪接，构成紧张的气氛和强烈的节奏感，其作用是引起悬念，制造紧张气氛，加强矛盾冲突的尖锐性。

电影《情书》大量运用了交叉剪辑的手法，通过在不同场景之间来回切换，增强影片的情感张力，引导观众关注主人公的命运和情感纠葛，通过并行展现多条情节线，让观众看到不同场景中的人物如何处理各自的情境。在《情书》中，这一手法被用来展现博子与秋叶、藤井树(与博子的未婚夫同名的女孩)与藤井树(博子的未婚夫)之间的复杂关系，以及他们内心的挣扎和变化。观众可以感受到博子对亡夫的深深思念。通过交叉剪辑手法，电影《情书》展现了多重叙事线索，强化了情感表达，丰富了故事层次，同时凸显了对比与冲突，从而使这部影片成为广受观众喜爱的经典之作。

2.请思考剧中人物尾熊的作用是什么？

提示：

尾熊是秋叶的朋友，也是连接过去与现在的关键人物，他的出现将秋叶与博子之间的情感联系得更加紧密。通过尾熊的讲述和回忆，观众得以了解秋叶与藤井树(博子的未婚夫)过去的登山经历，以及他们之间的深厚友情。尾熊的回忆还为观众揭示了藤井树生前的性格特点和行为习惯，例如他不喜欢松田圣子的歌却在临终前唱起，这一细节加深了观众对藤井树形象的理解。尾熊作为搜救队员，他的经历与藤井树的死有着直接的联系。他见证了藤井树在登山过程中的不幸遭遇，并在搜救过程中付出了巨大的努力。尾熊这一角色深化了影片关于生命、死亡与回忆的主题，引导观众更加深刻地思考这些议题。

四、觉醒年代

龙平平(1956—)，毕业于中央民族大学，中国知名编剧，中共中央文献研究室第三编研部主任，邓小平思想生平研究会副会长，中国中共文献研究会理事。龙平平长期从事邓小平理论和党的当代文献的编辑研究工作，参加过《邓小平文选》《十四大以来重要文献选编》《十一届三中全会以来重大决策的形成与发展》等书的编辑工作，发表了《论邓小平理论指导地位的确立》《论中国共产党的三面理论旗帜》等多篇研究文章。编剧作品有《觉醒年代》《历史转折中的邓小平》《出山》等。《觉醒年代》也是龙平平所著的书籍。2022年4月，《觉醒年代》入选由中国图书评论学会组织评选的2021年度"中国好书"。2021年，龙平平凭借担任编剧的电视剧《觉醒年代》获第27届上海电视节白玉兰奖最佳编剧奖、第31届金鹰奖最佳电视剧编剧、第32届华鼎奖中国百强电视剧最佳编剧、中国共产党成立100周年全国优秀电视剧编剧奖。

【故事梗概】

《觉醒年代》以1915年《青年杂志》问世至1921年《新青年》成为中国共产党机关刊物这一历史时期为背景，细腻描绘了李大钊、陈独秀、胡适等先进知识分子从相识、相知到最终走上不同人生道路的传奇故事。这些人物在新文化运动中崭露头角，他们的思想碰撞与觉醒，带动了民众思想的开化，为中国的觉醒年代注入了强劲动力。同时，剧中还以毛泽东、周恩来、陈延年、陈乔年、邓中夏、赵世炎等革命青年追求真理的坎坷经历为辅线，展现了他们在新文化运动、五四运动和中国共产党成立过程中的热血与奋斗历程。这些青年不畏强权，勇于斗争，用自己的热血和激情为国家的未来努力奋斗，深刻揭示了马克思主义与中国工人运动相结合和中国共产党成立的历史必然性。

整部作品壮丽地呈现了以新文化运动、五四运动和中国共产党成立这三大历史事件为主体构成的巨幅历史画卷，艺术再现了一百年前中国先进知识分子和热血青年追求真理、燃烧理想的如歌岁月，深刻表达了作者对先辈们追求真理、勇于斗争、敢于批判社会现实的大无畏精神的敬佩与赞扬。

【作品鉴赏】

不同于以往的革命历史题材电视剧选取长征、重要战役以及领袖等作为主要表现对象，《觉醒年代》另辟蹊径，以20世纪初的中国为背景，以从1915年《青年杂志》问世到1921年《新青年》成为中国共产党机关刊物为贯穿，围绕中国共产党在上海的党组织和早期革命活动展开剧情，展现了从新文化运动、五四运动到中国共产党建立这段风云激荡的历史画卷。剧中描绘了中国近现代历史中的重大事件和人物，探索了中国共产党的成长和中国社会的动荡成因。创作者有意将视角前移，传达出其自身成熟的历史唯物主义观点——中国共产党的成立不是偶然的结果，而是开创中国历史新纪元的必然。

《觉醒年代》作为一部历史题材电视剧，生动地演绎出20世纪初中国社会变革时期的故事，以饱满的情感和细腻的描绘，让观众感受到那个特殊时代革命者的困惑、迷茫和英勇无畏，也让现代人对革命时代有更深入的了解。"总指挥傅斯年走在队伍最前列，邓中夏紧随其后。一千多名学生，个个手持小旗，打出的标语有"中国被宣判死刑了""拒绝签字巴黎和约""中国是中国人的中国""国民应当判决国贼的命运"等。四面八方的游行队伍向天安门进发，沿途吸引了众多的北京市民。群众自发站在街上倾听学生们的口号，感动得泪眼蒙眬，有的市民还加入了游行队伍。许多外国人前来围观，不少人向学生脱帽致意。童子军和小学生也加入了游行队伍，替大学生们分发传单。沿途还有不少老百姓端着茶水、黄瓜等慰问学生。"该剧所展现的革命者形象和革命精神垂范后世，激励人们传承革命历史，弘扬传统美德及爱国主义精神，对当代社会价值观念和人们的历史认知产生积极影响。

【汇评】

《觉醒年代》不仅在讲述着一段历史，也在渗透着一种思想或观念，这不仅影响着公众如何回忆过去，还关系着社会共同认知和思想秩序的形成。(王润、于东林《情感与历史的"接合"：〈觉醒年代〉同人文群体的历史书写实践研究》)

　　小说版《觉醒年代》充分彰显了时代出版对主题出版重大选题遴选的洞察力，对重要时间节点和优质内容创作的把控力，对重大题材项目的营销力，并且很好地诠释了主题出版的运作思路和模式。该项目的成功，除了借力同名电视剧的热播流量，更是对优质内容持续拓展的生动尝试，这背后隐含着重要的技术进路——文化记忆。(刘畅《文化记忆视域下主题出版的技术进路与价值旨归——以时代出版"觉醒年代"系列图书为例》)

　　由当代著名党史研究专家龙平平创作的长篇历史小说《觉醒年代》(安徽人民出版社2021年12月出版)，在叙事框架、人物塑造、情节铺陈等方面很好地延续了优秀剧本的成功创作理念，又显示了重大革命历史文学题材的独特魅力。(高小立《觉醒的力量》)

【拓展阅读】

《理想照耀中国》剧本(编剧：梁振华)

《恰同学少年》剧本(编剧：黄晖)

聚焦：

《觉醒年代》从唯物史观的原则出发，展现了深刻的思想意蕴，既具有广阔的精神视野，又具有一定的历史深度。

【思考与练习】

1. 欣赏《觉醒年代》中学生游行片段，你在这些学生身上看到了怎样的品质？

　　提示：

　　《觉醒年代》中游行示威的学生展现出坚定的爱国情怀、勇敢无畏的精神、团结协作的力量、追求真理和正义的决心以及勇于担当的责任感等品质。学生们对国家的命运深感关切，他们不畏强权，勇敢地走上街头，用实际行动表达对国家的忠诚和热爱。他们的爱国情怀不仅体现在口号和标语中，更体现在他们的行动和决心上。面对镇压和阻挠，他们没有退缩，而是更加坚定地向前。他们敢于面对困难和挑战，用实际行动诠释了什么是真正的勇敢无畏。在游行示威中，他们相互支持，共同面对困难，用集体的力量推动事件的进展。他们勇敢追求真理和正义，他们坚信只有真理和正义才能拯救国家，因此他们不畏艰难险阻，勇往直前。他们深知自己即将面临风险，但他们依然选择站出来，为国家的未来和民族的尊严担当起自己的责任。这些学生不仅成为那个时代的英雄，也为今天的青年树立了榜样和标杆。

2. 试分析《觉醒年代》的人物形象塑造方法。

　　提示：

　　《觉醒年代》的人物形象塑造采用了以下方法。

　　(1) 戏剧性冲突。剧中通过设置各种冲突，例如不同人物之间的思想碰撞、历史事件的影响等，来展现人物的成长和变化。这种冲突不仅推动了剧情的发展，也让人物的性格和立场更加鲜明。

　　(2) 历史细节的真实再现。通过对历史细节的严谨考据和还原，观众能够身临其境地感受到那个时代的氛围和气息。这种真实感不仅增强了剧集的历史厚重感，也让人物形象更加鲜活、有血有肉。

(3) 深入挖掘和刻画人物。通过对不同性格、不同身份、不同立场的人物进行深入挖掘和刻画，塑造出一系列鲜活、立体、有血肉的历史人物。这些人物既有坚定的信念和追求，也有复杂的情感和纠葛，他们的成长和觉醒过程反映了时代的变迁，引发了观众对于历史和人性的深刻思考。

(4) 真实性和共鸣。好的人物形象需要真实，同时能够激发观众共鸣。剧中人物的形象设计尽量贴近历史真实，同时通过细腻的情感表达和生动的表演，让观众感受到人物的魅力和精神特质。

(5) 艺术化加工。编剧在塑造人物时，不仅参考了大量的历史资料，还进行了艺术化加工。例如，为了塑造陈延年和陈乔年这两个角色，编剧进行了实地拜访和采访，确保角色的真实性和生动性。

五、流浪地球

刘慈欣(1963—)，别名大刘，出生于北京市，在山西阳泉长大，毕业于华北水利水电大学，高级工程师，科幻作家，中国作家协会全国委员会主席团委员、中国科普作家协会会员、山西省作家协会副主席，阳泉市文联名誉主席，中国科幻小说代表作家之一。代表作品有长篇小说《超新星纪元》《球状闪电》《三体》三部曲等，中短篇小说《流浪地球》《乡村教师》《朝闻道》等。

刘慈欣继承了古典主义科幻小说节奏紧张、情节生动的特点，运用朴实无华的语言，浓墨重彩地渲染出科学和自然的伟大力量。他善于把工业化过程与科学技术熔铸成某种强大的力量，作品中洋溢着英雄主义气概。例如2000年发表的短篇小说《流浪地球》，这部作品融合了自然灾害、科技发展以及人类在宇宙中所面临的生存难题等多个宏观主题，描绘了地球因太阳的毁灭而被迫逃离太阳系的壮烈之旅。该作品获得了中国科幻银河奖特等奖和2018中国科幻大会水滴奖评委会特别奖。2019年2月5日，改编自《流浪地球》的同名电影《流浪地球》在全国上映。

【故事梗概】

故事背景设定在2075年，科学家们发现太阳急速衰老膨胀，短时间内包括地球在内的整个太阳系都将被太阳所吞没。为了自救，人类提出一个名为"流浪地球"的大胆计划，即倾全球之力在地球表面建造上万座发动机和转向发动机，推动地球离开太阳系，用2500年的时间奔往新家园。中国航天员刘培强在儿子刘启四岁那年前往领航员空间站，和国际同侪肩负起领航者的重任。转眼刘启长大，他带着妹妹韩朵朵偷偷跑到地表，偷开外公韩子昂的运输车，结果不仅遭到逮捕，还遭遇了全球发动机停摆事件。为了修好发动机，阻止地球与木星相撞，全球开始展开饱和式营救，连刘启他们的车也被强征加入。在与时间赛跑的过程中，无数人前仆后继，奋不顾身，只为延续百代子孙生存的希望。

《流浪地球》作为近年来中国科幻电影的代表作之一，在视觉效果、角色塑造和主题探讨等方面表现出色。

(1) 视觉效果。影片通过高水平的特效制作，展现了宏大的科幻场景，例如为地球安装推进器、浩瀚的星空和冰封的城市等。这些场景为观众营造了沉浸式观影体验，给观众带来了观影震撼。影片大量运用特写和全景镜头，有效地传达了角色的情感和紧迫感。

(2) 角色塑造。影片中，主角在面对灾难时所表现出的勇气与牺牲精神，以及他们之间复杂而真实的人际关系，让观众感到亲切和共鸣。影片还巧妙地融入了更多女性力量元素，展现了女性在关键时刻挺身而出保护家园的英雄形象。

(3) 主题探讨。影片不仅讲述了人类在末日危机下的生存故事，还深刻探讨了人类团结、牺牲和对未来的希望等主题，传递出强烈的团结精神，强调在面临绝境时，个体的力量虽然渺小，但当人类凝聚在一起时，能够创造出巨大的能量和改变。此外，影片还探讨了科技发展对人类社会的影响及其伦理道德层面的问题，引发了广泛思考。

(4) 拍摄手法与叙事技巧。影片传达了一种超越国界和种族的大爱精神，采用流畅自然的叙事节奏，使得整部作品既保留了原著小说的精髓，又具备了独立观赏价值。

【汇评】

《流浪地球》告诉我们……人类并不是自己的主人，人类只是宇宙中的一种存在。人类的发展进步、生存毁灭，除了自身的原因外，还有一个更大、更有力、更不可回避的原因——宇宙天体的运行。(杜学文《未来的未来在哪里？——谈刘慈欣科幻小说中的宇宙观》)

刘慈欣的科幻小说《流浪地球》从一个创意奇点开始，构造了完整的科学性体系，并从技术主义者、科技造物的美学诠释和极端环境下的社会思想实验三大视角出发，讲述了一个惊人的故事。(刘健《〈流浪地球〉：从小说到电影》)

作为一篇科幻小说，《流浪地球》无论是在当时还是现在，都堪称佳作。(刘健《〈流浪地球〉：从小说到电影》)

【拓展阅读】

《流浪地球2》剧本(编剧：龚格尔、郭帆、杨治学、叶濡畅)

《三体》剧本(编剧：宋春雨、刘慈欣)

聚焦：

科幻电影展现了人类对未来世界、科技进步、外星生物等的描绘和探索，引发了观众对未知世界的无限想象和思考。

【思考与练习】

1. 请大胆猜想，一百年以后的世界是什么样子？

提示：

一百年后，世界各个领域可能会发生很大的变化。科技可能会更加发达，社会结构深刻变革，人们的环保意识普遍提升，全球经济与政治格局重塑，文化多样性与融合并存，世界将成为一个更加复杂的系统。人工智能、量子计算、生物技术、纳米技术等当今时代的前沿科技将取得突破性进展，深刻改变人类的生活方式和工作方式。例如，自动化和智能化将渗透到各个行业，人类可能已经在月球或火星上建立了永久性居住地，并深入开展了太空科学研究。太空旅游可能成为普通人也能负担得起的冒险活动。

2. 分析电影《流浪地球》的语言特点。

提示：

电影《流浪地球》的语言特点主要体现在以下几个方面。

(1) 电影成功地将科学原理转化为通俗的视听语言，观众能够更加容易地理解复杂的科学概念。影片通过宏大的时空背景和骇人的灾难场景，展现了人类面临绝境时不放弃的精神。这种语言风格不仅符合科幻片的特性，还能提升影片的可看性和吸引力。

(2) 影片充满中国特色。例如，影片中出现了北京、上海等场景地标，以及红色的"福"字等文化符号，营造出浓厚的中国氛围。更重要的是，影片的精神内核与中国文化紧密相连，体现了中国人对家园的深情厚谊和坚持不懈的精神。这种精神内核通过影片的情节和人物塑造得以完美展现，使得观众能够深刻感受到中国文化的独特魅力。

(3) 影片蕴含丰富的中国文化内涵。本影片属于高语境文化电影，主要依赖于非语言和非语境性的方式传达信息，观众需要依靠共享的文化背景和习俗来理解故事的发展和人物的选择。该影片展示了中国文化的独特魅力和深度，在国际市场上也受到了广泛的关注和讨论。

扫一扫，练一练

第七章　网络文学欣赏

第一节　网络文学概述

一、网络文学的历史沿革

互联网技术和新媒体的发展在很大程度上改变了文艺生态，促使文学观念和文学实践发生了深刻变化，大力推动了以网络小说为代表的网络文学的蓬勃发展。网络文学为传统文学注入了新的活力，迅速成为重要的文学现象。

广义的网络文学可分为三种类型。第一类是现存的纸媒文学作品被输入互联网，成为电子形态的文学形式；第二类是直接在互联网上发表的文学作品；第三类是通过计算机人工智能创作或通过有关计算机软件生成的AI文学作品。

狭义的网络文学是指"网络原创文学"，即首次发表在网络平台上的文学作品，包括发表在各类网络文学刊物上的作品，以及在网络个人主页、电子公告栏上发表的文学作品等。

中文网络文学是最早出现在20世纪90年代初，起源于海外华人创立的网络文学刊物中，例如海外中文诗歌通讯网、中文网络文学刊物《新语丝》等。

1994年，中国正式加入国际互联网；1995年，水木清华 BBS成立，并设立读书、文学和武侠等板块，陆续发表网络原创文学作品。

1997年，大型文学网站"榕树下"成立；1998年，我国台湾网络作家痞子蔡发表了网络小说《第一次的亲密接触》，后发行实体书畅销海峡两岸，成为第一部有代表性和影响力的中文网络言情小说。作者使用网络流行语言描写了网上生活与现实生活的真实感受，笔法细腻，情感真挚动人，被称为"网络版《泰坦尼克号》"，有力地推动了网络文学发展。此后，网络作家开始大量涌现，代表人物有邢育森、俞眉、李寻欢和安妮宝贝等。同时，还有一些网站纷纷举办网络文学评奖活动，助推了网络文学的发展。

2001年，众多文学网站乏于市场经营，纷纷倒闭，网络文学作品数量锐减，代表作品仅有慕容雪村的《成都，今夜请将我遗忘》、醉鱼的《我的北京》等。

2003年，资本拉动文学网站市场，开始探索运营网络文学的经营模式，如VIP阅读收费制、网络文学与论坛共赢模式等，较具影响力的是以天涯社区为代表的论坛模式，该模式投入极少的资金，依托网友自愿担任版主，为网民提供主题版块，发表网络文学作品。

2004年、2005年分别被称为"青春文学年""玄幻文学年"，青春网络小说与玄幻网络小说数量激增，代表作品有小雨康桥的《瑞典火柴》、孙睿的《草样年华》、何员外的《何乐不为》、萧鼎的《诛仙》、玄雨的《小兵传奇》等，吸引了大量海内外青年读者。

2006年至2010年，网络文学形成了较成熟的发展模式，平稳前行，代表作品有赵赶驴的《赵赶驴电梯奇遇记》、天下霸唱的《鬼吹灯》、嬷嬷茶的《和校花同居的日子》、莲静竹衣的《北京情事》、唐家三少的《斗罗大陆》等。

2011年至2021年，野蛮生长的网络文学开始步入稳健且有序的发展阶段，其内容生态日趋繁荣，行业发展路径更加清晰，网络文学的用户规模和网络文学的产业规模以惊人的速度持续扩大。自2013年起，中国网络文学产业的市场规模不断扩大，营收增长率平稳攀升，2019年，中国网络文学的市场营收高达201.7亿元。在这一时期，国风网络文学引起了社会和媒体的强烈关注。

代表作品有2011年天蚕土豆的《斗破苍穹》、我吃西红柿的《吞噬星空》，2012年辰东的《遮天》、天蚕土豆的《武动乾坤》，2013年我吃西红柿的《莽荒纪》，2014年辰东的《完美世界》，2016年天蚕土豆的《大主宰》，2017年辰东的《圣墟》(后改名为《万灵进化》)，2019年天蚕土豆的《元尊》，2020年火星引力的《逆天邪神》等。

2021年，中国网络文学的创作队伍声势壮大、精品迭出、扬帆出海，共计16部经典作品首次被收录至世界上最大的学术图书馆之一——大英图书馆的中文馆藏书目之中，成为讲述中国故事的代表及中华传统文化创造性转化、多样性传播、生态化出海的范例。这16部网络文学作品分别是《大国重工》《大医凌然》《复兴之路》《赤心巡天》《画春光》《地球纪元》《第一序列》《大宋的智慧》《贞观大闲人》《神藏》《纣临》《魔术江湖》《穹顶之上》《大讼师》《赘婿》和《掌欢》，囊括科幻、历史、现实、奇幻等多种题材。

2022年，科幻题材网络小说已形成创作主流，现存科幻题材网络作品超过150万部，"科幻热"成为独特的文化现象。同年，新增现实题材网络文学作品20余万部。此外，中国网络文学的蓬勃发展还为网络文化产业大力赋能，开发形式日益多元化，多部网络文学作品改编成影视剧、有声书、动漫、游戏等。在2022年度播放量排名前十的国产剧中，根据网络文学改编的电视剧独占7部。在喜马拉雅平台，仅一部根据会说话的肘子创作的小说《夜的命名术》改编而成的有声剧播放量就超15亿次。

以唐家三少的网络小说《斗罗大陆》为例，该小说从2008年连载开始至今，已开发出实体小说、漫画、动画、电视剧、衍生品等多种形式，一方面持续吸引受众群体，一方面继续创新内容形式，改编的动画播放量已突破500亿次，线下实景主题空间在四川成都落地，联动2023中国网球公开赛实施文体跨界，其IP衍生产品荣获3个全球奖项。如今，网络文学已开创了以自身内容为中心，跨媒介多元化版权开发的局面，不仅赋能产业发展，也有力地带动了产业升级。

2023年，网络文学已进入主流文学的视野，备受重视。在文化管理部门和文艺机构的宣传和鼓励下，越来越多的网络作家将视角投射在传统文化上，从神话故事、历史人物和现实生活的感人事迹中汲取养料，创作出大量彰显中国传统文化精神的网络文学精品。这一现象对网络文学创作的引导力度持续加大，科幻题材作品集中爆发，代表作品有远瞳的《深海余烬》、天瑞说符的《泰坦无人声》、卖报小郎君的《灵境行者》等。网络文学作品频频获奖，会说话的肘子的《夜的命名术》等四部作品荣获第33届中国科幻银河奖；匪迦的《北斗星辰》、骁骑校的《长乐里：盛世如我所愿》、天瑞说符的《我们生活在南京》荣获第20届百花文学奖的网络文学奖；滚开的《隐秘死角》荣获第34届中国科幻银河奖的最佳网络文学奖；我会修空调的《我的治愈系游戏》荣获第34届中国科幻银河奖的最佳原创图书奖。同时，网络文学的研究、评论活动有所增加，中国作协网络文学中心把一批网络文学作品纳入学术研究和批评视野，网络文学的地位不断提升，推动了中国网络文学向主流化和精品化迈进。

如今，全国近百家重点网络文学网站，拥有上百万名活跃的网络文学作者，累计创作千万部作品，细分类型超过200种。当前，我国网络文学正步入发展的康庄大道，网络文学作品的精品化、主流化进程不断加快，赋能文化创意产业新发展，形式丰富多样。

随着中国网络文学的迅速崛起，海外传播规模也逐步扩大，网络文学的全球化传播已经成为中国文化海外传播的重要途径。2023年，中国网络文学的出海发展态势一路向好，在运营、内容、出海模式、技术支持等方面，凸显了中国网络文学在国际上的影响力和商业价值。2023年底，仅起点中文网推出的新业务起点国际，就已上线约3600部中国网文的翻译作品，涵盖仙侠、玄幻、科幻、言情、奇幻和都市等多元类型，内容丰富多样；约有40万名海外网络作家注册，海外原创作品数量达61万部，这些作家来自全球100多个国家和地区，其中美国、菲律宾、印度尼西亚、尼日利亚、英国、巴基斯坦、加拿大和澳大利亚等国数量最多，显示了中国网络文学在全球的广泛影响力。

中国作协面向海外发布了Z世代开展的"网络文学国际传播项目"，选定《雪中悍刀行》《芈月传》《万相之王》《坏小孩》四部作品通过英语、缅甸语、波斯语、斯瓦希里语，以在线阅读、广播剧(有声剧)、短视频、推广片的方式向全球推介。中国作家协会、浙江省人民政府、杭州市人民政府共同主办的"2023中国国际网络文学周"等活动有力地提升了网络文学国际传播能力，网络文学向世界更好地讲述中国故事，更好地展现中国形象。

二、网络文学的未来发展

网络文学作为独特的文化现象，其活动系统是一个由资本、平台、粉丝、作家、相关管理机构组成的复杂多元的互动结构，文学活动的社会化与群体性互动在网络文学中尤为突出。媒介变革、社会转型与平台流量构成了网络文学重要的内驱力，三者相互影响、相互渗透，给网络文学带来持续和长期的影响。

首先，媒介变革将成为影响网络文学创作内容、创作理念及传播形态的主要变量。当下，网络文学阅读已经实现了由传统的静态阅读向移动阅读转化，网络文学传播已经实现了由传统的语言文字向音频、视频的转变。未来，伴随着元宇宙、VR、AR等互动式、沉浸式传播技术的革新，网络文学传播形态将日益丰富。正如加拿大文学批评家、传播学家麦克卢汉所言，媒介对人类活动的尺度和形态发挥着塑造和控制的作用。网络文学将在更大程度上满足受众视听、触觉的审美体验。网络文学不仅长于讲故事，还将创造出无法估量的全新阅读场景与审美体验。

其次，中国式现代化引领的社会转型为网络文学提供了题材内容与能量。中国网络文学发展的30年，也是中国式现代化加速推进的30年。社会转型、社会结构变迁的时代大背景，为中国网络文学创造了丰富的表达内容与开阔的创作空间。时代背景给网络文学注入了精神力量，传统文化向网络文学赋予了现实观照的家国情怀。网络文学的未来发展将会更加聚焦社会问题和公共话题，时代、社会为网络文学提供了丰富的叙事样本和创作素材。未来，网络文学将成为公众文学创作的方式，也将成为公众关注现实、履行社会责任的公共舆论方式。

最后，以互联网平台为代表的资本和以粉丝社群为代表的流量将越来越明显地影响网络文学的业态模式。伴随着网络文学的飞速发展，其所依托的数字平台已呈现内容创作同质化、数据资产模糊化、内容生产流水化等不良倾向，还出现了与数字创作权益保证、网络文学版权机制、作品海外开发推广、粉丝经济健康发展等相关的一系列问题，这些问题是网络文学在未来发展壮大中亟待解决的问题。

现如今，针对网络文学发展中的不足与弊端，中国作协发起了《网络文学行业文明公约》，旨在为网络文学创作保驾护航。网络文学在健康有序的发展道路上，将充分发挥互联网的媒介潜能，不断改善与优化行业生态，创造美好的明天。

第二节　网络文学的欣赏方法

一、以审美为宗旨，评判作品价值

在时代、科技、媒介的合力打造下，网络文学空前繁盛，逐渐向主流化、精品化发展。随着互联网和移动端阅读的产业化发展，网络文学迎来IP化热潮，但与此同时，媒介技术的泛化使用大大降低了网络文学的创作门槛，写作套路化和模式化、抄袭侵权的现象屡屡出现，一些数字读物粗制媚俗、哗众取宠，网络文学创作质量良莠不齐。

随着时代的发展，数字阅读越来越方便迅捷，但碎片式、搜索式、浏览式的阅读方式消解了传统文本阅读中持久的专注、深刻的思考，读者越来越缺乏对作品内在的理解和本质的洞察，易形成一种单向思维，变得缺乏耐心、浮躁与肤浅，久而久之，读者甚至会对网络文学资源的飞速增加无所适从。

所以，读者在欣赏网络文学时，应回归传统阅读的理性与智慧，以审美为宗旨，发挥欣赏主体的主观能动作用，以敏锐的感受力、深切的体验力、非凡的想象力、高超的鉴别力，对网络文学作品做出公允、中肯、深刻的认知和判断，使数字阅读成为一种真正意义上的审美欣赏活动，从而推动网络文学发展，促使网络文学发挥审美价值、社会功能和教育功能。网络阅读模式为作者与读者提供了互动可能性，读者也应在追更、评论、留言、订阅、打赏、充值等每一个环节中，以审美的眼光进行理性判断，与作者共同打造一个良性发展的网络文学创作环境。

二、以市场为考量，实现艺术共振

网络文学经历了30余年的发展，在政府政策导向、相关部门扶持、网络舆情监管、市场经济调控下，已形成一系列与互联网媒介相适应的文学生产和消费机制。

随着网络文学产业的持续多元化发展，逐渐孵化出与之紧密相关的产品类型，如线上有声书、动漫、影视剧、线下密室逃脱、剧本杀等。网络文学作者同时也是编剧、导演、剧本杀文案作者、文创产品设计者、地方文化宣传者。随着网络文学主流化、精品化进程的逐步加深，网络文学产业逐渐探索有效的激励机制，激发作家创作激情，激发读者阅读与参与热情，鼓励读者挖掘、培养优秀新作者。网络文学经济效应在持续放大，市场收益成为网络文学作者的执行标准与追求目标。

虽然网络文学在艺术方面取得了令人瞩目的发展，但在市场化的背景下，作品价格与价值相背离的情况也时有发生。市场对网络文学创作来说是把双刃剑，一方面，引导生产，助推传播，实现文化消费，让网络文学的社会价值在市场流通中得以实现；另一方面，在资本的助推下，会在一定程度上造成网络文学市场上劣币驱除良币的负面效应。在网络文学产量剧增的当下，作品流于形式与套路、内容重复、抄袭的现象屡屡出现，作品缺乏真挚的情感与深刻的内涵，导致艺术价值的流失。

网络文学市场化不应一味追求利益化，其终极目的应该是让读者通过鉴赏网络文学来获得精神愉悦与审美享受。当下文化管理部门和文艺机构的引导与扶持初见实效。中国作协先后发布网络文学重点选题，实施扶持计划；国家版权局等四部门联合启动"剑网"专项行动，成立网络文艺知识产权纠纷人民调解委员会，有效地保护了网络作家的出版权益；全国省级网络作协已达21家，各地文学作家研修班陆续开办，如鲁迅文学院网络文学作家培训班、中国人民大学网络文学青年创作骨干班等。多措并举，网络文学艺术生态不断优化。

未来，网络文学受众整体性的欣赏水平将不断提高，网络文学的创作水平也将得到整体性提升。市场、网络文学平台、作者、读者将合力打造美好的网络文学业态，实现网络文学艺术价值和市场价值相对统一、同频共振。

第三节　网络文学作品欣赏

一、第一次的亲密接触

痞子蔡(1969—)，生于中国台湾嘉义市布袋镇，原名蔡智恒，台湾成功大学水利工程博士，中国台湾网络小说作家。1998年3月，他在网络上连载了《第一次的亲密接触》，书中痞子蔡悼亡似的诉说了一个凄美的爱情故事。故事中的美丽女孩最后死于绝症，她的名字很浪漫，叫"轻舞飞扬"。这部小说被认为是中文网络文学领域的一座里程碑，成为网络文学开始受到关注的关键点。由于这部小说在网络上一再被转载，作者痞子蔡迅速走红，被称为

"汉语网络文学旗手"。2005年，《第一次的亲密接触》被拍摄成电视剧并上映。痞子蔡的代表作品还有《你在我心上》《夜玫瑰》等。

【故事梗概】

研究生痞子蔡一直渴望拥有一份真挚的爱情，但事与愿违，他的恋爱历程充满坎坷，令他颇不自信。后来，痞子蔡在BBS上的留言引起了一个叫"轻舞飞扬"的女孩的注意，她在发给痞子蔡的邮件中称痞子蔡是个有趣的人。这让一向自评枯燥乏味的痞子蔡感到意外，他开始关注轻舞飞扬，并渐渐被她的聪慧所吸引。

此后，痞子蔡每晚都会在网上与轻舞飞扬交流，两人决定在线下见面，两人在交流过程中互生好感，他们一起看电影，一起喝可乐、吃薯条……就在痞子蔡憧憬美好未来的时候，他却收到了轻舞飞扬最后的邮件，而后轻舞飞扬便消失了。

痞子蔡痛苦万分，想要找回轻舞飞扬，最后在轻舞飞扬的好友小雯那里，痞子蔡终于得知轻舞飞扬的病情。他不相信年轻的生命会就此消失，历尽艰辛，终于来到轻舞飞扬的病床前，弥留之际的轻舞飞扬对他说道："影片已经散场，但生命还得继续……"失去了轻舞飞扬的痞子蔡，在伤悲中意外地收到了一封由小雯寄来的轻舞飞扬的信笺。面对这份迟来的爱的承诺，他终于感悟到了生命的飞扬。

【作品鉴赏】

《第一次的亲密接触》是当代作家蔡智恒(痞子蔡)于1998年创作的一部网络言情小说，2008年9月由万卷出版公司出版。小说中，一位网名为"痞子蔡"的男孩与一位网名为"轻舞飞扬"的女孩在网上相识、相恋，在彼此感情最深的时候，痞子蔡忽然得知轻舞飞扬患了绝症，而轻舞飞扬早已知道自己的病情，她预先在网络博客上留下了自己与痞子蔡相识以来的日记，记录下两人相处的点点滴滴，让痞子蔡去读、去回忆，而最终，轻舞飞扬离开了人世，痞子蔡开始了新生活。

小说中的人物形象描写富有现代气息，语言幽默诙谐，妙趣横生，以对话为主，风格比较口语化，简洁明快，体现了网络文学的特点。虽然该小说有某些不成熟之处，如所描写的感情比较虚幻，故事情节缺少新意，人物形象比较单薄，但作为早期的网络小说，它为小说的创作形式开辟了新的视角。同时，小说的开头和结尾既具有一种形式上的独特感，在内质上也具有贯通全文的逻辑效用。

从开头的诙谐到结尾的真挚，意味着当代的游戏精神始终还是难掩人心人性深处永远的真情底色。而该小说为执着追求纯爱的女主人公安排的悲剧命运，也恰恰是对生命短暂、青春易逝而真爱永恒这一永恒母题的呼应。

【汇评】

在网络这个自由的空间里，人人可以参与，人人享有发言权，也更为日常化。因此，当《第一次的亲密接触》以网络文学的形式出场时，就决定了它的话语言说有别于传统文学。在传统文学的话语体制里，作家需要考虑历史的承担、人文价值的承担以及审美的承担，写作具有一种责任承担与使命感。而《第一次的亲密接触》卸下了严肃的妆容，不再是国民精神的食粮，不再闪耀着理想的光辉，不再具有审美的丰富蕴藉等，它仅仅是作者一次话语的自由言说，一次驱遣内心情感的随性书写。(吉开金《网络媒介与〈第一次的亲密接触〉"经典"的生成》)

《第一次的亲密接触》是一部能够区分读者媒介身份的作品。主人公惯用的网络口语和虚拟昵称，文本中网络与现实对照的双重语境，既是文本自身呈现的，也来自诸多网民的参与和构造。贯穿作品的网络场景，是公众参与文本、文本介入生活，营造现实与虚拟并行世界的桥梁，也激发了读者的参与意识，借助他们的传播与讨论，拉近青年网民与网络爱情理想之间的距离。(许苗苗《新语言、新文化、新生活：从〈第一次的亲密接触〉开始》)

【拓展阅读】

《你在我心上》(作者：痞子蔡)

《夜玫瑰》(作者：痞子蔡)

聚焦：

生命于最后时刻的轻舞飞扬，在翩翩跹跹中书写最动人的爱恋。请您阅读《第一次的亲密接触》以及该作者其他作品，品味作者的写作风格，感受网络文学的魅力。

【思考与练习】

1. 请举例说明网络文学作品中人物形象塑造的手法。

提示：

首先选定网络文学作品，以广受欢迎的网络小说《步步惊心》为例。小说中，女主角若曦为武将之女，她的身份背景为她后续的经历和情感纠葛奠定了基础。她独立、聪明，同时又不失温柔与坚韧，这些特质在她与八爷、四爷等角色的互动中得到了充分体现。小说中的情节和事件是塑造人物形象的重要手段。例如，若曦与明玉之间的争斗，不仅展现了若曦的机智与勇敢，还揭示了明玉背后的复杂情感。小说中对人物语言和动作的细节描写也是塑造人物形象的重要手段。例如，若曦与八爷、四爷等角色的对话，既展现了她的聪明才智，又揭示了她与这些角色之间的复杂关系。

2. 试分析《第一次的亲密接触》的语言特点。

提示：

《第一次的亲密接触》的语言具有以下特点。

(1) 采用大量口语化表达。语言风格轻松、自然，贴近年轻人的日常交流习惯。这种口语化的风格不仅增强了小说的可读性，还使得人物形象更加鲜活、立体。

(2) 语言充满幽默感。作者通过诙谐的笔触和巧妙的对话设计，让读者在阅读过程中忍俊不禁。

(3) 大量运用符号和图语。这是网络文学的一大特色。符号和图语不仅丰富了小说的表现形式，还增强了小说的表现力和感染力。例如，女主角轻舞飞扬在虚拟空间里经常使用符号和图语来表达自己的情感和态度，如用"…"表达欲言又止，用"???"表达迷惑不解。这些符号和图语的使用，使得人物形象更加生动、可爱，也增强了小说的趣味性和互动性。

(4) 大量使用短句和断句。受电子阅读习惯的影响，小说中大量使用断句和短句，这使得语言节奏明快、流畅，符合网络文学爱好者的阅读习惯。

二、庆余年

猫腻(1977—)，本名晓峰，出生于湖北省宜昌市，网络作家，曾就读于四川大学，退学后开始从事网络文学创作，因其文字风格细腻，架构有序，情节跌宕，内涵深刻，被誉为"文青"类作者。代表作品有《朱雀记》《庆余年》《间客》《将夜》《择天记》《大道朝天》《映秀十年事》等。其中《朱雀记》获得2007年度新浪原创文学奖玄幻类金奖；《庆余年》被誉为"猫腻的封神之作"，被评为"2008年度最受欢迎的网络小说"之一，入围"2019年度中国网络文学排行榜"之"中国网络文学IP影响排行榜"；2011年，《间客》获得西湖·类型文学双年奖银奖，同年获得第2届全球华语科幻星云奖最受手机读者欢迎科幻小说奖银奖。2021年1月13日，猫腻荣登"2020年中国网络文学男频作家影响力TOP50"榜单，其小说《择天记》《将夜》《庆余年》均已改编为同名电视连续剧并播出。

【故事梗概】

《庆余年》讲述了身世神秘的少年范闲的成长历程，通过他的经历展现了庆国几十年的历史变迁和三代风云人物的起落。

范闲自小与奶奶在海边小城澹州生活。某日，一位神秘老师出现，他的生活自此开始发生巨大变化。在老师和五竹的指导下，范闲学习药性药理、修炼霸道真气并精进武艺，逐渐化解了诸多危机。对身世之谜的好奇驱使他离开澹州，前往京都。在京都，范闲经历了家族、江湖与庙堂的种种考验，坚守正义与良善，最终书写了自己的传奇人生。

小说中，范闲的成长与叶轻眉的一生贯穿始终。叶轻眉在庆国办报纸、设立鉴查院、掌控内库，威胁到庆帝的统治，最终被庆帝杀害。范闲在成长过程中，经历了许多挑战和考验，包括制服范建的儿子范思哲，制服北齐间谍司理理，并与未婚妻林婉儿相遇。他还揭露了长公主李云睿的阴谋，成为庆国文坛大家。

《庆余年》不仅是一部个人成长史诗，也是对庆国几十年历史变迁的描绘。小说通过范闲的视角，展现了庆国在叶轻眉和庆帝的改革下，从弱小走向强大的过程。

【作品鉴赏】

《庆余年》是首发于起点中文网的一部架空历史小说，全书共379万字，讲述了一位名叫范闲的年轻人的成长过程。小说采用穿越元素，将现代思想与古代环境相结合，构建了一个独特的故事背景。该小说具有开放程度大、构思空间大、行文自由、不受拘泥的特点。主人公范闲作为穿越者，留存着前世的记忆，这一设定使得小说情节充满趣味，也增添了作品的神秘感和吸引力。《庆余年》以范闲的成长、叶轻眉的一生这两条线索贯穿始终，其他隐线同时进行，通过各种权谋斗争，展现了人性善恶、权力欲望、家族利益等复杂因素，把庆国几十年风雨尽揽其中。庆帝、长公主、陈萍萍、范建、齐国小皇帝、海棠、四顾剑、叶流云……所有人的故事并行，情节中不乏范闲的爱情经历、武林打斗等，将架空、穿越、言情、宫斗、武侠等众多元素巧妙地融合在一起。小说开头要为主要线索埋下伏笔，导致读者往往摸不着头脑，但这正是作者猫腻写作《庆余年》的一大特色，这部小说的精彩之处需要读者耐心品读。

【汇评】

在权谋算计的背后包蕴着对仁义礼智信的认可、对真情的守护、对梦想的追逐、对权力的反抗，这也是《庆余年》深刻的主旨意蕴所在。正是这样的人性美的共通感赋予该剧强烈的感染力，使其不至于成为人物扁平、深度消失的大众穿越剧，也正是这样共同的向善性的存在，使社会导向公平正义，使人类不至于沦为丧失理性的生物或者机器的奴隶。(常秀秀《〈庆余年〉中的情感蕴藉及其人文性思考》)

客观而论，《庆余年》在海外取得深入人心的传播效果主要是古典气韵结合现代意识的文本、以受众为中心的翻译策略、多元化大众化的传播渠道这三者共同作用的结果。小说融合了古装正剧、爱情和科幻等元素，体现了古代背景和现代思想的碰撞，符合海外受众审美的同时，又弘扬珍惜当下美好、不忘初心的中华传统价值美德。(王葳葳《网络文学及其改编作品出海——以中国网络小说〈庆余年〉的译介与传播为例》)

【拓展阅读】

《赘婿》(作者：愤怒的香蕉)
《雪中悍刀行》(作者：烽火戏诸侯)

聚焦：

《庆余年》将架空、穿越、言情、宫斗、武侠等众多的叙事手法和类型巧妙地融合在一起，生动地展现出各种不同层面的情感纠葛和人性面貌。

【思考与练习】

1. 试分析《庆余年》主人公范闲的典型意义。

提示：

范闲是一个极具深度和复杂性的角色，他的典型意义体现在多个方面。

(1) 对传统英雄形象的颠覆。范闲并非传统意义上的英雄人物，他游走于善恶之间，利用智谋和权术在权谋斗争中谋取自己的利益。这种复杂性打破了传统英雄人物的单一形象，让观众看到了一个更加真实和立体的角色。

(2) 对权力与人性的深刻探讨。范闲的人生经历充满了对权力的追求和对人性的反思，他深知权力的重要性，也明白如何利用体制力量为自己谋取利益。同时，他保持着对权力的警惕与反思，不断在权力与人性之间寻找平衡。

(3) 对生存智慧的展现。范闲作为一个穿越者，在古代世界中展现出非凡的生存智慧。他凭借自己的聪明才智和坚韧不拔的精神，不断克服困难和挑战，最终成为一个各方势力都无法忽视的重要角色。

(4) 对美好时代的向往和追求。范闲的行为和精神代表了一种积极向上的力量,他不畏权贵,坚持正义,为了保护自己和他人的利益,不惜冒险和奋斗。这种对美好时代的追求和向往,也激励着读者不断追求自己的梦想和理想。

2. 试分析《庆余年》的艺术表现手法。

提示:

《庆余年》的艺术表现手法体现在以下几个方面。

(1) 悬念设置。小说在开头就设置了悬念,通过横切悬念和倒叙事件的手法,引起读者的兴趣,激发读者继续阅读的欲望。

(2) 人物塑造。小说中的人物形象丰富多样,尤其是主角范闲,他具有多重身份和传奇色彩。范闲是庆国皇帝的私生子、司南伯的养子、公主的驸马爷、用毒大师的徒弟、内库的继承人、监察院的提司等。这些身份的叠加,使得范闲成为一个全才全能的传奇英雄,从而使故事更具吸引力和可看性。

(3) 情节设计。小说情节复杂多变,通过家族恩怨、官场斗争、武林争斗等元素,构建了一个复杂多变的社会环境。范闲的成长历程和庆国的几十年起伏画卷慢慢展现出来,引人入胜。

(4) 文化背景。小说通过严谨的历史背景设定,增强了故事的代入感。通过色调和画面的构建,引导观众情感的流动,使得故事更加生动和具有吸引力。

(5) 人文关怀。作者试图在作品中追求人文关怀和理想主义情怀,小说中不乏对正义、大美和理想的追求,丰富了作品的内涵。

(6) 文化融合。小说中融入大量历史文化元素,例如古代的政治制度、社会风俗等,这些元素为小说增添了厚重的历史底蕴。小说中既有对传统文化的传承和弘扬,也有对现代文化的借鉴和融合,不仅丰富了小说的内容,也展现了作者的文化底蕴和创作才华。

三、悟空传

今何在(1977—),原名曾雨,江西南昌人,1999年毕业于厦门大学,网络作家。代表作品有《悟空传》《若星汉天空》、九州系列、《西游日记》。其中,《悟空传》荣获第二届网络原创文学作品"最佳小说奖"和"最佳人气小说奖",入选新京报"网络文学十年十本书",排名第一。今何在曾被媒体评为"2001年中国最受传媒关注的十大著书人"之一。2001年12月,今何在受邀首次与著名导演王家卫、刘镇伟共同创作电影小说《天下无双》,并为电影主题曲《喜相逢》《醉一场》作词;2013年1月,今何在与电影人周星驰合作,合著了电影小说《西游·降魔篇》。

【故事梗概】

《悟空传》讲述了孙悟空与紫霞、猪八戒与阿月、唐僧与小白龙之间的复杂感情故事,描绘了孙悟空从带领群妖对抗天庭,到被天庭招降,再到与假"悟空"决斗,最终战胜自己获得自由的成长历程。书中展现了孙悟空的思想矛盾,一个是大闹天宫、敢爱敢恨的齐天大圣,另一个是丢失记忆、对神仙尊敬、甘于接受命运安排，踏上西天取经路的孙悟空。唐僧等人物也对命运进行了抗争，他们质疑信仰的力量，对自己的使命和存在意义产生了深刻的疑问。

《悟空传》通篇弥漫着思考，凭借丰富的想象力、生动的人物形象、深刻的哲学思考以及扣人心弦的战斗场面，吸引无数读者。书中探讨了命运、信仰、爱情和自由等深刻的主题，反映了现实生活中人们在少年时充满力量、勇往直前，以及在成年后被生活磨平棱角的状态。

【作品鉴赏】

《悟空传》是一部用词简洁、洒脱奔放、有点无厘头，偶尔还透出一丝丝禅意的小说，它是一部以传达内在情感为主旨的作品，其文学性、思想性明显盖过了故事性，旨在让读者沉浸在作者营造的精神氛围中，而非故事情节里。在小说中，作者化用古典名著《西游记》的人物与情节，进行自由主义思想的二次创作，讲述了一个关于反抗和爱情的故事。在小说《悟空传》中，作者今何在颠覆了大众对西游人物的固有理解，突破了历来紧扣在唐僧师徒等人身上的刻板形象，将原先含有民间杂糅色彩的传统小说，改编成了一个反抗权威、解构神圣的现代故事。作者的笔风风趣幽默，粗犷中充满了睿智，严肃中包裹着不严肃，仿佛能够看透读者心理，让人欲罢不能。而他所塑造的角色的性格，透露出一种朦胧的意味，不管是还原原型还是颠覆原型，人性的美丑在这种折返之间被展现得淋漓尽致。碎片化叙事也是《悟空传》的一大特点，各种角度、各种语境前后转换，观众可以在细枝末节中细细体会到故事的韵律。

【汇评】

今何在的小说《悟空传》保留了《西游记》的主题，即师徒四人西天取经。但是在保留先行文本的主题的同时，今何在在人物形象和故事情节方面都做了改编，让其与先行文本形成了互文。(王灵斐《小说〈悟空传〉的互文性分析》)

《悟空传》叙事结构交叉往复，叙事时间不断穿梭于过去(前因)与现在(后果)之间，叙事空间在天界、人界与灵界跳跃不居，小说主题相当繁杂，很难用一句话或几个关键词作出恰当的内容概括。(林华瑜《英雄的悲剧，戏仿的经典——网络小说〈悟空传〉的深度解读》)

《悟空传》可以说是借着对大众情怀的消费来实现传播，为已经焦虑浮躁的"布波族"们寻找一种情感的归属，情怀的回归，所以，电影《悟空传》所呈现出的青春的怀旧、爱情的苦涩、符合人生轨迹的成长诉求转换了《悟空传》原本所要传达的反抗、叛逆的主旨。(孙胜杰《从小说到电影：〈悟空传〉的叙事重构与情怀消费》)

【拓展阅读】

《重生西游》(作者：宅猪)

《大泼猴》(作者：甲鱼不是龟)

聚焦：

角色的语言，是构建角色形象的重要渠道和方式。《悟空传》中安排了大量的对话，在语言方面赋予人物不同于以往的形象。

【思考与练习】

1. 试分析《悟空传》的语言特点。

提示：

《悟空传》的语言特点主要体现在以下几个方面。

(1) 口语化表达。作者大量使用口语，更加贴近人物性格和身份，使得人物对话更加生动，增加了阅读的趣味性。

(2) 采用现代流行语和网络用语。作者大量运用现代流行语和网络用语，使得作品更贴近年轻读者的阅读习惯；同时巧妙地融入一些古诗词和古代神话元素，使得作品在现代化的同时，也不失古典美。

(3) 丰富的隐喻和象征。作品中充满了对现实世界的隐喻和象征，能够激发读者的思考和共鸣。例如，孙悟空的反抗与宿命、唐僧的疑惑与信仰、猪八戒的爱情与挣扎等，都是对现实社会问题的隐喻。

(4) 语言生动有力。作品语言生动有力，充满了激情和力量。作者通过生动的描写和对话，展现了人物的内心世界和情感变化，使得故事更加丰富多彩和引人入胜。

2. 试分析《悟空传》的人物形象塑造方法。

提示：

《悟空传》通过多种方法塑造了丰富的人物形象，主要包括以下几个方面。

(1) 心理描写。通过细腻的心理活动描写，展现人物的内心矛盾和情感变化。例如，悟空在决定是否与天庭抗衡时，内心的挣扎和矛盾被生动地描绘出来，使得角色更加立体和真实。

(2) 动作描写。通过生动的动作描写，展现人物的性格特点和情感状态。例如，悟空在面对妖怪时的身外法术和重情重义的动作，凸显了他的机智和重情重义。

(3) 与其他人物的对比和衬托。通过与其他人物的对比和衬托，突出主要人物的特点。例如，唐僧的人妖不分、八戒的懒惰随性等，都有效地突出了悟空的形象。

(4) 情感和内心冲突。通过展现人物在面对外界诱惑和挑战时的内心冲突，探讨人性和信仰的问题。例如，作品中有对悟空迷失本性的描写，体内自我灵魂与另一颗灵魂的碰撞，反映了后现代社会中人们对自我和世界的怀疑。

四、牧神记

宅猪(1983—)，原名冯长远，出生于安徽省宿州市，毕业于安徽大学社会学专业，阅文集团白金作家，上海网络文学作家协会会员，中国作家协会会员。代表作品有《重生西游》《水浒仙途》《野蛮王座》《独步天下》《帝尊》《人道至尊》《牧神记》《临渊行》等。其中，《牧神记》荣获阅文集团2017年超级IP盛典年度最具改编潜力作品奖，并入选2017年中国网络小说年榜，当选第三届华语原创小说评选最受欢迎网络原创小说男性作品、全国网络文学重点园地工作联席会议2018年度重点扶持作品。2018年5月，宅猪入选第三届"橙瓜网络文学奖"百强大神；2020年，《临渊行》入选2020年网络文学重点扶持作品。

【故事梗概】

在一个神魔横行的世界里，人族长期受到神族的压迫和奴役。秦牧在残老村中学习神通，逐渐接触到外面的世界。通过九位老人的考验后，他离开残老村，来到延康国，结识了延康国师江白圭和皇帝延丰帝。秦牧帮助国师平叛、斩杀皇太子，成为新一代人皇，并推动延康国的变法革新。他还揭开了自己身为皇帝族遗孤的身份，获得成神法门，最终成为延康国变法的重要推动者。《牧神记》以其宏大的气象、丰满的人物性格和不落俗套的情节深受读者喜爱。小说融合了传统武侠和现代价值体系，增强了玄幻小说的表现力，推动了幻想类小说轻松、幽默风格的发展。

【作品鉴赏】

《牧神记》主要讲述了在大墟残老村，村民们从江畔拾起一名婴孩，取名为秦牧，含辛茹苦将其抚养成人，秦牧却走向反派之路的故事。该作品具有区别于其他网络玄幻小说的独特气质，作者延续传统玄幻和社会变革相结合的主题风格，为读者讲述了一个东方人为了回归故里穿越到西方世界所展开的一系列事件。小说构建了一个庞大而精致的幻想世界，这个世界有两面，除了正常的人类世界，还有一个由二十二条超凡序列交织而成的超凡世界，从大墟恐怖的暗夜，危机四伏的虚空，到光明中有暗影的天庭，满地宝物的祖庭，一个个板块间糅合神话的影子，构成了人神对立的"异界"，融合了诸多古代神话、传说元素，创造了独特的世界观。在这个世界中，有各种不同种族的存在，各种魔法、神力也被赋予了具体的表现形式。故事背景虽然设定在一个虚构的幻想世界中，但作家在描写人物情感、环境氛围等方面却展现出一定的写实风格，使读者更易于产生共鸣。

【汇评】

《牧神记》秉持着网络文学的"正能量"，它应和了网络文艺在新时代的发展需求。它的走红反映的是从"文化逆袭"到"文化自信"的国民心态变化，这种变化"润物细无声"，已经在潜移默化中开始改变网络玄幻小说的价值观。(胡逸超《〈牧神记〉：网络玄幻小说的转型之作》)

作品气象宏大，气势磅礴，叙事不落俗套，情节激情热血，笔调风趣幽默，人物性格丰满。主角在成长过程中，决心破除门户之见，襄助正义，不失悲悯情怀，显露出对世间不平的激愤和对社会进步的向往。小说阅读体验自然流畅，不仅把金庸、古龙风格融入叙事手法，并与时俱进，将其植入现代价值体系，传承光大了玄幻小说的表现力，受到海内外读者的称赞。(人民网)

【拓展阅读】

《人道至尊》(作者：宅猪)

《临渊行》(作者：宅猪)

聚焦：

《牧神记》用幽默诙谐的语言、张弛有度的笔调，书写了普通人超越幻想时空的故事，将个体价值与整体价值进行融合。

【思考与练习】

1. 试分析《牧神记》的主题意蕴和象征手法。

提示：

在主题意蕴方面，小说通过讲述主角秦牧的成长历程，探索了生命的意义、宇宙的奥秘以及命运的安排。它传达了一种变革与觉醒的精神，秦牧不仅推翻了神权的统治，还建立了新秩序，让人性得以自由发展。这一过程体现了对个体价值的尊重，以及对生命本质的终极叩问。小说中的修行体系打破了传统神话中等级森严的桎梏，每个人都可以通过努力突破生命的局限，这种设定与现代社会的价值观相契合。

在象征手法方面，小说中的大墟、天庭、祖庭等板块象征着不同的世界和文明，而秦牧的成长轨迹则象征着人性的觉醒和神性的祛魅。此外，小说中的众多角色也各自具有象征意义，例如司婆婆的慈祥、瞎子的幽默与神秘等，构成了宏大生动的群像。

2. 请对比《牧神记》与该作者的另一篇小说《人道至尊》，分析这两部小说的语言与艺术特色是否有相似的痕迹？这两部小说的差别主要表现在哪些方面？

提示：

(1) 两部作品的相似之处。两部小说的语言流畅自然，画面感丰富，细节转场把控力极强。例如，《人道至尊》中描述钟岳被飞禽追赶的场景，画面生动，紧张刺激；而《牧神记》中的叙述也同样引人入胜，充满张力。两部小说都展现出一定的历史底蕴，使得作品带有史诗色彩。这种历史底蕴的融入，不仅增加了小说的深度，也让读者在阅读过程中感受到一种历史的厚重感。

(2) 两部作品的差别。《人道至尊》的思想核心更厚重，更多地探讨了人族在逆境中的崛起和奋斗；而《牧神记》则更多地探讨了变革与觉醒的主题，以及个体在变革中的成长。《人道至尊》的故事背景设定在一个莽苍荒蛮的时代，妖神、邪神、天神等各种神明和妖魔鬼怪纷纷出现，人族处于弱小的地位，被当成祭牲和食粮，这种背景设定使得小说充满了奇幻色彩和冒险精神；而《牧神记》则构建了一个更为宏大的世界观，涉及多个时代和文明的交替，以及不同种族之间的纷争与合作。《牧神记》在叙事上更加幽默风趣，作者适当地加入了一些搞笑的场景和章节来缓解气氛，使得整本书的节奏感很好；而《人道至尊》则更加注重对史诗氛围的营造和对人物内心世界的刻画。

扫一扫，练一练

第八章　民间文学欣赏

第一节　民间文学概述

一、民间文学的类型划分

民间文学一词，出现并流行于五四运动和新文化运动之后，它是指民众在社会现实生活里传承、传播、共享的口头传统和语词艺术。民间文学的文类非常广泛，包括神话、史诗、民间故事、民间歌谣、民间传说、民间叙事诗、民间小戏、说唱、谚语、谜语、曲艺等，此节重点介绍前四种文类。

(一) 神话

神话是指人类在远古时期创作的口头文学，也是远古先民基于对自然和社会有限的认知而描述与解释出来的以神为中心的幻想故事。神话分为自然神话和社会神话，广泛流传于人民群众之中。

神话大多起源于远古时代，是人类在不自觉中集体创作的产物，通过口头传播的方式世代传承，历经加工与丰富，最终成为人们信仰体系中的组成部分。神话与人类特定时期的历史背景有关，通常融合真实的历史和奇情异事，既富有生活气息，又离奇动人。神话表现出远古先民在生产力低下时对自然现象的理解与想象，对超能力的崇拜、对战胜自然的强烈愿望及对理想的积极追求。神话具有较高的哲学性和艺术性，成为后世文学创作的不朽母题，影响深远。

(二) 史诗

史诗是民间文学的一种重要体裁，它是以历史为题材、用韵文或散韵相间写成的长篇叙事诗。史诗发展的源头可以追溯到原始社会末期，在神话、歌谣、谚语等民间文学的基础上发展而来。史诗是诗歌体裁的一种，它是描绘英雄事迹、反映当时文化情态的长篇诗作，也是叙事文学的主要形态。史诗通过连续叙述的方式，来讲述英雄、神话人物或族群人物的生平和事迹。世界上许多国家、民族都有自己的史诗。史诗是一个时代的文学利器，其意义已溢出文学自身。史诗反映具有重大意义的历史事件，塑造著名的英雄形象，结构宏大，庄严壮丽，充满幻想和神话色彩，承载着本民族传世的业绩。

史诗不同于史书，史诗记述历史传说，而史书则记述历史事实。史诗饱含艺术想象，而史书则严守客观真实。

(三) 民间故事

民间故事是劳动人民创作并传播的、内容虚构的口头文学作品。民间故事起源于远古时代，它通常以奇异的内容和象征的形式讲述人与人之间的关系，题材广泛，充满幻想。民间故事按内容可以分为幻想故事、动物故事、生活故事、民间寓言、民间笑话等。

民间故事从生活本身出发，但不局限于生活真实，多采用象征形式，情节夸张，充满幻想。民间故事广泛流传于民间，既反映了劳动人民的集体智慧，表达着人们美好的愿望，渗透着一定的道德、教育和文化信息，又是文化传承和教育的媒介。

(四) 民间歌谣

民间歌谣是劳动人民口头创作的可以歌唱或吟诵的抒情性短篇韵文作品，包括民歌与民谣。"曲合乐曰歌，徒歌曰谣"（《毛诗诂训传》）；"有章曲曰歌，无章曲曰谣"（《韩诗章句》）。民歌配乐有固定曲调，歌词讲求句章结构，节奏舒缓。民谣无须配乐，且没有固定曲调，章句格式自由，便于吟诵，节奏较紧凑。

按照思想内容及某些特殊功能分类，民间歌谣可以分为情歌、生活歌、劳动歌、仪式歌、时政歌和儿歌，其中情歌数量最多，也最为优美。民间歌谣来自人民生活实践，表现力极强，伴随着人类历史的进程，展现出不同时期的社会面貌、民俗风情和人们的审美追求，极具史料价值、认知价值、文化价值，给人以启迪。

民间歌谣的意境优美生动，它以其朴素浑成、形式多样、韵律和谐以及运用多种方法抒情叙事的艺术特征，在文学史上享有盛誉。民间歌谣是诗歌和文学的始祖，也是作家和诗人的创作灵感源泉之一。

二、民间文学的审美特征

(一) 口头性

口头性是民间文学的基本特征，也是最突出的特征，所以民间文学又称口头文学。民间文学的创作与传播都是在口头进行的,抄录和印刷等是民间文学的辅助传播方式。民间文学有着广泛的群众基础,内容宽泛,口头表达方式适合各种环境场合,辅以肢体动作、表情神态,更富于表现力,具有活泼传神、形象立体的独特魅力。

民间文学长期以来经由口头创作并流传,覆盖的区域广泛,产生的文类繁多,每一文类都已形成与口头表达相统一且较为固定的创作范式与表现技巧,从而形成民间文学的口语化特征。民间文学口头性的显著标志是用口头语言包括方言土语来进行创作和传播,极富地方性的民族特色,质朴晓畅,自由生动,便于识记。

(二) 集体性

集体性是民间文学的重要特征,民间文学依赖于劳动人民的集体创作、集体传播。劳动人民在创作和口头流传民间文学的过程中,不断修改、加工,不断融入新思想、感情、想象和艺术元素,同时结合听众的意见和喜好,从而丰富民间文学作品的主旨,寄托人间理想。民间文学的每一次传承,都意味着传播者自觉或不自觉地对原作进行某种程度的加工,从而汇聚成为广大民众对于民间文学作品的集体再创作。在这个过程中,个人的创作力量在集体性中被逐渐消解。有的作品会在流传过程中失去最初的名字,所以,民间文学的集体性特征也叫匿名性特征。

民间文学反映集体的愿望,集中集体的智慧,融汇集体的艺术才能,并为集体所享用。这种集体性特征最大限度地保证了民间文学自由传播。集体性越强的作品,其重要性越高,越能代表该集体的精神面貌,越能被民众喜闻乐见。

(三) 传承性

在长期的历史进程中,群体性的情感、经验、观念和意识经由口头性传播的方式,逐渐形成了民间文学这一特殊的文学体裁。民间文学是一种兼用语言及表演的艺术形式,代表着一个国家、区域、民族的传统文化特色,世代相传。这种依赖于群众集体创作与传承的民间文学,生命力不可估量。民间文学发展至今,庄严壮阔的史诗记录着人类惊世骇俗的民族历史,清新刚健的民间歌谣唱响了民众现世生存的理想追求,生动迷人的民间故事成就了世人崇真尚美的理想情操,言简意赅的谚语指导着世人辛苦繁复的生产劳作,短小精悍的谜语满足着世人好奇尚异的修养情趣。

在时代和社会的背景下,不便于口头传承的某些文学体裁的内容和形式会发生变化,甚至会逐渐消失,但同时也会促进民间文学体裁新形式、新内容的出现,这本身就是民间文学的传承方式。民间文学的表现媒介是最生动、最富有活力的口头语言。只要人类语言存在,民间文学必将不断产生和传承下去。

(四) 变异性

民间文学作品在长期口头流传中,其结构、形式、主题、内容等方面虽然呈现出稳定的一面，但一个作品从产生、发展到成熟是一个漫长的过程。由于口头传播存在不稳定性，加之时间、地域、语言、民族、时代不同，以及传播者在讲唱、演绎过程中的口语语言、主观思想、感情投入的不同，还有听众的情绪变化、接受程度等差异，民间文学作品经常会发生变异。尤其在遭逢社会大变迁和思想大变革时，民间文学作品往往被赋予新的内容和思想感情。

民间文学蕴涵着历史与社会的变迁，反映着不同时代的生活和人们的理想，给人以教诲、鼓舞和启迪，在一定程度上记录着人类的文明进程，承载着一个民族的历史和文化。民间文学是不可或缺的文学形式，是人类珍贵的文化史料，在历史研究中起着重要的作用，对现代社会的发展极富启迪意义。

第二节　民间文学的社会功能

一、认知功能

民间文学植根于人们的日常生活，与社会、时代紧密相连，与广大人民群众的生活和思想息息相关，拥有广泛的群众基础。它不仅是人民群众智慧的结晶，也是人民群众精准的生活经验总结和劳作参考资料。劳动大众在世代相续、年复一年的生产实践中，积累了丰富的生产知识、劳动经验，概括出改造自然的方法、生产生活的规律，特别是一些谚语、歌谣、谜语，言简意赅，传授劳动和生活技能，代代传承。民间文学也被广泛地运用在人们的工作学习、婚姻恋爱、风俗习惯、宗教信仰等日常生活中，发挥着社会认知功能。

此外，民间文学可以在一定程度上统一生产生活节奏，坚定人民群众的劳作信心，鼓舞人民群众的生活热情，提高人民群众的生活兴致，表达人民群众必将战胜自然的认知和信念。

二、教化功能

民间文学作品深刻地反映了劳动大众的集体智慧、道德观念和道德理想，表现了劳动大众勤劳勇敢、质朴淳厚的美德，传达出简单美好的社会理想。这些作品可以帮助人民群众提高觉悟，加强自我道德约束和自我教育管理。例如，民间歌谣能够鼓舞劳动大众的情绪；神话不仅能传述历史知识，还能培养本民族的精神品质；许多保卫乡土、保卫祖国的民间故事能够鼓舞广大人民，激发他们的民族感情，涵养他们的家国情怀，培养他们勇于斗争的顽强意志和高尚的道德情操。

三、审美娱乐功能

民间文学的历史沿革，也是其生活化、情境化、社会化的发展过程。欣赏民间文学历来是广大民众在闲暇时的娱乐消遣方式。讲故事、说笑话、猜谜语、竞民歌成为人们喜闻乐见、有益身心的日常活动内容，这些活动能够减少劳作、学习带来的疲劳和紧张，还能在节事活动中营造气氛。

民间文学作品被誉为承载人民生活与集体智慧的百科全书，具有很强的审美娱乐功能。在欣赏民间文学的过程中，民众的生存得以确证，生活得以丰富，生命得以充盈，经验得到分享。民间文学既是文学艺术中最生动活泼的部分，又是民众审美意识的集中，体现了劳动人民进步的价值观念和审美理想。民间文学在世代传承中唤起了人们对生命的信仰与热爱，弥合了人与世界的关系裂隙，它可以使人们在逆境中励志奋发，在顺境中居安思危，帮助人们形成审美化的人生态度，并鼓励人们追求真善美的人生境界，最终升华为愉悦的生命表现。

四、文化传承功能

民间文学作品大多经过千锤百炼，世代流传，它们是劳动人民长期积累的自然知识和文化知识的总汇，这些作品既是人民生活的有机组成部分，也是各民族、国家与区域历史的真实记载。民间文学作品记载了人类在童年时期的朴拙无华、阶级社会里的压迫与反抗、战争岁月的苦难与不平、和平时代的幸福与美好。民间文学发展至今，文类众多、枝繁叶茂，蓬勃鲜活的生命力中蕴含着文化传承的基因，这是民族文化的重要组成部分。

以民众口传为主要传播方式的民间文学，是人类先祖在生活和生产中直接领悟到的物态天趣，又在后世的生产和生活中默汇潜通，浑然天成。民间文学题材广泛，兼容社会生活各个方面，以自身的亲和力，向世世代代传递着人类社会弥足珍贵的民俗资料与文化信息，成为后世各个研究领域的学养，无可替代。

🌼 第三节 民间文学作品欣赏

一、伏羲画卦的神话传说

"三皇五帝"被尊为中华民族的人文初祖，其世系位序的排列在春秋战国到秦汉时期即已确立。在"三皇五帝"的世系之中，伏羲位居"三皇之首""百王之先"。《左传》《管子》《周易》《庄子》《国语》等先秦典籍都有关于伏羲的记述。在正史中，司马迁肯定了伏羲的历史地位，他在《史记·太史公自序》中说："余闻之先人曰：'伏羲至纯厚，作《易》八卦。'"近一个世纪以来，随着考古和对远古各部族研究的进展，学界对中华文明的起源有了新的认识。一般认为，中华民族的早期血脉来自华夏、东夷、苗蛮三大族群，到秦汉之际形成中华民族的主体血脉。炎帝和黄帝是华夏族的代表，伏羲是各族共同尊奉的先祖。在当代社会，汉族和许多少数民族仍然保留着伏羲创世神话和祭祀伏羲的习俗。伏羲作为"有大智"的思考者和发明创造者，作为各民族团结协作、寻求生存与发展的历史象征，对中华民族的文明进步和发展起到了不可估量的作用。

伏羲被称为我国太古三皇中的天皇。

伏羲出生在今天的甘肃天水一带，据说他的母亲叫华胥氏，是一个非常美丽的女子。有一次她去雷泽游玩，途中偶然发现了一个巨大的脚印，便好奇地踩了上去，当即就感到蟒蛇缠身。回去后，华胥氏就怀孕了，一怀就是十二年。十二年之后，华胥氏终于将伏羲生了下来，发现他是一个人首蛇身的孩子，和女娲一样。

伏羲慢慢地长大，表现出很多与众不同之处，他不仅智勇双全，更是力大无穷。他领导人们与野兽抗争，教授他们如何用兽皮缝制衣物来抵御严寒。他发明了用网捕鱼的方法，让人们的生活变得富足，不再忍饥挨饿。因此，他被众人拥戴为部落的首领。

随着时间的推移，狩猎技术的进步，人们捕获了更多的野兽。伏羲想出了一个绝妙的办法，将多余的野兽驯化并圈养，从而诞生了家畜。他还让人们以所养家畜、植物、居所或官职作为自己的姓氏，使得姓氏文化得以流传。

在婚姻习俗上，伏羲也进行了重大变革。他倡导男聘女嫁的婚姻礼节，以鹿皮为聘礼，并根据姓氏将血缘婚改为族外婚，严禁乱婚和近亲结婚。

在那个远古的时代，人们对大自然的规律一无所知，每当风雨交加、电闪雷鸣时，人们都感到恐惧与困惑。但伏羲天生聪慧，他不仅克服了对这些现象的恐惧，还渴望揭开它们的奥秘。他常常站在卦台山上，观察日月星辰的运行，揣摩大地的变化，甚至研究飞禽走兽的脚印和花纹。

有一天，伏羲在蔡河里捕鱼时，捉到了一只白龟，他将其养在挖好的水池中。某日，他一边给白龟喂食，一边思考自己的观察所得。突然，一声奇怪的吼声打断了他的思绪。他循声找去，竟在蔡河边发现了一个怪物，那怪物不像龙也不像马，却能在水面上自如行走。伏羲走上前，怪物却在他面前乖乖地站定。伏羲仔细观察它，发现它身上有着奇特的花纹：一六居下，二七居上，三八居左，四九居右，五十居中。伏羲被这花纹深深吸引，随手折下一截蓍草，将其画在树叶上。刚画完，怪物便化作一道光芒飞入天际。人们围拢过来，询问怪物的名字。伏羲沉思片刻，说："它龙头马身，又像龙又像马，就叫它龙马吧。"

伏羲拿着那片树叶，陷入了沉思。这看似简单的花纹实则蕴含着深不可测的奥秘。他在梧桐林中散步时，偶然发现了一棵枯死的梧桐树。当他敲击树干时，树干竟然发出了悦耳的声音。伏羲灵机一动，锯下一截树干，用丝绳系紧，准备带回去。无意中拨弄丝绳时，它竟与梧桐的空腔产生了美妙的共鸣。伏羲受此启发，发明了琴瑟，每当心情烦闷时，便弹奏以调节情绪。人们见状纷纷效仿，音乐逐渐融入了人们的日常生活。

伏羲的心情愈发舒畅，他继续坐在白龟池旁，琢磨那片树叶上的花纹。某日，他听到池水哗哗作响，原来是白龟缓缓爬了上来，眼中闪烁着晶莹的光芒。伏羲不明其意，白龟却向他点了三下头，然后将四肢、尾巴和头都缩进了龟壳里。伏羲恍然大悟，原来白龟是想让他观察它的龟壳。他端详着，发现龟壳上的花纹与龙马身上的花纹相互呼应。这一刻，伏羲豁然开朗，悟出了天地万物的变化规律——阴阳相生相克，此消彼长。

他用阳爻"—"表示阳，用阴爻"--"表示阴，将三道爻组合在一起，画出了八种不同的图案。这便是伏羲的八卦图。《山海经》中有载："伏羲得河图，夏人因之，曰《连山》。"后人将伏羲的八卦称为先天八卦，并将八个卦形分别命名为乾、坤、艮、兑、震、巽、离、坎，象征天、地、山、泽、雷、风、火、水等自然现象。这八个图形以三爻为基础，变化出无数可能，阴阳互补，动静相宜。八卦进一步组合成六十四卦，再结合六爻的变化，便可推测出自然界的运行规律。若以四爻、五爻等多爻组合，更可衍生出无穷无尽的卦象。

伏羲一画开天，不仅推动了人类认知的飞跃，更为后世的文化、哲学、科学等领域的发展奠定了坚实的基础。

【作品鉴赏】

神话是人类文化遗产中璀璨夺目的瑰宝，它承载着古代人民的智慧和想象，通过口耳相传，流传至今。神话以其奇幻的叙事手法、深邃的象征意义和丰富的文化内涵，成为我们理解古人世界观、宇宙观、价值观和生活方式的重要窗口。

伏羲画卦的神话传说深刻体现了中国古代"天人合一"的哲学思想。通过画卦，伏羲不仅解析了自然现象，还将人事与天道紧密结合，建立了人与自然、人与宇宙之间的和谐关系。这种思想强调了人类与自然界相互依存和相互影响的关系，倡导顺应自然、尊重自然，追求人与自然的和谐共生。在伏羲画卦的神话传说中，阴阳是核心要素之一。阴阳相互对立、相互依存，并在一定条件下相互转化，这种思想反映了宇宙万物的运行规律。伏羲画卦的神话传说体现了人类智慧和创造力的卓越。伏羲通过观察自然现象和人事变化，运用智慧和创造力画出了八卦，揭示了宇宙和人生的奥秘。这种智慧和创造力不仅为古代社会的发展提供了动力，也为后世的科技创新和文化发展提供了启示。

【汇评】

伏羲神话传说的形成，与古代农耕文明的发展密不可分，它承载了人类对天地万物的想象和理解。(袁珂《中国古代神话》)

伏羲作为神话传说中的主要人物，其形象融合了人类的智慧与创造力，成为中华民族精神的象征。(钱穆《中国文化史导论》)

伏羲神话传说作为中国古代文化的瑰宝，其内涵丰富而深刻，为我们了解和研究古代文化提供了宝贵的资料。(余秋雨《文化苦旅》)

【拓展阅读】

淮南子·览冥训(节选)

西汉·刘安

往古之时，四极废，九州裂；天不兼覆，地不周载；火爁焱而不灭，水浩洋而不息；猛兽食颛民，鸷鸟攫老弱。于是女娲炼五色石以补苍天，断鳌足以立四极，杀黑龙以济冀州，积芦灰以止淫水。苍天补，四极正；淫水涸，冀州平；狡虫死，颛民生；背方州，抱圆天。和春阳夏，杀秋约冬，枕方寝绳，阴阳之所壅沈不通者，窍理之；逆气戾物，伤民厚积者，绝止之。当此之时，卧倨倨，兴眄眄，一自以为马，一自以为牛，其行蹎蹎，其视瞑瞑，侗然皆得其和，莫知所由生，浮游不知所求，魍魉不知所往。当此之时，禽兽蝮蛇，无不匿其爪牙，藏其螫毒，无有攫噬之心。考其功烈，上际九天，下契黄垆，名声被后世，光晖重万物。乘雷车，服驾应龙，骖青虬，援绝瑞，席萝图，黄云络，前白螭，后奔蛇，浮游消摇，道鬼神，登九天，朝帝于灵门，宓穆休于太祖之下。然而不彰其功，不扬其声，隐真人之道，以从天地之固然。何则？道德上通，而智故消灭也。

聚焦：

女娲补天是一个很著名的传说，试对比《淮南子·览冥训》，分析《伏羲画卦的神话传说》等神话故事形成的原因。

【思考与练习】

1. 试分析神话传说的语言特色。

提示：

相较于其他文学形式，神话传说的语言具有鲜明的独特性。

(1) 神话语言风格大多古朴、简洁而富有韵律感，常采用重复、排比等修辞手法，以增强语言的节奏和感染力。

(2) 神话语言充满想象力和象征性，常通过夸张、拟人等手法赋予自然现象和抽象概念以生动的形象。例如，将雷电描述为神灵的怒吼，或用巨人撑天来解释宇宙的形成。

(3) 神话语言带有神秘色彩，常运用隐喻和暗示营造超凡脱俗的氛围，其词汇多源自古代文化，蕴含丰富的历史和文化内涵，反映了先民的世界观和价值观。

2. 伏羲画卦的神话传说具有哪些文化内涵？

提示：

伏羲画卦的神话传说具有丰富的文化内涵。

(1) 伏羲画卦体现了古人对自然和宇宙的深刻认知。伏羲通过观察天地自然现象，创造出八卦符号，揭示了宇宙阴阳对立与和谐统一的规律。

(2) 伏羲画卦反映了华夏民族从蒙昧走向文明的智慧飞跃，开创了理性思维的先河。

(3) 伏羲画卦体现了多元一体的文化融合特征。伏羲氏的文化遗迹遍布黄河、长江流域，象征着古代部族文化的交流与融合。

总之，伏羲画卦不仅是对自然规律的总结，更是中华文化起源与发展的象征。

二、格萨尔王传 (节选)

　　王沂暖(1907—1998)，字春沐，笔名春冰，原名王克仁，吉林九台人，著名翻译家、藏学家、格萨尔学家，1931年毕业于北京大学中文系，历任成都西陲文化院《汉藏大辞典》编辑，重庆汉藏教理院讲师，农民银行、人民银行职员，兰州大学副教授，西北民族学院教授，甘肃省社会科学联合会副主席，甘肃文史馆馆员。1940年开始发表作品。代表作品有《王沂暖诗词选》，专著《藏族文学史略》《藏汉佛学辞典》，藏译汉小说《米拉日巴的一生》，编著《西藏短诗选集》《玉树藏族民歌选》等。他是中国最早翻译与研究《格萨尔王传》的学者，被誉为格萨尔学奠基人。

　　唱完，用马鞭子把马大打三下，小打三下，不大不小地打三下，赤兔马纵身疾走，猛地把珠毛拖出二十多丈远，走开了。珠毛被拖昏在地，醒了后，站起身来，在后边放开大步追赶，直追到岭熊那边的那玛尔熊，坐在地上，哀哀地大哭起来，并唱道：

　　岭尕的人们听着呵！
　　八大官员听着呵！
　　马主马童听着呵！
　　十二王妃听着呵！
　　雄狮大王格萨尔，
　　丢下本国出去啦！
　　好人呐大王，
　　还是请你留下吧？

　　这个哀哀的声音，被风吹送到山的下沟，送到格萨尔大王的耳边。大王听了，顿生怜悯之情，回头看了又看，唱道：

　　哎呀呀！珠毛为啥这样怕我走，
　　珠毛为啥这样愁。
　　我现在决定离开岭尕，
　　就像石落大海不回头。
　　要降伏刺鬼般的恶敌人，
　　怎能领你珠毛走！
　　保护我的众战神，
　　好像彩云围绕我身边。
　　我如把珠毛领了去，
　　他们会像五色明虹立消散。
　　这就不能降妖魔，
　　反转要被妖魔害。
　　各位战神和天神，
　　千万别让珠毛追上来！

我快了半年就回转，
慢时一年一定来。
若不降伏长臂魔，
藏地定要遭祸灾。
我远行不是私情是公事，
珠毛快快转回去，
恩爱和伴侣生离了，
我心如同百针刺。
心里惦念你，
吃饭没有味。
心里惦念你，
喝茶像白水。
心里惦念你，
马儿不抬腿。
妃子珠毛呵，
我哪会忘掉你！
珠毛你想想呵，
快快回家去。

珠毛听了这首歌儿，心中更一阵剧痛，就像大树被砍断了一样，立刻栽倒在地，昏迷过去。格萨尔大王连忙跑了回来，在珠毛脸上喷了凉水，过了一会儿，珠毛才苏醒过来。格萨尔大王心里想，对她千言万语，左说右劝，她总是不听，好像一别永别的样子。也罢，就带上她一同去吧！于是就叫珠毛骑上黑骡马，并辔而行。走到了一个草原上，天母巩闷姐毛从半空来了，唱道：

顿珠尕尔保，
我的好孩子。
心里不要太痛苦，
天母给你出主意。
过了这个谷口有座山，
今夜可以睡那里。
等到珠毛睡着了，
半夜偷走别迟疑。
世上谁人没妻子，
世上哪个没别离！
你本是一个大丈夫，
心要一横快些去！

珠毛如痴似醉地骑在黑骡马上，也仿佛听见有人在唱歌，就问格萨尔大王："大王！是谁在唱歌，只听见歌声却见不到人，都唱了些什么？"大王答道："这是北方江兑地方荒山乱坟里的鬼唱。"

……

【作品鉴赏】

节选部分讲述了格萨尔大王剿灭北方魔地长臂老妖魔的故事。长臂老妖魔生性残暴，用杀死的人骨作旗幡，抢走格萨尔次妃纳梅绷吉，时刻威胁着藏地的安全。格萨尔王奉白梵天王之命前往征讨。他拒绝大王妃珠毛的苦苦挽留，毅然前行。在征战过程中，格萨尔大王收服了长臂老妖魔的妹妹阿达拉毛和小臣秦恩，在次妃纳梅绷吉的协助下杀死了老妖魔，取得了征剿的胜利。

格萨尔大王与大妃珠毛的爱情是深厚的。当格萨尔还是一个穷孩子的时候，珠毛不顾父母的反对，解除了自己与大食财宝王的婚约，立志与格萨尔成婚，因此她格外受到格萨尔的宠爱。格萨尔大王要远征北方，这就不能不引起珠毛妃子的牵挂和依依难舍之情。节选的这部分内容展现的正是他们夫妻俩在别离之前有关格萨尔去与留的一场纠葛。这场纠葛由格萨尔和珠毛的对唱组成，语言优美且富于个性化，将格萨尔的大义凛然与深情、珠毛的多情与缠绵刻画得具体而生动。同时，这部史诗大量使用铺陈和比喻，这是二人对唱的共同修辞特征，通过这些语言特征，我们可以大体了解这部史诗的语体风格。

【汇评】

《格萨尔王传》的史诗背景横跨历史、地理、文化等多个领域，展现了古代藏族人民社会生活的全貌，是一部真正意义上的"历史百科全书"。(藏族学者才让太《〈格萨尔〉研究》)

《格萨尔王传》以其恢宏的气势、壮丽的画面，展现了藏族人民英勇无畏、坚韧不拔的民族精神，是一部令人震撼的史诗巨著。(李敬泽《"一部畅销经典的成长之路"的文学对谈》)

《格萨尔王传》不仅具有宏大的叙事结构，还展现了高超的文学技巧，其情节跌宕起伏、人物形象鲜明，是藏族文学的瑰宝。(阿来《尘埃落定》序言)

【拓展阅读】

蒙古族英雄史诗《江格尔》

柯尔克孜族史诗《玛纳斯》

聚焦：

《格萨尔王传》与《江格尔》《玛纳斯》并称为中国三大英雄史诗，同时《格萨尔王传》又被誉为"东方的荷马史诗"，是迄今为止人类所拥有的篇幅最长、内容最浩瀚的"活"史诗。

【思考与练习】

1. 试分析《格萨尔王传》的语言特色。

提示:

《格萨尔王传》的语言具有以下特色。

(1) 史诗采用散韵结合的形式,既有散文叙述,又有韵文唱词,这种形式继承了吐蕃时期的文学传统。

(2) 语言风格生动活泼,大量吸收鲁体民歌和自由体民歌的格律,音节数灵活多变,富有节奏感。

(3) 大量运用丰富的比喻、谚语和赞辞,不仅增强了表现力,还赋予了作品浓厚的民族特色。

(4) 语言具有鲜明的口语化特征,融合了古代藏语、现代藏语、书面语和民间口语,词汇丰富且富有表现力。

2. 《格萨尔王传》为什么会被称为内容最浩瀚的"活"史诗?

提示:

《格萨尔王传》以其宏大的篇幅、鲜活的传承方式、丰富的文化内涵与极高的艺术价值,被誉为"东方的荷马史诗"。

(1) 这部史诗卷帙浩繁,全书共有120多部,包含100多万诗行,总字数超过2000多万字,是世界上最长的史诗。史诗内容涵盖藏族的历史、宗教、文化、风俗等各个方面,堪称"藏族文化的百科全书"。

(2) 《格萨尔王传》具有"活态"特征,至今仍在藏族地区以说唱形式广泛流传。说唱艺人在表演时会根据听众反馈和时代背景进行即兴创作,这使得史诗内容不断丰富和更新。这种"活态"的传承方式不仅赋予了史诗强大的生命力,也使其能够持续反映藏族人民的生活和精神世界。

(3) 史诗结构灵活,采用人物与事件描写相结合的方式,以格萨尔王的生平为主线,串联起众多独立的故事单元,形成了庞大而复杂的故事体系。这种结构既保持了整体性,又便于内容的扩充和调整,使其成为世界上最丰富、最生动的史诗之一。

三、孟姜女哭长城

《孟姜女哭长城》是一个古老的民间故事,与《牛郎织女》《梁山伯与祝英台》和《白蛇传》并称为中国古代四大爱情传奇。孟姜女传说的历史渊源非常深远,早在《春秋左氏传》《礼记·檀弓》《孟子》等古代文献中,就有一些关于这个故事的片段记载,到了汉代,《说苑》《列女传》等书籍更是对其进行了更详细的描述。孟姜女哭长城不仅是一个爱情故事,更是一个充满了文化、历史和精神内涵的传奇,它以其独特的魅力,深深地烙印在中国人的心中,成为中国文化的一个重要组成部分。

孟员外老两口种了一棵瓜,瓜秧顺着墙爬到姜家结了瓜。瓜熟了,一瓜跨两院得分啊!

打开一看，里面有个又白又胖的小姑娘，于是就给她起了个名字叫孟姜女。孟姜女长大成人，方圆十里的老乡亲，谁都知道她是个温柔善良、踏实能干、聪明伶俐，又能弹琴、作诗、写文章的好闺女。孟家更是把她当成掌上明珠。

这时候，秦始皇开始到处抓夫修长城。有一个叫范喜良的公子，是个书生，吓得从家里跑了出来。他跑得口干舌燥，刚想歇脚，找点水喝，忽听见一阵人喊马叫和咚咚的乱跑声。原来这里也正在抓人哩！他来不及跑了，就跳过了旁边一堵垣墙。原来这垣墙里是孟家的后花园。

这工夫，恰巧赶上孟姜女跟着丫鬟出来逛花园。孟姜女冷不丁地看见丝瓜架下藏着一个人，她和丫鬟刚要喊，范喜良就赶忙钻了出来，上前打躬施礼哀告说："小姐，小姐，别喊，别喊，我是逃难的，快救我一命吧！"

孟姜女一看，范喜良是个白面书生模样，长得挺俊秀，就和丫鬟回去报告员外了。老员外在后花园盘问范喜良的家乡住处，姓甚名谁，何以跳墙入院。范喜良一五一十地作了回答。员外见他挺老实，知书达理，就答应把他暂时藏在家中。

范喜良在孟家藏了些日子，老两口见他一表人才，举止大方，就商量着招他为婿。跟女儿一商量，女儿也同意。给范喜良一提，范公子也乐意，这门亲事就这样定了。

那年月，兵荒马乱，三天两头抓民要夫，定了的亲事，谁家也不总撂着。老两口一商量，择了个吉日良辰，请来了亲戚朋友，摆了两桌酒席，欢欢喜喜地闹了一天，两人就拜堂成亲了。常言说："人有旦夕祸福，天有不测风云。"小两口成亲还不到三天，突然闯来了一伙衙役，没容分说，就生拉硬扯地把范公子给抓走了！

这一去明明是凶多吉少，孟姜女成天哭啊，盼啊！可是眼巴巴地盼了一年，不光人没盼到，信儿也没盼来。孟姜女实实地放心不下，就一连几夜为丈夫赶做寒衣，要亲自去长城寻找丈夫。

她爹妈看她那执拗的样子，拦也拦不住，就答应了。

孟姜女打整了行装，辞别了二老，踏上了行程，一直奔正北走，穿过一座座山、越过一道道水。

饿了，啃口凉饽饽；渴了，喝口凉水；累了，坐在路边歇歇脚儿。有一天，她问一位打柴的白发老伯伯："这儿离长城还有多远？"老伯伯说："在很远很远的地方是幽州，长城还在幽州的北面。"孟姜女心想："就是长城远在天边，我也要走到天边找我的丈夫！"

孟姜女刮着风也走，下着雨也走。一天，她走到了一个前不着村、后不着店的荒郊野外，天也黑了，人也乏了，就奔破庙去了。破庙挺大，只有半人深的荒草和龇牙咧嘴的神像。她孤零零的一个年轻女子，怕得不得了。可是她也顾不上这些了，找了个旮旯就睡了。夜里她梦见自己正在桌前跟着丈夫学书，忽听一阵砸门声，以为闯进来一帮抓人的衙役。她一下惊醒了，原来是风吹得破庙的门窗在响。

她叹了口气，看看天色将明，又背起包裹上路了。

一天，她走得精疲力尽，又觉得浑身发冷。她刚想歇歇脚儿，咕咚一下子就昏倒了。她苏醒过来，才发觉自己躺在老乡家的热炕头上。房东大娘给她擀汤下面，沏红糖姜水，她千恩万谢，感激不尽。她出了点汗，觉得身子轻了一点，就挣扎着起来继续赶路。房东大娘含着泪花拉着她说："我知道您找丈夫心切，可您身上热得像火炭一样，我能忍心让您走吗！

您再看看您那脚，都成了血疙瘩了，哪还是脚呀！"孟姜女一看自己的脚，可不是成了血疙瘩了。她在老大娘家又住了两天，病没好利索就又动身了。

老大娘一边掉泪，一边嘴里念道："这是多好的媳妇呀！老天爷呀，你行行好，让天下的夫妻团聚吧！"孟姜女终于到了修长城的地方。她打问修长城的民工："您知道范喜良在哪里吗？"打听一个，人家说不知道。再打听一个，人家摇摇头，她不知打听了多少人，才打听到邻村修长城的民工。邻村的民工热情地领着她找和范喜良一块修长城的民工。

孟姜女问："各位大哥，你们是和范喜良一块修长城的吗？"

大伙说："是！"

"范喜良呢？"

大伙你瞅瞅我，我瞅瞅你，含着泪花谁也不吭声。孟姜女一见这情景，嗡地一声，头发根一乍。她瞪大眼睛急追问："我丈夫范喜良呢？"大伙见瞒不过，吞吞吐吐地说："范喜良上个月就——就——累——累——累饿而死了！"

"尸首呢？"

大伙说："死的人太多，埋不过来，监工的都叫填到长城里头了！"

大伙话音未落，孟姜女手拍着长城，就失声痛哭起来。她哭哇，哭哇，只哭得成千上万的民工，个个低头掉泪；只哭得日月无光，天昏地暗；只哭得秋风悲号，海水扬波。正哭着，忽然"哗啦啦"一声巨响，长城像天崩地裂似的一下倒塌了一大段，露出了一堆堆人骨头。那么多的白骨，哪一个是自己的丈夫呢？她忽地记起小时听母亲讲过的故事，亲人的骨头能渗进亲人的鲜血。她咬破中指，滴血认尸。

她又仔细辨认破烂的衣扣，认出了丈夫的尸骨。孟姜女守着丈夫尸骨，哭得死去活来。

正哭着，秦始皇带着大队人马，巡察边墙，从这里路过。

秦始皇听说孟姜女哭倒了城墙，立刻火冒三丈，暴跳如雷。他率领三军来到角山之下，要亲自处置孟姜女。可是他一见孟姜女年轻漂亮，眉清目秀，如花似玉，就要霸占孟姜女。孟姜女哪里肯依呢！秦始皇派了几个老婆婆去劝说，又派中书令赵高带着凤冠霞帔去劝说，孟姜女死也不从。

最后，秦始皇亲自出面。孟姜女一见秦始皇，恨不得一头撞死这个千古一帝。但她转念一想，丈夫的怨仇未报，黎民的怨仇没伸，怎能白白地死去呢！她强忍着愤怒听秦始皇胡言乱语。秦始皇见她不吭声，以为她是愿意了，就更加眉飞色舞地说上劲了："你开口吧！只要依从了我，你要什么我给你什么，金山银山都行！"

孟姜女说："金山银山我不要，要我依从，只要你答应三件事！"

秦始皇说："莫说三件，就是三十件也依你。你说，这头一件！"

孟姜女说："头一件，得给我丈夫立碑、修坟，用檀木棺椁装殓。"

秦始皇一听说："好说，好说，应你这一件。快说第二件！"

"这第二件，要你给我丈夫披麻戴孝，打幡抱罐，跟在灵车后面，率领着文武百官哭着送葬。"

秦始皇一听，这怎么能行！我堂堂一个皇帝，岂能给一个小民送葬呀！"这件不行，你说第三件吧！"

孟姜女说："第二件不行，就没有第三件！"

秦始皇一看这架势，不答应吧，眼看着到嘴的肥肉摸不着吃；答应吧，岂不让天下的人耻笑。又一想，管他耻笑不耻笑，再说谁敢耻笑我，就宰了他。想到这儿他说："好！我答应你第二件。快说第三件吧！"

孟姜女说："第三件，我要逛三天大海。"

秦始皇说："这个容易！好，这三件都依你！"

秦始皇立刻派人给范喜良立碑、修坟，采购棺椁，准备孝服和招魂的白幡。出殡那天，范喜良的灵车在前，秦始皇紧跟在后，披着麻，戴着孝，真当了孝子了。赶到发丧完了，孟姜女跟秦始皇说："咱们游海去吧，游完好成亲。"秦始皇可真乐坏了，正美得不知如何是好，忽听"扑通"一声，孟姜女纵身跳海了！

秦始皇一见急了："快，快，赶快给我下海打捞。"

打捞的人刚一下海，大海就哗——哗——地掀起了滔天大浪。打捞的人见势不妙，急忙上船。这大浪怎么来得这么巧呢？原来，龙王爷和龙女都同情孟姜女，一见她跳海，就赶紧把她接到龙宫。随后，命令虾兵蟹将，掀起了狂风巨浪。幸亏秦始皇逃得快，要不就被卷到大海里去了。

【作品鉴赏】

孟姜女以其深情和忠贞感动了无数的读者。她为了寻找丈夫，不畏艰难险阻，跋山涉水，甚至哭倒了长城。这种坚韧不拔的精神和对爱情的执着追求，使得孟姜女成为中国传统文化中一个重要的象征。

孟姜女哭长城是中国民间故事中的经典之作，具有深刻的文化内涵和独特的艺术特征。孟姜女哭长城的故事情节曲折跌宕，运用了丰富的象征手法。在这个故事里，长城是封建统治的象征，代表着压迫和束缚，孟姜女哭倒长城则代表对封建统治的强烈抗议。故事语言朴实无华，简洁明了，情感表达真挚。

【汇评】

秦皇安在哉？万里长城筑怨；姜女未亡也，千秋片石铭贞。(南宋文天祥题孟姜女庙)

昔者传述之事，莫盛于《孟姜女哭长城》《牛郎织女》《白蛇传》三事，后世虽累有撰述，然终不能夺此三事之席，实可谓家喻户晓，妇孺皆知，文士注意矣。(鲁迅《中国小说史略》)

【拓展阅读】

西北有高楼

佚名

西北有高楼，上与浮云齐。交疏结绮窗，阿阁三重阶。
上有弦歌声，音响一何悲！谁能为此曲？无乃杞梁妻。
清商随风发，中曲正徘徊。一弹再三叹，慷慨有馀哀。
不惜歌者苦，但伤知音稀。愿为双鸿鹄，奋翅起高飞。

聚焦：

本文出自《古诗十九首》，表达了在君门深远、宦官当道的时代，诗人壮志万丈而报国无门的慷慨之情，文中 "谁能为此曲？无乃杞梁妻" 借杞梁妻哭颓莒都之悲，比己心之悲，足见孟姜女哭长城的故事原型感人至深。

【思考与练习】

1. 简述《孟姜女哭长城》的语言特色。

提示：

《孟姜女哭长城》的语言特色体现在以下几个方面。

(1) 真实生动。作者大量运用口语化表达，并进行生活化场景描写，使得故事更加贴近人民群众的生活实际。例如，作者细致地描写了孟姜女在路上的艰难险阻、她与婆婆相依为命的情景等，真实生动，容易引发读者的共情。

(2) 通俗易懂。故事的语言通俗易懂、质朴自然，便于阅读和理解。这种语言风格使得故事更容易在民间流传开来。

(3) 夸张手法。作者使用了夸张的手法来增强感染力，使得故事更加引人入胜。

《孟姜女哭长城》不仅是一个动人的爱情故事，更蕴含了对封建社会黑暗现实的批判和对美好生活的向往，具有深远的影响。

2. 试分析在《孟姜女哭长城》中象征手法的运用。

提示：

《孟姜女哭长城》大量运用了象征手法，主要体现在以下几个方面。

(1) 长城具有象征意义。长城作为故事的核心元素，象征着封建统治的压迫与劳苦大众的苦难。孟姜女哭倒长城，不仅是因为对丈夫的深切怀念，更表达了她对封建暴政的强烈抗议，体现了劳动人民对苦难的反抗精神。

(2) 孟姜女的形象具有象征意义。她作为一位弱女子，却能以哭声撼动长城，象征着女性的坚韧与力量。

(3) 孟姜女的哭声具有象征意义。象征着劳苦大众的悲愤与无奈，反映了底层人民深受压迫的悲惨境遇。

(4) 故事中的一些情节具有象征意义。例如，孟姜女的出生象征着生命的奇迹与希望，而她最终投海自尽则象征着对封建压迫的彻底抗争和对丈夫的忠贞。

这些象征手法不仅增强了故事的感染力，也赋予了《孟姜女哭长城》深刻的社会文化内涵。

四、康定情歌

风靡世界的《康定情歌》是由四川省甘孜藏族自治州康定市的民间歌谣 "康定溜溜调" 发展而来的。康定，这座位于四川甘孜的边城，自明清以来因边茶贸易的繁荣而崭露头角。茶马古道上，汉族与藏族商人在此汇聚，交换货物，同时交流文化与情感。在这样的历史背景下，康定成为汉藏两大民族共居的边城，孕育出风格独特的民间歌谣。《康定情歌》这首脍炙人口的歌曲，原名《跑马溜溜的山上》，由吴文季采编，江定仙编配。1952年，该歌曲在维也纳世界青年联欢节上获得了银质奖章；20世纪70年代，入选美国太空局"世界最具代表性的十首歌曲"，随着旅行者2号探测器在太空中播放，成为人类对宇宙的探索文化的一部分。90年代后期，《康定情歌》被联合国教科文组织列为"全球最具影响力"的十首民歌之一，被不少国家选入教材，成为了连接不同文化、不同民族的桥梁。

跑马溜溜的山上，一朵溜溜的云哟
端端溜溜的照在，康定溜溜的城哟
月亮弯弯，康定溜溜的城哟

李家溜溜的大姐，人才溜溜的好
张家溜溜的大哥，看上溜溜的她哟
月亮弯弯，看上溜溜的她哟

一来溜溜地看上，人才溜溜地好哟
二来溜溜地看上，会当溜溜的家哟
月亮弯弯，会当溜溜的家哟

世间溜溜的女子，任我溜溜地爱哟
世间溜溜的男子，任你溜溜地求哟
月亮弯弯，任你溜溜地求哟

【作品鉴赏】

从康定的边城小巷到维也纳的国际舞台，从地球到太空，《康定情歌》的传奇旅程见证了中华文化的博大精深和世界影响力的提升。这首歌不仅是一首旋律优美的民歌小调，更是一段跨越时空的音乐传奇，展现了中华文化的恒久魅力。

歌词通过生动的描绘和深情的抒发，展现了人们对爱情、生活和自然的热爱与向往。歌词中的"跑马溜溜的山上，一朵溜溜的云哟"等句子，不仅富有画面感，还透露出浓郁的乡土气息和人们对自然的赞美。歌词中融入了大量的四川方言和民间用语，如"溜溜"等，这些词语的运用不仅丰富了歌词的表达方式，还凸显了歌曲鲜明的地方特色，让人一听就能感受到康定的独特魅力。歌词结构简洁，通过重复的句式和押韵的手法，使得整首歌曲易于记忆和传播。同时，歌曲的每一个乐段都由三个乐句组成，既有变化又有统一，充满了韵律感。

【汇评】

《康定情歌》的歌词像一首诗，它用简练的语言表达了深刻的情感，让人们感受到爱情的纯真和美好。(雷达《中国音乐报》)

《康定情歌》是一首优美的抒情歌曲，它有着独特的旋律和节奏，以及生动的歌词，能

够深深地打动人们的心灵。(黄白《音乐时空》)

创作灵感来源于在康定生活期间的所见所闻和感受,歌词中的"跑马溜溜的山上,一朵溜溜的云哟"等句子,都是康定自然风光的真实写照。这首歌曲之所以能够广受欢迎,是因为它表达了人们对美好生活的向往和追求。(李依若《揭秘〈康定情歌〉背后的故事》)

这首歌曲不仅是一首优美的民歌,更是一首具有文化内涵和艺术价值的作品。歌词表达了人们对自由和平等的追求,同时也反映了当时社会的思想观念和文化传统。(刘心武《民歌与中国文化》)

【拓展阅读】

阿里郎

阿里郎,阿里郎,阿里郎哟!
我的郎君翻山过岭,路途遥远,
你怎么情愿把我扔下,
出了门不到十里路你会想家!

阿里郎,阿里郎,阿里郎哟!
我的郎君翻山过岭,路途遥远,
晴天的黑夜里满天星辰,
我们的心中也梦想满满!

阿里郎,阿里郎,阿里郎哟!
我的郎君翻山过岭,路途遥远,
那边的那座山便是长白山吧,
冬至腊月也有花儿绽放!

茉莉花

好一朵茉莉花,
好一朵茉莉花,
满园花开香也香不过它。
我有心采一朵戴,
又怕看花的人儿骂。

好一朵茉莉花,
好一朵茉莉花,
茉莉花开雪也白不过它。
我有心采一朵戴,
又怕旁人笑话。

好一朵茉莉花，

好一朵茉莉花，

满园花开比也比不过它。

我有心采一朵戴，

又怕来年不发芽。

聚焦：

《阿里郎》《茉莉花》与《康定情歌》都是具有浓重民间色彩的歌曲，通过优美的旋律、生动的歌词和深刻的情感表达，反映了不同地区的人们的生活和情感，表达了人们对爱情、生活、自然等美好事物的向往和追求，展现了文化的魅力和精神内涵。这些歌曲不仅是音乐作品，更是文化和艺术的瑰宝。

【思考与练习】

1. 试分析《康定情歌》歌词的艺术特色。

提示：

《康定情歌》歌词的艺术特色主要体现在以下几个方面。

(1) 大量运用地方性词汇，如"溜溜"，赋予歌曲浓郁的地域文化特色。

(2) 歌词结构简洁明快，通过重复与变化相结合的方式，增强了音乐的节奏感和韵律美。例如，"世间溜溜的女子，任我溜溜地爱哟"等句子，既直白又富有深情，展现了康定地区自由奔放的爱情观。

(3) 歌词内容兼具叙事性与抒情性，前半部分以自然景观为背景铺垫情感，后半部分通过人物对话展现爱情故事，使歌曲更具感染力。

《康定情歌》的艺术特色不仅反映了康定地区的多元文化交融，也提高了这首歌的传唱度和艺术感染力，使这首歌在全球范围内广为流传。

2. 试分析民间歌谣对于文化传承与发展的意义。

提示：

民间歌谣对于文化传承和发展具有重要的意义，具体体现在以下几个方面。

(1) 民间歌谣是口头文学的精华，承载着历史记忆和民族精神，通过代代相传，记录了劳动人民的生活、情感与智慧。例如，《康定情歌》不仅展现了康定地区的风土人情，还传播了当地的文化特色。

(2) 民间歌谣具有强大的凝聚力，能够激发民族自豪感和文化认同感，增强群体的向心力。

(3) 民间歌谣在传播过程中不断吸收新元素，展现出强大的生命力和适应性，有力地推动了文化的创新和发展。它是民族文化的重要组成部分，也是文化传承与发展的重要载体。

扫一扫，练一练

参考文献

[1] 金晓辉，李伟权. 大学语文[M]. 北京：科学出版社，2011.

[2] 童庆炳. 文学理论教程[M]. 5版. 北京：高等教育出版社，2015.

[3] 李泽淳，姜桂华，赵慧平，等. 文学概论[M]. 长春：吉林人民出版社，2003.

[4] 吴廷玉. 文学欣赏[M]. 3版. 北京：高等教育出版社，2015.

[5] 张无为，赵国山. 文学欣赏[M]. 北京：中国传媒大学出版社，2013

[6] 王先霈，王耀辉. 文学欣赏导引[M]. 2版. 北京：高等教育出版社，2017.

[7] 孙昕光. 文学鉴赏[M]. 北京：高等教育出版社，2020.

[8] 陈江平，董金凤. 文学艺术鉴赏[M]. 重庆：重庆大学出版社，2010.

[9] 胡山林. 文学欣赏[M]. 4版. 北京：清华大学出版社，2023.

[10] 张子泉，刘兆信，王志忠，等. 文学欣赏[M]. 3版. 北京：清华大学出版社，2018.

[11] 袁行霈. 中国文学史[M]. 2版. 北京：高等教育出版社，2005.

[12] 郭预衡. 中国古代文学史[M]. 上海：上海古籍出版社，1998.

[13] 于非. 中国古代文学[M]. 北京：高等教育出版社，1994.

[14] 罗宗强，陈洪. 中国古代文学发展史[M]. 天津：南开大学出版社，2003.

[15] 章培恒，骆玉明. 中国文学史[M]. 上海：复旦大学出版社，1996.

[16] 孔范今. 二十世纪中国文学史[M]. 济南：山东文艺出版社，1997.

[17] 张炯. 中华文学发展史[M]. 武昌：长江文艺出版社，2003.

[18] 黄修己. 中国现代文学发展史[M]. 北京：中国青年出版社，1997.

[19] 林志浩. 中国现代文学史[M]. 北京：中国人民大学出版社，1979.

[20] 张钟，洪子诚，佘树森，等. 当代中国文学概观[M]. 北京：北京大学出版社，1986.

[21] 於可训. 中国当代文学概论[M]. 武汉：武汉大学出版社，2004.

[22] 朱维之，赵醴，崔宝衡，等. 外国文学史(欧美卷)[M]. 天津：南开大学出版社，2009.

[23] 梁立基，何乃英. 外国文学简编(亚非部分)[M]. 北京：中国人民大学出版社，2010.

[24] 刘洪涛. 外国文学名著导读[M]. 北京：高等教育出版社，2009.

[25] 钱理群，温儒敏，吴福辉. 中国现代文学三十年[M]. 北京：北京大学出版社，1998.

[26] 洪子诚. 中国当代文学史[M]. 北京：北京大学出版社，2023.

[27] 郑克鲁，蒋承勇. 外国文学史[M]. 3版. 北京：高等教育出版社，2015.

[28] 钮骠. 中国戏曲史教程[M]. 北京：文化艺术出版社，2004.

[29] 周贻白. 中国戏剧史长编[M]. 上海：上海书店出版社，2004.

[30] 杨建文. 戏剧概要[M]. 武汉：华中师范大学出版社，1999.

[31] 麻文琦，谢雍君，宋波. 中国戏曲史[M]. 武汉：文化艺术出版社，1998.

[32] 程芸. 世味的诗剧——中国戏剧发展史[M]. 长沙：湖南人民出版社，2002.

[33] 徐振贵. 中国古代戏剧统论[M]. 济南：山东教育出版社，1997.

[34] 邓涛，刘立文. 中国古代戏剧文学史[M]. 北京：北京广播学院出版社，1994.

[35] 黄华，牟素芹，崔建林. 艺术文明[M]. 北京：中国物资出版社，2005.

[36] 王新民. 中国当代戏剧史纲[M]. 北京：社会科学文献出版社，1997.

[37] 黄会林. 中国现代话剧文学史略[M]. 合肥：安徽教育出版社，1990.

[38] 余从，周育德，金水. 中国戏曲史略[M]. 北京：人民音乐出版社，1993.

[39] 傅谨. 新中国戏剧史[M]. 长沙：湖南美术出版社，2002.

[40] 徐明. 舞台灯光设计[M]. 上海：上海人民美术出版社，2009.

[41] 叶长海. 中国戏剧学史稿[M]. 北京：中华书局，2014.

[42] 董每戡. 中国戏剧简史[M]. 北京：北京出版社，2020.

[43] 董每戡. 西洋戏剧简史[M]. 北京：北京出版社，2020.

[44] 余秋雨. 世界戏剧学[M]. 北京：北京联合出版公司，2021.

[45] 王洪岳. 现代小说美学[M]. 杭州：浙江大学出版社，2020.

[46] 梁冬丽. 古代小说与诗词[M]. 广州：暨南大学出版社，2018.

[47] 鲁迅. 中国小说史略[M]. 北京：中国书籍出版社，2020.

[48] 石麟. 从唐代传奇到《红楼梦》[M]. 北京：中央编译出版社，2019.

[49] 张厚萍，丁青山. 中国现当代文学史[M]. 南京：南京大学出版社，2021.

[50] 陈传万. 文学欣赏基础[M]. 南京：南京大学出版社，2020.

[51] 张群芳，桂春芳，唐文成. 中国古代文学[M]. 北京：世界图书出版公司，2021.

[52] 徐兴无，王彬彬. CSSCI集刊文学研究：中国古今文学演变研究专辑(第6卷·1)[M]. 南京：南京大学出版社，2020.

[53] 陆弘石，舒晓鸣. 中国电影史[M]. 北京：文化艺术出版社，1998.

[54] 倪骏. 中国电影史[M]. 北京：中国电影出版社，2004.

[55] 周星，等. 中国电影艺术发展史教程[M]. 北京：北京师范大学出版社，2005.

[56] 钟艺兵，黄望南. 中国电视艺术发展史[M]. 杭州：浙江人民出版社，1994.

[57] 郭镇之. 中国电视史[M]. 北京：文化艺术出版社，1997.

[58] 王晓玉. 中国电影史纲[M]. 上海：上海古籍出版社，2003.

[59] 钟大丰，舒晓鸣. 中国电影史[M]. 北京：中国广播电视出版社，2004.

[60] 高鑫，高文曦. 电视艺术：多元与重构[M]. 北京：北京师范大学出版社，2006.

[61] 章柏青. 中国电影·电视[M]. 北京：文化艺术出版社，1999.

[62] 张菁，关玲. 影视视听语言[M]. 北京：中国传媒大学出版社，2008.

[63] 李飞雪.影视声音艺术概论[M].2版.北京：中国广播电视出版社，2014.

[64] 刘宏球.影视艺术概论[M].上海：上海文艺出版社，2002.

[65] 周星，王宜文，等.影视艺术史[M].桂林：广西师范大学出版社，2005.

[66] 李道新.影视批评学[M].北京：北京大学出版社，2007.

[67] 詹庆生.影视艺术概论[M].北京：清华大学出版社，2018.

[68] 彭吉象.影视美学(修订版)[M].北京：北京大学出版社，2009.

[69] 邵燕君.网络文学经典解读[M].北京：北京大学出版社，2016.

[70] 王祥.网络文学创作原理[M].北京：中国人民大学出版社，2015.